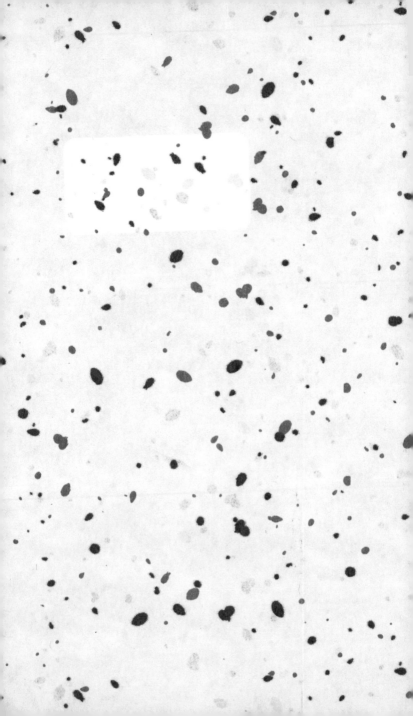

Noah Gordon wurde am 11. November 1926 in Worcester, Massachusetts, geboren. Nach dem Studium der Zeitungswissenschaft und der Anglistik arbeitete er als Journalist. Mit »Der Rabbi« und die »Die Klinik« begann sein Siegeszug als Romancier Sein Erfolgsroman »Der Medicus« wurde allein in Deutschland millionenfach verkauft. Noah Gordon hat drei erwachsene Kinder und lebt mit seiner Frau Lorraine auf einer Farm im westlichen Massachusetts. »Der Schamane« ist der zweite Roman einer Trilogie über die Medizinerdynastie der Coles, deren dritter Band – »Die Erben des Medicus« - bereits erschienen ist.

NOAH GORDON

DER SCHAMANE

Roman

Aus dem Amerikanischen
von Klaus Berr

Von Noah Gordon sind außerdem
erschienen:

Der Rabbi (Band 1546)
Die Klinik (Band 1568)
Der Rabbi/Die Klinik (Band 60113)
Der Diamant des Salomon (Band 60152)

Dieses Buch wurde auf chlor- und
säurefreiem Papier gedruckt.

Vollständige Taschenbuchausgabe
März 1995
Droemersche Verlagsanstalt
Th. Knaur Nachf., München
© 1992 für die deutschsprachige Ausgabe
Droemersche Verlagsanstalt
Th. Knaur Nachf., München
Originalverlag:
E. P. Dutton, New York
© 1992 by Noah Gordon
Titel der Originalausgabe:
»Shaman«
Umschlagillustration:
Josef Fladerer, München
Satz: Ventura Publisher im Verlag
Druck und Bindung: Elsnerdruck, Berlin
Printed in Germany
ISBN 3-426-63099-0

2 4 5 3 1

*Dieses Buch ist in Liebe
Lorraine Gordon, Irving Cooper,
Cis und Ed Plotkin, Charlie Ritz
und in liebendem Gedenken
Isa Ritz gewidmet.*

ERSTER TEIL

DIE HEIMKEHR

22. APRIL 1864

JIGGETY-JIG

Die *Spirit of Des Moines* schickte ihr Signal voraus, als sie sich in der morgendlichen Kühle dem Bahnhof von Cincinnati näherte. Shaman spürte zuerst ein schwaches, kaum wahrnehmbares Vibrieren des hölzernen Bahnsteigs, dann ein deutliches Zittern und schließlich eine kräftige Erschütterung. Plötzlich war das Ungetüm da mit seinem Geruch nach heißem, öligem Metall und Dampf. Im fahlgrauen Zwielicht brauste es auf ihn zu, Messingarmaturen glänzten auf dem schwarzen Drachenkörper, mächtige Kolbenarme bewegten sich rhythmisch, und eine helle Rauchwolke stieg himmelwärts wie die Fontäne eines Wals und löste sich schließlich in zerfasernde Fetzen auf, als die Lokomotive langsam zum Stehen kam.

Im dritten Waggon waren nur noch wenige der harten, hölzernen Sitzplätze frei, und er nahm auf einem von ihnen Platz, während der Zug erzitterte und wieder anfuhr. Züge waren noch immer etwas Neues, aber sie bedeuteten auch, daß man mit zu vielen Leuten reisen mußte. Er zog es vor, allein und gedankenverloren auf einem Pferd zu reiten. Der lange Waggon war brechend voll mit Soldaten, Handlungsreisenden, Farmern und Frauen, von denen einige kleine Kinder dabeihatten. Das Kindergeschrei störte ihn überhaupt nicht, aber der Waggon roch nach einer Mischung aus säuerlich stinkenden Socken, dreckigen Windeln, schlechter Verdauung, verschwitzten, ungewaschenen Körpern und dem Mief von Zigaretten und Pfeifen. Das Fenster schien als Kraftprobe gedacht zu sein, aber Shaman war groß und stark, und es gelang ihm, es zu öffnen, was sich allerdings schnell als Fehler herausstellen sollte. Die mächtige Lokomotive drei Waggons weiter vorne stieß nicht nur Rauch, sondern auch ein Gemisch aus Ruß, glimmenden oder erloschenen Kohlestückchen und Asche aus, das der Fahrtwind nach hinten und zum Teil auch durch das offene Fenster in das Abteil wehte. Bald hatte ein glühender Funke in Shamans neues Jackett ein Loch gebrannt. Hustend und verärgert murmelnd stieß er das Fenster wieder zu und klopfte seine Jacke ab, bis der Funke erloschen war.

Eine Frau auf der anderen Seite des Mittelgangs sah ihm zu und lächelte. Sie war etwa zehn Jahre älter als er und modisch, aber für die Reise praktisch gekleidet. Ihr graues Wollkostüm hatte einen lose fallenden Rock ohne Reifen und war von Paspeln aus blauem Leinen eingefaßt, die das Blond ihrer Haare betonten. Die Augen der beiden trafen sich einen Augenblick lang, doch dann konzentrierte sich die Frau wieder auf das Handarbeits-schiffchen in ihrem Schoß. Shaman wandte sich ohne Bedauern von ihr ab; die Trauer war nicht die rechte Zeit für das Spiel zwischen Männern und Frauen.

Er hatte sich ein wichtiges Buch zum Lesen mitgenommen, doch sosehr er auch versuchte, sich darin zu vertiefen, seine Gedanken wanderten immer wieder zu Pa.

Der Schaffner hatte sich im Mittelgang bis zur Bank hinter Shaman vorgearbeitet; doch er bemerkte ihn erst, als der Mann ihm die Hand auf die Schulter legte. Er schreckte hoch und starrte in ein gerötetes Gesicht. Der Schnauzbart des Schaffners endete in zwei gewachsten Spitzen, und sein ergrauender rötlicher Kinn- und Backenbart gefiel Shaman, weil er den Mund frei ließ. »Sind wohl taub«, sagte der Mann gutmütig. »Ich hab' Sie schon dreimal nach Ihrer Fahrkarte gefragt, Sir.«

Shaman lächelte ihn ohne Verlegenheit an, denn so etwas passierte ihm immer und immer wieder. »Ja, ich bin taub«, sagte er und gab dem Schaffner die Fahrkarte.

Shaman sah, wie sich vor dem Fenster die Prärie ausbreitete, doch der Anblick fesselte ihn nicht. Die Landschaft hatte etwas Monotones, und außerdem raste der Zug so schnell an ihr vorbei, daß einem die Einzelheiten kaum ins Bewußtsein dringen konnten. Am besten reiste man zu Fuß oder zu Pferd – wenn man dann an ein hübsches Fleckchen kam und hungrig war oder pinkeln mußte, konnte man einfach stehen bleiben und sein

Bedürfnis befriedigen. Kam ein Zug an ein solches Fleckchen, rauschte es nur verschwommen an einem vorbei.

Das Buch, das er dabeihatte, hieß »Lazarett-Skizzen« und stammte aus der Feder einer gewissen Louisa Alcott aus Massachusetts, die seit Beginn des Krieges Verwundete pflegte und deren Schilderungen des Leids und der entsetzlichen Zustände in den Lazaretten in Medizinerkreisen für große Aufregung gesorgt hatten. Als er jetzt darin blätterte, wurde er noch trauriger, denn er mußte dabei daran denken, welche Qualen sein Bruder Bigger durchleiden mochte, der als Kundschafter der Konföderierten vermißt war, wenn er nicht sogar schon zu den namenlosen Gefallenen gehörte. Diese Gedanken führten ihn auf dem Pfad tränenloser Trauer zurück zu seinem Vater, und er sah sich verzweifelt um.

Weiter vorne im Waggon fing ein magerer kleiner Junge an, sich zu übergeben, und seine Mutter, die bleich zwischen Gepäckstapeln und drei weiteren Kleinkindern saß, hielt hastig seinen Kopf, damit er nicht ihre Habseligkeiten bekleckerte. Als Shaman bei ihr war, hatte sie bereits begonnen, den Unrat aufzuwischen.

Er sprach sie an.

»Kann ich ihm vielleicht helfen? Ich bin Arzt.«

»Wir haben kein Geld, um zu bezahlen.«

Er tat den Einwand mit einer Handbewegung ab. Der Junge schwitzte nach dem krampfartigen Erbrechen, doch seine Haut fühlte sich kühl an. Seine Drüsen waren nicht geschwollen, und die Augen wirkten einigermaßen klar.

Sie sei Mrs. Jonathan Sperber, sagte die Frau auf seine Fragen, aus Lima in Ohio und auf dem Weg zu ihrem Gatten, der zusammen mit anderen Quäkern in Springdale, fünfzig Meilen westlich von Davenport, eine Siedlung errichte. Der kleine Patient hieß Lester und war acht Jahre alt. Er sah zwar noch blaß aus, doch die Farbe kehrte bereits in sein Gesicht zurück. Er schien also nicht ernstlich krank zu sein.

»Was hat er gegessen?«

Aus einem schmierigen Mehlsack zog sie widerstrebend eine

11

hausgemachte Wurst. Sie war grün, und Shamans Nase bestätigte, was seine Augen ihm sagten. Mein Gott!

»Iih… Haben Sie die allen gegeben?«

Sie nickte, und Shaman sah die Kleinen angesichts ihrer Verdauung mit Bewunderung an.

»Die dürfen Sie ihnen nicht mehr geben! Die ist ja total verdorben.«

Ihr Mund wurde ein schmaler Strich. »So verdorben kann sie nun auch wieder nicht sein. Sie ist gut gepökelt, wir haben schon Schlimmeres gegessen. Wenn sie wirklich so schlecht ist, wie Sie behaupten, müßten die anderen ebenfalls krank sein und ich auch.«

Er kannte genug Siedler der verschiedensten Bekenntnisse, um zu wissen, was sie damit meinte: Die Wurst ist alles, was wir haben, entweder essen wir die verdorbene Wurst oder gar nichts. Er nickte und ging zu seinem Platz zurück. Sein Proviant steckte in einer aus Seiten des »Cincinnati Commercial« gedrehten Tüte: drei dicke Doppelscheiben dunkles Brot nach deutscher Art mit magerem Rindfleisch dazwischen, ein Erdbeertörtchen und zwei Äpfel, mit denen er kurz jonglierte, um die Kinder zum Lachen zu bringen. Als er Mrs. Sperber das Essen anbot, öffnete sie den Mund, als wolle sie protestieren, schloß ihn aber schnell wieder. Die Frau eines Siedlers braucht eine vernünftige Portion Realismus.

»Wir sind Ihnen sehr verbunden, mein Freund«, sagte sie.

Die blonde Frau auf der anderen Seite des Gangs sah wieder zu ihm herüber, doch Shaman versuchte sich erneut auf das Buch zu konzentrieren, da kam der Schaffner zurück. »Sagen Sie mal, ich kenn' Sie doch, ist mir grade erst gekommen. Doc Coles Sohn aus Holden's Crossing, oder?«

»Ja.« Shaman wußte, daß er aufgrund seiner Taubheit erkannt worden war.

»An mich erinnern Sie sich wohl nicht mehr? Frank Fletcher? Hab' draußen an der Hooppole Road Mais angebaut. Ihr Daddy hat sich über sechs Jahre lang um uns sieben gekümmert, bis ich dann verkauft habe und zur Eisenbahn gegangen bin. Wir sind nach East Moline gezogen. Ich weiß noch, wie Sie als Knirps manchmal mitgekommen sind. Hinten auf dem Pferd haben Sie sich festgeklammert, als wär's ums Leben gegangen.« Hausbesuche waren für seinen Vater die einzige Möglichkeit gewesen, mit seinen Söhnen zusammenzusein, und den Jungen hatte es sehr gefallen, ihn bei diesen Ausritten zu begleiten.

»Jetzt erinnere ich mich an Sie«, sagte er zu Fletcher, »und an Ihre Farm. Ein weißgestrichenes Holzhaus, daneben der rote Stall mit Blechdach und die alte Torfhütte, die Sie als Lagerraum benutzt haben.«

»Ja, genauso war's. Manchmal sind Sie mitgekommen, manchmal Ihr Bruder – wie heißt er gleich wieder?«

»Sie meinen Bigger, meinen Bruder Alex.«

»Ja. Wo steckt der jetzt?«

»Beim Militär.« Er sagte nicht, in welcher Armee.

»Natürlich. Und Sie werden wohl Pfarrer?« fragte der Schaffner mit einem Blick auf den schwarzen Anzug, der vierundzwanzig Stunden zuvor noch auf einem Verkaufsständer bei Seligman's in Cincinnati gehangen hatte.

»Nein, ich bin auch Arzt.«

»Mein Gott. Sie sind doch noch gar nicht alt genug.«

Shaman spürte, daß seine Lippen sich verkrampften, denn mit seiner Jugend kam er schwerer zurecht als mit seiner Taubheit.

»Ich *bin* alt genug. Hab' in einem Krankenhaus in Ohio gearbeitet. Mr. Fletcher… mein Vater ist am Donnerstag gestorben.« Fletchers Lächeln verschwand so langsam und vollständig, daß kein Zweifel an der Aufrichtigkeit seiner Trauer blieb. »Ach. Wir verlieren doch immer die Besten, nicht? Im Krieg?«

»Er war schon wieder zu Hause. Im Telegramm stand Typhus.« Der Schaffner schüttelte den Kopf. »Sagen Sie doch bitte Ihrer Mutter, daß sie eine ganze Menge Leute in ihre Gebete einschließen werden.«

Shaman dankte ihm und erwiderte, das werde sie sehr freuen.

»Kommen eigentlich an einer der nächsten Haltestellen noch Imbißverkäufer in den Zug?« fragte er dann.

»Nein. Hier bringt jeder seine Verpflegung mit.« Der Eisenbah-

13

ner sah ihn besorgt an. »Kaufen können Sie sich erst etwas, wenn Sie in Kankakee umsteigen. Mein Gott, hat man Ihnen das denn nicht gesagt, als Sie die Fahrkarte gekauft haben?«

»Doch, doch. Ich brauche ja nichts. Es hat mich nur interessiert.«

Der Schaffner tippte mit dem Finger an sein Mützenschild und ging. Fast im gleichen Augenblick stand die Frau auf der anderen Seite des Mittelganges auf, um sich nach einem umfänglichen Eichenspankorb auf der Gepäckablage zu strecken und dabei von der Brust bis zu den Schenkeln wohlgeformte Kurven zu präsentieren. Shaman ging hinüber und hob den Korb für sie herunter.

Sie lächelte ihn an. »Sie müssen von mir etwas nehmen«, sagte sie. »Wie Sie sehen, habe ich genug für eine ganze Armee.« Er wollte ablehnen, mußte aber zugeben, daß ihre Vorräte wirklich für eine Kompanie reichten. Bald darauf aß er Brathuhn, Gerstenmehlkuchen mit Kürbis und Kartoffelpie. Mr. Fletcher, der mit einem zerdrückten Schinkenbrot zurückkehrte, das er von einem Fahrgast für Shaman erbettelt hatte, grinste und erklärte, Dr. Cole sei im Proviantrequirieren besser als die Potomac-Army. Dann ging er schnell wieder, offensichtlich um das Brot selber zu essen.

Shaman aß mehr, als er redete, und der Appetit angesichts seiner Trauer wunderte und beschämte ihn. Sie redete mehr, als sie aß. Ihr Name war Martha McDonald. Ihr Gatte Lyman war in Rock Island Vertreter für die American Farm Implements Co. Sie drückte ihre Anteilnahme an Shamans Verlust aus. Während sie ihm das Essen reichte, berührten sich ihre Knie, eine angenehme Vertraulichkeit. Er hatte schon sehr früh festgestellt, daß viele Frauen von seiner Taubheit abgestoßen, viele aber auch von ihr erregt wurden. Vielleicht hing letzteres mit dem verlängerten Augenkontakt zusammen, denn während sie sprachen, schaute er ihnen ins Gesicht – eine reine Notwendigkeit, da er von ihren Lippen ablesen mußte, was sie sagten.

Er machte sich keine Illusionen über sein Aussehen. Auch wenn man ihn nicht gerade schön nennen konnte, war er doch groß, ohne tolpatschig zu wirken, er verströmte die Energie junger Männlichkeit und ausgezeichneter Gesundheit, und seine ebenmäßigen Gesichtszüge und die klaren blauen Augen, die er von seinem Vater geerbt hatte, ließen ihn zumindest anziehend erscheinen. Aber all das war im Zusammenhang mit Mrs. McDonald bedeutungslos. Er hatte es sich zur Regel gemacht, sich nie mit einer verheirateten Frau einzulassen, und diese Regel war so unumstößlich wie das Händewaschen vor und nach einer Operation. Deshalb dankte er Mrs. McDonald für das gute Essen und ging, sobald der Rückzug nicht mehr verletzend wirken konnte, zu seinem Platz zurück.

Den Großteil des Nachmittags verbrachte er über seinem Buch. Louisa Alcott berichtete von Operationen, die ohne schmerzbetäubende Mittel durchgeführt wurden, und von Männern, die an infizierten Wunden starben, weil die Lazarette nach Dreck und Verwesung stanken. Tod und Leid hatten ihn schon immer traurig gestimmt, überflüssiger Schmerz und unnötiges Sterben aber machten ihn wütend. Am Spätnachmittag kam Mr. Fletcher noch einmal vorbei und verkündete, der Zug bewege sich mit einer Geschwindigkeit von fünfundvierzig Meilen pro Stunde vorwärts, dreimal so schnell wie ein Pferd, und das ohne zu ermüden. Genauso hatte ein Telegramm Shaman, schon am Morgen nachdem es geschehen war, vom Tod des Vaters unterrichtet. Er überlegte sich verwundert, daß die Welt in eine Ära schneller Transportmittel und noch schnellerer Kommunikation trieb, in eine Ära neuer Krankenhäuser und Behandlungsmethoden, einer Chirurgie ohne Schmerzen entgegen. Doch da ihn solch erhabene Gedanken müde machten, zog er heimlich Martha McDonald mit den Augen aus, um, wenn auch feige, eine angenehme halbe Stunde damit zu verbringen, sich eine medizinische Untersuchung vorzustellen, die in einer Verführung endete – die ungefährlichste und harmloseste Verletzung des Hippokratischen Eids.

Die Ablenkung hielt nicht lange vor. Seine Gedanken landeten immer wieder bei Pa. Je näher er der Heimat kam, desto schwieriger fiel es ihm, sich der Realität zu stellen. Tränen kitzelten hinter seinen Lidern. Ein einundzwanzig Jahre alter Arzt durfte in der Öffentlichkeit nicht weinen. Pa... Die Nacht brach schwarz herein, schon Stunden bevor sie in Kankakee umstiegen. Schließlich und, wie ihm schien, viel zu früh – kaum elf Stunden nachdem sie Cincinnati verlassen hatten – verkündete Mr. Fletcher das Ziel der Reise: »Ro-o-ck I-i-i-sla-a-and!«

Der Bahnhof war eine Oase des Lichts. Beim Aussteigen entdeckte Shaman sofort Alden, der unter einer Glaslampe auf ihn wartete. Der Knecht klopfte ihn auf den Arm, schenkte ihm ein trauriges Lächeln und begrüßte ihn mit der vertrauten Wendung: »Willkommen zu Hause, *jiggety-jig*!«

»Hallo, Alden!« Sie blieben einen Augenblick unter dem Licht stehen, damit sie sich unterhalten konnten. »Wie geht's ihr?«

»Ach, du weißt schon, dreckig. Ist ihr noch gar nicht richtig zu Bewußtsein gekommen. Hatte ja noch kaum Gelegenheit, allein zu sein, bei all dem Kirchenvolk im Haus und diesem Reverend Blackmer, der ihr den ganzen Tag nicht mehr von der Seite geht.«

Shaman nickte. Der unbeugsame Glaube der Mutter war für sie alle eine Prüfung, aber wenn die First Baptist Church ihr in ihrem Kummer helfen konnte, wollte er dankbar dafür sein.

Alden hatte richtig vermutet, daß Shaman nur mit einer Tasche reisen würde, und deshalb das einachsige Gig genommen, das im Gegensatz zum zweiachsigen Buckboard eine gute Federung hatte. Das Pferd war Boss, ein grauer Wallach, den sein Vater sehr gemocht hatte. Shaman streichelte ihm die Nase, bevor er auf den Sitz kletterte. Unterwegs war eine Unterhaltung unmöglich, denn in der Dunkelheit konnte er Aldens Gesicht nicht sehen. Der Knecht roch wie früher: nach Heu und Tabak, ungesponnener Wolle und Whiskey. Auf der Holzbrücke überquerten sie den Rocky River und folgten dann im Trab der Straße nach Nordosten. Das Land zu beiden Seiten konnte Shaman nicht sehen, doch er kannte jeden Baum und jeden Stein. Stellenweise war die Straße nur schwer zu befahren, weil sie das Schmelzwasser in einen Schlammpfad verwandelt hatte. Nach einer Stunde Fahrt hielt Alden an, wie er es immer tat, um das

Pferd verschnaufen zu lassen. Er und Shaman stiegen aus, pinkelten auf Hans Buckmans feuchte untere Weide und vertraten sich ein paar Minuten lang die Beine. Bald darauf überquerten sie die schmale Brücke über den Fluß auf ihrem eigenen Anwesen, und als das Haus und der Stall in Sicht kamen, rutschte Shaman zum erstenmal das Herz in die Hose. Bis dahin war alles wie immer gewesen, Alden hatte ihn abgeholt und nach Hause gefahren. Doch wenn sie jetzt ankamen, würde Pa nicht dasein. Nie mehr.

Shaman ging nicht sofort ins Haus. Er half Alden beim Ausspannen und folgte ihm in den Stall, wo er die Öllaterne anzündete, damit sie sich unterhalten konnten. Alden griff ins Heu und zog eine Flasche hervor, die noch etwa zu einem Drittel voll war, doch Shaman schüttelte den Kopf.

»Bist du da oben in Ohio vielleicht Abstinenzler geworden?«

»Nein.« Es war kompliziert. Er war nur ein schwacher Trinker wie alle Coles, entscheidender war jedoch, daß sein Vater ihm schon vor langer Zeit erklärt hatte, der Alkohol vertreibe jene geheimnisvolle Gabe. »Aber ich trinke nur selten.«

»Ja, du bist wie er. Aber heute abend würde es dir nicht schaden.«

»Ich will nicht, daß sie etwas riecht. Ich hab' schon genug Schwierigkeiten mit ihr und möchte nicht auch noch darüber streiten müssen. Aber laß die Flasche bitte hier! Ich hol' mir dann einen Schluck auf dem Weg zum Abort, wenn sie im Bett ist.«

Alden nickte. »Du mußt ein wenig Geduld mit ihr haben«, sagte er zögernd. »Ich weiß, daß sie schwierig sein kann, aber...« Er erstarrte vor Verblüffung, als Shaman auf ihn zukam und die Arme um ihn legte. Das gehörte nicht zu ihrer Beziehung; Männer umarmten einander nicht. Verlegen klopfte ihm der Knecht auf die Schulter. Einen Augenblick später wünschte Shaman ihm gute Nacht, blies die Laterne aus und ging über den dunklen Hof zur Küche, wo, nachdem alle anderen gegangen waren, seine Mutter auf ihn wartete.

DAS VERMÄCHTNIS

Am nächsten Morgen hatte Shaman Kopfschmerzen, obwohl der Pegel der goldbraunen Flüssigkeit in Aldens Flasche nur um wenige Zentimeter gesunken war. Er hatte schlecht geschlafen; die alte Seilmatratze war seit Jahren nicht nachgespannt, geschweige denn neu geknüpft worden. Beim Rasieren schnitt er sich ins Kinn. Doch im Verlauf des Vormittags wurde das alles unwichtig. Sein Vater war schon beerdigt worden, da er an Typhus gestorben war, aber mit dem Gottesdienst hatte man bis zu Shamans Rückkehr gewartet. In der kleinen First Baptist Church drängten sich zwei Generationen von Patienten, die von seinem Vater entbunden oder behandelt worden waren, sei es wegen ihrer Krankheiten, einer Schrotkugel oder Stichwunde, Hautausschlägen, Knochenbrüchen und wer weiß welchen anderen Beschwerden. Reverend Sydney Blackmer hielt seinen Nachruf herzlich genug, um unter den Versammelten keine Verärgerung aufkommen zu lassen, aber doch nicht so herzlich, daß man auf den Gedanken kommen konnte, es sei in Ordnung, so zu sterben, wie Dr. Robert Judson Cole es getan hatte: ohne der alleinselig machenden Kirche beigetreten zu sein. Shamans Mutter hatte mehrmals dankbar erwähnt, daß Mr. Blackmer es aus Hochachtung für sie gestattet hatte, ihren Gatten in der geweihten Erde des Kirchhofs zu begraben.

Den ganzen Nachmittag war das Haus der Coles voller Leute, von denen die meisten Platten mit Braten, Farcen, Puddings und Pasteten mitbrachten, und zwar in solchen Mengen, daß aus dem traurigen Anlaß beinahe ein Fest wurde. Sogar Shaman ließ sich zu einigen Scheiben vom kalten, gebratenen Herz verführen, seinem Lieblingsfleisch. Makwa-ikwa hatte ihn auf den Geschmack gebracht; er hatte es damals für eine indianische Delikatesse gehalten wie gekochten Hund oder samt Innereien geschmortes Eichhörnchen und war froh gewesen, als er entdeckte, daß auch viele der weißen Nachbarn das Herz geschlachteter Kühe oder erlegten Wildes brieten. Er nahm sich gerade eine weitere Scheibe, als er Lillian Geiger entdeckte, die quer durchs Zimmer zielstrebig auf seine Mutter zuging. Sie sah inzwischen älter aus und etwas erschöpft, doch sie war noch immer attraktiv. Von ihr hatte Rachel das gute Aussehen geerbt. Lillian trug ihr bestes schwarzes Satinkleid, dazu einen schwarzen Leinenüberwurf und ein gefaltetes weißes Umhängetuch. Der kleine silberne Davidstern baumelte an einer Kette vor ihrem hübschen Busen. Shaman fiel auf, daß sie genau darauf achtete, wem sie zunickte, denn es gab Leute, die, wenn auch widerwillig, eine Jüdin höflich grüßten, jedoch nie eine *Copperhead*, eine Sympathisantin der Südstaaten. Lillian war die Cousine von Judah Benjamin, dem Bundesstaatssekretär der Konföderierten, und ihr Gatte Jay war zu Beginn des Krieges in seine Heimat South Carolina zurückgekehrt, um sich dort mit zweien seiner drei Brüder der Konföderiertenarmee anzuschließen.

Als Lillian schließlich vor Shaman stand, wirkte ihr Lächeln gezwungen. »Tante Lillian!« sagte er. Sie war gar nicht seine Tante, aber in seiner Kindheit waren die Geigers und die Coles wie enge Verwandte gewesen, und er hatte sie nie anders genannt.

Ihr Blick wurde sanfter. »Hallo, Rob J.!« sagte sie im vertrauten zärtlichen Ton. Niemand sonst nannte ihn so – es war eigentlich der Name seines Vaters –, aber Lillian hatte ihn fast nie Shaman genannt. Sie küßte ihn auf die Wange, verzichtete aber darauf, ihm ihr Beileid auszudrücken.

Nach dem, was sie gehört habe, sagte sie, und das sei wenig, da die Briefe die Fronten passieren müßten, befinde sich ihr Gatte wohlauf und außer Gefahr. Als Apotheker habe man ihn bei seinem Eintritt in die Armee zum Verwalter eines kleinen Armeelazaretts in Georgia gemacht, und inzwischen sei er Kommandant eines größeren Lazaretts am Ufer des James River in Virginia. Sein letzter Brief, erzählte sie weiter, habe die traurige Nachricht enthalten, daß sein Bruder, Joseph Reuben Geiger, ein Apotheker wie alle anderen männlichen Familienmitglieder, der sich zur Kavallerie gemeldet hatte, in der Schlacht gefallen sei.

Shaman nickte, und auch er vermied es, Beileid auszusprechen, wie es inzwischen als selbstverständlich galt.

Und wie ging es den Kindern?

»Könnt' nicht besser sein. Die Jungen sind so gewachsen, daß Jay sie nicht wiedererkennen würde. Sie essen wie die Tiger.«

»Und Rachel?«

»Sie hat letzten Juni ihren Mann, Joe Regensberg, verloren. Er ist am Typhus gestorben – wie dein Vater.«

»Ach«, sagte er mit belegter Stimme. »Ich habe gehört, daß letzten Sommer in Chicago der Typhus grassiert hat. Geht es ihr gut?«

O ja. Rachel geht es sehr gut – und ihren Kindern auch. Sie hat einen Sohn und eine Tochter.« Lillian zögerte. »Sie hat sich mit einem anderen Mann angefreundet, einem Cousin von Joe. Nach ihrem Trauerjahr wird die Verlobung offiziell bekanntgegeben.«

So? Verwunderlich, daß ihn das immer noch berührte, daß es ihn so tief traf. »Und wie fühlt man sich so als Großmutter?«

»Sehr gut«, erwiderte sie, verließ ihn dann und begann eine leise Unterhaltung mit Mrs. Pratt, deren Land an das der Geigers angrenzte.

Gegen Abend lud Shaman Essen auf einen Teller und brachte ihn zu Alden Kimballs stickiger kleiner Hütte, die immer nach Holzrauch roch. Der Knecht saß in der Unterwäsche auf seiner Koje und trank aus einem Krug. Seine Füße waren sauber, er hatte extra für den Trauergottesdienst gebadet. Die zweite Garnitur wollener Unterwäsche, die eher grau war als weiß, hing zum Trocknen auf einer quer durch die Hütte gespannten Leine. Shaman schüttelte den Kopf, als Alden ihm den Krug anbot. Er setzte sich auf den einzigen Holzstuhl und sah Alden beim Essen zu. »Wenn's nach mir gegangen wär', hätt' ich Pa auf unserem Land am Flußufer beerdigt.«

Alden schüttelte den Kopf. »Das hätte sie nie zugelassen. Wär' doch viel zu nah am Grab dieser Indianerin gewesen. Bevor die… getötet wurde«, sagte er vorsichtig, »haben die Leute über die beiden geredet. Deine Ma war furchtbar eifersüchtig.«

Shaman hätte gern Genaueres über Makwa, seine Mutter und seinen Vater erfahren, aber es erschien ihm nicht recht, mit Alden über seine Eltern zu reden. So winkte er nur zum Abschied und verließ die Hütte. Es dämmerte, als er zum Fluß hinunterging, zu den Ruinen von Makwa-ikwas *hedonoso-te*. Das eine Ende des Langhauses war noch intakt, doch das andere war eingestürzt, die Stämme und Zweige verrottet – ein Paradies für Schlangen und Nagetiere.

»Ich bin wieder da«, sagte er.

Er konnte Makwas Anwesenheit spüren. Sie war schon lange tot, und er fühlte noch immer ein Bedauern, das freilich angesichts der Trauer über seinen Vater verblaßte. Er suchte Trost, doch alles, was er spürte, war Makwas entsetzlicher Zorn, den er so deutlich wahrnahm, daß sich ihm die Nackenhaare sträubten. Nicht weit von der Ruine entfernt war ihr Grab, ohne Stein, doch sorgfältig gepflegt, das Gras geschnitten, der Rand bepflanzt mit wilden gelben Taglilien, die von einer nahe gelegenen Stelle am Flußufer stammten. Grüne Sprossen stachen bereits durch die nasse Erde. Er wußte, daß es nur sein Vater gewesen sein konnte, der sich um das Grab gekümmert hatte, und er kniete sich hin und riß das Unkraut zwischen den Taglilien heraus.

Inzwischen war es schon beinahe dunkel. Er meinte zu spüren, daß Makwa ihm etwas sagen wollte. Das war schon öfter passiert, und er glaubte beinahe, daß er ihren Zorn deshalb fühlte, weil sie ihm nicht sagen konnte, wer sie getötet hatte. Er wollte sie fragen, was er jetzt, da Pa nicht mehr lebte, tun solle. Der Wind kräuselte die Wasserfläche. Shaman entdeckte die ersten, hellen Sterne und fröstelte. Noch ist die Macht des Winters nicht gebrochen, dachte er, als er zum Haus zurückkehrte.

Am nächsten Tag war ihm zwar bewußt, daß er eigentlich im Haus bleiben sollte für den Fall, daß noch verspätete Trauergäste kamen, doch er brachte es nicht fertig. Er zog Arbeitskleidung an und verbrachte den Vormittag damit, zusammen mit Alden Schafe zu dippen. Es gab neugeborne Lämmer, und er kastrierte die männlichen Tiere, wobei Alden die *prairie oysters*, die Hoden, verlangte, die er mit Eiern zum Abendessen braten wollte.

Nachdem er gebadet und wieder seinen schwarzen Anzug angezogen hatte, saß er am Nachmittag mit seiner Mutter im Wohnzimmer. »Es wird das beste sein, du gehst die Sachen deines Vaters durch und entscheidest, wer was bekommen soll«, sagte sie.

Trotz der inzwischen schon stark angegrauten Haare war seine Mutter mit ihrer wundervollen langen Nase und dem sinnlichen Mund eine der apartesten Frauen, die er je gesehen hatte. Was die ganzen Jahre über zwischen ihnen gestanden hatte, war auch jetzt noch da, doch seinen Widerstand konnte sie spüren. »Früher oder später muß es getan werden, Robert«, sagte sie.

Sie machte sich fertig, um die leeren Teller und Platten zur Kirche zu bringen, wo sie die Besucher, die Essen mitgebracht hatten, abholen wollten, und er bot ihr an, das für sie zu erledigen. Aber sie erwiderte, sie wolle Reverend Blackmer besuchen. »Komm doch mit!« sagte sie, er jedoch schüttelte den Kopf, denn er wußte, daß er dann einen Sermon mit Argumenten über sich ergehen lassen mußte, warum man sich den Empfang des Heiligen Geistes nicht vorenthalten dürfe. Die Buchstabengläubigkeit seiner Mutter, was Himmel und Hölle betraf, erstaunte ihn immer wieder. Ihre Streitgespräche mit seinem Vater fielen ihm ein, und er wußte, daß sie jetzt eine ganz besondere Pein zu durchleiden hatte, denn es war schon immer eine qualvolle Vorstellung für sie gewesen, daß ihr Gatte, der die Taufe verweigert hatte, im Paradies nicht auf sie warten werde.

Sie hob die Hand und zeigte zum offenen Fenster. »Da kommt jemand geritten.« Sie lauschte eine Weile und sagte dann bitter lächelnd: »Eine Frau hat Alden gefragt, ob der Doktor daheim ist. Ihr Mann liegt verletzt zu Hause. Alden hat ihr gesagt, daß der Doktor gestorben ist. ›Der junge Doktor?‹ fragte sie. Und Alden sagte: ›Nein, der nicht, der ist da.‹«

Auch Shaman fand das lustig, und sie war bereits zur Tür gegangen, wo Rob J.s Arzttasche an ihrem gewohnten Platz

22

stand. Die gab sie jetzt ihrem Sohn. »Nimm den Wagen, er ist bereits angespannt! Ich fahr' dann später zur Kirche.«

Die Frau war Liddy Geacher. Sie und ihr Mann Henry hatten während Shamans Abwesenheit den Hof der Buchanans gekauft. Shaman kannte den Weg gut, es waren nur wenige Meilen. Geacher war vom Heuboden gefallen. Er lag noch genau dort, wo er aufgeschlagen war, sein Atem ging flach und mühsam. Er stöhnte, als sie versuchten, ihn auszuziehen, und Shaman schnitt deshalb die Kleidung auf, achtete aber darauf, nur die Nähte aufzutrennen, damit Mrs. Geacher sie später wieder zusammennähen konnte. Blut war keins zu sehen, nur schwere Quetschungen, und der linke Knöchel war geschwollen. Shaman nahm das Stethoskop aus der Tasche seines Vaters. »Kommen Sie bitte her! Ich will, daß Sie mir sagen, was Sie hören«, sagte er zu der Frau und steckte ihr die Elfenbeinknöpfe ins Ohr. Sie riß die Augen auf, als er die Membran auf die Brust ihres Mannes drückte. Er ließ sie lange horchen, wobei er die Membranglocke mit der Linken hielt und mit den Fingerspitzen der Rechten dem Mann den Puls fühlte.

»Bumm-bumm-bumm-bumm-bumm!« flüsterte sie.

Shaman lächelte. Henry Geachers Puls ging schnell, doch das war auch nicht verwunderlich. »Was hören Sie sonst noch? Lassen Sie sich Zeit!«

Sie horchte lange.

»Kein leises Knistern, als würde jemand trockenes Stroh zerdrücken?«

Sie schüttelte den Kopf. »Bumm-bumm-bumm.«

Gut. Dann hatte keine gebrochene Rippe einen Lungenflügel durchstoßen. Er nahm der Frau das Stethoskop wieder ab und tastete Geachers Körper Zoll für Zoll mit den Händen ab. Da er nichts hörte, mußte er seine anderen Sinne sorgfältiger und aufmerksamer benutzen als andere Ärzte. Als er die Hände des Mannes hielt, nickte er zufrieden über das, was die Colesche Gabe ihm sagte. Geacher hatte Glück gehabt, ein Heuhaufen hatte seinen Sturz gedämpft. Er hatte sich die Rippen geprellt, aber Anzeichen für einen Bruch waren nirgends zu entdecken. Shaman vermutete, daß die fünfte und die achte Rippe angeknackst waren – und vielleicht auch die neunte. Als er Geacher den Brustkorb bandagierte, konnte der Farmer leichter atmen. Shaman schiente den Knöchel und holte dann eine Flasche mit dem Schmerzmittel seines Vaters aus der Tasche, vorwiegend Alkohol mit etwas Morphium und einigen Kräutern.

Einen Dollar für den Hausbesuch, fünfzig Cent für die Verbände, fünfzig Cent für das Medikament. Aber die Arbeit war noch nicht beendet. Die nächsten Nachbarn der Geachers waren die Reismans, ihr Hof lag zehn Reitminuten entfernt. Shaman fuhr hin und redete mit Tod Reisman und seinem Sohn Dave, die versprachen, auszuhelfen und dafür zu sorgen, daß auf der Geacher-Farm eine Woche lang alles weiterlief.

Shaman ließ sich auf dem Nachhauseweg Zeit und genoß den Frühling. Die schwarze Erde war zum Pflügen noch zu naß. Morgens hatte er gesehen, daß auf den Weiden bereits die ersten Blumen blühten, Veilchen und orange leuchtende Gelbwurz und rosafarbener Präriephlox, in wenigen Wochen würden größere Blüten die Ebenen mit ihrer Farbenpracht überziehen. Vergnügt atmete er den schweren, süßen Duft gedüngter Felder ein.

Als er heimkam, war das Haus leer, und der Eierkorb hing nicht an seinem Haken, was bedeutete, daß seine Mutter im Hühnerstall war. Er ging ihr nicht nach. Bevor er die Arzttasche an ihren Platz neben der Tür zurückstellte, untersuchte er sie, als sähe er sie zum erstenmal. Das Leder war abgenutzt, doch es war solides Rindsleder, das ewig halten würde. Die Instrumente, Verbände und Arzneien lagen darin, wie sein Vater sie eigenhändig eingeordnet hatte, sauber, übersichtlich und so, daß er stets für alles gerüstet war.

Shaman ging ins Arbeitszimmer und fing an, die Habseligkeiten seines Vaters methodisch zu inspizieren. Er wühlte in den Schreibtischschubladen, öffnete die lederne Truhe und teilte alles in drei Gruppen: für seine Mutter all die Kleinigkeiten, die für sie persönlichen Wert haben mochten, für Bigger das halbe

Dutzend Pullover, die Sarah Cole aus hauseigener Wolle gestrickt hatte, damit sie den Doktor bei kalten Nachtfahrten warm hielten, dazu die Angel- und Jagdausrüstung des Vaters und einen Schatz, der so neu war, daß Shaman ihn zum erstenmal sah: einen 44er Colt Texas Navy Revolver mit gezogenem Neun-Zoll-Lauf und dunklen Nußbaumgriffschalen. Die Waffe war eine Überraschung und ein Schock. Zwar hatte sein pazifistischer Vater sich am Ende dazu durchgerungen, die Truppen der Union zu behandeln, doch nur unter der deutlich ausgesprochenen Bedingung, daß er als Nichtkämpfer keine Waffe tragen würde. Warum hatte er sich dann diesen offensichtlich teuren Revolver gekauft?

Die medizinischen Bücher, das Mikroskop, die Arzttasche und der Vorrat an Kräutern und Medikamenten standen Shaman zu. In der Truhe fand er unter dem Mikroskopkasten eine Sammlung Bücher, broschierte Bände aus gutem Schreibpapier. Als er sie durchsah, erkannte Shaman, daß es sich um das lebenslange Tagebuch seines Vaters handelte.

Der Band, den er willkürlich zur Hand nahm, war 1842 geschrieben. Beim Durchblättern entdeckte Shaman eine reichhaltige, aber wahllose Aneinanderreihung von medizinischen und pharmazeutischen Notizen und intimen Gedanken. Das Buch war übersät mit Skizzen: Gesichter, anatomische Zeichnungen, der Ganzkörper-Akt einer Frau, seiner Mutter, wie er erkannte. Er betrachtete das noch junge Gesicht und starrte fasziniert das nackte Fleisch an, wohl wissend, daß in dem unübersehbar schwangeren Bauch ein Fötus heranwuchs, der er selbst werden sollte. Er schlug einen früheren Band auf, aus der Zeit, als Robert Judson Cole noch ein junger Mann war, der eben erst mit dem Schiff aus Schottland gekommen war. Auch der enthielt einen weiblichen Akt, diesmal mit einem Gesicht, das Shaman nicht kannte. Die Züge waren nur undeutlich, die Vulva jedoch mit klinischer Detailtreue gezeichnet, und Shaman sah sich plötzlich vertieft in den Bericht über eine Affäre, die sein Vater mit einer Frau in seiner Pension gehabt hatte.

Während er las, wurde er immer jünger. Die Jahre fielen von

ihm ab, sein Körper entwickelte sich zurück, die Erde drehte sich in Gegenrichtung, und die zerbrechlichen Geheimnisse und Leiden der Jugend erstanden neu. Er war wieder ein Junge, der verbotene Bücher las und nach Worten und Bildern suchte, die ihm alles über die geheimen, niederen und vielleicht unermeßlich wunderbaren Dinge verrieten, die Männer mit Frauen anstellten.

Zitternd stand er da und gab acht, ob nicht vielleicht sein Vater zur Tür hereinkäme und ihn hier überraschte.

Erst als er merkte, daß seine Mutter mit den Eiern ins Haus kam, zwang er sich, das Buch zu schließen und in die Truhe zurückzulegen.

Beim Abendessen sagte er, er habe angefangen, die Habseligkeiten seines Vaters durchzusehen, und er werde eine leere Kiste vom Dachboden holen, um die Sachen darin zu verstauen, die sein Bruder bekommen solle.

Unausgesprochen stand zwischen ihnen die Frage, ob Alex überhaupt noch lebte, ob er zurückkehren und die Sachen benutzen werde. Doch dann entschloß Sarah sich zu einem Nicken. »Gut«, sagte sie, offensichtlich erleichtert, daß ihr Jüngerer sich an die Arbeit gemacht hatte.

In dieser Nacht lag Shaman wach und sagte sich, daß ihn die Lektüre dieser Tagebücher zu einem Voyeur mache, zu einem Eindringling in das Leben seiner Eltern, vielleicht sogar in ihr Schlafzimmer, und daß er die Bücher deshalb verbrennen müsse. Doch sein gesunder Menschenverstand sagte ihm, daß sein Vater sie geschrieben hatte, um das Wesentliche aus seinem Leben aufzuzeichnen, und während er grübelnd in dem durchhängenden Bett lag, fragte er sich, wie wohl die Wahrheit über das Leben und den Tod von Makwa-ikwa aussah, und er befürchtete, daß diese Wahrheit ernste Gefahren in sich bergen könne.

Schließlich stand er auf, zündete die Lampe an und schlich sich mit ihr hinunter – leise, um seine Mutter nicht aufzuwecken.

Er stutzte den qualmenden Docht und drehte die Flamme so hoch wie möglich. Das Licht reichte noch immer kaum zum

Lesen, und das Arbeitszimmer war zu dieser Nachtzeit ungemüt-
lich kalt. Doch Shaman nahm den ersten Band und fing an zu
lesen, und im gleichen Augenblick vergaß er die schlechte
Beleuchtung und die unangenehme Temperatur, denn nun erfuhr er über seinen Vater und sich selbst mehr, als er je hatte
wissen wollen.

ZWEITER TEIL

FRISCHE LEINWAND, NEUES GEMÄLDE

11. MÄRZ 1839

DER EINWANDERER

Zum erstenmal sah Rob J. Cole die Neue Welt, als an einem nebligen Frühlingstag das Postschiff *Cormorant* – ein schwerfälliges Schiff mit drei kurzen Masten und einem Besansegel, und dennoch der Stolz der Black Ball Line – von der Flut in einen geräumigen Hafen geschoben wurde und dort seinen Anker in die kabbelige Dünung warf. East Boston war nichts Besonderes und bestand nur aus ein paar Reihen schlecht gebauter Holzhäuser, aber von einem der Piers aus nahm Rob J. für drei Pence eine kleine Dampfschifffähre, die ihn auf verschlungenem Kurs durch eine beeindruckende Ansammlung von Schiffen und Kähnen auf die andere Seite, zum eigentlichen Hafenviertel, brachte, einer wild wuchernden Siedlung aus Wohnbauten und Geschäftshäusern, die beruhigend nach verfaulendem Fisch, Bilgenwasser und geteertem Seil roch wie jeder schottische Hafen auch.

Er war hochgewachsen und breit, größer als die meisten. Das Gehen fiel ihm schwer, als er sich auf der krummen Kopfsteinpflasterstraße, die vom Wasser wegführte, in Bewegung setzte, denn die Seereise steckte ihm noch in den Knochen. Auf der linken Schulter trug er einen schweren Schiffskoffer, und unter seinem rechten Arm klemmte, als habe er eine Frau um die Taille gefaßt, ein großes Saiteninstrument. Er sog Amerika mit jeder Pore ein. Schmale Straßen, kaum breit genug für Karren und Kutschen, die meisten Gebäude aus Holz oder aus sehr roten Ziegeln, die Geschäfte voller Waren, über den Türen farbenfrohe Schilder mit vergoldeten Buchstaben. Er bemühte sich, die Frauen, die aus den Geschäften kamen, nicht anzustarren, obwohl er wie betrunken war vor Sehnsucht nach dem Geruch einer Frau.

Er spähte kurz in ein Hotel, das *American House*, doch die Lüster und die Perserteppiche schüchterten ihn ein, und er wußte, daß die Preise zu hoch für ihn waren. In einem billigen Lokal aß er eine Tasse Fischsuppe und fragte zwei Kellner, ob sie ihm eine billige, aber saubere Pension empfehlen könnten.

»Da mußt du dich schon entscheiden, Junge, entweder das eine oder das andere«, sagte der eine. Doch der andere schüttelte den Kopf und schickte ihn zu Mrs. Burton in der Spring Lane.

Das einzig freie Quartier war eine ehemalige Dienstbotenkammer auf dem Dachboden neben den Zimmern des Knechts und des Dienstmädchens. Es war nicht nur winzig, sondern man mußte auch drei Stockwerke hochsteigen, und da es direkt unter den Dachsparren lag, war es im Sommer mit Sicherheit heiß und im Winter kalt. Es gab lediglich ein schmales Bett, einen kleinen Tisch mit einer angeschlagenen Waschschüssel und einen weißen Nachttopf hinter einem mit blauer Blumenstickerei verzierten Leinentuch. Mit Frühstück – Porridge, Kekse und ein Hühnerei – koste das Zimmer einen Dollar fünfzig Cent die Woche, erklärte ihm Louise Burton. Sie war eine farblose Witwe Mitte der Sechzig mit unverblümt neugierigem Blick. »Was haben Sie da unterm Arm?«

»Man nennt es eine Gambe.«

»Verdienen Sie Ihren Lebensunterhalt als Musiker?«

»Ich spiel' nur zum Vergnügen. Meinen Lebensunterhalt verdiene ich als Arzt.«

Sie nickte skeptisch. Dann verlangte sie eine Vorauszahlung und nannte ihm ein Wirtshaus in der Nähe der Beacon Street, wo er für einen weiteren Dollar pro Woche sein Abendessen bekommen könne.

Sobald sie gegangen war, fiel er ins Bett. Den ganzen Nachmittag und den Abend schlief er traumlos, nur das Stampfen und Rollen des Schiffs glaubte er gelegentlich noch zu spüren, und am nächsten Morgen erwachte er wieder frisch und jung. Beim Frühstück saß er neben einem anderen Pensionsgast, Stanley Finch, der bei einem Hutmacher in der Summer Street arbeitete. Von Finch erfuhr er zwei äußerst wichtige Dinge: Für vierundzwanzig Cent konnte man sich von Lem Raskin, dem Hausdiener, Wasser erhitzen und in eine winzige Wanne gießen lassen;

und in Boston gab es drei Krankenhäuser: das Massachusetts General, das Lying-In und das Eye and Ear Infirmary, die Augen- und Ohrenklinik. Nach dem Frühstück lag er selig in der Wanne und fing erst an, sich abzuschrubben, als das Wasser kalt wurde. Anschließend gab er sich alle Mühe, seine Kleidung so präsentabel wie möglich zu machen. Beim Hinuntergehen sah er das Dienstmädchen, das auf den Knien die Treppe wischte. Ihre nackten Arme waren sommersprossig, und ihr rundlicher Hintern wackelte im Takt der heftigen Schrubbewegungen. Ein mürrisches, altjüngferliches Gesicht sah zu ihm hoch, als er vorbeiging, und er bemerkte, daß die roten Haare, die unter ihrer Haube hervorlugten, die Tönung hatten, die ihm am wenigsten gefiel, nämlich die nasser Karotten.

Im Massachusetts General wartete er den halben Vormittag, bis er von einem Dr. Walter Channing empfangen wurde, der ihm ohne Umschweife sagte, daß die Klinik keine zusätzlichen Ärzte brauche. In den beiden anderen Krankenhäusern machte er sehr schnell die gleiche Erfahrung. Im Lying-In schüttelte ein junger Arzt namens David Humphreys Storer mitfühlend den Kopf. »Die Harvard Medical School entläßt jedes Jahr junge Ärzte, die um eine Anstellung Schlange stehen, Dr. Cole. Ehrlich gesagt, ein Fremder hat da wenig Aussicht.«

Rob J. wußte, was Dr. Storer nicht gesagt hatte: Einige der ansässigen Jungmediziner profitierten vom Ruf ihrer Familie und von deren Beziehungen, so wie es für ihn in Edinburgh von Vorteil gewesen war, zur bekannten Medizinerdynastie der Coles zu gehören.

»Ich würde es in einer anderen Stadt versuchen, vielleicht in Providence oder New Haven«, sagte Dr. Storer, und Rob J. murmelte seinen Dank und verließ ihn. Doch einen Augenblick später kam ihm Dr. Storer nachgelaufen. »Es gibt da noch eine entfernte Möglichkeit«, sagte er. »Sie müssen mit Dr. Walter Aldrich sprechen.«

Der Arzt hatte seine Praxis zu Hause, in einem gepflegten weißgestrichenen Holzhaus an der Südseite einer großen Grünfläche, die The Common hieß. Es war gerade Sprechstunde, und

Rob J. mußte lange warten. Dr. Aldrich erwies sich als stattlicher Mann mit einem grauen Vollbart, der freilich den wie eine Schnittwunde wirkenden Mund nicht verbergen konnte. Er hörte zu, während Rob J. erzählte, und unterbrach ihn hin und wieder mit einer Frage. »Am Universitätskrankenhaus von Edinburgh? Unter dem Chirurgen William Fergusson? Warum haben Sie denn eine solche Assistentenstelle aufgegeben?«

»Man hätte mich nach Australien deportiert, wenn ich nicht geflohen wäre.« Rob J. wußte, daß seine einzige Hoffnung in der Wahrheit lag. »Ich habe ein Pamphlet verfaßt, das zu einem Arbeiteraufstand gegen die englische Krone führte, die Schottland seit Jahren ausbluten läßt. Es kam zu Straßenschlachten, Menschen wurden getötet.«

»Eine offene Antwort«, sagte Dr. Aldrich und nickte. »Ein Mann muß für das Wohlergehen seines Landes kämpfen. Mein Vater und mein Großvater haben gegen die Engländer gekämpft.« Er betrachtete Rob J. mit abwägendem Blick. »Es gibt da eine Möglichkeit. Bei einer wohltätigen Einrichtung, die Ärzte zu den Bedürftigen der Stadt schickt.«

Es klang nach schmutziger Arbeit ohne Zukunftsaussichten. Dr. Aldrich sagte, die meisten Gemeindeärzte erhielten fünfzig Dollar pro Jahr und seien froh um die Erfahrung, doch Rob fragte sich, was ein Arzt aus Edinburgh in einem provinziellen Elendsviertel Neues über Medizin lernen könne.

»Wenn Sie Mitglied der Boston Dispensary werden, kann ich Ihnen eine Assistentenstelle für die Abendvorlesungen im anatomischen Institut der Tremont Medical School beschaffen. Das bringt Ihnen zusätzlich zweihundertfünfzig Dollar pro Jahr.«

»Ich glaube nicht, daß ich mit dreihundert Dollar existieren kann, Sir. Ich habe praktisch keine eigenen Mittel.«

»Etwas anderes habe ich nicht anzubieten. Genaugenommen beläuft sich das Jahreseinkommen auf dreihundertfünfzig Dollar. Die freie Stelle ist im achten Distrikt, und für den hat der Beirat des Dispensary vor kurzem eine Erhöhung des Gemeindearztgehalts auf hundert Dollar beschlossen.«

»Warum bekommt man im achten Distrikt doppelt soviel wie in den anderen?«

Nun war es an Dr. Aldrich, offen und ehrlich zu antworten. »Dort leben die Iren«, sagte er in einem Ton, der so dünn und blutleer war wie seine Lippen.

Am nächsten Morgen stieg Robert J. im Haus Washington Street Nr. 109 knarzende Treppen hinauf und betrat die überfüllte Apotheke, die den einzigen Geschäftsraum der Boston Dispensary, einer Art städtischen Gesundheitsbehörde, darstellte. Hier drängten sich bereits die Ärzte, die auf ihre Patientenzuweisungen für diesen Tag warteten. Charles K. Wilson, der Direktor, war geschäftsmäßig kurz angebunden, als Rob J. an die Reihe kam: »Soso. Neuer Arzt für den achten Distrikt, was? Na ja, das Viertel war eine Zeitlang ohne Betreuung. Die da warten auf Sie«, sagte er und gab ihm einen Stapel Zettel, jeder mit einem Namen und einer Adresse.

Wilson erklärte ihm die Vorschriften und beschrieb ihm den achten Distrikt. Die Broad Street trennte den Hafen und die Docks von den hochaufragenden Häuserzeilen Fort Hills. Als die Stadt noch jung war, prägten Großhändler dieses Viertel, die sich hier prächtige Residenzen bauten, um in der Nähe ihrer Lagerhäuser und Geschäfte zu sein. Im Lauf der Zeit übersiedelten sie in andere, bessere Gegenden, und Yankees aus der Arbeiterschicht übernahmen die Häuser, die dann in kleinere Wohneinheiten unterteilt und von noch ärmeren Einheimischen bezogen wurden, bis schließlich die irischen Einwanderer kamen, die aus den Bäuchen der Schiffe quollen. Zu dieser Zeit waren die riesigen Häuser bereits verkommen und vernachlässigt, die Wohnungen wurden immer weiter unterteilt und zu ungerechtfertigt hohen Preisen wochenweise untervermietet. Lagerhäuser wurden zu Bienenstöcken aus winzigen Zimmern ohne eine einzige Licht- oder Frischluftquelle, und der Wohnraum war so knapp, daß neben und hinter jedem Gebäude häßliche, windschiefe Hütten entstanden. Das Ergebnis war ein abscheuliches Elendsviertel, in dem bis zu zwölf Personen ein

Zimmer bewohnten: Eheleute, Brüder, Schwestern und Kinder, die manchmal alle in ein und demselben Bett schliefen.

Wilsons Angaben folgend, fand Rob J. den achten Distrikt. Der Gestank der Broad Street, das Miasma, das zu wenige und von zu vielen Menschen benutzte Toiletten ausströmten, war der Geruch der Armut, der in jeder Stadt der Welt der gleiche war. Doch ein Teil Rob J.s, der genug davon hatte, ein Fremder zu sein, freute sich über die irischen Gesichter. Denn diese Menschen waren keltischer Abstammung wie er. Sein erster Patientenschein lautete auf den Namen Patrick Geoghegan am Half Moon Place. Die Adresse hätte ebensogut auf einem anderen Planeten sein können, denn in dem Labyrinth von Gassen und namenlosen Privatwegen, die von der Broad Street abgingen, verirrte er sich sofort. Schließlich gab er einem Jungen mit schmutzigem Gesicht einen Penny, um sich zu einem winzigen, überfüllten Platz führen zu lassen. Weitere Nachforschungen brachten ihn in den obersten Stock eines Hauses, wo er sich durch Zimmer, die von zwei anderen Familien bewohnt wurden, einen Weg zu der winzigen Unterkunft der Geoghegans bahnte. Eine Frau saß in dem Zimmer und suchte bei Kerzenlicht den Kopf eines Kindes nach Läusen ab.

»Patrick Geoghegan?« Rob J. mußte den Namen wiederholen, bevor er mit einem heiseren Flüstern belohnt wurde: »Mein Dad... Vor fünf Tagen isser gestorben, am Hirnfieber.«

So nannten auch die Leute in Schottland jedes hohe Fieber mit Todesfolge. »Das tut mir sehr leid, Madam«, sagte er. Doch sie sah nicht einmal auf.

Unten im Hof blieb er stehen und sah sich um. Er wußte, daß es in jedem Land solche Straßen gab, Straßen, in denen eine so erdrückende Ungerechtigkeit herrschte, daß sie ihre eigenen Bilder, Geräusche und Gerüche hervorbrachten: Ein käsig-bleiches Kind saß auf einer Schwelle und nagte an einer Speckrinde wie ein Hund an einem Knochen; drei nicht zueinander passende Schuhe, so abgetragen, daß sie nicht mehr zu reparieren waren, schmückten die mit Abfall übersäte, staubige Gasse; ein Betrunkener sang ein weinerliches Lied über die grünen Hügel

36

eines entfernten Landes wie eine Hymne; und über allem waberte der Geruch von gekochtem Kohl und der feuchte Gestank von verstopften Abflüssen und unzähligen Arten von Dreck, Er kannte die Armenviertel von Edinburgh und Paisley und die steinernen Häuserschluchten unzähliger Städte, wo Erwachsene und Kinder vor Tagesanbruch aufbrachen, um sich zu den Baumwollfabriken und Wollspinnereien zu schleppen und erst lange nach Anbruch der Nacht zurückzukehren, Menschen, die ausschließlich in der Dunkelheit unterwegs waren. Ihm kam plötzlich die Ironie seiner Lage zu Bewußtsein: Aus Schottland war er geflohen, weil er die Kräfte bekämpft hatte, die solche Elendsviertel entstehen ließen, und jetzt, in diesem neuen Land, wurde er wieder mit der Nase hineingestoßen.

Sein zweiter Schein führte ihn zu Martin O'Hara am Humphrey Place, einer Hüttensiedlung am Rande von Fort Hill. Er mußte über eine knapp zwanzig Meter hohe Holztreppe, die so steil war, daß man sie beinahe wie eine Leiter hochklettern mußte. Neben der Treppe verlief eine offene Rinne, in der die ungeklärten Abwässer des Humphrey Place nach unten stürzten und die Probleme des Half Moon Place noch verschlimmerten.

Trotz des Elends seiner Umgebung bemühte sich Rob J., schnell zu arbeiten, und machte sich dabei vertraut mit seinem Betätigungsfeld. Es war eine anstrengende Tätigkeit, und doch erwarteten ihn am Ende des Nachmittags nur eine karge, von Sorgen umdüsterte Mahlzeit und der Abend mit seiner zweiten Beschäftigung. Die beiden Stellen würden ihm erst nach einem Monat den ersten Lohn einbringen, und für das Geld, das er noch hatte, konnte er sich nicht mehr oft ein Abendessen kaufen.

Das anatomische Institut der Tremont Medical School bestand aus einem großen Raum über Thomas Metcalfes Apotheke am Tremont Place Nr. 35, der gleichzeitig als Hörsaal diente. Geleitet wurde es von einer Gruppe Professoren mit Harvard-Examen, die aus Unzufriedenheit mit der chaotischen Medizinerausbildung an ihrer Alma Mater ein streng reglementiertes und kontrolliertes Dreijahresprogramm entwickelt hatten, das ihrer Ansicht nach bessere Ärzte hervorbrachte.

Der Pathologieprofessor, unter dem er als Sezierassistent arbeiten sollte, erwies sich als kurzer, säbelbeiniger Mann, der nur zehn Jahre älter war als er. »Ich heiße Holmes. Sind Sie ein erfahrener Dozent, Dr. Cole?«

»Nein. Ich habe noch nie unterrichtet. Aber ich habe Erfahrung in der Chirurgie und beim Sezieren.«

Na, wir werden sehen, schien Dr. Holmes' kühles Nicken zu bedeuten. Er erklärte ihm kurz die Handgriffe, die zur Vorbereitung der Vorlesung nötig waren. Es handelte sich bis auf wenige Ausnahmen um Routinearbeiten, mit denen Rob J. vertraut war. Er und Fergusson hatten in Edinburgh jeden Morgen vor der Visite Autopsien vorgenommen, zu Forschungszwecken, aber auch zur Übung, damit sie beim Operieren ihrer Patienten immer schneller und sicherer wurden. Jetzt zog Rob J. das Laken von dem dürren Leichnam eines Jungen, band sich eine lange, graue Arbeitsschürze um und legte die Instrumente zurecht, während bereits die ersten Studenten eintrafen.

Es waren insgesamt nur sieben Medizinstudenten. Dr. Holmes stand an einem Pult neben dem Seziertisch. »Als ich in Paris Anatomie studierte«, begann er, »konnte sich jeder Student für fünfzig Sou eine komplette Leiche besorgen. Es gab da eine Stelle, an der sie jeden Tag pünktlich um zwölf Uhr mittags verkauft wurden. Aber heutzutage ist das Angebot an Leichen zu Studienzwecken sehr rar. Diese da – ein sechzehnjähriger Junge, der heute morgen an einer Kongestion der Lunge gestorben ist – hat uns die staatliche Wohlfahrtsbehörde überlassen. Doch heute abend werden Sie noch nicht sezieren. In einer späteren Vorlesung werden wir die Leiche unter Ihnen aufteilen, zwei von Ihnen werden je einen Arm zur Untersuchung bekommen, zwei je ein Bein und die restlichen den Rumpf.«

Während Dr. Holmes erklärte, was sein Assistent tat, öffnete Rob J. den Brustkorb des Jungen und begann, die Organe zu entfernen und zu wiegen, wobei er jedesmal das Gewicht mit lauter Stimme verkündete, damit der Professor es aufschreiben konnte. Danach mußte er auf verschiedene Körperpartien deuten, um zu illustrieren, was der Professor sagte. Holmes sprach stockend und mit hoher Stimme, doch Rob J. merkte sehr schnell, daß die Studenten seine Vorlesung als Leckerbissen betrachteten. Er scheute vor derben Ausdrücken nicht zurück, und um zu demonstrieren, wie der Arm sich bewegt, markierte er einen kräftigen Aufwärtshaken; zur Erläuterung des Bewegungsablaufs des Beins schwang er seines hoch in die Luft, und um zu zeigen, wie die Hüfte funktioniert, vollführte er einen Bauchtanz. Die Studenten hingen an seinen Lippen und verfolgten jede seiner Bewegungen, und am Ende der Vorlesung bedrängten sie ihn mit Fragen. Der Professor beantwortete sie und ließ dabei seinen neuen Assistenten nicht aus den Augen, der in der Zwischenzeit die Leiche und die anatomischen Präparate in den Konservierungstank legte, den Tisch schrubbte und dann die Instrumente reinigte, abtrocknete und aufräumte. Rob J. wusch sich gerade gründlich die Hände, als der letzte Student ging.

»Sie waren nicht schlecht.«

Warum auch nicht, wollte Rob J. sagen, es ist schließlich eine Arbeit, die auch jeder intelligente Student verrichten kann. Statt dessen ertappte er sich bei der Frage, ob er einen Vorschuß erhalten könne.

»Ich habe gehört, Sie arbeiten für die Dispensary. Ich habe selbst einmal für diesen Verein gearbeitet. Verdammt harte Arbeit, bei der man bestimmt nicht reich wird. Aber sehr lehrreich.« Holmes nahm zwei Fünf-Dollar-Scheine aus seiner Brieftasche. »Genügt ein halber Monatslohn?«

Rob J. versuchte, sich die Erleichterung nicht allzusehr anmerken zu lassen, als er Dr. Holmes versicherte, daß dies genüge. Sie löschten die Lampen, verabschiedeten sich am Fuß der Treppe und gingen ihrer Wege. Als Rob J. an einer Bäckerei vorbeikam, nahm ein Mann eben Tabletts mit Gebäck aus dem Fenster, weil er den Laden schließen wollte, und Rob J. ging hinein und kaufte sich zur Feier des Tages zwei Brombeertörtchen.

Er hatte vor, sie auf seinem Zimmer zu verspeisen, doch im Haus an der Spring Lane war das Dienstmädchen noch auf und wusch das Geschirr. Er ging in die Küche und zeigte ihr die Törtchen. »Eins gehört dir, wenn du mir hilfst, ein bißchen Milch zu klauen.«

Sie lächelte. »Brauchst nicht zu flüstern! Sie schläft schon.« Sie deutete nach oben, wo Mrs. Burtons Zimmer lag. »Wenn die mal schnarcht, weckt sie nichts mehr auf.« Sie trocknete sich die Hände ab und holte Milch, dazu zwei saubere Tassen. Sie heiße Margaret Holland, sagte sie, aber jeder nenne sie Meg. Nach dem Festmahl klebte ihr ein Milchbart an der Oberlippe, und er beugte sich über den Tisch und wischte ihn mit ruhigen Chirurgenfingern weg.

DIE ANATOMIESTUNDE

Sehr schnell entdeckte Rob J. den schrecklichen Makel, welcher der Arbeitsweise der Dispensary anhaftete. Die Namen auf den Scheinen, die er jeden Morgen erhielt, waren nicht die der am schwersten Erkrankten im Fort-Hill-Viertel. Die medizinische Versorgung erwies sich als ungerecht und undemokratisch. Die Patientenscheine wurden an die reichen Spender der Organisation verteilt, und die füllten sie aus, um sie an jene weiterzugeben, die sie mochten, meistens an ihre eigene Dienerschaft als Belohnung. Häufig wurde er zu Leuten gerufen, die nur geringfügige Beschwerden hatten, während ein paar Türen weiter ein Mittelloser ohne ärztliche Betreuung starb. Der Eid, den er geleistet hatte, verbot ihm, Schwerstkranke unbehandelt zu lassen, doch wenn er seine Stelle behalten wollte, mußte er eine große Anzahl von Scheinen abliefern und nachweisen, daß er die Patienten behandelt hatte, deren Namen auf diesen standen.

Eines Abends sprach er nach der Vorlesung mit Dr. Holmes über dieses Problem. »Als ich für die Dispensary gearbeitet habe«, sagte der Professor, »habe ich bei den Freunden meiner

Familie, die gespendet haben, unausgefüllte Behandlungsscheine gesammelt. Ich werde das wieder tun und sie Ihnen geben.« Rob J. war dankbar dafür, doch seine Stimmung wurde nicht besser. Er würde nie genug Blankoscheine zusammenbringen, um alle bedürftigen Patienten in seinem Distrikt behandeln zu können. Dazu hätte man eine ganze Armee von Ärzten gebraucht.

Oft war es der einzige Lichtblick seines Tages, sich spätabends, wenn er in die Spring Lane zurückkehrte, ein paar Minuten zu Meg Holland in die Küche zu setzen und mit ihr heimlich beiseite geschaffte Überbleibsel zu essen. Er gewöhnte es sich an, ihr kleine Geschenke mitzubringen, eine Tüte heiße Maronen, ein Stück Ahornzucker oder ein paar gelbe Pippinäpfel. Das irische Mädchen erzählte ihm den Hausklatsch: daß Mr. Stanley Finch – dieser Aufschneider! – ein Mädchen geschwängert habe und ausgerissen sei, daß Mrs. Burton einmal sehr nett und dann wieder unausstehlich sein könne oder daß der Hausdiener Lem Raskin, der im Zimmer neben Rob J. wohnte, einen mächtigen Durst habe.

Nach etwa einer Woche ließ sie sehr beiläufig die Bemerkung fallen, daß Lem, wenn man ihm ein Viertel Brandy spendiere, alles auf einmal austrinke und dann nicht mehr wach zu kriegen sei.

Am folgenden Abend bezahlte Rob J. Lemuel sein Quantum Brandy.

Die Wartezeit wurde ihm lang, und mehr als einmal sagte er sich, daß das Mädchen ihn an der Nase herumgeführt habe. In dem alten Haus gab es eine Unzahl von nächtlichen Geräuschen, knarrende Dielen, Lems kehliges Schnarchen und immer wieder geheimnisvolles Knacken in den hölzernen Zwischenwänden. Schließlich hörte er ein sehr leises Geräusch an der Tür, nur die Andeutung eines Klopfens, und als er öffnete, schlüpfte Margaret Holland, schwach nach Frau und Geschirrwasser riechend, herein, flüsterte, daß es eine kalte Nacht werde, und streckte ihm zur Rechtfertigung ihres Kommens eine fadenscheinige zusätzliche Decke entgegen.

Kaum drei Wochen nach der Sektion des Jugendlichen erhielt die Tremont Medical School eine neue anatomische »Fundgrube«, die Leiche einer jungen Frau, die im Gefängnis an Kindbettfieber gestorben war. An diesem Abend wurde Professor Holmes im Massachusetts General aufgehalten, und Dr. David Storer vom Lying-In übernahm die Vorlesung. Bevor Rob J. mit dem Sezieren beginnen durfte, bestand Dr. Storer auf einer eingehenden Untersuchung der Hände seines Assistenten. »Kein eingerissenes Nagelbett, keine Verletzungen der Haut?« »Nein, Sir«, erwiderte Rob J. etwas verstimmt, denn er sah keinen Grund für dieses Interesse an seinen Händen.

Nach der Vorlesung bat Storer die Studenten in einen anderen Teil des Saales, wo er ihnen die Untersuchung von Schwangeren oder Patientinnen mit Frauenkrankheiten demonstrieren wollte. »Sie werden feststellen, daß die züchtige Neuengländerin vor einer solchen Untersuchung zurückschreckt oder sie sogar verbietet«, sagte er. »Doch Sie haben die Aufgabe, ihr Vertrauen zu gewinnen, um ihr zu helfen.«

Dr. Storer hatte eine sehr dicke Frau im fortgeschrittenen Stadium der Schwangerschaft dabei, vermutlich eine Prostituierte, die für diese Demonstration engagiert worden war. Während Rob J. noch den Seziertisch reinigte, traf Professor Holmes ein. Als er mit seiner Arbeit fertig war, wollte Rob J. sich zu den Studenten gesellen, die die Frau untersuchten, doch Dr. Holmes versperrte ihm den Weg. »Nein, nein!« sagte der Professor. »Sie müssen sich gründlich waschen und gehen! Auf der Stelle, Dr. Cole! Warten Sie in der *Essex Tavern*! Ich will mir nur noch einige Unterlagen und Notizen zusammensuchen.«

Verwundert und verärgert gehorchte Rob J. Das Wirtshaus lag gleich um die Ecke. Weil er nervös war, bestellte er sich ein Bier, obwohl es ihm durch den Kopf schoß, daß seine Tage als Assistent vielleicht gezählt waren und er deshalb sein Geld nicht vergeuden sollte. Er hatte sein Glas kaum zur Hälfte ausgetrunken, als Harry Loomis, ein Student im zweiten Jahr, mit zwei Notizbüchern und einigen Nachdrucken medizinischer Artikel erschien.

»Die schickt Ihnen der Dichter.«

»Wer?«

»Wissen Sie das denn nicht? Er ist Bostons Hofdichter. Als Dickens Amerika besuchte, hat man Oliver Wendell Holmes gebeten, die Begrüßungsrede zu verfassen. Aber denken Sie sich nichts! Er ist ein besserer Arzt als Dichter. Seine Vorlesungen sind großartig, was?« Loomis bestellte sich fröhlich winkend ebenfalls ein Glas Bier. »Er nimmt's allerdings sehr genau mit dem Händewaschen. Glaubt nämlich, daß Dreck Wundinfektionen verursacht.«

Zu den Unterlagen gehörte eine Notiz, die auf der Rückseite einer überfälligen Laudanumrechnung der Apotheke Weeks & Potter gekritzelt war: *Dr. Cole, bitte lesen Sie das, bevor sie morgen abend wieder in die Tremont Med. Schl. kommen! Ich verlasse mich darauf. Hochachtungsv., Holmes.*

Gleich nachdem er in sein Zimmer bei Mrs. Burton zurückgekehrt war, begann er zu lesen, zuerst etwas verärgert, doch dann mit wachsendem Interesse. Es handelte sich in der Hauptsache um einen Artikel, den Holmes zuerst im »New England Quarterly Journal of Medicine« und dann als Zusammenfassung im »American Journal of the Medical Sciences« veröffentlicht hatte. Zunächst kamen Rob J. die Fälle, von denen Holmes berichtete, vertraut vor, denn sie entsprachen genau dem, was auch in Schottland passierte, daß nämlich ein hoher Prozentsatz schwangerer Frauen an außergewöhnlich hohem Fieber erkrankte, das sehr schnell zu einer allgemeinen Infektion und schließlich zum Tod führte.

Doch dann war in Holmes' Artikel von einem Arzt namens Whitney aus Newton in Massachusetts die Rede, der, assistiert von zwei Medizinstudenten, eine Obduktion an einer an Kindbettfieber gestorbenen Frau vorgenommen hatte. Dr. Whitney hatte an einem Finger ein eingerissenes Nagelbett, einer der Studenten eine kleine offene Brandwunde an der Hand. Für die beiden Männer waren diese Verletzungen nichts als eine lästige Kleinigkeit, doch innerhalb weniger Tage begann der Arm des

43

Arztes zu kribbeln. Etwa in der Höhe des Ellbogens zeigte sich eine erbsengroße Rötung, von der eine dünne rote Linie bis zum verletzten Nagelbett verlief. Der Arm schwoll sehr schnell auf das Doppelte seines normalen Umfangs an, und der Arzt wurde von hohem Fieber und heftigem Erbrechen heimgesucht. Unterdessen war auch der Student mit der Brandwunde fiebrig geworden, und innerhalb weniger Tage verschlechterte sich sein Zustand dramatisch. Seine Haut färbte sich violett, sein Bauch schwoll stark an, und schließlich starb der junge Mann. Auch Dr. Whitney stand an der Schwelle zum Tod, doch er erholte sich langsam und wurde wieder gesund. Der zweite Medizinstudent, der die Autopsie ohne eine Verletzung an den Händen durchgeführt hatte, zeigte kein ernst zu nehmendes Symptom.

Der Fall wurde bekannt, und die Ärzte in Boston diskutierten über eine naheliegende Verbindung zwischen offenen Wunden und einer Infektion mit Kindbettfieber, kamen aber kaum zu Ergebnissen. Einige Monate später untersuchte dann in Lynn ein Arzt mit offenen Wunden an den Händen eine Frau mit Kindbettfieber und starb innerhalb weniger Tage an einer massiven Infektion. Bei einer Versammlung der Boston Society for Medical Improvement wurde eine interessante Frage aufgeworfen: Was wäre passiert, wenn der Arzt keine offenen Wunden an den Händen gehabt hätte? Auch wenn er sich nicht infiziert hätte, hätte er dann nicht infektiöses Material an seinen Händen herumgetragen und für seine Verbreitung gesorgt, sooft er mit der offenen Wunde eines anderen Patienten oder dem blutenden Unterleib einer frisch entbundenen Mutter in Berührung gekommen wäre?

Oliver Wendell Holmes war diese Frage nicht mehr aus dem Sinn gegangen. Mehrere Wochen lang beschäftigte er sich mit ihr, er besuchte Bibliotheken, las in seinen eigenen Aufzeichnungen und erbat Fallberichte von Ärzten, die als Geburtshelfer praktizierten. Wie ein Mann, der ein Mosaik zusammensetzt, stellte er eine schlüssige Beweiskette auf, die ein ganzes Jahrhundert ärztlicher Erfahrung aus zwei Kontinenten abdeckte.

Die Fälle waren nur sporadisch aufgetreten und hatten keinen Eingang in die medizinische Fachliteratur gefunden. Erst als sie zusammengestellt und miteinander verglichen wurden, ergab sich aus ihnen eine überraschende und zugleich fürchterliche Erkenntnis: Kindbettfieber wurde von Ärzten, Krankenschwestern, Hebammen und Krankenhausbediensteten verursacht, die nach der Berührung mit einer infizierten Frau andere, nicht infizierte Frauen untersuchten und so zum Fiebertod verurteilten.

Das Kindbettfieber habe sich als eine Seuche entpuppt, für die der Ärztestand selber verantwortlich sei, schrieb Holmes. Und es müsse als Verbrechen gelten, als Mord, wenn ein Arzt, der dies wisse, eine Frau infiziere.

Zweimal las Rob J. die Artikel. Wie gerne hätte er diese Theorie verächtlich abgetan, doch Holmes' Fallberichte und Statistiken waren für jemanden, der sie unvoreingenommen las, nicht angreifbar. Wie konnte dieser lächerliche Doktor aus der Neuen Welt mehr wissen als Sir William Fergusson? Manchmal hatte er Sir William bei Autopsien an Patientinnen assistiert, die an Kindbettfieber gestorben waren. Danach hatten sie mitunter schwangere Frauen untersucht. Und jetzt zwang er sich, sich an die Frauen zu erinnern, die nach solchen Untersuchungen gestorben waren.

Allem Anschein nach konnte er in medizinischen Dingen theoretisch und praktisch von diesen Provinzlern doch noch etwas lernen.

Er stand auf und drehte den Docht höher, weil er das Material noch ein drittes Mal studieren wollte, doch da hörte er ein Kratzen an der Tür, und Margaret Holland schlüpfte ins Zimmer. Sie zierte sich etwas beim Ausziehen, doch in der kleinen Kammer gab es keinen Platz, wo sie sich hätte zurückziehen können, und außerdem zog er sich ebenfalls bereits aus. Sie legte ihre Sachen zusammen und nahm die Kette mit dem Kruzifix ab. Ihr Körper war mollig, aber muskulös. Rob massierte die Druckstellen, die das Fischbeinkorsett auf ihrem Körper hinterlassen hatte, und wollte gerade zu erregenderen Zärtlichkeiten übergehen, als ein entsetzlicher Gedanke ihm unvermittelt innezuhalten gebot.

Er ließ von ihr ab, stand auf und schüttete Wasser in die Schüssel. Während das Mädchen ihn anstarrte, als hätten ihn plötzlich alle guten Geister verlassen, seifte er seine Hände ein und schrubbte sie. Dann noch einmal. Und noch ein drittes Mal. Schließlich trocknete er sie ab, kehrte ins Bett zurück und nahm das Liebesspiel wieder auf.

Aber Margaret Holland konnte sich nicht mehr beherrschen und begann zu kichern. »Du bist der komischste junge Gentleman, den ich je kennengelernt habe«, flüsterte sie ihm ins Ohr.

DER VON GOTT
VERFLUCHTE DISTRIKT

Wenn Rob J. spätabends in sein Zimmer heimkam, war er so müde, daß er nur selten noch dazu fähig war, auf seiner Gambe zu spielen. Seine Bogenführung war ungelenk, doch die Musik war ein Balsam, der ihm allerdings stets schnell verwehrt wurde, weil Lem Raskin schon nach wenigen Minuten wütend gegen die Wand hämmerte. Da er es sich nicht leisten konnte, sich mit spendiertem Schnaps sowohl für sein Beisammensein mit Meg als auch für die Musik einen Freipaß zu verschaffen, litt die Musik.

In einer Fachzeitschrift in der Fakultätsbibliothek hatte er zwar gelesen, daß Frauen zur Schwangerschaftsverhütung Spülungen mit einem Aufguß aus Alaun und Weißeichenrinde vornehmen sollten, doch er war überzeugt, sich nicht darauf verlassen zu können, daß Meg dergleichen regelmäßig tun würde. Harry Loomis nahm die Sache sehr ernst, als Rob J. ihn um Rat fragte, und schickte ihn zu einem hübschen grauen Haus an der Südseite von Cornhill. Mrs. Cynthia Worth war eine solide, weißhaarige Dame. Sie lächelte und nickte, als sie Harrys Namen hörte. »Medizinern mache ich einen günstigeren Preis.«

Ihre Ware bestand aus dem Blinddarm eines Schafes, einer natürlichen Darmausbuchtung, die nur an einem Ende offen und deshalb für eine Bearbeitung durch Mrs. Worth hervorragend geeignet war. Sie hob, stolz wie eine Fischfrau am Markt, ihre Erzeugnisse in die Höhe, als handle es sich um Meeresgetier mit fangfrischen Karfunkelaugen. Rob J. atmete tief ein, als er den Preis hörte, doch sie ließ sich nicht aus der Ruhe bringen. »Da steckt viel Arbeit und Mühe darin«, sagte sie. Man müsse die Darmenden stundenlang in Wasser einweichen, dann umstülpen und in einer schwachen Alkalilösung, die alle zwölf Stunden gewechselt werde, quellen lassen, anschließend alle Schleimhäute sorgfältig abschaben und die Bauchfell- und Muskelfaserschichten über brennendem Schwefel abflämmen, in Seifenlauge waschen, aufblasen und trocknen; und schließlich müsse man sie am offenen Ende auf eine Länge von acht Zoll zurechtschneiden und mit einem roten oder blauen Zugbändchen versehen, damit die Herren sie, um der größeren Sicherheit willen, festbinden können. Die meisten Gentlemen kauften Dreierpackungen, sagte sie, weil sie so am preisgünstigsten seien.

Rob J. kaufte nur *ein* Schafdarmkondom. Er hatte keinen besonderen Farbwunsch und erhielt eines mit blauem Bändchen.

»Wenn Sie sorgfältig damit umgehen, reicht auch eines.« Sie erklärte ihm, daß es wiederverwendet werden könne, wenn es nach jedem Gebrauch ausgewaschen, aufgeblasen und gepudert werde. Als Rob J. sie mit seiner Neuerwerbung verließ, wünschte sie ihm fröhlich einen guten Tag und bat ihn, sie an seine Kollegen und Patienten weiterzuempfehlen.

Meggy haßte das Ding. Dagegen freute sie sich sehr über ein Geschenk, das Rob J. von Harry Loomis erhielt mit der Aufforderung, er solle sich ein paar schöne Stunden damit machen. Es war eine Flasche mit einer farblosen Flüssigkeit, Stickoxydul oder Lachgas, wie es die Medizinstudenten und jungen Ärzte nannten, die sich häufig damit vergnügten. Rob träufelte etwas davon auf ein Tuch, um es mit Meggy einzuatmen, bevor sie miteinander ins Bett gingen. Der Versuch wurde ein uneingeschränkter Erfolg: Nie hatten ihre Körper drolliger gewirkt und der Geschlechtsakt selbst komischer und absurder.

Außer dem Vergnügen des Bettes war nichts zwischen ihnen. Wenn sie den Akt langsam vollzogen, entstand ein wenig Zärtlichkeit, doch wenn sie sich stürmisch liebten, war es mehr Verzweiflung als Leidenschaft. Unterhielten sie sich, erzählte sie ihm entweder Klatsch aus der Pension, was ihn langweilte, oder sie schwelgte in Erinnerungen an die alte Heimat, was er gern vermieden hätte, weil es ihn schmerzte. Die chemisch geförderte Fröhlichkeit, die sie einmal mit Hilfe des Stickoxyduls erreicht hatten, suchten sie nie wieder, denn ihre Heiterkeit im Bett war ziemlich laut gewesen, und obwohl der betrunkene Lem nichts gemerkt hatte, wußten sie doch, daß sie nur durch einen glücklichen Zufall unentdeckt geblieben waren. Sie lachten nur noch einmal miteinander, als Meggy trocken bemerkte, das Kondom müsse wohl von einem Widder stammen, und es *Old Horny* taufte, geiler alter Bock. Er machte sich Vorwürfe, weil er sie so häufig benutzte. Da ihm aufgefallen war, daß ihr Unterrock schon sehr fadenscheinig war, kaufte er ihr einen neuen – ein Geschenk des schlechten Gewissens. Sie freute sich sehr darüber, und er zeichnete sie in sein Tagebuch, wie sie auf seinem schmalen Bett lag, ein molliges Mädchen mit einem lächelnden Katzengesicht.

Er sah viel anderes, das er gern gezeichnet hätte, wenn ihm sein Beruf die Kraft dafür gelassen hätte. In Edinburgh hatte er aus Widerstand gegen die auf den legendären Medicus zurückgehende Familientradition der Coles ein Kunststudium begonnen und davon geträumt, Maler zu werden, wofür ihn seine Familie auch geeignet hielt. In seinem dritten Studienjahr sagte man ihm jedoch, daß er zwar künstlerisches Talent habe, aber nicht genug. Er hafte zu sehr an der sichtbaren Wirklichkeit und ihm fehle der entscheidende Funken Phantasie, die Vision. »Sie haben die Flamme, aber Ihnen fehlt die Hitze«, hatte sein Professor für Porträtzeichnen nicht unfreundlich, aber unumwunden gesagt. Rob J. war am Boden zerstört gewesen, bis zwei Dinge sich ereigneten. In den staubigen Archiven der Universitätsbibliothek stieß er auf eine anatomische Zeichnung. Sie war sehr alt, vermutlich aus der Zeit vor Leonardo, ein nackter Männerkörper, von dem die obersten Gewebeschichten abgelöst waren, damit man die Organe und Blutgefäße sehen konnte. Die Zeichnung trug die Unterschrift: *Der zweite durchsichtige Mensch,* und mit freudigem Erschrecken sah Rob J., daß sie von einem seiner Vorfahren stammte, denn die Signatur lautete: *Robert Jeffrey Cole, nach der Manier von Robert Jeremy Cole.* Das war der Beweis, daß zumindest einige seiner Vorfahren sowohl Künstler wie Ärzte gewesen waren. Und zwei Tage später geriet er in einen Operationssaal und sah dort William Fergusson, den genialen Chirurgen, der mit absoluter Präzision und unglaublicher Geschwindigkeit arbeitete, um den Patienten so wenig Schmerzen wie möglich zuzufügen. Zum erstenmal verstand Rob J. die lange Ahnenreihe von Ärzten in seiner Familie, denn er erkannte, daß selbst die großartigste Leinwand nicht so kostbar sein konnte wie ein einziges menschliches Leben. Und in diesem Augenblick hatte er sich der Medizin verschrieben.

Vom Beginn seiner Ausbildung an besaß er das, was sein Onkel Ranald, ein praktischer Arzt in der Nähe von Glasgow, die Gabe der Coles nannte, die Fähigkeit festzustellen, ob ein Patient leben oder sterben würde, einfach indem man dessen Hände hielt. Es war die Sensibilität eines Heilers, ein diagnostischer sechster Sinn, zum Teil Instinkt, zum Teil Intuition und zum Teil eine ererbte Wahrnehmung, ein genetisches Erbe, das niemand begreifen oder erklären konnte. Und diese Gabe funktionierte so lange, wie sie nicht durch ein Übermaß an Alkohol abgestumpft wurde. Für einen Arzt war sie ein wirkliches Gottesgeschenk, doch jetzt, in diesem fremden Land, verdüsterte sie Rob J.s Gemüt, denn im achten Distrikt gab es zu viele Menschen, die sterben mußten.

Der von Gott verfluchte Distrikt, wie er ihn inzwischen nannte, beherrschte sein Leben. Die Iren waren mit den höchsten Erwartungen hier eingetroffen. Während in der alten Heimat ein Handlanger einen Sixpence pro Tag verdiente, wenn es Arbeit gab, herrschte in Boston weniger Arbeitslosigkeit, und die Handlanger verdienten mehr, mußten aber fünfzehn Stunden am Tag und alle sieben Tage der Woche schuften. Sie zahlten hohe Mieten für ihre Löcher, sie zahlten noch mehr für ihr Essen, und sie hatten keinen Garten, kein winziges Fleckchen Erde, auf dem sie mehlige Kartoffeln ziehen konnten, keine Kuh, die ihnen Milch gab, kein Schwein, das ihnen Schinken lieferte. Der Distrikt verfolgte Rob J. mit seiner Armut, seinem Dreck und seinen Bedürfnissen, was ihn eigentlich hätte lähmen müssen, ihn aber zur Arbeit antrieb, bis er sich vorkam wie ein Mistkäfer, der versucht, einen Berg aus Schafskot zu bewegen. Der Sonntag hätte eigentlich ihm gehören sollen als eine kurze Zeitspanne der Erholung von der abstumpfenden Arbeit der schrecklichen Woche. Sonntag vormittags bekam sogar Meg ein paar Stunden frei, damit sie die Kirche besuchen konnte. Doch Rob J. ging Sonntag für Sonntag in den Distrikt, da er an diesem Tag ohne das Diktat der Patientenscheine frei über seine Zeit verfügen konnte. So waren in kürzester Zeit seine sonntäglichen, meist unentgeltlichen Hausbesuche zu einer festen Einrichtung geworden, denn wohin er sah, gab es Krankheiten, Verletzungen und Seuchen. Wie ein Lauffeuer verbreitete sich die Nachricht von dem Arzt, der das Ersische beherrschte, die uralte gälische Sprache der Iren und der Schotten. Sogar die Verbittertsten und Übellaunigsten wurden fröhlich und heiter, wenn sie die Laute der alten Heimat aus seinem Mund hörten. *Beannacht De ort, dochtuir oig!* Gott sei mit dir, junger Doktor! riefen sie ihm nach, wenn er durch die Straßen ging. Einer erzählte dem anderen von dem jungen Doktor, der »die Sprache spreche«, und bald redete er im Distrikt fast nur noch gälisch. Doch während man ihn in Fort Hill verehrte, war er in der Apotheke der Boston Dispensary weniger beliebt, denn plötzlich tauchten hier alle möglichen Patienten auf, die Rezepte von Dr. Robert Cole vorwiesen für Medikamente und Krücken, ja sogar für Nahrungsmittel, die er bei Unterernährung verschrieb.

»Was geht denn da vor? Hm? Die stehen nicht auf der Liste der Patienten, die unsere Spender zur Behandlung empfohlen haben«, beklagte sich Mr. Wilson.

»Aber es sind diejenigen im achten Distrikt, die unsere Hilfe am dringendsten brauchen.«

»Trotzdem. Wir können nicht zulassen, daß der Schwanz mit dem Hund wedelt. Wenn Sie bei der Dispensary bleiben wollen, Dr. Cole, müssen Sie unsere Regeln beachten!« ermahnte ihn Mr. Wilson streng.

Einer seiner Sonntagspatienten war Peter Finn vom Half Moon Place, der an einem Riß in der rechten Wade litt. Er hatte sich im Hafen ein paar Dollar verdienen wollen, als eine Kiste von einem Wagen fiel und ihm die Verletzung zufügte. Der nur mit einem schmutzigen Lumpen verbundene Riß war bereits stark geschwollen und schmerzte, als Finn ihn dem Arzt zeigte. Rob wusch und nähte die ausgefransten Fleischränder, doch die Wunde fing sofort an sich zu entzünden, und schon am nächsten Tag mußte er die Nähte wieder entfernen und eine Drainage legen. Die Infektion breitete sich mit erschreckendem Tempo aus, und nach wenigen Tagen wußte Rob J. dank seiner Gabe, daß er das Bein abnehmen mußte, wenn er Peter Finns Leben retten wollte.

Es war ein Donnerstag, und die Operation konnte nicht bis Sonntag aufgeschoben werden, also mußte er der Dispensary wieder einmal Zeit stehlen. Und er war nicht nur gezwungen, einen der kostbaren Blankoscheine zu verwenden, die er von Dr. Holmes hatte, er mußte Rose Finn auch von seinem wenigen, schwer verdienten Geld geben, damit sie den Krug schwarz gebrannten Whiskeys besorgen konnte, der für die Operation so notwendig war wie das Messer.

Joseph Finn, Peters Bruder, und sein Schwager Michael Bodie erklärten sich widerstrebend bereit, Rob J. zu assistieren. Er wartete, bis Peter von dem mit Morphium versetzten Whiskey halb besinnungslos auf dem Küchentisch lag wie ein Opferlamm. Doch schon beim ersten Anblick des Skalpells traten dem Dockarbeiter in ungläubigem Entsetzen die Augen aus den Höhlen, seine Nackenmuskeln schwollen an, und sein Aufschrei war wie eine Anschuldigung, die den Bruder erbleichen und den Schwager hilflos und zitternd dastehen ließ. Rob J. hatte das verletzte Bein am Tisch festgebunden, da aber Peter brüllend um sich schlug wie ein Tier in Todesangst, schrie er die beiden Männer an: »Haltet ihn fest! Haltet ihn doch fest!«

Er führte das Messer, wie er es von Fergusson gelernt hatte, präzise und schnell. Die Schreie verstummten, als er durch Fleisch und Muskeln schnitt, doch das Zähneknirschen des Mannes war noch schlimmer als sein Brüllen. Als Rob J. die Oberschenkelarterie durchtrennte, spritzte hellrotes Blut heraus, und er versuchte, Bodies Hand zu nehmen und ihm zu zeigen, wie er den Blutfluß abdrücken konnte. Der Schwager aber wich zurück.

»Komm her, du verdammter Hurensohn!«

Doch Bodie rannte weinend die Treppe hinunter. Rob J. versuchte zu arbeiten, als hätte er sechs Hände. Dank seiner Körpergröße und seiner Kraft gelang es ihm, zusammen mit Joseph den um sich schlagenden Peter auf den Tisch niederzudrücken und gleichzeitig das schlüpfrige Ende der Arterie mit den Fingern zusammenzudrücken. Doch als er losließ, um nach der Säge zu greifen, begann die Blutung von neuem.

»Zeigen Sie mir, was ich tun soll!« Rose Finn stand plötzlich neben ihm. Ihr Gesicht war aschfahl, doch es gelang ihr, die Arterie zu fassen und das Blut aufzuhalten. Rob J. sägte den Knochen durch, setzte noch ein paar schnelle Schnitte, und das Bein löste sich vom Körper. Jetzt konnte er die Arterie abbinden und die Hautlappen zusammennähen. Peter Finns Blick war inzwischen glasig vom Schock, und das einzige, was man noch von ihm hörte, war sein heiserer, stockender Atem.

Rob J. wickelte das Bein in ein schmutziges, zerschlissenes Handtuch und nahm es mit, um es später im anatomischen Institut zu untersuchen. Er war wie betäubt vor Erschöpfung, doch mehr, weil er sich bewußt war, welche Leiden er Peter Finn zugefügt hatte, als wegen des Kraftaufwands, den die Operation gekostet hatte. Seine blutverschmierten Kleider konnte er nicht reinigen, doch Hände und Arme wusch er sich an einem öffentlichen Brunnen, bevor er zu seiner nächsten Patientin ging, einer zweiundzwanzigjährigen Frau, von der er wußte, daß sie an Schwindsucht sterben würde.

Zu Hause in ihrem eigenen Viertel fristeten die Iren ein elendes Leben, außerhalb ihres Viertels jedoch wurden sie beschimpft. Rob J. sah die Plakate in den Straßen: *Alle Katholiken und alle, die die katholische Kirche unterstützen, sind gemeine Betrüger, Lügner, Gauner und feige Halsabschneider. Ein wahrer Amerikaner.*

Einmal pro Woche besuchte er eine Medizinvorlesung im Hörsaal des Athenaeum an der Pearl Street. Manchmal saß er nach der Diskussion noch in der Bibliothek und las die »Boston Evening Transcript«, in der der Haß, der die Gesellschaft zerriß, seinen Niederschlag fand. Angesehene Geistliche wie Reverend Lyman Beecher von der Congregational Church an der Hanover Street schrieben unzählige Artikel über »die babylonische Hure« und »die stinkende Bestie des römisch-katholischen Glaubens«. Politische Parteien verherrlichten den im Land geborenen Amerikaner und zogen über »dreckige, unwissende irische und deutsche Einwanderer« her.

Als er die überregionalen Zeitungen las, um mehr über Amerika zu erfahren, erkannte er, daß es eine habsüchtige Nation war, die mit beiden Händen nach neuem Land griff. Vor kurzem erst hatte sie Texas annektiert, durch einen Vertrag mit Großbritannien das Gebiet von Oregon erworben und wegen Kalifornien und des Südwestteils des Kontinents gegen Mexiko Krieg geführt. Die Grenze war der Mississippi, der die Zivilisation von der Wildnis trennte, in die man die Prärieindianer vertrieben hatte.

Rob J. war fasziniert von Indianern. In seiner Kindheit hatte er die Romane von James Fenimore Cooper verschlungen. Er las alles, was es im Athenaeum über Indianer gab, und danach wandte er sich den Schriften Oliver Wendell Holmes' zu. Sie gefielen ihm, vor allem das Porträt des zähen alten Überlebenskünstlers aus »The Last Leaf«. Aber Harry Loomis hatte recht, Holmes war besser als Arzt denn als Dichter, er war sogar ein vorzüglicher Arzt.

Harry und Rob J. gewöhnten es sich an, den langen Tag mit einem Glas Ale in der *Essex Tavern* zu beenden, und Dr. Holmes gesellte sich oft zu ihnen. Es war offensichtlich, daß Harry der Lieblingsstudent des Professors war, und Rob fiel es schwer, ihn nicht zu beneiden. Die Familie Loomis hatte hervorragende Verbindungen, und eines Tages würden Harry genau jene Stellen in den Krankenhäusern offenstehen, die ihm eine befriedigende Karriere als Arzt in Boston ermöglichten. Als sie eines Abends wieder beim Bier zusammensaßen, bemerkte Holmes, er sei bei Recherchen in der Bibliothek auf die Begriffe »Colescher Kropf« und »Colesche bösartige Cholera« gestoßen. Dadurch neugierig geworden, habe er die Literatur durchforstet und zahlreiche Hinweise auf die Beiträge der Familie Cole zur Medizin entdeckt, darunter die »Colesche Gicht« und das »Colesche und Palmersche Syndrom«, eine Krankheit, bei der Ödeme mit heftigen Schweißausbrüchen und gurgelnder Atmung einhergingen. »Außerdem«, sagte er, »habe ich herausgefunden, daß über ein Dutzend Coles in Edinburgh und Glasgow Professoren der Medizin waren. Waren die alle Verwandte von Ihnen?«

Rob J. grinste verlegen, aber geschmeichelt. »Ja. Lauter Verwandte. Aber die meisten Coles waren seit Jahrhunderten einfache Landärzte in den Hügeln des schottischen Tieflands wie mein Vater.« Die Gabe der Coles erwähnte er nicht. Sie war kein Thema, das er mit anderen Ärzten diskutierte, denn die würden ihn entweder für verrückt oder für einen Lügner erklären.

»Lebt Ihr Vater noch?«

»Nein, nein. Er wurde von einem durchgehenden Pferd getötet, als ich zwölf war.«

»Ach.« Das war der Augenblick, in dem Holmes beschloß, trotz des relativ geringen Altersunterschieds die Rolle von Robs Vater zu übernehmen und ihm durch eine vorteilhafte Heirat Eintritt in den erlauchten Kreis der Bostoner Familien zu verschaffen.

Bald darauf erhielt Rob J. zwei Einladungen in Holmes' Haus in der Montgomery Street, wo er einen Lebensstil kennenlernte, der einst in Edinburgh auch für ihn angemessen gewesen wäre. Beim erstenmal stellte Amelia, die lebhafte, kupplerische Frau des Professors, ihm Paula Storrow vor, die aus einer alten und reichen Familie stammte, aber eine plumpe und schrecklich dumme Frau war. Beim zweiten Dinner hatte er Lydia Parkman zur Tischnachbarin. Sie war zwar zu dünn und besaß nicht einmal die Andeutung eines Busens, aber unter glatten, walnußbraunen Haaren verrieten ihr Gesicht und ihre Augen einen trockenen, schelmischen Humor, und die beiden verbrachten den Abend, indem sie sich witzig-herausfordernd, aber nicht ohne Tiefgang unterhielten. Sie wußte einiges über Indianer, doch sie sprachen vorwiegend über Musik, denn Lydia spielte Cembalo.

Später an diesem Abend saß er in seiner Dachkammer über der Spring Lane auf dem Bett und malte sich aus, wie sein Leben in Boston aussehen könnte – als Kollege und Freund von Harry Loomis und Oliver Wendell Holmes und als Ehemann einer Gastgeberin, die einen von Geist und Witz geprägten Salon führte.

Bald darauf hörte er das leise Klopfen, das er inzwischen gut kannte. Meg Holland schlüpfte in sein Zimmer. Die ist nicht zu dünn, dachte er, während er ihr zulächelte und sein Hemd aufknöpfte. Doch diesmal blieb Meggy auf der Bettkante sitzen und rührte sich nicht.

Als sie endlich den Mund aufmachte, brachte sie nur ein leise geflüstertes Wort hervor, und ihr Tonfall traf ihn beinahe noch mehr als das Wort. Ihre Stimme klang spröde und leblos, wie trockenes Laub, das der Wind über den harten, kalten Boden weht.

»Erwischt«, murmelte sie.

TRÄUME

Ein Volltreffer«, sagte sie zu ihm.

Er wußte nicht, was er erwidern sollte. Sie war nicht mehr unberührt gewesen, als sie zu ihm gekommen war, versuchte er sich einzureden. Woher sollte er wissen, ob es wirklich sein Kind war. Ich habe doch immer das Kondom benützt, protestierte er schweigend. Aber er mußte zugeben, daß er es bei den ersten Malen nicht getragen hatte und in der Nacht, in der sie das Lachgas ausprobierten, ebenfalls nicht.

Während seiner Ausbildung war ihm eingeschärft worden, nie jemanden zu einer Abtreibung zu ermutigen, und er hätte es ihr ohnedies nicht vorgeschlagen, da er wußte, wie bestimmend die Religion für sie war.

Schließlich versprach er, zu ihr zu stehen. Er war doch nicht Stanley Finch!

Sonderlich aufzurichten schien sie seine Erklärung nicht. Er zwang sich, sie in die Arme zu nehmen und an sich zu drücken. Er wollte zärtlich sein und sie trösten. Ausgerechnet in diesem Augenblick wurde ihm klar, daß ihr Katzengesicht in wenigen Jahren eher dem einer Kuh gleichen würde. Das war nicht das Gesicht seiner Träume.

»Du bist Protestant.« Es war keine Frage, denn sie kannte die Antwort schon.

»So wurde ich erzogen.«

Sie war eine tapfere Frau. Die Tränen stiegen ihr erst in die Augen, als er ihr sagte, daß er unsicher sei über die Existenz Gottes.

»Sie Charmeur, Sie Halunke! Lydia Parkman war von Ihrer Gesellschaft sehr angetan«, berichtete ihm Holmes am nächsten Abend im Institut und strahlte, als Rob J. erwiderte, daß er sie für eine außergewöhnlich liebenswürdige Frau halte. Holmes erwähnte beiläufig, daß Stephen Parkman, ihr Vater, Richter am Superior Court sei und Berater des Harvard College. Die Familie

56

hatte mit dem Handel von Stockfisch begonnen, sich dann auf Weizen verlegt und kontrollierte inzwischen den ausgedehnten und lukrativen Handel mit in Fässern konservierten Lebensmitteln.

»Werden Sie sie wiedersehen?« fragte Holmes.

»Bald, da können Sie sicher sein«, sagte Rob J. mit schlechtem Gewissen und erlaubte sich nicht, daran zu denken.

Holmes' Theorien über die medizinische Hygiene hatten für Rob J. die ärztliche Praxis revolutioniert. Holmes erzählte ihm zwei Geschichten, die seine Thesen untermauerten. Die eine betraf die Skrofulose, eine tuberkulöse Krankheit der Lymphdrüsen und der Gelenke. Im Mittelalter herrschte in Europa der Glaube, die Berührung durch eine königliche Hand könne die Skrofulose heilen. Die andere Geschichte betraf einen uralten Aberglauben, nach dem zur Heilung eines Soldaten dessen Wunden gesäubert und verbunden werden mußten, worauf die Waffe, die diese Wunde zugefügt hatte, mit einer Salbe – bestehend aus solchen Entsetzlichkeiten wie fauligem Fleisch, Menschenblut oder Moos vom Schädel eines Hingerichteten – einzuschmieren war. Beide Methoden seien weit verbreitet und sehr erfolgreich gewesen, berichtete Holmes, da beide unbeabsichtigt für die Sauberkeit des Patienten sorgten. Im ersten Fall wurden die skrofulösen Patienten vollständig und gründlich gewaschen, damit die königlichen »Heiler«, die ihnen die Hand auflegen sollten, sich nicht vor ihnen ekelten. Im zweiten Fall wurde zwar die Waffe mit Unrat beschmiert, die Wunden des Soldaten aber, die nur gesäubert und ansonsten in Ruhe gelassen wurden, konnten ohne Infektion verheilen. Das Magische, die geheime Ingredienz, war also die Hygiene.

Im achten Distrikt war es schwierig, klinische Sauberkeit aufrechtzuerhalten. Rob J. hatte zwar Tücher und Kernseife in seiner Tasche, wusch sich oftmals am Tag die Hände und reinigte seine Instrumente, aber die Armut und ihre Folgen machten den Distrikt zu einem Ort, an dem die Gefahr, krank zu werden und zu sterben, groß war.

Er versuchte, sich mit der alltäglichen ärztlichen Arbeit zu betäuben, doch wenn ihm dann wieder seine persönliche Notlage in den Sinn kam, fragte er sich, ob er nicht geradewegs auf seine Selbstzerstörung hinarbeite. In Schottland hatte er durch seine Einmischung in die Politik Verbindungen und Karriere geopfert, und hier in Amerika besiegelte er seinen Ruin mit dieser katastrophalen Schwangerschaft. Margaret Holland ging die Situation von der praktischen Seite an. Sie fragte ihn nach seinen Einkünften und war alles andere als bestürzt, als er ihr sein Jahresgehalt nannte – die dreihundertfünfzig Dollar schienen ihr mehr als ausreichend zu sein. Dann wollte sie etwas über seine Familie wissen.

»Mein Vater ist tot. Meiner Mutter ging es sehr schlecht, als ich Schottland verließ, und ich bin mir sicher, daß sie inzwischen... Ich habe einen Bruder. Er bewirtschaftet den Familienbesitz in Kilmarnock. Er züchtet Schafe. Ihm gehört das Anwesen.«

Sie nickte. »Ich habe einen Bruder, der in Belfast lebt. Er ist Mitglied im Young Ireland und immer in Schwierigkeiten.« Ihre Mutter war tot, in Irland lebten noch der Vater und drei weitere Brüder, ein fünfter Bruder wohnte in Boston im Viertel am Fort Hill. Sie fragte schüchtern, ob sie ihrem Bruder nicht von Rob erzählen und ihn bitten solle, sich nach einem Zimmer für sie beide umzusehen, vielleicht in der Nähe seiner Wohnung.

»Nicht jetzt schon. Dazu ist später noch genug Zeit«, sagte er und streichelte ihr aufmunternd die Wange.

Die Vorstellung, im achten Distrikt wohnen zu müssen, entsetzte ihn. Er wußte, wenn er ein Arzt für die armen Einwanderer bleiben würde, konnte er nur in einem solchen Pferch das Überleben für sich, eine Frau und ein Kind sichern. Am nächsten Morgen betrachtete er den Distrikt mit Angst und Wut, und eine Verzweiflung wuchs in ihm, die der Hoffnungslosigkeit, die ihm überall in den armseligen Straßen und Gassen begegnete, in nichts nachstand.

Er begann, nachts unruhig zu schlafen und schlecht zu träumen. Zwei Träume kehrten immer wieder. In besonders schlimmen Nächten hatte er beide. Danach lag er jedesmal wach und rief sich alle Einzelheiten genau ins Gedächtnis, bis er nicht mehr wußte, ob er wach war oder schlief:

Früher Morgen. Graues Wetter, aber die Sonne bricht durch. Er steht unter einigen tausend Männern vor den Carron Iron Works, die großkalibrige Schiffskanonen für die englische Marine herstellen. Es fängt gut an. Ein Mann auf einer Kiste liest das Pamphlet, das Rob J. anonym verfaßt hat, um die Männer zur Demonstration aufzurufen: »Freunde und Landsleute! Erwacht aus dem Zustand, in dem wir so viele Jahre gehalten wurden! Wir sehen uns nun angesichts unserer verzweifelten Lage und der Verachtung, mit der unsere Bittschriften gestraft wurden, gezwungen, unter Einsatz unseres Lebens für unsere Rechte zu kämpfen.« Der Mann spricht mit hoher und überschnappender Stimme, man merkt ihm an, daß er Angst hat. Am Ende wird er bejubelt. Drei Dudelsackpfeifer spielen, und die versammelte Menge singt beherzt, zuerst Kirchenlieder und dann Kühneres, zuletzt »Scots Wha' Hae Wi' Wallace Bled«. Die Behörden kennen Rob J.s Pamphlet und haben Vorkehrungen getroffen. Bewaffnete Polizei ist anwesend, Miliz, das 1. Bataillon der Rifle Brigade und die gut ausgebildeten Kavalleriesoldaten des 7. und des 10. Husarenregiments, alles Veteranen der Kriege auf dem Festland. Die Soldaten tragen prächtige Uniformen. Die hohen, polierten Stiefel der Husaren funkeln wie dunkle Spiegel. Die Soldaten sind jünger als die Polizisten, aber in ihren Gesichtern spiegelt sich die gleiche verhärtete Verachtung. Die Unruhen beginnen, als Rob J.s Freund Andrew Gerould aus Lanark eine Rede hält und über die Zerstörung der Farmen spricht sowie über den zum Leben nicht ausreichenden Hungerlohn der Männer für eine Arbeit, die England immer reicher macht und Schottland immer ärmer. Während Andrew sich in Rage redet, fangen die Männer an, ihrem Zorn lautstark Luft zu machen und zu schreien: »Freiheit oder Tod!« Die Berittenen drängen die Demonstranten mit ihren Pferden von dem Zaun weg, der die Stahlhütte umgibt. Jemand wirft einen Stein. Er trifft einen Husaren, der aus dem Sattel stürzt. Sofort ziehen die anderen Berittenen rasselnd ihre Säbel, und in einem Hagel von Steinen stürzen weitere Soldaten zu Boden. Dunkles Blut befleckt das Blau, Rot und Gold der Uniformen. Die Miliz beginnt zu feuern. Die Kavalleristen hauen mit ihren Säbeln auf die Demonstranten ein. Die Männer schreien und weinen. Rob J. ist eingeklemmt. Er kann nicht fliehen. Er kann sich nur von der Masse, die die wütend heranstürmenden Soldaten vor sich hertreiben, mitschleifen lassen, und er muß darauf achten, nicht zu stolpern, denn er weiß, wenn er stürzt, trampelt die entsetzt davonstürmende Menge ihn nieder.

Der zweite Traum ist noch schlimmer.

Wieder befindet er sich inmitten einer großen Versammlung. So viele Leute wie vor der Stahlhütte, aber diesmal sind es Männer und Frauen, die um acht Galgen stehen. Sie ragen vor dem Stirling Castle in den Himmel, und die Menge wird von Miliz in Schach gehalten. Ein Priester, Dr. Edward Bruce aus Renfrew, sitzt auf einem Stuhl und liest schweigend. Ihm gegenüber hockt ein Mann in Schwarz. Rob J. erkennt ihn, kurz bevor er sein Gesicht hinter einer schwarzen Maske verbirgt. Er heißt Bruce Irgendwer und ist ein verarmter Medizinstudent, der fünfzehn Pfund für den Henkersdienst erhält. Dr. Bruce stimmt den einhundertdreißigsten Psalm an: »Aus der Tiefe rufe ich, Herr, zu dir.« Jeder der Verurteilten erhält, wie es der Brauch ist, ein Glas Wein und wird dann zu dem Podest geführt, wo acht Särge bereitstehen. Sechs Gefangene ziehen es vor, nichts mehr zu sagen. Ein Mann namens Hardie läßt den Blick über das Meer von Gesichtern schweifen und sagt mit gedämpfter Stimme: »Ich sterbe als Märtyrer für die Gerechtigkeit.« Andrew Gerould dagegen spricht laut und deutlich. Er wirkt müde und älter als seine dreiundzwanzig Jahre. »Meine Freunde, ich hoffe, von euch ist keiner verletzt. Wenn dies vorbei ist, geht bitte still nach Hause und lest in eurer Bibel.« Dann werden ihnen die Augen verbunden. Zwei der Männer rufen noch etwas zum Abschied, während man ihnen die Schlingen um den Hals legt. Andrew sagt nichts mehr. Auf ein Signal hin geschieht es, und fünf sterben ohne Todeskampf. Drei zappeln noch eine Weile. Andrews Neues Testament fällt aus seinen tauben Fingern

in die schweigende Menge. Nachdem man die Leichen abgeschnit-
ten hat, trennt der Henker die Köpfe mit einer Axt ab, hält jedes der
schauerlichen Objekte an den Haaren hoch und ruft, wie das Gesetz
es befiehlt: »Das ist der Kopf eines Verräters!«

Manchmal, wenn Rob J. aus einem solchen Traum aufwachte, lag er in seinem schmalen Bett unter den Dachsparren und tastete sich ab, zitternd vor Erleichterung, daß er noch am Leben war. Dann starrte er in die Dunkelheit und fragte sich, wie viele Menschen wohl nicht mehr unter den Lebenden waren, weil er dieses Pamphlet geschrieben hatte. Wie viele Schicksale hatten sich geändert, wie viele Leben waren ausgelöscht worden, weil er so viele Menschen mit seiner Überzeugung beeinflußt hatte. Die landläufige Moral besagte, Überzeugungen seien es wert, daß für sie gekämpft oder gestorben werde. Wenn man aber alles gründlich überlegte, war dann nicht das Leben der einzige kostbare Besitz, den ein menschliches Wesen hatte? Und war er als Arzt denn nicht verpflichtet, vor allen Dingen das Leben zu schützen und zu erhalten? Er schwor sich und Äskulap, dem Vater der Heilkunst, nie mehr wegen eines unterschiedlichen Glaubens den Tod eines Menschen zu verursachen, ja nie mehr aus Zorn einen Menschen auch nur zu schlagen, und wohl zum tausendstenmal fragte er sich, wie schwer es diesem Bruce Irgendwer gefallen sein mußte, diese fünfzehn Pfund zu verdienen.

DIE FARBE
DES GEMÄLDES

Es ist nicht Ihr Geld, das Sie ausgeben!« sagte Mr. Wilson eines Morgens verdrossen, als er Rob J. seinen Stapel Patientenscheine gab. »Es ist das Geld, das angesehene Bürger der Dispensary gespendet haben. Und kein Arzt, der für uns arbeitet, darf dieses Geld nach eigenem Gutdünken verschwenden.«

»Ich habe Ihr Geld nicht verschwendet. Ich habe nie Patienten behandelt oder ihnen etwas verschrieben, die nicht wirklich krank waren und unsere Hilfe dringend nötig hatten. Ihr System ist nicht gut. Manchmal zwingt es mich dazu, jemanden mit einer Zerrung zu behandeln, während andere wegen mangelnder Fürsorge sterben.«

»Sie überschreiten Ihre Befugnisse, Sir.« Mr. Wilsons Blick und seine Stimme waren ruhig, aber seine Hand mit den Scheinen zitterte. »Nehmen Sie zur Kenntnis, daß Sie in Zukunft Ihre Besuche auf die Namen auf den Scheinen, die Sie jeden Morgen von mir erhalten, beschränken müssen.«

Rob J. hätte Mr. Wilson zu gerne gesagt, was er zur Kenntnis nehme und was Mr. Wilson mit seinen Patientenscheinen tun könne. Aber angesichts der Komplikationen in seinem Leben wagte er es nicht. So zwang er sich dazu, nur zu nicken und sich abzuwenden. Mit den Scheinen in der Tasche machte er sich auf in den Distrikt.

An diesem Abend änderte sich alles. Margaret kam in seine Kammer und setzte sich auf die Bettkante, ihr Stammplatz für Neuigkeiten.

»Ich blute.«

Er zwang sich, zuerst nur als Arzt zu denken. »Eine Hämorrhagie? Verlierst du große Mengen Blut?«

Sie schüttelte den Kopf. »Zuerst war es ein bißchen mehr als sonst. Dann wie bei meiner normalen Blutung. Und jetzt ist es fast schon vorüber.«

»Wann hat es angefangen?«

»Vor vier Tagen.«

»Vor vier Tagen?« Warum hatte sie vier Tage gewartet, bis sie es ihm sagte? Sie sah ihn nicht an. Sie saß stocksteif da, als würde sie sich gegen seine Wut wappnen, und ihm wurde klar, daß sie die vier Tage lang mit sich selbst gekämpft hatte. »Wolltest es mir wohl überhaupt nicht sagen, mh?«

Sie antwortete nicht, doch er verstand. Obwohl er in ihren Augen ziemlich eigenartig war, ein ständig händewaschender Protestant, hatte sie in ihm doch eine Chance gesehen, dem Gefängnis ihrer Armut zu entkommen. Nachdem er selbst dieses Gefängnis aus der Nähe gesehen hatte, kam es ihm fast wie ein Wunder vor, daß sie sich überhaupt zu dem Geständnis durchgerungen hatte, und wurde nicht zornig, weil sie es hinausgezögert hatte, sondern empfand Bewunderung und überwältigende Dankbarkeit. Er ging zu ihr, zog sie hoch und küßte ihre geröteten Augen. Dann legte er seine Arme um sie, drückte sie an sich und strich ihr über den Kopf, als tröste er ein verängstigtes Kind.

Am folgenden Morgen ging er wie benommen durch die Straßen, seine Knie zitterten vor Erleichterung. Männer und Frauen lächelten, wenn er sie grüßte. Es war eine neue Welt mit einer helleren Sonne und einer milderen Luft zum Atmen.

Seine Patienten behandelte er mit der üblichen Aufmerksamkeit, aber zwischendurch rasten die Gedanken in seinem Kopf. Schließlich setzte er sich auf eine Holztreppe an der Broad Street und dachte über die Vergangenheit, die Gegenwart und seine Zukunft nach.

Zum zweitenmal war er einem schlimmen Schicksal entronnen. Er empfand dies als eine Warnung, daß er mit seinem Leben achtsamer und respektvoller umgehen müsse.

Rob J. betrachtete sein Leben als ein großes, im Entstehen begriffenes Gemälde. Was immer auch passieren mochte, das fertige Bild würde bestimmt von der Medizin handeln, aber er spürte, wenn er in Boston blieb, würden Grautöne in diesem Gemälde vorherrschen.

Amelia Holmes konnte für ihn eine »brillante Partie«, wie sie es nannte, arrangieren, aber nachdem er einer lieblosen Ehe in Armut entronnen war, hatte er keine Lust, auf eine lieblose Ehe in Reichtum zuzusteuern oder sich auf dem Heiratsmarkt der Bostoner Gesellschaft feilbieten zu lassen, als Arztfleisch sozusagen, das Pfund zu soundso viel.

Er wollte das Gemälde seines Lebens mit den kräftigsten Farben malen, die er finden konnte.

An diesem Nachmittag ging er nach der Arbeit ins Athenaeum, um noch einmal die Bücher zu lesen, die ihn so gefesselt hatten. Doch lange bevor er damit fertig war, wußte er, wohin er gehen und was er tun wollte.

Als Rob dann abends in seinem Bett lag, kam das vertraute leise Signal an seiner Tür. Er starrte bewegungslos in die Dunkelheit. Noch einmal hörte er das Kratzen und schließlich ein drittesmal. Aus verschiedenen Gründen wäre er gern zur Tür gegangen, um sie zu öffnen. Aber er blieb wie erstarrt liegen und durchlitt einen Augenblick des Schreckens, der so schlimm war wie jede Sekunde seiner Alpträume, und nach einer Weile ging Margaret Holland weg.

Er brauchte über einen Monat, um seine Vorbereitungen zu treffen und den Dienst bei der Dispensary zu quittieren. Anstelle einer Abschiedsfeier sezierte er zusammen mit Holmes und Harry Loomis an einem schneidend kalten Dezemberabend die Leiche einer Negersklavin namens Della. Die Frau hatte ihr Leben lang schwer gearbeitet, und ihr Körper war erstaunlich muskulös. Harry hatte echtes Interesse an der Anatomie und Geschick für das Sezieren bewiesen und sollte Rob J.s Stelle als Assistent an der Medical School einnehmen. Holmes gab, während sie schnitten, seine Erklärungen ab und wies sie darauf hin, daß das fransige Ende des Eileiters aussehe wie »der Saum des Schals einer armen Frau«. Jedes Organ und jeder Muskel erinnerten einen der drei an eine Geschichte, ein Gedicht, ein anatomisches Wortspiel oder eine Zote. Es war eine ernsthafte wissenschaftliche Arbeit, die sie mit höchster Akribie durchführten, doch sie brüllten dabei vor Lachen und Ausgelassenheit. Danach gingen sie in die *Essex Tavern* und tranken bis zur Sperrstunde Glühwein. Rob J. versprach Holmes und Harry, sich bei ihnen zu melden, sobald er sein endgültiges Ziel erreicht habe, und sich, wenn nötig, mit Problemen an sie zu wenden. Sie trennten sich so kameradschaftlich, daß Rob J. seine Entscheidung beinahe bedauerte.

Am nächsten Morgen ging er in die Washington Street, kaufte geröstete Maronen und brachte sie, eingewickelt in eine Seite der »Boston Transcript«, in das Haus an der Spring Lane. Er schlich sich in Margaret Hollands Zimmer und legte die Tüte unter ihr Kopfkissen.

Kurz nach Mittag bestieg er einen Eisenbahnwaggon, den gleich darauf eine Dampflokomotive aus dem Bahnhof zog. Der Schaffner, der seine Fahrkarte kontrollierte, musterte sein Gepäck mißtrauisch, denn Rob J. hatte sich geweigert, seine Gambe und seinen Lederkoffer im Gepäckwagen abzugeben. Neben seinen medizinischen Instrumenten und seinen Kleidern enthielt der Koffer *Old Horny* und ein halbes Dutzend Kernseifenriegel, wie Holmes sie benutzte. Obwohl er kaum Geld besaß, verließ er Boston viel reicher, als er es betreten hatte.

Es waren noch vier Tage bis Weihnachten. Der Zug eilte an Häusern vorbei, deren Türen mit Girlanden geschmückt waren und durch deren Fenster man flüchtige Blicke auf Christbäume erhaschen konnte. Bald hatten sie die Stadt hinter sich gelassen. Trotz leichten Schneetreibens erreichten sie in weniger als drei Stunden Worcester, den Endbahnhof der Boston Railroad. Die Fahrgäste mußten in einen Zug der Western Railroad umsteigen, und dort saß Rob J. neben einem stattlichen Mann, der ihm sofort seinen Flachmann anbot.

»Nein danke, sehr freundlich«, sagte Rob J., ließ sich aber auf eine Unterhaltung mit dem Mann ein, um die Ablehnung nicht zu barsch wirken zu lassen. Der Mann war Vertreter für Nägel: Hakennägel und solche mit Senk- und Stauchköpfen, Krampen, Stifte aus gehärtetem Stahl oder aus Draht, in den unterschiedlichsten Größen von der feinsten Stahlnadel bis zum riesigen Bootsnagel. Er zeigte Rob J. seine Muster, und der genoß diesen Zeitvertreib.

»Ich fahre nach Westen! Nach Westen!« rief der Vertreter. »Sie auch?«

Rob J. nickte. »Wie weit fahren Sie?«

»Bis zur Staatsgrenze. Nach Pittsfield. Und Sie, Sir?«

Die Antwort bereitete Rob J. eine außerordentliche Befriedigung, ein solches Vergnügen, daß er übers ganze Gesicht lachte und sich beherrschen mußte, daß er sie nicht laut herausschrie, denn die Worte hatten ihre eigene Melodie und warfen ein verklärend-romantisches Licht in jeden Winkel des schaukelnden Waggons.

»Ins Indianerland«, sagte er.

MUSIK

Massachusetts und den Staat New York durchquerte er auf mehreren kurzen Eisenbahnstrecken, die durch Postkutschenlinien miteinander verbunden waren. Der Winter machte das Reisen beschwerlich. Manchmal mußten die Postkutschen warten, bis nicht weniger als zwölf Ochsen die Schneeverwehungen mit Pflügen weggeräumt oder die weiße Pracht mit großen hölzernen Rollen platt gewalzt hatten. Gasthöfe und Wirtshäuser waren teuer. Er befand sich gerade in den Wäldern des Allegheny Reservoirs, als ihm das Geld ausging, und war froh, in Jacob Starrs Holzfällerlager Arbeit als Arzt zu finden. Wenn ein Unfall passierte, war das meistens nichts Harmloses, doch zwischendurch hatte er kaum etwas zu tun. Er suchte sich deshalb eine Beschäftigung und half den Männern beim Fällen der bis zweihundertfünfzig Jahre alten Mastbaumkiefern und Hemlocktannen.

Normalerweise übernahm er ein Ende der Elendsschaukel, wie

die Zweimannsäge genannt wurde. Sein Körper gewann an Kraft und Zähigkeit. Die meisten dieser Lager hatten keinen Arzt, und die Holzfäller wußten, wie wertvoll er für sie war. Sie gaben deshalb gut auf ihn acht, wenn er ihnen bei der gefährlichen Arbeit half. Sie brachten ihm bei, seine blutenden Handflächen in Salzwasser zu tauchen, damit sich schneller eine Hornhaut bildete. An den Abenden jonglierte er in der Schlafbaracke, um seine Finger gelenkig zu halten für Operationen, und für die Männer spielte er Gambe, wobei er sie abwechselnd zu ihren heiseren Liedern begleitete und Stücke von Johann Sebastian Bach und Marin Marais spielte, denen sie verzückt lauschten.

Den ganzen Winter über lagerten sie die riesigen Stämme am Ufer eines kleinen Flusses. Auf der Stumpfseite der einschneidigen Äxte des Lagers befand sich ein großer, erhabener fünfzackiger Stern. War ein Baum gefällt und zugerichtet, drehten die Männer die Axt um und trieben den stählernen Stern in die frische Schnittfläche, zum Zeichen, daß der Baum Jacob Starr gehörte. Als im Frühling das Schmelzwasser kam, stieg der Fluß um drei Meter und trug die Stämme bis zum Clarion. Die Holzfäller bauten riesige Flöße und errichteten auf ihnen Schlaf- und Kochbaracken sowie Vorratsschuppen. Rob fuhr mit diesen Flößen den Fluß hinunter wie ein Prinz; es war eine langsame, verträumte Reise, die nur unterbrochen wurde, wenn die Stämme sich verkeilten und von den geschickt arbeitenden Männern wieder gelöst werden mußten. Er sah die verschiedensten Vögel und eine Vielzahl anderer Tiere, während er den gewundenen Clarion bis zu dessen Mündung in den Allegheny und dann den Allegheny bis ganz hinunter nach Pittsburgh entlangtrieb.

In Pittsburgh verabschiedete er sich von Starr und dessen Holzfällern. In einem Saloon ließ er sich als Arzt für einen Schienentrupp der Washington & Ohio anheuern, einer Eisenbahnlinie, die den beiden vielbefahrenen Kanälen des Staates Konkurrenz machen wollte. Zusammen mit den Arbeitern brachte man ihn nach Ohio, an den Rand einer weiten, von einem glänzenden Schienenstrang unterteilten Ebene. In einem der vier Waggons, in denen die Vorarbeiter wohnten, wurde ihm ein Quartier zugewiesen. Der Frühling in der Ebene war wunderschön, doch die Welt der W & O Railroad war häßlich. Die Schienenleger, Planierer und Fuhrmänner waren fast durchweg irische und deutsche Einwanderer, deren Leben als billige Ware betrachtet wurde. Robs Aufgabe war es, dafür zu sorgen, daß auch noch das letzte Quentchen ihrer Kraft der Firma zur Verfügung stand. Er war froh über das Geld, doch seine Arbeit war von Anfang an zum Scheitern verurteilt, denn der Oberaufseher, ein dunkelgesichtiger Mann namens Gotting, war ein widerliches Scheusal, das kein Geld für Lebensmittel ausgeben wollte. Die Firma beschäftigte zwar Jäger, die jede Menge Wildbret schossen, und es gab eine Zichorienbrühe, die man Kaffee nannte, doch es mangelte an Gemüse – außer an dem Tisch, an dem Rob, Gotting und die Vorarbeiter saßen. Weder Kohl noch Karotten, noch Kartoffeln versorgten die Arbeiter mit Ascorbinsäure, und nur höchst selten gab es als Leckerbissen einen Topf Bohnen. Die Männer hatten Skorbut. Trotz ihrer Blutarmut hatten sie keine Lust am Essen. Ihre Gelenke schmerzten, ihr Zahnfleisch blutete, die Zähne fielen ihnen aus, und ihre Wunden verheilten nicht. Unterernährung und Schwerstarbeit kamen einem Mord an ihnen gleich. Schließlich brach Rob in den verschlossenen Proviantwaggon ein und verteilte Kisten mit Kohl und Kartoffeln, bis von den Vorräten der Vorgesetzten nichts übrig war. Glücklicherweise wußte Gotting nicht, daß der junge Arzt Gewaltlosigkeit geschworen hatte. Robs Körpergröße und die kalte Verachtung in seinem Blick legten es dem Oberaufseher nahe, ihn auszuzahlen und ziehen zu lassen, um eine Auseinandersetzung zu vermeiden.

Rob J. hatte bei der Eisenbahn gerade genug verdient, um sich eine langsame alte Stute, einen zwölfkalibrigen Vorderlader, eine kleinere, leichtere Flinte für die Jagd auf Niederwild, Nadeln und Faden, eine Angelrute mit Haken, eine verrostete eiserne Bratpfanne und einen Hirschfänger zu kaufen. Er taufte das Pferd Monica Grenville, zu Ehren einer hübschen, nicht mehr jungen Frau, einer Freundin seiner Mutter, die er in den fiebrig-feuchten Träumen seiner Knabenzeit bestiegen hatte.

Dank der Stute konnte er seine Reise in den Westen so fortsetzen, wie er es sich vorgestellt hatte. Nachdem er bemerkt hatte, daß die Flinte nach rechts zog, schoß er mühelos Wild, er angelte, wo sich Gelegenheit bot, und verdiente sich Geld oder Essen, wo immer er zu Leuten kam, die einen Arzt brauchten.

Die Weite des Landes mit den Bergen, Tälern und Ebenen verblüffte ihn. Nach ein paar Wochen war er überzeugt, daß er ewig auf seiner gemächlich trottenden Monica Grenville in den Sonnenuntergang hinein weiterziehen konnte.

Die Arzneimittel gingen ihm aus. Es war ohnedies schwierig, ohne die wenigen unzureichenden Linderungsmittel, die es damals gab, zu operieren, aber er hatte weder Laudanum noch Morphium, noch ein anderes Medikament und mußte sich auf die Schnelligkeit seiner Chirurgenhände und den billigen Fusel, den er unterwegs kaufen konnte, verlassen. Fergusson hatte ihm einige hilfreiche Kniffe beigebracht, an die er sich jetzt erinnerte. Da er keine Nikotintinktur hatte, die bei Hämorrhoidenoperationen oral verabreicht wurde, um den Schließmuskel zu entspannen, kaufte er die stärksten Zigarren, die er bekommen konnte, und steckte sie bei Bedarf dem Patienten in den After, bis das Gewebe das Nikotin des Tabaks absorbiert hatte und die Muskelerschlaffung eintrat. In Titusville passierte es, daß ein älterer Herr dazukam, als er eben einen Patienten versorgte, der über eine Wagendeichsel gebeugt und mit einer Zigarre im Hintern dastand.

»Haben Sie Streichhölzer, Sir?« fragte ihn Rob J.

Später in der Gemischtwarenhandlung hörte er dann, wie der Mann seinen Freunden mit ernster Miene berichtete: »Ihr glaubt nicht, wie die die Zigarren geraucht haben.«

In einem Wirtshaus in Zanesville sah er seinen ersten Indianer. Eine herbe Enttäuschung. Ganz im Gegensatz zu James Fenimore Coopers großartigen Wilden bettelte hier ein schwabbeliger, grämlicher Säufer mit Rotz im Gesicht um Getränke und ließ sich beschimpfen.

»Vermutlich Delaware«, sagte der Wirt, als Rob ihn nach dem Stamm des Indianers fragte. »Oder vielleicht Miami. Oder Shawnee.« Er zuckte verächtlich mit den Achseln. »Is' doch egal. Die armen Schweine schau'n für mich alle gleich aus.«

Einige Tage später lernte Rob in Columbus einen kräftigen, schwarzbärtigen jungen Juden namens Jason Maxwell Geiger kennen, einen Apotheker mit einem reichhaltigen Lager an Arzneien.

»Haben Sie Laudanum? Haben Sie Nikotintinktur? Kaliumjodid?« Was er auch verlangte, Geiger antwortete immer mit einem Lächeln und einem Nicken, und Rob inspizierte glücklich die Töpfe und Gläser. Die Preise waren nicht so hoch, wie er befürchtet hatte, denn Geigers Vater und seine Brüder besaßen in Charleston eine Arzneimittelfabrik, und der Apotheker erklärte Rob J., daß er alles, was er nicht selbst herstellen könne, zu einem günstigen Preis bei seiner Familie bestelle. Rob J. deckte sich deshalb mit einem umfangreichen Vorrat ein. Als der Apotheker ihm anschließend half, die Einkäufe zu seinem Pferd zu tragen, fiel ihm das große, dick eingewickelte Musikinstrument auf, und er fragte seinen Besucher sofort: »Das ist doch bestimmt ein Cello, nicht?«

»Eine Gambe«, erwiderte Rob und bemerkte, daß der Mann das eingewickelte Instrument – wenn nicht neugierig, so doch mit unübersehbar wehmütigem Verlangen – anschaute. »Wollen Sie sie sehen?«

»Sie müssen sie in mein Haus bringen und meiner Frau zeigen«, erwiderte Geiger eifrig. Er führte ihn zu dem Wohnhaus hinter der Apotheke. Lillian Geiger hielt sich ein Geschirrtuch vor das Oberteil ihres Kleides, doch die Milchflecken vom Überschuß ihrer Brüste waren Rob J. nicht entgangen. In einer Wiege schlief die zwei Monate alte Tochter Rachel. Das Haus roch nach Mrs. Geigers Muttermilch und frisch gebackener *Challa*. Im dunklen Wohnzimmer standen ein Roßhaarsofa, dazugehörige Sessel und ein Tafelklavier. Die Frau verschwand im Schlafzimmer und zog sich um, während Rob J. seine Gambe auspackte. Dann betrachteten die Geigers das Instrument und strichen mit den Fingern über die sieben Saiten und zehn Bünde, als würden sie einen wiederentdeckten Familienschatz streicheln. Sie führten ihm ihr Klavier vor, dessen Walnußholz sorgfältig poliert war. »Gebaut von Alpheus Babcock aus Philadelphia«, sagte sie. Jason Geiger zog hinter dem Klavier ein zweites Instrument hervor. »Die wurde von einem Bierbrauer namens Isaac Schwartz aus Richmond in Virginia gebaut. Es ist nur eine Fiedel, den Namen Geige hat sie nicht verdient. Aber ich hoffe, eines Tages mal eine Geige zu besitzen.« Als sie einen Augenblick später ihre Instrumente stimmten, entlockte Geiger seiner Fidel dennoch süße Klänge.

Sie schauten sich mißtrauisch an, aus Furcht, musikalisch nicht zusammenzupassen.

»Was spielen wir?« fragte Geiger und überließ seinem Gast die Wahl.

»Bach? Kennen Sie dieses Präludium aus dem ›Wohltemperierten Klavier‹? Aus Buch zwei, die Nummer habe ich leider vergessen.« Er spielte ihnen den Anfang vor, Lillian Geiger stimmte sofort mit ein und nach einem Nicken auch ihr Gatte. »Das zwölfte«, hauchte Lillian. Rob J. war es gleichgültig, welche Bezeichnung das Stück trug, denn dieses Spiel war nicht zur Unterhaltung von Holzfällern gedacht. Schon nach den ersten Akkorden merkte er, daß die beiden gute Musiker waren, daran gewöhnt, einander zu begleiten, und er war sicher, einen Narren aus sich zu machen. Während sich bei ihnen die Melodie entfaltete, stolperte er hinter ihnen her. Seine Finger glitten nicht über den Instrumentenhals, sondern vollführten spastische Sprünge wie Lachse, die sich einen Wasserfall hocharbeiten. Doch nach der Hälfte des Präludiums vergaß er seine Angst, und die Spielerfahrung langer Jahre überwand die von der mangelnden Übung herrührende Schwerfälligkeit. Bald konnte er auch beobachten, daß Geiger mit geschlossenen Augen spielte, während im Blick seiner Frau ein Ausdruck verzückter Freude lag, der sich ihm mitteilte, der aber auch sehr intim war.

Die Befriedigung schmerzte beinahe. Er hatte gar nicht bemerkt, wie sehr ihm die Musik abgegangen war. Nachdem sie das Stück beendet hatten, saßen sie da und lächelten sich an. Geiger lief nach draußen, um das »Geschlossen«-Schild an die

Tür seines Ladens zu hängen, Lillian sah nach ihrem Kind und schob dann einen Braten in den Ofen, und Rob sattelte die arme, geduldige Monica ab, um sie zu füttern. Als sie später wieder beisammensaßen, zeigte es sich, daß die Geigers nichts von Marin Marais kannten, während Rob J. keins der Stücke des Polen Chopin auswendig konnte. Alle drei kannten sie jedoch die Sonaten Beethovens. Und so wurde an diesem Nachmittag aus dem Geigerschen Wohnzimmer ein schimmernder Zauberort. Als dann das Schreien des hungrigen Babys ihr Spiel beendete, waren sie trunken von der berauschenden Schönheit ihres Musizierens.

Als es für Rob J. Zeit wurde aufzubrechen, wollte der Apotheker nichts davon hören. Zum Abendessen gab es rosa gebratenes Lamm, das schwach nach Rosmarin und Knoblauch schmeckte, dazu mitgebratene kleine Karotten und junge Kartoffeln, hinterher ein Blaubeerkompott. »Sie schlafen in unserem Gästezimmer«, sagte Geiger.

Da Rob J. sich zu den Geigers hingezogen fühlte, erkundigte er sich nach Möglichkeiten, in der Gegend zu praktizieren.

»Es gibt 'ne Menge Leute hier – schließlich ist Columbus Hauptstadt – und auch eine Reihe Ärzte, die sie betreuen. Es ist ein guter Ort für eine Apotheke, aber wir wollen Columbus verlassen, sobald das Baby alt genug ist, die Reise mitzumachen. Ich will nicht nur Apotheker sein, sondern auch Farmer, um meinen Kindern Land zu hinterlassen. In Ohio ist Farmland viel zu teuer. Ich habe mir schon Gegenden ausgesucht, wo es fruchtbares Land gibt, das ich mir leisten kann.«

Er hatte Landkarten, die er nun auf dem Tisch ausbreitete. »Illinois«, sagte er und zeigte Rob J. den Landstrich, der sich bei seinen Nachforschungen als günstigster herausgestellt hatte, ein Gebiet zwischen dem Rock River und dem Mississippi. »Genügend Wasser. Wunderschöne Wälder entlang der Flüsse. Und der Rest ist Prärie, schwarze Erde, die noch nie einen Pflug gespürt hat.«

Rob J. studierte die Karten. »Vielleicht sollte ich auch dorthin gehen«, sagte er schließlich. »Mal sehen, ob es mir gefällt.«

Geiger strahlte. Zusammen saßen sie lange über den Karten und zeichneten freundschaftlich disputierend die beste Route ein. Nachdem Rob J. zu Bett gegangen war, blieb Jay Geiger noch auf und schrieb bei Kerzenlicht die Noten einer Mazurka von Chopin ab. Sie spielten sie am Morgen nach dem Frühstück. Die beiden Männer beugten sich noch einmal über die Karten. Rob J. versprach, falls Illinois sich wirklich als so gut erwies, wie Geiger glaubte, sich dort niederzulassen und seinem neugewonnenen Freund sofort zu schreiben, daß er die Familie in den Westen bringen könne.

ZWEI PARZELLEN

Illinois war von Anfang an interessant. Rob erreichte den Staat im Spätsommer, als das zähwüchsige Grün der Prärie von den langen Sonnentagen bereits trocken und ausgebleicht war. In Danville sah er zu, wie Männer Wasser aus Salzquellen in großen, schwarzen Kesseln einkochten, und als er sie wieder verließ, hatte er ein Paket mit reinem Salz bei sich. Die Prärie dehnte sich weit, hier und dort erhoben sich flache Hügel. Der Staat war gesegnet mit Süßwasser. Rob kam zwar nur an wenigen Seen vorbei, sah aber immer wieder Sümpfe. Aus ihnen speisten sich Bäche, die sich schließlich zu Flüssen vereinigten. Er erfuhr, daß die Bewohner von Illinois, wenn sie vom Land zwischen den Flüssen sprachen, meistens die Südspitze des Staates zwischen dem Mississippi und dem Ohio meinten. Hier hatten die beiden großen Flüsse einen tiefen, nährstoffreichen Boden angeschwemmt. Die Leute nannten die Region Ägypten, weil sie sie für so fruchtbar hielten wie das sagenumwobene Land am Nildelta. Auf Jay Geigers Karten entdeckte Rob J. eine Reihe von »Kleinägypten« zwischen den Flüssen in Illinois. Der Mann hatte schon während der kurzen Begegnung Rob J.s Achtung erworben, und deshalb ritt der junge Arzt weiter auf die

Region zu, die Jay ihm als die für eine Ansiedlung günstigste ausgewiesen hatte.

Er brauchte zwei Wochen, um Illinois zu durchqueren. Am vierzehnten Tag führte ihn der Pfad, auf dem er ritt, in ein Waldstück, wo ihn willkommene Kühle und der Geruch feuchter, wuchernder Pflanzen empfingen. Er hörte lautes Wasserrauschen, folgte der schmalen Spur und kam kurz darauf am Ostufer eines großen Flusses aus dem Wald, der, wie er vermutete, der Rock River, der Felsenfluß, sein mußte.

Trotz der Trockenzeit war die Strömung stark, und die großen Felsen, die dem Fluß seinen Namen gaben, ließen das Wasser weiß aufschäumen. Auf der Suche nach einer Furt ritt er am Ufer entlang und kam schließlich zu einem tieferen, ruhigeren Abschnitt. Ein dickes, an zwei riesigen Baumstämmen befestigtes Stahlseil überspannte den Fluß. Von einem Ast baumelten ein eiserner Triangel und ein Stahlstab, daneben ein Schild mit der Aufschrift: *Holden's Crossing. Nach der Fähre bitte läuten.* Er schlug kräftig und, so schien es ihm, ziemlich lange den Triangel, bis er am gegenüber liegenden Ufer einen Mann gemächlich zu der Stelle schlendern sah, an der ein Floß festgemacht war. Zwei dicke, senkrechte Pfosten auf dem Floß endeten in großen Eisenringen, durch die das zwischen den Ufern gespannte Stahlseil lief. Als die Fähre die Flußmitte erreichte, hatte die Strömung das Seil bereits ein gutes Stück flußabwärts gezogen, so daß der Mann sein Gefährt in einem Bogen und nicht in gerader Linie auf das andere Ufer zulenkte. Das dunkle, ölige Wasser war in der Mitte zu tief zum Staken, und der Mann zog das Floß deshalb an dem Stahlseil vorwärts. Der Fährmann sang, und sein kräftiger Bariton klang klar und deutlich zu Rob J. herüber.

Sein Lied hatte viele Strophen, und noch bevor sie zu Ende waren, konnte der Mann wieder staken. Als die Fähre näher kam, erkannte Rob einen muskulösen Mann Mitte Dreißig. Er war einen Kopf kleiner als Rob und sah aus wie ein typischer Einheimischer: schwere Stiefel an den Füßen, eine braune Hose aus grobem Halbwollzeug, die für die Jahreszeit zu warm war,

ein blaues Baumwollhemd mit verstärktem Kragen und ein
schweißfleckiger breitkrempiger Lederhut. Er hatte eine lange,
schwarze Haarmähne, einen Vollbart und ausgeprägte Wangen-
knochen, dazu eine schmale, geschwungene Nase, die seinem
Gesicht etwas Grausames verliehen hätte, wenn da nicht seine
blauen Augen gewesen wären, die fröhlich und einladend strahlten. Je näher er kam, desto deutlicher spürte Rob J. einen
gewissen Argwohn in sich, die Erwartung einer gewissen Affek-
tiertheit, die der Anblick einer vollkommen schönen Frau oder
eines zu attraktiven Mannes mit sich bringt. Doch der Fährmann
hatte nichts dergleichen an sich.

»Hallo!« rief er. Ein letzter Stoß mit der Stange, und das Floß
glitt knirschend auf die Sandbank. Er streckte die Hand aus.
»Nicholas Holden, zu Ihren Diensten.«
Rob schüttelte ihm die Hand und stellte sich vor. Holden holte
einen dunklen, feuchten Priem aus der Brusttasche und schnitt
mit seinem Messer ein Stück ab. Dann bot er Rob J. den Kau-
tabak an, doch der schüttelte den Kopf. »Was kostet die Über-
fahrt?«
»Drei Cent für Sie. Zehn für das Pferd.«
Rob zahlte, wie verlangt, die dreizehn Cent im voraus. Er band
Monica an den Eisenringen fest, die zu diesem Zweck in den
Boden des Floßes eingelassen waren. Holden drückte ihm eine
zweite Stange in die Hand, und die beiden Männer machten sich
ächzend ans Staken.
»Woll'n Sie sich etwa hier in der Gegend niederlassen?«
»Vielleicht«, erwiderte Rob vorsichtig.
»Sie sind nicht zufällig ein Hufschmied?« Holden hatte die blau-
sten Augen, die Rob je bei einem Mann gesehen hatte. Sie hätten
weiblich gewirkt, wäre da nicht der durchdringende Blick gewesen, der Holdens Gesicht einen insgeheim belustigten Ausdruck
gab. »Schade«, sagte er, schien jedoch von Robs Kopfschütteln nicht sonderlich überrascht. »Einen anständigen Schmied
könnt' ich nämlich gut gebrauchen. Farmer, mh?«
Er spitzte die Ohren, als Rob ihm sagte, er sei Arzt. »Dreifach
willkommen und noch mal willkommen! Wir brauchen einen

Doktor in der Gemeinde Holden's Crossing. Und für einen Doktor ist die Überfahrt frei«, sagte er, hielt mit dem Staken inne und zählte Rob feierlich drei Cent in die Hand.

Rob betrachtete die Münzen. »Was ist mit den anderen zehn?«

»Na, das Pferd wird doch nicht auch ein Doktor sein!« Sein Grinsen war so liebenswert, daß man ihn beinahe für weniger gutaussehend hätte halten können.

Holdens winzige Hütte aus behauenen und mit weißem Lehm abgedichteten Stämmen stand, umgeben von einem Garten mit eigener Quelle, auf einer Anhöhe am Flußufer. »Gerade rechtzeitig zum Abendessen«, sagte er, und bald darauf aßen sie einen duftenden Eintopf, in dem Rob Rüben, Kohl und Zwiebel erkannte, aber Schwierigkeiten mit dem Fleisch hatte. »Hab' heute morgen einen alten Hasen und ein junges Präriehuhn geschossen, und die sind beide da drin«, erklärte Holden.

Nachdem die Holzschüsseln neu gefüllt waren, erzählten sie einander von sich, so daß die Atmosphäre entspannter wurde. Holden war ein Provinzanwalt aus dem Staat Connecticut. Er hatte große Pläne.

»Warum hat man eigentlich den Ort nach Ihnen benannt?« fragte Rob J.

»Hat man nicht. *Ich* hab' ihn so genannt«, antwortete Holden leutselig. »Ich war als erster hier und hab' den Fährdienst eingerichtet. Deshalb Holden's Crossing, weil ich die Leute hier über den Fluß bringe. Und immer wenn jemand kommt und sich hier niederlassen will, sag' ich ihm, wie der Ort heißt.«

In Robs Augen konnte es Holdens Blockhütte nicht mit den gemütlichen schottischen Cottages aufnehmen. Sie war dunkel und stickig. Das Bett, das zu nahe an der qualmenden Feuerstelle stand, war mit Ruß bedeckt. Holden gestand ihm fröhlich, daß das einzig Gute an dem Gebäude das Fleckchen Erde sei, auf dem es stand. Innerhalb eines Jahres, sagte er, werde die Hütte abgerissen und an ihrer Stelle ein hübsches Haus gebaut. »Ja, Sir, große Pläne.« Er erzählte Rob J. von den Einrichtungen, die bald folgen würden: ein Wirtshaus, ein Gemischtwarenladen und schließlich eine Bank. Und er verheimlichte nicht, daß er Rob überreden wolle, sich in Holden's Crossing niederzulassen. »Wie viele Familien leben jetzt hier?« fragte Rob J. und lächelte bedauernd, als er die Antwort hörte. »Von sechzehn Familien kann ein Arzt nicht leben.«

»Natürlich nicht. Aber die Siedler zieht's hierher wie 'nen Mann zur Möse. Und diese sechzehn Familien leben innerhalb der Ortsgrenze. Auf dem offenen Land liegen noch 'ne ganze Menge einsame Farmen, und von hier bis Long Island gibt's keinen einzigen Arzt. Sie müssen sich nur ein besseres Pferd besorgen und dürfen die langen Wege nicht scheuen, wenn Sie Hausbesuche machen.«

Rob wußte noch gut, wie verzweifelt er gewesen war, weil er die Unzahl von Menschen im achten Distrikt nicht vernünftig betreuen konnte. Doch das hier war die Kehrseite der Medaille. Er sagte zu Holden, er wolle darüber schlafen.

In dieser Nacht schlief er in der Hütte. In eine Steppdecke gewickelt, lag er auf dem Boden, während Holden in seinem Bett schnarchte. Doch das war nichts für jemanden, der den Winter in einer Schlafbaracke mit neunzehn furzenden, hustenden Holzfällern verbracht hatte.

Am nächsten Morgen machte Holden das Frühstück, überließ aber Rob den Abwasch, weil er, wie er sagte, noch etwas zu erledigen habe. Er versprach, bald zurück zu sein.

Es war ein klarer, frischer Tag. Die Sonne brannte bereits heiß, und Rob packte seine Gambe aus und setzte sich auf einen schattigen Felsen zwischen der Hütte und dem Waldrand. Er breitete die Notenblätter mit der Mazurka von Chopin, die Jay Geiger für ihn abgeschrieben hatte, vor sich aus und begann, gewissenhaft zu üben.

Etwa eine halbe Stunde arbeitete er am Thema und der Ausführung, bis es anfing, nach Musik zu klingen. Als er den Kopf hob und zum Wald hinübersah, entdeckte er zwei Indianer auf ihren Pferden, die ihn vom Rand der Lichtung aus beobachteten.

Er erschrak, denn ihr Aussehen festigte sein Vertrauen in James Fenimore Cooper aufs neue: Männer mit eingefallenen Wangen und nacktem Oberkörper, der hart und drahtig wirkte und vor Öl oder ähnlichem glänzte. Der eine trug eine Wildlederhose und hatte eine riesige Hakennase. Auf seinem rasierten Schädel prangte ein grellbunter Kopfschmuck aus dicken, steifen Tierhaaren. Er trug eine Flinte. Sein Begleiter war ein kräftiger Mann, etwa so groß wie Rob J., aber massiger. Seine langen, schwarzen Haare wurden von einem ledernen Stirnband zusammengehalten, bekleidet war er mit einem Lendenschurz und hohen ledernen Gamaschen. Er hatte einen Bogen in der Hand, und am Hals seines Pferdes hing ein Köcher voller Pfeile, so daß er aussah wie die Indianer auf den Zeichnungen, die Rob J. in den Büchern des Bostoner Athenaeums gesehen hatte.

Er wußte nicht, ob sich hinter den beiden im Wald noch andere versteckten. Wenn sie feindselig waren, war er verloren, denn eine Gambe ist nur eine armselige Waffe. Er beschloß, einfach weiterzuspielen. Er legte den Bogen wieder an die Saiten und begann, aber nicht mit Chopin, denn er wollte sie nicht aus den Augen lassen und auf die Notenblätter sehen. Ohne lange nachzudenken, spielte er ein Stück aus dem siebzehnten Jahrhundert, das er gut kannte: »Cara la vita mia« von Oratio Bassani. Er spielte es ganz durch und dann noch einmal zur Hälfte. Schließlich hörte er auf, er konnte ja nicht für alle Zeiten dasitzen und auf der Gambe spielen.

Da hörte er hinter sich ein Geräusch. Er drehte sich schnell um und sah gerade noch ein rotes Eichhörnchen davonhuschen. Als er wieder nach vorne schaute, war er einerseits erleichtert, aber auch ein bißchen enttäuscht, denn die Indianer waren verschwunden. Eine Weile hörte er noch ihre Pferde im Unterholz, dann war das Rascheln der Blätter im Wind das einzige Geräusch.

Nick Holden versuchte, sich seine Beunruhigung nicht anmerken zu lassen, als er zurückkehrte und erfuhr, was passiert war. Er inspizierte seinen Besitz, erklärte aber, daß offensichtlich nichts fehle.

»Die Indianer, die früher hier in der Gegend gelebt haben, waren die Sauks. Vor neun bis zehn Jahren wurden sie nach einem Kriegszug, der als Krieg des Schwarzen Falken in die Geschichte einging, über den Mississippi nach Iowa vertrieben. Und vor ein paar Jahren wurden alle überlebenden Sauks in ein Reservat in Kansas gebracht. Letzten Monat haben wir erfahren, daß ungefähr vierzig Krieger mit ihren Frauen und Kindern aus dem Reservat verduftet sind. Angeblich in Richtung Illinois. Ich glaube nicht, daß sie so blöd sind, uns hier Schwierigkeiten zu machen, die paar Mann, die sie sind. Wahrscheinlich hoffen sie einfach, daß wir sie in Ruhe lassen.«

Rob nickte. »Wenn sie mir Schwierigkeiten hätten machen wollen, hätten sie das problemlos tun können.«

Nick versuchte, das Thema zu wechseln, denn er fürchtete, Holden's Crossing könnte in einem schlechten Licht erscheinen. Er habe sich an diesem Vormittag vier Parzellen Land angesehen, sagte er, die er Rob zeigen wolle, und auf sein Drängen hin sattelte Rob seine Stute.

Das Land war Regierungseigentum. Auf dem Weg erklärte Nick, es sei von Landvermessern der Bundesregierung in Parzellen zu je hundert Morgen aufgeteilt worden. Privatgrund wurde zu mindestens sechs Dollar je Morgen verkauft, Regierungsland aber kostete nur einen Dollar, eine Hundert-Morgen-Parzelle also einhundert Dollar. Der zwanzigste Teil des Kaufpreises mußte sofort hinterlegt werden, insgesamt fünfundzwanzig Prozent waren innerhalb der nächsten vierzig Tage fällig, der Rest aber erst in drei gleichen Raten jeweils am Ende des zweiten, dritten und vierten Jahres nach Vertragsabschluß. Nick erklärte, es sei der beste Grund, den ein Siedler irgendwo finden könne, und als sie das Land erreichten, mußte Rob ihm beistimmen.

Die Parzellen erstreckten sich eine knappe Meile entlang des Flusses, ein breiter Waldstreifen am Ufer bot mehrere saubere Quellen und genügend Holz zum Bauen, und dahinter lag als fruchtbares Versprechen nie gepflügter Prärieboden.

»Ich will Ihnen mal was sagen«, bemerkte Holden. »Betrachten Sie das Land nicht als vier Hundert-Morgen-Parzellen, sondern als zwei Zweihundert-Morgen-Stücke. Im Augenblick läßt die Regierung einen Siedler höchstens zwei Parzellen kaufen, und genau das würde ich an Ihrer Stelle tun.«

Rob J. schnitt eine Grimasse und schüttelte den Kopf. »Es ist gutes Land. Aber ich habe schlicht und einfach die nötigen fünfzig Dollar nicht.«

Nick Holden sah ihn nachdenklich an. »Meine Zukunft hängt von dieser Vielleicht-einmal-Stadt ab. Wenn ich Siedler anwerben kann, werden mir irgendwann der Gemischtwarenladen, die Mühle und das Wirtshaus gehören. Und Siedler kommen in Scharen an einen Ort, wo es einen Arzt gibt. Wenn Sie sich in Holden's Crossing niederlassen, ist das für mich wie Geld im Sparstrumpf. Die Banken verleihen Geld zu zweieinhalb Prozent pro Jahr. Ich gebe Ihnen die fünfzig Dollar als Kredit zu eineinhalb Prozent, rückzahlbar in acht Jahren.«

Rob J. sah sich um und atmete tief durch. Es war wirklich gutes Land. Der Platz gefiel ihm so, daß er Mühe hatte, seine Stimme zu beherrschen, als er das Angebot annahm. Nick schüttelte ihm herzlich die Hand und wollte keinen Dank. »Das ist nur ein gutes Geschäft.« Dann ritten sie langsam über das Land. Die südliche Doppelparzelle war eine Talsohle und sehr flach. Der nördliche Abschnitt dagegen war sanft gewellt, mit einigen Erhebungen, die man schon fast als Hügel bezeichnen konnte.

»Ich würde das untere Stück nehmen. Der Boden ist dort besser und einfacher zu pflügen«, riet Nick Holden.

Aber Rob J. hatte sich bereits entschlossen, den Nordteil zu kaufen. »Ich belasse den Großteil als Weideland und züchte Schafe, denn davon verstehe ich was. Aber ich kenne jemanden, der unbedingt Ackerbauer werden will, vielleicht nimmt der das südliche Stück.«

Als er Holden von Jason Geiger erzählte, lachte der Anwalt vor Vergnügen. »Eine Apotheke in Holden's Crossing? Das wäre doch die Sahne auf dem Kuchen. Na, da werd' ich mal in Geigers Namen die Anzahlung für das südliche Grundstück leisten. Wenn er es nicht will, wird es nicht schwer sein, so gutes Land weiterzuverkaufen.«

Am nächsten Morgen ritten die beiden Männer nach Rock Island, und als sie das Grundbuchamt wieder verließen, war Rob J. Landbesitzer und Schuldner.

Nachmittags ritt er allein zu seinem Besitz. Er band die Stute an und erkundete zu Fuß Wald und Prärie. Wie im Traum ging er am Fluß entlang und warf Steine ins Wasser. Er konnte einfach nicht glauben, daß das alles ihm gehörte. In Schottland war es sehr schwierig, Land zu erwerben. Die Schafzucht seiner Familie in Kilmarnock war über die Jahrhunderte hinweg von einer Generation zur nächsten weitervererbt worden.

Gleich an diesem Abend schrieb er Jason Geiger einen Brief. Er berichtete ihm von den zweihundert Morgen, die in des Apothekers Namen neben seinem Land reserviert seien, und bat Jay, ihn so schnell wie möglich wissen zu lassen, ob er den Besitz antreten wolle. Darüber hinaus bat er ihn, ihm eine große Menge Schwefelpuder zu schicken, denn Nick hatte ihm widerstrebend gestanden, daß im Frühjahr immer eine Krankheit ausbreche, die die Leute Illinois-Krätze nannten, und großzügig verabreichter Schwefelpuder das einzige zu sein scheine, was dagegen helfe.

HAUSBAU

Die Nachricht, daß sich in Holden's Crossing ein Arzt niedergelassen hatte, verbreitete sich wie ein Lauffeuer. Drei Tage nach seiner Ankunft wurde Rob J. zu seinem ersten Patienten gerufen, der sechzehn Meilen entfernt wohnte, und danach riß die Arbeit nicht mehr ab. Im Gegensatz zu den Siedlern im südlichen und mittleren Illinois, die meistens aus den Südstaaten kamen, stammten die Farmer, die sich in Nordillinois niederließen, überwiegend aus New York und New England. Jeden Monat kamen neue dazu, zu Fuß, zu Pferd oder im Planwagen, manche mit einer Kuh, andere mit ein paar Schweinen oder

Schafen. Robs Einzugsgebiet umfaßte ein riesiges Areal: Prärieland zwischen großen Flüssen, durchzogen von einem Netz kleiner Bäche, gesprenkelt mit Wäldchen und von tiefen Sumpfgräben durchfurcht. Wenn die Patienten zu ihm kamen, berechnete er fünfundsiebzig Cent. Machte er Hausbesuche, verlangte er einen Dollar, bei Nacht um die Hälfte mehr. Seinen Arbeitstag verbrachte er vorwiegend im Sattel, denn in diesem eigenartigen Land lagen die Farmen sehr weit auseinander. Manchmal war er bei Einbruch der Nacht vom Reiten so erschöpft, daß er sich nur noch auf die Erde fallen ließ und sofort einschlief.

Er sagte Holden, daß er am Ende des Monats einen Teil seiner Schuld werde zurückzahlen können, doch der Anwalt lächelte nur und schüttelte den Kopf. »Nur nichts überstürzen! Ich glaube, es ist sogar besser, wenn ich Ihnen noch ein bißchen mehr leihe. Die Winter sind hart hier, und Sie werden ein kräftigeres Pferd brauchen. Und bei der vielen Arbeit, die Sie mit Ihren Patienten haben, kommen Sie nicht dazu, sich vor dem ersten Schnee eine Hütte zu bauen. Ich seh' mich besser mal nach jemandem um, der gegen Bezahlung eine für Sie bauen kann.«

Nick fand einen Hüttenbauer namens Alden Kimball, einen zaundürren, aber unermüdlichen Mann. Von der stinkenden Maiskolbenpfeife, die er nie aus dem Mund nahm, hatte er gelb verfärbte Zähne. Aufgewachsen war er auf einer Farm in Vermont, doch hierher verschlagen hatte es ihn als verstoßenen Mormonen aus der Stadt Nauvoo in Illinois, wo die Bewohner sich »Heilige der letzten Tage« nannten und die Männer angeblich so viele Frauen haben durften, wie sie wollten. Als Rob J. den Hüttenbauer kennenlernte, sagte der nur, er habe eine Meinungsverschiedenheit mit den Kirchenältesten gehabt und sei deshalb weggegangen. Genaueres wollte Rob J. gar nicht wissen. Ihm reichte es, daß Kimball mit Axt und Breitbeil umgehen konnte, als wären sie ihm an den Körper gewachsen. Er fällte die Bäume, richtete sie zu und flachte sie gleich an Ort und Stelle an zwei Seiten ab. Bald darauf lieh sich Rob J. von einem Farmer namens Gruber einen Ochsen. Rob spürte, daß Gruber ihm seinen wertvollen Ochsen nicht anvertraut hätte, wenn

Kimball nicht dabeigewesen wäre. Der gefallene Heilige beteuerte beharrlich, daß der Ochse ihm schon gehorchen werde, bis Gruber ihn ihm überließ. Mit dem Tier schafften es die beiden Männer in einem Tag, die behauenen Stämme zu dem Bauplatz zu schaffen, den Rob sich am Flußufer ausgesucht hatte. Als Kimball vier mächtige Stämme mit Holzzapfen zum Sockel der Hütte zusammenfügte, sah Rob, daß der Stamm, der die Nordwand tragen sollte, im linken Drittel stark gekrümmt war, und er wies den Hüttenbauer darauf hin.

»Das ist schon richtig«, sagte Kimball, und Rob ging weg und ließ ihn weiterarbeiten.

Bei seinem nächsten Besuch auf der Baustelle sah Rob einige Tage später, daß die Wände bereits standen. Alden hatte die Stämme mit Lehm vom Flußufer abgedichtet und tünchte gerade die Lehmstreifen. Die Stämme an der Nordseite zeigten alle die gleiche Ausbuchtung wie der Stamm im Sockel. Es mußte Alden viel Zeit gekostet haben, die Stämme mit genau derselben Krümmung herauszusuchen, und zwei waren sogar mit dem Breitbeil zurechtgehauen, damit sie paßten.

Alden war es auch, der Rob J. von dem Reitpferd erzählte, das Gruber zu verkaufen habe. Als Rob gestand, daß er nicht viel von Pferden verstehe, zuckte Kimball mit den Achseln. »Vierjährige Stute, noch nicht ganz ausgewachsen. Kräftig, alles in Ordnung mit ihr.«

Also kaufte Rob das Pferd. Es war ein *blood bay*, wie Gruber es nannte, mehr rot als braun, mit schwarzen Beinen, schwarzer Mähne und schwarzem Schwanz. Auf der Stirn hatte es schwarze Punkte, die wie Sommersprossen aussahen. Das fünfzehn Handbreit hohe Tier hatte einen kräftigen Körper und einen intelligenten Blick. Weil ihn die Sommersprossen an sein Mädchen in Boston erinnerten, nannte er die Stute Margaret Holland, kurz Meg.

Rob merkte, daß Alden einen Blick für Tiere hatte, und eines Morgens fragte er ihn, ob er nach dem Ende der Bauarbeiten als Knecht bei ihm bleiben und auf der Farm arbeiten wolle.

»Hm... Welche Art von Farm?«

»Schafzucht.«

Alden verzog das Gesicht. »Hab' keine Ahnung von Schafen. Hab' immer nur mit Milchkühen gearbeitet.«

»Ich bin mit Schafen aufgewachsen«, erwiderte Rob. »Schafe zu hüten ist ganz einfach. Sie stehen gern in einer Herde zusammen, und in der offenen Prärie kann ein Mann mit einem Hund sie problemlos bewachen. Was die anderen Arbeiten angeht, Kastrieren und Scheren und so weiter, das könnte ich Ihnen beibringen.«

Alden tat so, als denke er darüber nach, doch er wollte nur nicht unhöflich erscheinen. »Um ehrlich zu sein, ich mach' mir nicht viel aus Schafen. Nein«, sagte er schließlich, »schön' Dank, aber ich glaub', ich bleib' nicht.« Wie um das Thema zu wechseln, fragte er Rob, was er mit seinem alten Pferd vorhabe. Monica Grenville hatte ihn nach Westen getragen, doch jetzt war sie erschöpft. »Glaub' nicht, daß Sie viel für sie bekommen, wenn Sie sie nicht vorher aufpäppeln. Gras genug haben Sie ja auf der Prärie, aber für den Winter müßten Sie Heu kaufen.«

Dieses Problem löste sich ein paar Tage später, als ein Farmer, der gerade kein Geld hatte, für eine Geburtshilfe mit einer Wagenladung Heu bezahlte. Rob fragte Alden, was er tun solle, und der erklärte sich bereit, das Hüttendach über die Südwand hinaus zu verlängern und an den Ecken mit Pfosten abzustützen, um so einen offenen Unterstand für die Pferde zu schaffen. Einige Tage nachdem die Arbeiten beendet waren, kam Nick vorbei, um sich das Ergebnis anzusehen. Er belächelte den behelfsmäßigen Stall und wich Alden Kimballs Blick aus. »Also mal ehrlich, die sieht aber ziemlich komisch aus, die Hütte.« An der Nordseite der Hütte zog er die Augenbrauen hoch. »Die verdammte Wand ist krumm!«

Rob J. strich bewundernd mit den Fingerspitzen über die Krümmung in den Stämmen. »Nein, das ist Absicht, es gefällt uns so. Das unterscheidet die Hütte von den anderen hier in der Gegend.«

Nachdem Nick sich verabschiedet hatte, arbeitete Alden eine Stunde lang schweigend weiter. Dann legte er das Werkzeug weg und ging zu Rob, der gerade Meg striegelte. Er klopfte sich seine Pfeife am Stiefelabsatz aus. »Ich glaub', das mit den Schafen kann ich doch lernen«, sagte er.

DIE EINSIEDLERIN

Für seine Schafzucht beschloß Rob J. sich vorwiegend spanische Merinos zu besorgen, deren feine Wolle sich zu einem guten Preis verkaufen ließ, und sie mit einer langfelligen englischen Rasse zu kreuzen, wie es seine Familie in Schottland getan hatte. Alden erklärte er, er werde die Tiere erst im Frühjahr kaufen, um sich die Kosten und Mühen einer Winterhaltung zu sparen. Alden war unterdessen damit beschäftigt, einen Vorrat an Zaunpfählen anzulegen, zwei Schuppen an die Blockhütte anzubauen und sich im Wald eine eigene Hütte zu errichten. Rob J. hatte Glück, daß sein Knecht so selbständig arbeiten konnte, denn er war stark beschäftigt. Die Leute in der Umgebung hatten lange ohne Arzt auskommen müssen, und es dauerte Monate, bis Rob J. die Auswirkungen der Vernachlässigung und die falsche Anwendung von Hausmitteln wiedergutgemacht hatte. Er sah Patienten mit Gicht und Krebs, Wassersucht und Skrofulose, zu viele Kinder mit Würmern und Leute jeden Alters mit Schwindsucht. Er wurde es müde, Zähne zu ziehen. Das Zähneziehen war für ihn ähnlich bedrückend wie die Amputation eines Gliedes, denn er haßte es, einem Patienten etwas zu nehmen, das er nicht mehr ersetzen konnte.

»Warten Sie bis zum Frühling, dann bekommen die Leute hier alle das Fieber. Sie werden ein Vermögen verdienen«, erzählte ihm Nick Holden fröhlich. Da die Hausbesuche Rob auf einsame, fast nicht kenntliche Pfade führten, bot Nick ihm an, ihm einen Revolver zu leihen, bis er sich selbst einen kaufen könnte. »Es ist gefährlich unterwegs, hier gibt's Banditen und Wegelagerer – und jetzt auch noch diese verdammten Krieger.«

»Krieger?«

»Indianer.«

»Hat man sie wieder gesehen?«

Nick blickte finster drein. Sie seien schon mehrmals gesehen worden, sagte er, mußte aber einräumen, daß sie niemanden belästigt hatten.

»Bis jetzt...« fügte er düster hinzu.

Rob J. kaufte sich keine Waffe, und er trug auch die von Nick nicht. Auf seinem Pferd fühlte er sich sicher. Die Stute war sehr ausdauernd, und es gefiel ihm, wie sie mit sicherem Tritt steile Flußufer hinauf- und hinunterkletterte und reißende Bäche durchquerte. Er gewöhnte sie daran, von beiden Seiten bestiegen zu werden, und sie lernte es, zu ihm zu trotten, wenn er pfiff. *Quarter horses* – so nannte man kräftige, ausdauernde Reitpferde, wie sie eins war – dienten vorwiegend zum Hüten der Rinderherden, und Gruber hatte der Stute bereits beigebracht, auf die geringste Gewichtsverlagerung oder die leichteste Zügelbewegung zu reagieren und – je nachdem – schnell loszulaufen, stehenzubleiben oder zu wenden.

Eines Tages im Oktober wurde Rob J. zur Farm von Gustav Schroeder gerufen, der sich zwei Finger der linken Hand zwischen schweren Steinen eingeklemmt hatte. Unterwegs kam Rob vom Weg ab, und er hielt bei einer armseligen Hütte inmitten gut gepflegter Felder an, um nach der Farm der Schroeders zu fragen. Die Tür öffnete sich nur einen Spaltbreit, doch sofort schlug ihm ein übler Geruch entgegen, ein Gestank nach Fäkalien, abgestandener Luft und Fäulnis. Ein Gesicht spähte heraus, und er sah rote, verquollene Augen und stumpfe, schmutzverklebte Hexenhaare. »Gehen Sie weg!« befahl eine heisere Frauenstimme. Etwas von der Größe eines kleinen Hundes huschte hinter der Tür durchs Zimmer. Doch nicht etwa ein Kind? Krachend schlug die Tür zu.

Die bestellten Felder gehörten, wie sich herausstellte, den Schroeders, deren Farm Rob kurz darauf fand. Er mußte dem Farmer den kleinen Finger und das letzte Glied des Ringfingers abnehmen, eine entsetzliche Qual für den Patienten. Nach der

Operation erkundigte er sich bei Schroeders Gattin nach der Frau in der Hütte.

Alma Schroeder sah ein wenig verlegen drein. »Das ist nur die arme Sarah«, antwortete sie.

DER GROSSE INDIANER

Die Nächte wurden kalt und kristallklar. Riesige Sterne funkelten am Himmel, dann aber bewölkte er sich und riß wochenlang nicht mehr auf. Früh im November fiel – wunderbar und zugleich schrecklich – der erste Schnee. Dann kam der Wind, formte die tiefe, weiße Schicht und warf Verwehungen auf, die Meg zwar herausforderten, ihr aber nie den Weg versperrten. Als Rob J. sah, wie tapfer das Pferd gegen den Schnee anging, schloß er es noch mehr ins Herz.

Den ganzen Dezember über und einen Großteil des Januar blieb es so bitterkalt. Auf dem Heimweg von einer Nachtwache bei fünf Kindern – drei davon hatten Diphtherie – stieß Rob J. auf zwei Indianer in einer argen Notlage. Er erkannte sofort die beiden Männer, die ihm beim Gambespielen vor Nick Holdens Hütte zugehört hatten. Drei tote Schneehasen zeigten, daß sie auf der Jagd gewesen waren. Eins ihrer Pferde war gestolpert, hatte sich dabei einen Vorderlauf an der Fessel gebrochen und seinen Reiter, den Sauk mit der riesigen Hakennase, unter sich begraben. Dessen Begleiter, der große Indianer, hatte das Tier sofort getötet und ihm den Bauch aufgeschlitzt, dann den Verletzten unter dem Kadaver hervorgezerrt und in die dampfende Bauchhöhle gelegt, damit er nicht erfror.

»Ich bin Arzt, vielleicht kann ich helfen.«

Die beiden verstanden kein Englisch, doch der große Indianer machte keine Anstalten, Rob J. von der Untersuchung des Verletzten abzuhalten. Der Arzt brauchte nur kurz unter die zerlumpte Fellkleidung zu greifen, um festzustellen, daß die rechte

Hüfte nach hinten ausgerenkt war. Der Ischiasnerv war verletzt, denn der Fuß hing schlaff herunter, und als Rob dem Jäger den Lederschuh auszog, um ihn mit der Messerspitze leicht zu stechen, konnte der Indianer die Zehen nicht bewegen. Die gesamte Muskulatur im Beckenbereich war vor Schmerz und Kälte hart und steif wie Holz. An ein Einrenken der Hüfte an Ort und Stelle war nicht zu denken.

Zu Rob J.'s Verwunderung schwang sich der große Indianer auf sein Pferd und ritt über die Prärie auf den Waldrand zu, vielleicht um Hilfe zu holen. Rob trug einen mottenzerfressenen Schaffellmantel, den er im vergangenen Winter von einem Holzfäller beim Pokern gewonnen hatte. Er zog ihn aus, deckte den Indianer damit zu und holte dann Stoffstreifen aus seiner Satteltasche, mit denen er die Beine des Patienten zusammenband, um die ausgerenkte Hüfte ruhigzustellen. Kurze Zeit später kehrte der große Indianer mit zwei kräftigen, aber biegsamen Baumstämmen zurück. Er befestigte sie zu beiden Seiten seines Pferdes und spannte einige Kleidungsstücke zwischen die Stämme, so daß eine Schleppbahre entstand, auf die sie den Verletzten legten. Obwohl der Schnee die Stöße etwas dämpfte, mußte diese Art des Transports dem Mann entsetzliche Schmerzen bereiten.

Es begann leicht zu graupeln, als der Zug sich in Bewegung setzte. Sie ritten am Rand des Waldstreifens am Flußufer entlang, bis der Indianer in eine Bresche zwischen den Bäumen einbog und sie das Lager der Sauks erreichten.

Konische Leder-Tipis – siebzehn zählte Rob J. später, als er die Gelegenheit dazu hatte – standen windgeschützt zwischen den Bäumen. Die Sauks waren warm gekleidet. Überall waren noch Spuren des Reservats zu sehen, denn neben den traditionellen Tierhäuten und -fellen trugen die Indianer abgelegte Kleidungsstücke von Weißen, und in einigen der Zelte standen Munitionskisten der Armee. Die Indianer hatten genug trockenes Holz für ihre Feuer, und aus den Abzugslöchern der Tipis stiegen graue Rauchfahnen in die Höhe. Doch Rob J. entging die Gier nicht, mit der viele Hände nach den drei mageren Hasen griffen, und er wußte, was die spitzen Gesichter bedeuteten, denn er hatte schon genug Hungernde gesehen.

Der Verletzte wurde in eins der Tipis getragen, und Rob J. folgte ihm. »Spricht jemand Englisch?«

»Ich spreche deine Sprache.« Sein Alter war schwer zu bestimmen, denn der Sprecher trug das gleiche unförmige Fellbündel wie alle anderen und auf dem Kopf eine Kapuze aus grauem Eichhörnchenpelz, aber es war die Stimme einer Frau.

»Ich kann dem Mann helfen. Ich bin Arzt. Weißt du, was ein Arzt ist?«

»Ich weiß es.« Ihre braunen Augen sahen ihn unter den Pelzfalten hervor gelassen an. Sie sagte kurz etwas in ihrer Sprache, und die anderen im Zelt traten zurück und sahen ihm zu.

Rob J. nahm ein paar Äste aus dem Holzstapel und schürte das Feuer. Als er den Mann aus seiner Kleidung schälte, sah er, daß die Hüfte innerlich verdreht war. Er hob die Knie des Indianers an, bis sie ganz abgewinkelt waren, und sorgte dann mit Hilfe der Frau dafür, daß kräftige Hände den Mann am Boden festhielten. Er bückte sich und schob seine rechte Schulter unter das Knie der verletzten Seite. Dann drückte er mit aller Kraft nach oben, und mit einem deutlich hörbaren Schnappen sprang die Gelenkkugel in die Pfanne zurück.

Der Indianer lag da wie tot. Während der ganzen Prozedur hatte er kaum einmal aufgestöhnt, und Rob J. glaubte, daß er einen Schluck Whiskey mit Laudanum verdient habe. Doch beides war in seiner Satteltasche, und bevor er es holen konnte, hatte die Frau Wasser in eine Kürbisflasche gegossen, es mit einem Pulver aus einem kleinen Rehlederbeutel vermischt und es dem Mann gegeben, der es gierig trank. Sie legte ihre Hände auf die Hüfte des Mannes, sah ihm in die Augen und begann einen murmelnden Singsang in ihrer Sprache. Als Rob J. sie so sah und hörte, bekam er eine Gänsehaut. Er erkannte, daß sie die Medizinfrau des Stammes war. Oder vielleicht auch eine Art Priesterin.

In diesem Augenblick übermannte ihn nach der schlaflosen Nacht und dem Kampf gegen den Schnee die Müdigkeit, und er wankte benommen aus dem schwach erleuchteten Tipi hinaus, wo eine Menge schneebestäubter Sauks wartete. Ein triefäugiger alter Mann berührte ihn ehrfürchtig. »*Cawso wabeskiou!*« sagte er, und andere nahmen den Ruf auf: »*Cawso wabeskiou!*« Die Priester-Ärztin kam aus dem Tipi. Die Kapuze glitt ihr vom Kopf, und er sah, daß sie nicht alt war. »Was rufen die Leute?« »Sie nennen dich einen weißen Schamanen«, erwiderte sie.

Von der Medizinfrau erfuhr er, daß der verletzte Mann – aus Gründen, die ihm sofort einsichtig waren – Waucau-che, Adlernase, hieß. Den großen Indianer nannten sie Pyawanegawa, Der singend einhergeht. Als Rob J. zu seiner Blockhütte zurückritt, traf er Pyawanegawa und zwei andere Sauks, die gleich nach Waucau-ches Ankunft im Lager zu dem Pferdekadaver zurückgeritten sein mußten, um das Fleisch zu holen, bevor die Wölfe es taten. Sie hatten das tote Tier zerteilt und brachten die Fleischstücke auf zwei Packpferden zurück. Sie ritten hintereinander an ihm vorbei, ohne ihn eines Blickes zu würdigen, fast so, als wäre er ein Baum.

Nach Hause zurückgekehrt, schrieb Rob J. sein Erlebnis in sein Tagebuch und versuchte, die Frau nach dem Gedächtnis zu zeichnen. Doch sosehr er sich auch anstrengte, er brachte nicht mehr zusammen als ein typisches Indianergesicht ohne Geschlecht und vom Hunger gezeichnet. Er brauchte Schlaf, aber seine Strohmatratze reizte ihn nicht. Er wußte, daß Gus Schroeder getrocknete Maiskolben zu verkaufen hatte, und Alden hatte erwähnt, daß auch Paul Gruber einen Teil seines Saatgetreides verkaufe. Er bestieg Meg und führte Monica mit sich, und noch an diesem Nachmittag kehrte er mit zwei Sack Mais und je einem mit gelben Kohlrüben und Weizen in das Lager der Sauks zurück.

Die Medizinfrau dankte nicht. Sie sah die Säcke mit den Lebensmitteln nur an, bellte einige Befehle, und schon zogen eifrige Hände die Lebensmittel in die Tipis, um sie vor Kälte und Feuchtigkeit zu schützen. Der Wind wehte der Medizinfrau die Kapuze vom Kopf. Sie war wirklich eine Rothaut: Ihr Gesicht hatte eine kräftige, gegerbt rötlichbraune Tönung. Ihre Nase hatte einen vorspringenden Höcker und beinahe negroide Löcher. Sie hatte große, schimmerndbraune Augen und einen unverhüllten Blick. Als er sie nach ihrem Namen fragte, sagte sie, sie heiße Makwa-ikwa.

»Was bedeutet das auf englisch?«

»Die Bärenfrau«, antwortete sie.

DURCH DIE KALTE ZEIT

Die Stümpfe der amputierten Finger von Gus Schroeder verheilten ohne Infektion. Rob J. besuchte den Farmer vielleicht zu oft, aber die Frau in der Hütte auf dem Grund der Schroeders hatte ihn neugierig gemacht. Alma Schroeder war zunächst verschlossen, doch als sie merkte, daß Rob J. wirklich helfen wollte, erzählte sie bereitwillig und mütterlich-besorgt die Geschichte der jungen Frau. Sarah war zweiundzwanzig Jahre alt, sechs Jahre zuvor mit ihrem jungen Mann Alexander Bledsoe aus Virginia nach Illinois gekommen und inzwischen Witwe. Zwei Frühjahre lang hatte Alexander die widerspenstige, tief durchwurzelte Erde gepflügt und sich mit seinem Ochsengespann abgemüht, um seine Felder so groß wie möglich zu machen, bevor das Präriegras ihm im Sommer über den Kopf wuchs. Im Mai seines zweiten Jahres im Westen erkrankte er an der Illinois-Krätze und starb an dem mit ihr verbundenen Fieber.

»Im folgenden Frühjahr versuchte sie ganz alleine zu pflügen und zu säen«, erzählte Alma. »Sie brachte auch eine kleine Ernte ein und erweiterte ihr Feld ein Stückchen, aber auf die Dauer schaffte sie es einfach nicht. In diesem Sommer kamen Gus und ich aus Ohio. Wir trafen eine Vereinbarung: Sie überläßt Gus ihre Felder, und wir versorgen sie mit Maismehl, Gartengemüse und Feuerholz.«

»Wie alt ist das Kind?«

»Zwei Jahre«, antwortete Alma Schroeder ungerührt. »Sie hat nie was gesagt, aber wir glauben, daß Will Mosby der Vater war. Will und Frank Mosby, zwei Brüder, haben ein Stückchen weiter flußabwärts gewohnt. Als wir herkamen, war Frank Mosby viel mit ihr zusammen. Wir waren froh. Hier in der Wildnis braucht eine Frau einen Mann.« Alma seufzte verächtlich. »Diese Brüder! Einer schlimmer als der andere. Frank Mosby versteckt sich vor dem Gesetz. Will wurde bei einem Streit in einem Saloon getötet, kurz bevor das Baby kam. Ein paar Monate später wurde Sarah krank.«

»Viel Glück hat sie wohl nicht.«

»Überhaupt kein Glück. Sie ist sehr krank. Sie stirbt am Krebs, sagt sie. Manchmal hat sie solche Bauchschmerzen, daß sie – Sie wissen ja – das Wasser nicht halten kann.«

»Was ist mit ihrem Stuhlgang?«

Alma Schroeder wurde rot. Über ein unehelich geborenes Kind konnte man reden, das gehörte zu den Wechselfällen des Lebens, doch war sie es, außer mit Gus, nicht gewöhnt, mit einem Mann Körperfunktionen zu besprechen, nicht einmal mit einem Arzt.

»In Ordnung. Es ist nur das Wasser… Sie will, daß ich den Jungen nehme, wenn sie stirbt. Aber wir haben doch schon fünf Mäuler zu stopfen…« Sie sah ihn scharf an. »Können Sie ihr was gegen die Schmerzen geben?«

Ein Krebskranker hatte die Wahl zwischen Whiskey und Opium. Beides konnte sie nicht nehmen, wenn sie das Kind versorgen wollte. Doch als Rob J. die Schroeders verließ, hielt er bei ihrer Hütte, die verschlossen und unbewohnt aussah, an. »Mrs. Bledsoe!« rief er und klopfte an die Tür.

Nichts rührte sich.

»Mrs. Bledsoe! Ich bin Rob J. Cole. Ich bin Arzt!« Er klopfte noch einmal.

»Gehen Sie weg!«

»Ich sagte, ich bin Arzt. Vielleicht kann ich Ihnen helfen.«

»Gehen Sie weg! Gehen Sie weg! Gehen Sie doch weg!«

Gegen Ende des Winters war es auch in seiner Hütte etwas gemütlicher geworden. Wohin er auch kam, besorgte er sich häusliche Dinge: einen eisernen Topf, zwei Blechnäpfe, eine farbige Flasche, eine irdene Schüssel, Holzlöffel. Einiges kaufte er, anderes nahm er als Bezahlung, wie etwa die beiden alten, aber praktischen Patchwork-Decken. Die eine hängte er als Schutz gegen die Zugluft an die Nordwand, und die andere zierte das Bett, das Alden Kimball für ihn gezimmert hatte. Alden hatte ihm außerdem einen dreibeinigen Hocker und eine niedere Bank für den Platz vor dem Kamin geschreinert und kurz vor dem ersten Schnee ein knapp meterhohes Stück von einem Platanenstamm in die Hütte gerollt und aufgestellt. Er nagelte ein paar Bretter drauf, über die Rob eine alte Wolldecke breitete. An diesem Tisch thronte er wie ein König auf seinem besten Möbelstück, einem Stuhl mit einer Sitzfläche aus geflochtener Hickoryrinde. Hier aß er seine Mahlzeiten, oder er las vor dem Zubettgehen beim flackernden Licht einer Talglampe in seinen Büchern und Journalen. Der Kamin aus Flußsteinen und Lehm hielt die kleine Hütte warm. Darüber hingen seine Flinten an hölzernen Haken, und von den Dachsparren baumelten Kräutersträuße, Zwiebel- und Knoblauchzöpfe, Fäden mit getrockneten Apfelscheiben, eine Hartwurst und ein schwarzgeräucherter Schinken. In einer Ecke stapelten sich Werkzeuge, die er alle mit mehr oder weniger Geschick selbst angefertigt hatte.

Die Gambe spielte er nur selten. Meistens war er zu müde, um für sich alleine zu musizieren. Am 2. März kamen ein Brief von Jay Geiger und ein Paket mit Schwefelpuder in der Kutschenstation von Rock Island an. Geiger schrieb, was Rob J. über das Land in Holden's Crossing berichtet habe, sei mehr, als er und seine Frau sich erhofft hätten. Das Geld für die Anzahlung auf das Land habe er Nick Holden bereits überwiesen, und er werde alle weiteren Zahlungen an das staatliche Grundamt übernehmen. Leider könnten sie aber in der nächsten Zeit nicht nach Illinois kommen, da Lillian wieder schwanger sei: »Ein unerwartetes Ereignis, das uns mit Freude erfüllt, aber auch die Abreise von hier verzögert.« Sie wollten warten, bis das zweite Kind geboren und groß genug wäre, um die beschwerliche Reise über die Prärie zu überstehen.

Rob J. las den Brief mit gemischten Gefühlen. Es freute ihn, daß Jay seiner Empfehlung vertraute und eines Tages sein Nachbar sein würde. Doch es erfüllte ihn auch mit stiller Verzweiflung, daß dieser Tag noch nicht in Sicht war. Er hätte viel darum gegeben, mit Jason und Lillian zusammensitzen und Musik machen zu können, die ihn tröstete und seine Seele erfreute. Die Prärie war ein riesiges stummes Gefängnis, und die meiste Zeit war er darin allein.

Er beschloß, sich einen Hund zuzulegen.

Zur Zeit der Wintersonnenwende waren die Sauks wieder notleidend und hungrig. Gus Schroeder wunderte sich laut, weshalb Rob J. noch einmal zwei Sack Mais kaufen wolle, drang jedoch nicht weiter in ihn, als Rob nicht darauf einging. Die Indianer akzeptierten das Maisgeschenk wie das erstemal schweigend und ohne sichtbare Gefühlsäußerung. Er brachte Makwa-ikwa ein Pfund Kaffee und machte es sich zur Gewohnheit, sie gelegentlich zu besuchen und mit ihr am Feuer zu sitzen. Sie mischte den Kaffee mit getrockneten wilden Wurzeln, bis er nicht mehr wie das Getränk schmeckte, das er gewohnt war. Sie tranken diesen Kaffee schwarz; er war nicht gut, aber heiß, und er schmeckte irgendwie indianisch. Mit der Zeit lernten sie einander kennen. Makwa-ikwa hatte in einer Mission für Indianerkinder in der Nähe von Fort Crawford vier Jahre lang die Schule besucht. Sie konnte ein wenig lesen und hatte schon von Schottland gehört, doch seine Vermutung, daß sie Christin sei, korrigierte sie. Ihr Volk betete Se-wanna, den Hauptgott, und andere Manitus an, und sie erzählte ihm von den alten Riten. Er erkannte, daß sie vor allem Priesterin war, und das half ihr, eine gute Heilerin zu sein. Sie wußte alles über die Arzneipflanzen, die in der Gegend wuchsen, und von ihren Zeltstangen hingen Büschel getrockneter Heilkräuter. Er sah ihr einige Male zu, wie sie die Sauks behandelte. Zuerst kniete sie sich neben den kranken Indianer und spielte leise auf ihrer Trommel, die aus einem zu zwei Dritteln mit Wasser gefüllten und mit einer

94

gegerbten, dünnen Tierhaut bespannten Tonkrug bestand. Sie rieb das Trommelfell mit einem gebogenen Stab. Dabei entstand ein leiser, dumpf dröhnender Ton, der mit der Zeit eine einschläfernde Wirkung hatte. Dann legte sie beide Hände auf den zu heilenden Teil des Körpers und sprach zu dem Kranken in ihrer Sprache. Rob erlebte, wie sie auf diese Weise einem jungen Mann die Wirbelsäule wieder einrenkte und die Knochenschmerzen einer alten Frau linderte.

»Wie läßt du mit deinen Händen den Schmerz verschwinden?« Sie schüttelte den Kopf. »Kann ich nicht erklären.«

Rob J. nahm die Hände der alten Frau in die seinen. Obwohl die Schamanin ihr die Schmerzen genommen hatte, spürte er, daß ihre Lebenskräfte versiegten, und er sagte Makwa-ikwa, daß die Frau nur noch wenige Tage zu leben habe. Als er fünf Tage später wieder in das Lager der Sauks kam, war die alte Frau tot.

»Woher hast du es gewußt?« fragte Makwa-ikwa.

»Der herannahende Tod ... Einige aus meiner Familie können ihn spüren. Es ist eine Gabe. Ich kann es nicht erklären.«

Also glaubten sie einander einfach. Er fand sie außergewöhnlich interessant und ganz anders als alle Menschen, die er kannte. Von Anfang an herrschte eine körperlich-erotische Spannung zwischen ihnen. Meistens saßen sie an dem kleinen Feuer in ihrem Tipi, tranken Kaffee und unterhielten sich. Eines Tages versuchte er, ihr von Schottland zu erzählen, konnte aber nicht nachvollziehen, wieviel sie verstand. Immerhin hörte sie aufmerksam zu und stellte ihm hin und wieder Fragen nach wilden Tieren oder Feldfrüchten. Sie erklärte ihm die Stammesstrukturen der Sauks, und da war es an ihr, geduldig zu sein, denn er fand diese sehr kompliziert. Das Volk der Sauks war unterteilt in zwölf Stämme ähnlich den schottischen Clans, nur daß sie statt McDonald, Bruce oder Stewart folgende Namen trugen: Namawuck (Stör), Muc-kissou (Weißkopfadler), Pucca-hummowuck (Gelbbarsch), Macco Pennyack (Bärenkartoffel), Kiche Cumme (Großer See), Payshake-issewuck (Hirsch), Pesshe-peshewuck (Panther), Waymeco-uck (Donner), Muckwuck (Bär), Me-seco (Schwarzbarsch), Aha-wuck (Schwan) und

Muhwa-wuck (Wolf). Die Stämme lebten ohne Rivalität zusammen, doch jeder Sauk-Mann gehörte zu einer von zwei sogenannten Hälften, die miteinander in beständigem Wettstreit lagen, den Keeso-qui, den Langen Haaren, oder den Osh-Cush, den Tapferen Männern. Jeder erstgeborene Junge wurde in die Hälfte seines Vaters aufgenommen, jeder zweitgeborene wurde ein Mitglied der anderen, und so ging es abwechselnd weiter, damit die Hälftenzugehörigkeit in jedem Clan und jeder Familie etwa gleich verteilt war. Sie wetteiferten miteinander beim Spielen, bei der Jagd, beim Kindermachen, im Vollbringen kriegerischer Heldentaten und anderer Bravourstücke. Der heftige Wettstreit sorgte dafür, daß die Sauks stark und mutig blieben, aber es gab keine Blutsfehden zwischen den Hälften. Rob J. fiel auf, daß dies ein vernünftigeres System war als jenes, das er kannte, ein viel zivilisierteres, waren doch in den vielen Jahrhunderten wüster Clansfehden Tausende von Schotten umgekommen.

Wegen der knapp bemessenen Vorräte und eines gewissen Mißtrauens gegenüber der Speisenzubereitung der Indianer vermied Rob J. es zunächst, mit Makwa-ikwa zu essen. Doch als die Jäger ein paarmal erfolgreich waren, probierte er das Essen und fand es genießbar. Er sah, daß die Sauks mehr Schmorgerichte als Braten aßen und, sofern sie die Wahl hatten, rotes Fleisch und Geflügel dem Fisch vorzogen. Makwa-ikwa erzählte ihm von Hundefestmahlen, die religiösen Charakter hatten, da die Manitus Hundefleisch sehr schätzten. Je beliebter der Hund als Haustier gewesen sei, so erklärte sie ihm, desto wertvoller sei er als Opfer bei einem solchen Hundemahl und desto wirksamer der Zauber. Rob konnte seinen Abscheu nicht verbergen.

»Findet ihr es nicht befremdlich, einen Haushund zu essen?«

»Nicht so befremdlich wie Fleisch und Blut Christi zu essen.«

Er war ein normaler junger Mann, und manchmal wurde er trotz der vielen Tuch- und Fellschichten, die sie beide gegen die Kälte schützten, sexuell so erregt, daß es schmerzte. Wenn sie ihm eine Tasse Kaffee gab und dabei ihre Finger sich berührten, war das für ihn wie ein Drüsenschock. Einmal hielt er ihre kalten, kantigen Hände in den seinen und erschrak über die Vitalität, die er in ihnen spürte. Er untersuchte ihre kurzen Finger, die rauhe, rötlichbraune Haut und die helleren Schwielen auf ihren Handflächen. Er fragte sie, ob sie ihn einmal in seiner Hütte besuchen wolle. Sie sah ihn schweigend an und zog ihre Hände zurück. Sie sagte nicht, daß sie ihn nicht besuchen wolle, aber sie kam auch nie.

Wenn Rob J. im Frühjahr zum Indianerdorf ritt, mußte er den Schlammlöchern ausweichen, die überall entstanden, weil die Prärie, obwohl sie wie ein Schwamm alles aufsog, die Unmenge an Schmelzwasser nicht vollständig aufnehmen konnte. Bei einem dieser Besuche brachen die Sauks gerade ihr Winterlager ab, und er folgte ihnen sechs Meilen zu einer offenen Stelle, wo die Indianer statt ihrer gemütlichen Winter-Tipis *hedonoso-te* aufbauten, Langhäuser aus ineinander verflochtenen Ästen, durch die der milde Sommerwind wehen konnte. Es gab einen guten Grund für die Verlegung des Lagers: Die Sauks kannten keine sanitären Einrichtungen, und das Winterlager stank nach ihren Fäkalien. Daß sie den harten Winter überlebt hatten und jetzt ins Sommerlager zogen, hob ganz offensichtlich die Stimmung der Indianer, denn überall sah Rob J. junge Männer ringen, laufen oder »Stock und Ball« spielen, ein Spiel, das er noch nie gesehen hatte. Dazu benutzte man kräftige Holzstöcke mit einem Netz aus geflochtenen Lederstreifen an einem Ende und eine mit Wildleder überzogene Holzkugel. Im vollen Lauf schleuderte ein Spieler den Ball aus dem Netz heraus, und ein anderer fing ihn geschickt mit seinem Netz auf. Indem sie den Ball auf diese Weise von einem zum anderen weitergaben, legten sie beträchtliche Entfernungen zurück. Es war ein schnelles und ziemlich rauhes Spiel. Hatte ein Spieler den Ball, versuchten die Gegner ihn aus dessen Netz herauszuholen, indem sie mit ihren Stöcken nach ihm schlugen und dabei oft Körper oder Gliedmaßen des Gegners trafen. Oft stolperten die Spieler im Eifer des Gefechts oder stießen sich gegenseitig zu Boden.

Als einer der vier Spieler bemerkte, wie fasziniert Rob das Spiel beobachtete, winkte er ihm und gab ihm seinen Stock.

Die anderen lachten und nahmen ihn sehr schnell in das Spiel auf, das für ihn allerdings mehr Körperverletzung denn Sport zu sein schien. Er war größer als die drei anderen und muskulöser. Bei der ersten Gelegenheit schleuderte der Ballträger die harte Kugel mit einem Schlenker seines Handgelenks in Robs Richtung. Der streckte sein Netz erfolglos danach aus und mußte laufen, um den Ball aufzuheben. Schon aber steckte er mitten in einem wüsten Kampf, in einem Hagel aus Stockschlägen, von denen die meisten auf seinem Körper zu landen schienen. Die schnellen Ballwechsel verwirrten ihn. Wehmütig mußte er erkennen, daß dies Fertigkeiten waren, die er nicht besaß, und er gab bald darauf den Stock seinem Besitzer zurück.

Während er in Makwa-ikwas Langhaus geschmorten Hasen aß, erzählte die Medizinfrau ihm leise, daß ihn die Sauks um einen Gefallen baten. Während des ganzen Winters hatten sie in ihren Fallen Pelztiere gefangen, so daß sie jetzt zwei Stapel erstklassiger Nerze, Füchse, Biber und Bisame besaßen. Sie wollten die Felle gegen Saatgut eintauschen.

Das überraschte Rob J., denn er hatte die Indianer nicht für Ackerbauern gehalten.

»Wenn wir die Felle selbst zu einem weißen Händler bringen, werden wir betrogen«, erzählte Makwa-ikwa. Sie sagte es ohne Bitterkeit, so als würde sie eine beliebige Tatsache feststellen.

Also führten er und Alden Kimball eines Morgens zwei mit Fellen beladene Packpferde und ein Pferd ohne Last den weiten Weg nach Rock Island. Rob J. verhandelte hartnäckig mit dem Ladenbesitzer und bekam schließlich für die Felle fünf Sack Saatmais – einen Sack kleinen Frühmais, zwei Sack größeren, hartkernigen Mais für Maisbrei und zwei Sack großkolbigen, weichkernigen Mehlmais – sowie je einen Sack Samen für Bohnen, Feld- und Moschuskürbisse. Zusätzlich erzielte er noch zwanzig Golddollar, die er den Sauks als Notgroschen geben konnte, falls sie noch andere Dinge von den Weißen kaufen mußten. Alden war voller Bewunderung für die Geschäftstüchtigkeit seines Arbeitgebers, weil er glaubte, Rob J. habe den komplizierten Handel auf eigene Rechnung abgeschlossen.

Die Nacht verbrachten sie in Rock Island. In einem Saloon hörte sich Rob bei zwei Gläsern Ale die prahlerischen Erinnerungen alter Indianerkämpfer an. »Die ganze Gegend hier hat früher den Sauks und den Fox gehört«, sagte der rotäugige Barkeeper. »Die Sauks nannten sich selber Osaukie und die Fox Mesquakie. Gemeinsam gehörte denen das ganze Land zwischen Mississippi im Westen, dem Lake Michigan im Osten, dem Wisconsin im Norden und dem Illinois River im Süden – verdammte sechzig Millionen Morgen bestes Farmland. Ihre größte Siedlung war Sauk-e-nuk, eine richtige Stadt mit Straßen und einem Platz im Zentrum. Elftausend Sauks haben dort gelebt und dreitausend Morgen zwischen dem Rock River und dem Mississippi bestellt. Na, aber wir haben nicht lang gebraucht, um die roten Schweine zu überrennen und uns das gute Land unter den Nagel zu reißen.«

Die Erzählungen waren Anekdoten über blutige Kämpfe mit Schwarzer Falke und seinen Kriegern, wobei die Indianer immer dämonisch, die Weißen tapfer und edel waren. Erzählt wurden sie von Veteranen der großen Indianerfeldzüge, und es handelte sich dabei vorwiegend um leicht durchschaubare Lügen, Träume davon, was hätte sein können, wenn die Erzähler bessere Soldaten gewesen wären. Rob J. merkte, daß die meisten Weißen in den Indianern etwas anderes sahen als er. Fast alle redeten, als wären die Sauks wilde Tiere, die man mit vollem Recht fortgejagt hatte, um Platz zu machen für zivilisierte Menschen. Sein Leben lang hatte Rob nach der geistigen Freiheit gesucht, die er bei den Sauks entdeckte. Diese Freiheit hatte er vor Augen, als er in Schottland das Pamphlet verfaßte, und diese Freiheit hatte er sterben zu sehen geglaubt, als Andrew Gerould gehängt wurde. Und jetzt hatte er sie bei einem bunt zusammengewürfelten Haufen fremdartiger Rothäute entdeckt. Er wollte nichts beschönigen, schließlich kannte er den Dreck im Sauk-Lager und die Rückständigkeit ihrer Kultur in einer Welt, die sie längst überholt hatte. Während er langsam sein Ale trank und Interesse an den alkoholisierten Geschichten über Bauchaufschlitzen, Skalpieren, Plündern und Vergewaltigen vortäuschte, wußte er, daß Makwa-ikwa mit ihren Sauks das Beste war, was er bisher in diesem Land kennengelernt hatte.

STOCK UND BALL

Eines Tages stieß Rob J. auf Sarah Bledsoe und ihr Kind, so wie man wilde Tiere in seltenen Augenblicken der Ruhe überrascht. Ähnlich hatte er Vögel nach dem Gefiederputzen in verzückter Zufriedenheit in der Sonne dösen sehen. Die Frau und ihr Sohn saßen mit geschlossenen Augen vor ihrer Hütte auf der Erde. Geputzt hatte sie sich allerdings nicht. Ihre langen blonden Haare waren stumpf und verfilzt, und das zerdrückte Kleid, das um ihren dürren Körper hing, war schmutzig. Ihre Haut war teigig und schlaff, die Blässe verriet ihre Krankheit. Der schlafende kleine Junge hatte blonde Haare, die wie die seiner Mutter schon lange keinen Kamm mehr gesehen hatten. Als Sarah ihre blauen Augen aufschlug und Rob J. sah, malten sich auf ihrem Gesicht Überraschung, Angst, Bestürzung und Wut. Wortlos nahm sie ihren Sohn auf den Arm und lief ins Haus. Rob J. ging ihr nach bis zur Hüttentür. Allmählich gingen ihm seine wiederholten Versuche, durch diese Holzplanke mit ihr zu sprechen, auf die Nerven.

»Mrs. Bledsoe, bitte! Ich möchte Ihnen helfen«, rief er, aber ihre einzige Antwort war ein angestrengtes Ächzen und das Geräusch eines schweren Balkens, der die Tür verriegelte.

Die Indianer brachen die Scholle nicht mit einer Pflugschar auf, wie die weißen Siedler dies taten. Statt dessen suchten sie sich dünne Stellen in der Grasdecke, gruben mit angespitzten Pflanzstöcken Löcher und steckten den Samen hinein. Dichtere Gras-

100

stellen bedeckten sie mit Gestrüpphaufen, unter denen das Gras innerhalb eines Jahres verfaulte und so für das nächste Frühjahr neuen Ackerboden freigab.

Als Rob J. das Sommerlager der Sauks das nächstemal besuchte, war der Mais ausgesät, und eine festliche Stimmung lag in der Luft. Makwa-ikwa erzählte ihm, daß sie nach der Aussaat ihr größtes Fest feierten, den Kranichtanz. Begonnen wurde es mit einem Stock-und-Ball-Spiel, an dem alle männlichen Sauks teilnahmen. Mannschaften brauchten nicht erst aufgestellt zu werden, selbstverständlich spielte eine Hälfte gegen die andere. Die Langen Haare zählten ein halbes Dutzend Männer weniger als die Tapferen Männer. Das Spiel sollte für Rob J. wenig glücklich ausgehen, und schuld daran war der große Indianer Pyawanegawa, Der singend einhergeht, denn während Rob mit Makwa-ikwa sprach, kam er dazu und sagte etwas zu ihr.

»Er lädt dich ein, bei den Langen Haaren mitzuspielen«, sagte sie auf englisch zu Rob.

»So.« Er grinste töricht. Das war das letzte, was er tun wollte, die Geschicklichkeit der Indianer und seine eigene Unbeholfenheit waren ihm noch zu gut in Erinnerung. Die Ablehnung lag ihm bereits auf der Zunge, doch die beiden Indianer sahen ihn mit einem ganz besonderen Interesse an, und er spürte, daß die Einladung eine Bedeutung hatte, die er nicht verstand. Anstatt also abzulehnen, wie ein vernünftiger Mann es getan hätte, dankte er höflich und sagte, es freue ihn, für die Langen Haare spielen zu dürfen.

In ihrem steifen Schulmädchenenglisch, das so wunderlich klang, erklärte Makwa-ikwa ihm, daß der Wettkampf im Sommerdorf beginne. Gewinnen werde die Hälfte, die es schaffe, den Ball in eine kleine Höhle am gegenüberliegenden Ufer etwa sechs Meilen flußabwärts zu legen.

»Sechs Meilen!« Er war noch mehr erstaunt, als er erfuhr, daß es nach links und rechts keine Begrenzung gab. Makwa-ikwa gab ihm jedoch zu verstehen, daß ein Spieler, der absichtlich auswich, um einem Gegner zu entgehen, nicht gerade mit Ehren überhäuft werde.

Für Rob war es ungewohnter Wettkampf, ein fremdes Spiel, der Ausdruck einer wilden Kultur. Warum machte er also mit? Er fragte sich das unzählige Male in dieser Nacht, die er in Pyawanegawas Langhaus verbrachte, da das Spiel bald nach Sonnenaufgang beginnen sollte. Das Langhaus maß knapp zehn Meter in der Länge und gute drei Meter in der Breite, und es bestand aus ineinander verflochtenen Ästen, die außen mit Ulmenrinde abgedeckt waren. Es gab keine Fenster, und die Türöffnungen an den Schmalseiten waren mit Büffelfellen verhängt, deren lose Befestigung genügend Luft hereinließ. Es hatte acht Kammern, vier zu jeder Seite des Mittelgangs. Pyawanegawa und seine Frau Mond schliefen in einer, Monds Eltern in einer anderen, und eine war von ihren zwei Kindern belegt. Die restlichen Kammern dienten als Lagerräume, und in einer davon verbrachte Rob J. eine schlaflose Nacht. Er starrte durch den Rauchabzug im Dach hinauf zu den Sternen und lauschte: Seufzen, das Stöhnen schlechter Träume, Furzen und mehrmals Geräusche, die nur von einer heftigen und leidenschaftlichen Kopulation stammen konnten, obwohl er von seinem Gastgeber nicht einmal ein Grunzen hörte.

Nach einem Frühstück aus Maisbrei, in dem er Ascheklümpchen schmeckte und andere Dinge glücklicherweise nicht erkannte, unterwarf er sich am Morgen der zweifelhaften Ehre. Nicht alle Langen Haare hatten lange Haare, die Mannschaften unterschieden sich jedoch durch ihre Bemalung. Die Langen Haare waren mit schwarzer Farbe gekennzeichnet, einer Mischung aus Tierfett und Holzkohle, die Tapferen Männer schmierten sich mit weißem Lehm ein. Überall im Lager tauchten Männer ihre Finger in die Farbtöpfe und verzierten ihre Haut. Pyawanegawa malte sich schwarze Streifen auf Gesicht, Brust und Arme, um dann Rob die Farbe anzubieten.

Warum nicht? fragte er sich leichtfertig und schaufelte mit zwei Fingern Farbe aus dem Topf wie ein Mann, der Erbsenbrei ohne einen Löffel ißt.

Die Masse fühlte sich körnig an, als er sich mit ihr über Stirn und Wangen strich. Wie ein nervöser männlicher Schmetterling bei der Verpuppung ließ er sein Hemd zu Boden fallen und beschmierte seinen Oberkörper. Pyawanegawa musterte Robs schwere schottische Stiefel, verschwand kurz und kam mit einem Arm voll leichter Hirschlederschuhe, wie alle Sauks sie trugen, wieder zurück. Rob probierte mehrere Paare, doch er hatte große Füße, noch größere als Pyawanegawa. Die beiden lachten über Robs Schuhgröße, und der große Indianer gab schließlich auf und ließ ihm seine schweren Stiefel.

Pyawanegawa gab ihm einen Netzstock, dessen Stab aus Hickoryholz so kräftig war wie ein Knüppel, und er bedeutete Rob, ihm zu folgen. Die Wettkämpfer versammelten sich auf dem freien Platz in der Mitte der Langhäuser. Makwa-ikwa rief etwas in ihrer Sprache, vermutlich ein Gebet, und bevor Rob J. richtig merkte, was passierte, hatte sie schon ausgeholt und den Ball in die Luft geworfen, der jetzt in einer trägen Parabel auf die Spieler zugeflogen kam. Mit wüsten Stockschlägen und wilden Schreien wurde er empfangen, einige Spieler ächzten vor Schmerzen auf. Zu Rob J.s Enttäuschung fing einer von den Tapferen Männern den Ball in seinem Netz, ein langbeiniger Jugendlicher im Lendenschurz, fast noch ein Kind, aber mit den muskulösen Beinen eines erwachsenen Läufers. Er stürmte sofort los, und die anderen jagten ihm nach wie Hunde hinter einem Hasen. Jetzt waren die Schnellläufer gefragt, denn der Ball wurde einige Male zwischen gleichauf laufenden Spielern abgegeben und war bald weit von Rob entfernt.

Pyawanegawa blieb an Robs Seite. Manchmal, wenn es an der Spitze zu Kämpfen kam und die Läufer dabei langsamer wurden, holten sie auf. Pyawanegawa grunzte befriedigt, als einer von den Langen Haaren sich den Ball schnappte, doch wenige Minuten später wurde die Trophäe von den Tapferen Männern zurückerobert. Während die Hauptgruppe am Rand des Uferwäldchens entlanglief, bedeutete Pyawanegawa Rob, ihm zu folgen, bog von der Spur der anderen ab und rannte quer über die Prärie. Ihre stampfenden Füße ließen den Tau von dem jungen Gras hochspritzen, und die Tropfen glichen Insektenschwärmen, die sich an ihre Fersen hefteten.

Wo wurde er hingeführt? Konnte er diesem Indianer trauen? Es war zu spät, sich darüber Gedanken zu machen, denn er hatte sich dem Indianer bereits ausgeliefert. Er konzentrierte sich darauf, mit Pyawanegawa, der sich trotz seiner Größe sehr flink bewegte, Schritt zu halten. Bald merkte er, was der andere vorhatte: Sie liefen eine Abkürzung, um die anderen auf dem Uferweg abzufangen. Als sie endlich zu laufen aufhörten, waren Rob J.s Beine schwer wie Blei, er bekam kaum Atem und hatte Seitenstechen. Aber es war ihnen gelungen, die Flußbiegung vor den anderen zu erreichen.

Wie sich zeigte, hatten sich von der Hauptgruppe Ausreißer abgesetzt. Während Rob J. und Pyawanegawa schwer atmend in einem Hickory- und Eichenwäldchen lauerten, näherten sich drei weißbemalte Läufer. Der an der Spitze hatte den Ball nicht, seinen leeren Netzstock trug er locker an der Seite wie einen Speer. Er war barfuß und trug nur eine zerfetzte Hose, die früher das braune Beinkleid eines Weißen gewesen zu sein schien. Er war kleiner als die beiden Männer in dem Wäldchen, aber sehr muskulös, und sein grimmiger Gesichtsausdruck wurde noch verstärkt, weil sein linkes Ohr abgerissen und die ganze Ge- sichtshälfte mit Narben bedeckt war. Rob J. spannte die Mus- keln an, aber Pyawanegawa berührte seinen Arm und hielt ihn zurück, um den Vorläufer vorbeizulassen. Nicht weit hinter diesem trug der Junge von den Tapferen Männern, der den Ball zu Beginn aufgefangen hatte, die begehrte Kugel in seinem Netz. Neben ihm lief, sozusagen als Begleiter, ein kurzer, stäm- miger Sauk in abgeschnittenen Hosen aus den Beständen der US-Kavallerie, blau und mit schmutziggelben Streifen an der Seite.

Pyawanegawa deutete auf Rob, dann auf den Jungen, und Rob nickte: Der Junge war seine Aufgabe. Er wußte, daß er das Überraschungsmoment ausnutzen mußte, denn wenn dieser Mann ihnen davonlief, würden sie ihn nicht mehr einholen können.

So schlugen sie zu wie Blitz und Donner, und jetzt erkannte Rob J. auch, wozu die Lederriemen dienten, die man ihm vor dem

Spiel um den Arm gebunden hatte. Denn so schnell, wie ein guter Schafhirte einen Bock zu Boden wirft und ihm die Beine zusammenbindet, hatte Pyawanegawa den Begleitläufer umgestoßen und ihn an Armen und Beinen gefesselt. Und das keinen Augenblick zu früh, denn der Vorläufer hatte sich umgedreht. Rob brauchte lange, um den jungen Ballträger zu fesseln, Pyawanegawa stellte sich dem Einohrigen deshalb allein entgegen. Der holte mit seinem Netzstock aus, doch Pyawanegawa wich dem Schlag beinahe verächtlich aus. Er war fast eineinhalbmal so groß wie sein Gegner und noch wilder entschlossen als dieser. Schnell hatte er ihn zu Boden geworfen und gefesselt, fast ehe Rob J. mit seinem Gefangenen fertig war.

Pyawanegawa hob den Ball auf und warf ihn in Rob J.s Netz. Wortlos und ohne die drei Gefesselten eines Blickes zu würdigen, lief er davon. Rob J., der den Ball in seinem Netz hielt wie eine Bombe mit brennender Lunte, rannte ihm nach.

Sie waren schon eine Weile unbehelligt gelaufen, als Pyawanegawa plötzlich anhielt und Rob J. zu verstehen gab, daß sie die Stelle erreicht hatten, wo sie den Fluß überqueren mußten. Jetzt zeigte sich, wozu die Lederriemen noch nützlich waren, denn der Indianer band mit ihnen Robs Netzstock an dessen Gürtel fest. Dann befestigte er seinen Stock an seinem Lendengurt, zog die Hirschlederschuhe aus und warf sie beiseite. Rob J. wußte, daß seine Füße zum Barfußlaufen zu empfindlich waren, er band seine Stiefel deshalb an den Schnürbändern zusammen und hängte sie sich um den Hals. Nun war nur noch der Ball übrig, und er steckte ihn sich vorne in die Hose.

Pyawanegawa grinste und streckte drei Finger in die Höhe.

Dies war zwar nicht gerade ein genialer Witz, aber er löste Robs Spannung. Der Arzt warf den Kopf zurück und lachte – ein Fehler, denn das Wasser trug das Geräusch weit und brachte die Schreie der Verfolger zurück, die nun den Standort der beiden entdeckt hatten. Sie verloren deshalb keine Zeit und sprangen in das kalte Wasser.

Obwohl Rob die europäische Brustschwimmtechnik benutzte und Pyawanegawa nur wie ein Tier paddelte, schwammen sie gleich schnell. Rob fühlte sich großartig, er kam sich zwar nicht gerade wie ein edler Wilder vor, aber er hatte keine Mühe, sich vorzustellen, er sei Lederstrumpf. Am anderen Ufer angekommen, brummte Pyawanegawa ungeduldig, während Rob seine Stiefel anzog, denn schon tanzten die Köpfe der Verfolger auf dem Wasser wie Äpfel in einem Zuber. Als Rob endlich fertig und der Ball wieder im Netz verstaut war, hatte der erste Schwimmer das Ufer schon beinahe erreicht.

Sobald sie sich in Bewegung gesetzt hatten, deutete Pyawanegawa mit ausgestrecktem Finger auf die Öffnung der kleinen Höhle, die ihr Ziel war, und angesichts des dunklen Loches bot Rob noch einmal alle Kräfte auf. Ein Freudenschrei in Gälisch brach aus ihm heraus, doch leider zu früh. Ein halbes Dutzend Sauks sprang plötzlich auf den Pfad vor ihnen. Obwohl das Wasser einen Großteil der Bemalung abgewaschen hatte, waren noch Spuren weißen Lehms zu erkennen. Direkt hinter den Tapferen Männern preschten zwei von den Langen Haaren zwischen den Bäumen hervor und griffen sie an. Im fünfzehnten Jahrhundert hatte Brian Cullen, einer von Robs Vorfahren, ganz alleine einen ganzen Trupp McLaughlins in Schach gehalten, indem er sein schottisches Langschwert in einem todbringendpfeifenden Kreis herumwirbelte. Mit zwei weniger gefährlichen, dennoch furchterregenden Kreisbahnen hielten sich nun die beiden aus Rob J.s Partei ihre Gegner vom Leib, indem sie ihre Netzstöcke herumwirbelten. So blieben nur noch drei von den Tapferen Männern, die versuchen konnten, den Ball zu ergattern. Pyawanegawa parierte geschickt einen Schlag und entledigte sich dann seines Gegners dank eines wohlplazierten Tritts mit seinem nackten Fuß.

»Genau. In den Arsch! Tritt ihn in seinen verdammten Arsch!« schrie Rob J., ohne daran zu denken, daß ihn niemand verstand. Ein Indianer stürmte wie rasend auf ihn los. Rob wich aus und trat, sobald die nackten Zehen des Angreifers in Reichweite kamen, mit seinem schweren Stiefel auf dessen Fuß. Nur noch wenige Laufschritte an seinem stöhnenden Opfer vorbei, und er war nahe genug an der Höhle. Mit einem Schlenkern seines

Handgelenks beförderte er den Ball aus dem Ledernetz. Es machte nichts, daß es kein sauberer, harter Schuß wurde, sondern der Ball lediglich in das dunkle Innere kullerte. Wichtig war nur, daß er ihn dort verschwinden sah.

Rob warf seinen Stock in die Luft und schrie: »Sieg! Sieg für die schwarze Partei!«

Er hörte den Schlag eher, als daß er ihn spürte. Der Netzstock des Mannes hinter ihm hatte seinen Schädel getroffen. Es war ein hartes, sattes Geräusch, ähnlich dem Klang einer doppelschneidigen Axt auf Eichenholz, wie er ihn im Holzfällerlager kennengelernt hatte. Zu seiner Verblüffung schien sich die Erde zu öffnen. Er fiel in ein tiefes Loch, wo ihn Dunkelheit umgab und wo alles endete. Sein Bewußtsein schwand so plötzlich, als würde eine Uhr angehalten.

STEINHUNDS GESCHENK

Er merkte nichts davon, daß man ihn ins Lager zurückschleppte wie einen Sack Mehl. Als er die Augen wieder öffnete, war es dunkle Nacht. Er roch zerdrücktes Gras, gebratenes Fleisch – vielleicht ein fettes Eichhörnchen –, den Rauch des Feuers und die Weiblichkeit Makwa-ikwas, die sich über ihn beugte und ihn mit ihren uralt-jungen Augen betrachtete. Er verstand die Frage nicht, die sie ihm stellte, der entsetzliche Schmerz in seinem Kopf füllte sein Bewußtsein vollständig aus. Vom Geruch des Fleisches wurde ihm übel. Sie hatte das offenbar erwartet, denn sie hielt seinen Kopf über einen Holzkübel, damit er sich übergeben konnte.

Danach lag er schwach und keuchend da und ließ sich von ihr ein Getränk einflößen, etwas Kühles, Grünes, Bitteres. Er glaubte, Minze darin zu schmecken, aber dazu kam noch ein kräftigerer, weniger angenehmer Geschmack. Er versuchte, den Kopf wegzudrehen, doch sie hielt ihn fest und zwang ihn zu trinken wie ein Kind. Das ärgerte ihn, und er wurde wütend auf sie. Doch bald darauf schlief er wieder ein. Wenn er später von Zeit zu Zeit aufwachte, flößte sie ihm aufs neue die bittere grüne Flüssigkeit ein. Auf diese Art und Weise, halb schlafend, halb bewußtlos oder am seltsam schmeckenden Busen von Mutter Natur saugend, verbrachte er fast zwei Tage.

Am dritten Tag war die Beule auf seinem Schädel zurückgegangen und der Kopfschmerz verschwunden. Makwa-ikwa stimmte ihm zwar zu, daß es ihm schon besser gehe, gab ihm aber noch einmal eine kräftige Dosis des Trankes, und er schlief wieder ein.

Um ihn herum nahm das Fest des Kranichtanzes seinen Lauf. Manchmal hörte er den Klang von Makwa-ikwas Wassertrommel und von Stimmen, die in einer fremdartigen, gutturalen Sprache sangen. Er hörte die Geräusche von Spielen oder Wettrennen und die anfeuernden Schreie der Zuschauer. Gegen Abend öffnete er die Augen und sah im Dämmerlicht des Langhauses, wie Makwa-ikwa sich umzog. Er konzentrierte sich auf ihre sehr fraulichen Brüste, die ihn verwirrten, denn trotz der schwachen Beleuchtung konnte er Striemen und Narben erkennen, die eigenartige Symbole bildeten, runenähnliche Zeichen, die vom Brustansatz bis zu den Höfen der Warzen reichten.

Obwohl er sich nicht rührte und keinen Ton von sich gab, spürte sie, daß er wach war. Einen Augenblick stand sie vor ihm, und ihre Blicke begegneten sich. Dann wandte sie ihm den Rücken zu – nicht, das ahnte er, um das dunkle, krause Dreieck zu verbergen, sondern um die geheimnisvollen Symbole auf ihrem priesterlichen Busen vor seinem Auge zu schützen. Geheiligte Brüste, sagte er sich staunend. An ihren Hüften und Hinterbacken war nichts Geheiligtes. Sie war zwar großknochig, doch er fragte sich, warum man sie Bärenfrau nannte, denn ihr Gesicht und ihre Geschmeidigkeit erinnerten ihn eher an eine mächtige Katze. Er konnte ihr Alter nicht schätzen. Einen Augenblick lang übermannte ihn die Vorstellung, daß er sie von hinten nahm, in jeder Hand einen der dicken, schwarzen, gefetteten Zöpfe, sie reitend wie ein menschliches Pferd. Erstaunt wurde ihm bewußt, daß er vorhatte, eine rothäutige Wilde zu lieben, die wunderbarer war, als James Fenimore Cooper es sich je hätte vorstellen können, und er spürte eine heftige körperliche Reaktion. Die spontane Erektion konnte auch ein unheilvolles Symptom sein, doch er wußte, daß sie von dieser Frau verursacht wurde und nicht von einer Verletzung, weshalb sie ein Zeichen seiner Genesung war.

Er lag still da und sah zu, wie sie ein fransenbesetztes Gewand aus Hirschleder anzog. Über die rechte Schulter hängte sie sich einen an einem geflochtenen Riemen aus vier farbigen Lederstreifen befestigten Beutel. Er war mit aufgemalten Symbolen und einem Reif aus großen, leuchtenden Vogelfedern geschmückt, deren Herkunft Rob unbekannt war. Beutel und Reif lagen auf ihrer linken Hüfte auf.

Einen Augenblick später war sie nach draußen verschwunden. Bald darauf hörte er von seinem Lager aus, wie ihre Stimme sich – zweifellos in einem Gebet – hob und senkte.

»Hugh! Hugh! Hugh!« kam die Erwiderung im Gleichklang der Stimmen, dann sang sie weiter. Er hatte nicht die geringste Vorstellung, was sie zu ihrem Gott sagte, aber ihre Stimme jagte ihm Schauer über den Rücken, und er lauschte angestrengt, während er durch den Rauchabzug ihres Langhauses hochblickte zu den Sternen, die aussahen wie von ihrer Stimme in Brand gesetzte Eisklumpen.

In dieser Nacht wartete er ungeduldig darauf, daß die Klänge des Kranichtanzes aufhörten. Er döste, wachte auf und lauschte, ärgerte sich und wartete weiter, bis schließlich die Geräusche verklangen, die Stimmen verstummten und die Festlichkeit vorüber war. Er hörte, wie jemand das Langhaus betrat, hörte das Rascheln von Kleidungsstücken, die ausgezogen und zu Boden geworfen wurden. Ein Körper legte sich seufzend neben ihn, Hände griffen nach ihm, seine Finger fühlten warmes Fleisch. Alles geschah schweigend, nur das Einatmen von Luft, ein belustigtes Brummen, ein Keuchen waren zu hören. Er mußte nur wenig tun. Er hätte gern die Lust hinausgezögert, doch er konnte es nicht, er hatte zu lange abstinent gelebt. Sie war erfahren und geschickt, er war drängend und schnell – und danach enttäuscht.

Als würde man in eine wunderbare Frucht beißen und merken, daß sie nicht das ist, was man erhofft hatte.

Als er dann im Dunkeln den Körper erkundete, schienen ihm die Brüste schlaffer, als er sie in Erinnerung hatte, und die Haut unter seinen Fingern war glatt und narbenlos. Er krabbelte zum Feuer, nahm ein glimmendes Scheit und schwenkte es, bis es brannte.

Als er dann mit dieser Fackel zum Lager zurückkroch, seufzte er: Das breite, flache Gesicht, das ihn anlächelte, war in keiner Weise unerfreulich, er hatte es nur noch nie zuvor gesehen.

Am nächsten Morgen kehrte Makwa-ikwa in ihr Langhaus zurück. Sie trug wieder ihr gewohntes formloses Kleid aus verblichenem, grobem Stoff. Offensichtlich war das Kranichfest zu Ende. Rob J. lag verdrossen da, während sie den Maisbrei für das Frühstück zubereitete, und verbot ihr, ihm je wieder eine Frau zu schicken. Sie nickte auf eine höfliche, unverbindliche Art, die sie zweifellos als Mädchen gelernt hatte, wenn die christlichen Lehrer streng mit ihr sprachen.

Die nächtliche Besucherin, die sie ihm geschickt habe, heiße Rauchfrau, sagte sie, und während sie den Brei kochte, erzählte sie ihm ohne Gefühlsregung, daß sie selbst nicht mit einem Mann schlafen könne, denn wenn sie es täte, würde sie ihre Heilkräfte verlieren.

Verdammter Eingeborenenblödsinn, sagte er sich verzweifelt. Doch sie glaubte offensichtlich daran.

Dann dachte er darüber nach, während sie den Maisbrei aßen und ihren herben Sauk-Kaffee tranken, der noch bitterer schmeckte als sonst. Der Gerechtigkeit halber mußte er eingestehen, daß auch er sie verschmähen würde, wenn der Beischlaf das Ende seines ärztlichen Praktizierens bedeutete. Gegen seinen Willen mußte er die Art bewundern, wie sie die Situation gemeistert hatte. Sie hatte es so eingerichtet, daß das Feuer seiner Leidenschaft gelöscht war, bevor sie ihm offen und ehrlich sagte, wie die Dinge standen. Eine höchst ungewöhnliche Frau, gestand er sich nicht zum erstenmal ein.

An diesem Nachmittag drängten sich die Sauks in das *hedonoso-te*, in dem Rob die ganze Zeit gelegen hatte. Pyawanegawa hielt eine kurze, an seine Stammesbrüder gerichtete Ansprache, doch Makwa-ikwa übersetzte sie für Rob.

»*I'neni'wa*. Er ist ein Mann«, sagte der große Indianer und verkündete, daß Cawso wabeskiou, der Weiße Schamane, von nun an ein Sauk und einer der Langen Haare sei. Für den Rest ihrer Tage würden alle Sauks Brüder und Schwestern von Cawso wabeskiou sein.

Der Läufer von den Tapferen Männern, der ihn bewußtlos geschlagen hatte, nachdem das Stock-und-Ball-Spiel bereits gewonnen war, wurde nach vorne geschoben. Er grinste und scharrte verlegen mit den Füßen. Der Mann hieß Steinhund. Eine Entschuldigung kannten die Sauks nicht, doch sie kannten eine Entschädigung. Steinhund schenkte Rob einen Lederbeutel ähnlich dem, den Makwa-ikwa trug, nur daß er nicht mit einem Federreif, sondern mit Wildschweinborsten verziert war. Makwa-ikwa erklärte ihm, der Beutel diene dazu, sein Medizinbündel aufzunehmen, das sogenannte *mee-shome*, das nie jemand gezeigt werden dürfe, weil es die Sammlung geheiligter persönlicher Dinge sei, aus der die Sauks ihre Kraft und Stärke zögen. Damit er den Beutel tragen konnte, schenkte sie ihm einen Riemen aus vier gefärbten Sehnen, einer braunen, einer orangefarbenen, einer blauen und einer schwarzen, die sie als Schultergurt an dem Beutel befestigte. »Die Stränge heißen *izze*«, erklärte sie ihm. »Wann immer du sie trägst, können Kugeln dich nicht verletzen, und deine Anwesenheit wird die Ernte reifen lassen und die Kranken heilen.«

Er war gerührt und gleichzeitig verlegen. »Ich bin glücklich, ein Bruder der Sauks zu sein.«

Es war ihm schon immer schwergefallen, seinen Dank auszudrücken. Als sein Onkel Ranald ihm seinerzeit den Posten eines Operationsassistenten am Universitätskrankenhaus verschafft hatte, damit er während des Studiums chirurgische Erfahrung sammeln konnte, hatte er kaum ein paar Worte herausgebracht. Und jetzt ging es ihm nicht besser. Glücklicherweise lag auch den Sauks wenig an zur Schau getragener Dankbarkeit und ebenso wenig an Abschiedszeremonien, und so machte sich keiner etwas daraus, als Rob hinausging, sein Pferd sattelte und davonritt.

Zu Hause in seiner Hütte unterhielt er sich damit, Dinge für sein geheiligtes Medizinbündel zusammenzusuchen. Einige Wochen zuvor hatte er im Wald einen kleinen, sauberen, weißen Tierschädel gefunden. Er hielt ihn für einen Stinktierschädel, die Größe schien zu passen. Gut, und was sonst noch? Etwa den Finger eines von der Nabelschnur erdrosselten Neugeborenen? Wassermolchauge, Froschzehe, Fledermauspelz, Hundezunge? Nein, er wollte sein Medizinbündel mit großer Ernsthaftigkeit zusammenstellen. Was waren die Dinge, die sein Wesen berührten, die Schlüssel zu seiner Seele, das *mee-shome*, aus dem Robert Judson Cole seine Macht bezog?

Also legte er in seinen Beutel das geheiligte Erbstück der Cole-Familie, das Chirurgenmesser aus blauem Stahl, das sie Rob J.s Skalpell nannten und das immer an den ältesten Sohn ging, der den Beruf des Medicus ergriff.

Was war ihm sonst noch noch von seinem früheren Leben geblieben? Die kalte Luft des schottischen Hochlandes konnte er nicht in den Beutel stecken, ebensowenig die warme Geborgenheit der Familie. Er hätte gern ein Bildnis seines Vaters besessen, da der dessen Gesicht schon lange vergessen hatte. Seine Mutter hatte ihm zum Abschied eine Bibel geschenkt, die ihm aus diesem Grund sehr viel bedeutete, doch sie paßte nicht in sein *mee-shome*. Er wußte, daß er seine Mutter nie wiedersehen würde, wahrscheinlich war sie schon tot. Ihm fiel ein, daß er versuchen könnte, sie zu zeichnen, solange ihm ihre Gesichtszüge noch vertraut waren. Die Skizze ging ihm leicht von der Hand, nur bei der Nase hatte er Schwierigkeiten, und es dauerte eine Stunde vergeblichen Bemühens, bis er sie korrekt zu Papier gebracht hatte. Dann rollte er die Zeichnung zusammen, verschnürte sie und legte sie in den Beutel.

Ein Stück Kernseife kam ebenfalls hinein, als Symbol all dessen, was ihm Oliver Wendell Holmes über Reinlichkeit und Chirurgie beigebracht hatte. Das brachte ihn auf einen neuen Gedanken, und er nahm den Tierschädel und die Zeichnung wieder heraus. Statt dessen legte er Stoffstreifen und Verbände hinein, die wichtigsten Medikamente und jene chirurgischen Instrumente, die er bei seinen Hausbesuchen brauchte.

Am Ende war sein Beutel eine Arzttasche, die das Rüstzeug seines Berufes enthielt. Somit war es das Medizinbündel, das ihm seine Macht gab, und Rob war sehr glücklich über das Geschenk Steinhunds, das ihm der Schlag auf den Kopf eingebracht hatte.

DIE GEISSENJÄGER

Es war für Rob J. ein wichtiges Ereignis, als er seine Schafe kaufte, denn ihr Blöken war das letzte Detail, das ihm noch gefehlt hatte, um sich richtig zu Hause zu fühlen. Zuerst half er Alden bei der Arbeit mit den Merinos, doch schnell zeigte sich, daß der Knecht mit Schafen ebenso gut umgehen konnte wie mit allen Tieren, und bald konnte Alden ganz alleine Schwänze stutzen, männliche Lämmer kastrieren und die Tiere auf Räude absuchen, so als wäre er schon seit Jahren Schafhirte. Es war auch gut, daß Rob J. auf der Farm nicht gebraucht wurde, denn je weiter sich die Nachricht von der Anwesenheit eines guten Arztes verbreitete, desto größere Strecken mußte er für seine Hausbesuche zurücklegen. Bald, das wußte er, würde er seinen Wirkungskreis einschränken müssen, denn Nick Holdens Traum wurde Wirklichkeit, und immer neue Familien trafen in Holden's Crossing ein.

Nick kam eines Morgens, um sich die Herde, die er als »stinkend« abtat, anzusehen, dann nahm er Rob J. beiseite, um ihn »in etwas Vielversprechendes einzuweihen: eine Mühle«.

Einer der Neuankömmlinge war ein Deutscher namens Pfersick, ein Müller aus New Jersey. Pfersick wußte, wo er das Gerät für seine Mühle kaufen konnte, aber er hatte kein Kapital. »Neunhundert Dollar sollten reichen. Ich gebe ihm sechshundert gegen eine fünfzigprozentige Gewinnbeteiligung. Sie geben ihm dreihundert und erhalten fünfundzwanzig Prozent – ich leihe Ihnen, was Sie brauchen –, und fünfundzwanzig lassen wir Pfersick für die Betriebskosten.«

Rob hatte erst knapp die Hälfte von Holdens Kredit zurückgezahlt, und er haßte Schulden. »Wenn Sie das ganze Geld aufbringen, warum nehmen Sie dann nicht gleich fünfundsiebzig Prozent?«

»Ich will Ihr Nest auspolstern, bis Sie nicht mehr auf den Gedanken kommen, davonzufliegen. Sie sind für den Ort so wichtig wie Wasser.«

Rob J. wußte, daß das stimmte. Als er mit Alden nach Rock Island geritten war, um die Schafe zu kaufen, hatte er einen Flugzettel gesehen, den Nick verteilt hatte und auf dem er die vielen Vorzüge von Holden's Crossing anpries. Die Anwesenheit des Dr. Cole war einer der wichtigsten gewesen. Er dachte über das Angebot nach, und da er nicht glaubte, daß ihn eine Beteiligung an der Mühle als Arzt kompromittieren werde, stimmte er schließlich zu.

»Partner!« rief Nick.

Sie bekräftigten das Geschäft mit einem Handschlag. Die angebotene riesige Havanna lehnte Rob J. ab. Seit er Zigarren benutzt hatte, um Nikotin anal zu verabreichen, war sein Appetit auf Tabak sehr gesunken. Als Nick sich die seine anzündete, bemerkte Rob, er sehe aus wie der perfekte Bankier.

»Das kommt früher, als Sie denken, und Sie werden einer der ersten sein, die es erfahren.« Befriedigt blies Nick den Rauch in die Luft. »Ich gehe übers Wochenende nach Rock Island zum Geißenjagen. Wollen Sie nicht mitkommen?«

»Was? Jagen in Rock Island?«

»Aber doch keine Tiere! Weiber! Na, wie wär's, alter Bock?«

»Aus Bordellen mache ich mir nichts.«

»Ich rede von privaten Damen erster Güte.«

»Na gut. Ich komme mit.« Rob J. hatte versucht, das möglichst beiläufig zu sagen, doch etwas in seiner Stimme mußte verraten haben, daß er diese Dinge nicht auf die leichte Schulter nahm, denn Nick Holden grinste.

Das *Stephenson House* spiegelte den Charakter einer Stadt am Mississippi, in deren Hafen jährlich fast zweitausend Dampfschiffe anlegten und an der unzählige Holzflöße von einer Drittelmeile Länge vorbeizogen. Wenn die Flößer und Holzfäller Geld in der Tasche hatten, ging es in dem Hotel laut und manchmal gewalttätig zu. Nick Holden hatte Vorkehrungen getroffen, die ebenso kostspielig wie diskret waren: eine Suite mit zwei Schlafzimmern und einem dazwischen liegenden Speise- und Wohnzimmer. Die Damen waren Cousinen, beide mit dem Namen Dawber, und sehr davon angetan, daß ihre Gastgeber Akademiker waren. Nicks Kandidatin hieß Lettie, die von Rob Virginia. Sie waren zierlich und keck wie Spatzen, aber beide legten eine Durchtriebenheit an den Tag, die Rob skeptisch machte. Lettie war Witwe. Virginia erzählte ihm, sie habe nie geheiratet, doch als er dann ihren Körper kennenlernte, sah er, daß sie Kinder geboren hatte.

Als sich die vier am nächsten Morgen zum Frühstück trafen, steckten die Frauen die Köpfe zusammen und kicherten. Virginia mußte Letti von dem Präservativ erzählt haben, das Rob *Old Horny* nannte, und Lettie hatte es dann sicher Nick erzählt, denn als sie nach Hause ritten, erwähnte Nick das Kondom und lachte.

»Wozu benützen Sie denn diese blöden Dinger?«

»Na ja, wegen Krankheiten«, antwortete Rob sanft. »Und zur Verhütung.«

»Das verdirbt doch den Spaß.«

Aber hatte es wirklich so viel Spaß gemacht? Rob mußte sich eingestehen, daß er an Körper und Seele gelöster war als zuvor, und als Nick sagte, er habe die Gesellschaft genossen, erwiderte

Rob, er ebenfalls, und stimmte ihm zu, daß sie wieder einmal auf Geißenjagd gehen müßten.

Als Rob J. das nächstemal am Anwesen der Schroeders vorbei-ritt, sah er Gus auf einer Wiese. Der Farmer schwang trotz der amputierten Finger eine Sense, und die beiden grüßten sich. Rob war in Versuchung, an der Hütte Sarah Bledsoes einfach vorbeizureiten, weil die Frau ihm zu verstehen gegeben hatte, daß sie ihn als Eindringling betrachte, und der Gedanke an sie ihn aus der Fassung brachte. Doch im letzten Augenblick lenkte er das Pferd auf die Lichtung und stieg ab.

Er wollte gerade anklopfen, hielt aber die Hand zurück, denn von drinnen drangen deutlich vernehmbar das Jammern eines Kindes und die heiseren Schmerzensschreie einer Erwachse-nen an sein Ohr. Das verhieß nichts Gutes. Er drückte die Klinke und fand die Tür unverschlossen. Der Gestank in der Hütte traf ihn wie ein Keulenschlag, und im trüben Licht konnte er Sarah Bledsoe auf dem Boden sehen. Neben ihr hockte der kleine Junge, das tränennasse Gesicht starr vor Entsetzen über den Anblick dieses riesigen Fremden, den Mund zu einem tonlosen Schrei geöffnet. Rob J. wollte das Kind auf den Arm nehmen und trösten, doch als die Frau wieder schrie, wußte er, daß er sich um sie kümmern mußte.

Er kniete nieder und berührte ihre Wange. Kalter Schweiß.

»Was haben Sie, Madam?«

»Es ist der Krebs. Au!«

»Wo tut es Ihnen weh, Mrs. Bledsoe?«

Ihre Hände huschten wie zwei Spinnen zu ihrem Unterleib.

»Ein scharfer oder ein dumpfer Schmerz?«

»Stechend! Bohrend, Sir! Es ist schrecklich!«

Er nickte. »So schrecklich, daß Ihre Blasenfunktion gestört ist und Sie den Urin nicht mehr halten können.«

Sie schloß die Augen. Der Beweis ihrer beständigen Inkonti-nenz stach ihm mit jedem Atemzug in Nase und Lunge. Er hatte Fragen, auf die er Antworten brauchte, und er wußte, was zu tun war. »Ich muß Sie untersuchen.«

116

Sie hätte sich zweifellos geweigert, doch als sie die Lippen öffnete, kam nur ein Schmerzensschrei über sie. Sarah Bledsoe war steif vor Anspannung, doch gerade noch so beweglich, daß er sie in eine halb auf dem Bauch liegende, halb seitliche Position bringen und ihr das rechte Knie an den Körper drücken konnte.

In seiner Tasche hatte er einen kleinen Behälter mit frischem, weißem Schweineschmalz, das er als Gleitmittel benutzte. »Bitte bleiben Sie ganz ruhig. Ich bin Arzt«, sagte er, doch sie weinte mehr vor Scham denn vor Schmerz, als der Mittelfinger seiner Linken in ihre Vagina eindrang und seine rechte Hand ihren Unterbauch abtastete. Er versuchte, aus seiner Fingerspitze ein Auge zu machen, mit dem Finger zu sehen. Zuerst konnte er nichts feststellen, doch als er sich tastend dem Schambein näherte, fand er, was er erwartet hatte.

Und dann wurde er noch einmal fündig.

Sanft zog er den Finger wieder heraus, gab ihr einen Lappen, damit sie sich abwischen konnte, und ging nach draußen, um sich am Bach die Hände zu waschen.

Um mit ihr zu reden, führte er sie nach draußen und setzte sie auf einen Baumstumpf. Gegen das grelle Sonnenlicht blinzelnd, saß sie da und wiegte das Kind in ihren Armen.

»Sie haben keinen Krebs.« Es wäre ihm lieber gewesen, wenn er hier hätte aufhören können. »Sie leiden an Blasensteinen.«

»Dann muß ich nicht sterben?«

Er war zur Wahrheit verpflichtet. »Mit Krebs hätten Sie kaum eine Chance, aber bei Blasensteinen durchaus.« Er erklärte ihr, wie es zur Entstehung dieser mineralischen Steine in der Blase kommen konnte und daß möglicherweise einseitige Ernährung oder lang anhaltender Durchfall dafür verantwortlich war.

»Ja. Nach seiner Geburt hatte ich sehr lange Durchfall. Gibt es eine Medizin gegen diese Steine?«

»Nein. Eine Medizin, die Blasensteine auflöst, gibt es nicht. Kleine Steine werden manchmal mit dem Urin ausgeschieden. Sie haben oft scharfe Kanten, die das Gewebe verletzen, deshalb werden Sie vermutlich Blut im Urin festgestellt haben. Aber bei

Ihnen sind es zwei große Steine. Zu groß, um ausgeschieden zu werden.«

»Dann schneiden Sie mich also? Um Gottes willen?« fragte sie schwach.

»Nein.« Er zögerte und überlegte, wieviel sie wissen mußte. Ein Teil des Hippokratischen Eids, den er abgelegt hatte, lautete: »Ich werde keinen Menschen schneiden, der an einem Stein leidet.« Einige Schlächter ignorierten den Eid und schnitten trotzdem, wobei sie den Damm zwischen Anus und Vulva oder Hodensack durchtrennten, um die Blase öffnen und die Steine herausholen zu können. Nur wenige Opfer genasen nach einer solchen Operation vollständig, viele starben an Bauchfellentzündung, und andere blieben für ihr Leben verstümmelt, weil ein Darm- oder Blasenmuskel durchtrennt worden war. »Ich werde ein chirurgisches Instrument durch die Harnröhre in die Blase einführen. Dieses Instrument nennt man Lithotripter. Es hat am Ende eine kleine Stahlzange, mit der Steine herausgeholt oder zertrümmert werden.«

»Ist das schmerzhaft?«

»Ja, vor allem, wenn ich den Lithotripter einführe und wieder herausziehe. Aber die Schmerzen sind weniger schlimm als die, unter denen Sie jetzt leiden. Wenn die Prozedur gelingt, sind Sie vollkommen geheilt.« Es fiel ihm schwer zuzugeben, daß die größte Gefahr in seiner möglicherweise unzureichenden Fertigkeit lag. »Wenn ich bei dem Versuch, die Steine mit dieser Zange zu fassen, in die Blase zwicke und sie durchstoße oder das Bauchfell verletze, können Sie an einer Infektion sterben.« Als er ihr schmerzverzerrtes Gesicht betrachtete, sah er Anzeichen einer jüngeren, schöneren Frau. »Sie müssen entscheiden, ob ich es versuchen soll.«

In ihrer Aufregung drückte sie das Kind zu fest an sich, und es begann zu schreien. Deshalb dauerte es einen Augenblick, bis er verstand, was sie geflüstert hatte.

»Bitte!«

Rob J. wußte, daß er bei der Lithotomie Hilfe brauchen werde. Er dachte daran, wie verkrampft die Frau bei der Untersuchung gewesen war, und spürte, daß nur ein weibliches Wesen ihm assistieren konnte. So ritt er von Sarah Bledsoe direkt zum nahen Farmerhaus der Schroeders und sprach mit Alma.

»O nein, das kann ich nicht, niemals!« Die arme Alma erbleichte. Ihre Bestürzung wurde noch verschlimmert, weil sie echtes Mitgefühl für Sarah empfand. »Ach, Dr. Cole, bitte, ich kann das nicht.«

Als er sah, daß das wirklich zutraf, versicherte er ihr, daß sie deswegen nicht in seiner Achtung sinke. Manche Leute können bei einer Operation einfach nicht zusehen. »Ist schon gut, Alma. Ich finde jemand anderen.«

Im Wegreiten überlegte er, welche Frau in der Umgebung wohl als Hilfe in Frage kam, schloß die wenigen aber eine nach der anderen aus. Heulsusen nützten ihm nichts, was er brauchte, war eine intelligente Frau mit starken Armen, eine Frau mit einem Herzen, das es ihr erlaubte, beim Anblick des Leidens standhaft zu bleiben.

Auf halbem Weg zu seiner Hütte wendete er das Pferd und ritt in die Richtung des Indianerdorfes.

DIE SIEBEN ZELTE

Makwa-ikwa konnte sich an eine Zeit erinnern, als nur wenige ihres Volkes Kleidung des weißen Mannes hatten, als ein zerlumptes Hemd oder ein zerrissenes Kleid etwas Besonderes waren, weil alle anderen gegerbtes und weichgekautes Wildleder und Felle trugen. Als sie noch ein Kind in Sauk-e-nuk war – damals hieß sie Nishwri Kewaki, Zwei Himmel –, gab es zu wenig Weiße in der Gegend, als daß sie den Lebensstil der Indianer beeinflußt hätten. In der Siedlung gab es eine Garnison, die eingerichtet worden war, nachdem Beamte in St. Louis einige Mesquakies und Sauks betrunken gemacht und sie gezwungen hatten, eine Urkunde zu unterzeichnen, die sie auch nüchtern nicht hätten lesen können. Zwei Himmels Vater hieß Grüner Büffel. Er erzählte ihr und ihrer Schwester Meci-ikwawa, Große Frau, die Weißen, die *mookamonik,* hätten, als sie den Armeeposten bauten, die besten Beerenbüsche der Sauks zerstört. Grüner Büffel stammte aus dem Bären-Clan, eine Herkunft, die eigentlich zum Führer bestimmte, doch er hatte keine Lust, Häuptling oder Medizinmann zu sein. Trotz seines geheiligten Namens – er leitete sich von einem Manitu ab – war er ein einfacher Mann, der sich Respekt erwarb, weil er gute Ernten einbrachte. Als er jung war, hatte er gegen die Iowas gekämpft und sich dabei als sehr mutig erwiesen. Er war nicht wie andere, die immer prahlten, aber als ihr Onkel Kurzes Horn starb, erfuhr Zwei Himmel die Wahrheit über ihren Vater. Kurzes Horn war der erste Sauk, den sie kannte, der sich mit dem Gift, das die *mookamonik* Ohio-Whiskey und ihre Leute Pfefferwasser nannten, zu Tode trank. Die Sauks begruben ihre Toten und legten sie nicht nur in Baumgabeln wie andere Stämme. Als sie Kurzes Horn in die Erde senkten, schwang ihr Vater zornig seine *pucca-maw,* seine Kriegskeule, und schlug mit ihr auf den Rand des Grabes.»Ich habe im Krieg drei Männer getötet und schenkte ihre Seelen meinem Bruder, der hier liegt, damit sie ihm in der anderen Welt als Sklaven dienen«, sagte er, und so erfuhr Zwei Himmel, daß ihr Vater früher ein Krieger gewesen war.

Ihr Vater war sanft und gütig, ein Arbeiter. Anfangs bestellten er und ihre Mutter Matapya nur zwei Felder mit Mais, Feld- und Moschuskürbissen, doch als der Rat sah, daß er ein guter Farmer war, gab man ihm noch zwei Felder. Die Schwierigkeiten begannen, als Zwei Himmel zehn Jahre alt war. Ein Weißer namens Hawkins kam in die Gegend und baute sich neben einem Maisfeld ihres Vaters eine Hütte. Das Feld, auf dem Hawkins sich ansiedelte, lag brach, denn der frühere Bebauer, ein Sauk, war gestorben, und der Rat hatte es noch keinem anderen zugewiesen. Hawkins hatte Pferde und Kühe mitgebracht. Die Felder waren nur durch Buschwerk und Rainhecken voneinander getrennt, und seine Pferde drangen in das Feld von Zwei Himmels Vater ein und fraßen seinen Mais. Grüner Büffel fing die Pferde ein und brachte sie zu Hawkins zurück, aber am nächsten Morgen waren sie wieder im Maisfeld. Er beschwerte sich, doch der Rat wußte nicht, was er tun sollte, denn es hatten sich inzwischen fünf weitere Familien angesiedelt und das Land Rock Island getauft, jenes Land, das die Sauks seit mehr als hundert Jahren bestellten.

Grüner Büffel behalf sich nun damit, Hawkins' Tiere auf seinem eigenen Grund anzubinden, anstatt sie zurückzubringen, und bekam deshalb bald Besuch vom Besitzer des Handelspostens in Rock Island, einem Weißen namens George Davenport. Davenport war der erste Weiße gewesen, der sich auf Sauk-Gebiet angesiedelt hatte, und das Volk vertraute ihm. Er sagte zu Grüner Büffel, er müsse die Pferde zurückgeben, sonst würden die *mookamonik* ihn einsperren, und Grüner Büffel tat, was ihm sein Freund Davenport geraten hatte.

In jenem Herbst, es war das Jahr 1831, zogen die Sauks wie gewohnt in ihr Winterlager in Missouri. Als sie im Frühjahr nach Sauk-e-nuk zurückkehrten, mußten sie feststellen, daß sich noch mehr weiße Familien auf ihren Feldern angesiedelt hatten. Rainhecken waren zerstört und Langhäuser niedergebrannt. Der Rat mußte nun etwas unternehmen, und er wandte sich deshalb an Davenport, ferner an Felix St. Vrain, den Indianerbevollmächtigten, und an Major John Bliss, den Befehlshaber der Soldaten des Forts. Die Beratungen zogen sich lange hin, und in der Zwischenzeit wies der Rat den Männern, deren Land besetzt worden war, andere Felder zu.

Ein kleiner, stämmiger Holländer aus Pennsylvania namens Joshua Vandruff hatte sich das Land eines Sauks namens Makataime-shekiakiak, Schwarzer Falke, angeeignet. Vandruff begann, in dem *hedonoso-te*, das dieser Sauk und seine Söhne mit ihren eigenen Händen erbaut hatten, Whiskey an die Indianer zu verkaufen. Schwarzer Falke war kein Häuptling, hatte aber den Großteil seiner dreiundsechzig Lebensjahre im Kampf gegen Osages, Cherokesen und Chippewas zugebracht. Als 1812 der Krieg unter den Weißen ausbrach, hatte er eine Truppe von Sauk-Kriegern zusammengestellt und ihre Dienste den Amerikanern angeboten, war aber zurückgewiesen worden. Beleidigt machte er den Engländern das gleiche Angebot, die ihn mit Respekt behandelten, sich seiner Dienste versicherten und ihm Waffen, Munition, Orden und den roten Rock gaben, der einen Soldaten auszeichnete.

Jetzt, da Schwarzer Falke sich dem Alter näherte, mußte er zusehen, wie in seinem Langhaus Whiskey verkauft wurde. Schlimmer noch, er mußte mit ansehen, wie sein Stamm durch den Alkohol verdorben wurde.

Vandruff und sein Freund B. F. Pike machten die Indianer betrunken und luchsten ihnen Felle, Pferde, Gewehre und Fallen ab. Schwarzer Falke ging zu Vandruff und Pike und bat sie, keinen Whiskey mehr an die Sauks zu verkaufen. Als seine Bitte ignoriert wurde, kam er mit einer Handvoll Krieger wieder, die die Fässer aus dem Langhaus rollten, sie zerschlugen und den Whiskey auf die Erde gossen.

Vandruff packte daraufhin seine Satteltasche mit Proviant für eine lange Reise und ritt nach Bellville, der Heimatstadt von John Reynolds, dem Gouverneur von Illinois. In einer eidlichen Aussage gab er vor dem Gouverneur zu Protokoll, die Sauks befänden sich auf einem Raubzug, in dessen Verlauf es zu einer Messerstecherei und zu großen Schäden an weißem Besitz gekommen sei. Dann überreichte er dem Gouverneur ein von B. F. Pike unterzeichnetes Schreiben, in dem es hieß, daß »die Indianer ihre Pferde auf unseren Feldern weiden lassen, unser Vieh erschießen und drohen, unsere Häuser anzuzünden, wenn wir nicht verschwinden«.

Reynolds war erst frisch in sein Amt gewählt worden und hatte den Wählern versprochen, für die Sicherheit der Siedler in Illinois zu sorgen. Ein Gouverneur, der erfolgreich die Indianer bekämpfte, konnte sich Hoffnungen auf die Präsidentschaft machen. »Bei Gott, Sir«, sagte er bewegt zu Vandruff, »Sie bitten den richtigen Mann um Gerechtigkeit.«

Siebenhundert berittene Soldaten kamen und schlugen in der Nähe von Sauk-e-nuk ihr Lager auf. Ihre Anwesenheit sorgte für Aufregung und Angst. Gleichzeitig stampfte ein Rauch spuckendes Dampfschiff den Rock River herauf. Das Schiff lief auf einige der Felsen, die dem Fluß seinen Namen gaben, auf, aber die *mookamonik* konnten es wieder flottmachen. Bald darauf lag es vor Anker, seine Kanone direkt auf die Indianersiedlung gerichtet. Der Kriegshäuptling der *mookamonik*, General Edmund P. Gaines, berief eine Konferenz mit den Indianern ein. Hinter einem Tisch saßen der General, der Indianerbevollmächtigte St. Vrain und der Händler Davenport, der als Dolmetscher fungierte. Etwa zwanzig indianische Würdenträger waren dem Aufruf gefolgt. General Gaines behauptete, der Vertrag von 1803, der das Fort auf Rock Island ermöglicht hatte, habe dem Großen Vater in Washington auch alles Land der Sauks östlich des Mississippi überschrieben: sechzig Millionen Morgen. Er sagte den verblüfften und verwirrten Indianern, sie hätten dafür jährliche Entschädigungszahlungen bekommen, und jetzt wolle der Große Vater in Washington, daß seine Kinder Sau-e-nuk verließen und sich auf der anderen Seite des Masesibowi, des Mississippi, ansiedelten. Ihr Vater in Washington werde ihnen Mais schenken, damit sie den Winter überstünden.

Häuptling der Sauks war Keokuk, der wußte, daß die Übermacht der Amerikaner zu groß war. Als Davenport ihm die Worte des weißen Kriegshäuptlings übersetzte, drückte eine große Faust Keokuks Herz. Obwohl die anderen ihn ansahen, damit er antworte, blieb er stumm. Aber ein Mann stand auf, der im Kampf an der Seite der Briten genug Englisch gelernt hatte, um selbst zu sprechen. »Wir haben unser Land nie verkauft. Wir haben nie eine Entschädigung dafür erhalten. Wir werden in unserem Dorf bleiben.«

Der Indianer, den General Gaines vor sich sah, war schon fast ein Greis und ohne den Kopfschmuck eines Häuptlings. In fleckigen Rehlederhosen stand er da, hohlwangig, mit einer hohen, knochigen Stirn. Seine hochgestellte Skalplocke, die seinen rasierten Schädel in zwei Hälften teilte, war mehr grau denn schwarz. Eine riesige Hakennase ragte herausfordernd zwischen weit auseinander liegenden Augen hervor. Sein mürrischer Mund wollte so gar nicht zu dem Grübchenkinn passen, das eher an einen Liebhaber erinnerte.

Gaines seufzte und sah Davenport fragend an.

»Schwarzer Falke heißt der Mann.«

»Was ist er?« fragte der General den Dolmetscher. Aber Schwarzer Falke antwortete selbst: »Ich bin ein Sauk. Meine Vorfahren waren Sauks, große Männer. Ich möchte da bleiben, wo ihre Gebeine ruhen, und neben ihnen begraben werden. Warum sollte ich das Land verlassen?«

Er und der General starrten sich an, Stein gegen Stahl.

»Ich bin weder hier, um euch zu bitten, euer Dorf zu verlassen, noch um euch dafür zu bezahlen. Meine Aufgabe ist es, euch zu entfernen«, sagte Gaines sanft. »Friedlich, wenn ich kann. Mit Gewalt, wenn ich muß. Ich gebe euch jetzt zwei Tage Zeit für den Umzug. Wenn ihr bis dahin den Mississippi nicht überquert, werde ich euch gewaltsam vertreiben.«

Die Indianer berieten sich und starrten dabei die Schiffskanone an, die auf sie gerichtet war. Die Soldaten, die in kleinen Gruppen johlend und schreiend vorbeiritten, waren gut genährt, gut bewaffnet und hatten genügend Munition. Den Sauks standen nur alte Flinten, nur wenige Kugeln und keine Nahrungsreserven zur Verfügung.

Keokuk schickte einen Läufer zu Weiße Wolke, einem Medizinmann, der bei den Winnebagos lebte. Weiße Wolke war der Sohn eines Winnebago-Vaters und einer Sauk-Mutter. Er war groß und beleibt, hatte lange, graue Haare und, was bei den Indianern sehr selten war, einen struppigen schwarzen Schnurrbart. Er galt als großer Schamane, der sich um die spirituellen und medizinischen Bedürfnisse der Winnebagos, der Sauks und der Mesquakies kümmerte. Alle drei Stämme verehrten Weiße Wolke als Propheten, doch er hatte Keokuk keine tröstende Weissagung anzubieten. Das Militär sei in der Übermacht, sagte er, und Gaines werde nicht Vernunft annehmen. Der Indianerfreund Davenport traf sich mit dem Häuptling und dem Schamanen und drängte sie, zu gehorchen und ihr Land zu verlassen, bevor aus dem Streit ein blutiger Kampf werde.

So kam es, daß der Stamm in der zweiten Nacht Sauk-e-nuk verließ wie ein Rudel Tiere, das vertrieben wird, und über den Fluß in das Land seiner Feinde, der Iowas, ging.

In diesem Winter zerbrach für Zwei Himmel der Glaube an die Welt als sicheren Ort. Der Mais, den der Indianerbevollmächtigte in das neue Dorf westlich des Masesibowi brachte, war von schlechter Qualität und bei weitem nicht genug, um den Hunger fernzuhalten. Die Männer konnten nicht genug Wild jagen oder in Fallen fangen, da viele ihr Gerät für Vandruffs Whiskey weggegeben hatten. Zudem hatte der Stamm den Verlust der Ernte zu beklagen, die sie auf ihren Feldern zurücklassen mußten: den mehligen Mais, die fetten, nahrhaften Feldkürbisse und die riesigen, süßen Moschuskürbisse. Eines Nachts schlichen sich fünf Frauen über den Fluß auf ihre alten Felder und holten sich ein paar gefrorene Kolben von dem Mais, den sie im Frühjahr zuvor selbst gepflanzt hatten. Sie wurden von weißen Siedlern entdeckt und verprügelt.

Ein paar Tage später ritt Schwarzer Falke mit ein paar Männern nachts nach Rock Island. Sie füllten Säcke mit Mais von den Feldern und stahlen Kürbisse aus einem Lagerhaus. Es kam zu einem Streit, der den ganzen schrecklichen Winter über wütete.

Keokuk, der Häuptling, befürchtete, daß der Überfall die weißen Soldaten auf den Plan rufen werde. Das neue Dorf sei zwar nicht Sauk-e-nuk, aber es könne ein guter Ort zum Leben werden, meinte er. Die Anwesenheit der *mookamonik* auf dem anderen Flußufer bedeute nicht zuletzt einen Markt für die Felle der Sauk-Trapper.

Schwarzer Falke hielt ihm entgegen, die Bleichgesichter würden die Sauks immer weiter vertreiben und schließlich vernichten. Kampf sei der einzige Ausweg. Hoffnung für den roten Mann gebe es nur noch, wenn alle Stammesfehden begraben würden, die Indianer von Kanada bis Mexiko sich vereinigten und mit der Hilfe des englischen Vaters gegen den größeren Feind, den amerikanischen, zögen.

Die Sauks debattierten lange. Bei Frühjahrsbeginn waren die meisten des Stammes entschlossen, mit Keokuk am Westufer des Mississippi zu bleiben. Nur dreihundertachtundsechzig Männer schlossen sich mit ihren Familien Schwarzer Falke an, zu ihnen gehörte Grüner Büffel.

Man belud Kanus. Schwarzer Falke, der Prophet, und Neosho, ein Sauk-Medizinmann, setzten sich an die Spitze der kleinen Flotte, dann stießen auch die anderen vom Ufer ab, kräftig gegen die starke Strömung des Masesibowi anpaddelnd. Schwarzer Falke wollte weder Tod noch Zerstörung – solange sie nicht angegriffen wurden. Als sie etwas weiter flußabwärts eine Siedlung der *mookamonik* erreichten, befahl er seinen Leuten, die Trommeln zu schlagen und zu singen. Zählte man auch die Frauen, die Kinder und die Alten, so hatte er beinahe eintausenddreihundert Stimmen, und die Siedler flohen vor dem furchteinflößenden Lärm. Auf diese Art holten sie sich in einigen Siedlungen Lebensmittel, doch sie hatten viele Mäuler zu stopfen und keine Zeit für die Jagd.

Schwarzer Falke hatte Läufer zu den Briten in Kanada geschickt und auch zu einigen Indianerstämmen, um sie um Hilfe zu bitten. Doch die Boten kamen mit schlechten Nachrichten zurück. Es war kaum überraschend, daß alte Feinde wie die Sioux, die Chippewas und die Osages sich nicht mit den Sauks gegen die Bleichgesichter verbünden wollten, aber auch die verbrüderten Mesquakies und andere befreundete Stämme waren nicht dazu bereit. Und schlimmer noch, von ihrem britischen Vater erhielten die Sauks nichts anderes als aufmunternde Worte und Glückwünsche für einen Krieg.

Da Schwarzer Falke sich nur zu gut an die Kanonen auf den Kriegsschiffen erinnerte, nahm er seine Leute vom Fluß und ließ sie am Ostufer, von dem man sie vertrieben hatte, an Land gehen. Da jedes winzige Stück Proviant kostbar war, wurde jeder zum Träger, auch hochschwangere Squaws wie etwa Zwei

Himmels Mutter. Sie umgingen Rock Island und wanderten den Rock River hoch bis zum Gebiet der Pottawattamies, von denen sie Land zu bekommen hofften, um eine Maisernte einbringen zu können. Von den Pottawattamies erfuhr Schwarzer Falke, daß der Vater in Washington das Sauk-Territorium an weiße Investoren verkauft hatte. Das Gebiet um Sauk-e-nuk und fast alle Felder hatte George Davenport gekauft, der Händler, der sich als ihr Freund ausgegeben und ihnen geraten hatte, das Land zu verlassen.

Schwarzer Falke ordnete ein Hundefestmahl an, weil er wußte, daß der Stamm die Hilfe der Manitus brauchte. Der Prophet überwachte die Erdrosselung der Hunde sowie die Säuberung und Reinigung des Fleisches. Während es schmorte, breitete Schwarzer Falke seine Medizinbeutel vor seinen Männern aus. »Tapfere und Krieger«, sagte er. »Sauk-e-nuk ist nicht mehr. Unser Land wurde uns gestohlen. Bleichgesichtige Soldaten haben unsere *hedonoso-te* niedergebrannt. Sie haben die Zäune unserer Felder eingerissen. Sie haben unsere Stätte der Toten umgepflügt und zwischen den geheiligten Knochen Getreide angesät. Dies sind die Medizinbeutel unseres Vaters, Mukataquat, des Begründers des Sauk-Stammes. Sie wurden weitergegeben an den großen Kriegshäuptling unseres Stammes, Na-namakee, der Krieg führte gegen alle Stämme der Seen und alle Stämme der Prärie und nie Schande auf sich nehmen mußte. Ich erwarte, daß ihr alle sie beschützt.«

Die Krieger aßen das geheiligte Fleisch und erhielten Mut und Kraft. Das war auch notwendig, denn Schwarzer Falke wußte, daß die *mookamonik* sie angreifen würden. Vielleicht waren es die Götter, die Zwei Himmels Mutter gestatteten, ihr Kind in diesem Lager und nicht unterwegs zu gebären. Es war ein Junge, und wie das Hundefestmahl stärkte auch er den Mut der Krieger, denn Grüner Büffel nannte seinen Sohn Wato-kimita, Der Land besitzt.

Angestachelt von der öffentlichen Hysterie über das Gerücht, daß Schwarzer Falke und die Sauks auf dem Kriegspfad seien, wollte Gouverneur Reynolds von Illinois tausend berittene Freiwillige anwerben lassen. Mehr als doppelt so viele Möchtegern-Indianerkämpfer meldeten sich, und tausendneunhundertfünfunddreißig unausgebildete Männer wurden zur Armee eingezogen. Sie wurden nach Beardstown beordert, dort durch dreihundertzweiundvierzig reguläre Soldaten verstärkt und schnell in vier Regimenter und zwei Späherbataillone aufgeteilt. Samuel Whiteside aus St. Clair wurde zum Brigadegeneral und zum Oberbefehlshaber ernannt.

Aus Berichten von Siedlern wußte man, wo Schwarzer Falke sich aufhielt, und Whiteside setzte seine Brigade in Bewegung. Es war ein ungewöhnlich nasser Frühling gewesen, die Truppen mußten ehemals kleine Bäche durchschwimmen, und aus gewöhnlichen Sumpflöchern waren Schlammseen geworden, die sie nur mit größter Mühe durchqueren konnten. Es war eine fünftägige, schwierige Expedition durch unwegsames Gelände, bis sie Oquawka erreichten, wo Proviant auf sie hätte warten sollen. Aber die Armee hatte versagt, es war kein Proviant da, und die Männer hatten den Inhalt ihrer Satteltaschen längst aufgezehrt. Disziplinlos und streitsüchtig haderten die Zivilisten mit ihren Offizieren und verlangten Essen. Whiteside sandte eine Meldung an General Atkinson in Fulton, der sofort ein Dampfboot mit einer Ladung Lebensmittel flußabwärts in Bewegung setzte. Whiteside schickte zwei Bataillone regulärer Soldaten voraus, während die Freiwilligen sich fast eine Woche lang die Bäuche vollschlugen und ausruhten.

Keinen Augenblick lang vergaßen sie, daß sie sich in einer gefährlichen Umgebung befanden. An einem milden Vormittag im Mai brannten etwa tausendsechshundert Berittene Prophetstown nieder, den verlassenen Ort, in dem Weiße Wolke residiert hatte. Danach befiel sie eine unerklärliche Nervosität, und sie redeten sich ein, daß hinter jedem Hügel rachedurstige Indianer lauerten. Bald wurde aus der Nervosität Angst, und aus dieser Angst heraus kam es zu einer wilden Flucht. Die Soldaten ließen Ausrüstung, Waffen, Munition und Proviant zurück und liefen vor einem nicht existierenden Feind davon, stürmten quer durch Grasland, Buschwerk und Wald und hielten erst an, als sie, einzeln oder in kleinen Gruppen, aber alle mit schamroten Gesichtern, die Siedlung Dixon erreicht hatten, zehn Meilen von ihrem Ausgangspunkt entfernt.

Zur ersten wirklichen Feindberührung kam es kurze Zeit später. Schwarzer Falke und an die vierzig Tapfere waren unterwegs zu Angehörigen der Pottawattamies, von denen sie ein Maisfeld mieten wollten. Sie hatten eben ihr Lager am Ufer des Rock River aufgeschlagen, als ein Läufer berichtete, daß sich eine große Streitmacht der *mookamonik* in ihre Richtung bewege. Ohne lange zu zögern, band Schwarzer Falke eine weiße Fahne an eine Stange und schickte damit drei unbewaffnete Sauks zu den Weißen, um ein Treffen zwischen ihm und deren Kommandanten zu erbitten. Als Beobachter schickte er fünf berittene Sauks hinter den Unbewaffneten her.

Die Truppen, die keine Erfahrung mit Indianerkämpfen hatten, erschraken beim Anblick der Sauks. Sie überwältigten die drei Männer mit der Waffenstillstandsflagge und machten sie zu Gefangenen. Dann jagten sie den fünf Beobachtern nach, von denen sie zwei einholten und töteten. Die drei anderen erreichten, das Militär im Rücken, das Lager. Als die weißen Soldaten auftauchten, wurden sie von fünfunddreißig Tapferen unter der Führung von Schwarzer Falke, den die kalte Wut gepackt hatte, angegriffen. Er war bereit, einen ehrenhaften Tod zu sterben, um den Verrat der Bleichgesichter zu rächen. Die Soldaten aber, die die Vorhut der Kavallerie bildeten, hatten keine Ahnung, daß die Indianer keine gewaltige Streitmacht hinter sich hatten. Sobald sie die heranstürmenden Sauks erblickten, ließen sie ihre Ponys wenden und flüchteten.

Nichts ist so ansteckend wie Panik, und innerhalb weniger Minuten herrschte im Militärlager ein Chaos. In dem Durcheinander konnten zwei der drei gefangenen Sauk-Unterhändler fliehen; der dritte wurde erschossen. Die zweihundertfünfundsiebzig bewaffneten und berittenen Soldaten wurden von Entsetzen gepackt und flohen so hysterisch wie wenige Tage zuvor der Hauptteil der Freiwilligen, nur daß diesmal die Bedrohung nicht eingebildet war. Schwarzer Falke und seine wenigen Dutzend

Krieger jagten ihnen nach, überwältigten die Versprengten und sammelten elf Skalpe. Einige der fliehenden Weißen kamen erst zur Besinnung, als sie wieder bei sich zu Hause waren, aber die meisten Soldaten sammelten sich schließlich in Dixon.

Ein Leben lang sollte das Mädchen, das damals Zwei Himmel hieß, die Freude über diesen Erfolg nicht vergessen. Ein Kind spürte Hoffnung. Die Nachricht vom Sieg verbreitete sich schnell in der rothäutigen Welt, und bald darauf schlossen sich zweiundneunzig Winnebagos den Sauks an. Schwarzer Falke stolzierte in einem Rüschenhemd und mit einem ledergebundenen Gesetzbuch unter dem Arm umher – beides stammte aus einer Satteltasche, die ein fliehender Offizier zurückgelassen hatte. Er hielt eine flammende Rede. Seine Tapferen hätten bewiesen, sagte er, daß die *mookamonik* geschlagen werden können, und jetzt würden andere Stämme Krieger schicken, um die große Allianz zu bilden, von der er träumte.

Aber die Tage vergingen, und es kamen keine Krieger. Die Vorräte gingen zur Neige, die Jagd war wenig erfolgreich. Schließlich schickte Schwarzer Falke die Winnebagos in eine Richtung und führte seine Leute in eine andere. Gegen seine Befehle überfielen die Winnebagos schutzlose weiße Siedler und nahmen Skalpe, darunter den von St. Vrain, dem Indianerbevollmächtigten. Zwei Tage lang war der Himmel grünlichschwarz, und der Manitu Shagwa ließ Erde und Luft erzittern. Zwei Himmels Mutter warnte Schwarzer Falke, keine neuen Unternehmungen anzufangen, ohne Späher vorauszuschicken, und Grüner Büffel murmelte düster, daß er keinen Propheten brauche, um zu wissen, daß Schlimmes bevorstehe.

Gouverneur Reynolds war wütend. Die Beschämung, die er über das Schicksal seiner Soldaten empfand, wurde von der Bevölkerung sämtlicher Grenzstaaten geteilt. Die Raubzüge der Winnebagos wurden übertrieben dargestellt und Schwarzer Falke zur Last gelegt. Neue Freiwillige strömten herbei, angezogen von dem Gerücht, daß ein von der Regierung von Illinois im Jahre 1814 ausgesetztes Kopfgeld noch immer gezahlt werde: fünfzig

Dollar für jeden getöteten männlichen Indianer, jede gefangene Squaw und jedes gefangene rothäutige Kind. Reynolds hatte keine Schwierigkeiten, noch einmal dreitausend Männer den Fahneneid leisten zu lassen. Schon jetzt kampierten in den Forts entlang des Mississippi zweitausend unruhige Soldaten, die von General Henry Atkinson und dessen Stellvertreter, Colonel Zachary Taylor, befehligt wurden. Aus Baton Rouge in Louisiana wurden zwei Infanteriekompanien nach Illinois verlegt, und aus Standorten im Osten kamen weitere tausend reguläre Soldaten unter dem Befehl von General Winfield Scott dazu. Unter diesen Truppen brach während des Dampfschifftransports über die Großen Seen die Cholera aus, doch die Streitmacht, die hier in Bewegung gesetzt wurde, war ohnedies gigantisch, ein gewaltiges Heer, gierig nach Rache an der fremden Rasse und nach Wiederherstellung seiner Ehre.

Für das Mädchen Zwei Himmel war die Welt klein geworden, während sie früher, während der gemächlichen Reisen zwischen dem Winterlager der Sauks in Missouri und ihrem Sommerdorf am Rock River, unermeßlich gewirkt hatte. Jetzt konnte sich ihr Stamm hinwenden, wohin er mochte, überall gab es weiße Späher und Schüsse und Geschrei. Sie nahmen ein paar Skalps und verloren ein paar Tapfere, und sie hatten Glück, nicht auf das Hauptkontingent der weißen Truppen zu stoßen. Schwarzer Falke schlug Haken und legte falsche Fährten, um den Soldaten zu entkommen, doch die meisten seiner Gefolgsleute waren Frauen und Kinder, und es war schwer, die Spuren von so vielen zu verbergen.

Sie wurden schnell weniger. Alte Leute starben, auch einige Kinder. Zwei Himmels kleiner Bruder wurde hohlwangig und großäugig. Die Milch seiner Mutter versiegte zwar nicht, aber der Fluß wurde immer spärlicher, und so bekam das Kind nie genug. Meistens trug Zwei Himmel ihren Bruder.

Bald sprach Schwarzer Falke nicht mehr davon, die Weißen davonzujagen. Er sprach davon, in den hohen Norden zu fliehen, aus dem die Sauks vor Hunderten von Jahren gekommen waren. Doch die Monde vergingen, und immer weniger seiner Gefolgsleute hatten noch genug Vertrauen in ihn, um bei ihm zu bleiben. Immer mehr Wigwams verließen den Sauk-Pulk, um ihr Glück auf eigene Faust zu versuchen. Kleine Gruppen hatten zwar nur wenig Chancen zu überleben, aber die meisten waren zu der Überzeugung gekommen, daß die Manitus Schwarzer Falke nicht wohlgesonnen waren.

Grüner Büffel blieb ihm treu, obwohl von Schwarzer Falkes Truppe vier Monde nach dem Auszug aus Keokuks Lager nur noch wenige hundert Leute übrig waren, die mit Wurzeln und Baumrinde als Nahrung ums Überleben kämpften. Sie kehrten zum Masesibowi zurück, denn der große Fluß hatte ihnen noch immer Trost gespendet. Das Dampfschiff *Warrior* überraschte einen Großteil der Sauks beim Fischfang in den Untiefen an der Mündung des Wisconsin. Als das Schiff auf sie zustampfte und Schwarzer Falke die Sechspfünder-Kanone im Bug sah, wußte er, daß sie nicht länger kämpfen konnten. Seine Männer schwenkten eine weiße Fahne, aber das Schiff kam immer näher, und ein Winnebago-Söldner rief ihnen von Deck aus in ihrer Sprache zu: »Rennt weg und versteckt euch! Die Weißen werden schießen.«

Als sie schreiend und spritzend auf das Ufer zustürzten, feuerte die Kanone aus kürzester Entfernung eine Kartätsche ab. Heftiges Musketenfeuer folgte. Dreiundzwanzig Sauks wurden getötet. Die anderen schafften es, in den Wald zu entkommen, wobei einige Verletzte trugen oder hinter sich herzogen.

In dieser Nacht beratschlagten sie. Schwarzer Falke und der Prophet beschlossen, ins Land der Chippewas zu ziehen und dort zu versuchen, einen Lebensraum zu finden. Drei Wigwams wollten mit ihnen gehen, doch die anderen, darunter Grüner Büffel, glaubten nicht, daß die Chippewas den Sauks Felder abtreten würden, wenn es andere Stämme schon nicht taten; ihren einzigen Ausweg sahen sie in der Rückkehr zu Keokuk. Am nächsten Morgen verabschiedeten sie sich von den wenigen, die zu den Chippewas ziehen wollten, und machten sich auf den Weg nach Süden, in die alte Heimat.

Das Dampfschiff *Warrior* blieb den Indianern auf den Fersen, indem es einfach den Scharen von Aaskrähen und Geiern flußabwärts folgte. Denn inzwischen ließen die Sauks ihre Toten einfach liegen, wo sie gestorben waren. Einige waren alte Leute und Kinder, andere Verwundete aus den vorangegangenen Kämpfen. Wenn das Schiff anlegte, untersuchten die Männer die Leichen und schnitten ihnen die Skalps und Ohren ab. Es war gleichgültig, ob das Stück Kopfhaut mit dunklen Haaren von einem Kind oder das rote Ohr von einer Frau stammte: Die Trophäen wurden stolz in die vielen kleinen Städte zurückgetragen, als Beweis, daß ihre Besitzer tapfere Indianerkämpfer waren.

Die wenigen überlebenden Sauks verließen den Masesibowi und zogen landeinwärts, nur um dort auf die Winnebago-Söldner der Armee zu treffen. Hinter den Winnebagos pflanzten weiße Soldaten die Bajonette auf, die ihnen unter den Indianern den Namen Lange Messer eingebracht hatten. Als sie angriffen, stieg ein heiserer, tierischer Schrei aus ihren Kehlen auf, tiefer als das indianische Schlachtgeheul, aber nicht weniger wild. Es waren unzählige, und sie waren versessen aufs Töten, um etwas wiederzugewinnen, was sie verloren zu haben glaubten. Die Sauks hatten keine andere Wahl, als schießend zurückzuweichen. Am Ufer des Masesibowi angelangt, versuchten sie zu kämpfen, wurden aber sehr schnell in den Fluß getrieben. Zwei Himmel stand neben ihrer Mutter im knietiefen Wasser, als eine Bleikugel deren Unterkiefer zerfetzte. Die Frau fiel mit dem Gesicht nach unten ins Wasser. Zwei Himmel mußte ihre Mutter auf den Rücken drehen und gleichzeitig den kleinen Bruder Der Land besitzt über Wasser halten. Es gelang ihr mit größter Anstrengung, doch dann mußte sie feststellen, daß ihre Mutter tot war. Ihren Vater und ihre Schwester sah sie nirgends. Die Welt bestand nur aus Gewehrfeuer und Schreien, und als die Sauks durch das Wasser zu einer kleinen Weideninsel wateten, ging sie mit ihnen.

Sie versuchten, auf der Insel eine Verteidigungsstellung zu errichten, indem sie hinter Felsen und umgestürzten Bäumen in Deckung gingen. Doch dann tauchte wie ein gigantisches

Gespenst das Dampfschiff aus dem Dunst auf und nahm sie vom Fluß aus unter Feuer. Ein paar Frauen rannten ins Wasser und versuchten, zum anderen Ufer zu schwimmen. Zwei Himmel wußte nicht, daß dort von der Armee angeheuerte Sioux warteten, um jeden zu töten, der den Weg durch die Fluten schaffte, und sie stieg schließlich auch ins Wasser, wobei sie das Baby mit den Zähnen am Genick packte, um die Hände zum Schwimmen frei zu haben. Sie biß in das weiche, faltige Fleisch des Kindes, spürte das Blut ihres Bruders auf der Zunge, und ihre Schulter- und Nackenmuskeln verkrampften sich vor Anspannung und begannen zu schmerzen. Sie wurde schnell müde und wußte, wenn sie noch länger so weitermachte, würden sie und der Kleine ertrinken. Die Strömung trieb sie flußabwärts, weg von den Schüssen, und paddelnd wie ein Fuchs oder ein Eichhörnchen mit einem Jungen schwamm sie wieder auf das Ufer zu, von dem sie gekommen war. Dort lag sie dann neben dem schreienden Baby auf der Erde und versuchte, seinen zerbissenen Nacken nicht anzusehen.

Wenig später hob sie ihren Bruder auf und trug ihn weg von dem Gefechtslärm. Eine Frau saß am Flußufer, und beim Näherkommen sah Zwei Himmel, daß es ihre Schwester war. Große Frau war blutverschmiert, doch sie erzählte Zwei Himmel, daß es nicht ihr Blut sei, sondern das eines Soldaten, der sie vergewaltigt habe und dabei von einer Kugel in die Seite getroffen worden sei. Es war ihr gelungen, unter seinem blutigen Körper herauszukriechen, und obwohl er die Hand gehoben und sie in seiner Sprache um Hilfe angefleht hatte, hatte sie einen Stein genommen und ihn erschlagen.

Sie konnte zwar ihre Geschichte zu Ende erzählen, doch sie verstand nichts mehr, als Zwei Himmel ihr vom Tod der Mutter berichtete. Die Schreie und die Schüsse kamen immer näher. Zwei Himmel trug ihren Bruder und führte ihre Schwester tief in das Unterholz am Ufer, und dort kauerten sich die drei zusammen. Große Frau schwieg, aber Der Land besitzt schrie unaufhörlich, und Zwei Himmel mußte befürchten, daß die Soldaten ihn hörten und sie entdeckten. Sie öffnete ihr Kleid und drückte seinen Mund an ihre unterentwickelte Brust. Die kleine Warze wuchs unter dem trockenen Saugen seiner Lippen, und sie preßte den Kleinen fest an sich.

Es dauerte Stunden, bis der Schußwechsel nachließ und der Tumult allmählich verstummte. Der Nachmittag warf bereits lange Schatten, als Zwei Himmel die Schritte einer näher kommenden Patrouille hörte und das Baby wieder zu schreien begann. Sie dachte daran, Der Land besitzt zu erwürgen, damit sie und Große Frau überleben konnten. Doch dann saß sie nur da und wartete, bis einige Minuten später ein dürrer weißer Junge seine Muskete in den Busch steckte und sie herauszog.

Auf dem Weg zum Dampfschiff sah sie überall ihr wohlbekannte Tote ohne Ohren und Skalp liegen. Auf Deck hatten die Langen Messer neununddreißig Frauen und Kinder zusammengetrieben. Alle anderen waren tot. Das Baby schrie noch immer, und ein Winnebago besah sich das ausgehungerte Kind mit dem zerbissenen Nacken. »Kleine Ratte«, sagte er verächtlich, doch ein rotgesichtiger Soldat mit zwei gelben Streifen auf seinem Ärmel mischte Zucker und Wasser in einer Whiskeyflasche und steckte einen Stoffetzen in die Öffnung. Dann nahm er Zwei Himmel das Kind aus dem Arm, gab ihm die Flasche und trug es mit zufriedenem Gesicht weg. Zwei Himmel wollte ihm folgen, doch der Winnebago stellte sich ihr in den Weg und schlug sie ins Gesicht, bis ihr die Ohren klangen. Das Schiff verließ die Mündung des Bad Axe und bahnte sich einen Weg durch die auf dem Wasser treibenden Sauk-Leichen. Vierzig Meilen flußabwärts legte es in Prairie du Chien an. Dort wurden Zwei Himmel, Große Frau und drei andere Sauk-Mädchen – Rauchfrau, Mond und Gelber Vogel – von Bord geholt und auf einen Pferdekarren verfrachtet. Mond war jünger als Zwei Himmel. Die beiden anderen waren älter, aber nicht so alt wie Große Frau. Zwei Himmel wußte nicht, was aus den anderen Sauk-Gefangenen wurde, und ihren Bruder Der Land besitzt sah sie nie wieder.

Der Karren kam zu einem Armeeposten – Fort Crawford, wie sie später erfahren sollten –, blieb dort aber nicht, sondern brachte die fünf Sauk-Mädchen zu einem weißen Farmhaus mit Nebengebäuden und Zäunen, das drei Meilen hinter dem Fort lag. Zwei Himmel sah gepflügte und bepflanzte Felder, verschiedene Arten weidender Tiere und Geflügel. Im Inneren des Hauses wagte sie kaum zu atmen, denn die Luft war geschwängert mit dem fremden Geruch von scharfer Seife und Möbelpolitur, dem Geruch bleichgesichtiger Scheinheiligkeit, den sie ihr ganzes späteres Leben lang verabscheuen sollte. In der Evangelischen Schule für Indianermädchen mußte sie ihn vier Jahre lang ertragen.

Die Schule wurde geleitet von Reverend Edvard Bronsun und Miss Eva, einem Geschwisterpaar mittleren Alters. Neun Jahre zuvor waren sie unter der Schirmherrschaft der Missionary Society von New York City aufgebrochen, um die Wildnis zu erkunden und die heidnischen Indianer zu Jesus zu bekehren. Die Schule hatten sie mit zwei Winnebago-Mädchen eröffnet, von denen das eine schwachsinnig war. Für die Bronsuns war es unverständlich, daß die indianischen Frauen sich trotz wiederholter Einladungen weigerten, zu ihnen zu kommen, auf ihren Feldern zu arbeiten, die Tiere zu hüten, ihre Häuser zu tünchen und zu streichen und die Hausarbeit zu erledigen. Nur der Unterstützung der Behörden und des Militärs hatten sie es zu verdanken, daß die Schule wuchs, bis sie – nach der Ankunft der fünf Sauks – einundzwanzig mürrische, aber gehorsame Schülerinnen hatten, die sich um eine der am besten in Schuß gehaltenen Farmen der Gegend kümmerten.

Mr. Edvard, lang, dürr und mit einer sommersprossigen Glatze, unterrichtete die Mädchen in Landwirtschaft und Religion, während Miss Eva, die korpulent war und einen Blick wie Eis hatte, ihnen beibrachte, wie Böden geschrubbt und Möbel poliert wurden, bis sie den Erwartungen der Bleichgesichter entsprachen. Der Lehrplan der Schülerinnen bestand in Hausarbeit und unaufhörlicher schwerer Farmarbeit, im Englischlernen und Vergessen der eigenen Sprache und Kultur, sowie im Beten zu fremden Göttern. Miss Eva, die immer kalt lächelte, bestrafte Vergehen wie Trägheit und Frechheit oder den Gebrauch eines indianischen Wortes mit geschmeidigen Gerten, die sie vom Reineclaudenbaum der Farm schnitt.

Die anderen Schülerinnen waren Winnebagos, Chippewas, Illinois, Kickapoos, Irokesen und Potowatomis. Sie alle betrachteten die Neuankömmlinge feindselig, doch die Sauks hatten keine Angst vor ihnen. Sie waren gemeinsam eingetroffen und bildeten den stärksten Stammesanteil, obwohl das System, das in diesem Institut herrschte, diesen Vorteil zu annullieren suchte. Das erste, was die Mädchen aufgeben mußten, war ihr indianischer Name. Die Bronsuns erachteten nur sechs biblische Namen für würdig, in einer Bekehrten Frömmigkeit zu erwecken: Rachel, Ruth, Mary, Martha, Sarah und Anna. Da diese beschränkte Auswahl bedeutete, daß mehrere Mädchen den gleichen Namen trugen, erhielt jede Schülerin, um Verwechslungen zu vermeiden, eine zum Namen gehörende Nummer, die erst wieder frei wurde, wenn die Trägerin die Schule verließ. So wurde aus Mond Rachel drei, aus Große Frau Mary vier, aus Gelber Vogel Rachel zwei und aus Rauchfrau Martha drei. Zwei Himmel erhielt den Namen Sarah zwei.

Die Anpassung war nicht schwer. Die ersten englischen Worte, die sie lernten, waren »bitte« und »danke«. Bei den Mahlzeiten wurden alle Speisen und Getränke nur einmal mit ihrem englischen Namen genannt. Von da an mußte, wer nicht auf englisch um dies oder jenes bitten konnte, hungrig vom Tisch aufstehen. Die Sauk-Mädchen lernten die neue Sprache schnell. Die täglichen zwei Mahlzeiten bestanden aus Maisbrei, Maisbrot und püriertem Wurzelgemüse. Wenn, selten genug, Fleisch auf den Tisch kam, war es Rückenspeck oder Kleinwild. Kinder, die schon einmal vor dem Hungertod gestanden haben, essen immer mit großem Appetit. Und so nahmen die Mädchen trotz der schweren Arbeit an Gewicht zu. Die Stumpfheit verschwand Großer Frau aus den Augen, aber sie war diejenige unter den fünfen, die sich am ehesten vergaß und die Sprache ihres Stammes benutzte, weshalb sie am häufigsten geschlagen wurde. Im zweiten Monat an der Schule hörte Miss Eva Große Frau in der Sauk-Sprache flüstern, und sie peitschte das Mädchen unter Mr. Edvards Augen aus. In dieser Nacht kam Mr. Edvard in die dunkle Speicherkammer, die als Schlafraum diente, und sagte flüsternd, er habe eine Salbe, die er Mary vier auf die schmerzenden Striemen auf dem Rücken schmieren wolle. Dann führte er Große Frau aus dem Schlafraum.

Tags darauf erhielt Große Frau von Mr. Edvard eine Tüte mit Maisbrot, die sie mit den anderen Sauks teilte. Danach kam er häufig nachts in den Schlafraum, um Große Frau zu holen, und die Mädchen gewöhnten sich an die Extrarationen. Es dauerte nicht lange, und bei Große Frau begannen die morgendlichen Übelkeitsanfälle. Sie und Zwei Himmel wußten, daß sie schwanger war, noch bevor man es an ihrem Bauch sah.

Wenige Wochen später spannte Mr. Edvard das Pferd vor den Wagen, und Miss Eva fuhr mit Große Frau davon. Als sie alleine wieder zurückkam, berichtete sie Zwei Himmel, ihre Schwester sei »gesegnet«. Von jetzt an, sagte Miss Eva, werde Mary vier auf einer gut-christlichen Farm auf der anderen Seite von Fort Crawford arbeiten. Zwei Himmel sah Große Frau nie wieder.

Sooft Zwei Himmel sicher war, daß niemand sie belauschte, redete sie mit den anderen Sauks in der Stammessprache. Wenn sie Kartoffelkäfer absammelten, erzählte sie ihnen die Geschichten, die ihre Mutter ihr erzählt hatte. Wenn sie die Rübenfelder jäteten, sang sie die Lieder der Sauks. Beim Holzhacken erzählte sie von Sauk-e-nuk und dem Winterlager und brachte so die Tänze und Feste, die toten und die lebendigen Stammesbrüder in Erinnerung. Wenn die anderen nicht in ihrer eigenen Sprache antworteten, drohte sie ihnen, sie schlimmer zu schlagen als Miss Eva. Obwohl zwei der Sauk-Mädchen älter und größer waren als sie, widersprach ihr keines, und so behielten sie ihre alte Sprache.

Sie waren bereits fast drei Jahre auf der Farm, als ein Sioux-Mädchen als neue Schülerin dazukam. Flatternder Flügel war älter als Große Frau. Sie stammte aus dem Clan der Wabashaw, und nachts verhöhnte sie die Sauks mit Geschichten, wie während des Massakers an der Mündung des Bad Axe ihr Vater und ihre Brüder am Ufer des Masesibowi gelauert und jeden ihrer Sauk-Feinde, dem die Flucht über den Fluß gelungen war, getötet und skalpiert hatten. Flatternder Flügel wurde Mary fünf, und Mr. Edvard fand sehr schnell Gefallen an ihr. Zwei Himmel träumte davon, sie zu töten; doch dann erwies sich Flatternder Flügels Anwesenheit als Chance, denn nach wenigen Monaten wurde auch sie schwanger. Vielleicht war Mary ein fruchtbarer Name.

Zwei Himmel sah zu, wie Flatternder Flügels Bauch wuchs, und schmiedete ihre Pläne. An einem stillen, heißen Sommertag fuhr Miss Eva mit Flatternder Flügel davon. Mr. Edvard war auf sich allein gestellt und konnte nicht alle im Auge behalten. Sobald die Frau verschwunden war, warf Zwei Himmel die Hacke, mit der sie im Rübenfeld gearbeitet hatte, weg und schlich sich hinter den Stall. Sie schichtete an der trockenen Bretterwand harzreiche Kiefernspäne auf und entzündete sie mit den Schwefelhölzern, die sie gestohlen und für diesen Augenblick aufbewahrt hatte. Als das Feuer bemerkt wurde, stand der Stall schon in hellen Flammen. Wie ein Verrückter schreiend und glotzend, kam Mr. Edvard aus dem Kartoffelfeld gelaufen und befahl den Mädchen, eine Löschkette zu bilden.

Zwei Himmel blieb in der ganzen Aufregung ruhig und gelassen. Sie rief Mond, Gelber Vogel und Rauchfrau zu sich. Dann schnappte sie sich eine von Miss Evas Reineclaudegerten, trieb damit das große Mastschwein aus dem tiefen, schwarzen Schlamm seines Stalles in Miss Evas geschrubbtes, poliertes, fromm riechendes Haus und schloß die Tür. Nachdem dies erledigt, war, führte sie die anderen weg von diesem verhaßten Ort der *mookamonik* in den Wald.

Sie vermieden alle Straßen und blieben im Wald, bis sie den Fluß erreicht hatten. Am Ufer hatte sich ein Eichenstamm verfangen, und die vier Mädchen zerrten ihn los. Das warme Wasser barg die Gebeine und die Geister ihrer Lieben und umfing die Mädchen, die sich, an den Stamm geklammert, vom Masesibowi nach Süden tragen ließen.

Als es dunkel wurde, verließen sie den Fluß. In dieser Nacht schliefen sie hungrig im Wald. Am nächsten Morgen entdeckten sie bei der Beerensuche ein verborgenes Sioux-Kanu. Sie stahlen es ohne Bedenken und hofften, es möge einem Verwandten von Flatternder Flügel gehören. Es war schon später Nachmittag, als sie nach einer Biegung im Fluß plötzlich Prophetstown vor sich sahen. Am Ufer säuberte ein Indianer Fische. Als sie sahen, daß es ein Mesquakie war, lachten sie erleichtert auf und steuerten das Kanu in seine Richtung.

Weiße Wolke war nach Prophetstown zurückgekehrt, sobald ihm das nach dem Krieg möglich war. Die bleichgesichtigen Soldaten hatten auch sein Langhaus niedergebrannt, aber er baute sich ein neues *hedonoso-te*. Als sich die Nachricht von der Rückkehr des Schamanen verbreitete, kamen wieder Familien aus verschiedenen Stämmen zu ihm und bauten ihre Hütten in Prophetstown, um in seiner Nähe leben zu können. Unter seinen Schülern zollte er den vier Mädchen, die den Weißen entflohen waren und sich zu ihm durchgeschlagen hatten, besondere Aufmerksamkeit. Tagelang beobachtete er sie, während sie in seiner Hütte ruhten und aßen, und er bemerkte dabei, daß drei von ihnen sich in allen Dingen nach der vierten richteten. Er befragte diese drei ausführlich, und jede schwärmte ihm von Zwei Himmel vor. Immer von Zwei Himmel. Er begann, sie mit wachsender Hoffnung zu betrachten.

Schließlich holte er zwei Ponys von seiner Koppel und befahl Zwei Himmel, mit ihm zu kommen. Fast einen ganzen Tag lang ritt sie hinter ihm her, bis der Boden anzusteigen begann. Alle Berge sind geheiligt, aber im Flachland ist sogar ein Hügel ein heiliger Ort. Auf der bewaldeten Erhebung, die sie erreicht hatten, führte er sie zu einer Lichtung. Der Moschusduft von Bären hing in der Luft, auf dem Boden lagen Tierknochen verstreut und die Aschereste erloschener Feuer. Als sie abgestiegen waren, nahm Weiße Wolke die Decke von seiner Schulter und befahl Zwei Himmel, die Kleider auszuziehen und sich auf die Decke zu legen. Sie wagte nicht, sich zu weigern, obwohl sie sicher war, daß der alte Schamane sie mißbrauchen wollte. Aber als Weiße Wolke sie berührte, tat er es nicht mit der Hand eines Liebhabers. Er untersuchte sie nur, um festzustellen, ob sie noch Jungfrau war.

Bei Sonnenuntergang gingen sie in den Wald, und er stellte drei Fallen auf. Dann entzündete er auf der Lichtung ein Feuer und blieb singend davor sitzen, während sie sich auf die Erde legte und schlief.

Als sie morgens aufwachte, kauerte er vor einem in einer der Fallen gefangenen Hasen und schnitt ihm den Bauch auf. Zwei Himmel war hungrig, doch er machte keine Anstalten, den Hasen zuzubereiten. Statt dessen tastete er in den Eingeweiden herum und untersuchte sie noch ausführlicher als am Abend zuvor den Körper des Mädchens. Schließlich brummte er zufrieden und sah sie argwöhnisch und zugleich staunend an.

Nachdem Weiße Wolke und Schwarzer Falke von dem Massaker am Bad Axe erfahren hatten, waren sie mutlos geworden. Sie wollten nicht, daß unter ihrer Führung noch mehr Sauks starben, und stellten sich deshalb freiwillig dem Indianerbevollmächtigten in Prairie du Chien. In Fort Crawford wurden sie einem jungen Army Lieutenant namens Jefferson Davis übergeben, der die beiden Gefangenen den Mississippi hinab nach St. Louis brachte. Den ganzen Winter über waren sie in eine Baracke eingesperrt, wo sie die Demütigung von Kette und Eisenkugel über sich ergehen lassen mußten. Im Frühjahr wollte der Große Vater in Washington seinen Bleichgesichtern zeigen, wie vollständig ihre Armee den Stamm besiegt hatte, und er befahl deshalb, die beiden Gefangenen in verschiedene amerikanische Städte zu bringen. Zum erstenmal sahen sie Eisenbahnen, und sie fuhren dann mit nach Washington, New York, Albany und Detroit. Und überall liefen die Massen zusammen wie Büffelherden, um diese Kuriositäten anzustarren: die geschlagenen »Indianerhäuptlinge«.

Weiße Wolke sah riesige Siedlungen, großartige Gebäude und

furchteinflößende Maschinen, dazu unzählige Amerikaner. Als man ihm dann erlaubte, nach Prophetstown zurückzukehren, mußte er sich die bittere Wahrheit eingestehen: Die *mookamonik* ließen sich nie mehr vom Land der Sauks vertreiben. Die Indianer würden immer weiter zurückgedrängt werden, weg vom guten Farmland und von den reichen Jagdgründen. Seine Kinder, die Sauks, die Mesquakies und die Winnebagos, mußten sich an eine grausame Welt gewöhnen, die vom weißen Mann dominiert wurde. Das Problem war nun nicht mehr, wie man die Weißen am besten davonjagte. Der Schamane dachte vielmehr über die Frage nach, wie sein Volk sich, um zu überleben, verändern könnte, ohne seine Manitus und seine Medizin aufzugeben. Er war alt und würde bald sterben, und so hatte er begonnen, sich nach jemandem umzusehen, an den er das weitergeben könnte, was er war, nach einem Gefäß, in das er die Seele der Algonquin-Stämme gießen konnte. Doch er fand niemanden – bis dieses Mädchen kam.

All das erklärte er Zwei Himmel, während sie an dem geheiligten Ort auf dem Hügel saßen und er die günstigen Vorzeichen im Kadaver des Hasen studierte, der allmählich zu stinken begann. Danach fragte er sie, ob sie es auf sich nehmen werde, daß er eine Medizinfrau aus ihr machte.

Zwei Himmel war noch ein Kind, doch sie wußte schon genug, um es mit der Angst zu bekommen. Es gab so viel, das sie nicht verstehen konnte, doch sie begriff, was wichtig war.

»Ich will es versuchen«, sagte sie flüsternd zu dem Propheten.

Weiße Wolke schickte Mond, Gelber Vogel und Rauchfrau zu Keokuks Sauks, aber Zwei Himmel blieb in Prophetstown und lebte in seiner Hütte wie eine Lieblingstochter. Er zeigte ihr Blätter und Wurzeln und Rinden und erklärte ihr, welche davon die Seele aus dem Körper lösten und ihr gestatteten, mit den Manitus zu reden, welche man zum Lederfärben verwendete und welche zur Kriegsbemalung taugten, welche getrocknet und welche eingeweicht werden sollten, welche man aufkochen mußte und welche als Breiumschlag verwendet wurden, welche in Aufwärts- und welche in Abwärtsrichtung gestrichen werden mußten, welche die Verdauung anregten und welche sie hemmten, welche fiebersenkend und welche schmerzstillend wirkten, welche heilen und welche töten konnten.

Zwei Himmel hörte ihm aufmerksam zu. Als der Prophet sie nach vier Jahreszeiten prüfte, war er zufrieden. Er habe sie jetzt durch das erste Zelt der Weisheit geführt, sagte er.

Bevor sie das zweite Zelt der Weisheit durchschritten hatte, erging es ihr zum erstenmal nach Art der Frauen. Eine der Nichten von Weißer Wolke zeigte ihr, was sie tun mußte, und von da an verbrachte sie jeden Monat die Tage, an denen ihre Vagina blutete, im Frauenhaus. Der Prophet erklärte ihr, daß sie keine Zeremonie durchführen und keine Kranken oder Verletzten behandeln dürfe, bevor sie sich nicht nach ihrer Monatsblutung im Schwitzhaus gereinigt habe.

In den folgenden vier Jahren lernte sie, die Manitus mit Trommeln und Gesängen herbeizurufen, Hunde auf verschiedene zeremonielle Arten zu schlachten und sie für ein rituelles Mahl zuzubereiten, sowie mit Sängern und nur summenden Musikern die geheiligten Tänze einzustudieren. Sie lernte, die Zukunft in den Organen eines getöteten Tieres zu lesen. Und sie lernte die Macht der Täuschung. Wie man die Krankheit aus einem Körper heraussaugte und sie als kleinen Stein ausspuckte, damit das Opfer sie berühren konnte und sehen, daß sie gebannt war. Sie lernte auch, wie man die Seele eines Sterbenden mit Gesängen in die nächste Welt führte, wenn man die Manitus nicht dazu bringen konnte, ihn überleben zu lassen.

Es gab insgesamt sieben Zelte der Weisheit. Im fünften brachte der Prophet ihr bei, ihren eigenen Körper zu beeinflussen, damit sie verstehen lernte, wie die Körper anderer zu beeinflussen waren. Sie lernte, den Durst zu überwinden und lange Zeit ohne Essen auszukommen. Oft ritt Weiße Wolke mit ihr eine lange Strecke und kehrte dann alleine mit zwei Pferden nach Prophetstown zurück, sie aber mußte den ganzen Weg zu Fuß zurücklegen. Schritt für Schritt brachte er ihr bei, wie sie den Schmerz überwinden konnte, indem sie ihr Bewußtsein an einen weit entfernten, kleinen Ort tief in ihrem Inneren schickte, an dem der Schmerz es nicht mehr erreichen konnte.

Gegen Ende dieses Sommers führte er sie wieder zu der geheiligten Lichtung auf dem Hügel. Sie entzündeten ein Feuer, riefen die Manitus mit Gesängen an und stellten wieder Fallen auf. Sie fingen einen dürren braunen Hasen, und als sie ihm den Bauch aufschlitzten und in den Organen lasen, erkannte Zwei Himmel, daß die Zeichen günstig waren.

Als die Dämmerung hereinbrach, befahl ihr Weiße Wolke, das Kleid und die Schuhe auszuziehen. Mit seinem britischen Messer durchschnitt er ihr beide Schultern, bis sich auf jeder Seite ein Fleischriemen abheben ließ, der den Epauletten weißer Offiziere glich. Er zog ein Seil durch diese blutigen Schlitze, warf dann das Seil über einen Ast und zog sie daran hoch, bis sie knapp über dem Erdboden hing, gehalten nur von ihrem blutenden Fleisch.

Mit dünnen Eichenstäben, deren Spitzen er im Feuer hatte glühend werden lassen, brannte er ihr die Zeichen der Geister des Stammes und die Symbole der Manitus in beide Brüste.

Die halbe Nacht lang versuchte Zwei Himmel, sich zu befreien. Sie zappelte und warf sich herum, bis schließlich der Fleischriemen an ihrer linken Schulter riß. Bald darauf gab auch der Schlitz an der rechten Schulter nach, und sie fiel zu Boden. Da ihr Bewußtsein an dem kleinen, weit entfernten Ort weilte, wo es den Schmerz nicht spürte, war es möglich, daß sie einschlief. Im schwachen Licht des dämmernden Morgens wachte sie auf und hörte das Schnüffeln eines Bären, der auf der gegenüberliegenden Seite auf die Lichtung kam. Das Tier witterte sie nicht, da es sich in Windrichtung bewegte, und es trottete so gemütlich dahin, daß Zwei Himmel seine schneeweiße Schnauze erkennen konnte und auch, daß es ein Weibchen war. Ein zweiter Bär folgte, ein schwarzes, junges Männchen, das sich zur Paarung anschickte, obwohl das Weibchen warnend knurrte. Zwei Himmel sah deutlich seinen riesigen, steifen *coska* in einem Busch starrer, grauer Haare, als er hinter dem Weibchen hersprang und versuchte, es zu besiegen. Das Weibchen wirbelte fauchend herum und schnappte nach ihm, und das Männchen floh. Einen Augenblick lang setzte das Weibchen ihm nach, doch dann entdeckte es den toten Hasen, nahm ihn in die Schnauze und machte sich davon.

Unter großen Schmerzen stand Zwei Himmel schließlich auf. Der Prophet hatte ihre Kleider mitgenommen. Auf der festgetretenen Erde der Lichtung konnte sie keine Bärenspuren erkennen, doch in der feinen Asche des erloschenen Feuers sah sie deutlich eine einzelne Fuchsspur. War in der Nacht ein Fuchs vorbeigekommen und hatte den Hasen mitgenommen? Hatte sie die Bären vielleicht nur geträumt, oder waren es Manitus gewesen?

Den ganzen Tag lang wanderte sie. Einmal hörte sie Pferde näher kommen, und sie versteckte sich im Unterholz, bis zwei junge Sioux vorbeigeritten waren. Es war noch hell, als sie, von Geistern begleitet, den nackten Körper mit Staub und Blut bedeckt, Prophetstown betrat. Drei Männer unterbrachen ihr Gespräch, als sie vorbeiging, und eine Frau hielt beim Maismahlen inne. Zum erstenmal entdeckte sie Furcht in den Gesichtern, die sie ansahen.

Der Prophet selbst wusch sie. Während er ihre zerschundenen Schultern und die Verbrennungen behandelte, fragte er sie, ob sie geträumt habe. Als sie ihm von den Bären erzählte, strahlten seine Augen. »Das stärkste Zeichen!« murmelte er. Es bedeute, erklärte er ihr, daß die Manitus immer bei ihr sein würden, solange sie nicht mit einem Mann das Lager teile.

Während sie noch darüber nachdachte, eröffnete er ihr, daß sie nun nicht mehr Zwei Himmel noch Sarah zwei sei. In dieser Nacht in Prophetstown war sie Makwa-ikwa, die Bärenfrau, geworden.

Wieder hatte der Große Vater in Washington die Sauks angelogen. Die Armee hatte Keokuks Sippe versprochen, sie könnten für alle Zeiten auf dem Land der Iowas am Westufer des Masesibowi leben, aber schon bald drangen auch hier weiße Siedler ein. Gegenüber Rock Island wurde eine weitere weiße Stadt gegründet. Sie erhielt den Namen Davenport, zum Andenken an jenen Händler, der den Sauks geraten hatte, Sauk-e-nuk und die Gebeine ihrer Vorfahren zu verlassen, und der dann ihr Land von der Regierung gekauft hatte, um sich selbst zu bereichern. Jetzt behauptete die Armee, Keokuks Sippe schulde der Regierung eine große Menge amerikanischen Geldes, und sie müsse deshalb das neue Land im Iowa-Territorium verkaufen und in ein Reservat ziehen, das die Vereinigten Staaten tief im Südwesten, im Territorium der Kansas, eingerichtet hatten.

Der Prophet schärfte Bärenfrau ein, solange sie lebe, nie dem Wort eines Weißen zu trauen.

In diesem Jahr wurde Gelber Vogel von einer Schlange gebissen. Ihr Körper schwoll an und füllte sich mit Wasser, und schließlich starb sie. Mond hatte einen Ehemann gefunden, einen Sauk mit dem Namen Der singend einhergeht, und sie hatte ihm bereits Kinder geboren. Rauchfrau heiratete nicht. Sie schlief mit so vielen Männern und war dabei so glücklich, daß die Leute lächelten, wenn sie ihren Namen nannten. Manchmal überkam auch Makwa-ikwa die fleischliche Lust, doch sie lernte, dieses Verlangen zu beherrschen wie den Schmerz. Sie bedauerte nur, daß sie keine Kinder hatte. Manchmal dachte sie daran, wie sie sich während des Massakers am Bad Axe mit Der Land besitzt versteckt hatte und wie sich das Saugen ihres kleinen Bruders an ihrer Brustwarze angefühlt hatte. Doch sie fand sich mit ihrem Los ab, sie lebte in zu engem Kontakt mit den Manitus, um deren Entscheidung, daß sie nie Mutter sein dürfe, in Frage zu stellen.

Die letzten beiden Zelte der Weisheit waren der Schwarzen Magie vorbehalten. Makwa-ikwa lernte, wie man mit einem Zauberspruch Gesunde krank machen und Schicksalsschläge heraufbeschwören und lenken konnte. Sie lernte die kleinen Kobolde der Hinterlist, die sogenannten *watawinonas*, kennen, dazu Geister, Hexen und Panguk, den Dämon des Todes. Diesen Geistern durfte man sich erst in den letzten Zelten nähern, denn eine Medizinfrau mußte sich vollständig selbst in der Gewalt haben, bevor sie sie anrief, um nicht in Versuchung zu kommen, beim bösen Treiben der *watawinonas* mitzumachen. Die Schwarze Magie war die höchste Stufe der Verantwortung. Die *watawinonas* raubten Makwa-ikwa ihr Lächeln. Sie wurde blaß. Ihr Fleisch schmolz, bis ihre Knochen grob wirkten, und manchmal blieb ihre Monatsblutung aus. Sie sah, daß die *watawinonas* auch das Leben aus Weiße Wolkes Körper saugten, denn er wurde immer schwächer und kleiner; doch er versprach ihr, er werde noch nicht sterben.

TOCHTER
DER MIDE'WIWIN

Nachdem zwei weitere Jahre verstrichen waren, führte der Prophet sie durch das letzte Zelt. In früheren Tagen hätte man dazu alle weitverstreuten Sauk-Clans zusammengerufen, hätte Rennen und Spiele veranstaltet, *kalumet* geraucht und ein Geheimtreffen der Mide'wiwin, des Rates der Medizinmänner der Algonquin-Stämme, einberufen. Doch diese Zeit war vorüber. Der rote Mann wurde verfolgt und geknechtet. Der Prophet konnte deshalb nur drei alte Männer aufbieten, die als Richter fungieren sollten: Verlorenes Messer von den Mesquakies, Unfruchtbares Pferd von den Ojiba und Kleine große Schlange von den Menomini. Die Frauen von Prophetstown nähten Makwa-ikwa ein Kleid aus weißem Hirschkuhleder, und sie trug ihre *izze*-Riemen und ihre Arm- und Halsbänder, die klirrten, wenn sie sich bewegte. Sie tötete zwei Hunde mit dem Würgestab und überwachte die Reinigung und Zubereitung des Fleisches. Nach dem Festmahl saßen sie und die alten Männer die ganze Nacht lang um das Feuer.

Der Rat befragte sie, und sie antwortete ehrerbietig, aber freimütig – als Gleichberechtigte. Sie sang und spielte auf ihrer Wassertrommel, um die Manitus anzurufen und die Geister zu besänftigen. Die alten Männer enthüllten ihr die Mysterien der Mide'wiwin, bewahrten jedoch ihre ganz persönlichen Geheimnisse, wie sie von nun an das ihre bewahren würde. Als der Morgen dämmerte, war sie eine Schamanin geworden.

In früheren Zeiten hätte sie das zu einer mächtigen Frau gemacht. Doch dem Gebot der Stunde gehorchend, half Weiße Wolke ihr, die Kräuter zu sammeln, die dort, wo sie hingehen würde, nicht wuchsen. Zusammen mit ihren Trommeln und dem Medizinbeutel packten sie die Kräuter auf ein geschecktes Maultier, das der Prophet ihr schenkte. Sie verabschiedete sich zum letztenmal von dem alten Mann und ritt auf seinem zweiten Geschenk, einem grauen Pony, zum entfernten Territorium der Kansas, wo die Sauks jetzt lebten.

Das Land, auf dem das Reservat sich befand, war noch flacher als die Ebenen von Illinois. Und trocken. Es gab gerade genug Trinkwasser, doch es mußte über eine weite Strecke herbeigeschafft werden.

Diesmal hatten die Weißen den Sauks Land gegeben, das eigentlich so fruchtbar war, daß sie alles mögliche darauf anbauen konnten. Was sie aussäten, sproß im Frühjahr auch kräftig, doch schon in den ersten Tagen den Sommers vertrocknete alles und starb ab. Der Wind wirbelte Staub hoch, durch den die Sonne wie ein rundes, rotes Auge brannte. Also aßen sie die Nahrung des weißen Mannes, die die Soldaten ihnen brachten: verdorbenes Rindfleisch, stinkendes Schweinefett, altes Gemüse. Krumen vom Festmahl der Bleichgesichter.

Es gab auch keine *hedonoso-te*. Die Sauks lebten in Hütten aus frisch geschlagenem Holz, das sich verzog und schrumpfte, so daß im Winter der Schnee durch die Ritzen hereindrang. Zweimal im Jahr kam ein nervöser, kleiner Indianerbevollmächtigter mit einigen Soldaten und lud einen Haufen Waren inmitten der Prärie ab: billige Spiegel, Glasperlen, kaputte Pferdegeschirre aus rissigem Leder mit Glöckchen daran, alte Kleidung, madenzerfressenes Fleisch. Anfangs stürzten sich alle Sauks auf den Stapel, doch dann fragte jemand den Indianerbevollmächtigten, warum er diese Sachen bringe, und er antwortete lakonisch, sie seien die Bezahlung für das Sauk-Land, das die Regierung konfisziert hatte. Danach nahmen nur noch die Ärmsten und die von allen Verachteten etwas. Alle sechs Monate wurde der Stapel größer, doch nur um in Wind und Wetter zu verrotten.

Von Makwa-ikwa hatten sie bereits gehört. Als sie ankam, empfingen sie sie mit Respekt, aber sie waren kein richtiger Stamm, der noch eine Schamanin brauchte. Die Mutigsten hatten sich Schwarzer Falke angeschlossen und waren von den Weißen getötet worden, oder sie waren verhungert oder im Masesibowi ertrunken oder den Sioux in die Hände gefallen. Doch es gab immer noch welche im Reservat, die die tapferen Herzen der Sauks früherer Zeiten besaßen. Ihren Mut mußten sie in den Kämpfen mit den in der Region heimischen Stämmen ständig auf die Probe stellen, denn der Wildbestand wurde immer dünner.

Die Comanchen, die Kiowas, die Cheyenne und die Osages ärgerten sich über die Jagdkonkurrenz der Stämme aus dem Osten, die die Weißen hierher verfrachtet hatten. Die Weißen aber machten es den Sauks sehr schwer, sich zu verteidigen, denn sie versorgten sie mit Unmengen schlechten Whiskeys und nahmen ihnen dafür fast alle Felle ab, die ihre Fallen einbrachten. Immer mehr Sauks verbrachten ihre Tage im Alkoholrausch.

Makwa-ikwa lebte über ein Jahr im Reservat. In diesem Frühjahr wanderte eine kleine Büffelherde über die Prärie. Monds Gatte, Der singend einhergeht, ritt mit anderen Jägern hinaus und erlegte einige Tiere. Makwa-ikwa rief einen Büffeltanz aus und unterwies die Summer und Sänger. Die Leute tanzten wieder auf die alte Art, und in den Augen so mancher entdeckte sie ein Leuchten, das sie schon lange nicht mehr gesehen hatte, ein Leuchten, das sie mit Freude erfüllte.

Andere spürten es ebenfalls. Nach dem Büffeltanz kam Der singend einhergeht zu ihr und sagte, daß einige Sauks das Reservat verlassen und leben wollten, wie ihre Väter gelebt hatten. Sie ließen fragen, ob ihre Schamanin mit ihnen gehen wolle.

Sie fragte Der singend einhergeht, wohin sie gingen.

»Heim«, sagte er.

So verließen die Jüngsten und Stärksten das Reservat, und sie ging mit ihnen. Im Herbst hatten sie das Land erreicht, das ihren Herzen Freude und gleichzeitig Kummer bereitete. Es war schwer, dem weißen Mann aus dem Weg zu gehen, obwohl sie um jede Siedlung einen großen Bogen machten. Die Jagd brachte wenig ein, und der Winter traf sie unvorbereitet. Weiße Wolke hatte in diesem Sommer das Zeitliche gesegnet, und Prophetstown war verlassen. An Weiße konnte Makwa-ikwa sich nicht um Hilfe wenden, denn sie wußte noch zu gut, was der Prophet ihr eingeschärft hatte: Nie dürfe sie einem Weißen trauen.

Doch dann hatte sie gebetet, und die Manitus hatten ihr Hilfe in der Gestalt eines weißen Arztes, der Cole hieß, geschickt, und trotz der Warnung des Propheten hatte sie den Eindruck gewonnen, er sei ihres Vertrauens würdig.

Als er deshalb in das Lager der Sauks geritten kam und ihr sagte, daß er jetzt ihre Hilfe brauche, um seine Medizin zu praktizieren, war sie ohne Zögern bereit, mit ihm zu gehen.

STEINE

Rob J. versuchte, Makwa-ikwa zu erklären, was ein Blasenstein ist, aber er wußte nicht, ob sie glaubte, daß Sarah Bledsoes Krankheit wirklich von einem Blasenstein herrührte. Makwa-ikwa fragte ihn, ob er die Steine heraussaugen werde, und während der Unterhaltung wurde ihm klar, daß sie einen Taschenspielertrick von ihm erwartete, mit dem er die Patientin glauben machen wollte, er habe sie von der Ursache ihres Leidens erlöst. Er erklärte ihr wiederholt, daß die Steine wirklich in der Blase der Patientin vorhanden seien und ihr Schmerzen bereiteten und daß er mit einem Instrument in Sarahs Körper eindringen und die Steine entfernen werde.

Ihre Verwirrung wurde nicht geringer, als sie zu seiner Hütte kamen und er anfing, den Tisch, den Alden ihm gezimmert hatte und der ihm jetzt als Operationstisch dienen sollte, mit Kernseife und Wasser abzuschrubben. Dann holten sie Sarah Bledsoe gemeinsam im Buckboard ab. Der kleine Junge, Alex, war bei Alma Schroeder, und seine Mutter wartete mit großen Augen im ausgezehrten, bleichen Gesicht auf den Arzt. Während der Rückfahrt schwieg Makwa-ikwa, und Sarah Bledsoe hatte es vor Angst die Sprache verschlagen. Rob J. versuchte, die Situation mit Geplauder zu entspannen, doch mit wenig Erfolg.

Vor seiner Hütte angekommen, sprang Makwa-ikwa behende vom Wagen. Sie half der weißen Frau mit einer Behutsamkeit, die ihn überraschte, vom Sitz herunter und redete zum erstenmal. »Früher hieß ich auch einmal Sarah.«

Sarah war an Alkohol nicht gewöhnt. Sie hustete, als sie versuchte, die drei Finger hoch Whiskey zu schlucken, die er ihr gab, und den zusätzlichen Schluck, den er in die Tasse goß, hätte sie beinahe wieder hochgewürgt. Er wollte, daß sie benommen und schmerzunempfindlich war, aber noch fähig zur Mitarbeit. Während sie warteten, bis der Whiskey seine Wirkung zeigte, stellte er um den Tisch herum Kerzen auf und zündete sie trotz der sommerlichen Hitze an, denn das Tageslicht in der Hütte war nur schwach. Als sie Sarah auszogen, sah er, daß ihr Körper rot geschrubbt war. Ihre Hinterbacken waren klein wie die eines Kindes und die bläulichen Schenkel so dünn, daß sie beinahe konkav wirkten. Sie verzog das Gesicht, als er einen Katheter einführte und ihre Blase mit Wasser füllte. Er zeigte Makwa-ikwa, wie sie Sarahs Knie halten mußte, und fettete dann den Lithotripter mit sauberem Schmalz ein, wobei er darauf achtete, nichts auf die kleine Zange zu bekommen, mit der er die Steine würde packen müssen. Die Frau keuchte auf, als er das Instrument in ihre Harnröhre einführte.

»Ich weiß, daß es weh tut, Sarah. Das Einführen ist sehr schmerzhaft, aber… So… Jetzt wird's gleich besser.«

Sie war an starke Schmerzen gewöhnt, und ihr Stöhnen wurde schwächer, aber er war trotzdem besorgt. Es war einige Jahre her, seit er das letztemal nach Steinen getastet hatte, und damals war es unter den aufmerksamen Augen eines Mannes geschehen, der zweifellos zu den besten Chirurgen der Welt gehörte. Am Tag zuvor hatte er stundenlang mit dem Lithotripter geübt, hatte Rosinen und Nüsse in eine Schüssel mit Wasser gelegt und versucht, sie mit der Zange zu packen und die Schalen der Nüsse zu knacken. Aber das war natürlich etwas ganz anderes, als in der verletzlichen Blase eines lebenden Wesens herumzustochern, denn er wußte, wenn er nur einmal unvorsichtig zustieß oder statt eines Steins ein Gewebefältchen zwischen die Backen seiner Zange bekam, würde ein Riß entstehen, der eine schreckliche Infektion und einen qualvollen Tod verursachen könnte.

Da ihm seine Augen nichts nützten, schloß er sie und bewegte den Lithotripter langsam und vorsichtig. Sein ganzes Wesen verschmolz mit dem Nerv, der das Instrument führte. Die Spitze stieß auf etwas. Er öffnete die Augen und betrachtete Bauch und Unterleib der Frau, als könnte er durch das Fleisch sehen.

Makwa-ikwa beobachtete seine Hände und sein Gesicht und ließ sich nicht das geringste entgehen. Er verscheuchte eine Fliege und konzentrierte sich dann nur noch auf seine Aufgabe, die Patientin vor sich und den Lithotripter in seiner Hand. Der Stein… Mein Gott! Er spürte sofort, wie groß er war. Etwa so groß wie sein Daumennagel, schätzte er, während er den Lithotripter mit äußerster Vorsicht handhabe.

Um festzustellen, ob der Stein sich bewegen ließ, umschloß er ihn fest mit den Backen der Zange, doch als er nur ganz sanft an dem Instrument zog, öffnete die Frau auf dem Tisch den Mund und schrie auf.

»Ich habe den größten Stein«, sagte er ruhig. »Aber er ist zu groß, um ihn in einem Stück herauszubekommen, ich versuche, ihn deshalb zu zerbrechen.« Noch während er sprach, bewegten sich seine Finger zu der Schraubenmutter am Ende des Instruments. Es war, als würde jede Umdrehung der Schraube auch die Spannung in ihm erhöhen, denn er wußte, wenn der Stein nicht zerbrach, stand es schlecht um die Frau. Doch er hatte Glück, und nach einigen weiteren Umdrehungen war ein dumpfes Knirschen zu hören, ein Geräusch, als zertrete jemand eine Tonscherbe unter dem Stiefelabsatz.

Der Stein zerbrach in drei Teile. Obwohl er sehr behutsam vorging, tat er Sarah Bledsoe weh, als er den ersten entfernte. Makwa-ikwa benetzte ein Tuch und wischte der Patientin den Schweiß vom Gesicht. Rob J. griff nach Sarahs geballter Faust, öffnete die Finger und legte ihr das Bruchstück des Steins in die weiße Hand. Es war ein häßliches Ding, braun und schwarz. Das eine Fragment war glatt und eiförmig, doch die beiden anderen war unregelmäßig geformt, mit nadelfeinen Spitzen und scharfen Kanten. Als Sarah schließlich alle drei Stücke in der Hand hielt, führte er wieder einen Katheter ein und spülte die Blase. Sie schied eine große Menge Kristalle aus, die sich beim Brechen vom Stein gelöst hatten.

Sarah Beldsoe war erschöpft. »Das reicht jetzt«, sagte er. »Sie haben noch einen Stein in der Blase, aber der ist nur klein und dürfte leicht zu entfernen sein. Den holen wir ein andermal.«

Innerhalb einer Stunde begann sie, vor Fieber zu glühen, was die Folge fast jedes chirurgischen Eingriffs ist. Sie flößten ihr Flüssigkeit ein, unter anderem auch Makwa-ikwas sehr wirkungsvollen Weidenrindentee. Am nächsten Morgen war Sarah immer noch leicht fiebrig, doch so kräftig, daß sie sie nach Hause bringen konnten. Rob J. wußte, wie wund und entzündet sie war, doch sie ließ die holprige Fahrt klaglos über sich ergehen. Das Fieber war noch nicht ganz aus ihren Augen verschwunden, es war aber auch ein neues Leuchten in ihnen, das er als Hoffnung erkannte.

Ein paar Tage später lud Nick Holden ihn aufs neue zur Geißenjagd ein, doch Rob J. nahm nur widerwillig an. Diesmal fuhren sie mit einem Schiff flußaufwärts nach Dexter, wo in einer Taverne die LaSalle-Schwestern auf sie warteten. Nick nahm sich die jüngere, attraktivere Polly, und Rob J. mußte sich mit Lydia begnügen, einer ältlichen Frau mit verbittertem Blick und einer Oberlippe, auf der auch eine dicke Schicht Reispuder den dunklen Schnurrbart nicht verbergen konnte. Lydia zeigte deutlich ihre Verärgerung, als Rob J. auf Kernseife, Wasser und dem Gebrauch von *Old Horny* bestand, aber sie erledigte ihren Teil der Transaktion mit professioneller Schnelligkeit. In dieser Nacht lag er neben ihr in einem Zimmer, in dem noch schwach die Dünste früherer bezahlter Leidenschaften hingen, und fragte sich, was er hier eigentlich tat. Aus dem angrenzenden Zimmer kamen wütende Stimmen, das heisere Schreien einer Frau und häßliche, aber unverkennbare Schlaggeräusche.

»Mein Gott!« Rob J. hämmerte gegen die dünne Wand. »Nick! Ist alles in Ordnung?«

»Alles bestens. Verdammt, Cole. Jetzt schlafen Sie doch endlich! Oder tun Sie, was Sie wollen. Haben Sie verstanden?« rief Holden zurück, und seine Stimme war belegt vom Whiskey und vor Verärgerung.

Beim Frühstück am nächsten Morgen hatte Polly eine rote Schwellung auf der linken Gesichtshälfte. Nick mußte ihr die Schläge gut bezahlt haben, denn ihre Stimme klang beim Abschied trotzdem freundlich.

Auf der Rückfahrt ließ sich eine Erwähnung des Vorfalls nicht vermeiden. Nick legte Rob J. die Hand auf den Arm. »Manchmal wollen's die Frauen ein bißchen brutal – das wissen Sie doch, oder? Die lechzen richtig danach, das bringt sie erst in Schwung.«

Rob betrachtete ihn schweigend, und er wußte plötzlich, daß das seine letzte Geißenjagd gewesen war. Einen Augenblick später nahm Nick die Hand von Robs Arm und begann, ihm von der bevorstehenden Wahl zu erzählen. Er hatte beschlossen, sich um ein Staatsamt zu bewerben, und wollte sich zum Vertreter ihres Distrikts in der Legislative wählen lassen. Es wäre sehr hilfreich, sagte er allen Ernstes, wenn Doc Cole bei seinen Hausbesuchen die Leute auffordere, seinen guten Freund zu wählen.

EINE VERÄNDERUNG

Zwei Wochen nach der Entfernung des großen Steins wollte Rob J. Sarah Bledsoe von dem kleineren Stein in ihrer Blase befreien, doch sie sträubte sich. In den ersten Tagen nach dem Eingriff hatte sie noch mehrmals mit dem Urin Kristalle ausgeschieden, manchmal unter Schmerzen. Doch seit die letzten Reste des zertrümmerten Steins ihre Blase verlassen hatten, war sie symptomfrei. Zum erstenmal seit dem Beginn ihrer Krankheit hatte sie keine lähmenden Schmerzen mehr, und ohne diese Krämpfe gewann sie auch die Kontrolle über ihren Körper zurück.

»Sie haben noch immer einen Stein in Ihrer Blase«, erinnerte er sie.

»Ich will ihn nicht entfernen lassen. Er tut nicht weh.« Sie sah ihn trotzig an, senkte dann aber den Blick. »Ich habe jetzt mehr Angst als beim erstenmal.«

Ihm fiel auf, daß sie bereits besser aussah. Ihrem Gesicht war zwar das lange Leiden noch immer anzusehen, doch sie hatte etwas mehr Fleisch auf die Wangen bekommen und wirkte nicht mehr so abgezehrt. »Der große Stein, den wir entfernt haben, war früher auch ein kleiner. Sie wachsen, Sarah«, sagte er sanft. Also stimmte sie zu. Wieder saß Makwa-ikwa bei ihr, während er den kleinen Stein, der nur etwa ein Viertel so groß war wie der andere, aus ihrer Blase entfernte. Sie hatte kaum Schmerzen, und danach überkam sie ein Gefühl des Triumphes.

Doch als diesmal nach der Operation das Fieber einsetzte, begann ihr Körper zu glühen. Er erkannte sehr früh die drohende Gefahr und verfluchte sich, weil er ihr den falschen Rat gegeben hatte. Noch vor Einbruch der Nacht bestätigte sich Sarahs angstvolle Vorahnung: Entgegen aller Wahrscheinlichkeit hatte der kleinere Eingriff zu einer massiven Infektion geführt. Vier Nächte und fünf Tage lang hielten er und Makwa-ikwa Wache an Sarahs Bett, während in ihrem Körper ein verzweifelter Kampf wütete. Wenn Rob ihre Hände in die seinen nahm, spürte er das Schwinden ihrer Lebenskraft. Manchmal schien Makwa-ikwa etwas anzustarren, das gar nicht da war. Sie sang dann in ihrer Sprache und erklärte Rob J., sie bitte Panguk, den Dämon des Todes, diese Frau zu verschonen. Viel mehr konnten sie nicht tun für Sarah, außer sie mit feuchten Tüchern zu waschen, ihr Flüssigkeit einzuflößen und ihre gesprungenen Lippen mit Fett einzureiben. Eine Zeitlang wurde sie immer schwächer, doch am fünften Morgen – war es Panguk oder ihr eigener Geist, oder vielleicht der Weidenrindentee? – begann sie zu schwitzen. Ihre Nachthemden waren schneller durchnäßt, als sie sie wechseln konnten. Nach einigen Stunden fiel sie in einen tiefen, erholsamen Schlaf, und als Rob J. am Nachmittag Sarahs Stirn berührte, fühlte sie sich beinahe so kühl an wie seine eigene.

Makwa-ikwas Gesichtsausdruck veränderte sich kaum, doch inzwischen kannte er sie, und er glaubte zu erkennen, daß sie sich über seinen Vorschlag freute, auch wenn sie ihn zunächst nicht ernst nahm.

»Mit dir arbeiten? Die ganze Zeit?«

Er nickte. Es schien ihm durchaus sinnvoll zu sein. Er hatte gesehen, daß sie wußte, wie ein Patient zu behandeln war, und sie hatte prompt getan, was er bei der Operation jeweils verlangte. Die Zusammenarbeit könne für beide von Vorteil sein, sagte er ihr. »Du kannst etwas von meiner Art der Medizin lernen, und mir kannst du so vieles beibringen über Pflanzen und Kräuter: wo sie helfen und wie man sie anwendet.«

Zum erstenmal sprachen sie im Buckboard darüber, nachdem sie Sarah heimgebracht hatten. Doch er drängte sie nicht. Er sagte nichts mehr und ließ sie darüber nachdenken.

Ein paar Tage später besuchte er das Sauk-Lager, und sie unterhielten sich bei einer Schüssel Haseneintopf noch einmal darüber. Am wenigsten gefiel ihr an seinem Angebot, daß er darauf bestand, sie müsse in der Nähe seiner Hütte leben, damit er sie in einem Notfall schnell erreichen könne.

»Ich muß bei meinen Leuten sein.«

Über den Sauk-Clan hatte er bereits nachgedacht. »Früher oder später beanspruchen die Weißen jedes Fleckchen Land, auf dem ihr euer Dorf oder euer Winterlager aufschlagen wollt. Es wird keinen Platz mehr für euch geben, außer in dem Reservat, aus dem ihr weggelaufen seid.« Sie müßten lernen, sagte er, in der veränderten Welt zu leben. »Ich brauche Hilfe auf meiner Farm, Alden Kimball schafft es nicht mehr alleine. Ein Paar wie Mond und Der singend einhergeht könnte ich gut gebrauchen. Ihr könntet euch auf meinem Grund Hütten bauen. Ich würde euch mit Dollars und Erzeugnissen der Farm bezahlen. Wenn es funktioniert, gibt es vielleicht auch auf anderen Farmen Arbeit für Sauks. Und wenn ihr genug Geld verdient und spart, könnt ihr euch vielleicht früher oder später Land kaufen, wie es bei den Weißen Brauch und Gesetz ist, und das kann euch dann niemand mehr wegnehmen.«

Sie sah ihn an.

»Ich weiß, es verletzt euch, daß ihr euer ureigenes Land zurückkaufen müßt. Die weißen Männer haben euch belogen und betrogen. Und viele von euch getötet. Aber auch rote Männer haben einander angelogen. Und sich bestohlen. Und die verschiedenen Stämme haben sich untereinander bekriegt und einander getötet, das hast du mir selber erzählt. Die Hautfarbe ist gleichgültig, alle möglichen Leute können Schweinehunde sein. Aber nicht jeder ist ein Schweinehund.«

Zwei Tage später kamen Makwa-ikwa, Mond und Der singend einhergeht nebst deren zwei Kindern auf sein Land geritten. Sie bauten sich ein *hedonoso-te* mit zwei Rauchabzügen, ein einziges Langhaus, das die Schamanin mit der Sauk-Familie teilen wollte und das groß genug war, um auch das dritte Kind zu beherbergen, das bereits in Monds Bauch wuchs. Sie errichteten es am Flußufer, etwa eine Viertelmeile flußabwärts von Rob J.s Hütte. Daneben bauten sie ein Schwitzhaus und ein Frauenhaus für die Zeiten der Menstruation.

Alden Kimball stolzierte tiefgekränkt umher. »Hier gibt's weiße Männer, die Arbeit suchen«, sagte er eisig zu Rob J. »Weiße

Männer. Sie haben wohl nie daran gedacht, daß ich vielleicht gar nicht mit diesen verdammten Indianern arbeiten will, hm?«

»Nein«, erwiderte Rob J., »das habe ich nicht. Ich habe mir gedacht, wenn Sie einen guten weißen Arbeiter gefunden hätten, wären Sie längst zu mir gekommen. Ich kenne diese Leute inzwischen gut, Sie taugen wirklich viel. Ich weiß, Alden, daß Sie ohne Schwierigkeiten bei mir kündigen können. Jeder, der Sie nicht einstellt, wäre ein Trottel. Ich will nicht, daß dergleichen passiert, weil ich keinen besseren Mann als Sie für diese Farm finde. Also hoffe ich, daß Sie bleiben.«

Alden starrte ihn verwirrt an. Das Lob schmeichelte ihm, aber die unmißverständliche Botschaft verletzte ihn auch. Schließlich drehte er sich um und begann, Zaunpfosten auf den Buckboard zu laden.

Die Sache wendete sich schließlich zum Guten, weil Der singend einhergeht mit seiner beeindruckenden Kraft und Größe und seinem freundlichen Wesen einen großartigen Knecht abgab. Mond hatte in der evangelischen Schule gelernt, für Weiße zu kochen. Für die beiden alleinstehenden Männer war es ein Leckerbissen, wenn sie heiße Waffeln oder Pasteten und regelmäßig schmackhaftes Essen vorgesetzt bekamen. Schon nach einer Woche war offensichtlich, daß die Sauks ein Teil der Farm werden würden, auch wenn Alden distanziert blieb und seine Niederlage nie zugeben wollte.

Eine kleine Rebellion erlebte Rob J. auch unter seinen Patienten. Nick Holden warnte ihn bei einer Tasse Cider: »Ein paar Siedler fangen an, Sie Injun Cole zu nennen – Indianer-Cole. Sie sagen, Sie seien ein Indianerfreund. Und daß Sie selber ein bißchen Sauk-Blut in den Adern hätten.«

Rob J. lächelte, denn die Vorstellung gefiel ihm. »Ich will Ihnen mal was sagen. Wenn sich jemand bei Ihnen über den Doktor beschwert, geben Sie ihm doch einen dieser Handzettel, die Sie so gerne austeilen. Einen, auf dem steht, wie glücklich der Ort ist, einen Arzt mit Doktor Coles Ausbildung und Erfahrung zu haben. Wenn einer von denen wieder mal krank ist oder sich verletzt, wird er kaum über meine angebliche Herkunft klagen. Oder über die Farbe der Hände meiner Assistentin.«

Als er das nächstemal zu Sarahs Hütte ritt, um sich von ihrer Genesung zu überzeugen, sah er, daß der Pfad zu ihrer Behausung eingefaßt, geebnet und gefegt war. Neu angelegte Beete mit Waldpflanzen schmückten die Vorderfront des kleinen Gebäudes. Im Inneren waren die Wände frisch getüncht, und es roch angenehm nach Seife und nach Lavendel, Minze, Salbei und Kerbel, die gebündelt von den Dachsparren hingen.

»Alma Schroeder hat mir die Kräuter geschenkt«, sagte Sarah. »Heuer ist es schon zu spät, um einen Garten anzulegen, aber nächstes Jahr will ich meinen eigenen haben.« Sie zeigte ihm das Gartenstückchen, das zum Teil schon von Unkraut und Strauchwerk befreit war.

Die Veränderung der Frau war noch erstaunlicher als die ihres Anwesens. Sie habe begonnen, täglich selber zu kochen, erzählte sie, um nicht mehr von den gelegentlichen heißen Mahlzeiten abhängig zu sein, die die großzügige Alma ihr brachte. Dank der regelmäßigen und besseren Ernährung war die bleiche Hagerkeit einer anmutigen Weiblichkeit gewichen. Sarah bückte sich, um ein paar grüne Zwiebeln zu ernten, die auf dem Gartenstückchen sprossen, und er betrachtete ihren rosigen Nacken. Bald würde man ihn nicht mehr sehen, denn ihr Haar wuchs nach wie ein gelber Pelz.

Einem kleinen blonden Tier gleich trippelte ihr Junge hinter ihr her. Auch er war sauber, und Rob J. bemerkte Sarahs Unmut, als sie versuchte, Erdflecken vom Knie des Sohnes wegzuwischen.

»Ein Junge macht sich eben immer schmutzig«, sagte er leichthin. Das Kind sah ihn mit wildem, angsterfülltem Blick an. Er hatte immer etwas Süßes in der Tasche, um sich leichter mit seinen kleinen Patienten anzufreunden, und so nahm er ein Bonbon heraus und wickelte es aus. Fast eine halbe Stunde lang mußte er dem kleinen Alex ruhig zureden, bis er nahe genug an ihn heran durfte, um ihm die Süßigkeit geben zu können. Als die kleine Hand schließlich nach dem Bonbon schnappte, hörte Rob J. Sarah erleichtert aufatmen. Er hob den Kopf und sah, daß sie sein Gesicht betrachtete. Sie hatte wunderbare Augen voller Leben.

»Ich habe eine Wildpastete gemacht. Wenn Sie mit uns essen wollen…«

Er wollte schon höflich ablehnen, doch zwei Gesichter starrten ihn an: der Junge verzückt an dem Bonbon lutschend, die Mutter ernst und erwartungsvoll. Die Gesichter schienen ihm Fragen zu stellen, die er nicht verstehen konnte. »Ich liebe Wildpastete«, sagte er.

SARAHS VEREHRER

Es war medizinisch durchaus vertretbar, daß Rob J. in der nächsten Woche mehrmals auf der Rückfahrt von Hausbesuchen bei Sarah Bledsoe vorbeischaute, denn es war immer nur ein sehr kleiner Umweg, und als ihr Arzt mußte er sich überzeugen, daß ihre Genesung gut verlief. Und in der Tat verlief sie prächtig. Über ihre Gesundheit gab es kaum etwas zu bemerken, er konnte höchstens feststellen, daß aus der Leichenblässe ihrer Haut eine rosa-pfirsichfarbene Tönung geworden war, die ihr sehr gut stand, und daß ihre Augen vor Vitalität und einer faszinierenden Intelligenz funkelten. An einem Nachmittag bot sie ihm Tee und Maisbrot an, in der folgenden Woche hielt er dreimal bei ihrer Hütte, und zweimal nahm er ihre Einladung an, zum Essen zu bleiben. Sie kochte noch besser als Mond, und er konnte nicht genug von ihren Gerichten bekommen, die, wie sie sagte, typisch für Virginia waren. Er wußte, daß ihre Vorräte dürftig waren, also brachte er immer wieder Kleinigkeiten mit, einen Sack Kartoffeln oder einen kleinen Schinken. Eines Morgens erhielt er von einem Farmer, der gerade knapp bei Kasse war, vier frisch geschossene Moorhühner als

Anzahlung, und mit diesen Vögeln am Sattel ritt er zur Bledsoe-Hütte.

Als er dort ankam, sah er Sarah und Alex auf der Erde sitzen. Neben ihnen grub ein schwitzender, hemdloser Mann mit kräftigen Muskeln und gebräunter Haut gerade den Garten um. Sarah stellte ihn als Samuel Merriam vor, einen Farmer aus Hooppole. Merriam war mit einem Karren voller Schweinsdung aus Hooppole gekommen, und die Hälfte davon hatte er bereits unter die Gartenerde gegraben. »Es gibt nichts Besseres für das Wachstum«, erklärte er Rob J. fröhlich.

Verglichen mit diesem fürstlichen Geschenk einer Wagenladung Scheiße, die noch dazu gleich verarbeitet wurde, waren Robs kleine Vögel nur ein dürftiges Mitbringsel, doch er händigte sie ihr trotzdem aus, und sie schien aufrichtig dankbar zu sein. Er lehnte höflich ab, als sie ihn einlud, doch mit ihr und Samuel Merriam zu Mittag zu essen, und besuchte statt dessen Alma Schroeder, die begeistert von seinen Erfolgen bei der Heilung Sarahs plapperte. »Und wie Sie sehen, hat sie auch schon einen Verehrer.« Merriams Frau war im vergangenen Herbst an Fieber gestorben, und er brauchte möglichst bald eine neue Frau, die sich um seine fünf Kinder kümmerte und ihm bei den Schweinen half. »Eine gute Partie für Sarah«, sagte sie. »Aber hier an der Grenze sind Frauen ja so rar, da hat sie alle Chancen.«

Auf dem Heimweg zog es Rob J. noch einmal zur Bledsoe-Hütte. Er ritt, bis er vor Sarah stand, blieb aber im Sattel sitzen und sah sie nur an. Sie lächelte ihn an, doch es war ein verwirrtes Lächeln, und er sah, daß Merriam seine Arbeit unterbrach und ihn forschend anstarrte. Rob öffnete den Mund, ohne eigentlich zu wissen, was er sagen wollte.

»Sie müssen möglichst viel Arbeit selbst verrichten«, kam schließlich über seine Lippen. »Die körperliche Anstrengung ist für Ihre vollständige Genesung notwendig.« Dann tippte er an seinen Hut und ritt übelgelaunt nach Hause.

Als er drei Tage später wieder vor der Hütte anhielt, war von dem Verehrer nichts zu sehen. Sarah mühte sich mit einem großen, alten Rhabarberstock ab, den sie aufteilen und neu einpflanzen wollte, und er löste das Problem, indem er den Stock mit der Axt zerhackte. Gemeinsam gruben sie Löcher in den Lehm, pflanzten die Setzlinge ein und bedeckten sie mit warmer Erde, eine Arbeit, die ihm Freude machte und eine Portion Welsragout und einen Krug kühles Quellwasser einbrachte.

Danach saßen sie am Flußufer und angelten, während Alex im Schatten eines Baumes schlief. Rob J. erzählte ihr von Schottland, und sie sagte ihm, daß sie gerne eine Kirche in der Nachbarschaft hätte, damit ihr Sohn im Glauben erzogen werden könne. »Ich denke jetzt sehr oft an Gott«, erzählte sie. »Als ich noch geglaubt habe, daß ich sterben muß und Alex dann alleine ist, habe ich gebetet. Und Er hat Sie geschickt.« Nicht ohne eine gewisse Verlegenheit gestand er ihr, daß er nicht an die Existenz Gottes glaube. »Ich glaube, Götter sind eine Erfindung des Menschen, und das war immer so«, sagte er. Er sah das Entsetzen in ihrem Blick und fürchtete schon, sie zu einem Leben der Frömmigkeit auf einer Schweinefarm ermuntert zu haben. Aber sie ging nicht weiter auf die Religion ein, sondern erzählte von ihrem früheren Leben in Virginia, wo ihre Eltern eine Farm besaßen. Ihre großen Augen waren so dunkelblau, daß sie beinahe violett wirkten. Es sprach zwar keine Sentimentalität aus ihrem Blick, doch er erkannte in ihm die Sehnsucht nach dieser einfacheren, wärmeren Zeit. »Pferde!« sagte sie. »Ich bin mit Pferden aufgewachsen.«

Das bot ihm die Gelegenheit, sie für den folgenden Tag zu einem Ausritt einzuladen, zu einem alten Mann, der an Schwindsucht starb, und sie versuchte gar nicht, ihre Begeisterung über das Angebot zu verbergen, und nahm an. Am nächsten Morgen holte er sie auf Margaret Holland und mit Monica Grenville am Zügel ab. Alex ließen sie bei Alma Schroeder, die vor Freude strahlte, als sie erfuhr, daß Sarah mit dem Doktor ausritt.

Es schien ein guter Tag für einen Ausritt. Zur Abwechslung war es einmal nicht zu heiß, und sie nahmen sich Zeit und ließen die Tiere im Schritt gehen. Sarah hatte Brot und Käse in ihre Satteltasche gepackt, und sie picknickten im Schatten einer

Immergrünen Eiche. Im Haus des lungenkranken Mannes blieb Sarah im Hintergrund, sie horchte nur auf das Rasseln seines Atems und sah zu, wie Rob J. die Hände des Patienten hielt. Er wartete, bis Wasser auf der Feuerstelle heiß geworden war, wusch dann die dürren Glieder und flößte dem Alten löffelweise einen Betäubungstrunk ein, damit der Schlaf die Wartezeit erleichterte. Sarah hörte, wie er dem mürrischen Sohn und der Schwiegertochter sagte, daß der alte Mann nur noch wenige Stunden zu leben habe. Als sie das Haus verließen, war Sarah bewegt und sprach wenig. Rob, der die Ungezwungenheit des Hinritts wiederherstellen wollte, schlug vor, die Pferde zu tauschen, da sie eine gute Reiterin sei und mit Margaret Holland bestimmt keine Probleme haben werde. Sie genoß den Ritt auf dem lebhafteren Pferd. »Heißen eigentlich die beiden Stuten nach Frauen, die Sie gekannt haben?« fragte sie, und er mußte zugeben, daß das so war.

Sie nickte nachdenklich.

Trotz seiner Bemühungen verlief der Rückweg recht schweigsam.

Bei seinem nächsten Besuch zwei Tage später war schon wieder ein neuer Mann in ihrer Hütte, ein spindeldürrer Hausierer namens Timothy Mead, der die Welt aus traurigen braunen Augen betrachtete und ehrerbietig mit dem Doktor sprach, als er ihm vorgestellt wurde. Mead schenkte Sarah vier Rollen verschiedenfarbiges Garn.

Rob J. holte einen Dorn aus Alex' nacktem Fuß, wobei ihm auffiel, daß der Sommer zu Ende ging, der Junge aber keine ordentlichen Schuhe hatte. Er nahm deshalb an dessen Füßen Maß, und bei seinem nächsten Abstecher nach Rock Island ging er zum Schuhmacher und bestellte ein Paar Kinderstiefel. Es war ihm ein großes Vergnügen, das für sie tun zu können. Als er die kleinen Stiefel zwei Wochen später ablieferte, sah er, daß das Geschenk Sarah verlegen machte. Sie war immer noch ein Rätsel für ihn, und er wußte nicht, ob sie dankbar war oder verärgert.

An dem Vormittag, nachdem Nick Holden in die Legislative gewählt worden war, kam er auf die Lichtung vor Rob J.s Hütte geritten. In zwei Tagen würde er nach Springfield reiten und Gesetze machen, die dem Gedeih von Holden's Crossing förderlich seien. Holden spuckte großspurig aus und brachte das Gespräch auf die inzwischen allgemein bekannte Tatsache, daß der Doktor mit der Witwe Bledsoe ausritt. »Da gibt es gewisse Dinge, die Sie wissen sollten, Doktor.»

Rob sah ihn an.

»Na, das Kind, ihr Sohn. Sie wissen doch, daß es ein Kind der Liebe ist. Es wurde fast zwei Jahre nach dem Tod ihres Gatten geboren.«

Rob stand auf. »Leben Sie wohl, Nick! Ich wünsche Ihnen eine gute Reise nach Springfield.«

Sein Ton war unmißverständlich, und Holden richtete sich auf. »Ich wollte doch nur sagen, daß ein Mann wie Sie es nicht nötig hat…« begann er, doch was er in Rob J.s Gesicht sah, ließ ihn den Rest des Satzes verschlucken. Einen Augenblick später verabschiedete er sich verlegen und ritt weg.

Rob J. sah eine verwirrende Mischung von Gefühlen in ihrem Gesicht: Freude, ihn zu sehen und in seiner Gesellschaft zu sein, Zärtlichkeit, wenn sie sie sich zugestand, manchmal aber auch etwas wie Entsetzen. Es kam der Abend, an dem er sie küßte. Zunächst war ihr Mund weich und willig, und sie schmiegte sich an ihn, doch plötzlich war alles anders, und sie wand sich aus seinen Armen. Zum Teufel, dachte er, sie mag mich nicht, und damit hat sich's. Aber er zwang sich, sie sanft zu fragen, was denn los sei.

»Wie kann ich dir denn gefallen? Hast du mich denn nicht elend gesehen, in einem abscheulichen Zustand? Du hast doch… meinen Unrat gerochen«, sagte sie mit hochrotem Gesicht.

»Sarah«, erwiderte er und sah ihr in die Augen, »als du krank warst, war ich dein Arzt. Doch inzwischen sehe ich dich als charmante Frau voll Intelligenz, mit der es mir große Freude macht, Gedanken auszutauschen und meine Träume zu teilen.

Ich möchte dich – in jeder Hinsicht. Ich kann an nichts anderes mehr denken als an dich. Ich liebe dich.«

Nur ihre Hände berührten sich, die ihren lagen in den seinen. Ihr Griff verstärkte sich, doch Sarah sagte nichts.

»Vielleicht kannst du lernen, mich zu lieben.«

»Lernen? Wie sollte ich dich denn nicht lieben?« fragte sie aufbrausend. »Dich, der du mir mein Leben zurückgegeben hast, als wärst du Gott.«

»Nein, verdammt noch mal! Ich bin ein ganz gewöhnlicher Mann. Und das muß ich auch sein, um…«

Jetzt küßten sie sich. Der Kuß dauerte und dauerte und war doch nicht genug. Sarah war es schließlich, die verhinderte, was leicht hätte geschehen können, indem sie ihn grob wegstieß, sich abwandte und ihre Kleider ordnete.

»Heirate mich, Sarah!«

Als sie nichts erwiderte, redete er weiter. »Du bist nicht dazu geschaffen, den ganzen Tag in einem Schweinestall zu stehen oder mit einem Hausiererbündel auf dem Rücken durch die Gegend zu stolpern.«

»Wozu bin ich denn dann geschaffen?« fragte sie mit leiser, verbitterter Stimme.

»Na, zur Frau eines Arztes. Das ist doch offensichtlich«, sagte er feierlich.

Sie mußte ihre Ernsthaftigkeit nicht vortäuschen. »Es gibt Leute, die werden nichts eiliger zu tun haben, als dir von Alex und seiner Abstammung zu erzählen. Also werde ich es dir lieber gleich selber sagen.«

»Ich will Alex' Vater sein. Ich mache mir Gedanken über sein Heute und sein Morgen; das Gestern brauche ich nicht zu wissen. Auch in meinem Gestern hat es Schreckliches gegeben. Heirate mich, Sarah!«

Ihre Augen füllten sich mit Tränen, doch es gab noch etwas, das sie ihm sagen mußte: »Es heißt, die Indianerfrau lebt mit dir. Du mußt sie wegschicken.«

»›Es heißt.‹ Und ›Es gibt Leute, die dir erzählen werden.‹ Jetzt will ich dir mal was erzählen, Sarah Bledsoe: Wenn du mich heiraten willst, mußt du lernen, dich einen Dreck um die Leute zu scheren.« Er holte tief Atem. »Makwa-ikwa ist eine gute, schwer arbeitende Frau. Sie lebt in ihrem eigenen Haus auf meinem Land. Sie wegzuschicken wäre Ungerechtigkeit ihr und mir gegenüber, und ich werde es nicht tun. Es wäre der schlechtestmögliche Anfang für unser beider gemeinsames Leben.« Er hielt inne. »Du mußt mir glauben, daß es keinen Grund zur Eifersucht gibt.« Er drückte ihre Hände und ließ sie nicht los. »Noch andere Bedingungen?«

»Ja«, erwiderte sie erregt. »Du mußt die Namen deiner Stuten ändern. Sie heißen nach Frauen, die du geritten hast, oder etwa nicht?«

Er lächelte, doch aus ihren Augen funkelte echter Zorn. »Nur die eine. Die andere war eine alternde Schönheit, die ich als kleiner Junge gekannt habe, eine Freundin meiner Mutter. Ich habe sie begehrt, aber für sie war ich nur ein Kind.«

Sie fragte nicht, welches Pferd nach welcher Frau benannt war.

»Es ist ein grausamer und gemeiner Männerwitz. Aber du bist kein grausamer und gemeiner Mann, und deshalb wirst du die Namen der Stuten ändern.«

»Dann gib du ihnen neue Namen!« sagte er ohne Zögern.

»Und du mußt versprechen, daß du nie ein Pferd nach mir benennst, gleichgültig, was in Zukunft zwischen uns passiert.«

»Ich schwöre es! Allerdings« – er konnte sich die Bemerkung nicht verkneifen – »habe ich vor, bei Samuel Merriam ein Schwein zu bestellen und es…«

Zum Glück hielt er ihre Hände, und er ließ sie auch nicht los, bis sie seinen Kuß aufrichtig erwiderte. Als ihre Lippen sich trennten, sah er, daß sie weinte.

»Was ist denn?« fragte er, und ihn beschlich die Vorahnung, daß es nicht einfach sein würde, mit dieser Frau verheiratet zu sein. Ihre nassen Augen strahlten. »Briefe mit der Postkutsche zu verschicken kostet zwar schrecklich viel Geld«, sagte sie. »Aber jetzt kann ich doch endlich meinem Bruder und meiner Schwester in Virginia etwas Erfreuliches berichten.«

DIE GROSSE
ERWECKUNG

Sich zur Heirat zu entschließen war einfacher als dann einen Geistlichen zu finden. Deshalb kümmerten sich die Paare im Grenzland meistens nicht groß um das förmliche Treuegelöbnis, doch Sarah weigerte sich, »verheiratet zu sein, ohne verheiratet zu sein.« Sie hatte die Fähigkeit, alles sehr unverblümt zu sagen: »Ich weiß, was es heißt, ein vaterloses Kind zu tragen und aufzuziehen, und es wird mir nie wieder passieren.«

Er verstand. Doch der Herbst war angebrochen, und er wußte, wenn erst einmal der Schnee die Prärie bedeckte, würde viele Monate lang kein Wanderprediger oder über Land reitender Priester durch Holden's Crossing kommen. Die Lösung ihres Problems tauchte eines Tages mit einem Flugzettel auf, der eine Erweckungswoche ankündigte und den Rob J. zufällig im Gemischtwarenladen las. »Sie nennen es die Große Erweckung von 1842. Die Woche wird in Belding Creek abgehalten. Dort müssen wir hin, Sarah, dort gibt's genügend Priester.«

Er bestand darauf, Alex mitzunehmen, und Sarah stimmte freudig zu. Sie nahmen den Buckboard. Es war eine eineinhalbtägige Reise auf einer passierbaren, wenn auch steinigen Straße, und in der ersten Nacht schliefen sie in der Scheune eines gastfreundlichen Farmers, in der sie ihre Decken im duftenden, frischen Heu ausbreiteten. Am nächsten Morgen verbrachte Rob J. eine halbe Stunde damit, als Gegenleistung für die Unterkunft die beiden Bullen des Farmers zu kastrieren und eine Wucherung aus der Flanke einer Kuh zu entfernen. Trotz dieser Verzögerung trafen sie vor Mittag in Belding Creek ein. Auch diese Siedlung war ziemlich neu, nur fünf Jahre älter als Holden's Crossing, aber schon viel größer. Als sie durch den Ort fuhren, bekam Sarah große Augen. Sie drückte sich an Rob J. und hielt Alex' Hand, denn an so viele Menschen war sie nicht gewöhnt. Die Große Erweckung von 1842 fand draußen in der Prärie in der Nähe eines schattigen Weidenwäldchens statt. Aus der ganzen Region hatte das Ereignis Leute angezogen, überall waren Zelte zum Schutz gegen die mittägliche Sonne und den Herbstwind aufgestellt. Sie sahen Wagen aller Arten und überall angebundene Pferde und Ochsen. Fliegende Händler versorgten die Menge, und die drei Reisenden aus Holden's Crossing fuhren an Feuern mit brutzelnden und schmorenden Köstlichkeiten vorbei, deren Duft ihnen den Mund wäßrig machte: Wildeintopf, Flußfischsuppe, Schweinebraten, Süßmais, geschmorter Hase. Als Rob J. das Pferd an einen Busch band – es war die frühere Margaret Holland und jetzige Vicky, die ihren Namen der Queen Victoria verdankte (»Die junge Queen hast du doch nie geritten, oder?« hatte Sarah gefragt) –, waren sie sehr hungrig, doch sie brauchten kein Geld für Essen auszugeben. Alma Schroeder hatte ihnen einen Proviantkorb mitgegeben, der für ein siebentägiges Hochzeitsmahl ausgereicht hätte, und sie labten sich an kaltem Hühnchen und Apfelküchlein.

Sie aßen schnell, denn die Aufregung hatte sie erfaßt, das bunte Treiben der Menge, ihr Geschrei und ihre Gespräche. Dann nahmen sie den kleinen Jungen in die Mitte und schlenderten durch den Versammlungsort. Es waren eigentlich zwei Erweckungstreffen in einem, denn es herrschte ein ununterbrochener religiöser Wettstreit zwischen Methodisten und Baptisten, deren Prediger miteinander konkurrierten. Eine Zeitlang hörten sie einem Baptisten auf einer Lichtung des Wäldchens zu. Sein Name war Charles Prentiss Willard, und er schrie und zeterte so, daß Sarah erschauerte. Er warnte sie, daß Gott namentlich in Seinem Buch festhalte, wer des ewigen Lebens und wer des ewigen Todes teilhaftig werde. Was einen Sünder zum ewigen Tod verurteile, sagte er, sei ein unmoralisches und unchristliches Verhalten, und er nannte Beispiele: Ehebruch, das Erschießen eines christlichen Bruders, Schlägereien und Fluchen, Whiskeytrinken und das Hervorbringen illegitimer Brut.

Rob J. sah düster drein, und Sarah war zittrig und blaß, als sie wieder auf die Prärie hinaustraten, um einem Methodisten zuzuhören, der Arthur Johnson hieß. Er war bei weitem kein so wortgewaltiger Redner wie Mr. Willard, aber er sagte, daß die

Rettung für jeden möglich sei, der Gutes tue, seine Sünden beichte und Gott um Vergebung bitte. Sarah nickte, als Rob J. sie fragte, ob sie nicht auch glaube, daß Mr. Johnson der Richtige für die Trauung sei. Mr. Johnson war erfreut, als Rob J. sich nach der Predigt an ihn wandte. Er beabsichtigte, die beiden vor der versammelten Gemeinde zu trauen, doch weder Rob J. noch Sarah wollten der allgemeinen Unterhaltung dienlich sein. Für drei Dollar war er einverstanden, sie etwa eine Meile außerhalb der Stadt am Ufer des Mississippi zu trauen. Dort angekommen, nahmen sie unter einem Baum Aufstellung, der kleine Junge saß daneben am Boden und sah zu, und eine sanfte, dicke Frau, die Mr. Johnson als Schwester Jane vorstellte, fungierte als Trauzeugin.

»Ich habe einen Ring«, sagte Rob J. und holte das Schmuckstück aus der Tasche. Sarah riß die Augen auf, denn vom Ehering seiner Mutter hatte er ihr nichts erzählt. Ihre langen Finger waren sehr schmal, und der Ring erwies sich als zu weit. Sie hatte ihre gelben Haare mit einem dunkelblauen Band zusammengebunden, das Alma Schroeder ihr geschenkt hatte und das sie jetzt abnahm. Sie schüttelte die Haare, bis sie locker ihr Gesicht umspielten, und sagte, sie werde den Ring an dem Band um den Hals tragen, bis sie ihn enger machen lassen könne. Sie drückte Rob J. fest die Hand, während Mr. Johnson mit langjähriger Routiniertheit die Zeremonie vollzog. Rob J. wiederholte die Worte mit einer Stimme, deren Heiserkeit ihn selbst überraschte. Sarahs Stimme bebte, und sie sah beinahe ungläubig aus, so, als könne das alles eigentlich gar nicht wahr sein. Nach der Zeremonie, als sie sich anhaltend küßten, versuchte Mr. Johnson, sie zu überreden, zum Erweckungstreffen zurückzukehren, da bei den Abendversammlungen die meisten Seelen errettet würden.

Aber sie dankten ihm, verabschiedeten sich und machten sich auf den Heimweg. Der kleine Junge wurde bald übellaunig und quengelig, aber Sarah sang ihm fröhliche Lieder vor und erzählte ihm Geschichten, und sooft Rob J. das Pferd anhielt, nahm sie Alex vom Wagen und hüpfte und rannte mit ihm umher.

Sie aßen früh zu Abend, es gab Almas Rindfleisch- und Nieren-pastetchen, Früchtekuchen mit Zuckerguß sowie frisches Quell-wasser, und danach überlegten sie in Ruhe, welche Unterkunft sie sich für die Nacht suchen sollten. Ein paar Stunden entfernt gab es einen Gasthof, und Sarah freute sich offensichtlich auf eine Übernachtung dort, denn für so etwas hatte sie noch nie Geld gehabt. Als ihr aber Rob J. von den Wanzen und der allgemeinen Unsauberkeit in solchen Etablissements erzählte, stimmte sie sofort seinem Vorschlag zu, dieselbe Scheune auf-zusuchen, in der sie in der vergangenen Nacht geschlafen hat-ten.

Sie erreichten sie bei Einbruch der Dämmerung. Der Farmer nahm sie bereitwillig wieder auf, und sie kletterten beinahe mit dem Gefühl, als würden sie nach Hause zurückkehren, hinauf in das warme Dunkel. Erschöpft von der Anstrengung und weil er unterwegs zuwenig geschlafen hatte, fiel Alex sofort in einen tiefen Schlaf. Nachdem sie ihn gut zugedeckt hatten, breiteten sie in der Nähe eine Decke aus und fielen sich in die Arme, noch bevor sie ganz ausgezogen waren. Es gefiel ihm, daß sie nicht die Unschuldige spielte und daß ihre Leidenschaft füreinander aufrichtig und wissend war. Sie liebten sich stürmisch und laut, und danach lagen sie da und horchten, ob sie Alex aufgeweckt hatten, doch der kleine Junge schlief weiter.

Er zog sie nun vollends aus und wollte sie ansehen. Da es inzwischen in der Scheune dunkel geworden war, krochen sie gemeinsam zu der kleinen Luke, durch die das Heu auf die Tenne gehievt wurde. Als er die Klappe öffnete, warf der zuneh-mende Mond ein Lichtrechteck in die Scheune, in dem sie sich gegenseitig betrachteten. Das Mondlicht zeigte ihm vergoldete Schultern und Arme, glänzende Brüste, einen Schamhügel wie das silbrige Nest eines kleinen Vogels, und einen gespenstisch weißen Hintern. Er hätte sie gern im Licht geliebt, doch die Luft war herbstlich frisch, und Sarah fürchtete, vom Farmer gesehen zu werden. Sie schlossen deshalb die Luke. Diesmal waren sie langsam und sehr zärtlich, und als er es in sich aufwallen spürte, rief er überschwenglich jubelnd: »Das wird unser *bairn*. Ja!« Das heisere Stöhnen seiner Mutter weckte den schlafenden Jungen, und er fing an zu weinen.

Danach lagen sie da, mit Alex in ihrer Mitte. Rob J. streichelte sie und wischte ihr Halme von der Haut, und seine Fingerspitzen prägten sich ihre Konturen ein.

»*Du* darfst nicht sterben«, flüsterte sie.

»Keiner von uns muß das, noch sehr lange nicht.«

»Ein *bairn*, ist das ein Kind?«

»Ja.«

»Und du glaubst, wir haben schon eins gemacht?«

»Vielleicht?«

Er hörte sie schlucken.

»Dann sollten wir es noch mal versuchen, um sicherzugehen.«

Als ihr Gatte und ihr Arzt schien ihm das ein vernünftiger Vorschlag zu sein. Auf Händen und Knien kroch er durch das duftende Heu, und das reife Schimmern der bleichen Flanken seiner Frau lockte ihn weg von dem schlafenden Sohn.

DRITTER TEIL

HOLDEN'S CROSSING

14. NOVEMBER 1841

FLUCH UND SEGEN

Ab Mitte November wurde es sehr kalt. Früh setzten heftige Schneefälle ein, und Vicky mußte sich durch hohe Verwehungen kämpfen. Wenn Rob J. bei schlimmem Wetter draußen war, rief er die Stute manchmal Margaret, und sie stellte beim Klang ihres alten Namens die kurzen Ohren auf. Roß und Reiter wußten, wohin sie wollten: Auf das Pferd warteten warmes Wasser und ein voller Sack Hafer, der Mann freute sich auf seine Hütte mit all der Wärme und dem Licht, die mehr von der Frau und dem Kind kamen als von der Feuerstelle und den Öllampen. Wenn Sarah nicht schon in der Hochzeitsnacht empfangen hatte, dann kurz danach. Doch die heftige morgendliche Übelkeit konnte ihre Leidenschaft nicht dämpfen.

Ungeduldig warteten sie, bis Alex eingeschlafen war, und dann fielen sie übereinander her, mit einer Begierde, die nie nachließ. Je weiter Sarahs Schwangerschaft fortschritt, desto zärtlicher und behutsamer wurde er. Einmal im Monat nahm er Bleistift und Notizbuch, um sie nackt neben dem wärmenden Feuer zu zeichnen, Entwicklungsstadien einer Schwangeren, die nichts von ihrem wissenschaftlichen Wert verloren, nur weil Gefühle in die Zeichnungen mit einflossen. Er fertigte auch architektonische Entwürfe an, denn sie hatten sich auf ein Haus mit drei Schlafzimmern, einer großen Küche und einem Wohnzimmer geeinigt. Er zeichnete maßstabsgetreue Pläne, damit Alden zwei Zimmerleute anstellen und im Frühjahr nach der Aussaat mit dem Hausbau beginnen konnte.

Sarah sah es nicht gern, daß Makwa-ikwa an einem Aspekt des Lebens ihres Mannes teilhatte, der ihr selbst verschlossen war. Als wärmere Tage die Prärie zuerst in einen riesigen Sumpf und dann in einen zarten grünen Teppich verwandelten, kündigte sie an, wenn das Frühlingsfieber ausbreche, werde sie mit ihm gehen und die Kranken pflegen. Doch Ende April war ihr Körper bereits so unförmig, daß sie gequält von Eifersucht und von der Schwangerschaft wütend zu Hause saß, während die Indianerfrau mit dem Doktor ausritt und erst viele Stunden oder manchmal auch Tage später zurückkehrte. Erschöpft, wie Rob J. nach solchen Strapazen war, aß er nur schnell, badete wenn möglich, stahl sich ein paar Stunden Schlaf und ritt dann mit Makwa-ikwa wieder hinaus.

Bis zum Juni, Sarahs letztem Monat der Schwangerschaft, war die Fieberepidemie so weit abgeklungen, daß Rob J. Makwa-ikwa zu Hause lassen konnte. Eines Morgens, als er gerade bei heftigem Regen zu einer Farmersfrau ritt, die im Sterben lag, kam zu Hause in seiner Hütte seine Frau nieder. Makwa-ikwa steckte Sarah das Beißholz zwischen die Zähne, band ein Seil an der Tür fest und gab ihr das verknotete Ende in die Hand, damit sie daran ziehen konnte.

Es dauerte Stunden, bis Rob J. seinen Kampf gegen die brandigen Wundrosen verlor – wie er später Oliver Wendell Holmes in einem Brief berichten sollte, war die tödliche Krankheit Folge einer vernachlässigten Verletzung am Finger, die sich die Frau beim Saatkartoffelstecken zugezogen hatte –, doch als er nach Hause zurückkehrte, war sein Kind noch immer nicht geboren. Die Augen Sarahs funkelten wild. »Es reißt mir den Körper auseinander. Mach, daß es aufhört, du Saukerl!« fauchte sie ihn an, kaum daß er durch die Tür trat.

Als Holmes' gelehriger Schüler schrubbte er seine Hände, bis sie rot waren, bevor er sich seiner Frau näherte. Nachdem er sie untersucht hatte, nahm er Makwa-ikwa zur Seite.

»Das Kind kommt sehr langsam«, sagte sie.

»Das Kind kommt mit den Füßen zuerst.«

Ihr Blick verschattete sich, doch sie nickte und kehrte zu Sarah zurück.

Die Wehen ließen nicht nach. Mitten in der Nacht zwang er sich, Sarahs Hände in die seinen zu nehmen, denn er fürchtete sich vor dem, was sie ihm sagen mochten. »Was ist?« fragte sie mit belegter Stimme.

Er spürte ihre Lebenskraft, wenn auch vermindert, doch unauslöschlich in ihr verwurzelt. Er flüsterte ihr Liebesworte zu, doch sie hatte zu starke Schmerzen, um auf Worte oder Küsse zu reagieren.

Es dauerte und dauerte. Sie stöhnte und schrie. Er ertappte sich dabei, wie er betete, doch dann bekam er es mit der Angst zu tun, weil er, ungläubig wie er war, von Gott nichts verlangen konnte, und er fühlte sich zugleich arrogant und heuchlerisch: Wenn ich unrecht habe und Du existierst, dann bestrafe mich, aber bitte nicht, indem Du dieser Frau etwas tust. Oder diesem Kind, das sich so abmüht, in die Welt zu kommen, fügte er hastig hinzu. Kurz vor Tagesanbruch zeigten sich kleine, rote Extremitäten, große Füße für ein Neugeborenes mit der richtigen Anzahl Zehen. Rob flüsterte aufmunternd, erzählte dem Kleinen, daß das ganze Leben ein Kampf sei. Zentimeter um Zentimeter schoben sich Beine heraus, strampelnde, lebendige Beine, wie er erfreut feststellte.

Dann der süße kleine Penis eines Jungen. Hände, die richtige Anzahl Finger. Ein gut entwickeltes Baby. Doch die Schultern steckten fest, er mußte Sarah schneiden, ihr noch mehr Schmerzen zufügen. Das kleine Gesicht drückte gegen die Scheidenwand. Aus Angst, der Junge könne im mütterlichen Fleisch ersticken, schob er zwei Finger hinein und dehnte den Geburtskanal, bis das entrüstet blickende kleine Gesicht in das Chaos des Lebens plumpste und sofort einen dünnen Schrei ausstieß. Mit zitternden Händen band er die Nabelschnur ab, durchtrennte sie und nähte dann seine schluchzende Frau. Als er ihr schließlich über den Bauch strich, damit die Gebärmutter sich zusammenziehe, hatte Makwa-ikwa den Kleinen bereits gewaschen, gewickelt und der Mutter an die Brust gelegt. Dreiundzwanzig schwere Stunden hatten die Wehen gedauert, und jetzt schlief Sarah lange und wie eine Tote. Er hielt ihre Hand fest in den seinen, bis sie die Augen wieder aufschlug. »Gute Arbeit!« sagte er.

»Er ist so groß wie ein Büffel. Ungefähr so groß, wie Alex war«, erwiderte sie heiser. Als Rob J. ihn wog, zeigte die Waage sieben Pfund und vierhundertvierzig Gramm. »Ein gutes *bairn*?« fragte

177

sie, musterte sein Gesicht und grinste, als er sagte, es sei ein Teufelsbraten. »Ein verflucht gutes *bairn*.«

Dann brachte er seine Lippen an ihr Ohr. »Weißt du noch, was du mich gestern genannt hast?« flüsterte er.

»Was denn?«

»Einen Saukerl.«

»Nie!« rief sie entsetzt und wütend und wollte fast eine Stunde lang nicht mehr mit ihm reden.

Robert Jefferson Cole, so nannten sie den Jungen, weil in der Cole-Familie jeder erstgeborene Junge den Taufnamen Robert erhielt und einen zweiten Namen, der mit J begann. In Robs Augen war der dritte amerikanische Präsident ein Genie gewesen, und Sarah sah in dem Namen Jefferson eine Verbindung zu Virginia. Sie hatte befürchtet, daß Alex eifersüchtig sein werde, aber der ältere Junge zeigte nichts anderes als Faszination. Er war nie weiter als ein oder zwei Schritte von seinem Bruder entfernt und paßte immer auf ihn auf. Von Anfang an machte er deutlich, daß sie getrost das Baby pflegen, ihm die Windeln wechseln, mit ihm spielen, es küssen und liebkosen konnten; seine Aufgabe aber war es, auf den Kleinen aufzupassen.

In vieler Hinsicht erwies sich 1842 als ein gutes Jahr für die kleine Familie. Für den Hausbau hatte Alden Otto Pfersick, den Müller, und einen Siedler aus dem Staat New York namens Mort London angeheuert. London war ein guter, erfahrener Zimmermann. Pfersick hatte zwar für die Holzarbeiten nicht die geschicktesten Hände, dafür aber für das Mauern, und die drei Männer brachten Tage damit zu, am Fluß die besten Steine auszusuchen und sie mit Ochsen zum Bauplatz hochzukarren. Die Grundmauern, der Schornstein und die Feuerstellen wurden stattlich und solide. Die Männer arbeiteten langsam, denn es war ihnen bewußt, daß sie in einem Land der Holzhütten etwas Dauerhaftes bauten. Doch als bei Herbstbeginn Pfersick in seine Mühle und die beiden anderen Männer zur Farmarbeit mußten, waren die Wände hochgezogen und die Dachflächen gedeckt.

Aber das Haus war noch lange nicht fertig, und deshalb saß Sarah vor der Hütte und putzte gerade grüne Bohnen, als ein gedeckter Planwagen hinter zwei müde aussehenden Pferden den Weg entlangschaukelte. Sie musterte den stattlichen Mann auf dem Kutschbock und entdeckte ein freundliches Gesicht und viel Straßenstaub auf den dunklen Haaren und dem Bart.

»Ist das vielleicht das Haus von Doktor Cole, Ma'am?«

»Das ist es – nicht nur vielleicht. Aber er ist unterwegs zu einem Hausbesuch. Ist der Patient verletzt oder schwer krank?«

»Wir haben keinen Patienten, dem Herrn sei Dank! Wir sind Freunde des Doktors, die sich hier niederlassen wollen.«

Bei diesen Worten lugte eine Frau hinten aus dem Wagen heraus. Sarah sah ein blasses, ängstliches Gesicht unter einem ungestärkten Häubchen. »Sie sind doch nicht... Sind Sie vielleicht die Geigers?«

»Das sind wir – nicht nur vielleicht.« Der Mann hatte schöne Augen, und sein herzhaftes, freundliches Lächeln ließ ihn noch größer erscheinen.

»Ach, wir haben euch so erwartet, Nachbarn! Jetzt aber schnell herunter von diesem Wagen!« Vor Aufregung verschüttete Sarah die Bohnen, als sie von der Bank aufstand. Drei Kinder befanden sich noch hinten auf dem Wagen. Das Kleinste, Hermann, schlief, doch Rachel, die schon beinahe vier war, und der zweijährige David schrien, als man sie herunterhob, und Sarahs Baby stimmte, ohne lang zu zögern, in den Chor mit ein.

Sarah fiel auf, daß Mrs. Geiger gut zehn Zentimeter größer war als ihr Gatte, und nicht einmal die Erschöpfung der langen, beschwerlichen Reise konnte verdecken, wie fein geschnitten und anmutig ihre Züge waren. Als Mädchen aus Virginia hatte Sarah einen Blick für dergleichen. Zwar hatten die Züge der Ankommenden eine exotische Note, die Sarah noch nie gesehen hatte, doch sie begann sich sofort nervös Gedanken darüber zu machen, welches Essen sie ihnen vorsetzen konnte, das ihr keine Schande machen würde. Dann sah sie, daß Lillian weinte, und ihre eigene schier unendlich lange Reise in einem solchen Wagen fiel ihr wieder ein. Sie nahm die Frau in die Arme und merkte erstaunt, daß sie nun auch weinte, während Geiger recht verwirrt inmitten weinender Frauen und Kinder stand. Schließlich löste sich Lillian aus Sarahs Armen und flüsterte verlegen, daß ihre ganze Familie dringend einen geschützten Bach brauche, um sich zu waschen.

»Dieses Problem können wir sofort lösen«, sagte Sarah und fühlte sich stark und mächtig.

Als Rob J. nach Hause kam, waren die Haare der Geigers noch naß vom Bad im Fluß. Als all das Händeschütteln und Rückenklopfen vorbei war, hatte er Gelegenheit, seine Farm einmal mit den Augen eines Neuankömmlings zu sehen. Jay und Lillian waren erschrocken über die Indianer und beeindruckt von Aldens Fähigkeiten. Jay war sofort einverstanden, als Rob vorschlug, Vicky und Bess, die ehemalige Monica Grenville, zu satteln und zu dem Land zu reiten, das den Geigers gehören sollte. Gerade rechtzeitig zu einem köstlichen Abendessen kehrten die beiden zurück, und Jay Geigers Augen strahlten vor Glück, als er seiner Frau die Vorzüge des Landes zu beschreiben versuchte, das Rob J. für sie erworben hatte.

»Du wirst schon sehen! Warte nur, bis du es siehst!« sagte er. Nach dem Essen ging er zu seinem Wagen und kam mit der Fiedel zurück. Das Tafelklavier von Babcock hätten sie nicht mitnehmen können, sagte er, aber seine Frau habe es an einem sicheren, trockenen Ort in Verwahrung gegeben und hoffe, es sich eines Tages nachschicken lassen zu können. »Hast du den Chopin gelernt?« fragte er, und als Antwort nahm Rob J. die Gambe zwischen die Knie und spielte die ersten satten Töne der Mazurka. Die Musik, die er und Jay damals in Ohio hervorgebracht hatten, war klangvoller gewesen, da Lillian mit dem Piano ihren Teil dazu beigetragen hatte, doch auch jetzt harmonierten die Fiedel und die Gambe hervorragend. Als Sarah die Hausarbeit beendet hatte, setzte sie sich zu den dreien und lauschte. Ihr fiel auf, daß Mrs. Geiger, während die Männer spielten, ihre Finger bewegte, als würden sie Tasten berühren. Sie wollte Lillians Hand fassen und sie mit Worten und Versprechungen trösten, saß dann aber einfach nur neben ihr auf dem Boden und hörte zu, wie die Musik an- und abschwoll und ihnen allen Trost und Hoffnung schenkte.

Solange Jason Geiger Bäume für eine Hütte fällte, campierte die Familie neben einer Quelle auf ihrem eigenen Land. Sie waren so fest entschlossen, sich den Coles nicht aufzudrängen, wie Sarah und Rob entschlossen waren, ihnen Gastfreundschaft zu gewähren. Man besuchte sich häufig gegenseitig. Als sie an einem kühlen Abend um das Lagerfeuer der Geigers saßen, begannen draußen in der Prärie Wölfe zu heulen, und Jay entlockte seiner einfachen Geige ein ähnlich langgezogenes, bebendes Heulen. Es wurde erwidert, und eine Zeitlang hielten der Mensch und die unsichtbaren Tiere Zwiesprache, bis Jason bemerkte, daß seine Frau nicht nur wegen der Kälte zitterte. Er legte die Fiedel weg und warf ein neues Holzscheit ins Feuer.

Jason war kein erfahrener Zimmermann. So verzögerte sich die Vollendung des Cole-Hauses erneut, denn sobald Alden neben der Farmarbeit dazu Zeit fand, begann er, den Geigers eine Hütte zu bauen. Bald kamen auch Otto Pfersick und Mort London dazu, um ihm zu helfen. In kurzer Zeit hatten die drei Männer eine gemütliche Hütte errichtet, und sie bauten noch einen Schuppen an, der als Lager für die Kräuter und Arzneien aus Jays Wagen dienen sollte. Jay nagelte eine kleine Blechröhre an den Türstock, die eine Pergamentrolle mit Sprüchen aus dem Deuteronomium enthielt, ein jüdischer Brauch, wie er sagte, und am 18. November bezog die Familie ihre Hütte, wenige Tage bevor aus Kanada schneidende Kälte herunterzog.

Zwischen dem Anwesen der Coles und Geigers Hütte rodeten Jason und Rob J. einen Pfad durchs Gehölz. Sie nannten ihn bald den Langen Weg, um ihn von dem Kurzen Weg zu unterscheiden, den Rob schon früher zwischen dem Haus und dem Fluß angelegt hatte.

Nun konnten sich die Bauleute wieder dem Haus der Coles widmen. Da sie den ganzen Winter für die Innenausstattung Zeit hatten, zündeten sie in den Kaminen ein Feuer aus Sägespänen an und machten sich frohen Mutes an die Arbeit. Sie schnitten Simse und Wandvertäfelungen aus Eichenkanthölzern und brachten Stunden damit zu, Magermilchfarbe zu mischen, bis sie genau die Tönung hatte, die Sarah wollte. Der Büffel-Sumpf in der Nähe des Bauplatzes war zugefroren, und manchmal unterbrach Alden die Arbeit, schnallte sich Kufen an die Stiefel und führte seine Fertigkeiten als Eisläufer vor, die er in seiner Kindheit in Vermont gelernt hatte. Rob J. war in Schottland jeden Winter Schlittschuh gelaufen und hätte sich gern Aldens Kufen geborgt, aber sie waren viel zu klein für seine großen Füße.

Drei Wochen vor Weihnachten fiel der erste Schnee. Der Wind trieb ihn wie weißen Rauch vor sich her, und die winzigen Kristalle brannten auf der Haut. Später fielen große, schwerere Flocken, die die Welt in Weiß erstickten, und so blieb es auch. Mit wachsender Aufregung plante Sarah ihr Weihnachtsessen und besprach mit Lillian althergebrachte Rezepte aus Virginia. Dabei entdeckte sie erste Unterschiede zwischen ihrer Familie und der der Geigers, denn Lillian teilte die Aufregung über das bevorstehende Fest nicht. Sarah war sehr erstaunt, als sie erfuhr, daß ihre neuen Nachbarn die Geburt Christi nicht feierten und statt dessen ein höchst eigenartiges Andenken an irgendeine urzeitliche Schlacht im Heiligen Land pflegten, indem sie Kerzen anzündeten und Kartoffelpfannkuchen buken. Trotzdem schenkten die Geigers den Coles etwas zu Weihnachten, Pflaumenmarmelade, die sie aus Ohio mitgebracht hatten, und warme Socken, die Lillian für alle gestrickt hatte. Das Geschenk der Coles für die Geigers war eine schwere eiserne Bratpfanne auf einem Dreifuß, die Rob J. im Gemischtwarenladen in Rock Island gekauft hatte.

Sie luden die Geigers zum Weihnachtsessen ein, und am Ende kamen sie auch, obwohl Lillian außerhalb ihres Hauses kein Fleisch aß. Sarah servierte Zwiebelcremesuppe, Wels mit Pilzsoße, Gänsebraten mit Innereien, Kroketten, englischen Plumpudding aus Lillians Marmelade, Kräcker, Käse und Kaffee. Sarah schenkte den Ihren Wollpullover. Von Rob erhielt sie eine Reisedecke aus Fuchsfell, das so dicht und glänzend war, daß ihr der Atem stockte und alle anderen bewundernd aufschrien.

Alden bekam von Rob J. eine neue Pfeife und eine Dose Tabak, und der Knecht überraschte ihn mit scharf geschliffenen Schlittschuhkufen, die er selber geschmiedet hatte – und die groß genug waren für Robs Füße. »Jetzt liegt zwar Schnee auf dem Eis, aber nächstes Jahr werden Sie Ihren Spaß daran haben«, bemerkte Alden lachend.

Nachdem die Gäste gegangen waren, klopfte Makwa-ikwa an die Tür und brachte ihnen Fäustlinge aus Hasenfell, ein Paar für Sarah, eins für Rob und eins für Alex. Sie war wieder verschwunden, bevor sie sie ins Haus bitten konnten.

»Sie ist eine komische Frau«, sagte Sarah nachdenklich. »Wir hätten ihr auch etwas schenken sollen.«

»Das habe ich bereits«, erwiderte Rob und erzählte seiner Frau, daß er Makwa die gleiche Bratpfanne wie den Geigers geschenkt habe.

»Soll das heißen, daß du dieser Indianerin ein so kostspieliges, in einem Geschäft gekauftes Geschenk gemacht hast?« Als er nicht antwortete, fuhr sie mit schneidender Stimme fort: »Du mußt aber eine ganze Menge von dieser Frau halten!«

Rob sah sie an. »Das tue ich«, erwiderte er dünn.

In der Nacht stieg die Temperatur, und statt Schnee fiel Regen. Gegen Morgen klopfte ein tropfnasser fünfzehnjähriger Junge an ihre Tür, Freddy Gruber. Der Ochse, Paul Grubers wertvollster Besitz, hatte eine Öllampe umgestoßen, und der Stall war trotz des Regens in Flammen aufgegangen. »Mein Gott, ich hab' so was noch nie gesehen. Wir konnten das Feuer einfach nicht löschen. Immerhin haben wir das Vieh retten können, bis auf den Maulesel. Aber mein Pa hat sich bös verbrannt, am Arm, am Hals und an beiden Beinen. Sie müssen mitkommen, Doc!« Der Junge war bei diesem Unwetter vierzehn Meilen geritten, und Sarah wollte ihm etwas zu essen und zu trinken geben, doch er schüttelte den Kopf und ritt sofort wieder zurück.

Sie packte die Überreste des Festessens in einen Korb, während Rob J. sich saubere Stoffetzen und die Salben, die er brauchen würde, zusammensuchte und dann zum Langhaus ging, um Makwa-ikwa zu holen. Wenige Minuten später sah Sarah die beiden in die regnerisch trübe Dämmerung verschwinden: Rob J. auf Vicky, die Kapuze über dem Kopf, den großen Körper vorgebeugt gegen den Regen, die Indianerin in eine Decke gewickelt auf Bess. Auf meinem Pferd macht sie sich mit meinem Mann davon, dachte sie und beschloß dann, Brot zu backen, da sie keinen Schlaf mehr finden würde.

Den ganzen Tag wartete sie auf die Rückkehr der beiden. Als die Nacht hereinbrach, saß sie lange neben dem Feuer und sah zu, wie die Mahlzeit, die sie für ihn warm gehalten hatte, sich in etwas verwandelte, das er nicht mehr essen würde. Später im Bett fand sie keinen Schlaf, und sie sagte sich, wenn die beiden sich wirklich in ein Tipi, eine Höhle oder ein anderes warmes Nest verkrochen hatten, dann sei sie selber schuld, weil sie ihren Mann mit ihrer Eifersucht davongetrieben habe.

Am nächsten Morgen saß sie am Tisch und quälte sich mit ihren Einbildungen, als Lillian Geiger, der das Stadtleben fehlte und die die Einsamkeit in den Regen hinausgetrieben hatte, sie besuchen kam. Sarah hatte dunkle Ringe unter den Augen und sah sehr schlecht aus, doch sie begrüßte Lillian fröhlich und unterhielt sich mit ihr, bis sie plötzlich mitten im Gespräch über Blumensamen in Tränen ausbrach. Einen Augenblick später lag sie in Lillians Armen und mußte verwirrt feststellen, daß sie dieser ihre schlimmsten Ängste mitteilte. »Bevor er kam, ging es mir so schlecht. Und jetzt geht es mir so gut. Wenn ich ihn je verlieren sollte…«

»Sarah«, sagte Lillian sanft. »Natürlich kann niemand wissen, was in der Ehe anderer vorgeht, aber du sagst doch selbst, daß deine Angst wahrscheinlich grundlos ist. Ich bin sicher, sie ist es. Rob J. scheint mir nicht der Mann zu sein, der einen Ehebruch begeht.«

Sarah ließ sich von der anderen Frau trösten und beschwichtigen. Als Lillian sie wieder verließ, war der Gefühlssturm vorüber.

Zur Mittagszeit kam Rob J. nach Hause.

»Wie geht's Paul Gruber?« fragte Sarah.

»Ach, furchtbare Verbrennungen«, antwortete er müde. »Und starke Schmerzen. Ich hoffe, daß er wieder in Ordnung kommt. Ich habe Makwa dortgelassen, damit sie ihn pflegt.«

»Das ist gut«, sagte sie.

Während er den ganzen Nachmittag und den Abend über schlief, hörte es auf zu regnen, und die Temperatur sank wieder. Er wachte mitten in der Nacht auf und zog sich an, um auf das Aborthäuschen zu gehen. Auf dem Weg dorthin rutschte und schlitterte er, denn der regennasse Schnee war beinhart gefroren. Nachdem er seine Blase entleert hatte und ins Bett zurückgekehrt war, konnte er nicht mehr einschlafen. Er hatte ursprünglich gehofft, am Morgen wieder zu den Grubers reiten zu können, doch jetzt fürchtete er, daß die Hufe seines Pferdes auf dem Eis keinen Halt finden würden. Er zog sich in der Dunkelheit wieder an und schlich sich aus dem Haus, um festzustellen, ob seine Bedenken zutrafen. Als er, so fest er konnte, auf dem Schnee aufstampfte, konnten seine Stiefel die harte, weiße Kruste nicht durchbrechen.

Im Stall fand er die Kufen, die Alden für ihn geschmiedet hatte, und er schnallte sie sich an. Der Pfad, der zum Haus führte, war wegen der vielen Spuren unregelmäßig überfroren und bot eine nur schlechte Gleitfläche, doch dahinter begann die offene Prärie, deren vom Wind blankgewehte Schneedecke glatt und hart war wie Glas. Er glitt über einen funkelnden Mondpfad, zuerst noch zögernd, doch dann, als die alte Sicherheit zurückkehrte, mit immer weiter ausholenden und freieren Bewegungen. Wie ein riesiges arktisches Meer breitete sich die Ebene vor ihm aus, und die einzigen Geräusche, die er hörte, waren das Zischen seiner Kufen und sein eigenes Keuchen.

Schließlich ging ihm die Luft aus. Er blieb stehen und betrachtete die fremdartige Welt der gefrorenen Prärie bei Nacht. Ziemlich nah und erschreckend laut erklang das gespenstische Heulen eines Wolfes, und Rob J. stellten sich die Nackenhaare auf. Wenn er stürzte, wenn er sich vielleicht ein Bein brach, dann wäre er schon nach wenigen Minuten von ausgehungerten Raubtieren umringt, das wußte er. Der Wolf heulte noch einmal, vielleicht war es diesmal auch ein anderer, und in diesem Schrei schwang etwas mit – Einsamkeit, Hunger, Wildheit –, das Rob J. angst machte. Er kehrte um und machte sich wieder auf den Heimweg, nun vorsichtiger und zurückhaltender dahingleitend als zuvor, aber doch fliehend wie ein Verfolgter.

In der Hütte angekommen, sah er zuerst nach, ob Alex und der Kleine noch gut zugedeckt waren. Beide schliefen fest. Als er dann ins Bett stieg, drehte seine Frau sich um und wärmte sein eiskaltes Gesicht mit ihren Brüsten. Sie schnurrte und stöhnte sanft, Geräusche der Liebe und der Reue, und umschlang ihn einladend mit Armen und Beinen. Der Arzt war wegen des schlechten Wetters nicht verfügbar; Gruber werde schon ohne ihn zurechtkommen, solange nur Makwa-ikwa bei ihm war, dachte Rob und überließ sich der Wärme des Mundes, des Fleisches und der Seele seiner Frau. Er ging auf in einer vertrauten Beschäftigung, die geheimnisvoller war als das Mondlicht und noch angenehmer als das Gleiten über Eis ohne Wölfe.

VERÄNDERUNGEN

Wäre Robert Jefferson Cole in Schottland zur Welt gekommen, hätte man ihn von Geburt an Rob J. genannt, und sein Vater, Robert Judson Cole, wäre Big Rob, der alte Rob oder einfach Rob ohne die Initiale geworden. Bei den Coles in Schottland behielt der erstgeborene Sohn das J. nur so lange, bis er selbst Vater eines Sohnes wurde, dann gab er den Buchstaben würdevoll und bereitwillig an seinen Erstgeborenen weiter. Rob J. hatte nicht die Absicht, eine jahrhundertealte Familientradition zu durchbrechen, aber er befand sich in einem neuen Land, und die, die er liebte, hielten sich nicht an diese uralten Bräuche. Sooft er es ihnen auch zu erklären versuchte, sie nannten den neuen Sohn nie Rob J. Für Alex war der kleine Bruder am Anfang einfach nur »Baby«. Für Alden hieß er »der Junge«. Makwa-ikwa gab ihm schließlich den Namen, der ein Teil seiner Persönlichkeit werden sollte. Eines Vormittags saß der Junge, der damals noch nicht laufen konnte und gerade erst zu plappern begonnen hatte, mit zwei der drei Kinder von Mond und Der singend einhergeht auf dem Lehmboden des *hedonoso-te*. Die beiden anderen Kinder hießen Anemoha, Kleiner Hund, und Cisaw-ikwa, Vogelfrau; sie waren drei beziehungsweise zwei Jahre alt. Sie spielten mit Maiskolbenpuppen, doch der kleine Junge kroch von ihnen weg. In dem trüben Licht, das durch die Rauchabzüge fiel, entdeckte er die Wassertrommel der Medizinfrau, schlug mit der Hand darauf und brachte einen Ton hervor, der jeden im Langhaus den Kopf heben ließ.

Der Junge kroch, von dem Geräusch verstört, weg, aber nicht wieder zurück zu den anderen Kindern. Wie bei einer Inspektion krabbelte er zu Makwa-ikwas Kräuterlager, hielt mit wichtiger Miene bei jedem Stapel an und betrachtete ihn höchst interessiert.

Makwa-ikwa lächelte. »Du bist *ubenu migegee-ieh*, ein kleiner Schamane«, sagte sie.

Seitdem nannte sie ihn nur noch Shaman – Schamane –, und auch die anderen verwendeten den Namen ziemlich bald, denn er schien irgendwie zu passen, und der kleine Rob reagierte sofort auf ihn. Es gab natürlich Ausnahmen. Alex nannte ihn inzwischen einfach »Bruder« und wurde von ihm »Bigger« genannt, der Größere, weil ihre Mutter von Anfang an nur vom kleinen Bruder und vom größeren Bruder sprach. Einzig Lillian Geiger versuchte, das Kind Rob J. zu nennen, denn ihr Nachbar hatte ihr von dem Familienbrauch erzählt, und sie hielt sehr viel auf Familie und Tradition. Aber sogar Lillian vergaß es manchmal und nannte den Jungen Shaman, und Rob J. Cole, der Vater, gab den Kampf schließlich auf und behielt seine Initiale. Doch ob nun mit J. oder nicht, vom Hörensagen wußte er, daß einige seiner Patienten ihn »Injun Cole«, Indianer-Cole, nannten oder auch »diesen verdammten, Indianer vögelnden

Bauchaufschneider«. Aber alle, die Toleranten und die Bornierten, wußten, daß er ein guter Arzt war. Und wenn er gerufen wurde, ging er zu ihnen, ob sie ihn mochten oder nicht.

War Holden's Crossing früher nur eine Bezeichnung auf Nick Holdens Handzetteln gewesen, so besaß es jetzt eine Hauptstraße mit Läden und Geschäftshäusern, die alle nur »The Village«, das Dorf, nannten. Dort fand man das Rathaus, Haskins Gemischtwarenladen, N.*2B. Reimers Futtermittel- und Saatguthandlung, ein Spar- und Kreditinstitut, Mrs. Anna Wileys Pension, in der man auch warme Mahlzeiten bekam, Jason Geigers Apotheke, Nelsons Saloon (der in Nicks frühen Plänen eigentlich ein richtiges Gasthaus hätte werden sollen, wegen der Konkurrenz durch Mrs. Wiley aber nie über einen niederen Raum mit einer langen Theke hinauskam) sowie die Stallungen und die Schmiede von Paul Williams, dem Hufschmied. Roberta Williams, seine Frau, betrieb in ihrem Holzhaus eine Maßschneiderei. Einige Jahre lang kam der Versicherungsmakler Harold Ames jeden Mittwochnachmittag aus Rock Island und hielt im Gemischtwarenladen Geschäftsstunden ab. Doch nachdem der Großteil des von der Regierung parzellierten Landes an Siedler abgegeben war und einige der Möchtegernfarmer sich ihr Versagen eingestehen und ihren Grund wieder verkaufen mußten, zeigte sich, daß der Ort ein Maklerbüro brauchte, und deshalb ließ sich Carroll Wilkenson als Immobilien- und Versicherungsmakler nieder. Charlie Anderson, der später auch Chef der Bank werden sollte, wurde bei der ersten Wahl zum Bürgermeister gewählt und in den folgenden Jahren immer wieder in diesem Amt bestätigt. Anderson war allgemein beliebt, doch jeder wußte, daß er Nick Holdens Kandidat war und tat, was der verlangte. Das gleiche galt für den Sheriff. Mort London brauchte nicht länger als ein Jahr, um zu erkennen, daß er kein Farmer war. Auch als Zimmermann fand er in der Gegend nicht genügend Aufträge, um sich den Lebensunterhalt zu sichern, da die Siedler Schreinerarbeiten soweit möglich selber erledigten. Als deshalb Nick Holden ihm anbot, ihn bei der Wahl zum

Sheriff zu unterstützen, nahm Mort die Hilfe bereitwillig an. Er war ein friedfertiger Mann, der still seine Arbeit tat, und das hieß vor allem, die Betrunkenen in Nelsons Saloon zu beschwichtigen. Für Rob J. war es nicht gleichgültig, wer Sheriff war, denn jeder Landarzt war gleichzeitig Deputy Coroner, Stellvertreter des Bezirksleichenbeschauers, und der Sheriff entschied, wer bei einem Todesfall infolge eines Verbrechens oder eines Unfalls die Autopsie durchführen sollte. Oft stellten Autopsien die einzige Möglichkeit dar, die Sezierungen vorzunehmen, die nötig waren, um als Chirurg in Übung zu bleiben. Rob J. bemühte sich dabei um einen wissenschaftlichen Standard, wie er in Edinburgh üblich gewesen war; er wog alle wichtigen Organe und führte darüber Buch. Zum Glück war er mit Mort London immer gut ausgekommen, so daß er viele Autopsien durchführen konnte.

Nick Holden war dreimal als Abgeordneter des Distrikts in die Legislative gewählt worden. Manchmal ärgerten sich die Bürger des aufstrebenden Ortes über sein selbstherrliches Auftreten, und sie riefen sich dann gegenseitig ins Gedächtnis, daß er zwar über den Großteil der Bank, Anteile an der Mühle, dem Gemischtwarenladen und diesem Saloon und wer weiß über wie viele Morgen Grund verfügte, aber bei Gott nicht über sie und ihr Land. Aber im allgemeinen sahen sie es mit Stolz und Erstaunen, daß er in Springfield auftrat wie ein richtiger Politiker, mit dem aus Tennessee stammenden Gouverneur Bourbon trank, in gesetzgebenden Ausschüssen mitarbeitete und so schnell und geschickt Fäden knüpfte, daß sie nur ausspucken, grinsen und den Kopf schütteln konnten. Nick hatte zwei Ziele, über die er auch ganz offen sprach. »Ich will die Eisenbahn nach Holden's Crossing bringen, damit aus dem Kaff vielleicht mal 'ne Stadt wird«, sagte er zu Rob J. eines Morgens, während er auf der Veranda vor Haskins Laden saß und sich eine königliche Zigarre schmecken ließ. »Und ich will unbedingt in den Kongreß gewählt werden. Die Eisenbahn krieg' ich nämlich nie hierher, wenn ich in Springfield bleibe.«

Seit Nick versucht hatte, Rob J. die Heirat mit Sarah auszureden, taten sie nicht mehr so, als seien sie die besten Freunde, aber sie unterhielten sich freundlich, wenn sie sich trafen. Jetzt sah Rob J. ihn zweifelnd an.

»Es ist schwer, ins Repräsentantenhaus zu kommen, Nick. Da brauchen Sie Stimmen aus einem viel größeren Wahlbezirk, nicht nur die von hier aus der Gegend. Und der alte Singleton ist auch noch da.« Der gegenwärtige Kongreßabgeordnete Samuel Turner Singleton, den alle im Rock Island County nur »unseren alten Sammil« nannten, saß politisch noch fest im Sattel.

»Sammil Singleton ist alt. Er wird bald sterben oder zurücktreten. Wenn es soweit ist, mache ich jedem im Distrikt klar, daß eine Stimme für mich eine Stimme für den Wohlstand ist.« Nick grinste ihn an. »Ihnen habe ich doch auch auf die Sprünge geholfen, was, Doktor?« Rob J. mußte zugeben, daß das stimmte. Er hielt jetzt Anteile sowohl an der Mühle wie an der Bank. Bei der Finanzierung des Gemischtwarenladens und des Saloons hatte Nick Rob J. aber nicht mehr eingeladen. Rob verstand. Er war inzwischen in Holden's Crossing fest verwurzelt, und Nick verschwendete keine Wohltaten, wenn sie nicht nötig waren.

Jay Geigers Apotheke und der ständige Zuzug von Siedlern in die Region lockten bald einen zweiten Arzt nach Holden's Crossing. Dr. Thomas Beckermann war ein blasser Mann mittleren Alters mit schlechtem Atem und geröteten Augen. Er kam aus Albany in New York und ließ sich in einem kleinen Holzhaus in The Village unweit der Apotheke nieder. Er besaß kein Diplom einer medizinischen Fakultät und sprach nur recht allgemein über seine Ausbildung, die er seinen Angaben zufolge bei einem gewissen Dr. Cantwell in Concord genossen hatte. Anfangs war Rob J. froh über seine Ankunft. Es gab genug Patienten für zwei Ärzte, sofern diese nicht habgierig waren, und Rob hätte diesem zweiten Mediziner gern einen Teil der langwierigen Hausbesuche überlassen, die ihn oft weit in die offene Prärie hinaus führten. Aber Beckermann war ein schlechter Arzt und ein starker Trinker, und beides merkten die Leute sehr schnell. Also mußte Rob J. weiterhin zu weit reiten und zu viele Patienten betreuen.

Über den Kopf wuchs ihm diese Aufgabe nur im Frühling, wenn die jährlichen Epidemien ausbrachen, das Sumpffieber an den Ufern der Flüsse, die Illinois-Krätze in den Farmen der Prärie und andere ansteckende Krankheiten, die sich über das ganze Land ausbreiteten. Sarah wollte immer an der Seite ihres Mannes den Kranken helfen, und im Frühjahr nach der Geburt ihres zweiten Sohnes drängte sie Rob J., sie doch als Assistentin mitzunehmen. Doch sie hatte sich einen schlechten Zeitpunkt ausgesucht. In diesem Jahr waren Milchfieber und Masern besonders bedrohlich, und als sie begann, ihm mit ihren Bitten zuzusetzen, hatte er bereits viele Schwerkranke, darunter einige Sterbende, und so konnte er ihr kaum Aufmerksamkeit schenken. Also mußte Sarah wieder zusehen, wie Makwa-ikwa den ganzen Frühling über mit ihm ausritt, und ihre Seelenqualen kehrten zurück. Mit dem Beginn des Hochsommers klangen die Epidemien ab, und Rob. J. konnte den üblichen, gemächlicheren Lebensrhythmus wiederaufnehmen. Eines Abends, nachdem er mit Jay Geiger ein Mozart-Duo für Violine und Viola gespielt hatte, brachte Jay das heikle Thema von Sarahs Unglück zur Sprache. Die beiden waren inzwischen gute Freunde geworden, und doch war Rob überrascht, daß Jay es wagte, in eine Welt einzudringen, die er als seine Intimsphäre betrachtete.

»Woher weißt du so gut über Sarahs Gefühle Bescheid?«

»Sie redet mit Lillian. Und Lillian redet mit mir«, erwiderte Jay und hielt dann einen Augenblick verlegen inne. »Ich hoffe, du verstehst mich. Ich sage das ... aus echter Zuneigung *zu euch beiden*.«

»Ich verstehe. Aber hast du neben deiner freundlichen Anteilnahme auch ... einen Rat für mich?«

»Deiner Frau zuliebe mußt du dich von dieser Indianerin trennen.«

»Zwischen uns ist nichts außer Freundschaft«, erwiderte Rob, ohne seine Verärgerung unterdrücken zu können.

»Das ist egal. Ihre bloße Anwesenheit macht Sarah schon unglücklich.«

»Sie kann doch nirgendwohin. Keiner von ihnen kann irgendwohin. Die Weißen betrachten sie als Wilde und lassen sie nicht so leben, wie sie es früher getan haben. Mond und Der singend einhergeht sind die besten Farmarbeiter, die man sich wünschen kann, aber keiner hier in der Gegend ist bereit, einen Sauk einzustellen, Makwa, Mond und Der singend einhergeht bringen mit dem wenigen, was sie bei mir verdienen, den ganzen Clan durch. Makwa arbeitet schwer, und ich kann mich auf sie verlassen. Ich kann sie doch nicht wegschicken und dem Hungertod oder noch Schlimmerem ausliefern.«

Jay seufzte und nickte und sprach nie mehr davon.

Das Eintreffen eines Briefes war eine Seltenheit. Fast schon ein Ereignis. Eines Tages kam einer für Rob J. Der Postmeister in Rock Island hatte den Brief, nachdem er fünf Tage bei ihm gelegen hatte, dem Versicherungsmakler Harold Ames mitgegeben, der geschäftlich nach Holden's Crossing fahren mußte. Rob riß den Umschlag neugierig auf. Es war ein langer Brief von Dr. Harry Loomis, seinem Freund in Boston. Er las ihn einmal und dann ein zweitesmal langsamer. Und dann noch einmal.

Er war am 20. November 1846 geschrieben worden und hatte den ganzen Winter gebraucht, um seinen Bestimmungsort zu erreichen. Harry war offensichtlich auf dem besten Wege zu einer erstklassigen Karriere. Er berichtete, daß er kürzlich zum Assistenzprofessor für Anatomie in Harvard ernannt worden sei, und deutete seine bevorstehende Heirat mit einer Dame namens Julia Salmon an. Aber der Brief war insgesamt mehr ein medizinischer denn ein persönlicher Bericht. Eine neue Entdeckung lasse nun schmerzfreie Chirurgie Wirklichkeit werden, schrieb Harry mit unverkennbarer Begeisterung. Es sei ein Gas namens Äther, das seit Jahren bei der Herstellung von Wachsen und Parfums als Lösungsmittel benutzt werde. Harry erinnerte Rob J. an die Experimente, die in Bostoner Krankenhäusern zur Erprobung von Stickstoffoxydul, dem sogenannten Lachgas, als

Betäubungsmittel durchgeführt worden waren. Anspielungsreich fügte er hinzu, daß Rob sich vielleicht an gewisse Freizeitbeschäftigungen mit diesem Stoff erinnere, die außerhalb der Krankenhäuser stattgefunden hatten. Rob erinnerte sich noch gut, wenn auch mit etwas gemischten Gefühlen, daran, wie er sich mit Meg Holland ein Fläschchen des Lachgases genehmigt hatte, dessen Spender Harry gewesen war. Vielleicht ließen die Zeit und die Entfernung das Erlebnis schöner und lustiger erscheinen, als es tatsächlich gewesen war.

Für den 5. Oktober dieses Jahres, schrieb Loomis, *war im Operationssaal des Massachusetts General Hospital ein weiteres Experiment geplant, diesmal jedoch mit Äther. Vorangegangene Versuche, den Schmerz mit Stickstoffoxydul zu betäuben, waren komplette Fehlschläge gewesen, bei denen die Studenten und Ärzte auf den Galerien regelmäßig gejohlt und »Humbug! Humbug!« gerufen hatten. Die Experimente waren zu einer allgemeinen Belustigung geworden, und die geplante Operation im Massachusetts General versprach den früheren in nichts nachzustehen. Der Chirurg war Dr. John Collins Warren. Sie werden sich sicher noch daran erinnern, daß Dr. Warren ein abgebrühter, grober Operateur ist, der eher für seine Geschicklichkeit mit dem Skalpell denn für seine Geduld mit Dummköpfen berühmt ist. Also strömten wir an diesem Tag in den Operationssaal, als wäre er ein Kabarett statt …*
Stellen Sie sich das vor, Rob! Der Mann, der den Äther liefern soll, ein Zahnarzt namens Morton, verspätet sich. Warren ist in höchstem Maße verärgert, nutzt aber die Verzögerung, um in allen Einzelheiten darzulegen, wie er einen großen Tumor aus der krebsbefallenen Zunge eines jungen Mannes namens Abbott entfernen wird, der bereits halb tot vor Angst auf dem roten Operationsstuhl sitzt. Nach fünfzehn Minuten gehen Warren die Worte aus, und er zieht mißmutig seine Uhr aus der Tasche. Auf der Galerie hat man bereits zu kichern begonnen, als endlich der auf Abwege geratene Zahnarzt eintrifft. Morton verabreicht das Gas und erklärt kurze Zeit später, der Patient sei nun bereit. Dr. Warren nickt, immer noch wütend, rollt die Ärmel hoch und sucht sich ein

*Skalpell aus. Assistenten öffnen Abbott den Mund und ziehen die
Zunge heraus. Andere drücken den Patienten auf den Operations-
stuhl, damit er nicht um sich schlägt. Warren beugt sich über
ihn und setzt mit einer blitzschnellen Bewegung den ersten tiefen
Schnitt, der Blut aus Abbotts Mundwinkel quellen läßt.
Der Patient rührt sich nicht.
Auf der Galerie herrscht absolutes Schweigen. Noch das leiseste
Seufzen oder Aufstöhnen wäre zu hören. Warren macht sich wieder
an die Arbeit. Er setzt einen zweiten Schnitt, dann einen dritten.
Sorgfältig und schnell entfernt er den Tumor, kratzt die Wunde
aus, vernäht sie und drückt einen Schwamm auf die Zunge, um
die Blutung zu unterbinden.
Der Patient schläft. Der Patient schläft! Warren richtet sich auf.
Auch wenn Sie es mir nicht glauben, Rob, aber die Augen dieses
selbstherrlichen Zynikers waren feucht!
»Gentlemen«, sagte er. »Das ist kein Humbug.«
Die Entdeckung von Äther als Betäubungsmittel in der Chirurgie
ist in der medizinischen Presse von Boston veröffentlicht worden.
Unser Holmes, wie immer in vorderster Reihe mit dabei, hat bereits
vorgeschlagen, die Anwendung »Anästhesie« zu nennen, nach dem
griechischen Wort für Empfindungslosigkeit.*

Geigers Apotheke führte Äther nicht.

»Aber ich bin kein ungeschickter Chemiker«, sagte Jay nachdenklich. »Ich kann ihn herstellen, wahrscheinlich. Dazu muß
ich Äthylalkohol mit Schwefelsäure destillieren. Meinen metal-
lenen Destillierkolben kann ich dazu allerdings nicht benutzen,
den würde die Säure durchfressen. Aber ich habe noch eine
Glasspirale und eine große Flasche.«

Als sie seine Regale absuchten, fanden sie jede Menge Alkohol,
aber keine Schwefelsäure.

»Kannst du auch Schwefelsäure herstellen?« fragte ihn Rob.

Geiger kratzte sich am Kinn, die Sache machte ihm offensichtlich Spaß. »Dazu muß ich Schwefel mit Sauerstoff verbinden. Ich
habe genügend Schwefel, aber der chemische Prozeß ist ein
bißchen kompliziert. Wenn man Schwefel oxidiert, erhält man

zunächst Schwefeldioxid. Ich muß dann das Schwefeldioxid noch mal oxidieren, um Schwefelsäure zu erhalten. Aber... klar, warum eigentlich nicht?«

Wenige Tage später hatte Rob J. einen Vorrat an Äther. Harry Loomis hatte ihm beschrieben, wie man aus Draht und Stoffstreifen eine Äthermaske anfertigt. Zunächst probierte Rob J. das Gas an einer Katze aus, die zweiundzwanzig Minuten besinnungslos blieb. Dann raubte er einem Hund für über eine Stunde das Bewußtsein und erkannte an dieser langen Zeitspanne, daß Äther ein gefährlicher Stoff und mit Vorsicht anzuwenden ist. Zum Abschluß gab er das Gas einem männlichen Lamm vor der Kastration, und die Hoden wurden entfernt, ohne daß das Tier ein einziges Mal blökte.

Schließlich wies er Geiger und Sarah in die Benutzung des Äthers ein, und sie verabreichten ihm das Gas. Er blieb nur ein paar Minuten bewußtlos, da sie vor Nervosität zu spärlich dosierten, aber es war trotzdem eine einzigartige Erfahrung.

Einige Tage später geriet Gus Schroeder, der ohnehin nur noch achteinhalb Finger hatte, mit dem Zeigefinger seiner guten, der rechten Hand unter einen schweren Stein und zerquetschte ihn sich. Rob gab ihm Äther, und Gus wachte mit siebeneinhalb Fingern wieder auf und fragte, wann die Operation beginne.

Rob war überwältigt von den neuen Möglichkeiten, er kam sich vor, als sei ihm ein Blick in die endlosen Weiten hinter den Sternen gewährt worden, und er erkannte, daß der Äther noch wertvoller war als seine Gabe. Diese Gabe besaßen nur wenige Mitglieder seiner Familie, aber mit dem Äther konnte von nun an jeder Arzt der Welt operieren, ohne dem Patienten mörderische Schmerzen zuzufügen.

Mitten in der Nacht ging Sarah in die Küche hinunter und sah ihren Mann allein am Tisch sitzen. »Geht es dir gut?«

Er betrachtete nachdenklich die farblose Flüssigkeit in der Glasflasche. »Wenn ich das gehabt hätte, Sarah, dann hätte ich dir damals bei den Operationen nicht so weh getan.«

»Du hast es auch so sehr gut gemacht. Du hast mir das Leben gerettet, das weiß ich ganz genau.«

»Dieses Zeug« – er hielt die Flasche in die Höhe; für sie sah es nicht anders aus als Wasser – »wird viele Leben retten. Es ist ein Schwert gegen den Schwarzen Ritter.«

Sarah mochte es nicht, wenn er vom Tod wie von einer Person sprach, die jeden Augenblick die Tür öffnen und ihr Haus betreten konnte. Sie verschränkte die weißen Arme vor ihren schweren Brüsten und fröstelte in der nächtlichen Kühle. »Komm ins Bett, Rob J.«, sagte sie.

Tags darauf begann Rob, den Ärzten der Gegend zu schreiben und sie zu einer Konferenz einzuladen. Sie fand einige Wochen später in einem Zimmer über der Futtermittelhandlung in Rock Island statt. In der Zwischenzeit hatte Rob J. den Äther noch dreimal benutzt. Sieben Ärzte und Jason Geiger saßen beisammen und hörten, was Loomis geschrieben und was Rob J. aus eigener Erfahrung zu berichten hatte.

Die Reaktionen schwankten zwischen großem Interesse und unverhüllter Skepsis. Zwei der Anwesenden bestellten bei Jay Äther und Betäubungsmasken. »Das ist doch bloß 'ne Modeerscheinung«, sagte Dr. Thomas Beckermann, »wie dieser Unsinn mit dem Händewaschen.« Ein paar der Ärzte lächelten, denn jeder wußte von Rob J.s ausführlichem Gebrauch von Seife und Wasser. »Die Krankenhäuser in den Großstädten können sich vielleicht mit so was abgeben. Aber kein Arzt aus Boston soll uns erzählen, wie wir hier im Westen Medizin zu praktizieren haben.«

Die anderen Ärzte waren taktvoller als Beckermann. Tobias Barr meinte, er halte viel von einem solchen Gedankenaustausch unter Kollegen, und regte die Gründung einer Rock Island Medical Society an. Die Anregung wurde aufgenommen und Dr. Barr zum Präsidenten dieser Ärztevereinigung gewählt. Rob J. wurde zum korrespondierenden Sekretär ernannt, eine Ehre, die er nicht ablehnen konnte, da alle Anwesenden ein Amt oder den Vorsitz eines Ausschusses, den Thomas Barr als höchst wichtig bezeichnete, erhielten.

In diesem Jahr kam es unerwartet im Herbst zu einer Epidemie, obwohl doch die kühle Luft für Lebenskraft und gute Gesundheit hätte sorgen sollen. In der ersten Oktoberwoche brach in acht Familien eine Krankheit aus, die Rob J. nicht diagnostizieren konnte. Es war von galligem Auswurf begleitetes Fieber, wie es eigentlich für Typhus typisch war, doch Rob J. vermutete, daß es sich nicht um Typhus handelte. Als man ihm dann täglich mindestens *einen* neuen Fall meldete, wußte er, daß es wieder einmal soweit war.

Er wollte schon zum Langhaus gehen, um Makwa-ikwa zu sagen, sie solle sich fertigmachen, änderte jedoch die Richtung und betrat die Küche seines Hauses.

»In der Gegend ist ein schlimmes Fieber ausgebrochen, das sich mit Sicherheit weiter ausbreiten wird. Kann sein, daß ich wochenlang unterwegs bin.«

Sarah nickte ernst, als Zeichen, daß sie es verstand. Als er sie fragte, ob sie mit ihm kommen wolle, kam so schlagartig Leben in ihr Gesicht, daß seine Zweifel verschwanden.

»Aber du wirst dann die Jungen nicht sehen«, warnte er sie.

»Makwa wird sich um sie kümmern, solange wir weg sind. Sie kann das wirklich gut«, sagte Sarah.

Noch am selben Nachmittag brachen sie auf. In einem so frühen Stadium einer Epidemie ritt Rob gewöhnlich zu jedem Haus, von dem er wußte, daß die Krankheit ausgebrochen war, denn er wollte versuchen, das Feuer zu löschen, bevor es zu einem Großbrand wurde. Er sah, daß jeder neue Fall mit den gleichen Symptomen begann: mit plötzlich erhöhter Temperatur oder einem entzündeten Hals und darauf folgendem Fieber. Für gewöhnlich kam sehr früh Durchfall und grünlichgelber Galleauswurf dazu. Im Mund jedes Patienten bildeten sich kleine Bläschen, unabhängig davon, ob die Zunge trocken oder feucht, schwärzlich oder weiß belegt war.

Wenn sich innerhalb einer Woche keine weiteren Symptome zeigten, wußte Rob J., daß der Tod bevorstand. Kamen jedoch heftige Schüttelfröste und Gliederschmerzen hinzu, wie es oft der Fall war, schien eine Genesung wahrscheinlich. Auch Fu-

runkel und andere Abszesse, die gegen Ende des Fiebers auftraten, waren günstige Zeichen. Er hatte keine Ahnung, wie er
die Krankheit behandeln sollte. Da früh auftretender Durchfall
häufig das Fieber senkte, versuchte er diesen in einigen Fällen
mit Abführmitteln herbeizuführen. Wenn die Patienten Schüttelfrost bekamen, gab er ihnen Makwa-ikwas Pflanzentonikum
mit etwas Alkohol versetzt, um sie zum Schwitzen zu bringen,
dazu legte er ihnen blasenziehende Senfpflaster auf. Bald nach
Ausbruch der Epidemie trafen er und Sarah Thomas Beckermann, der ebenfalls zu Fieberpatienten ritt.

»Mit Sicherheit Typhus«, sagte Beckermann. Rob glaubte das
nicht. Es zeigten sich keine roten Flecken am Bauch, und
niemand schied blutigen Stuhl aus. Aber er ließ sich auf keinen
Disput ein. Was es auch war, was die Leute da befiel, es wurde
nicht weniger besorgniserregend, wenn man es mit dem einen
oder dem anderen Namen bezeichnete. Beckermann berichtete ihnen, daß am Vortag zwei Patienten trotz ausgedehnten
Schröpfens gestorben waren. Rob versuchte, ihm das Schröpfen
als Heilmittel gegen Fieber auszureden, aber Beckermann war
nicht der Mann, der den Rat des einzigen Kollegen am Ort
annahm. So verabschiedeten sie sich schon nach wenigen Minuten wieder. Nichts ärgerte Rob J. mehr als ein schlechter Arzt.
Zunächst war es eigenartig für Rob, Sarah anstelle von Makwa-
ikwa bei sich zu haben. Sarah gab sich die allergrößte Mühe und
beeilte sich, alles zu tun, was er verlangte. Doch der Unterschied
war, daß er die einzelnen Verrichtungen von ihr verlangen und
sie ihr beibringen mußte, während Makwa wußte, was zu tun
war, ohne daß er es sagte. Bei den Patienten oder während des
Reitens zwischen den einzelnen Besuchen hatten er und Makwa
oft lange geschwiegen, was sie beide als angenehm empfanden.
Sarah dagegen, die froh war, bei ihm zu sein, redete und redete,
zumindest am Anfang, denn je mehr Patienten sie behandelten
und je erschöpfter sie wurden, desto stiller wurde auch sie.
Die Krankheit breitete sich schnell aus. Wenn in einem Haushalt
einer erkrankte, steckten sich für gewöhnlich alle anderen Familienmitglieder an. Doch Rob J. und Sarah gingen von Haus zu

Haus und infizierten sich nicht, als wären sie von einem unsichtbaren Panzer geschützt. Alle drei oder vier Tage versuchten sie, nach Hause zurückzukehren, um zu baden, die Kleider zu wechseln und ein paar Stunden zu schlafen. Das Haus war warm und sauber und duftete nach den heißen Mahlzeiten, die Makwa für sie kochte. Nur kurz widmeten sie sich ihren Söhnen, dann packten sie das Pflanzentonikum ein, das Makwa während ihrer Abwesenheit gebraut und auf Robs Anweisung hin mit ein wenig Wein vermischt hatte, und ritten wieder hinaus. Zwischen den Abstechern nach Hause schliefen sie zusammengekuschelt, wo sie Platz fanden, meistens in Heuschobern oder auf dem Boden vor dem Kamin eines Patientenhauses.

Eines Morgens kam ein Farmer namens Benjamin Haskell in seine Scheune und bekam Stielaugen, als er den Doktor mit dem Arm unter den Röcken seiner Frau überraschte. Das war ihr einziger Versuch eines ehelichen Verkehrs während der gesamten Dauer der Epidemie, sechs Wochen lang. Die Blätter hatten sich eben verfärbt, als sie begonnen hatte, und an ihrem Ende war der Boden bereits mit Schnee bestäubt.

An dem Tag, als sie heimkehrten und ihnen bewußt wurde, daß sie nicht mehr würden hinausreiten müssen, schickte Sarah die Kinder mit Makwa-ikwa im Buckboard zu Muellers Farm, um Körbe mit Winteräpfeln zum Kompottkochen zu holen. Sie lag lange vor dem Kamin in der Wanne und erhitzte dann neues Wasser für Rob. Als er in dem Blechzuber lag, kam sie zurück und wusch ihn langsam und zärtlich, so wie sie es mit den Patienten gemacht hatte – und doch ganz anders, denn statt eines Lappens benutzte sie ihre bloßen Hände. Dampfend und fröstelnd lief er ihr anschließend durch das kalte Haus nach bis hinauf ins Schlafzimmer, wo sie unter der warmen Decke blieben, bis Stunden später Makwa mit Rob und Alex zurückkehrte.

Einige Monate später war Sarah wiederum schwanger, doch sie erlitt sehr früh eine Fehlgeburt, und Rob bekam es mit der Angst, da sie dabei äußerst heftig blutete. Er erkannte, daß es für seine Frau gefährlich werden würde, wenn sie noch einmal empfing, und traf von da an seine Vorkehrungen. Besorgt beobachtete er sie, ob sich nicht dunkle Schatten über ihr Gesicht legten, wie es bei Frauen nach einer Fehlgeburt oft der Fall war. Doch abgesehen von einer gewissen Blässe und Phasen der Nachdenklichkeit, in denen sie mit geschlossenen Augen still dasaß, schien sie sich so schnell zu erholen, wie er nur hoffen konnte.

»Keine Tochter«, sagte sie eines Abends, nachdem er Asche aufs Feuer gestreut hatte, nahm seine Hand und legte sie auf ihren flachen Bauch.

»Nein«, erwiderte er, »aber im Frühjahr kannst du wieder mit mir zu den Patienten reiten.« Und diesen Trost konnte sie nicht ablehnen.

FRÜHLINGSMUSIK

So kam es, daß die Cole-Jungen häufig und für lange Zeiträume in der Obhut der Sauk-Frau blieben. Shaman war der Duft Makwa-ikwas nach zerdrückten Beeren bald so vertraut wie der Geruch seiner leiblichen Mutter, ihre Dunkelheit so vertraut wie Sarahs milchig-weiße Blondheit – und schließlich vertrauter. Wenn Sarah ihre Kinder abgab, ergriff Makwa freudig die Gelegenheit und drückte den Jungen, den Sohn von Cawso wabeskiou, dem weißen Schamanen, mütterlich an ihre warme Brust. Es schenkte ihr eine Erfüllung, die sie nicht mehr erlebt hatte, seit sie ihren kleinen Bruder in den Armen gehalten hatte.

Sie belegte den kleinen weißen Jungen mit einem Liebeszauber, und manchmal sang sie ihm vor.

Ni-na ne-gi-se ke-wi-to-se-me-ne ni-na,
Ni-na ne-gi-se ke-wi-to-se-me-ne ni-na,
        Wi-a-ya-ni,
Ni-na ne-gi-se ke-wi-to-se-me-ne ni-na.

Ich gehe mit dir, mein Sohn,
Ich gehe mit dir, mein Sohn,
Wohin du auch gehst,
Ich gehe mit dir mein Sohn,

Manchmal sang sie, um ihn zu beschützen:

Tti-la-ye ke-wi-ta-mo-ne i-no-ki,
Tti-la-ye ke-wi-ta-mo-ne i-no-ki-i-i.
Me-ma-ko-te-si-ta
Ki-ma-ma-to-me-ga.
Ke-te-ma-ga-yo-se.

Geist, ich rufe dich heute,
Geist, ich spreche zu dir.
Einer, der deiner sehr bedarf,
Wird dich anbeten.
Gewähre mir deine Gnade.

Bald summte Shaman diese Lieder, während er ihr auf Schritt und Tritt folgte. Alex trottete bedrückt nebenher, denn er mußte zusehen, wie ein weiterer Erwachsener Anspruch auf seinen Bruder erhob. Er gehorchte Makwa-ikwa, doch sie erkannte, daß der Argwohn und die Abneigung, die manchmal in seinen jungen Augen aufblitzten, Spiegelbilder der Gefühle waren, die seine Mutter ihr gegenüber hegte. Es machte ihr nicht viel aus. Alex war noch ein Kind, und sie konnte sich bemühen, sein Vertrauen zu gewinnen. Und was Sarah anging – die Sauks hatten Feinde gehabt, solange Makwa-ikwa sich erinnern konnte …

Jay Geiger, der zu sehr mit seiner Apotheke beschäftigt war, hatte Mort London angestellt, damit der die ersten Felder seiner Farm pflügte. Es war eine langwierige und sehr beschwerliche Arbeit. Von April bis Ende Juli hatte Mort gebraucht, um die tiefe, schwere Krume aufzubrechen. Es war aber auch eine teure

Angelegenheit, denn die umgedrehten Soden mußten nun zwei bis drei Jahre ruhen und verrotten, bevor man neu pflügen und endlich ansäen konnte, und außerdem hatte Mort die Illinois-Krätze aufgeschnappt, die fast alle Männer befiel, die in der Prärie Felder bearbeiteten. Einige glaubten, die verfaulenden Soden würden giftige Dämpfe freisetzen, die den Farmer krank machten, während andere behaupteten, die Krätze komme von den Bissen der winzigen Insekten, die die Pflugschar aufscheuchte. Es war ein unangenehmes Leiden, denn auf der Haut bildeten sich kleine, juckende und nässende Pusteln. Mit einer Schwefelbehandlung konnte die Krätze so weit eingedämmt werden, daß sie nur noch lästig, aber nicht mehr gefährlich war, doch bei Vernachlässigung entwickelte sich aus ihr ein lebensbedrohendes Fieber, wie es zum Beispiel Alexander Bledsoe, Sarahs ersten Mann, getötet hatte.

Jay bestand darauf, daß auch die Ecken seines Felds sorgfältig gepflügt und später besät wurden. Entsprechend dem uralten jüdischen Gesetz erntete er im Herbst die Ecken nicht ab, sondern überließ sie den Armen. Als seine ersten Felder anfingen, gute Maiserträge abzuwerfen, konnte er den zweiten Abschnitt in Angriff nehmen, auf dem er Weizen anbauen wollte. Zu dieser Zeit war Mort London bereits Sheriff, und keiner der anderen Siedler war bereit, für Lohn zu arbeiten. Es war eine Zeit, in der chinesische Kulis es nicht wagten, ihre Eisenbahntrupps zu verlassen, da sie Gefahr liefen, gesteinigt zu werden, wenn sie einer Stadt zu nahe kamen. Gelegentlich kam ein Ire und manchmal auch ein Italiener nach Holden's Crossing, meistens auf der Flucht vor der Sklavenarbeit beim Bau des Illinois and Mississippi Canal, aber Papisten wurden vom Großteil der Bevölkerung mit Argwohn betrachtet und schleunigst wieder weitergeschickt.

Jay hatte mit einigen Sauks flüchtige Bekanntschaft geschlossen, denn sie waren die Armen, die seine Feldecken abernten durften. Schließlich kaufte er vier Ochsen und einen Stahlpflug und stellte zwei der Krieger, Kleines Horn und Steinhund, ein, damit sie für ihn die Prärie umpflügten.

Die Indianer wußten um Geheimnisse, wie man die Ebenen aufbrach und ihr Fleisch und Blut bloßlegte: die schwarze Erde. Bei der Arbeit entschuldigten sie sich beim Boden, weil sie ihn verletzten, und sie sangen Lieder, um die entsprechenden Geister günstig zu stimmen. Sie wußten auch, daß der weiße Mann zu tief pflügte. Als sie die Pflugschar für eine flachere Bearbeitung einstellten, verrottete das Wurzelgeflecht unter der umgepflügten Erde tatsächlich schneller als zuvor, und sie konnten auf diese Weise zwei Morgen pro Tag bearbeiten anstatt eineinhalb. Außerdem bekamen weder Kleines Horn noch Steinhund die Krätze.

Jay staunte über die Ergebnisse und versuchte, die Methode auch seinen Nachbarn nahezubringen, doch er fand nirgends ein offenes Ohr.

»Das ist nur, weil diese ignoranten Arschlöcher mich als Ausländer betrachten, obwohl ich in South Carolina geboren bin, ein paar von denen aber in Europa«, beschwerte er sich erregt bei Rob J. »Die trauen mir nicht. Sie hassen die Iren und die Juden, und die Chinesen, und die Italiener, und Gott weiß wen sonst noch, weil die zu spät nach Amerika gekommen sind. Die Franzosen und die Mormonen hassen sie aus Prinzip. Und die Indianer hassen sie, weil die zu früh in Amerika waren. Zum Teufel, wen mögen sie eigentlich?«

Rob lachte. »Aber, Jay... sich selber mögen sie! Sie glauben, daß sie genau richtig sind, nur weil sie zufällig gerade zur rechten Zeit hier angekommen sind«, sagte er.

In Holden's Crossing war es eine Sache, gemocht zu werden, eine ganz andere aber, akzeptiert zu werden. Rob J. Cole und Jay Geiger wurden widerstrebend akzeptiert, weil ihre Berufe dringend benötigt wurden. Während sie allmählich zu markanten Flecken in der Patchworkdecke der Gemeinde wurden, hielten die beiden Familien eng zusammen und unterstützten und ermutigten sich gegenseitig. Die Kinder wurden vertraut mit den Werken großer Komponisten, und oft lagen sie abends im Bett und lauschten dem wunderbaren Klang der Saiteninstrumente, die ihre Väter mit Liebe und Leidenschaft spielten.

Als Shaman fünf Jahre alt war, wüteten im Frühling die Masern. Der unsichtbare Panzer, der Sarah und Rob beschützt hatte, wirkte nicht mehr, und so schwand auch das Glück, das ihnen bis dahin beigestanden hatte. Sarah brachte die Krankheit mit nach Hause und mußte einen leichten Anfall durchstehen, Shaman ebenfalls. Rob J.s Ansicht nach hatte jeder Glück, der sich nur geringfügig ansteckte, denn seiner Erfahrung nach bekam man die Masern nur einmal im Leben. Alex allerdings befiel die Krankheit in ihrer ganzen schrecklichen Heftigkeit. Während seine Mutter und sein Bruder nur leicht erhöhte Temperatur hatten, glühte er im Fieber. Während sie nur schwachen Juckreiz spürten, kratzte er sich die Haut blutig. Rob J. wickelte ihn in welke Kohlblätter und mußte ihm zu seinem eigenen Besten die Hände fesseln.

Im darauffolgenden Frühjahr war Scharlach die vorherrschende Krankheit. Die Sauks steckten sich an, und auch Makwa-ikwa wurde krank, so daß Sarah mißmutig zu Hause bleiben und die Indianerfrau pflegen mußte, anstatt als Assistentin mit ihrem Mann mitzureiten. Nach einer Weile steckten sich auch die beiden Jungen an. Diesmal holte Alex sich die leichtere Version, während Shaman glühte, erbrach, vor Ohrenschmerzen schrie und einen so heftigen Ausschlag bekam, daß er sich an vielen Stellen schälte wie eine Schlange.

Nachdem die Epidemie abgeklungen war, ließ Sarah die warme Mailuft ins Haus und erklärte, daß die Familie einen Feiertag nötig habe. Sie briet eine Gans, ließ die Geigers wissen, daß sie willkommen seien, und am Abend erklang wieder Musik, nachdem seit Wochen keine mehr zu hören gewesen war.

Die Kinder der Geigers durften auf Feldbetten im Zimmer von Alex und Shaman schlafen. Kurz bevor sie einschliefen, schlüpfte Lillian Geiger ins Zimmer und gab jedem Kind einen Gutenachtkuß. An der Tür blieb sie noch einmal stehen und wünschte ihnen eine gute Nacht. Alex antwortete, und auch ihre eigenen Kinder: Rachel, Davey, Herm und Cubby, der noch zu jung war, um bei seinem richtigen Namen – Lionel – gerufen zu werden.

»Gute Nacht, Rob J.« sagte sie. Doch es kam keine Antwort, und Lillian sah, daß der Junge geradeaus starrte, als wäre er tief in Gedanken versunken.

»Shaman? Mein Lieber?« Als wieder keine Reaktion kam, klatschte sie laut in die Hände. Fünf Gesichter wandten sich ihr zu, doch eines nicht.

Im anderen Zimmer spielten die Musiker jenes Mozart-Duo, das sie am besten gemeinsam spielten und in dem sie als Künstler glänzten. Rob war sehr erstaunt, als Lillian sich plötzlich vor ihn stellte und seinen Bogen mitten in einer Passage anhielt, die er besonders liebte.

»Dein Sohn«, sagte sie, »der kleine. Er hört nichts.«

DAS STILLE KIND

Während seines lebenslangen Kampfes um die Linderung von Leiden, die körperliche und seelische Defekte mit sich bringen, wunderte Rob J. sich immer wieder, wie sehr es ihn traf, wenn der Patient jemand war, den er liebte. Er hatte für alle Sympathie, die er behandelte, auch für solche, die die Krankheit böse gemacht hatte, und sogar für jene, die schon vor ihrer Krankheit böse gewesen waren, denn indem sie seine Hilfe suchten, wurden sie in gewisser Weise zu den Seinen. Als junger Arzt in Schottland hatte er seine Mutter immer schwächer werden und auf den Tod zugehen sehen, und das hatte ihm schmerzhaft vor Augen geführt, wie machtlos er letztlich als Mediziner war. Jetzt schmerzte ihn tief, was diesem starken, stämmigen Jungen widerfahren war, der seinem Samen und seiner Seele entsprungen war.

Shaman lag nur benommen da, während sein Vater in die Hände klatschte, schwere Bücher zu Boden fallen ließ und ihn anschrie.

»Kannst ... du ... etwas ... hören ... Sohn?« schrie Rob und deutete auf seine eigenen Ohren, doch der kleine Junge starrte ihn nur verwirrt an. Shaman war vollkommen taub geworden.

»Wird es wieder vergehen?« fragte Sarah ihren Mann.

»Vielleicht«, antwortete Rob, doch er sorgte sich noch mehr als sie, weil er mehr wußte und Tragödien miterlebt hatte, die sie sich kaum vorstellen konnte.

»Du wirst schon dafür sorgen, daß es wieder vergeht.« Sie hatte absolutes Vertrauen in ihn. So, wie er einst sie gerettet hatte, würde er auch ihr Kind heilen.

Rob J. wußte zwar nicht, wie er vorgehen sollte, aber er versuchte es. Er goß Shaman warmes Öl in die Ohren. Er badete ihn heiß, legte Kompressen an. Sarah betete zu Jesus. Die Geigers beteten zu Jahwe. Makwa-ikwa schlug ihre Wassertrommel und sang zu ihren Manitus und Geistern. Weder Gott noch Geist schienen darauf zu achten. Weder Gott noch Geist erhörten das Flehen.

Am Anfang war Shaman zu verblüfft, um Angst zu haben. Doch schon wenige Stunden später begann er zu wimmern und zu schreien. Er schüttelte den Kopf und griff sich an die Ohren. Sarah glaubte schon, die schrecklichen Ohrenschmerzen würden wieder einsetzen, doch Rob wußte, es war etwas anderes, denn er kannte das von früheren Fällen. »Er hört Geräusche, die wir nicht hören können. In seinem Kopf.«

Sarah erbleichte. »Stimmt mit seinem Kopf etwas nicht?«

»Nein, nein.« Er konnte ihr sagen, wie man das Symptom nannte – Tinnitus –, aber er konnte ihr nicht sagen, was die Geräusche hervorrief, die nur Shaman hörte und sonst niemand.

Shaman hörte nicht auf zu weinen. Sein Vater, seine Mutter und Makwa lagen abwechselnd in seinem Bett und drückten ihn an sich. Erst später sollte Rob erfahren, daß sein Sohn eine Vielzahl von Geräuschen hörte: Knistern, Rauschen, Dröhnen, Zischen. Sie alle waren sehr laut, und Shaman lebte in beständiger Angst. Doch dieser innerliche Höllenlärm verschwand nach drei Tagen. Shaman war mehr als erleichtert, und die wiedergefundene Stille tröstete ihn sehr, aber die Erwachsenen, die ihn liebten, waren gepeinigt von der Verzweiflung in dem kleinen, blassen Gesicht.

An diesem Abend schrieb Rob an Oliver Wendell Holmes in Boston und fragte ihn, ob er eine Therapie gegen Taubheit kenne. Darüber hinaus bat er Holmes, für den Fall, daß es keine Behandlungsmöglichkeit gab, ihm Informationen zur Erziehung eines tauben Sohnes zu schicken.

Keiner wußte, wie sie Shaman behandeln sollten. Während Rob J. nach einer medizinischen Lösung suchte, war Alex es, der die Verantwortung übernahm. Obwohl das Unglück, das seinem Bruder widerfahren war, ihn verwirrte und ängstigte, paßte er sich der Situation schnell und geschickt an. Er nahm Shamans Hände und ließ sie nicht mehr los. Wohin der ältere Junge auch ging, folgte ihm der jüngere. Wenn ihre Finger sich verkrampften, wechselte Alex die Seite und nahm die andere Hand. Shaman gewöhnte sich sehr schnell an die Sicherheit, die Biggers schweißige, oft schmutzige Hände ihm boten.

Alex paßte sehr genau auf ihn auf. »Er will noch etwas«, bemerkte er häufig bei Tisch, und streckte seiner Mutter Shamans leere Schüssel hin, damit sie ihm nachfüllte.

Sarah beobachtete ihre Söhne und merkte, wie sie beide litten. Shaman hörte auf zu reden, und Alex leistete ihm in seiner Stummheit Gesellschaft. Er sprach kaum noch und kommunizierte mit Shaman mit einer Reihe deutlicher Gesten und mit Blicken, denn die beiden jungen Augenpaare waren in ständigem Kontakt.

Sie quälte sich mit der Vorstellung von Situationen, in denen Shaman ein schreckliches Schicksal erlitt, weil er ihre besorgten Warnrufe nicht hören konnte. Sie befahl den Jungen, immer in der Nähe des Hauses zu bleiben. Das langweilte die beiden bald, und sie saßen mürrisch auf der Erde und spielten dumme Spiele mit Nüssen und Kieseln oder zeichneten mit Zweigen in den Staub. Sie konnte es zwar kaum glauben, doch hin und wieder hörte sie die zwei sogar lachen. Da Shaman seine eigene Stimme nicht hörte, neigte er dazu, zu leise zu sprechen, und sie mußten ihn dann bitten zu wiederholen, was er gemurmelt hatte, doch er verstand sie nicht. Er gewöhnte sich an, zu grunzen anstatt zu sprechen. Wenn Alex der Geduldsfaden riß, vergaß er die Gegebenheiten. »Was?« rief er dann. »Was, Shaman?« Doch dann erinnerte er sich an die Taubheit seines Bruders und verlegte sich wieder aufs Gestikulieren. Mit der Zeit übernahm er von Shaman die schlechte Gewohnheit zu grunzen, um etwas zu verdeutlichen, das er mit seinen Händen ausdrückte. Sarah konnte diese schnaubenden Geräusche nicht ertragen, denn die ließen ihre Söhne in ihren Augen wie Tiere erscheinen.

Auch sie nahm eine schlechte Gewohnheit an, denn sie stellte sich oft hinter sie und klatschte in die Hände, schnippte mit den Fingern oder rief ihre Namen, um auszuprobieren, ob Shaman wirklich noch taub war. Wenn sie im Haus mit dem Fuß aufstampfte, brachte die Erschütterung des Bodens Shaman dazu, den Kopf zu drehen. Ansonsten war Alex' böser Blick die einzige Reaktion auf ihre Einmischung.

Sie war eine unbeständige Mutter gewesen, hatte sie es doch oft vorgezogen, mit Rob. J. auszureiten, anstatt sich um ihre Kinder zu kümmern. Sie mußte sich eingestehen, daß ihr Mann das Wichtigste in ihrem Leben war, so wie sie einsah, daß für ihn die Medizin die Hauptantriebskraft in seinem Leben war, wichtiger noch als seine Liebe zu ihr; aber so war es eben. Weder für Alexander Bledsoe noch für einen anderen Mann hatte sie je empfunden, was sie für Rob J. Cole empfand. Jetzt, da einer ihrer Söhne bedroht war, wandte sie ihre Liebe wieder mit ganzer Kraft ihren Kindern zu, doch es war zu spät. Alex war nicht bereit, ein Quentchen von seinem Bruder abzurücken, und Shaman hatte sich daran gewöhnt, von Makwa-ikwa abhängig zu sein.

Makwa hatte nicht die Absicht, etwas gegen diese Abhängigkeit zu tun, im Gegenteil, sie nahm ihn für lange Zeitspannen mit in ihr *hedonoso-te* und wachte über jede seiner Bewegungen. Einmal sah Sarah, wie sie zu der Stelle lief, wo Shaman Wasser gelassen hatte, und etwas von der nassen Erde in eine Schale schaufelte, als sammle sie die Reliquien eines Heiligen ein.

Sarah hielt die Frau für einen Sukkubus, der versuchte, den Teil ihres Gatten für sich zu beanspruchen, den sie selbst am meisten schätzte, und der jetzt auch noch versuchte, ihr Kind in seine Gewalt zu bekommen. Sie wußte, daß Makwa-ikwa Zauberworte sprach, sang und wilde Rituale vollzog, bei denen sie eine Gänsehaut bekam, wenn sie nur daran dachte, doch sie traute sich nicht, etwas dagegen zu sagen. Sosehr sie sich auch wünschte, daß jemand – wer auch immer und womit auch immer – ihrem Kind helfe, empfand sie doch eine gewisse selbstgerechte Bestätigung, eine Bekräftigung in dem einen, wahren Glauben, als die Tage vergingen und nichts von dem heidnischen Unsinn den Zustand ihres Sohnes besserte.

Nachts lag Sarah wach und quälte sich mit Gedanken an Taubstumme, die sie kannte. Sie erinnerte sich vor allem an eine schwachsinnige, zerlumpte und sehr fette Frau, die sie und ihre Freundinnen durch die Straßen ihres Heimatdorfes in Virginia gejagt und wegen ihrer Korpulenz und ihrer Taubheit verspottet hatten. Bessie hatte sie geheißen, Bessie Turner. Sie hatten Zweige und Steine nach ihr geworfen, denn in ihrem Übermut wollten sie sehen, wie Bessie auf körperliche Schmerzen reagierte, wenn sie schon die schlimmen Beleidigungen nicht mitbekam, die sie ihr nachriefen. Sie fragte sich, ob grausame Kinder auch Shaman durch die Straßen jagen würden.

Langsam dämmerte es Sarah, daß auch Rob Shaman nicht helfen konnte – nicht einmal er. Jeden Morgen verließ er das Haus und ritt zu seinen Hausbesuchen, die Krankheiten anderer Leute nahmen ihn ganz in Anspruch. Doch er ließ dabei seine eigene Familie nicht im Stich. Es kam ihr nur manchmal so vor, da sie Tag für Tag zusehen mußte, wie ihre Söhne sich abmühten.

Die Geigers, die hilfsbereit sein wollten, luden sie öfters zu Abenden ein, wie die beiden Familien sie früher häufig verbracht hatten, doch Rob J. lehnte ab. Er spielte nicht mehr auf seiner Gambe, und Sarah glaubte, er könne es einfach nicht ertragen, Musik zu machen, die Shaman nicht hören konnte.

Sie stürzte sich in die Farmarbeit. Alden Kimball grub ihr ein neues Stückchen Erde um, und sie legte einen höchst ehrgeizigen Gemüsegarten an. Meilenweit suchte sie das Flußufer nach gelben Taglilien ab, die sie in ein Beet vor dem Haus verpflanzte. Sie half Alden und Mond, kleine Herden blökender Schafe auf ein Floß zu treiben, in die Flußmitte zu staken und dann ins Wasser zu stoßen, damit sie ans Ufer schwimmen mußten, wobei die Wolle vor dem Scheren gereinigt wurde. Nach dem Kastrieren der Frühlingslämmer sah Alden sie schief an, als sie den Kübel mit den abgeschnittenen Hoden verlangte, den Prärieaustern, die Alden so gerne aß. Sarah schälte die sehnige Hülle ab und fragte sich dabei, ob die Hoden eines Mannes unter der runzeligen Haut genauso aussahen. Dann halbierte sie die zarten kleinen Bällchen und briet sie mit wilden Zwiebeln und in Scheiben geschnittenen Bofisten in ausgelassenem Speck. Alden aß seine Portion mit großem Appetit, erklärte sie für ausgezeichnet und beklagte sich von da an nicht mehr.

Sie hätte beinahe glücklich sein können. Bis auf das eine.

Eines Tages kam Rob J. nach Hause und erzählte ihr, daß er mit Tobias Barr über Shaman gesprochen habe. »In Jacksonville wurde eine Schule für Taube eröffnet, aber er weiß nur wenig darüber. Ich könnte hinfahren und sie mir ansehen. Aber… Shaman ist noch so jung.«

»Jacksonville ist hundertundfünfzig Meilen weit weg. Wir würden ihn kaum noch sehen.«

Er berichtete ihr, daß der Arzt aus Rock Island ihm seine Unwissenheit, was die Behandlung tauber Kinder betraf, gestanden habe. Erst vor einigen Jahren habe er ein achtjähriges Mädchen und ihren sechsjährigen Bruder ihrem Schicksal überlassen müssen. Die beiden Kinder seien schließlich als Mündel des Staates in die Irrenanstalt von Springfield in Illinois gesteckt worden.

»Rob J.«, sagte sie. Durch das offene Fenster drang das kehlige Grunzen ihrer Söhne herein, ein irrsinniges Geräusch, und plötzlich sah sie Bessie Turners leeren Blick wieder vor sich. »Ein taubes Kind zu Verrückten in eine Anstalt zu stecken – das ist böse.« Der Gedanke an das Böse ließ sie erschauern, wie immer. »Glaubst du«, flüsterte sie, »daß Shaman für meine Sünden bestraft wird?«

Er nahm sie in seine Arme, und sie schöpfte Mut aus seiner Kraft, wie sie es stets tat.

»Nein«, antwortete er. Er hielt sie lange. »Ach, meine Sarah. Das darfst du nie denken.« Aber er sagte ihr nicht, was sie tun konnten.

Eines Morgens saßen die beiden Jungen zusammen mit Kleiner Hund und Vogelfrau vor dem *hedonoso-te* und schälten die Rinde von Weidenruten ab, damit Makwa ihre Medizin daraus brauen konnte, als ein fremder Indianer auf einem knochigen Pferd aus dem Wald am Flußufer geritten kam. Er war vom Aussehen her ein Sioux, alles andere als jung und so dürr, schäbig und abgerissen wie sein Pferd. Seine Füße waren nackt und schmutzig. Er trug Gamaschen und ein Lendentuch aus Hirschleder, und um den Oberkörper den zerfetzten Überrest eines Bisonfells, das ein Gurt aus verknoteten Stoffetzen zusammenhielt. Seine langen, angegrauten Haare waren mit Streifen von Otterhaut nachlässig zu einem kurzen Zopf am Hinterkopf und zwei längeren Zöpfen an den Seiten geflochten.

Noch vor ein paar Jahren hätte ein Sauk einen Sioux nur mit der Waffe begrüßt, doch inzwischen wußten beide Stämme, daß sie von einem gemeinsamen Feind bedroht waren, und als der Reiter Makwa-ikwa in der Zeichensprache begrüßte, die die Präriestämme mit unterschiedlichen Dialekten untereinander benutzten, erwiderte sie den Gruß mit ihren Händen.

Sie vermutete, daß er den Wisconsin überquert hatte und dann dem Waldgürtel entlang des Masesibowi gefolgt war. Seine Zeichen gaben ihr zu verstehen, daß er in Frieden komme und der untergehenden Sonne zu den Sieben Nationen folge. Er bat sie um Essen.

Die vier Kinder waren fasziniert. Sie kicherten und ahmten das Essen-Zeichen mit ihren kleinen Händen nach.

Er war ein Sioux, also konnte sie ihm nicht einfach etwas ohne

Gegenleistung geben. Er tauschte ein geflochtenes Seil gegen einen Teller Eichhörncheneintopf und ein großes Stück Maiskuchen sowie einen kleinen Sack getrocknete Bohnen für unterwegs ein. Der Eintopf war kalt, aber der Sioux stieg ab und aß mit offensichtlichem Hunger.

Dann bemerkte er die Wassertrommel und fragte sie, ob sie eine Geisterbeschwörerin sei. Als sie bejahte, setzte er eine unbehagliche Miene auf. Ihre Namen nannten sie nicht, um dem anderen nicht Macht über sich zu geben. Nachdem er gegessen hatte, warnte sie ihn, keine Schafe zu jagen, da die weißen Männer ihn sonst töten würden, und er stieg wieder auf sein dürres Pferd und ritt davon.

Die Kinder spielten noch immer mit ihren Händen und machten Zeichen, die nichts bedeuteten, außer Alex, der sich das Essen-Zeichen gemerkt hatte. Makwa brach ein Stück von dem Maiskuchen ab, gab es ihm und zeigte dann den anderen, wie man es machte. Hatten sie es begriffen, erhielten sie zur Belohnung ebenfalls ein Stückchen. Diese zwischen den Stämmen benutzte Sprache war etwas, das die Sauk-Kinder eigentlich beherrschen sollten, deshalb brachte sie ihnen auch das Zeichen für Weide bei. Die weißen Kinder ließ sie aus Freundlichkeit am Unterricht teilhaben. Doch dann sah sie, daß Shaman die Zeichen sehr schnell zu begreifen schien, und ihr kam ein aufregender Gedanke, der sie dazu brachte, sich auf ihn mehr zu konzentrieren als auf die anderen.

Zusätzlich zu den Zeichen für Essen und Weide zeigte sie ihnen die für Mädchen, Junge, Waschen und Anziehen. Das war in ihren Augen genug für den ersten Tag, doch sie hielt sie dazu an, sie immer wieder zu üben, bis sie die Zeichen perfekt beherrschten. Für die Kinder war das ein aufregendes, neues Spiel. Als Rob J. an diesem Nachmittag heimkehrte, brachte Makwa-ikwa die Brüder zu ihm und zeigte ihm, was sie gelernt hatten. Rob J. sah seinem tauben Sohn nachdenklich zu. Er sah, daß Makwas Augen vor Stolz über das Erreichte leuchteten, und er lobte die Kinder und dankte Makwa, die versprach, ihnen noch weitere Zeichen beizubringen.

»Wozu soll denn das gut sein?« fragte Sarah bitter, als sie alleine waren. »Was bringt es, wenn unser Sohn mit seinen Händen reden kann, aber nur von einem Haufen Indianer verstanden wird?«

»Es gibt eine ähnliche Zeichensprache für die Taubstummen«, erwiderte Rob J. nachdenklich. »Ich glaube, ein Franzose hat sie erfunden. An der Universität habe ich selber gesehen, wie sich zwei Taubstumme mit Gebärden problemlos verständigt haben. Wenn ich mir ein Buch mit diesen Zeichen schicken lasse und wir sie mit Shaman lernen, können wir mit Shaman reden und er mit uns.«

Widerstrebend gab sie zu, daß es einen Versuch wert sei. In der Zwischenzeit, beschloß Rob J., würde es dem Jungen nicht schaden, wenn er die indianischen Zeichen lernte.

Von Oliver Wendell Holmes kam ein langer Brief. Mit der für ihn typischen Gründlichkeit hatte er die Literatur in der Bibliothek der Harvard Medical School durchforstet und einer Reihe von Autoritäten Shamans Fall, soweit er ihn aus Rob J.s Schreiben kannte, vorgelegt.

Er sah nur wenig Hoffnung für eine Besserung von Shamans Zustand.

Manchmal, schrieb er, *erlangen Patienten ihr Gehör wieder, die in der Folge von Krankheiten wie Masern, Scharlach oder Gehirnhautentzündung vollständig taub wurden. Aber oft hat eine massive Infektion während der Krankheit zu Beschädigung und Vernarbungen des Gewebes geführt, wodurch höchst sensible und komplizierte Prozesse außer Funktion gesetzt werden. Eine Wiederherstellung durch Behandlung ist nicht möglich.*

Sie schreiben, daß Sie die beiden äußeren Gehörgänge mit einem Spekulum untersucht haben. Ich würde Ihnen empfehlen, mit Hilfe eines Handspiegels das Licht einer Kerze in das Ohr zu lenken. Mit ziemlicher Sicherheit liegt die Beschädigung tiefer als der Bereich, den Sie untersuchen konnten. Da wir beide seziert haben, wissen wir um die Empfindlichkeit und Komplexität des Mittel- und des Innenohres. Wir werden wohl nie erfahren, ob das Problem des jungen Robert im Trommelfell oder den Gehörknöchelchen oder in der Schnecke liegt. Wir wissen nur, mein lieber Freund, daß Ihr Sohn, falls er bei Eintreffen dieses Briefes noch taub ist, aller Wahrscheinlichkeit nach auch für den Rest seines Lebens taub bleiben wird.

Das Problem, dem wir unsere Aufmerksamkeit schenken müssen, ist also die Frage nach der bestmöglichen Ausbildung.

Holmes hatte sich mit Dr. Samuel G. Howe aus Boston unterhalten, der mit zwei taubstummen und blinden Kindern gearbeitet und ihnen beigebracht hatte, mit anderen zu kommunizieren, indem sie mit ihren Fingern buchstabierten. Drei Jahre zuvor hatte Dr. Howe Europa bereist und dabei beobachten können, wie tauben Kindern beigebracht wurde, deutlich und verständlich zu reden.

Aber in Amerika bringt man Kindern nicht das Reden bei, schrieb Holmes weiter, *sondern nur die Zeichensprache. Wenn Ihr Sohn die Zeichensprache lernt, wird er sich nur mit anderen Tauben unterhalten können. Wenn er aber lernt, zu sprechen und von den Lippen der anderen abzulesen, was sie sagen, gibt es keinen Grund, warum er nicht auch in der Gesellschaft normaler Menschen leben könnte.*

Dr. Howe empfiehlt Ihnen deshalb, Ihren Sohn zu Hause zu behalten und ihn selbst zu unterrichten, und ich stimme ihm zu.

Die befragten Ärzte hatten davor gewarnt, daß Shaman, wenn man ihn nicht zum Sprechen zwinge, auf Grund mangelnder Übung der Sprechorgane mit der Zeit stumm werden könne. Und Holmes fügte noch hinzu, wenn die Sprechfähigkeit erhalten werden solle, dürfe die Familie Cole im Umgang mit dem jungen Robert keine formalisierten Zeichen benutzen und von ihm auch nie solche Zeichen akzeptieren.

DIE FESSELUNG

Zunächst verstand es Makwa-ikwa nicht, als Cawso wabeskiou ihr sagte, sie dürfe den Kindern die Zeichen der Stämme nicht mehr beibringen. Aber Rob J. erklärte ihr, warum diese Zeichen für Shaman schlechte Medizin waren. Der Junge hatte bereits sechzehn Zeichen gelernt. Er kannte die Geste für Hunger, er konnte um Wasser bitten und anzeigen, daß ihm heiß oder kalt war und ob er sich wohl oder krank fühlte, er konnte seine Zustimmung oder sein Mißfallen ausdrücken, grüßen und sich verabschieden, konnte Größen beschreiben und schließlich deutlich machen, ob er etwas für klug oder für töricht hielt. Für die anderen Kinder war die indianische Zeichensprache nur ein Spiel, aber für Shaman, der ja von der normalen Kommunikation ausgeschlossen war, bedeutete sie den wiederhergestellten Kontakt zur Welt.

Seine Hände sprachen weiter.

Rob J. verbot den anderen, sich darauf einzulassen, doch es waren Kinder, und wenn Shaman ein Zeichen machte, konnten sie der Versuchung, darauf zu reagieren, manchmal nicht widerstehen.

Nachdem Rob J. mehrmals zusehen mußte, daß weiterhin Zeichen ausgetauscht wurden, nahm er einen weichen Stoffstreifen, den Sarah zu einer Binde zusammengerollt hatte, und fesselte damit Shaman die Hände an den Gürtel.

Shaman schrie und weinte.

»Du behandelst deinen Sohn... wie ein Tier«, flüsterte Sarah.

»Es ist vielleicht schon zu spät für ihn. Vielleicht ist das seine letzte Chance.« Rob faßte die Hände seiner Frau und versuchte, sie zu trösten. Aber sosehr sie ihn auch anflehte, er blieb standhaft und die Hände seines Sohnes blieben gefesselt, als wäre er ein kleiner Gefangener.

Alex wußte noch gut, wie er sich gefühlt hatte, als sein Körper während der Masern so schrecklich gejuckt und sein Vater ihm die Hände gefesselt hatte, damit er sich nicht kratzen konnte. Er vergaß dabei, daß sein Körper bereits geblutet hatte, und erinnerte sich nur noch an das ungelinderte Jucken und das entsetzliche Gefesseltsein. Bei der ersten Gelegenheit holte er deshalb die Sichel aus der Scheune und zerschnitt die Fessel seines Bruders.

Als Rob J. Alex Hausarrest auferlegte, hielt der sich nicht daran. Er packte ein Küchenmesser, ging hinaus und befreite seinen Bruder noch einmal von den Fesseln, nahm ihn bei der Hand und führte ihn weg.

Zur Mittagszeit wurde ihre Abwesenheit bemerkt, und jeder auf der Farm ließ seine Arbeit im Stich, um sich auf die Suche zu machen. In den Wäldern, am Flußufer und auf den Weiden der Prärie suchte man sie und rief ihre Namen, die freilich nur einer der Jungen würde hören können. Niemand erwähnte den Fluß selbst, doch in diesem Frühling waren zwei Franzosen mit einem Kanu bei Hochwasser umgekippt und ertrunken, weshalb die Bedrohung, die dieser Fluß darstellte, allen noch frisch im Gedächtnis war.

Es gab keine Spur von den beiden Jungen, bis kurz vor Einbruch der Nacht Jay Geiger auf die Farm der Coles geritten kam, Shaman vor sich im Sattel, Alex hinter sich. Er habe sie mitten in seinem Maisfeld gefunden, berichtete er, vollkommen verweint und sich gegenseitig an den Händen haltend, seien sie zwischen den Pflanzen gesessen.

»Wenn ich das Feld nicht gerade nach Unkraut abgesucht hätte, würden sie immer noch dort sitzen«, sagte Jay.

Rob J. wartete, bis die tränennassen Gesichter gewaschen waren und die Jungen gegessen hatten. Dann nahm er Alex und ging mit ihm zum Fluß. Die Strömung kräuselte sich glucksend an den Steinen am Ufer, und das Wasser war bereits dunkler als der Himmel. Die hereinbrechende Nacht spiegelte sich in ihm. Mauersegler stiegen hoch und stießen dann wieder herunter, bis sie beinahe die Wasseroberfläche berührten. Hoch oben zog zielstrebig wie ein Postboot ein Kranich vorbei.

»Weißt du, warum ich dich hierher gebracht habe?«

»Wirst mich verprügeln wollen.«

»Ich habe dich bis jetzt noch nie geprügelt, oder? Und ich fange auch jetzt nicht damit an. Nein, ich will mich mit dir beratschlagen.«

Der Junge sah ihn mit ängstlich aufgerissenen Augen an, denn er wußte nicht genau, ob dieses Beratschlagen nicht schlimmer war als Prügel. »Was is'n das?«

»Weißt du, was Tauschen ist?«

Alex nickte. »Klar. Hab' schon oft Sachen getauscht.«

»Na, und ich will mit dir Gedanken austauschen. Über deinen Bruder. Shaman hat großes Glück, daß er einen großen Bruder hat wie dich, jemanden, der sich um ihn kümmert. Deine Mutter und ich... wir sind stolz auf dich. Wir danken dir.«

»Du behandelst ihn aber gemein, Pa, fesselst ihm die Hände...«

»Alex, wenn ihr euch weiter mit Zeichen verständigt, braucht er nicht zu reden. Und ziemlich bald hat er dann das Reden verlernt, und du wirst nie wieder seine Stimme hören. Nie wieder. Glaubst du mir das?«

Die Augen des Jungen wurden noch größer, die Last der Verantwortung spiegelte sich in ihnen. Er nickte.

»Ich will, daß du ihm die Hände gefesselt läßt, und ich bitte dich, dich mit ihm nie wieder mit Zeichen zu verständigen. Wenn du mit ihm redest, deute erst auf deinen Mund, damit er auf deine Lippen sieht! Dann sprich langsam und deutlich! Du mußt wiederholen, was du sagst, bis er anfängt, von deinen Lippen zu lesen.« Rob J. sah Alex in die Augen. »Verstehst du das, mein Sohn? Willst du uns helfen, damit er das Reden nicht verlernt?«

Alex nickte. Rob J. zog ihn an seine Brust und drückte ihn. Der Junge stank, wie eben ein Zehnjähriger riecht, der den ganzen Tag lang schwitzend und weinend in einem gedüngten Maisfeld gesessen hat. Zu Hause wollte Rob ihm gleich helfen, Badewasser in die Stube zu tragen.

»Ich liebe dich, Alex.«

»...dich auch, Pa«, flüsterte der Junge.

Jedem wurde das gleiche eingeschärft: Zieh Shamans Aufmerksamkeit auf dich! Deute auf deine Lippen! Sprich langsam und deutlich! Sprich zu seinen Augen anstatt zu seinen Ohren! Jeden Morgen gleich nach dem Aufstehen fesselte Rob J. seinem Sohn die Hände. Bei den Mahlzeiten band Alex Shaman los, damit er essen konnte. Danach fesselte er seinen Bruder wieder und achtete darauf, daß keins der anderen Kinder Zeichen machte.

Doch Shamans Blick wurde immer gepeinigter, das sowieso schon abgehärmte Gesicht verschloß sich vor dem Rest der Welt. Er konnte nicht verstehen. Und er sagte kein einziges Wort.

Hätte Rob J. von einem anderen Vater gehört, der seinem Jungen die Hände fesselte, hätte er alles getan, um dem Kind zu helfen. Grausamkeit lag ihm fern, und er sah, was Shamans Leiden bei den anderen in seinem Haushalt anrichtete. So war es eine willkommene Flucht für ihn, wenn er seine Tasche nehmen und davonreiten konnte, um seinem Beruf nachzugehen.

Die Welt außerhalb der Farm nahm ihren Lauf, ohne sich groß um die Sorgen der Coles zu kümmern. In diesem Sommer bauten drei weitere Familien solide Holzhäuser als Ersatz für ihre Sodenhütten. Man sprach viel davon, eine Schule zu bauen und einen Lehrer zu engagieren, und Rob J. und Jason Geiger befürworteten das Vorhaben. Die beiden unterrichteten ihre Kinder zu Hause und halfen sich in Notfällen gegenseitig aus, aber sie waren übereinstimmend der Meinung, daß es besser wäre, wenn die Kinder in eine richtige Schule kämen.

Als Rob J. einmal die Apotheke aufsuchte, merkte er deutlich, daß Jay unbedingt etwas loswerden wollte. Schließlich platzte der Freund mit der Nachricht heraus, daß Lillians Babcock-Klavier unterwegs sei. Es war in Columbus verpackt und eingeschifft worden und hatte auf Floß und Flußdampfer bereits mehr als tausend Meilen zurückgelegt. »Den Scioto hinunter bis zum Ohio, den Ohio hinunter bis Cairo, und unseren Mississippi hoch zum Pier der Great Southern Transport Company in Rock Island, wo es jetzt auf meinen Buckboard und meine Ochsen wartet.«

Alden Kimball hatte Rob gebeten, einen Bekannten von ihm zu behandeln, der krank in der verlassenen Mormonenstadt Nauvoo lag. Alden begleitete ihn als Führer. Auf der Reise flußabwärts wollten sie es sich gemütlich machen und bezahlten deshalb für sich und ihre Pferde die Fahrt auf einem Flachboot. Nauvoo war eine gespenstische, zum größten Teil verlassene Stadt, ein Netzwerk breiter Straßen an einer hübsch gelegenen Flußbiegung, mit soliden Häusern und den steinernen Ruinen eines Tempels in der Mitte, der aussah, als wäre er von König Salomon erbaut. Nur eine Handvoll Mormonen lebte noch dort, erzählte ihm Alden, alte Leute und Rebellen, die mit der Führung gebrochen hatten, als die Heiligen der letzten Tage nach Utah gezogen waren. Es war ein Ort, der Freigeister anzog. So war ein Winkel der Stadt an eine kleine Kolonie von Franzosen vermietet worden, die sich selbst die Ikarier nannten und genossenschaftlich zusammenlebten. Mit verächtlich erhobenem Kopf, aufrecht in seinem Sattel sitzend, führte Alden Rob J. durch das französische Viertel und schließlich zu einem Haus aus verwittertem Backstein an einem freundlichen Sträßchen. Eine ernst blickende Frau mittleren Alters öffnete auf sein Klopfen hin und nickte ihm grüßend zu. Sie nickte auch Rob J. zu, nachdem Alden sie als Mrs. Bidamon vorgestellt hatte. Etwa ein Dutzend Leute standen oder saßen im Salon, aber Mrs. Bidamon führte Rob nach oben in ein Zimmer, in dem ein etwa sechzehnjähriger Junge mit Masern im Bett lag. Es war kein schwerer Fall. Rob gab der Mutter Senfsamen und zeigte ihr, wie sie ihm damit Bäder bereiten konnte. Aus einem Päckchen mit getrockneten Holunderbeeren sollte sie Tee kochen. »Ich glaube nicht, daß Sie mich noch einmal brauchen werden«, sagte er. »Aber Sie müssen mich sofort holen lassen, wenn es zu einer Entzündung der Ohren kommt.«

Mrs. Bidamon war schon voraus ins Erdgeschoß gegangen und

hatte den Leuten im Salon offensichtlich die beruhigende Nachricht bereits überbracht, denn als Rob J. über die Schwelle trat, erwarteten sie ihn mit Geschenken: einem Topf Honig, drei Gläsern Marmelade, einer Flasche Wein – und mit dankbarem Geplapper. Danach stand er beladen vor dem Haus und starrte Alden verwirrt an.

»Sie sind Ihnen sehr dankbar, daß Sie den Jungen behandelt haben«, sagte Alden. »Mrs. Bidamon war die Witwe von Joseph Smith, dem Propheten der Kirche Jesu Christi der Heiligen der letzten Tage, dem Mann, der die Religion begründet hat. Der Junge ist sein Sohn, und er heißt ebenfalls Joseph Smith. Sie glauben, daß der Jüngling auch ein Prophet ist.«

Während sie wegritten, betrachtete Alden die Stadt und seufzte. »Das war doch wirklich ein schöner Ort zum Leben. Und alles ist ruiniert, nur weil Joseph Smith seinen Schwanz nicht in seiner Hose behalten konnte. Der und seine Vielweiberei! Gattinnen im Geiste hat er sie genannt. War aber nichts Geistiges dran, der hat nur gern rumgehurt.«

Rob J. wußte, daß man die Heiligen aus Ohio, Missouri und schließlich auch aus Illinois vertrieben hatte, weil Gerüchte über ihre Mehrfachheiraten die Gemüter der ortsansässigen Bevölkerung erregt hatten. Er hatte Alden noch nie mit Fragen über sein früheres Leben bedrängt, doch jetzt konnte er nicht widerstehen. »Haben Sie selber auch mehr als eine Frau gehabt?«

»Drei. Als ich dann mit der Kirche Jesu Christi gebrochen hab', wurden sie unter den anderen Heiligen verteilt, zusammen mit ihren Kindern.«

Rob wagte nicht zu fragen, wie viele Kinder es gewesen waren. Aber ein Dämon reizte seine Zunge zu einer letzten Frage: »Hat Ihnen das was ausgemacht?«

Alden dachte einen Augenblick nach und spuckte dann aus. »Die Abwechslung war schon interessant, das will ich gar nicht leugnen. Aber der Friede ohne sie ist wunderbar«, erwiderte er.

In dieser Woche reichte die Skala der Patienten, die Rob behandelte, von dem jungen Propheten bis zu einem Kongreßabgeordneten. Er wurde nach Rock Island gerufen, um das Mitglied des Repräsentantenhauses Samuel T. Singleton zu untersuchen, der bei der Rückkehr aus Washington eine Herzattacke erlitten hatte.

Als Rob Singletons Haus betrat, verließ es gerade Thomas Beckermann, und der erzählte ihm, daß auch Tobias Barr den Abgeordneten bereits untersucht habe. »Der braucht aber 'ne Menge medizinischer Autoritäten, was?« meinte Beckermann verdrießlich.

Der Aufwand zeigte nur das Ausmaß von Samuel Singletons Angst, und als Rob J. ihn untersuchte, erkannte, er, daß diese Angst wohlbegründet war. Singleton war neunundsiebzig. Der kleine Mann hatte eine fast vollständige Glatze, schwammiges Fleisch und einen riesigen Bauch. Sein Herz schlug unregelmäßig, Rob J. hörte Pfeif- und Gurgelgeräusche.

Er nahm die Hände des alten Mannes in die seinen und starrte in das Antlitz des Schwarzen Ritters.

Singletons Assistent, ein Mann namens Stephen Hume, und sein Sekretär, Billy Rogers, saßen am Fußende des Bettes. »Wir waren das ganze Jahr in Washington. Jetzt muß er in Illinois Reden halten und seine Position wieder festigen. Er hat einen Riesenberg Arbeit vor sich«, sagte Hume vorwurfsvoll, als sei es Rob J.s Schuld, daß Singleton in so schlechter Verfassung war. Hume war zwar ein schottischer Name, doch Rob J. wurde mit dem Mann nicht so recht warm.

»Sie müssen im Bett bleiben«, sagte er unverblümt zu Singleton. »Vergessen Sie Ihre Reden und Ihre Position! Essen Sie leicht und bekömmlich! Und trinken Sie nur sehr wenig Alkohol!«

Rogers starrte ihn böse an. »Die beiden anderen Ärzte haben uns aber etwas ganz anderes gesagt. Dr. Barr meinte, nach der langen Reise wäre jeder erschöpft. Und der andere aus Ihrer Stadt, Dr. Beckermann, war der gleichen Ansicht und sagte, alles, was der Abgeordnete brauche, sei Hausmannskost und gute Prärieluft.«

»Wir hielten es für richtig, mehrere Ärzte zu Rate zu ziehen«, sagte Hume, »falls es verschiedene Ansichten gibt. Und die haben wir jetzt ja auch, nicht? Die anderen beiden sind nicht Ihrer Meinung, also steht's zwei zu eins.«

»Sehr demokratisch. Aber das hier ist keine Wahl.« Rob J. wandte sich an Singleton. »Wenn Sie überleben wollen, sollten Sie tun, was ich Ihnen sage.«

Die kalten Augen sahen ihn amüsiert an. »Sie sind ein Freund das Abgeordneten Holden. Und sein Partner in diversen Geschäften, wenn ich richtig informiert bin.«

Hume gluckste vergnügt. »Nick kann's ja kaum noch erwarten, daß unser Boß zurücktritt.«

»Ich bin Arzt. Um Politik kümmere ich mich nicht. Sie haben mich gerufen, Mr. Singleton.«

Der Kongreßabgeordnete nickte und warf den beiden anderen einen vielsagenden Blick zu. Billy Rogers führte Rob aus dem Zimmer. Als der versuchte, die Bedrohlichkeit von Singletons Zustand darzulegen, erhielt er vom Sekretär ein Nicken und vom Assistenten ein glattzüngiges Dankeschön. Rogers bezahlte das Honorar, als gebe er einem Stalljungen ein Trinkgeld, und Rob J. wurde schnell und ohne Umschweife hinauskomplimentiert. Als Rob J. ein paar Stunden später auf Vicky die Main Street in Holden's Crossing entlangritt, sah er, wie gut Nick Holdens Nachrichtendienst funktionierte. Nick wartete auf der Veranda vor Haskins Laden, den Stuhl gegen die Wand gekippt, einen Stiefel auf dem Geländer. Als er Rob J. entdeckte, winkte er ihn zu sich.

Nick zog ihn schnell in den hinteren Lagerraum des Ladens und versuchte erst gar nicht, seine Aufregung zu verbergen.

»Und?«

»Was und?«

»Ich weiß, daß Sie direkt von Samuel Singleton kommen.«

»Über meine Patienten rede ich nur mit ihnen selbst. Und manchmal mit ihren Lieben. Sind Sie einer von Singletons Lieben?«

Holden lächelte. »Also, ich mag ihn schon.«

»Mögen reicht nicht, Nick.«

222

»Keine Spielchen, Rob J.! Ich möchte nur eins wissen: Muß er zurücktreten?«

»Wenn Sie das wissen wollen, fragen Sie ihn doch selber!«

»Mein Gott!« schnarrte Holden verärgert.

Rob J. wich einer aufgestellten Mausefalle aus, als er den Lagerraum verließ. Mit dem Geruch lederner Pferdegeschirre und verfaulender Saatkartoffeln verfolgte ihn Nicks Zorn. »Cole, Ihr Problem ist, daß Sie nicht wissen, wer Ihre wirklichen Freunde sind!«

Vermutlich mußte Haskins jeden Abend darauf achten, daß der Käse gut verpackt und das Kräckerfaß sorgfältig verschlossen war. Wo wie hier Lebensmittel sind, können Mäuse große Verheerung anrichten, überlegte Rob, während er durch den Laden ging. Und wenn man so nahe an der Prärie wohnte, waren Mäuse eine unvermeidliche Plage.

Vier Tage später saß Samuel T. Singleton mit zwei Stadträten aus Rock Island und drei Stadträten aus Davenport an einem Tisch, um ihnen die steuerliche Situation der Chicago and Rock Island Railroad zu erklären, die vorhatte, zwischen diesen beiden Städten eine Eisenbahnbrücke über den Mississippi zu bauen. Er sprach eben über Wegerechte, als er plötzlich wie verärgert leicht aufseufzte und auf seinem Stuhl zusammensackte. Bis Dr. Tobias Barr im Saloon eintraf, wußte schon die ganze Nachbarschaft, daß Samuel Singleton tot war.

Es dauerte eine Woche, bis der Gouverneur einen Nachfolger bestimmt hatte. Direkt nach dem Begräbnis war Nick Holden nach Springfield gefahren, um zu versuchen, sich den Posten zu sichern. Rob J. konnte sich gut vorstellen, wie er dort an diversen Stellen Druck ausübte, und zweifellos erhielt er auch Unterstützung von seinem gelegentlichen Saufkumpanen, dem aus Kentucky stammenden Vizegouverneur. Doch offensichtlich hatten auch die Leute um Singleton ihre Saufkumpane, denn der Gouverneur bestimmte Singletons Assistenten Stephen Hume dazu, die verbleibenden achtzehn Monate der Wahlperiode an die Stelle des Verstorbenen zu treten.

»Jetzt ist Nick unten durch«, bemerkte Jay Geiger. »Bis zum Ende der Wahlperiode wird Hume sich eine sichere Position geschaffen haben. Er geht dann als Amtsinhaber ins Rennen, und Nick hat kaum noch Chancen, ihn zu schlagen.«

Rob war es gleichgültig. Er war viel zu sehr damit beschäftigt, was in seinen eigenen vier Wänden vor sich ging.

Nach zwei Wochen hörte er auf, seinem Sohn die Hände zu fesseln. Shaman versuchte nicht mehr, Zeichen zu machen, aber er sprach auch nicht. Etwas Totes und Graues lag in dem Blick des kleinen Jungen. Sie nahmen ihn oft in die Arme, aber das war nur ein vorübergehender Trost für das Kind. Sooft Rob den Kleinen ansah, überfielen ihn Selbstzweifel und Hilflosigkeit. Unterdessen folgten die anderen seinen Anweisungen, als wäre er unfehlbar in der Behandlung von Taubheit. Wenn sie mit Shaman redeten, sprachen sie langsam und deutlich und zeigten dabei auf ihre Münder, um ihn zum Lippenlesen zu ermutigen.

Makwa-ikwa war es schließlich, der eine neue Lösungsmöglichkeit des Problems einfiel. Sie erzählte Rob, wie man ihr und den anderen Sauk-Mädchen in der evangelischen Schule schnell und effektiv das Englischsprechen beigebracht hatte: Bei Tisch hatten sie nur etwas zu essen bekommen, wenn sie auf englisch darum baten.

Sarah explodierte vor Wut, als Rob mit ihr darüber sprach. »Es war schon schlimm genug, daß du ihn gefesselt hast wie einen Sklaven. Und jetzt willst du ihn auch noch hungern lassen!«

Aber Rob J. wußte nicht, was er sonst noch ausprobieren sollte, und er verzweifelte langsam. Er sprach lang und ernsthaft mit Alex, der versprach, ihm zu helfen, und bat dann seine Frau, etwas Besonderes zu kochen. Shaman hatte ein Vorliebe für Süßsaures, und Sarah bereitete ein Hähnchen-Stew mit Mehlklößen zu und als Nachtisch warmen Rhabarberkuchen.

Als die Familie an diesem Abend bei Tisch saß und Sarah den ersten Gang hereinbrachte, lief alles ganz ähnlich ab wie an jedem Abend der vorangegangenen Wochen. Rob hob den

Deckel von der dampfenden Schüssel und ließ den verführerischen Duft von süß-saurem Hühnchen, Klößen und Gemüsen über den Tisch wehen.

Er gab zuerst Sarah, dann Alex. Anschließend winkte er, bis er Shamans Aufmerksamkeit auf sich gezogen hatte, und deutete dann auf seinen Mund. »Hühn-chen«, sagte er und hob die Schüssel in die Höhe. »Klö-ße.«

Shaman starrte ihn schweigend an.

Rob füllte seinen eigenen Teller und setzte sich.

Shaman sah zu, wie seine Eltern und sein Bruder mit Appetit aßen, hob seinen Teller und grunzte verärgert.

Rob deutete auf seinen Mund und hob die Schüssel: »Hühn-chen.«

Shaman streckte ihm seinen Teller hin.

»Hühn-chen«, sagte Rob J. noch einmal. Als sein Sohn stumm blieb, stellte er die Schüssel ab und aß weiter.

Shaman fing an zu schluchzen. Er sah seine Mutter an, die eben ihren Teller leer gegessen hatte, obwohl sie sich dazu hatte zwingen müssen. Sie deutete auf ihren Mund und hielt ihrem Mann den Teller entgegen. »Hühnchen, bitte«, sagte sie, und er bediente sie.

Auch Alex bat um eine zweite Portion und bekam sie. Shaman saß da und zitterte vor Verzweiflung, das Gesicht zu einer Grimasse verzogen angesichts dieses neuen Angriffs, dieses neuen Alptraums: Entzug der Nahrung.

Nachdem Hühnchen und Mehlklöße gegessen waren, wurden die Teller abgeräumt, und dann brachte Sarah den noch ofenwarmen Nachtisch und einen Krug Milch herein. Sie war sehr stolz auf ihren Rhabarberkuchen, den sie nach einem alten Rezept aus Virginia buk. Reichlich Ahornsirup warf Bläschen auf der Oberfläche und karamelisierte langsam mit dem Rhabarbersaft zu einer Kruste, die die darunterliegenden Köstlichkeiten erahnen ließ.

»Ku-chen«, sagte Rob, und Sarah und Alex wiederholten das Wort.

»Ku-chen«, sagte Alex, direkt an Shaman gewandt.

Es funktionierte nicht. Rob J. schnürte es das Herz zusammen. Er konnte doch nicht zulassen, daß sein Sohn verhungerte! Ein stummes Kind war immer noch besser als ein totes.

Verzagt schnitt er sich selber ein Stück ab.

»*Kuchen!*«

Es war ein Aufschrei der Entrüstung, ein Aufbegehren gegen alle Ungerechtigkeit der Welt. Und es war die vertraute, geliebte Stimme, die sie schon so lange nicht mehr gehört hatten. Dennoch saß Rob einen Augenblick lang wie betäubt da und versuchte, sich zu vergewissern, daß es nicht Alex gewesen war, der geschrien hatte.

»*Kuchen! Kuchen! Kuchen!*« kreischte Shaman. »*Kuchen!*«

Der kleine Körper bebte vor Wut und Verzweiflung. Das Gesicht war tränennaß. Als seine Mutter versuchte, ihm die Nase zu putzen, riß Shaman sich los.

Höflichkeit ist im Augenblick unwichtig, dachte Rob J., für bitte und danke ist auch später noch Zeit. Er deutete auf seinen Mund.

»Ja«, sagte er zu seinem Sohn, nickte und schnitt gleichzeitig ein großes Stück vom Rhabarberkuchen ab. »Ja, Shaman: Kuchen!«

POLITIK

Die flache, mit hohem Gras bewachsene Landparzelle südlich der Geigerschen Farm hatte ein schwedischer Einwanderer namens August Lund von der Regierung erworben. Drei Jahre mühte er sich ab, die dicke Grasnarbe aufzubrechen, doch im Frühling des vierten erkrankte seine junge Frau an Cholera und starb sehr schnell. Der Verlust verleidete ihm das Land und verdüsterte sein Gemüt. Jay kaufte seine Kuh und Rob J. seine Pferdegeschirre und einige Werkzeuge, und beide zahlten ihm mehr als nötig, da sie wußten, wie dringend er wegwollte. Er kehrte nach Schweden zurück, und zwei Jahre lang blieb sein frisch gepflügtes Land ohne Frucht wie eine verlassene Frau, und die Natur nahm wieder Besitz davon. Dann wurde der Grund über einen Makler in Springfield verkauft, und einige Monate später brachte ein aus zwei Wagen bestehender Treck einen Mann und fünf Frauen auf dieses Land.

Wären sie ein Zuhälter und seine Huren gewesen, hätten sie in Holden's Crossing nicht mehr Aufmerksamkeit erregt. Es handelte sich um einen Priester und Nonnen des römisch-katholischen Franziskanerinnenordens, und im Rock Island County verbreitete sich schnell das Gerücht, sie seien gekommen, um eine Schule zu errichten und Kinder zum Papismus zu verführen. Holden's Crossing brauchte sowohl eine Schule wie eine Kirche. Über beide Vorhaben hätte man wahrscheinlich noch jahrelang nur geredet, doch die Ankunft der Franziskanerinnen brachte neuen Schwung in die Sache. Nach einer Reihe von abendlichen Zusammenkünften in den Wohnzimmern der Farmer wurde ein Bauausschuß ins Leben gerufen, der die Mittel für einen Kirchenbau beschaffen sollte.

Aber Sarah war verärgert. »Die können sich einfach nicht einigen – wie streitende Kinder. Die einen wollen sparsam sein und nur eine Blockhütte errichten. Andere wollen ein richtiges Holzhaus, einen Ziegel- oder einen Steinbau.« Sie bevorzugte einen Steinbau nebst Glockenturm mit einer richtigen Kirchturmspitze und bemalten Fenstern, eine richtige Kirche eben. Man stritt sich den ganzen Sommer, den Herbst und den Winter, doch im März kam es schließlich zu einer Einigung. Da die Bevölkerung auch noch die Mittel für ein Schulhaus aufbringen mußte, beschloß der Ausschuß den Bau einer einfachen, weißgestrichenen Holzkirche.

Die architektonische Kontroverse verblaßte neben dem wütenden Streit über das Bekenntnis, dem die Kirche als Gotteshaus dienen sollte. Doch in Holden's Crossing gab es mehr Baptisten als Anhänger einer anderen Glaubensrichtung, und die Mehrheit setzte sich durch. Der Ausschuß wandte sich an die Kongregation der First Baptist Church in Rock Island, die der im

Entstehen begriffenen Schwestergemeinde mit guten Ratschlägen und ein wenig Geld auf die Beine half.

Eine Sammlung wurde veranstaltet, und Nick Holden überraschte jeden, weil er die größte Spende gab: fünfhundert Dollar. »Menschenliebe allein bringt den nie und nimmer in den Kongreß«, sagte Rob J. zu Jay. »Hume hat hart gearbeitet und die Nominierung der Demokratischen Partei bereits in der Tasche.«

Offensichtlich dachte Holden genauso, denn bald darauf wurde bekannt, daß er mit den Demokraten gebrochen hatte. Einige erwarteten, daß er sich der nationalrepublikanischen Opposition zuwenden würde, doch statt dessen trat er der American Party bei.

»American Party? Die kenn' ich ja gar nicht«, sagte Jay.

Rob klärte ihn auf, denn er erinnerte sich noch gut an die antiirischen Predigten und Hetzartikel dieser »wahren Amerikaner«, die er überall in Boston gehört und gelesen hatte. »Es ist eine Partei, die den im Land geborenen weißen Amerikaner verherrlicht und für die Unterdrückung der Katholiken und aller im Ausland Geborenen eintritt.«

»Welche Ängste und Vorurteile die Leute auch haben, Nick nutzt sie für seine Politik aus«, sagte Jay. »Vor ein paar Tagen stand er auf der Veranda des Gemischtwarenladens und warnte die Leute vor Makwas kleiner Sauk-Gruppe, als wären sie Schwarzer Falke und seine Schar. Er hat einige der Männer ganz schön aufgestachelt. Wenn wir nicht aufpassen, meinte er, käme es zu Blutvergießen, und Farmern würden die Kehlen durchgeschnitten.« Er verzog das Gesicht. »Unser Nick. Der große Staatsmann!«

Eines Tages erhielt Rob J. einen Brief von seinem Bruder aus Schottland. Es war die Antwort auf den Brief, den Rob acht Monate zuvor abgeschickt und in dem er seine Familie, seine Praxis und seine Farm beschrieben hatte. Er hatte ein plastisches Bild seines Lebens in Holden's Crossing gezeichnet und seinen Bruder gebeten, ihm von den Lieben im alten Land zu berichten. Was sein Bruder nun schrieb, war zwar traurig, aber nicht unerwartet, denn bei Robs Flucht aus Schottland war seine Mutter bereits nicht mehr die Kräftigste gewesen. Sie sei drei Monate nach seiner Abreise gestorben, schrieb der Bruder, und liege neben dem Vater unter dem Moos des Kirchhofs von Kilmarnock begraben. Im Jahr darauf sei auch der Bruder des Vaters, Onkel Ranald, gestorben. Robs Bruder berichtete, daß er die Herde erweitert und mit großen Steinen vom Fuß der Klippe einen neuen Stall gebaut habe. Er blieb eher zurückhaltend in seiner Beschreibung, denn offensichtlich wollte er Rob zwar wissen lassen, daß er mit dem Land gut zurechtkam, andererseits aber jede Andeutung von Wohlstand vermeiden. Rob erkannte, daß es Zeiten gegeben haben mußte, zu denen sein Bruder seine Rückkehr gefürchtet hatte. Erbrechtlich stand Rob J. als Ältestem das Land zu, doch am Abend vor seiner Flucht aus Schottland hatte er dem Bruder, der ein leidenschaftlicher Schaffarmer war, den Besitz überschrieben.

Er habe, berichtete der Bruder weiter, Alice Broome geheiratet, die Tochter von John Broome, einem Preisrichter bei der Lammschau von Kilmarnock, und dessen Frau Elsa, einer geborenen McLarkin. Rob erinnerte sich noch schwach an Alice Broome, ein dünnes, mausgraues Mädchen, das sein unsicheres Lächeln hinter vorgehaltener Hand versteckte, weil seine Zähne zu lang waren. Er habe mit ihr drei Töchter, schrieb sein Bruder, aber Alice sei wieder in anderen Umständen, und diesmal hoffte er auf einen Sohn, denn die Schafherde werde immer größer und brauche Hilfe.

Jetzt, da sich die politische Situation beruhigt hat, denkst Du vielleicht daran, nach Hause zurückkehren?

An der verkrampften Handschrift merkte Rob, wieviel Angst und Unsicherheit in der Formulierung lag und wie sehr sich sein Bruder seiner Befürchtungen schämte.

Er setzte sich sofort hin und schrieb einen Brief, um ihn zu beruhigen. Er werde nicht mehr nach Schottland zurückkehren, außer vielleicht im Alter als Besucher, wenn die Gesundheit und die Mittel es ihm gestatten sollten. Er bestellte Grüße an seine

Schwägerin und seine Nichten und gratulierte dem Bruder zu dem Erfolg, den er hatte. Man merke deutlich, schrieb er, daß die Cole-Farm in den richtigen Händen sei.

Nachdem er den Brief abgeschlossen hatte, unternahm er einen langen Spaziergang entlang des Flußufers bis zu dem Steinhaufen, der das Ende seines Landes und den Beginn von Jays Besitz markierte.

Diese Cole-Farm hier stand auf besserem Grund als das Anwesen in Kilmarnock: Die Erde war tiefer, das Gras fetter, und es gab mehr Wasser. Inzwischen fühlte er sich für dieses Land verantwortlich. Er kannte seine Gerüche und Geräusche, und er leibte es im Sommer, wenn an heißen, zitronengelben Morgen der Wind das hohe Gras zum Flüstern brachte, aber auch im Winter, wenn es in der kalten, brutalen Umarmung des Schnees lag. Es war *sein* Land.

Als er ein paar Tage später zu einer Versammlung der Medical Society nach Rock Island fuhr, ging er ins Gerichtsgebäude, um einen Antrag auf Einbürgerung zu stellen.

Roger Murry, der Gerichtsdiener, las den Antrag umständlich durch.

»Drei Jahre Wartezeit, das wissen Sie, Doktor, bevor Sie ein Bürger werden können.«

Rob J. nickte. »Ich kann warten. Ich gehe sonst nirgendwohin.«

Je mehr Tom Beckermann trank, desto einseitiger verteilte sich die ärztliche Arbeit in Holden's Crossing. Rob J. hatte die Hauptlast zu tragen. Er verfluchte Beckermanns Alkoholismus und wünschte sich, ein dritter Arzt würde in den Ort ziehen. Stephen Hume und Billy Rogers vergrößerten ungewollt noch sein Problem, indem sie überall herumerzählten, daß Doc Cole der einzige Arzt gewesen sei, der Samuel Singleton gesagt hatte, wie krank er wirklich war. Wenn Samuel nur auf Cole gehört hätte, sagten sie, könnte er noch am Leben sein. Rob J.s Ruf wuchs auf diese Art, und immer neue Patienten suchten ihn auf.

Er gab sich größte Mühe, Zeit für Sarah und die Jungen zu erübrigen. Shaman verblüffte ihn, er war wie ein pflanzlicher

Organismus, dessen Gedeihen gefährdet gewesen war, der dann aber mit einem neuen Wachstumsschub reagiert hatte und nun überall grüne Triebe zeigte. Er machte vor ihren Augen die schönsten Fortschritte. Sarah, Alex, die Sauks, Alden, alle, die auf der Cole-Farm lebten, übten lange und gewissenhaft mit ihm das Lippenlesen – es war beinahe schon eine Hysterie, so erleichtert waren sie, daß er nicht mehr schwieg –, und nachdem der Junge erst einmal zu sprechen begonnen hatte, redete und redete er. Ein Jahr vor dem Beginn seiner Taubheit hatte er lesen gelernt, und jetzt hatten seine Eltern Schwierigkeiten, ihn mit immer neuen Büchern zu versorgen.

Sarah brachte ihren Söhnen alles bei, was sie konnte, doch sie hatte nur eine sechsklassige Dorfschule besucht und war sich ihrer Grenzen bewußt. In Latein und Rechnen unterrichtete Rob J. die Jungen. Alex hielt sich gut, er war intelligent und fleißig. Shaman aber verblüffte alle mit seiner schnellen Auffassungsgabe. Rob J. gab es einen Stich, wenn er an die angeborene Intelligenz des Jungen dachte.

»Er wäre ein guter Arzt geworden, das weiß ich«, sagte er eines Nachmittags bedauernd zu Jay, als sie im Schatten vor dem Haus der Geigers saßen und Ingwerwasser tranken. Er gestand Jay, daß jeder Cole fest hoffe, sein Sohn werde einmal ein Arzt werden.

Jay nickte mitfühlend. »Na, da ist doch noch Alex. Der ist doch ein intelligenter Bursche.«

Rob J. schüttelte den Kopf. »Es ist wie verhext. Shaman, der nie Arzt werden kann, weil er taub ist, ist derjenige, der mich immer bei meinen Hausbesuchen begleiten will. Alex dagegen, dem einmal alle Türen offenstehen, wenn er erwachsen ist, folgt lieber Alden Kimball wie ein Schatten über die Farm. Er sieht lieber dem Knecht beim Einschlagen von Zaunpfosten oder beim Kastrieren der Lämmer zu als mir bei meiner Arbeit.«

Jay lachte. »Aber das würdest du doch auch – in seinem Alter, oder? Vielleicht bewirtschaften die Brüder die Farm einmal gemeinsam. Sie sind beide ordentliche Jungen.«

Im Haus übte Lillian die Klaviersonate in A-Dur von Mozart. Sie nahm ihre Fingerübungen sehr ernst, und es war nervenaufreibend, sie immer wieder die gleiche Passage spielen zu hören, bis sie genau den richtigen Ausdruck und die richtige Klangfarbe hatte. War sie dann aber zufrieden und ließ die Töne laufen, war es die schönste Musik. Das Babcock-Piano war wohlbehalten eingetroffen, allerdings störte ein langer, flacher Kratzer die polierte Perfektion eines der schlanken Nußholzbeine. Lillian hatte geweint, als sie es sah, doch ihr Gatte sagte, der Kratzer werde nie ausgebessert werden, »damit er noch unsere Enkel daran erinnert, wie wir hierher gekommen sind«.

Die Kirche von Holden's Crossing wurde so spät im Juni eingeweiht, daß die Feierlichkeiten direkt in die zum Unabhängigkeitstag übergingen. Sowohl der Kongreßabgeordnete Stephen Hume wie Nick Holden, der Kandidat für dieses Amt, sprachen bei der Einweihung. Hume wirkte auf Rob J. entspannt und selbstsicher, während Nick den Eindruck eines Mannes erweckte, der sich verzweifelt bewußt ist, daß er kaum noch gewinnen kann.

Am Sonntag nach dem Fest hielt ein Wanderprediger – der erste von vielen, die den Ort aufsuchen sollten – den Gottesdienst ab. Sarah gestand Rob J., daß sie nervös sei, und er wußte, daß sie an den Baptistenprediger dachte, der damals bei der Großen Erweckung Frauen mit unehelichen Kindern das Höllenfeuer prophezeit hatte. Ein sanftmütigerer Hirte wie etwa Arthur Johnson, der Methodistenprediger, der sie getraut hatte, wäre ihr lieber gewesen, doch die Geistlichen wurden von der gesamten Gemeinde ausgewählt. So kamen den ganzen Sommer lang Prediger jeder Art nach Holden's Crossing. Rob besuchte in Begleitung seiner Frau einige Gottesdienste, doch meistens blieb er weg.

Im August kündigte ein Flugblatt an der Vorderfront des Gemischtwarenladens den Besuch eines gewissen Ellwood R. Patterson an, der am Samstag, den zweiten September, um neunzehn Uhr einen Vortrag mit dem Titel »Die Flut, die die Christenheit bedroht« halten und am Sonntagvormittag den

Gottesdienst feiern und predigen würde. Am Vormittag dieses Septembertages kam ein fremder Mann in Rob J.s Praxis. Er saß geduldig im kleinen Wohnzimmer, das als Warteraum diente, während Rob sich um den Ringfinger von Charley Haskins rechter Hand kümmerte, den er zwischen zwei Baumstämmen eingeklemmt hatte. Der zwanzigjährige Sohn des Ladenbesitzers war Holzfäller von Beruf. Er hatte starke Schmerzen und ärgerte sich über seine Unachtsamkeit, die zu dem Unfall geführt hatte, aber er hatte ein loses Mundwerk und ließ sich durch nichts bremsen. »Na, Doc, werd' ich deswegen nicht mehr heiraten können?«

»Nach einer Weile wird der Finger wieder sein wie eh und je«, erwiderte Rob trocken. »Du wirst den Nagel verlieren, aber der wächst wieder nach. Und jetzt raus hier! Aber komm in drei Tagen wieder, damit ich den Verband wechseln kann!«

Noch immer lachend, bat er dann den Mann aus dem Wartezimmer herein, der sich als Ellwood Patterson vorstellte. Der Wanderprediger, dachte Rob, der den Namen von dem Flugblatt her kannte. Er sah einen etwa vierzigjährigen Mann vor sich, übergewichtig, aber aufrecht und straff in der Haltung, mit einem großflächigen, arroganten Gesicht, langen schwarzen Haaren, leicht geröteter Haut und kleinen, aber deutlich hervortretenden blauen Adern auf Nase und Wangen. Mr. Patterson sagte, daß er an Geschwüren leide. Er entblößte den Oberkörper, und Rob J. sah auf seiner Haut die Pigmentflecken verheilter Stellen und dazwischen ein Dutzend offene Wunden, Pusteln, schorfige und granulierte Bläschen und weiche, gummiartige Geschwüre. Er sah den Mann mitfühlend an. »Wissen Sie, daß Sie an einer Infektion leiden?«

»Man hat mir gesagt, daß es Syphilis ist. Im Saloon haben sie erzählt, daß Sie ein besonderer Arzt sind. Und da hab' ich mir gedacht, ich schau' mal, ob Sie was für mich tun können.«

Vor drei Jahren habe eine Hure in Springfield es ihm französisch besorgt, und er habe daraufhin einen harten Schanker und Schwellungen hinter den Hoden bekommen, erzählte er Rob. »Ich bin dann noch einmal zu ihr zurück. Die steckt keinen mehr an.« Einige Monate später hätten ihn Fieber und kupferfarbene Beulen sowie heftige Schmerzen in den Gelenken und im Kopf gequält. Die Symptome seien von selbst wieder verschwunden, und er habe schon geglaubt, er sei wieder gesund, doch dann seien diese Beulen und Knötchen aufgetaucht.

Rob schrieb seinen Namen auf ein Patientenblatt und daneben: Syphilis im dritten Stadium. »Woher kommen Sie, Sir?«

»… aus Chicago.«

Das kurze Zögern weckte in Rob J. den Verdacht, daß sein Patient log. Doch das war gleichgültig.

»Dafür gibt es kein Heilmittel, Mr. Patterson.«

»Hm… Und was passiert jetzt?«

Ihm die Wahrheit vorzuenthalten brachte den Mann auch nicht weiter. »Wenn die Krankheit Ihr Herz angreift, sterben Sie. Wenn sie ins Gehirn geht, werden Sie wahnsinnig. Und wenn sie in Knochen und Gelenke eindringt, werden Sie zum Krüppel. Aber oft passiert nichts von diesen schrecklichen Dingen. Manchmal verschwinden die Symptome und kehren nicht mehr zurück. Sie können nur hoffen, daß Sie zu den Glücklicheren gehören.«

Patterson verzog das Gesicht. »Bis jetzt sieht man die Geschwüre noch nicht, solange ich angezogen bin. Können Sie mir etwas geben, damit sie sich nicht im Gesicht und am Hals ausbreiten? Ich führe ein Leben in der Öffentlichkeit.«

»Ich kann Ihnen eine Salbe verkaufen. Aber ich weiß nicht, ob sie bei dieser Art von Geschwüren hilft«, erwiderte Rob sanft, und Mr. Patterson nickte und griff nach seinem Hemd.

Am nächsten Morgen kurz nach Sonnenaufgang kam ein barfüßiger Junge in zerrissenen Hosen auf einem Maulesel auf den Hof geritten und sagte, seiner Mammy gehe es sehr schlecht, ob der Doktor nicht kommen könne? Es war Malcolm Howard, der älteste Sohn einer Familie, die wenige Monate zuvor aus Louisiana in die Gegend gekommen war und sich in der Niederung sechs Meilen flußabwärts angesiedelt hatte. Rob sattelte Vicky und folgte dem Maulesel über holprige Wege zu einer

Hütte, die kaum besser war als der Hühnerstall, der an ihr lehnte. Drinnen lag Mollie Howard in ihrem Bett, um das ihr Mann Julian und ihre Kinder standen. Die Frau steckte mitten in einem Malariaanfall, aber Rob sah sofort, daß es nichts Bedrohliches war. Ein paar aufmunternde Worte und eine kräftige Dosis Chinin linderten die Angst der Patientin und die der Familie.

Julian Howard machte keinerlei Anstalten zu bezahlen, und Rob J. verlangte auch nichts, da er sah, wie wenig die Familie hatte. Howard folgte ihm nach draußen und verwickelte ihn in ein Gespräch über den letzten Erfolg ihres Senators, Stephen A. Douglas. Der hatte vor kurzem den Kansas-Nebraska-Act durch den Kongreß gebracht, der im Westen zwei neue Territorien begründete. Nach Douglas' Gesetzesvorlage blieb es den Territorialregierungen überlassen, ob sie in ihrem Gebiet Sklaverei zuließen oder nicht, und deshalb regte sich im Norden heftiger Protest gegen das Gesetz.

»Diese verdammten Nordlichter, was wissen denn die über Nigger? Ein paar von uns Farmern ham sich zusammengetan, weil wir wollen, daß Illinois endlich aufwacht und 'nem Mann erlaubt, Sklaven zu halten. Wolln Sie vielleicht bei uns mitmachen? Diese Dunkelhäutigen sind doch dazu bestimmt, auf den Feldern des weißen Mannes zu arbeiten. Sie ham ja auch ein paar rote Nigger, die bei Ihnen arbeiten.«

»Das sind Sauks, keine Sklaven. Sie arbeiten für Lohn. Ich persönlich halte nichts von der Sklaverei.«

Die beiden Männer sahen sich an. Howard errötete. Er schwieg, und offensichtlich hielt ihn nur die Tatsache, daß Rob kein Honorar verlangt hatte, davon ab, diesem hochnäsigen Doktor die Meinung zu sagen. Rob dagegen war froh, daß die Unterhaltung beendet war.

Er ließ der Frau noch etwas Chinin da und konnte anschließend, ohne aufgehalten zu werden, nach Hause reiten. Doch als er dort eintraf, wartete bereits Gus Schroeder in panischer Angst auf ihn, denn Alma war beim Reinigen des Stalls zwischen die Wand und den großen, scheckigen Bullen geraten, auf den sie so stolz waren. Der Bulle hatte sie gerade zu Boden gestoßen, als Gus den Stall betrat. »Und dann rührte sich das gottverdammte Vieh nicht mehr. Steht einfach da über ihr und senkt die Hörner, und ich mußte ihn schließlich mit der Heugabel wegscheuchen. Sie sagt zwar, sie wär' nicht schlimm verletzt, aber Sie kennen ja Alma.«

Also ritt er, noch immer ohne Frühstück, zu den Schroeders. Alma schien in Ordnung, war allerdings blaß und etwas verstört. Sie zuckte zusammen, als er gegen die fünfte und sechste Rippe auf der linken Seite drückte, und er beschloß, lieber kein Risiko einzugehen, sondern ihr einen Verband anzulegen. Er wußte, wie sehr es sie demütigte, sich vor ihm ausziehen zu müssen, und er bat deshalb Gus, nach seinem Pferd zu sehen, damit der Ehemann nicht Zeuge ihrer Erniedrigung würde. Er ließ sie selbst ihre großen, schwabbeligen, blau geäderten Brüste hochheben und achtete darauf, ihr weißes Fleisch beim Verbinden sowenig wie möglich zu berühren. Zur Ablenkung unterhielt er sich mit ihr über Schafe und Weizen und erzählte ihr von seiner Frau und seinen Kindern. Danach lächelte sie ihn etwas verlegen an und ging in die Küche, um eine frische Kanne aufzugießen. Anschließend saßen sie zu dritt am Tisch und tranken Kaffee.

Gus erzählte Rob, daß Ellwood Pattersons samstäglicher »Vortrag« nur eine schlecht verhüllte Wahlkampfrede für Nick Holden und die American Party gewesen sei. »Die Leute glauben, daß Nick ihn herbestellt hat.«

Besagte »Flut, die die Christenheit bedroht« bestand nach Patterson aus den Katholiken, die in die Vereinigten Staaten einwanderten. Die Schroeders waren an diesem Sonntagmorgen zum erstenmal nicht in die Kirche gegangen. Sowohl Alma wie Gus waren als Lutheraner erzogen worden, doch von Patterson hatten sie schon nach dessen Vortrag genug gehabt. Er hatte behauptet, daß die im Ausland Geborenen – und das hieß: auch die Schroeders – dem amerikanischen Arbeiter das Brot stahlen, und war dafür eingetreten, daß die Wartezeit bei der Einbürgerung um achtzehn Jahre verlängert werde.

Rob J. schnitt eine Grimasse. »So lange möchte ich eigentlich nicht warten.« Da sie alle drei an diesem Sonntag noch Arbeit vor sich hatten, dankte er Alma für den Kaffee und machte sich auf den Weg. Er mußte fünf Meilen flußaufwärts zur Farm von John Ashe Gilbert reiten, dessen bejahrter Schwiegervater, Fletcher White, sich eine böse Erkältung zugezogen hatte. White war dreiundachtzig und ein zäher alter Vogel; er hatte schon öfters Bronchienerkrankungen überstanden, und Rob war zuversichtlich, daß er es auch diesmal wieder schaffen werde. Fletchers Tochter Suzy hatte er aufgetragen, dem greisen Mann heiße Getränke einzuflößen und Wasser zum Kochen zu bringen, damit er den Dampf inhalieren konnte. Rob besuchte Fletcher öfter, als eigentlich notwendig war, aber seine alten Patienten lagen ihm besonders am Herzen, da er nur wenige hatte. Pioniere waren meist kräftige junge Leute, die die Alten zurückließen, wenn sie nach Westen aufbrachen.

Fletcher war bereits wieder auf dem Wege der Besserung. Suzy Gilbert setzte Rob ein Mittagessen aus einer gebratenen Wachtel und Kartoffelpfannkuchen vor und bat ihn, bei ihren Nachbarn, den Bakers, vorbeizusehen, da einer der Söhne eine entzündete Zehe hatte, die geöffnet werden mußte. Rob ritt auch dorthin und fand den neunzehnjährigen Donny Baker in einem sehr schlechten Zustand vor. Der junge Mann fieberte und hatte heftige Schmerzen von einer böse aussehenden Entzündung. Die halbe Sohle seines rechten Fußes war schwarz verfärbt. Rob amputierte zwei Zehen, öffnete dann den Fuß und führte einen Gazetampon ein, aber er zweifelte, ob er den Fuß würde retten können. Er kannte zahlreiche Fälle, bei denen eine solche Infektion nur durch die Amputation des ganzen Fußes hatte gestoppt werden können.

Es war später Nachmittag, als er sich auf den Heimweg machte. Etwa auf halber Strecke hörte er hinter sich jemanden rufen. Er hielt Vicky an und wartete, bis Mort London ihn auf seinem großen kastanienbraunen Wallach eingeholt hatte. »Sheriff?«

»Doc, ich…« Mort nahm seinen Hut ab und schlug gereizt nach

einer herumsummenden Fliege. Er seufzte. »Eine schlimme Sache. Ich fürchte, wir brauchen einen Leichenbeschauer.«

Auch Rob J. war gereizt. Suzy Gilberts Kartoffelpfannkuchen lagen ihm schwer im Magen. Wenn Calvin Baker ihn eine Woche früher benachrichtigt hätte, hätte er Donnys Zehen problemlos heilen können. Jetzt gab es große Probleme, vielleicht sogar eine Tragödie. Er fragte sich, wie vielen seiner Patienten auf dem offenen Land es wohl schlecht erging, ohne daß sie es ihn wissen ließen, und beschloß, noch vor Einbruch der Nacht bei mindestens dreien vorbeizusehen. »Da holen Sie sich besser Beckermann«, sagte er. »Ich habe heute noch viel zu tun.«

Der Sheriff drehte den Hut in seinen Händen. »Hm. Ich kann mir vorstellen, daß Sie es selber übernehmen wollen, Dr. Cole.«

»Einer meiner Patienten?« Er ging im Geiste die möglichen Kandidaten durch.

»Es ist diese Sauk-Frau.«

Rob J. sah ihn an.

»Die Indianerin, die für Sie gearbeitet hat«, ergänzte London.

DIE VERHAFTUNG

Er redete sich ein, daß es Mond sei. Nicht, daß Mond entbehrlich war oder er sie nicht mochte und schätzte, aber er hatte nur zwei Sauk-Frauen, die für ihn arbeiteten, und wenn es nicht Mond war, dann war die Alternative nicht auszudenken.

»Die, die Ihnen beim Behandeln geholfen hat«, sagte Mort London aber unerbittlich. »Erstochen. Ziemlich viele Einstiche. Und zuvor hat man sie zusammengeschlagen. Und ihr die Kleider heruntergerissen. Ich glaube, sie wurde auch vergewaltigt.«

Ein paar Minuten lang ritten sie schweigend. »Kann gut sein, daß es mehrere waren. Die ganze Lichtung, wo sie gefunden wurde, ist nämlich voller Hufspuren«, sagte der Sheriff. Dann verstummte er wieder, und sie ritten stumm.

Als sie die Farm erreichten, hatte man Makwa-ikwa bereits in den Schuppen gebracht. Vor der Tür hatte sich, zwischen Praxis und Stall, eine kleine Gruppe versammelt: Sarah, Alex, Shaman, Jay Geiger, Mond, Der singend einhergeht und die Kinder der beiden. Die Indianer trauerten nicht laut, aber ihre Augen verrieten ihren Kummer und ihr Wissen um die Sinnlosigkeit und die Schlechtigkeit des Lebens. Sarah weinte leise, und Rob J. ging zu ihr und küßte sie.

Jay Geiger führte ihn von den anderen weg. »Ich habe sie gefunden.« Er schüttelte den Kopf, als wollte er ein Insekt verscheuchen. »Lillian hat mich mit ein paar Gläsern Pfirsichmarmelade zu euch geschickt. Und unterwegs habe ich dann Shaman unter einem Baum schlafen sehen.«

Das schockierte Rob J. »Shaman war dort? Hat er Makwa gesehen?«

»Nein, hat er nicht. Sarah sagt, Makwa hat ihn heute morgen zum Beerensuchen in den Wald mitgenommen, wie sie es öfters getan hat. Als er dann müde wurde, hat sie ihn wohl einfach im Schatten ein Nickerchen machen lassen. Und du weißt doch, daß Geräusche, Schreie oder sonstwas Shaman nicht stören. Ich hab' gedacht, der ist bestimmt nicht allein hier draußen, und bin weitergeritten, bis zu dieser Lichtung. Und da hab' ich sie gefunden.... Sie sieht furchtbar aus, Rob. Ich selber hab' ein paar Minuten gebraucht, bis ich mich wieder in der Gewalt hatte. Ich bin dann zurückgeritten und habe den Jungen geweckt. Aber gesehen hat er nichts. Ich hab' ihn erst hierher gebracht und bin dann zu London geritten.«

»Anscheinend bringst du dauernd meine Jungen nach Hause.« Jay sah ihn prüfend an. »Wirst du's durchstehen?«

Rob nickte.

Dafür sah Jay blaß und elend aus. Er schnitt eine Grimasse. »Ich fürchte, du mußt dich an die Arbeit machen. Die Sauks werden sie waschen und begraben wollen.«

»Halt mir mal für eine Weile alle vom Leib!« bat Rob, ging dann in den Schuppen und schloß die Tür hinter sich.

Sie war mit einem Tuch bedeckt. Hereingebracht hatten sie offensichtlich weder Jay noch die Sauks. Eher schon Londons Männer, denn jemand hatte sie beinahe nachlässig auf den Seziertisch geworfen, wie einen leblosen Gegenstand ohne großen Wert, ein Stück Holz – oder eben eine tote Indianerin. Sie lag auf der Seite, und als er das Tuch wegzog, sah er zuerst ihren Hinterkopf und den nackten Rücken, das Gesäß und die Beine. Die bläuliche Verfärbung deutete an, daß sie zum Zeitpunkt des Todes auf dem Rücken gelegen hatte, der Rücken und die plattgedrückten Hinterbacken waren fleckig von ausgetretenem Kapillarblut. In der Gesäßfalte bemerkte er dunkelrote Verkrustungen und eine eingetrocknete weißliche Substanz, die sich an manchen Stellen mit dem Blut zu hellen scharlachroten Flecken vermischt hatte.

Behutsam drehte er sie auf den Rücken.

Auf ihren Wangen waren Kratzer, vermutlich von Zweigen verursacht, als sie mit dem Gesicht nach unten auf den Waldboden gedrückt wurde.

Rob J. hatte eine große Vorliebe für den weiblichen Hintern. Seine Frau hatte das sehr früh gemerkt. Sarah bot sich ihm gelegentlich so dar, das Gesicht im Kissen, die Brüste auf die Matratze gedrückt, ihre schmalen, elegant geformten Füße ausgestellt, die beiden birnenförmigen Wölbungen weiß und rosa über ihrem goldenen Busch. Es war eine nicht gerade bequeme Stellung, die sie aber manchmal einnahm, weil seine sexuelle Erregung auch ihre Leidenschaft befeuerte. Für Rob J. war der Koitus ein Ausdruck der Liebe und nicht nur ein Akt der Fortpflanzung, und deshalb war für ihn keine Körperöffnung tabu. Aber als Arzt wußte er, daß der Schließmuskel seine Elastizität verlieren kann, wenn er mißbraucht wird, und so achtete er beim Liebesspiel mit Sarah darauf, nichts zu tun, was sie verletzen konnte.

Bei Makwa war jemand nicht so rücksichtsvoll gewesen.

Ihr von der Arbeit gestählter Körper wirkte um einige Jahre jünger, als sie vermutlich gewesen war. Schon vor Jahren waren er und Makwa mit der körperlichen Anziehung, die sie beide empfanden, ins reine gekommen, sie hatten sie immer sorgfältig in Schach gehalten. Aber es hatte Zeiten gegeben, da hatte er von ihrem Körper geträumt und sich vorgestellt, wie es wäre, sie zu lieben. Jetzt hatte der Tod sein Zerstörungswerk begonnen. Der Bauch war angeschwollen, und ihre Brüste waren schlaff, denn der Gewebezerfall hatte bereits eingesetzt. Die Muskelversteifung war beträchtlich, und er streckte die Beine, solange das noch möglich war. Ihre Schamhaare glichen schwarzer Drahtwolle und waren blutverschmiert. Vielleicht war es gut, daß sie nicht überlebt hatte, denn sie hätte ihre Zauberkraft verloren gehabt.

»Schweinehunde! Ihr dreckigen Schweinehunde!«

Er wischte sich die Augen, und plötzlich wurde ihm bewußt, die draußen konnten ihn hören und wußten, daß er mit Makwa-ikwa alleine war. Ihr Oberkörper schien nur noch eine unförmige Masse aus Wunden und Prellungen zu sein, und ihre Unterlippe war zerschlagen, wahrscheinlich von einer großen Faust.

Auf dem Boden neben dem Seziertisch lagen die Beweisstücke, die der Sheriff aufgesammelt hatte: ihr zerrissenes und blutverschmiertes Kleid (ein altes Baumwollkleid, das Sarah ihr geschenkt hatte), ihr Korb, halbvoll mit Minzeblättern, Kresse und irgendwelchem Laub – Vogelkirsche, wie er vermutete –, und ein Hirschlederschuh. Nur *ein* Schuh? Er suchte den anderen, fand ihn aber nirgends. Ihre kantigen braunen Füße waren nackt, es waren harte, viel benutzte Füße, der zweite Zeh des linken verkrüppelt von einer alten Fraktur. Er hatte sie oft barfuß gesehen und sich immer gewundert, wie sie sich diesen Zeh wohl gebrochen hatte, doch er hatte sie nie danach gefragt.

Er blickte hoch zu ihrem Gesicht und sah seine gute Freundin. Die Augen waren offen, doch die Glaskörper hatten Druck verloren und waren trocken, so daß die Augen das Lebloseste an ihr waren. Er schloß sie schnell und beschwerte die Lider mit Pennymünzen, er wurde jedoch auch so das Gefühl nicht los, als starre sie ihn an. Ihre Nase trat im Tod noch stärker hervor und wirkte häßlich. Im Alter wäre sie keine Schönheit gewesen, aber ihr Gesicht strahlte bereits jetzt große Würde aus. Er erschauderte und faltete die Hände wie ein Kind beim Gebet.

»Es tut mir so leid, Makwa-ikwa.« Er machte sich keine Illusionen, daß sie ihn hören könnte, aber es tröstete ihn, wenn er zu ihr sprach. Er nahm Feder, Tusche und einen Bogen Papier zur Hand und zeichnete die runenähnlichen Narben auf ihren Brüsten ab, denn er hatte das Gefühl, daß sie wichtig seien. Er wußte nicht, ob irgend jemand die Linien verstehen würde. Da Makwa-ikwa geglaubt hatte, noch viele Jahre vor sich zu haben, hatte sie sich noch keinen Nachfolger herangezogen und in ihre Geheimnisse eingeweiht. Rob vermutete, daß sie gehofft hatte, eins der Kinder von Mond und Der singend einhergeht würde sich eines Tages als geeignet erweisen.

Schnell zeichnete er ihr Gesicht, so wie es gewesen war.

Etwas Schreckliches war ihr und damit auch ihm widerfahren. So wie er stets von dem Henker und Medizinstudenten träumte, der den Kopf seines Freundes Andrew Gerould in die Höhe hielt, würde er immer von diesem Tod träumen. Er wußte zwar nicht genau, was an der Freundschaft so Besonderes war, das sie von der Liebe unterschied, aber irgendwie waren er und diese Frau wirkliche Freunde geworden, und ihr Tod war ein großer Verlust für ihn. Einen Augenblick lang vergaß er sein Gelübde der Gewaltlosigkeit: Wenn er die Täter jetzt in den Händen gehabt hätte, er hätte sie zerdrückt wie Ungeziefer.

Der Augenblick verging wieder. Rob J. band sich gegen den Gestank ein Tuch vor Mund und Nase und griff zum Skalpell. Er öffnete den Leichnam in U-form von Schulter zu Schulter und schnitt dann zwischen den Brüsten hindurch in gerader Linie bis zum Nabel, so daß ein blutloses Y entstand. Seine Finger waren gefühllos und gehorchten seinem Verstand nur widerwillig. Es war gut, daß er nicht an einem lebenden Patienten schnitt. Bevor er die drei Hautlappen zurückgeklappt hatte, war die schauerliche Leiche Makwa gewesen, doch als er nach der Knochensäge griff, um das Brustbein von den Rippen zu lösen, zwang er sich, auf einer Bewußtseinsebene zu denken, auf der nichts Platz hatte außer die vor ihm liegende Arbeit. Er verfiel in die berufliche Routine und tat, was getan werden mußte.

Bericht über
Tod durch Gewaltanwendung:

Opfer: *Makwa-ikwa*
Adresse: *Colesche Schaffarm, Holden's Crossing, Illinois*
Beruf: *Assistentin von Dr. Robert J. Cole*
Alter: *ca. 29 Jahre*
Größe: *ca. 1,75 Meter*
Gewicht: *ca. 63 Kilogramm*
Todesumstände: *Leiche des Opfers, eine Frau des Sauk-Stammes, wurde am Nachmittag des 3. September 1851 in einem Waldstück auf der Coleschen Schaffarm von einem Vorbeireitenden entdeckt. Festzustellen waren elf Stichwunden, die in unregelmäßiger Linie vom Jugulum am Sternum entlang bis zu einer Stelle etwa zwei Zentimeter unterhalb des Sternfortsatzes verliefen. Die Wunden waren etwa einen Zentimeter breit. Zugefügt wurden sie mit einem spitzen Gegenstand, vermutlich einer Dreiecksklinge aus Metall mit drei sehr scharfen Kanten.*

Das Opfer, das noch Jungfrau gewesen war, wurde vergewaltigt. Reste des Hymens deuten darauf hin, daß es nicht perforiert gewesen war, die Membran zeigte sich dick und nicht mehr geschmeidig. Vermutlich konnte(n) der(die) Vergewaltiger die Penetration mit dem Penis nicht vollziehen. Die Defloration wurde mit einem stumpfen Gegenstand mit rauher Oberfläche oder scharfkantigen Vorsprüngen bewerkstelligt, wobei es zu massiven Verletzungen der Vulva kam, darunter tiefe Kratzer im Perineum, Risse in den großen und kleinen Schamlippen und dem Vestibulum der Vagina. Entweder vor oder nach dieser blutigen Defloration wurde das Opfer auf den Bauch gedreht. Quetschungen an den Schenkeln deuten darauf hin, daß es festgehalten wurde, während dann der Analverkehr vollzogen wurde, was wiederum nahelegt, daß es sich um mindestens zwei, wenn nicht mehr Täter gehandelt haben muß. Als Folge des Analverkehrs kam es zu einer Überdehnung und zum Einreißen des Analkanals. Im Rektum fand sich Sperma, im Mastdarm waren Spuren ausgedehnter Blutungen festzustellen. Quetschungen an Körper und Gesicht deuten darauf hin, daß das Opfer heftig geschlagen wurde, vermutlich von Männerfäusten.

Es gibt Anzeichen, daß das Opfer sich gewehrt hat. Unter den Nägeln des zweiten, dritten und vierten Fingers der rechten Hand fanden sich Hautpartikel und zwei schwarze Haare, vermutlich von einem Bart.

Die Stiche wurden mit solcher Wucht ausgeführt, daß die dritte Rippe eingekerbt und das Sternum mehrfach durchstoßen wurde. Der linke Lungenflügel wurde zweimal, der rechte dreimal durchstoßen, wobei die Pleura aufgeschlitzt und das innere Lungengewebe zerrissen wurde. Beide Flügel kollabierten vermutlich sofort. Drei Stiche drangen in das Herz, zwei davon in den rechten Vorhof, wo sie Wunden von etwa acht und neun Millimeter Breite hinterließen. Die dritte Wunde, in der rechten Kammer, wies eine Breite von knapp acht Millimeter auf. Als Folge dieser Herzverletzungen kam es zu einer ausgedehnten Blutansammlung in der Bauchhöhle.

Die Organe waren unauffällig bis auf die erwähnten Verletzungen. Beim Abwiegen ergaben sich für das Herz 263 Gramm, das Gehirn 1,43 Kilogramm, die Leber 1,62 Kilogramm, die Milz 199 Gramm.

Schlußfolgerung: *Mord mit vorausgehender sexueller Mißhandlung, verübt von unbekanntem(n) Täter(n).*

(unterzeichnet)

Dr. Robert Judson Cole
Beigeordneter Leichenbeschauer
Rock Island County, Illinois

An diesem Abend blieb Rob J. lange auf und schrieb den Bericht für die Akten des Bezirksgerichts und für Mort London ab. Am nächsten Morgen kamen die Sauks zur Farm und holten Makwa-ikwa, um sie hoch über dem Fluß neben ihrem *hedonoso-te* zu begraben. Rob hatte ihnen diese Grabstätte angeboten, ohne es vorher mit Sarah zu besprechen.

Sie wurde wütend, als sie davon erfuhr. »Auf unserem Land! Was hast du dir denn dabei gedacht! Ein Grab ist für die Ewigkeit, jetzt wird sie für alle Zeiten hiersein. Wir werden sie nie mehr los!« rief sie aufgebracht.

»Halt den Mund, Weib«, sagte Rob J. leise, und sie drehte sich um und ließ ihn stehen.

Mond wusch Makwa und zog ihr das Schamaninnenkleid aus Hirschleder an. Alden bot an, einen Sarg zu zimmern, doch die Indianerin sagte, es sei bei ihnen Brauch, die Toten nur in ihre beste Decke eingewickelt zu begraben. Also half Alden statt dessen Der singend einhergeht beim Grabschaufeln. Mond ließ sie schon in aller Frühe mit dem Graben beginnen. So schreibe es die Tradition vor, sagte sie: Grabschaufeln am frühen Morgen, die Beerdigung am frühen Nachmittag. Außerdem müßten Makwas Füße nach Westen zeigen, ergänzte sie und ließ dann aus dem Sauk-Lager den Schwanz eines Büffelweibchens holen, der mit ins Grab gelegt werden sollte. Er werde Makwa-ikwa helfen, sicher über den Fluß aus Schaum zu kommen, der das Land der Lebenden von dem Land im Westen trennte, erklärte sie Rob J.

Das Begräbnis war nur eine karge Zeremonie. Die Indianer, alle Coles und Jay Geiger versammelten sich um das Grab, und Rob J. wartete, daß jemand mit dem Ritual beginne, doch keiner rührte sich. Die Sauks hatten keinen Schamanen mehr, und er mußte bestürzt feststellen, daß sie ihn erwartungsvoll ansahen. Wenn sie eine Christin gewesen wäre, hätte er vermutlich nachgegeben und etwas gesagt, woran er nicht glaubte. Doch so wußte er überhaupt nicht, was er tun sollte. Von irgendwoher kamen ihm einige Zeilen ins Gedächtnis:

»Die Bark, in der sie saß,
ein Feuerthron,
Brannt auf dem Strom:
getriebnes Gold der Spiegel,
Die Purpursegel duftend,
daß der Wind

245

Entzückt nachzog,
die Ruder waren Silber,
Die nach der Flöten
Ton Takt hielten, daß
Das Wasser, das sie trafen,
schneller strömte,
Verliebt in ihren Schlag.
Doch sie nun selbst
Zum Bettler wird Bezeichnung.«

Jay Geiger starrte ihn an, als wäre er verrückt geworden. Kleopatra? Rob J. aber wurde bewußt, welch eine düstere Majestät sie für ihn besessen hatte, einen königlich heiligen Schein, eine ganz besondere Art der Schönheit. Sie war noch mehr als Kleopatra; Kleopatra hatte nichts von persönlichem Opfer gewußt, nichts von Treue und nichts von Kräutern. Er würde sie nie mehr wiedersehen, und John Donne lieh ihm weitere Worte, die er dem Schwarzen Ritter entgegenschleudern konnte:

»Tod, sei nicht stolz,
auch wenn es heißt, du seist
Mächtig und schrecklich,
bist du's doch nicht.
Denn der,
den du bereits bezwungen meinst,
Stirbt nicht, elend' Tod,
noch töten kannst du mich.«

Als offensichtlich wurde, daß Rob J. nichts mehr sagen wollte, räusperte sich Jay und sagte ein paar Worte auf hebräisch. Einen Augenblick lang fürchtete Rob J., Sarah werde Jesus mit ins Spiel bringen, aber sie traute sich nicht. Makwa hatte den Sauks einige Gebetslieder beigebracht, und eins davon sangen sie jetzt in einem etwas holperigen Gleichklang.

Tti-la-ye-ke-wi-ta-mo-ne i-no-ki,
Tti-la-ye ke-wi-ta-mo-ne i-no-ki-i-i
Me-ma-ko-te-si-ta
Ke-te-ma-ga-yo-se.

Es war ein Lied, das Makwa oft Shaman vorgesungen hatte, und Rob J. sah, daß sein Sohn zwar nicht mitsang, aber doch die Lippen zu den Worten bewegte. Als das Lied zu Ende war, war es auch das Begräbnis. Mehr gab es nicht zu tun.

Danach ging er zu der Lichtung im Wald, wo es geschehen war. Die Stelle war übersät mit Hufspuren. Er hatte Mond gefragt, ob einer der Sauks Fährten lesen könne, aber sie hatte erwidert, alle guten Fährtenleser seien tot. In der Zwischenzeit waren auch schon Londons Männer hiergewesen. Pferdehufe und Stiefel hatten die Spuren zertrampelt. Rob J. wußte, wonach er suchte. Er fand den Stock im Unterholz, wo man ihn hingeworfen hatte. Er sah aus wie ein ganz gewöhnlicher Stock, bis auf die rostig-rötliche Verfärbung an dem einen Ende. Der zweite Schuh lag auf der anderen Seite der Lichtung im Wald, wohin ihn offensichtlich jemand mit kräftigen Armen geworfen hatte. Da er sonst nichts mehr fand, wickelte er die beiden Gegenstände in ein Tuch und ritt zum Büro des Sheriffs.

Morton London nahm den Obduktionsbericht und die Beweisstücke kommentarlos in Empfang. Er war kühl und etwas kurz angebunden, vielleicht weil seine Männer den Stock und den Schuh bei ihrer Suche übersehen hatten. Rob J. hielt sich nicht lange bei ihm auf.

Gleich neben dem Büro des Sheriffs, auf der Veranda des Gemischtwarenladens, begrüßte ihn Julian Howard. »Hab' was für Sie«, sagte Howard. Er wühlte in seiner Tasche, und Rob J. hörte das satte Klimpern großer Münzen. Howard streckte ihm einen Silberdollar hin.

»Das hatte doch keine Eile, Mr. Howard.«

Aber Howard fuchtelte mit der Münze vor seinem Gesicht herum. »Ich zahle meine Schulden«, sagte er herausfordernd, und

Rob nahm die Münze, ohne zu erwähnen, daß noch fünfzig Cents für die Medizin, die er dortgelassen hatte, fehlten. Howard hatte sich bereits barsch abgewandt, da fragte ihn Rob: »Wie geht es Ihrer Frau?«

»Schon viel besser. Sie braucht Sie nicht mehr.«

Das war eine gute Nachricht, denn sie ersparte Rob einen langen und mühsamen Ritt. Statt dessen ritt er zur Farm der Schroeders, wo Alma bereits mit dem herbstlichen Hausputz begonnen hatte. Ihre Rippen konnten also nicht gebrochen sein. Sein nächster Besuch galt Donny Baker. Der Junge hatte noch immer Fieber, und der Entzündung an seinem Fuß sah man nicht an, ob sie sich zum Guten oder zum Schlechten hin entwickeln würde. Rob konnte nichts anderes tun als den Verband wechseln und etwas Laudanum gegen die Schmerzen geben.

Ein schlimmer und unglücklicher Vormittag ging nun langsam zu Ende. Robs letzter Besuch galt der Farm der Gilberts, wo er Fletcher White in einer sehr schlechten Verfassung vorfand. Seine Augen waren trübe und blicklos, sein dürrer, alter Körper wurde von Hustenanfällen geschüttelt, jeder Atemzug war für ihn eine Qual. »Es ging ihm schon besser«, flüsterte Suzy Gilbert.

Rob J. wußte, daß Suzy eine Schar Kinder und unendlich viel Arbeit hatte, also hatte sie wohl zu früh mit dem Wasserdampf und den heißen Getränken aufgehört. Als er Fletchers Hände in die seinen nahm, spürte er, daß der alte Mann nur noch sehr wenig Zeit zu leben hatte, und er wollte auf keinen Fall Suzy das Gefühl geben, sie sei schuld am Tod ihres Vaters. Er gab ihr etwas von Makwas starkem Tonikum, damit sie Fletcher Erleichterung verschaffen konnte. Dabei merkte er, daß er nur noch wenig von dem Tonikum hatte. Er war oft dabeigewesen, wenn sie es zusammenbraute, und glaubte, die wenigen Kräuteringredienzien zu kennen. Jetzt mußte er versuchen, es selber herzustellen.

Eigentlich hätte er am Nachmittag Sprechstunde in seiner Praxis halten sollen, doch als er zur Farm zurückkehrte, herrschte dort ein wahres Chaos. Sarah war bleich im Gesicht. Mond, deren Augen bei Makwas Tod trocken geblieben waren, weinte bitterlich, und alle Kinder schauten ängstlich und verschüchtert drein. Während Rob J.'s Abwesenheit waren Mort London und Fritz Graham, sein regulärer Hilfssheriff, sowie der extra für diesen Anlaß vereidigte Otto Pfersick auf die Farm gekommen. Sie hatten ihre Gewehre auf Der singend einhergeht gerichtet, und Mort hatte ihn verhaftet. Dann hatten sie ihm die Hände auf den Rücken gebunden, ihm ein Seil umgelegt und ihn wie einen Ochsen hinter ihren Pferden hergezogen.

DIE LETZTEN
INDIANER IN ILLINOIS

Sie haben einen Fehler gemacht, Mort«, sagte Rob.

Mort London sah ihn verlegen an, schüttelte aber den Kopf. »Nein, wir glauben, daß dieser Riese von einem Hurensohn es war, der sie getötet hat.«

Als Rob J. wenige Stunden zuvor im Büro des Sheriffs gewesen war, hatte London nichts davon erwähnt, daß er vorhabe, auf die Colesche Farm zu reiten und einen der Arbeiter zu verhaften. Irgend etwas stimmte nicht. Die Schwierigkeiten, in denen Der singend einhergeht jetzt steckte, waren wie eine Krankheit ohne erkennbare Ursache. Auf das »wir« reagierte Rob überhaupt nicht. Er wußte, wer »wir« waren, und er erkannte, daß Nick Holden aus Makwas Tod politischen Profit schlagen wollte. Aber er beherrschte seinen Zorn.

»Ein schlimmer Fehler, Mort.«

»Es gibt einen Zeugen, der den großen Indianer auf der Lichtung gesehen hat, wo sie gefunden wurde, kurz bevor es passierte.«

Das sei nicht überraschend, erwiderte Rob J., da Der singend einhergeht einer seiner Arbeiter sei und jenes Waldstück zu seiner Farm gehöre. »Ich möchte eine Kaution für ihn stellen.«

»Ich kann keine Kaution akzeptieren. Wir müssen warten, bis aus Rock Island ein Richter kommt.«

»Wie lange wird das dauern?«

London zuckte die Achseln.

»Eins der wenigen guten Dinge, die wir von den Engländern übernommen haben, ist das Gebot der unverzüglichen Rechtssprechung. Das sollte man doch hier anwenden.«

»Ich kann doch wegen eines Indianers keinen Richter zur Eile treiben! Fünf, sechs Tage wird es noch dauern. Vielleicht eine Woche.«

»Ich will Der singend einhergeht sehen.«

London führte Rob in den Arrestbau mit den zwei Zellen, der sich an sein Büro anschloß. Die Hilfssheriffs saßen in dem düsteren Korridor zwischen den beiden Zellen, die Flinten auf dem Schoß. Fritz Graham sah aus, als mache es ihm großen Spaß. Otto Pfersick dagegen machte den Eindruck, als kehre er lieber in seine Mühle zurück und mahle Mehl. Die eine Zelle war leer. Der singend einhergeht füllte die andere Zelle fast vollständig aus.

»Binden Sie ihn los«, sagte Rob J. mit dünner Stimme.

London zögerte. Rob merkte, daß sie alle drei Angst hatten, sich dem Gefangenen zu nähern. Der singend einhergeht hatte einen schlimm aussehenden Bluterguß über dem rechten Auge, vielleicht von einem Gewehrschaft. Seine Körpergröße war wirklich furchterregend.

»Lassen Sie mich zu ihm hinein! Ich binde ihn selber los.«

London schloß die Zelle auf, und Rob J. betrat sie allein.

»Pyawanegawa«, sagte er, um ihn bei seinem richtigen Namen zu nennen, und legte ihm die Hand auf die Schulter. Er stellte sich hinter den Indianer und versuchte, den Knoten seiner Fessel zu lösen, doch der war zu fest gebunden. »Den muß ich aufschneiden«, sagte er zu London, »geben Sie mir ein Messer!«

»Den Teufel werde ich tun.«

»Dann die Schere aus meiner Arzttasche!«

»Als ob das keine Waffe wäre!« murmelte London, ließ aber Graham die Schere holen, worauf Rob J. den Strick durchschneiden konnte. Er massierte dem Indianer die Handgelenke, sah ihm dabei in die Augen und redete wie zu seinem tauben Sohn.

»Cawso wabeskiou wird Pyawanegawa helfen. Wir sind Brüder von der gleichen Hälfte, den Langen Haaren.«

Er ignorierte die spöttischen, verächtlichen Blicke der zuhörenden Weißen auf der anderen Seite des Gitters. Er konnte nicht erkennen, ob Der singend einhergeht verstanden hatte, was er gesagt hatte. Die Augen des Sauks waren dunkel und trübe, doch als Rob J. sie studierte, entdeckte er eine Veränderung in ihnen, ein ungewisses Aufblitzen, das Zorn oder auch das Wiederaufkeimen von Hoffnung sein konnte.

Nachmittags brachte er Mond zu ihrem Mann. Sie dolmetschte, während London ihn verhörte.

Pyawanegawa schien das Verhör zu verblüffen. Er gab ohne Zögern zu, an diesem Vormittag auf der Lichtung gewesen zu sein. Es sei an der Zeit, Holz für den Winter zu holen, sagte er und sah dabei den Mann an, der ihn dafür bezahlte. Außerdem habe er nach Ahornbäumen Ausschau gehalten, die man im Frühjahr wegen des Sirups anzapfen könne.

Er habe doch im gleichen Langhaus wie die tote Frau gewohnt, bemerkte London.

Ja. Ob er je Geschlechtsverkehr mit ihr gehabt habe?

Mond zögerte mit der Übersetzung. Rob J. warf London einen vorwurfsvollen Blick zu, berührte dann aber Monds Arm und nickte. Sie übersetzte die Frage, und Der singend einhergeht antwortete sofort und ohne erkennbare Verärgerung: Nein, niemals.

Nach dem Verhör folgte Rob J. Mort London in sein Büro. »Können Sie mir sagen, warum Sie diesen Mann verhaftet haben?«

»Ich hab's Ihnen doch schon gesagt! Ein Zeuge hat ihn auf der Lichtung gesehen, kurz bevor die Frau getötet wurde.«

»Wer ist dieser Zeuge?«

»Julian Howard.«

Rob fragte sich, was Julian Howard auf seinem Land zu suchen gehabt hatte. Er erinnerte sich noch an das Klimpern der Dollars in Howards Tasche, als der ihn für den Hausbesuch bezahlte.

»Sie haben ihn für diese Zeugenaussage bezahlt«, sagte er, als wisse er das ganz sicher.

»Hab' ich nicht. Nein«, erwiderte London auffahrend. Aber in der Rolle des Schurken war er ein Amateur, die Empörung über den Vorwurf wollte ihm nicht so recht gelingen.

Wahrscheinlich hatte Nick Julian das Geld gegeben, ihm geschmeichelt und versichert, daß er ja nur ein gottesfürchtiger Mann sei, der seine Pflicht tue.

»Der singend einhergeht war genau dort, wo er als mein Arbeiter zu sein hatte. Da können sie genausogut mich verhaften, weil mir das Land gehört, auf dem Makwa getötet wurde, oder Jay Geiger, weil er sie gefunden hat.«

»Wenn es der Indianer nicht getan hat, wird sich das im Laufe des Verfahrens herausstellen. Er hat mit der Frau zusammengelebt...«

»Sie war seine Schamanin. Das ist so, als wäre sie sein Priester gewesen. Und weil sie im selben Langhaus zusammengelebt haben, war Sex zwischen ihnen etwas Verbotenes wie zwischen Bruder und Schwester.«

»Was das angeht: Leute haben schon ihre Priester getötet – und ihre Schwestern gevögelt.«

Rob J. wandte sich empört von ihm ab, drehte sich dann aber noch einmal um. »Es ist noch nicht zu spät, um das wieder in Ordnung zu bringen, Mort. Dieses Sheriffamt ist auch nur irgendeine verdammte Arbeit, und Sie werden überleben, auch wenn Sie die verlieren. Ich halte Sie für einen anständigen Mann. Aber wenn Sie so was einmal tun, ist es leicht, es immer wieder zu tun.«

Das war ein Fehler. Mort konnte damit leben, daß der ganze Ort wußte, wie sehr er von Nick Holdens Gunst abhängig war, solange es ihm niemand ins Gesicht sagte.

»Ich habe diesen Scheißmist gelesen, den Sie einen Autopsiebericht nennen, Doktor Cole. Sie dürften es ziemlich schwer haben, einem Richter und einer Jury aus sechs anständigen

Weißen weiszumachen, daß die Frau noch Jungfrau war. Eine gutaussehende Indianerin in ihrem Alter! Und jeder in der Umgebung weiß doch, daß sie Ihr Weib war. Sie haben vielleicht Nerven, mir eine Predigt zu halten. Und jetzt raus hier! Und kommen Sie nie wieder, wenn Sie nichts Offizielles mit mir zu besprechen haben!«

Mond sagte, Der singend einhergeht habe Angst.
»Ich glaube nicht, daß sie sich an ihm vergreifen werden«, erwiderte Rob J.
Sie sagte, er habe nicht Angst davor, daß man sich an ihm vergreife. »Er weiß, daß die Weißen manchmal Leute aufhängen. Wenn ein Sauk aufgehängt wird, kann er den Fluß aus Schaum nicht überqueren und kommt nie in das Land im Westen.«
»Niemand wird ihn aufhängen«, entgegnete Rob J. fast unwirsch. »Sie haben keine Beweise gegen ihn. Es ist eine politische Angelegenheit, und in ein paar Tagen werden sie ihn wieder freilassen müssen.«
Aber die Angst war ansteckend. Der einzige Anwalt in Holden's Crossing war Nick Holden. In Rock Island gab es zwar mehrere Anwälte, aber Rob J. kannte keinen von ihnen persönlich. Am folgenden Morgen kümmerte er sich nur um jene Patienten, deren Behandlung sich nicht aufschieben ließ, dann ritt er in die Bezirkshauptstadt. Im Wartezimmer des Kongreßabgeordneten Stephen Hume saßen noch mehr Leute als gewöhnlich in seinem eigenen, und er mußte beinahe neunzig Minuten warten, bis er an die Reihe kam.
Hume hörte ihm aufmerksam zu. »Warum sind Sie gerade zu mir gekommen?« fragte er schließlich.
»Weil Sie wiedergewählt werden wollen und Nick Holden Ihr Konkurrent ist. Aus Gründen, die ich noch nicht kenne, versucht Nick, den Sauks im allgemeinen und Der singend einhergeht im besonderen so viele Schwierigkeiten zu machen, wie es nur geht.«
Hume seufzte. »Nick hat sich mit einem üblen Haufen eingelas-

sen, und ich kann seine Kandidatur nicht auf die leichte Schulter nehmen. Die American Party impft den im Land geborenen Arbeitern Angst vor Einwanderern und Katholiken ein und Haß auf sie. In jeder Stadt haben sie eine Geheimloge mit einem Guckloch an der Tür, um Nichtmitglieder fernhalten zu können. Man nennt sie die Nichtswisser-Partei, weil die Mitglieder darauf gedrillt sind, auf die Frage nach den Aktivitäten ihrer Partei nur zu antworten, sie wüßten von nichts. Sie propagieren Gewalt gegen im Ausland Geborene und wenden sie auch an, und ich schäme mich, sagen zu müssen, daß sie das Land politisch im Sturm erobern. Es strömten zwar beständig Einwanderer nach Illinois, aber im Augenblick seien noch siebzig Prozent der Bevölkerung im Land geboren, und von den restlichen dreißig seien die meisten keine amerikanischen Bürger und dürften nicht wählen. Im letzten Jahr habe die Nichtswisser-Partei in New York beinahe den Gouverneur gestellt, und in der gesetzgebenden Versammlung hätten sie bereits neunundvierzig Abgeordnete. Eine Koalition aus Nichtswissern und Nationalrepublikanern konnte in Pennsylvania und Delaware problemlos gewinnen, und Cincinnati ging nach hartem Kampf an die Nichtswisser-Partei.

»Aber warum ist Nick hinter den Sauks her? Die sind doch wirklich nicht im Ausland geboren.«

Hume schnitt eine Grimasse. »Ich glaube, daß sein politisches Gespür sehr gut entwickelt ist. Erst vor neunzehn Jahren wurden die Leute hier in der Gegend von Indianern massakriert und haben selber auch nicht schlecht gewütet. Im Krieg des Schwarzen Falken kamen viele Leute um. Neunzehn Jahre, das ist eine sehr kurze Zeit. Jungen, die Indianerangriffe überlebt haben, und eine Menge Indianerhasser sind jetzt Wähler, und die Angst vor den Indianern ist immer noch sehr verbreitet. Mein geschätzter Konkurrent gießt also nur Öl ins Feuer. Erst vor ein paar Abenden hat er hier in Rock Island Whiskey ausschenken lassen und dann alte Geschichten zum besten gegeben, wobei er keinen einzigen Skalp und keine angebliche Grausamkeit ausgelassen hat. Dann erzählte er, daß die letzten blutdürstigen

Indianer in Illinois in Ihrem Ort verhätschelt würden und daß er, wenn er erst mal im Repräsentantenhaus sitze, sie schon in ihr Reservat in Kansas zurückschicken werde, denn da gehörten sie ja hin.«

»Können Sie etwas unternehmen, um den Sauks zu helfen?«

»Etwas unternehmen?« Hume seufzte. »Dr. Cole, ich bin Politiker. Indianer sind keine Wähler, also werde ich mich hüten, mich öffentlich für einen oder für alle einzusetzen. Aber in politischer Hinsicht kann es mir helfen, wenn wir die Angelegenheit entschärfen, da mein Gegner versucht, auf diese Weise mein Amt zu gewinnen. Die beiden für Ihren Distrikt zuständigen Richter sind Honourable Daniel P. Allan und Honourable Edwin Jordan. Richter Jordan hat eine gemeine Ader und ist außerdem ein Nationalrepublikaner. Dan Allan ist ein ziemlich guter Richter und ein noch besserer Demokrat. Ich kenne ihn aus langjähriger Zusammenarbeit, und wenn er diesen Fall verhandelt, wird er nicht zulassen, daß Nicks Leute einen Zirkus veranstalten, damit Ihr Sauk-Freund wegen irgendwelcher Pseudobeweise verurteilt wird, und so Nick helfen, die Wahl zu gewinnen. Man kann unmöglich wissen, ob er den Fall bekommt oder Jordan. Wenn es Allen ist, wird er kaum mehr als gerecht sein, aber gerecht wird er sein. Kein Anwalt in der Stadt wird von sich aus einen Indianer vertreten, das können Sie mir glauben. Der beste Verteidiger hier in der Stadt ist ein junger Kerl namens John Kurland. Lassen Sie mich mit ihm sprechen. Mal sehen, ob ich ihm nicht ein bißchen gut zureden kann.«

»Ich bin Ihnen sehr dankbar, Herr Abgeordneter.«

»Na, dann zeigen Sie es, indem Sie mich wählen.«

»Ich gehöre zu den besagten dreißig Prozent. Ich habe die Einbürgerung bereits beantragt, aber da gibt es diese dreijährige Wartezeit...«

»Dann können Sie mich ja beim nächstenmal wählen«, bemerkte Hume pragmatisch. »Und in der Zwischenzeit empfehlen Sie mich Ihren Freunden.«

Lang hielt sich in Holden's Crossing die Aufregung über den Tod der Indianerin nicht. Viel interessanter war die bevorstehende Eröffnung der Schule. Jeder im Ort wäre bereit gewesen, ein kleines Stück seines Landes als Bauplatz für die Schule herzugeben, um sich damit das Eintrittsrecht für die eigenen Kinder zu sichern, doch man hatte sich darauf geeinigt, daß eine solche Einrichtung an zentraler Stelle stehen sollte, und schließlich akzeptierte die Ratsversammlung vier Morgen Land von Nick Holden, was Nick sehr freute, denn so entstand die Schule genau an der Stelle, die er in seiner »Traumkarte« von Holden's Crossing für sie vorgesehen hatte.

Mit vereinten Kräften hatte man ein Schulhaus errichtet, das aus einem einzigen großen Klassenzimmer bestand. Alle waren mit Feuereifer bei der Sache. Anstatt des üblichen Holzpflasterbodens wurde ein Bretterboden eingezogen, für den die Stämme sechs Meilen bis zum Sägewerk geschleppt werden mußten. Entlang der einen Wand wurde ein langes Brett befestigt, das als gemeinschaftlicher Schreibtisch dienen sollte, und davor stellte man eine lange Bank, so daß die Schüler beim Schreiben mit dem Gesicht zur Wand sitzen und sich dann umdrehen und beim Lesen den Lehrer ansehen konnten.

Man beschloß, daß das Schuljahr jeweils nach der Ernte beginnen und in drei Abschnitte von jeweils zwölf Wochen unterteilt sein sollte. Der Lehrer sollte pro Abschnitt neunzehn Dollar sowie freie Kost und Logis erhalten. Das Gesetz schrieb vor, daß ein Lehrer in Lesen, Schreiben und Rechnen qualifiziert sein mußte, in Geographie, Grammatik oder Geschichte zumindest bewandert.

Viele Bewerber für den Posten gab es nicht, denn das Gehalt war niedrig, und die Schwierigkeiten waren groß, doch schließlich konnte die Versammlung Marshall Byers anstellen, einen Cousin des Schmieds Paul Williams. Mr. Byers war ein schlanker junger Mann von einundzwanzig Jahren mit vorstehenden Augen, der, bevor er nach Illinois gekommen war, in Indiana unterrichtet hatte und deshalb wußte, was es hieß, jede Woche bei der Familie eines anderen Schülers Unterkunft zu finden.

Sarah gestand er, er sei froh, auf einer Schaffarm unterzukommen, da er Lamm und Karotten lieber esse als Schweinefleisch und Kartoffeln. »Wenn es sonst irgendwo Fleisch gibt, dann ist es immer Schwein mit Kartoffeln, Schwein mit Kartoffeln«, sagte er.

Rob J. grinste ihn an. »Dann werden Sie sich bei den Geigers wohl fühlen«, sagte er. Rob J. war von dem Lehrer nicht sonderlich begeistert. Es lag etwas Hinterhältiges in der Art, wie er Mond und Sarah verstohlen musterte und Shaman anstarrte, als wäre der Junge ein Krüppel.

»Ich freue mich schon, Alexander in meiner Schule zu haben«, sagte Mr. Byers.

»Auch Shaman freut sich schon auf die Schule«, entgegnete Rob J. ruhig.

»Aber das wird wohl kaum gehen. Der Junge kann nicht normal sprechen. Und wie soll ein Kind, das nichts hört, in der Schule etwas lernen?«

»Er liest von den Lippen ab. Und er begreift sehr schnell, Mr. Byers.«

Mr. Byers runzelte die Stirn. Er wollte schon weiter protestieren, doch als er Rob J.'s Gesichtsausdruck sah, überlegte er es sich anders. »Natürlich, Dr. Cole«, sagte er steif. »Natürlich.«

Am nächsten Morgen klopfte Alden Kimball vor dem Frühstück an die Hintertür. Er war schon sehr früh im Futtermittelladen gewesen und platzte vor Neuigkeiten. »Diese blöden Indianer! Jetzt haben sie es getan«, sagte er. »Haben sich gestern abend besoffen und dann den Stall von diesen papistischen Nonnen angesteckt.«

Mond bestritt das sofort, als Rob mit ihr redete. »Ich war den ganzen Abend bei meinen Freunden im Sauk-Lager, und wir haben uns über Der singend einhergeht unterhalten. Das, was Alden da gehört hat, ist eine Lüge.«

»Vielleicht haben sie erst getrunken, nachdem du gegangen bist.«

»Nein. Es ist eine Lüge.« Ihre Stimme klang ruhig, aber ihre zitternden Finger lösten bereits ihre Schürze. »Ich muß zu meinem Stamm.«

Rob seufzte. Am besten, er stattete den Franziskanerinnen einen Besuch ab. Er hatte gehört, daß die Leute sie »diese verdammten braunen Käfer« nannten. Und er begriff auch, weshalb, als er sie sah, denn sie trugen eine braune, wollene Ordenstracht, die für den Herbst zu warm war und in der Hitze des Sommers ein Qual gewesen sein mußte. Vier von ihnen arbeiteten in den Brandruinen des hübschen kleinen schwedischen Stalls, den August Lund und seine Frau voller jugendlicher Hoffnung und Entschlossenheit gebaut hatten. Sie schienen in den verkohlten, in der einen Ecke noch schwelenden Überresten nach Heilgebliebenem zu suchen.

»Guten Morgen!« rief er.

Sie hatten sein Näherkommen nicht bemerkt. Den Saum ihrer langen Kutten hatten sie in den Gürtel gesteckt, um bei der Arbeit mehr Bewegungsfreiheit zu haben, und jetzt beeilten sie sich, die Röcke wieder herunterzulassen, denn vier Paar kräftiger, rußfleckig-weißbestrumpfter Beine waren entblößt gewesen.

»Ich bin Dr. Cole«, sagte er und stieg ab. »Ein entfernt lebender Nachbar.« Sie starrten ihn stumm an, und ihm fiel ein, daß sie vielleicht seine Sprache nicht verstanden. »Könnte ich bitte mit der verantwortlichen Person sprechen?«

»Das wäre die Schwester Oberin«, erwiderte eine von ihnen, und ihre Stimme war kaum mehr als ein Flüstern.

Mit einer kleinen Bewegung des Kopfes, die ihn wohl zum Mitkommen aufforderte, ging sie auf das Haus zu. Neben einem neu an das Gebäude angebauten Schuppen jätete ein alter Mann in Schwarz den frostkahlen Gemüsegarten. Der alte Mann zeigte kein Interesse an Rob. Die Nonne klopfte zweimal, ein sanftes, leises Geräusch, das zu ihrer Stimme paßte.

»Herein!«

Die braune Kutte schlüpfte an ihm vorbei und knickste. »Dieser Herr möchte Euch sprechen, ehrwürdige Mutter, ein Arzt und ein Nachbar«, sagte die flüsternde Nonne, knickste noch einmal und war verschwunden.

Die Schwester Oberin saß auf einem Holzstuhl an einem kleinen Tisch. Das vom Schleier umrahmte Gesicht war großflächig, die Nase fleischig und breit, die leicht spöttisch blickenden Augen von einem durchdringenden Blau, das heller war als das von Sarahs Augen und eher herausfordernd als freundlich. Er stellte sich vor und sagte, daß ihm das wegen des Feuers leid tue. »Können wir Ihnen irgendwie helfen?«

»Ich vertraue auf Gott. Er wird uns helfen.« Ihr Englisch klang perfekt, aber er glaubte, einen deutschen Akzent zu erkennen, obwohl ihrer anders als der der Schroeders klang. Vielleicht stammten sie aus verschiedenen Gegenden Deutschlands.

»Bitte nehmen Sie Platz«, sagte sie und wies zu dem einzigen bequemen Sessel im Zimmer, einem thronähnlichen Möbel mit Lederpolsterung.

»Haben Sie diesen Sessel in einem Wagen bis hierher geschleppt?«

»Ja. Wenn der Bischof uns besucht, können wir ihm wenigstens eine anständige Sitzgelegenheit anbieten«, antwortete sie ernst. Die Männer seien während des Nachtoffiziums gekommen, berichtete sie. Die Gemeinschaft sei in Andacht versunken gewesen und habe anfangs das Grölen und das Knistern nicht gehört, doch bald hätten sie den Rauch gerochen.

»Man hat mir gesagt, es seien Indianer gewesen.«

»Die Art von Indianer, die schon bei der Boston Tea-Party dabei waren«, erwiderte sie trocken.

»Sind Sie sicher?«

Sie verzog das Gesicht zu einem humorlosen Lächeln. »Es waren betrunkene Weiße, und sie haben geflucht und gegrölt wie betrunkene Weiße.«

»Es gibt hier eine Loge der American Party.«

Sie nickte. »Die Nichtswisser. Vor zehn Jahren kam ich frisch aus Württemberg in das Franziskanerinnenkloster in Philadelphia. Die Nichtswisser haben mich mit einem einwöchigen

Aufruhr empfangen, bei dem zwei Kirchen überfallen, zwei Katholiken zu Tode geprügelt und unzählige Häuser der Katholiken niedergebrannt wurden. Es dauerte eine ganze Weile, bis ich erkannte, daß nicht alle Amerikaner so sind.«

Rob J. nickte. Er bemerkte, daß sie diesen einen der beiden Räume in August Lunds ehemaliger Behausung in ein spartanisches Dormitorium umgewandelt hatten. Hier war ursprünglich Lunds Getreidespeicher gewesen. Jetzt waren in der Ecke Schlafpritschen aufgestapelt. Neben dem Schreibtisch und dem Holzstuhl sowie dem Bischofsthron vervollständigten ein großer, schöner Refektoriumstisch und Bänke aus frischem Holz die Einrichtung des Raumes, und Rob lobte die Tischlerarbeit.

»Hat Ihr Priester die gezimmert?«

Sie lächelte und erhob sich. »Vater Russel ist unser Kaplan. Schwester Mary Peter Celestine ist unser Tischler. Möchten Sie unsere Kapelle sehen?«

Er folgte ihr in das Zimmer, in dem die Lunds gegessen, geschlafen und sich geliebt hatten und in dem Greta Lund gestorben war. Die Nonnen hatten es getüncht. An einer Wand stand ein hölzerner Altar und davor eine Andachtsbank. Vor dem Kruzifix auf dem Altar brannte, flankiert von kleineren Kerzen, eine große Tabernakelkerze in einem roten Glasgefäß. Er sah vier Gipsstatuen, die offensichtlich nach dem Geschlecht getrennt waren. Ganz rechts erkannte Rob die Heilige Jungfrau. Die Oberin erklärte ihm, daß die Statue neben Maria die heilige Klara darstelle, die Gründerin ihres Nonnenordens, und die Figuren auf der anderen Seite des Altars seien der heilige Franziskus und der heilige Joseph.

»Man sagt, Sie haben vor, eine Schule zu eröffnen.«

»Da sind Sie falsch unterrichtet.«

Er lächelte. »Und daß Sie vorhaben, unsere Kinder zum Papismus zu verführen.«

»Nun ja, das ist nicht ganz unrichtig«, erwiderte sie ernsthaft. »Wir hoffen immer, eine Seele zu erretten, ob nun Kind, Frau oder Mann. Wir bemühen uns natürlich, neue Katholiken zu gewinnen, aber hauptsächlich sind wir ein Pflegeorden.«

»Ein Pflegeorden! Und wo wollen Sie pflegen? Wollen Sie hier ein Krankenhaus bauen?«

»Ach«, sagte sie bedauernd, »wir haben leider kein Geld. Die heilige Mutter Kirche hat dieses Land gekauft und uns hierher gesandt. Aber jetzt sind wir allein auf uns gestellt. Wir sind sicher, daß der Herr uns helfen wird.«

Rob J. war sich da weniger sicher. »Darf ich Ihre Krankenschwestern rufen, wenn Patienten sie brauchen?«

»Damit sie in deren Häuser gehen? Nein, das steht ganz außer Frage«, antwortete sie streng.

Er fühlte sich unbehaglich in der Kapelle und wollte sich zurückziehen.

»Ich vermute, Sie sind kein Katholik, Dr. Cole.«

Er schüttelte den Kopf. Doch plötzlich fiel ihm noch etwas ein. »Falls es den Sauks etwas nützt, würden Sie bezeugen, daß die Männer, die Ihren Stall angesteckt haben, Weiße waren?«

»Natürlich«, sagte sie ungerührt, »da es die Wahrheit ist.«

Er hatte plötzlich das Gefühl, daß ihre Novizinnen in beständiger Angst vor ihr leben mußten. »Vielen Dank...« Er zögerte, denn es schien ihm unmöglich, sich vor dieser stolzen Frau zu verbeugen und sie ehrwürdige Mutter zu nennen. »Wie heißen Sie, Schwester Oberin?«

»Ich bin Mater Miriam Ferocia.«

Er hatte in der Schule Latein gelernt, hatte sich mit Cicero abgemüht und Caesar auf seinen gallischen Kriegen begleitet, und er wußte noch genug, um den Namen mit Maria die Mutige übersetzen zu können. Für sich aber, und nur für sich, nannte er die Oberin von diesem ersten Besuch an Ferocious Miriam – die grimmige Miriam.

Er nahm den langen Ritt nach Rock Island auf sich, um Stephen Hume zu besuchen, und wurde sofort dafür belohnt, denn der Kongreßabgeordnete hatte gute Nachrichten: Daniel P. Allan würde den Prozeß führen. Da keine schlüssigen Beweise vorlagen, sah Richter Allan keinen Grund, Der singend einhergeht nicht auf Kaution freizulassen. »Es geht allerdings um ein Kapitalverbrechen – da konnte er die Kaution nicht unter zweihundert Dollar festsetzen. Wenn Sie einen Kredit brauchen, müssen Sie nach Rockford oder Springfield.«

»Ich bringe das Geld selber auf. Mir läuft Der singend einhergeht bestimmt nicht davon«, sagte Rob J.

»Gut. Der junge Kurland hat versprochen, ihn zu verteidigen. Unter den gegebenen Umständen wird es das beste sein, wenn Sie nicht selbst zum Gefängnis gehen. Rechtsanwalt Kurland wird sie in zwei Stunden vor Ihrer Bank treffen. Ist das die in Holden's Crossing?«

»Ja.«

»Stellen Sie einen Scheck für das Rock Island County aus, unterschreiben Sie ihn, und geben Sie ihn Kurland! Der erledigt dann den Rest. Dan Allan und John Kurland werden gemeinsam dafür sorgen, daß Nick ziemlich dumm dasteht, falls er versucht, aus diesem Prozeß eine Schau zu machen.« Sein Händedruck war fest und kam einer Gratulation gleich.

Rob J. ritt nach Hause und spannte den Buckboard an, denn er hatte das Gefühl, Mond sollte dabeisein, wenn sie ihren Mann abholte. In ihrem normalen Hauskleid und einem Häubchen, das Makwa gehört hatte, saß sie aufrecht und selbst für ihre Verhältnisse außergewöhnlich schweigsam auf dem Wagen. Rob merkte, daß sie sehr nervös war. Er band das Pferd vor der Bank an, und sie wartete auf dem Wagen, während er den Scheck ausstellte und ihn John Kurland gab, einem ernsthaften jungen Mann, der Mond bei der Vorstellung höflich, aber ohne jede Herzlichkeit begrüßte.

Nachdem der Anwalt gegangen war, setzte sich Rob J. neben Mond auf den Wagen. Er ließ das Pferd angebunden, wo es war, und sie saßen da und sahen hinüber zur Tür von Mort Londons Büro. Obwohl es September war, brannte die Sonne noch heiß. Die Wartezeit kam ihnen ungewöhnlich lang vor. Schließlich berührte Mond seinen Arm, denn die Tür ging auf und Der singend einhergeht trat heraus, gebückt, damit er unbeschadet unter dem Türstock hindurchkam. Kurland folgte dicht hinter ihm.

Sie bemerkten Mond und Rob J. sofort und kamen auf sie zu. Der singend einhergeht fing an zu rennen, vielleicht, weil er sich über die neugewonnene Freiheit freute, vielleicht auch, weil er instinktiv vor diesem Gefängnis fliehen wollte, doch schon nach wenigen federnden Sätzen bellte etwas über und hinter ihm auf, und dann knallte es von zwei Dächern auf der anderen Straßenseite.

Pyawanegawa der Jäger, der Führer, der Held des Stock-und-Ball-Spiels, hätte eigentlich mit Würde fallen müssen – wie ein riesiger Baum –, doch er stolperte und strauchelte wie ein gewöhnlicher Mann und stürzte dann mit dem Gesicht nach vorne in den Staub.

Rob J. sprang vom Wagen und rannte zu ihm, doch Mond konnte sich nicht bewegen. Als er bei ihm war und ihn umdrehte, sah er, was Mond bereits wußte. Eine Kugel hatte ihn genau ins Genick getroffen und zwei andere in die Brust, kaum drei Zentimeter voneinander entfernt. Zwei Herzschüsse, wie es aussah – beide tödlich.

Auch Kurland kam herbeigelaufen und stand nun in hilflosem Entsetzen daneben. Einige Augenblicke später kamen London und Holden aus dem Büro des Sheriffs. Mort ließ sich von Kurland erklären, was passiert war, und befahl dann seinen Leuten, die Dächer zu beiden Seiten der Straße abzusuchen. Niemand schien sonderlich überrascht, sie leer zu finden.

Rob J. war neben Der singend einhergeht knien geblieben, doch jetzt stand er auf und sah Nick Holden in die Augen. Der war etwas bleich, doch entspannt und wie auf alles vorbereitet. Obwohl es ganz und gar nicht zur Situation paßte, war Rob aufs neue von seiner männlichen Schönheit beeindruckt. Er bemerkte, daß Nick einen Revolver trug, und er wußte, daß das, was er ihm zu sagen hatte, ihn selbst in Gefahr bringen konnte und deshalb mit Bedacht formuliert werden mußte. Doch gesagt werden mußte es.

»Ich will nie wieder etwas mit Ihnen zu tun haben. Nie mehr, solange ich lebe«, sagte er.

Der singend einhergeht wurde in den Schuppen der Schaffarm gebracht, und Rob J. ließ seine Familie dort mit ihm alleine. Bei Einbruch der Dunkelheit wollte er Mond und ihre Kinder zum Abendessen ins Haus holen, doch sie waren verschwunden und die Leiche ebenfalls. Später an diesem Abend entdeckte Jay Geiger den Buckboard und das Pferd der Coles angebunden an einem Pfosten vor seinem Stall, und er brachte Rob sein Eigentum zurück. Er berichtete, daß Kleines Horn und Steinhund seine Farm ebenfalls verlassen hätten. Mond und ihre Kinder kehrten nicht zurück. In dieser Nacht lag Rob J. schlaflos in seinem Bett und dachte an Der singend einhergeht, der jetzt wahrscheinlich in einem unmarkierten Grab irgendwo am Fluß lag. Oder auf dem Land eines anderen, das früher den Sauks gehört hatte.

Was in der Nacht passiert war, erfuhr Rob J. erst am nächsten Vormittag, als Jay noch einmal auf die Farm geritten kam und ihm erzählte, daß Nick Holdens riesiger Viehstall niedergebrannt worden sei. »Diesmal waren es wirklich die Sauks, das ist sicher. Sie sind alle davongelaufen. Nick hat die halbe Nacht gebraucht, um die Flammen von seinem Haus abzuhalten, und drohte ständig, er werde die Miliz und die Army alarmieren. Er ist bereits mit fast vierzig Mann hinter ihnen her, mit den erbärmlichsten Indianerkämpfern, die man sich vorstellen kann. Mort London ist dabei, Dr. Beckermann, Julian Howard, Fritz Graham – die meisten Stammgäste aus Nelsons Kneipe, also die Hälfte aller Suffköpfe aus dieser Gegend, und alle tun so, als wären sie hinter Schwarzer Falke her. Die können von Glück sagen, wenn sie sich nicht gegenseitig in den Fuß schießen.«

An diesem Nachmittag ritt Rob J. zum Sauk-Lager hinaus. So wie es aussah, hatten sie es endgültig verlassen. Die Büffelfelle vor den Eingängen der *hedonoso-te* waren verschwunden, die schwarzen Löcher gähnten wie Zahnlücken, und auf dem Boden lagen die Überreste des Lagerlebens verstreut. Er hob eine Blechbüchse auf, an deren zerfurchtem Deckel er erkannte, daß sie mit einem Messer oder einem Bajonett geöffnet worden war. Dem Etikett nach hatte sie Pfirsichhälften aus Georgia enthalten. Er hatte es nie geschafft, die Sauks vom Wert einer Latrine zu überzeugen, und jetzt bewahrte ihn der Geruch menschlicher Exkremente, den der Wind vom Außenbezirk des Lagers hereintrug, vor allzu großer Sentimentalität, ein letzter, stinkender Hinweis darauf, daß etwas sehr Wertvolles von diesem Ort verschwunden war und weder durch Zaubersprüche noch durch Politik zurückgebracht werden konnte.

Vier Tage lang verfolgten Nick Holden und sein Trupp die Sauks, doch wirklich nahe kamen sie ihnen nie. Die Indianer blieben in den Wäldern am Ufer des Mississippi und flohen nach Norden. Sie fanden sich in der Wildnis zwar nicht so gut zurecht wie einige ihres Stammes, die nun tot waren, aber auch die Schlechtesten von ihnen waren immer noch besser als die weißen Männer, und sie schlugen Haken und legten falsche Fährten, denen die Weißen auch prompt folgten.
Die Verfolgung führte die Weißen weit nach Wisconsin hinein. Es wäre natürlich besser gewesen, wenn sie mit Trophäen, einigen Skalps und Ohren hätten zurückkehren können, aber sie redeten sich auch so ein, daß sie einen großen Sieg errungen hätten. In Prairie du Chien hielten sie an und ließen sich mit Whiskey vollaufen. Fritzie Graham bekam Streit mit einem Kavalleristen und landete im Gefängnis, doch Nick holte ihn wieder heraus, indem er den Sheriff davon überzeugte, daß bei einem durchreisenden Hilfssheriff eine gewisse kollegiale Nachsicht angebracht sei. Nach ihrer Rückkehr schwärmten sofort achtunddreißig Getreue aus und verbreiteten die frohe Botschaft, daß Nick Holden den Staat vor der roten Bedrohung gerettet habe und ein durch und durch anständiger Kerl sei.

Der Herbst war mild in diesem Jahr und angenehmer noch als der Sommer, denn einige frühe Fröste machten den Insekten den Garaus. Es war eine goldene Zeit mit kühlen Nächten, die das Laub am Flußufer bunt verfärbten, und warmen, sanften Tagen. Im Oktober berief die Kirchengemeinde einen Reverend Joseph Hills Perkins zu ihrem Priester. Er hatte zusätzlich zum

Gehalt ein Pfarrhaus verlangt, und so wurde nach der Ernte ein kleines Blockhaus errichtet, das der Priester mit seiner Frau Elizabeth bezog; die beiden hatten keine Kinder. Im Begrüßungskomitee war Sarah eine der eifrigsten.

Rob J. fand am Flußufer abgestorbene Lilien und pflanzte die Knollen auf Makwas Grab. Bei den Sauks war es zwar nicht üblich, Gräber mit Steinen zu markieren, aber er bat trotzdem Alden, eine Tafel aus witterungsbeständigem Robinienholz glattzuhobeln. Da es ihm unpassend schien, mit englischen Worten an sie zu erinnern, ließ er Alden die runenähnlichen Symbole auf die Tafel schnitzen, die er von ihrem Körper abgezeichnet hatte. Die Tafel stellte er an ihrem Grab auf. Er unternahm einen Versuch, Mort London zu einer weitergehenden Untersuchung ihres und Pyawanegawas Todes zu überreden, doch der Sheriff sagte, er sei überzeugt, daß Makwa-ikwas Mörder getötet worden sei, und zwar vermutlich von anderen Indianern.

Im November gingen in den ganzen Vereinigten Staaten männliche Bürger über einundzwanzig zur Wahl. Überall im Land reagierten die Arbeiter auf die Konkurrenz, die die Einwanderer auf dem Stellenmarkt darstellten. Rhode Island, Connecticut, New Hampshire, Massachusetts und Kentucky wählten Nichtswisser-Gouverneure. In acht Staaten kamen Nichtswisser-Regierungen an die Macht. In Wisconsin unterstützten die Nichtswisser im Wahlkampf republikanische Anwälte, die nach der Wahl darangingen, die Einwanderungsbehörden ihres Staates abzuschaffen. Nichtswisser gewannen in Texas an Stimmen, in Tennessee, Kalifornien und Maryland, und sie sicherten sich in fast allen Südstaaten einen hohen Anteil.

In Illinois stellten sie die Mehrheit in Chicago und in den südlichen Landesteilen. Im Rock Island County verfehlte der amtierende Kongreßabgeordnete Stephen Hume die Wiederwahl um einhundertdreiundachtzig Stimmen; er mußte seinen Sitz an den Indianerkämpfer Nicholas Holden abtreten, der fast unmittelbar nach der Wahl die Heimat verließ, um seinen Distrikt in Washington, D.C. zu vertreten.

VIERTER TEIL

DER TAUBE
JUNGE

12. OKTOBER 1851

LEKTIONEN

Die Eisenbahn nahm ihren Ausgangspunkt in Chicago. Neuankömmlinge aus Deutschland, Irland und Skandinavien waren es, die die glänzenden Schienen im überwiegend flachen Land immer weiter vorschoben, bis sie schließlich das Ostufer des Mississippi bei Rock Island erreichten. Gleichzeitig baute die Mississippi and Missouri Railroad Company eine Bahn quer durch Iowa von Davenport nach Council Bluffs, und die neugegründete Mississippi River Bridge Company arbeitete daran, die beiden Schienenstränge mit einer Brücke über den großen Fluß zu verbinden.

Am 1. September 1852, kurz nach Einbruch der Nacht, verwandelten sich in den geheimnisvollen Gründen des strömenden Wassers Millionen zappelnder Larven in Köcherfliegen. In zitternden Schwärmen erhoben sich diese libellenartigen Insekten mit ihren vier silbernen Flügeln aus dem Wasser und fielen über Davenport herein wie ein Blizzard aus schimmernden Schneeflocken. Sie bedeckten die Fensterscheiben, setzten sich an Augen, Ohren und Mündern von Mensch und Tier fest und waren für jeden, der sich vor die Tür wagte, eine schreckliche Plage. Die Köcherfliegen lebten nur eine einzige Nacht. Ihr kurzer Überfall war ein Phänomen, das ein- oder zweimal im Jahr auftrat, und die Menschen am Mississippi nahmen es gelassen hin. Bei Sonnenaufgang war die Invasion vorbei, waren die Fliegen tot. Um acht Uhr morgens saßen vier Männer im dünnen Schein der Herbstsonne auf verschiedenen Bänken am Ufer, rauchten und sahen zu, wie Arbeitstrupps die Kadaver zu Haufen zusammenfegten und auf Karren schaufelten, von denen sie anschließend in den Fluß gekippt wurden. Wenig später kam ein fünfter Mann auf einem Pferd, der vier andere Pferde hinter sich mitführte. Die Männer verließen die Bänke und stiegen auf. Es war ein Donnerstagvormittag. Zahltag. Im Büro der Chicago and Rock Island Railroad stellten der Zahlmeister und zwei Gehilfen eben die Lohnliste für die beim Brückenbau beschäftigten Arbeiter zusammen.

Um acht Uhr neunzehn ritten fünf Männer vor dem Büro vor. Vier stiegen ab und gingen hinein, der fünfte blieb bei den Pferden. Sie waren nicht maskiert, und wären sie nicht bewaffnet gewesen, hätten sie ausgesehen wie gewöhnliche Farmer. Sie sagten leise und höflich, was sie wollten, doch einer der Gehilfen war so töricht, nach einer Pistole auf einem Regal in seiner Nähe zu greifen, und er bekam eine Kugel in den Kopf. Danach gab es keinen Widerstand mehr, und die vier Räuber steckten in aller Ruhe das gesamte Lohngeld in Höhe von über eintausendeinhundert Dollar in einen schmutzigen Leinensack, bevor sie sich aus dem Staub machten. Der Zahlmeister berichtete später den Behörden, er sei sicher, daß der Anführer der Banditen ein Mann namens Frank Mosby gewesen war, der einige Jahre lang etwas weiter südlich am anderen Flußufer in der Nähe von Holden's Crossing Land bewirtschaftet hatte.

Sarah hätte keinen unglücklicheren Zeitpunkt wählen können. Am Sonntagvormittag wartete sie, bis Reverend Perkins die Gläubigen aufforderte, ihre Verfehlungen zu bekennen. Dann nahm sie ihren ganzen Mut zusammen, erhob sich und ging nach vorne. Mit leiser Stimme berichtete sie dem Priester und der Gemeinde, daß sie, nachdem sie schon in jungen Jahren Witwe geworden war, Verkehr außerhalb des heiligen Bundes der Ehe gehabt habe und daß daraus ein Kind entstanden sei. Jetzt aber, so fuhr sie fort, suche sie in der öffentlichen Beichte Erlösung von ihrer Sünde durch die reinigende Gnade Jesu Christi.

Danach hob sie ihr blasses Gesicht und schaute in die tränenfeuchten Augen von Reverend Perkins. »Lobe den Herrn«, flüsterte er. Mit seinen langen, schmalen Fingern umfaßte er ihren Kopf und zwang sie auf die Knie. »Gott«, betete er dann mit strenger Stimme, »sprich diese gute Frau von ihrem Fehltritt frei! Denn sie hat am heutigen Tag in diesem Deinem Haus gebeichtet, hat das Blut der Sünde von ihrer Seele gewaschen und sie weiß gemacht wie die Rose, rein wie den ersten Schnee.« Das Murmeln der Gemeinde schwoll an zu kräftigen Rufen: »Lobet den Herrn! Amen! Halleluja! Amen. Amen.«

Sarah spürte, wie ihre Seele leichter wurde. Während die Kraft des Herrn durch Mr. Perkins' Fingerspitzen in ihren Körper strömte, war ihr, als schwebte sie noch in diesem Augenblick ins Paradies.

Die Gemeinde platzte förmlich vor Aufregung. Jeder wußte von dem Überfall auf das Eisenbahnbüro und daß als Anführer der Gesetzlosen Frank Mosby erkannt worden war, dessen verstorbener Bruder Bill, so das Gerücht, Sarah Coles ersten Sohn gezeugt hatte. Deshalb ergötzten sich alle in der Kirche am Drama dieser Beichte, sie beglotzten Sarah Coles Gesicht und Körper und stellten sich alle möglichen lasziven Szenen vor, die sie später schockiert flüsternd als mutmaßliche Tatsachen unter Freunden und Nachbarn weiterverbreiteten.

Als Mr. Perkins Sarah schließlich gestattete, in ihre Bank zurückzukehren, streckten sich ihr eifrige Hände entgegen, und viele Stimmen murmelten Worte der Freude und Glückwünsche. Für Sarah war es die wunderbare Erfüllung eines Traumes, der sie seit Jahren beschäftigt hatte. Es war der Beweis, daß Gott gut war, daß christliche Vergebung neues Hoffen möglich machte und daß man sie in eine Welt aufgenommen hatte, in der Liebe und Barmherzigkeit regierten. Es war der glücklichste Augenblick ihres Lebens.

Am nächsten Morgen fand die Eröffnung der Schule statt, die Kinder hatten ihren ersten Unterrichtstag. Shaman genoß die Gesellschaft von achtzehn Kindern unterschiedlichen Alters und den scharfen Geruch nach frischem Holz, der vom Gebäude und dem Mobiliar ausging. Er freute sich über seine Tafel und die bunten Kreidestifte und über sein Lesebuch, das abgenutzt und zerfleddert war. Die Schule in Rock Island hatte nämlich für ihre Schüler die neuere Ausgabe dieses Lesebuchs angeschafft und die alte Auflage nach Holden's Crossing verkauft. Doch beinahe vom ersten Augenblick an stürzten Probleme auf Shaman ein.

Mr. Byers hatte seine Schüler in vier Altersgruppen unterteilt und in alphabetischer Sitzordnung plaziert, so daß Shaman an einem Ende des langen Gemeinschaftstisches saß, zu weit von Alex entfernt, um seine Hilfe beanspruchen zu können. Der Lehrer sprach vor Nervosität so schnell, daß Shaman Schwierigkeiten hatte, von seinen Lippen abzulesen. Die Schüler erhielten die Aufgabe, ein Bild von ihrem Zuhause auf die Schiefertafel zu malen und ihren Namen, ihr Alter sowie den Namen und den Beruf ihres Vaters dazuzuschreiben. Mit einer Begeisterung, wie sie nur Schulanfänger aufbringen können, drehten sie sich zum Tisch um und machten sich an die Arbeit.

Daß etwas nicht stimmte, merkte Shaman erst, als er den hölzernen Zeigestock auf seiner Schulter spürte.

Mr. Byers hatte der Klasse befohlen, die Arbeit zu beenden und sich wieder zu ihm umzudrehen. Alle hatten gehorcht bis auf den tauben Jungen, der nichts gehört hatte. Als Shaman sich verängstigt umdrehte, sah er, daß die anderen Kinder ihn auslachten.

»Wir lesen jetzt vor, was wir geschrieben haben, und zeigen der Klasse unsere Bilder. Wir beginnen mit dir«, sagte der Lehrer, und Shaman spürte wieder den Zeigestock auf seiner Schulter. Er las und stotterte dabei bei einigen Wörtern. Nachdem er sein Bild hergezeigt und sich wieder gesetzt hatte, rief Mr. Byers Rachel Geiger auf, die am anderen Ende des langen Tisches saß. Obwohl Shaman sich vorbeugte, so weit es ging, konnte er weder ihr Gesicht sehen noch von ihren Lippen ablesen. Er hob die Hand.

»Was ist?«

»Bitte«, sagte er höflich, wie seine Mutter es ihm eingeschärft hatte, »ich kann von hier aus die Gesichter nicht sehen. Darf ich mich vor die Klasse hinstellen?«

In seiner letzten Stellung hatte Marshall Byers sich mit Disziplinproblemen herumschlagen müssen, die manchmal so schlimm waren, daß er Angst gehabt hatte, das Klassenzimmer zu betreten. Diese Schule bot ihm eine neue Chance, und er war entschlossen, die jungen Wilden fest an die Kandare zu nehmen. Ein geeignetes Mittel schien ihm eine straffe Sitzordnung zu sein. Alphabetisch und in vier kleinen Gruppen, dem Alter entsprechend. Jeder Schüler an seinem Platz.

Er konnte also nicht zulassen, daß dieser Junge beim Vorlesen vor den Schülern stand, ihnen auf den Mund starrte und vielleicht auch noch hinter seinem Rücken Grimassen schnitt, um sie zum Lachen oder zu Flegeleien zu verleiten. »Nein, das darfst du nicht.«

Folglich saß Shaman den Großteil des Vormittags einfach da, ohne verstehen zu können, was um ihn herum vorging. In der Mittagspause gingen die Kinder nach draußen und spielten Fangen. Es machte ihm Spaß, bis Lucas Stebbins, der größte Junge in der Schule, Alex beim Abklatschen so anrempelte, daß der zu Boden stürzte. Als Alex sich wieder hochrappelte und wütend die Fäuste ballte, baute Stebbins sich vor ihm auf. »Willste schlägern, du Scheißkerl? Wir sollten dich eigentlich gar nich' mitspielen lassen. Bist 'n Bastard, sagt mein Pa.«

»Was ist ein Bastard?« fragte Davey Geiger.

»Weißte das nicht?« erwiderte Luke Stebbins. »Das bedeutet, daß ein andrer als sein Pa, ein dreckiger Gauner, der Bill Mosby hieß, Mrs. Cole sein Ding in ihr Pißloch gesteckt hat.«

Als Alex sich auf den größeren Jungen warf, versetzte der ihm einen solchen Schlag, daß seine Nase zu bluten anfing und er wieder zu Boden stürzte. Shaman stürmte auf den Peiniger seines Bruders zu und wurde mit einem solchen Hagel von Schlägen auf die Ohren empfangen, daß einige der Kinder davonliefen, weil sie Angst vor Lucas bekamen.

»Hör auf damit! Du tust ihm weh!« rief Rachel Geiger wütend.

Normalerweise hörte Luke auf sie, denn es verwirrte ihn, daß sie mit zwölf Jahren schon Brüste hatte, aber diesmal grinste er nur. »Der ist doch schon taub. Seinen Ohren kann nichts mehr passieren. Und komisch reden tut der Blödmann außerdem noch«, sagte er fröhlich und versetzte Shaman einen letzten Schlag, bevor er wegging. Wenn Shaman es zugelassen hätte,

hätte Rachel die Arme um ihn gelegt und ihn getröstet. So aber saß er mit Alex nur auf der Erde und weinte vor den Augen der anderen Schüler.

Nach der Mittagspause stand Musik auf dem Stundenplan. Der Unterricht bestand im Einstudieren von Liedern und Chorälen, und den Kindern gefiel es, denn es bedeutete eine Abwechslung zum Lernen aus den Büchern. Dem tauben Jungen wies Mr. Byers die Aufgabe zu, während der Musikstunde den Aschenkübel neben dem Ofen zu leeren und die Holzkiste mit schweren Scheiten zu füllen, die Shaman von draußen hereinschleppen mußte. Shaman kam zu der Einsicht, daß er die Schule haßte.

Alma Schroeder berichtete Rob J. im Glauben, daß er es bereits wisse, voller Bewunderung von der öffentlichen Beichte in der Kirche. Nachdem er alle Einzelheiten erfahren hatte, stritt er sich mit Sarah. Er hatte ihre Pein wahrgenommen und spürte jetzt ihre Erleichterung, aber trotzdem verwirrte und kränkte es ihn, daß sie vor Fremden so intime Details ihres Lebens preisgab.

»Nicht vor Fremden«, korrigierte sie ihn, »vor Brüdern in der Gnade und Schwestern in Christi, die teilgenommen haben an meinem Bekenntnis und meiner Lossprechung.« Mr. Perkins habe ihnen gesagt, daß jeder, der sich im kommenden Frühjahr taufen lassen wolle, sich zuerst in einer Beichte von seinen Sünden befreien müsse, erklärte sie ihm. Es verblüffte sie, daß Rob J. das nicht verstand; für sie war es sonnenklar.

Als die Jungen immer wieder mit Kampfspuren von der Schule nach Hause kamen, drängte sich Rob J. der Verdacht auf, daß zumindest einige der Brüder in der Gnade und Schwestern in Christi sich nicht scheuten, über die Beichte, deren Zeugen sie in der Kirche geworden waren, zu plaudern. Die Jungen schwiegen sich über ihre Blessuren aus, und er brachte es nicht übers Herz, mit seinen Söhnen anders als liebend und bewundernd über ihre Mutter zu reden. Aber er sprach mit ihnen über das Raufen: »Es steht einfach nicht dafür, jemanden zu schlagen, wenn man wütend ist. So was kann leicht ins Auge gehen und sogar zum Tod führen. Nichts rechtfertigt das Töten.«

Die Jungen waren verwirrt. Sie redeten über Schulhofprügeleien, nicht übers Töten. »Aber was soll man denn tun außer zurückschlagen, wenn ein anderer einen angreift, Pa?« fragte Shaman.

Rob J. nickte mitfühlend. »Ich weiß, daß das ein Problem ist. Du mußt dein Hirn benutzen, nicht deine Fäuste.«

Alden Kimball hatte die Unterhaltung mitgehört. Wenig später ging er zu den beiden Brüdern und spuckte angewidert aus. »Verdammt noch mal! Euer Vater ist bestimmt einer der gescheitesten Köpfe unter der Sonne, aber ich glaube, er kann sich auch mal täuschen. Ich sag' euch eins, wenn einer euch schlägt, müßt ihr dem Saukerl eine verpassen, sonst schlägt er weiter.«

»Luke ist furchtbar groß, Alden«, sagte Shaman. Sein Bruder dachte das gleiche.

»Luke? Ist das dieser Ochse von Stebbins-Junge? Lucas Stebbins?« fragte Alden und spuckte noch einmal aus, als die beiden traurig nickten. »Wißt ihr, daß ich als junger Kerl ein Jahrmarktsboxer war? Jeder, der einen halben Dollar zahlte, durfte drei Minuten gegen mich boxen. Wenn mich einer geschlagen hätte, hätte er drei Dollar bekommen. Und glaubt bloß nicht, daß nicht 'ne ganze Menge starker Männer das versucht haben.«

»Hast du viel Geld verdient, Alden?« fragte Alex. Aldens Miene verdüsterte sich. »Nö. Mein Direktor, der hat viel Geld kassiert. Zwei Jahre lang hab' ich das gemacht, immer im Sommer und im Herbst. Aber dann hat mich einer geschlagen. Der Direktor hat dem Kerl die drei Dollar gegeben und ihn dann an meiner Stelle angeheuert.« Dann sah er sie direkt an. »Was ich sagen möchte, ich kann euch das Boxen beibringen, wenn ihr wollt.«

Zwei junge Gesichter sahen zu ihm hoch. Dann nickten zwei Köpfe.

»Laßt das! Sagt doch einfach ja, oder könnt ihr das nicht?« sagte Alden unwirsch. »Ihr seht ja aus wie zwei blöde Schafe.«

»Ein bißchen Angst ist eine gute Sache«, erklärte er ihnen. »Das bringt das Blut in Schwung. Aber wenn ihr euch zuviel Angst einjagen laßt, könnt ihr nur verlieren. Und ihr dürft euch auch nicht zu sehr aufbringen lassen. Ein Boxer mit einer Riesenwut im Bauch fängt an, wild um sich zu schlagen und macht dabei seine Deckung auf.«

Shaman und Alex grinsten unsicher, aber Alden war sehr ernst, als er ihnen zeigte, wie sie die Hände halten mußten, die linke in Augenhöhe, um den Kopf zu schützen, die rechte etwas tiefer als Deckung für den Oberkörper. Umständlich erklärte er ihnen, daß sie beim Fäusteballen die Finger fest in die Handflächen pressen mußten, damit die Knöchel hart wurden und die Schläge ihre Gegner trafen, als wären es Steine.

»Beim Boxen gibt's nur vier Schläge«, sagte er. »Linker Jab, linker Haken, rechter Cross, rechte Gerade. Der Jab ist wie ein Schlangenbiß. Muß ein bißchen brennen, tut aber dem Gegner nicht viel, wirft ihn nur etwas aus dem Gleichgewicht und macht ihn auf für schwerere Geschütze. Ein linker Haken reicht zwar nicht weit, aber er wirkt – du drehst dich nach links, verlagerst das Gewicht auf das rechte Bein und knallst ihm die Faust mit aller Kraft an den Kopf. Dann der rechte Cross, da verlagerst du das Gewicht auf das andere Bein und holst dir den Schwung mit einer schnellen Drehung aus der Hüfte, ungefähr so. Mein Lieblingsschlag ist die rechte Gerade auf den Körper, ich nenn' ihn den Knüppel. Du duckst dich nach links, verlagerst das Gewicht auf das linke Bein und jagst ihm deine rechte Faust in den Bauch, so als wäre dein Arm ein Speer.«

Er brachte ihnen die Schläge einen nach dem anderen bei, um sie nicht zu verwirren. Am ersten Tag ließ er sie zwei Stunden lang den Jab üben, bis sie sich an den Bewegungsablauf gewöhnt hatten und ihre Schläge koordinierter wurden. Am folgenden Nachmittag waren sie wieder auf der kleinen Lichtung hinter Aldens Hütte, wo keiner sie störte, und von da an jeden Tag. Immer und immer wieder mußten sie die Schläge üben, bevor er sie gegeneinander boxen ließ. Alex war dreieinhalb Jahre älter, doch dank Shamans außergewöhnlicher Größe schien der Unterschied nur ein Jahr zu sein. Sie gingen sehr behutsam miteinander um. Deshalb ließ er die Jungen abwechselnd gegen sich boxen und drängte sie, so fest zuzuschlagen wie in einem richtigen Kampf. Zu ihrer Überraschung duckte er sich und wich zur Seite aus, oder er blockte die Schläge mit dem Unterarm oder der Faust ab. »Wißt ihr, was ich euch hier beibringe, ist kein großes Geheimnis. Auch andere wissen, wie man boxt. Ihr müßt lernen, euch zu verteidigen.« Er schärfte ihnen ein, das Kinn fest gegen das Brustbein zu drücken, um es vor Schlägen zu schützen. Er zeigte ihnen, wie man einen Gegner in einen Clinch zog, schärfte aber Alex ein, bei Luke den Clinch unter allen Umständen zu vermeiden. »Der Kerl ist viel stärker als du, du mußt Abstand halten, sonst drückt er dich zu Boden.«

Insgeheim hielt Alden es für unwahrscheinlich, daß Alex einen so großen Jungen wirklich besiegen konnte, er hoffte aber, Alex werde Lucas mit ein paar plazierten Schlägen davon überzeugen können, daß es besser war, die beiden Brüder in Ruhe zu lassen. Er wollte aus den Cole-Jungen keine Jahrmarktsboxer machen. Er wollte nur, daß sie in der Lage wären, sich zu verteidigen, und er brachte ihnen kaum mehr als die Grundbegriffe bei, denn er beherrschte selber lediglich die Fausttechnik. Was sie mit ihren Füßen machen sollten, versuchte er erst gar nicht, ihnen zu erklären. Erst Jahre später gestand er Shaman, wenn er selber nur ein bißchen besser gewußt hätte, was er mit seinen Füßen anfangen solle, hätte dieser Drei-Dollar-Boxer ihn wahrscheinlich nicht geschlagen.

Des öfteren glaubte Alex, er sei jetzt bereit, gegen Luke anzutreten, doch Alden erwiderte immer, er werde es ihm schon sagen, wenn er soweit sei. Also gingen Shaman und Alex jeden Tag mit dem Bewußtsein in die Schule, daß die Pause wieder eine Leidenszeit für sie werden würde. Luke hatte es sich angewöhnt, seine Spielchen mit den Cole-Brüdern zu treiben. Er schlug und beleidigte sie nach Lust und Laune und nannte sie nur noch Blödmann und Bastard. Beim Fangen rempelte er sie brutal an, und wenn er mit ihnen raufte, drückte er ihre Gesichter in den Staub.

Für Shaman war Luke nicht das einzige Problem in der Schule. Er konnte nur einen kleinen Teil von dem sehen, was während des Unterrichts gesagt wurde, und so blieb er gleich von Anfang an hoffnungslos zurück. Marshall Byers war nicht unzufrieden mit dieser Entwicklung, hatte er doch versucht, dem Vater des Jungen zu erklären, daß eine normale Schule nicht der richtige Ort für einen Tauben sei. Aber der Lehrer ging die Sache behutsam an, er wußte, wenn das Thema wieder zur Sprache kam, mußte er Beweise auf den Tisch legen können. So führte er sorgfältig Buch über Robert J. Coles immer schlechter werdende Noten und behielt den Jungen häufig nach dem Unterricht für zusätzliche Übungsstunden da, die aber dessen Leistungen nicht merklich verbesserten.

Manchmal behielt Mr. Byers auch Rachel Geiger nach dem Unterricht da, was Shaman überraschte, denn Rachel galt als die intelligenteste Schülerin der Klasse. Wenn das passierte, trotteten die beiden gemeinsam nach Hause. An einem dieser Nachmittage, es war ein grauer Tag, an dem es zum erstenmal in diesem Jahr schneite, erschreckte Rachel Rob, indem sie mitten im Gehen in Tränen ausbrach.

Er konnte sie nur bestürzt ansehen.

Sie blieb stehen und drehte sich zu ihm hin, damit er ihre Lippen sehen konnte. »Dieser Mr. Byers! Er... er kommt mir immer so nahe. Und dann faßt er mich an.«

»Faßt dich an?«

»Hier«, sagte sie und deutete mit ihrer Hand auf das Revers ihres blauen Mantels.

Shaman wußte nicht, wie er auf diese Enthüllung reagieren sollte, denn er hatte so etwas noch nie erlebt. »Was können wir da tun?« fragte er, mehr sich selbst als sie.

»Ich weiß es nicht. Ich weiß es nicht.«

Erschrocken mußte er mit ansehen, wie Rachel wieder zu weinen begann. »Ich werd' ihn umbringen müssen«, sagte er seelenruhig.

Das zog ihre ganze Aufmerksamkeit auf ihn, und sie hörte auf zu weinen. »Das ist doch albern.«

»Nein. Ich werde es tun.«

Der Schnee fiel inzwischen dichter. Er sammelte sich auf ihrer Haube und ihren Haaren. Ihre braunen Augen, deren dicke, lange Wimpern noch immer von Tränen funkelten, sahen ihn erstaunt an. Eine große, weiße Flocke schmolz auf ihrer glatten Wange, die dunkler war als seine, ein Teint, der irgendwo zwischen der Hellhäutigkeit ihrer Mutter und Makwas bräunlich-dunkler Gesichtsfarbe lag. »Würdest du das wirklich für mich tun?«

Er versuchte, sachlich darüber nachzudenken. Auch er wäre Mr. Byers gern losgeworden, aber Rachels Probleme mit dem Lehrer waren das Zünglein an der Waage, und so konnte er überzeugt nicken. Ihr Lächeln, das merkte Shaman plötzlich, schenkte ihm ein Wohlgefühl, wie er es zuvor noch nie erlebt hatte.

Sie berührte feierlich seine Brust, genau an der Stelle, an der sie es haßte von Mr. Byers berührt zu werden. »Du bist mein treuer Freund, und ich bin deine treue Freundin«, sagte sie, und er wußte sofort, daß sie damit recht hatte. Als sie dann weitergingen, stellte er erstaunt fest, daß die behandschuhte Hand des Mädchens einen Weg zu der seinen fand. Wie ihre blauen Fäustlinge waren auch seine roten von ihrer Mutter gestrickt, die den Coles zu Geburtstagen immer Handschuhe schenkte. Durch die Wolle hindurch verströmte ihre Hand eine Wärme, die von seiner Hand beinahe bis zum Ellbogen hinaufstieg. Doch schon Augenblicke später blieb sie wieder stehen und sah ihn an.

»Wie... wie wirst du es tun?«

Er zögerte, bis ihm aus der kalten Luft eine Formulierung zuflog, die er von seinem Vater oft gehört hatte. »Das will reiflich überlegt sein.«

SCHULTAGE

Rob J. genoß die Versammlungen der Medical Society. Manchmal waren sie sogar lehrreich. Meistens jedoch waren es einfach nur Abende in der Gesellschaft von Männern, die ähnliche Erfahrungen gemacht hatten wie er und mit denen er eine gemeinsame Sprache sprach. Auf der Novemberversammlung sprach Julius Barton, ein junger Arzt aus dem nördlichen County, über Schlangenbisse und erzählte dann von einigen ungewöhnlichen Tierbissen, die er behandelt hatte, darunter auch der Fall einer Frau, die so kräftig in ihr dralles Hinterteil gebissen worden war, daß es geblutet hatte. »Ihr Mann hat behauptet, es sei der Hund gewesen, und das war höchst ungewöhnlich, denn an dem Biß sah man deutlich, daß der Hund ein menschliches Gebiß gehabt haben mußte.«

Um sich nicht ausstechen zu lassen, erzählte Tom Beckermann von einem Katzenfreund mit Rißwunden an den Hoden, die von einer Katze hätten stammen können oder auch nicht. Tobias Barr bemerkte, das sei nichts Ungewöhnliches. Erst vor ein paar Monaten habe er einen Patienten mit einem zerkratzten Gesicht behandelt. »Auch der hat behauptet, eine Katze habe ihn so zugerichtet, aber wenn das wahr gewesen wäre, hätte die Katze nur drei Krallen gehabt und die wären so breit gewesen wie die eines menschlichen Kätzchens«, schloß Dr. Barr unter allgemeinem Gelächter.

Er wollte gleich mit einer zweiten Anekdote fortfahren und ärgerte sich deshalb, als Rob Cole ihn unterbrach, um ihn zu fragen, ob er sich noch erinnere, wann genau er diesen Patienten behandelt habe.

»Nein«, erwiderte Dr. Barr kurz und kehrte wieder zu seiner Geschichte zurück.

Nach der Versammlung nahm sich Rob den Kollegen noch einmal vor: »Tobias, dieser Patient mit dem zerkratzten Gesicht. Könnte es sein, daß Sie ihn am Sonntag, den dritten September, behandelt haben?«

»Das weiß ich nicht mehr so genau. Hab's mir nicht aufgeschrieben.« Dr. Barr wußte nur zu gut, daß Dr. Cole gewissenhafter praktizierte als er, und er fühlte sich ertappt, weil er nur unzureichend Buch führte. »Mein Gott, man muß sich doch nicht jede Kleinigkeit aufschreiben, oder? Vor allem bei einem Patienten wie dem, einem Wanderprediger aus einem anderen County, der nur auf der Durchreise war. Wahrscheinlich sehe ich ihn nie wieder, geschweige denn, daß ich ihn noch einmal behandeln muß.«

»Prediger? Erinnern Sie sich an seinen Namen?«

Dr. Barr runzelte die Stirn, dachte angestrengt nach und schüttelte den Kopf.

»Vielleicht Patterson?« fragte Rob J. »Ellwood R. Patterson?«

Dr. Barr starrte ihn an. Soweit er sich erinnern konnte, hatte der Patient keine genaue Adresse hinterlassen. »Ich glaube, er hat gesagt, er sei aus Springfield.«

»Zu mir hat er gesagt: aus Chicago.«

»Ist er wegen seiner Syphilis zu Ihnen gekommen?«

»Drittes Stadium.«

»Genau, Syphilis im dritten Stadium«, sagte Dr. Barr. »Hat mich deswegen um Rat gefragt, nachdem ich sein Gesicht behandelt hatte. Das war so ein Kerl, der so viel wie möglich für seinen Dollar herausschlagen wollte. Wenn er ein Hühnerauge am kleinen Zeh gehabt hätte, hätte ich ihm das auch noch herausschneiden müssen. Ich hab' ihm etwas Salbe für seine Syphilis verkauft.«

»Ich auch«, sagte Rob J., und beide lächelten.

Dr. Barr machte ein verwirrtes Gesicht. »Der ist wohl abgehauen, ohne Sie zu bezahlen, hm? Suchen Sie deshalb nach ihm?«

»Nein. Ich habe eine Autopsie an einer Frau durchgeführt, die an dem Tag ermordet wurde, an dem Sie den Mann untersuchten. Sie wurde von mehreren Männern vergewaltigt. Unter ihren Fingernägeln fand ich Haut, und ich vermute, daß sie einem der Männer das Gesicht zerkratzt hat.«

Dr. Barr räusperte sich. »Ich erinnere mich, daß zwei Männer vor meiner Praxis auf ihn gewartet haben. Die stiegen ab und setzten sich einfach auf das Vordertreppchen. Einer von ihnen war kräftig gebaut und hatte, wie ein Bär kurz vor dem Winterschlaf, eine anständige Fettschicht unter der Haut. Der andere war eher dürr und jünger. Muttermal unter einem Auge, ich glaube dem rechten. Die Namen der beiden habe ich nicht gehört, und auch sonst fällt mir nichts mehr ein.«

Der Präsident der Medical Society neigte zu beruflichen Eifersüchteleien und konnte gelegentlich etwas aufgeblasen sein, aber Rob J. mochte ihn. Er dankte Tobias Barr und verabschiedete sich von ihm.

Mort London hatte sich seit ihrem letzten Zusammentreffen wieder beruhigt, vielleicht weil er sich in Nick Holdens Abwesenheit unsicher fühlte, vielleicht aber auch weil er erkannt hatte, daß es sich für einen gewählten Amtsinhaber nicht auszahlte, seine Zunge nicht im Zaum halten zu können. Der Sheriff hörte Rob J. zu, notierte sich die Beschreibungen von Ellwood R. Patterson und den beiden anderen Männern und versprach ölig, Nachforschungen anzustellen. Rob drängte sich der Verdacht auf, daß die Notizen im Papierkorb landen würden, sobald er Londons Büro verließ. Hätte er die Wahl gehabt zwischen einem wütenden und einem aalglatt-diplomatischen Mort, er hätte den wütenden vorgezogen.

Also stellte er seine eigenen Nachforschungen an. Carroll Wilkenson, der Immobilien- und Versicherungsmakler, war Vorsitzender des Pfarrgemeinderats und hatte sich vor der Berufung von Mr. Perkins um die Einladung der Gastprediger gekümmert. Als guter Geschäftsmann führte er über alles Buch. »Da ist es«, sagte er und zog ein zusammengefaltetes Flugblatt heraus. »Das hab' ich bei einem Versicherungskongreß in Galesburg mitgenommen.«

Das Flugblatt bot christlichen Kirchen den Besuch eines Predigers an, der über Gottes Pläne für das Mississippi-Tal sprechen würde. Der Besuch wäre für die akzeptierende Gemeinde mit keinen Kosten verbunden, da sämtliche Ausgaben für den Prediger vom Stars and Stripes Religious Institute, 282 Palmer Avenue, Chicago, übernommen würden.

»Ich habe ihnen einen Brief geschrieben und ihnen drei freie Sonntage genannt. Und sie haben mir mitgeteilt, daß Ellwood Patterson am dritten September predigen werde. Sie haben sich um alles gekümmert.« Er räumte ein, daß Pattersons Predigt nicht besonders populär gewesen sei. »Hauptsächlich hat er uns ja vor den Katholiken gewarnt.« Er lächelte. »Und um ehrlich zu sein, dagegen hatte keiner was. Aber dann hat er mit den Leuten angefangen, die aus anderen Ländern ins Mississippi-Tal kommen. Daß sie den Einheimischen die Arbeit wegnehmen. Und daß alle, die nicht von hier stammen, wie Eiterbeulen sind.« Eine Nachsendeadresse für Patterson hatte er nicht. »Es hat doch niemand daran gedacht, ihn noch einmal einzuladen. Das letzte, was eine junge Kirche wie die unsere braucht, ist ein Prediger, der die Gemeindemitglieder gegeneinander aufbringen will.«

Ike Nelson, der Saloon-Besitzer, erinnerte sich an Ellwood Patterson. »Die war'n bis spät in die Nacht da an dem Samstag. Ein übler Suffkopf, dieser Patterson, und die zwei Typen, die er dabeihatte, war'n auch nich' viel besser. Das Geld saß ihnen ziemlich locker, aber so viel konnten die gar nich' dalassen, wie ich Schwierigkeiten mit ihnen hatte. Der große, Hank, hat mich immer angebrüllt, ich soll 'n paar Huren besorgen, aber dann hat sich der Fettwanst zugesoffen und wollt' von Frauen nichts mehr wissen.«

»Wie hieß der denn mit Nachnamen, dieser Hank?«

»Warten Sie mal. Ach ja... Cough. Hank Cough. Der andere Kerl, der dünnere, junge, den nannten sie Len. Manchmal auch Lenny. An 'nen Nachnamen kann ich mich nich' erinnern. Hatte so'n dunkelroten Fleck auf der Wange. Und er hinkte, als hätt' er ein Bein kürzer als das andere.«

Das Hinken hatte Toby Barr nicht erwähnt; aber vermutlich hatte er den Mann nicht gehen sehen. »Auf welchem Bein hinkte er denn?« fragte er, aber das brachte ihm nur einen verwirrten Blick des Kneipenwirts ein.

»Ging er so?« fragte Rob und hinkte auf dem rechten Bein.
»Oder so?« Nun war das linke dran.

»Nicht so stark, es war ja kaum zu bemerken. Aber auf welcher Seite, weiß ich nicht mehr. Ich weiß nur noch, daß alle drei 'n ganzen Stiefel vertragen konnten. Patterson hat mir 'n ordentlichen Packen Scheine auf die Theke geknallt und gesagt, ich soll nur immer nachgießen und mir auch was nehmen. Am Ende mußte ich dann nach Mort London und Fritzie Graham schicken und ihnen 'n paar Dollar von dem Packen zustecken, damit sie die drei zu Anna Wiley schafften und in der Pension ins Bett steckten. Aber ich hab' gehört, daß Patterson am nächsten Morgen in der Kirche so frisch und heilig war, wie man sich's nur wünschen kann.« Ike strahlte. »So 'nen Prediger laß ich mir gefallen!«

Acht Tage vor Weihnachten kam Alex Cole mit Aldens Erlaubnis, er dürfe nun kämpfen, in die Schule.
Während der Pause sah Shaman seinen Bruder über den Schulhof gehen. Erschrocken stellte er fest, daß Biggers Beine zitterten. Alex ging direkt auf Lucas Stebbins zu, der mit anderen Jungen im weichen Schnee einer nicht geräumten Ecke des Hofes Weitsprung übte. Das Glück war ihm gnädig, denn Luke hatte bereits zwei wenig erfolgreiche Sprünge hinter sich und deshalb seine schwere Rindlederjacke ausgezogen. Wenn er die Jacke anbehalten hätte, hätte Alex ebensogut mit der Faust auf ein Stück Holz schlagen können.
Luke glaubte, Alex wolle beim Weitspringen mitmachen, und freute sich schon darauf, ihn schikanieren zu können. Doch Alex stellte sich vor ihn hin und jagte ihm die Rechte ins grinsende Gesicht.
Es war ein Fehler, der Beginn eines ungeschickten Schlagabtausches. Dabei hatte Alden ihn so sorgfältig vorbereitet. Der erste Überraschungsschlag hätte auf den Magen zielen sollen, damit, wenn er richtig traf, Luke die Luft wegblieb, aber Alex' Angst hatte die Vernunft verdrängt. Lukes Unterlippe blutete, und er stürzte sich wütend auf Alex. Der angreifende Luke, das

war ein Anblick, bei dem Alex noch vor zwei Monaten vor Schreck erstarrt wäre, doch inzwischen war er daran gewöhnt, daß Alden auf ihn zustürmte, und er wich aus. Als Luke an ihm vorbeirauschte, versetzte er ihm noch einen schmerzhaften linken Jab auf den bereits verletzten Mund. Der größere Junge bremste ab, doch bevor er sich in Position stellen konnte, versetzte ihm Alex zwei weitere Jabs auf die gleiche Stelle.

Shaman hatte schon beim ersten Schlag zu jubeln begonnen, und jetzt rannten die Schüler aus allen Ecken des Hofes herbei und umringten die Kämpfenden.

Alex' zweiter großer Fehler war es, daß er zu Shaman hinübersah, als er dessen Stimme hörte. Lukes Faust traf ihn knapp unterhalb des rechten Auges und schickte ihn zu Boden. Aber Alden hatte seine Sache gut gemacht, denn Alex rollte sich ab, sprang sofort wieder hoch und erwartete Luke, der auf ihn zustürzte.

Alex' Gesicht fühlte sich taub an, und das rechte Auge schwoll sofort zu, aber er stand fest und sicher auf den Beinen, was ihn selber erstaunte. Er konzentrierte sich und nahm die Stellung ein, die ihm während seines täglichen Trainings zur Routine geworden war. Sein linkes Auge war noch in Ordnung, und er heftete den Blick genau auf die Stelle, die Alden ihm eingeschärft hatte, nämlich auf Lukes Brust, damit er erkennen konnte, in welche Richtung der seinen Körper drehte und mit welchem Arm er ausholte. Er versuchte nur einmal, einen Schlag abzublocken, danach war sein ganzer Arm taub; Luke war einfach zu stark. Alex wurde allmählich müde, aber er pendelte und sprang hin und her und versuchte nicht an den Schaden zu denken, den Luke anrichten konnte, wenn er noch einen Treffer landete. Immer wieder ließ er seine Linke vorschnellen und traf Luke ins Gesicht und auf den Mund. Der kräftige erste Schlag zu Beginn des Kampfes hatte einen von Lukes Schneidezähnen gelockert, und der stetige Hagel von Jabs erledigte den Rest. Shaman staunte, als Luke heftig den Kopf schüttelte und den Zahn in den Schnee spuckte.

Alex reagierte mit einem weiteren linken Jab und einem etwas ungeschickten rechten Cross, der auf Lukes Nase landete und sie zum Bluten brachte. Verwirrt hob Luke die Hände vors Gesicht.

»Den Knüppel, Bigger!« schrie Shaman. »Den Knüppel!«

Alex hörte seinen Bruder und trieb seine Rechte mit solcher Gewalt in Lukes Magen, daß der zusammenklappte und nach Luft schnappte. Es war das Ende des Kampfes, denn die zusehenden Kinder flüchteten bereits vor dem Zorn des Lehrers. Finger aus Stahl verdrehten Alex' Ohr, und plötzlich starrte Mr. Byers zornig auf die beiden Kampfhähne hinab und erklärte die Pause für beendet.

Im Klassenzimmer wurden Lucas und Alex dann den anderen Kindern unter dem großen Schild mit der Aufschrift *Friede auf Erden* als üble Vorbilder vorgeführt. »In meiner Schule dulde ich keine Schlägereien«, sagte Mr. Byers kalt, griff nach der Gerte, die er als Zeigestab benutzte, und bestrafte die beiden Boxer mit je fünf herzhaften Streichen auf die offene Hand. Luke schluchzte. Alex' Unterlippe zitterte, als er seine Strafe erhielt. Sein geschwollenes Auge hatte die Farbe einer alten Aubergine angenommen, und seine rechte Hand schmerzte innen und außen: die Knöchel abgeschürft vom Boxen, die Handfläche geschwollen und rot von Mr. Byers Streichen. Aber als er zu Shaman hinübersah, durchströmte beide Brüder ein Gefühl der Erfüllung.

Als die Kinder nach dem Unterricht das Schulhaus verließen und sich zerstreuten, scharten sich einige lachend um Alex und stellten bewundernde Fragen. Lucas Stebbins trottete alleine nach Hause, mürrisch und noch immer verwirrt. Als Shaman Cole hinter ihm herlief, dachte Luke verstört, nun wolle auch noch der jüngere Bruder gegen ihn antreten, und er hob die Hände, die linke zur Faust geballt, die rechte in einer beinahe flehenden Geste geöffnet.

Shaman sprach freundlich, aber bestimmt mit ihm. »Von jetzt an nennst du meinen Bruder Alexander. Und mich nennst du Robert«, sagte er.

Rob J. schrieb an das Stars and Stripes Religious Institute einen Brief, in dem er mitteilte, daß er sich in einer kirchlichen Frage an Reverend Ellwood R. Patterson wenden wolle, und um Mr. Pattersons Adresse bat.

Es würde Wochen dauern, bis eine Erwiderung ihn erreichte, wenn sie überhaupt antworteten. Unterdessen erzählte er niemandem, was er wußte oder welchen Verdacht er hatte, bis er eines Abends wieder einmal mit den Geigers musizierte. Sie hatten eben »Eine kleine Nachtmusik« zu Ende gespielt. Sarah und Lillian standen plaudernd in der Küche, kochten Tee und schnitten Früchtekuchen auf, da schüttete Rob J. Jay sein Herz aus. »Was soll ich tun, wenn ich diesen Prediger mit dem zerkratzten Gesicht wirklich finde? Ich weiß, daß Mort London nicht gerade erpicht darauf ist, ihn vor den Richter zu bringen.«

»Dann mußt du Tamtam machen, daß man es bis nach Springfield hört«, erwiderte Jay. »Und wenn die Behörden dort dir nicht helfen wollen, mußt du dich an Washington wenden.«

»Bisher war kein Politiker bereit, sich wegen einer toten Indianerin ins Zeug zu legen.«

»Wenn das so bleibt«, sagte Jay, »und wenn du Beweise für seine Schuld hast, dann müssen wir einige rechtschaffene Männer um uns versammeln, die mit Gewehren umgehen können.«

»Würdest du das wirklich tun?«

Jay sah ihn erstaunt an. »Natürlich. Du nicht?«

Rob erzählte Jay von seinem Gelübde der Gewaltlosigkeit.

»Solche Skrupel habe ich nicht. Wenn ein schlechter Mensch mich bedroht, habe ich das Recht, mich zu verteidigen.«

»Deine Bibel sagt: ›Du sollst nicht töten!‹«

»Ah! Sie sagt aber auch: ›Auge um Auge, Zahn um Zahn.‹ Und: ›Wer einen Menschen schlägt, so daß er stirbt, soll mit dem Tod bestraft werden.‹«

»Wer dich auf die Wange schlägt, dem halte auch die andere hin.‹«

»Das ist nicht aus meiner Bibel«, sagte Geiger.

»Ach, Jay, das ist ja das Problem, es gibt zu viele verschiedene Bibeln, die alle behaupten, die Wahrheit zu verkünden.«

Geiger lächelte verständnisvoll. »Rob, ich würde nie versuchen, dich von deinem Freidenkertum abzubringen. Aber ich möchte dir zum Abschluß nur noch einen Gedanken mitgeben. ›Die Furcht vor dem Herrn ist der Anfang der Weisheit.‹«

Dann kamen die Frauen mit dem Tee herein, und die Unterhaltung wandte sich anderen Dingen zu.

In der folgenden Zeit dachte Rob J. oft an seinen Freund, manchmal sogar mit einem gewissen Groll. Für Jay war es einfach. Er wickelte sich mehrmals am Tag in seinen fransenbesetzten Gebetsschal, der ihm Sicherheit und Beruhigung über das Gestern und das Morgen gab. Alles war vorgeschrieben: Das ist erlaubt, das ist verboten, man kann nicht fehlgehen. Jay glaubte an die Gesetze Jahwes und der Menschheit, er mußte nur den uralten Geboten und den Gesetzen des Parlaments von Illinois gehorchen. Rob J.s Offenbarung aber war die Wissenschaft, ein Glaube, der weniger bequem und noch viel weniger tröstend war. Die Wahrheit stellte seine Gottheit dar, der Beweis seine Gnade und der Zweifel seine Liturgie. Dieser Glaube barg so viele Geheimnisse wie andere Religionen, und er war durchzogen von düsteren Pfaden, die zu großen Gefahren, zu furchterregenden Klippen und tiefen Abgründen führten. Keine höhere Macht erhellte die dunkle, trübe Reise, und Rob hatte nur sein eigenes, schwaches Urteilsvermögen, um einen sicheren Weg zu finden.

An dem der Jahreszeit entsprechend frostigen vierten Tag des Jahres 1852 hielt die Gewalt noch einmal Einzug in der Schule.

Rachel kam an diesem eisigkalten Morgen zu spät zur Schule. Als sie eintraf, glitt sie still auf ihren Platz auf der Bank, ohne Shaman zuzulächeln oder grüßend die Lippen zu bewegen, wie sie es sonst tat. Überrascht bemerkte Shaman, daß ihr Vater sie ins Schulhaus begleitet hatte. Jason Geiger ging zum Pult und blieb vor Mr. Byers stehen.

»Nanu, Mr. Geiger. Es ist mir ein Vergnügen, Sir. Was kann ich für Sie tun?«

Auf dem Pult lag Mr. Byers' Zeigestab. Jay Geiger nahm ihn und schlug damit dem Lehrer ins Gesicht.

Mr. Byers sprang auf und warf dabei seinen Stuhl um. Er war einen Kopf größer als Jay, aber nur von gewöhnlicher Statur. Später erinnerten sich alle daran, wie komisch die Szene gewirkt hatte: dieser kleine, dicke Mann, der den viel jüngeren, größeren Lehrer mit dessen eigener Gerte schlug, das Auf und Ab seines Armes und die verdatterte Miene Mr. Byers'. Aber an diesem Morgen lachte niemand. Die Schüler saßen stocksteif da und wagten kaum zu atmen. Sie waren nicht weniger verblüfft als Mr. Byers. Was da vor ihren Augen passierte, war noch unglaublicher als Alex' Boxkampf mit Luke. Shaman sah Rachel an und bemerkte, daß ihr Gesicht, das zuvor noch die Röte der Verlegenheit überzogen hatte, sehr blaß geworden war. Es kam ihm vor, als wolle sie sich so taub stellen, wie er es war, und dazu noch blind für alles, was um sie herum passierte.

»Was zum Teufel soll das?« Mr. Byers hielt schützend die Arme vor sein Gesicht und schrie vor Schmerz auf, als der Zeigestab seine Rippen traf. Er machte drohend einen Schritt auf Jay zu. »Sie verdammter Idiot! Sie verrückter kleiner Jude!«

Jay schlug weiter auf den Lehrer ein und trieb ihn zur Tür, bis Mr. Byers hinausstürzte und hinter sich die Tür zuknallte. Dann nahm er den Mantel des Lehrers und warf ihn hinaus in den Schnee, kam zurück und setzte sich schwer atmend auf den Lehrerstuhl.

»Der Unterricht ist für heute beendet«, sagte er schließlich, nahm Rachel an der Hand und brachte sie auf seinem Pferd nach Hause.

Draußen war es wirklich kalt. Shaman trug zwei Schals, den einen um den Kopf und unter dem Kinn, den anderen vor Mund und Nase, aber trotzdem hatte er bei jedem Atemzug das Gefühl, als würden seine Nasenlöcher zufrieren.

Zu Hause angelangt, lief Alex sofort hinein, um seiner Mutter zu erzählen, was in der Schule passiert war, aber Shaman ging am Haus vorbei hinunter zum Fluß. Das Eis auf der Wasseroberfläche hatte in der Kälte Risse bekommen, es mußte ein wundervolles Geräusch gewesen sein. Auch eine große Pappel in der Nähe von Makwa-ikwas schneebedecktem *hedonoso-te* hatte der Frost zum Bersten gebracht. Es sah aus, als hätte ein Blitz in ihn eingeschlagen.

Shaman war froh, daß Rachel sich ihrem Vater anvertraut hatte. Er war erleichtert, daß er Mr. Byers nun doch nicht umbringen mußte und daß man folglich ihn aller Wahrscheinlichkeit nach in seinem Leben nicht mehr aufhängen würde. Aber etwas quälte ihn doch wie ein Ausschlag, der nicht verheilte: Wenn Alden es für richtig hielt zu kämpfen, wenn man dazu gezwungen war, und wenn Jay es für richtig hielt, seine Tochter so tatkräftig zu beschützen, was war dann mit seinem Vater los?

EINE NÄCHTLICHE
BEHANDLUNG

Schon Stunden nach Marshall Byers' Flucht aus Holden's Crossing wurde ein Ausschuß ernannt, der einen neuen Lehrer suchen sollte. Paul Williams gehörte dazu; man wollte dem Schmied zeigen, daß niemand ihm grollte, weil sein Cousin sich so danebenbenommen hatte. Jason Geiger gehörte dazu, denn ihm wollte man zeigen, daß er sich richtig verhalten hatte, indem er Mr. Byers davonjagte. Auch Carroll Wilkenson gehörte zu dem Ausschuß, und das war ein Glück, denn der Makler hatte erst vor kurzem an John Meredith, einen Ladenbesitzer in Rock Island, die Lebensversicherung seines verstorbenen Vaters ausgezahlt. Meredith wiederum hatte Carroll erzählt, wie dankbar er seiner Nichte Dorothy Burnham sei, weil sie ihre Stellung als Lehrerin aufgegeben habe, um seinen Vater während der letzten Tage zu pflegen. Als der Ausschuß Dorothy Burnham zu einem Gespräch einlud, gefiel sie Wilkenson wegen ihres unscheinbaren, reizlosen Gesichts und der Tatsache, daß sie mit Ende zwanzig noch unverheiratet war. Denn so, meinte er, stehe kaum zu befürchten, daß eine Ehe sie der Schule wieder entreißen werde. Jay fühlte sich zu ihr hingezogen, weil sie vom Unterrichten mit einer ruhigen Selbstsicherheit sprach und mit einer Wärme, die darauf hindeutete, daß sie es als Berufung empfand. Für siebzehneinhalb Dollar pro zwölf Wochen stellten sie Miss Burnham ein, eineinhalb Dollar erhielt sie weniger als Mr. Byers, weil sie eine Frau war.

Acht Tage nach Marshall Byers' Flucht aus dem Schulhaus war sie bereits die neue Lehrerin. Die Sitzordnung ihres Vorgängers behielt sie bei, da die Kinder bereits daran gewöhnt waren. Sie hatte zuvor in zwei Schulen unterrichtet – einer kleineren in dem Dorf Bloom und einer größeren in Chicago. Was Behinderungen angeht, hatte sie bis dahin nur Erfahrungen mit einem lahmen Kind gemacht, und es interessierte sie sehr, jetzt einen tauben Jungen in ihrer Obhut zu haben.

Bei ihrer ersten Unterhaltung mit dem jungen Robert Cole überraschte und faszinierte es sie, daß er alles von ihren Lippen ablesen konnte. Aber sie ärgerte sich über sich selbst, daß sie beinahe einen halben Tag brauchte, um zu begreifen, daß Rob von seinem Platz aus nicht sehen konnte, was die meisten der Kinder sagten. Es gab im Klassenzimmer noch einen einzelnen Stuhl für Besucher, und den stellte Miss Burnham seitlich vor die lange Bank. Sie ließ Shaman sich darauf setzen, damit er sowohl ihre Lippen wie die seiner Schulkameraden sehen konnte. Von da ab war dies sein fester Platz.

Die zweite große Veränderung für Shaman trat zu Beginn der Musikstunde ein. Wie es seine Gewohnheit geworden war, stand er auf, um die Asche hinauszutragen und frisches Feuerholz zu holen, doch diesmal hielt Miss Burnham ihn zurück und befahl ihm, wieder auf seinen Platz zu gehen.

Dorothy Burnham gab den Kindern mit einer Okarina den Ton an und ließ sie dann die aufsteigende Tonleiter mit den Worten »Die-Schu-le-ist-ein-teu-rer-Ort« und die absteigende zu den Worten »Und-wir-ler-nen-hier-fürs-Le-ben« singen. Doch schon während des ersten Lieds wurde deutlich, daß sie dem tauben Jungen mit der Aufnahme in den Unterricht keinen Gefallen getan hatte, denn der junge Cole saß nur da und starrte die anderen an, und bald trübte sich sein Blick und signalisierte eine leidende Geduld, die Miss Burnham unerträglich fand. Er brauchte ein Instrument, durch dessen Schwingungen er den Rhythmus der Musik wahrnehmen konnte, beschloß sie. Eine Trommel vielleicht? Aber der Lärm einer Trommel würde den Gesang der anderen Kinder stören.

Nachdem sie eine Weile über das Problem nachgedacht hatte, ging sie zu Haskin ins Geschäft und erbat von ihm eine Zigarrenkiste, in die sie sechs rote Murmeln legte. Die Murmeln machten zunächst zu viel Lärm, wenn die Kiste geschüttelt wurde, doch als sie diese dann mit weichem, blauem Stoff von einem alten Unterhemd ausgekleidet hatte, erhielt sie ein zufriedenstellendes Ergebnis.

Am nächsten Morgen gab sie Shaman die Kiste in die Hand und schüttelte sie im Rhythmus, während die anderen Kinder »America« sangen. Er reagierte und las der Lehrerin die Worte von den Lippen ab, um selber im Takt mitschütteln zu können. Er konnte zwar nicht singen, aber er wurde vertraut mit Rhythmus und Takt, und er formte mit den Lippen stumm die Wörter der Lieder, die seine Klassenkameraden sangen. Bald hatten sich alle an das gedämpfte Klappern von »Roberts Kiste« gewöhnt. Shaman liebte die Zigarrenkiste. Auf dem Deckel prangten das Bild einer dunkelhaarigen Königin mit einem ausgeprägten, chiffonverhüllten Busen und die Worte *Panatellas de las Jardines de la Reina* mit dem Namenszug *Gottlieb Tobacco Importing Company of New York City* darunter. Wenn er die Kiste an die Nase hob, konnte er den aromatischen Geruch von Zedernholz und den schwachen Duft des Havanna-Tabaks riechen.

Miss Burnham ließ bald alle Jungen der Klasse abwechselnd früher kommen, damit sie die Asche hinaustrugen und frisches Feuerholz holten. Obwohl Shaman es nie von diesem Standpunkt aus betrachtete, hatte sein Leben doch eine einschneidende Veränderung erfahren, nur weil Marshall Byers seine Hände nicht von jugendlichen Brüsten fernhalten konnte.

Der März begann frostig, und die Prärie war noch hart gefroren wie Feuerstein, und so zwang Rob J. sich jeden Tag, wenn sein übervolles Wartezimmer sich endlich geleert hatte, noch so viele Hausbesuche wie möglich zu erledigen, denn in wenigen Wochen würde der Schlamm die Ausritte zur Qual machen. War Shaman nicht in der Schule, erlaubte ihm sein Vater, ihn bei diesen Hausbesuchen zu begleiten, denn der Junge versorgte das Pferd und ermöglichte es so dem Arzt, sich gleich um die Patienten zu kümmern.

Spät an einem bleiernen Nachmittag ritten sie nach einem Besuch bei Freddy Wall, der an Rippenfellentzündung erkrankt war, die Flußstraße entlang. Rob J. überlegte eben, ob er noch zu Anne Frazier reiten solle, die den ganzen Winter über kränklich gewesen war, oder ob am nächsten Tag auch noch Zeit dafür sei, als drei Männer auf ihren Pferden zwischen den Bäumen hervorkamen. Wie die beiden Coles waren sie gegen die Kälte dick in Mäntel und Schals eingemummt, doch Rob J. entging nicht, daß alle drei Schußwaffen trugen, zwei im Gürtel über dem schweren Mantel, der dritte in einem Halfter, das vorne am Sattel befestigt war.

»Sie sind doch der Doktor, oder?«

Rob J. nickte. »Und Sie?«

»Wir haben einen Freund, der dringend einen Arzt braucht, 'n kleiner Unfall.«

»Was für ein Unfall? Hat er sich etwas gebrochen?«

»Nein... Na ja, so genau weiß ich das nicht. Vielleicht. Wurde angeschossen. Hier oben.« Er berührte seinen linken Arm unterhalb der Schulter.

»Verliert er viel Blut?«

»Nein.«

»Na gut, ich komme. Aber zuerst bringe ich den Jungen nach Hause.«

»Nein«, sagte der Mann noch einmal, und Rob J. sah ihn an. »Ich weiß, wo Sie wohnen, am anderen Ende des Orts. Es ist ein langer Ritt bis zu unserem Freund, in die entgegengesetzte Richtung, fast eine Stunde.«

Rob J. seufzte. »Dann zeigen Sie mir den Weg!« sagte er. Der Mann, der gesprochen hatte, setzte sich an die Spitze. Rob J. entging nicht, daß die beiden anderen warteten, bis er ihm folgte, und dann so knapp hinter seinem Pferd herritten, daß er nicht ausbrechen konnte.

Anfangs ritten sie nach Nordwesten, da war Rob J. sich ziemlich sicher. Er merkte, daß sie immer wieder die Richtung änderten und von Zeit zu Zeit die eigene Spur kreuzten – wie ein Fuchs, der von Hunden gejagt wird. Die List war erfolgreich, denn Rob J. hatte bald die Orientierung verloren. Nach etwa einer halben Stunde erreichten sie eine Kette bewaldeter Hügel zwischen dem Fluß und der offenen Prärie. Zwischen den Hügeln lagen Sümpfe, die noch zugefroren und deshalb passierbar waren, sich aber in unüberwindliche Schlammlöcher verwandeln würden, sobald die Schneeschmelze einsetzte.

Der Anführer hielt sein Pferd an. »Muß Ihnen die Augen verbinden.«

Rob J. hütete sich zu protestieren. »Einen Augenblick«, sagte er und drehte sich zu Shaman um. »Sie werden dir jetzt die Augen verbinden, aber du brauchst keine Angst zu haben.« Er sah erleichtert, daß Shaman ruhig nickte. Das Tuch, das Rob J. die Sicht nahm, war alles andere als sauber, und er hoffte, daß Shaman mehr Glück hatte, denn er ekelte sich bei dem Gedanken, daß der Schweiß und der getrocknete Rotz eines Fremden die Haut seines Sohnes berührten.

Sie führten Rob J.s Pferd am Zügel, und es kam ihm so vor, als ritten sie sehr lange zwischen den Hügeln hindurch, doch vermutlich verging für ihn die Zeit einfach langsamer, weil er nichts sah. Schließlich spürte er, daß das Pferd unter ihm einen Hügel hinaufklomm, und kurze Zeit später hielten sie an. Als man ihm die Binde abnahm, sah er, daß sie vor einer kleinen Hütte unter hohen Bäumen standen, eher einem Schuppen als einem Blockhaus. Es dämmerte bereits, doch die Augen gewöhnten sich schnell daran. Er sah, daß sein Sohn blinzelte. »Alles in Ordnung, Shaman?«

»Alles in Ordnung, Pa.«

Er kannte dieses Gesicht. Und als er in ihm forschte, sah er, daß Shaman vernünftig genug war, Angst zu verspüren. Doch als sie mit den Füßen aufstampften, um die Blutzirkulation wieder in Schwung zu bringen, und dann die Hütte betraten, stellte er beinahe belustigt fest, daß in Shamans Augen neben der Angst auch die Neugier aufblitzte, und er machte sich Vorwürfe, weil es ihm nicht gelungen war, den Jungen irgendwo zurückzulassen, wo er in Sicherheit war.

Drinnen glühten rote Kohlen im Kamin, und die Luft war warm, aber sehr schlecht. Möbel fehlten. Ein feister Mann lag, gegen einen Sattel gelehnt, auf dem Boden, und im Schein des Feuers sah Shaman, daß er kahlköpfig war, dafür aber im Gesicht so viele kräftige, schwarze Haare hatte wie andere Männer auf dem Kopf. Zerwühlte Decken auf dem Boden zeigten an, wo die anderen geschlafen hatten.

»Habt aber ganz schön lange gebraucht!« sagte der Feiste. Er trank einen Schluck aus dem dunklen Krug in seiner Hand und hustete.

»Haben aber nicht getrödelt«, erwiderte der Mann, der sie hierhergeführt hatte, mürrisch. Als er den Schal abnahm, der sein Gesicht geschützt hatte, sah Shaman, daß er einen kleinen weißen Bart hatte und älter aussah als die anderen. Der Mann legte Shaman die Hand auf die Schulter und drückte ihn nieder. »Sitz!« sagte er wie zu einem Hund. Shaman kauerte sich in der Nähe des Feuers nieder. Es war ein guter Platz für ihn, denn von dort hatte er sowohl den Mund des Verletzten wie den seines Vaters im Blick.

Der ältere Mann zog seine Pistole aus dem Halfter und richtete den Lauf auf Shaman. »Flicken Sie unseren Freund hier besser ordentlich zusammen, Doc!« Shaman hatte große Angst. Das Loch am Ende des Laufs sah aus wie ein nacktes Auge, das ihn direkt anstarrte.

»Ich tue überhaupt nichts, solange jemand eine Waffe in der Hand hält«, sagte sein Vater zu dem Mann auf dem Boden.

Der Feiste schien zu überlegen. »Raus mit euch!« sagte er dann zu seinen Gefolgsleuten.

»Bevor Sie gehen«, befahl nun Shamans Vater, »holen Sie Holz, und machen Sie ein größeres Feuer! Und setzen Sie Wasser zum Kochen auf. Haben Sie noch eine Lampe?«

»'ne Laterne«, sagte der alte Mann.

»Holen Sie sie!« Shamans Vater legte dem Feisten die Hand auf die Stirn. Dann knöpfte er dessen Hemd auf und schob es beiseite. »Wann ist das passiert?«

»Gestern früh.« Der Mann sah Shaman mit zugekniffenen Augen an. »Ihr Junge?«

»Mein jüngster Sohn.«

»Der Taube.«

» ... Sie wissen wohl einiges über meine Familie...«

Der Mann nickte. »Der Ältere, der soll angeblich von meinem Bruder Bill sein. Wenn der auch nur ein bißchen nach meinem Billy geraten ist, dann muß er jetzt schon ein tüchtiger Bengel sein. Wissen Sie, wer ich bin?«

»Ich kann's mir denken.« Jetzt sah Shaman, daß sein Vater sich vorbeugte und den Mann scharf fixierte. »Sie sind beide meine Jungen. Wenn Sie von meinem älteren Sohn reden – er ist *mein* älterer Sohn. Und Sie werden sich auch in Zukunft von ihm fernhalten, so wie Sie es in der Vergangenheit getan haben.«

Der Mann auf dem Boden lächelte. »Na, wieso sollt' ich eigentlich keinen Anspruch auf ihn erheben?«

»Vor allem, weil er ein guter, ordentlicher Junge ist, der alle Chancen für ein anständiges Leben hat. Und falls Ihr Bruder wirklich sein Vater *war*, werden Sie ihn kaum sehen wollen, so wie Sie hier liegen, wie ein gejagtes, verwundetes Tier in diesem stinkenden, dreckigen Schweinestall von einem Versteck.«

Einen Augenblick lang starrten sich die beiden nur an. Dann schnitt der Mann eine Grimasse und wandte sich ab, und Shamans Vater begann, ihn zu behandeln. Er nahm dem Mann den Krug weg und zog ihm das Hemd aus.

»Keine Austrittswunde.«

»Ja, das Mistding steckt noch drin, das hätt' ich Ihnen gleich sagen können. Wird vermutlich verflucht weh tun, wenn Sie da rumbohren, was? Kann ich noch ein Schlückchen oder zwei haben?«

»Nein, ich geb' Ihnen was, das wird Sie besser betäuben.«

Der Mann funkelte ihn böse an. »Ich lass' mich doch nicht einschläfern, damit Sie mit mir anstellen können, wozu Sie grad Lust haben, und ich kann mich nicht wehren.«

»Ihre Entscheidung«, sagte Shamans Vater. Er gab ihm den Krug zurück und ließ ihn trinken, während er wartete, bis das Wasser kochte. Dann wusch er mit der braunen Seife und einem sauberen Tuch aus seiner Arzttasche die Gegend um die Wunde, die Shaman nicht deutlich erkennen konnte. Sein Vater nahm eine dünne Stahlsonde und führte sie in die Schußwunde ein, und der feiste Mann erstarrte, öffnete den Mund und streckte seine dicke, rote Zunge heraus, so weit er konnte.

»... Ist fast bis zum Knochen gedrungen, hat ihn aber nicht zersplittert. Die Kugel muß schon ziemlich matt gewesen sein, als sie Sie traf.«

»Glücksstreffer«, sagte der Mann. »Der Hurensohn war ziemlich weit weg.« Sein Bart war schweißverklebt und seine Haut grau. Shamans Vater holte eine Fremdkörperzange aus seiner Tasche. »Damit werde ich die Kugel entfernen. Sie ist um einiges dicker als die Sonde, und es wird noch viel mehr weh tun. Es ist wohl besser, wenn Sie mir vertrauen«, sagte er.

Der Patient drehte den Kopf, und Shaman konnte nicht sehen, was er sagte, aber offensichtlich hatte er um etwas Stärkeres als Whiskey gebeten. Sein Vater nahm eine Äthermaske aus seiner Tasche und winkte Shaman zu sich, der schon öfters bei der Narkose zugesehen, aber nie mitgeholfen hatte. Jetzt drückte er dem feisten Mann die Maske vorsichtig auf Mund und Nase, während sein Vater den Äther daraufträufelte. Das Kugelloch war größer, als Shaman erwartet hatte, und am Rand dunkelrot verfärbt. Sobald der Äther Wirkung zeigte, begann sein Vater, die Zange vorsichtig und Stück für Stück in die Wunde hineinzuschieben. Ein hellroter Tropfen erschien am Rand des Lochs und lief am Arm des Mannes hinunter. Doch als die Zange wieder zum Vorschein kam, steckte eine Bleikugel zwischen den Greifern.

Sein Vater wusch die Kugel und legte sie auf die Decke, damit der Mann sie fand, wenn er aufwachte.

Als sein Vater die Männer wieder aus der Kälte hereinrief, brachten sie einen Topf weißer Bohnen mit, die sie gefroren auf dem Dach aufbewahrt hatten. Sie ließen sie über dem Feuer auftauen und gaben dann Shaman und seinem Vater etwas davon. Es waren irgendwelche Fleischstücke darin, vielleicht von einem Hasen, und Shaman dachte, daß das Gericht etwas Gewürz hätte vertragen können. Aber er verschlang es hungrig.

Nach dem Essen erhitzte sein Vater noch einmal Wasser und begann, den ganzen Körper des Patienten zu waschen, was die anderen Männer zuerst mit Argwohn und dann gelangweilt verfolgten. Sie legten sich hin und schliefen einer nach dem andern ein, aber Shaman blieb wach. Bald darauf mußte er zusehen, wie der Patient ekelerregend würgte und sich übergab.

»Whiskey und Äther passen nicht zusammen«, erklärte sein Vater. »Du legst dich jetzt hin und schläfst. Ich pass' schon auf.«

Shaman gehorchte, und als sein Vater ihn wach rüttelte und ihm befahl, seinen Mantel anzuziehen, sickerte bereits graues Licht durch die Ritzen in den Bretterwänden. Der feiste Mann lag auf dem Boden und sah ihnen zu.

»Zwei oder drei Wochen lang werden Sie ziemlich starke Schmerzen haben«, sagte sein Vater. »Ich lasse Ihnen etwas Morphium da, es ist nicht viel, aber alles, was ich bei mir habe. Am wichtigsten ist, daß Sie die Wunde sauberhalten. Sollte sie brandig werden, rufen Sie mich, und ich komme noch einmal her.«

Der Mann schnaubte. »Pah, wir sind doch längst weg von hier, bevor Sie zurückkommen können.«

»Ganz gleich, falls Sie Schwierigkeiten bekommen, schicken Sie nach mir! Ich komme zu Ihnen, egal, wo Sie sind.«

Der Mann nickte. »Bezahl ihn gut!« sagte er zu dem Alten mit dem weißen Bart, der einen Stapel Scheine aus einem Bündel zog und sie dem Arzt gab. Shamans Vater nahm zwei Scheine und warf den Rest auf die Decke. »Eineinhalb Dollar für den nächtlichen Hausbesuch, fünfzig Cent für den Äther.« Er ging zur Tür, drehte sich aber noch einmal um. »Weiß einer von Ihnen vielleicht etwas über einen Mann namens Ellwood R. Patterson? Ist manchmal mit einem Kerl namens Hank Cough und einem Jüngeren namens Len oder Lenny unterwegs.«

Alle vier starrten ihn nur verständnislos an. Der Mann auf dem Boden schüttelte den Kopf. Shamans Vater nickte, und sie traten hinaus in eine Luft, die nach nichts anderem als nach Bäumen roch.

Diesmal kam nur der Mann, der am Abend zuvor an der Spitze geritten war, mit ihnen. Er wartete, bis sie aufgesessen waren, bevor er ihnen Taschentücher vor die Augen band. Rob J. hörte, wie der Atem seines Sohnes plötzlich schneller wurde, und er wünschte, er hätte mit Shaman gesprochen, solange der noch seine Lippen sehen konnte.

Sein Gehör war aufs äußerste angespannt. Sein Pferd wurde geführt, er konnte das Klappern der Hufe vor sich hören, hinter sich hörte er jedoch nichts. Aber es war ja kein Problem für die Männer, jemanden unterwegs auf die Zeugen warten zu lassen. Derjenige müßte sie dann nur vorbeireiten lassen, sich ein wenig vorbeugen, auf einen Kopf mit einer Augenbinde zielen und abdrücken.

Es war ein langer Ritt. Als sie schließlich anhielten, wußte Rob, wenn sie noch eine Kugel erwartete, würde sie jetzt kommen. Aber es wurden ihnen lediglich die Augenbinden abgenommen.

»Sie reiten einfach in dieser Richtung weiter, verstanden? Dann werden Sie sich bald wieder auskennen.«

Rob J. nickte blinzelnd, er sagte nicht, daß er bereits wußte, wo sie waren. Sie ritten in die eine Richtung, der Bewaffnete in die andere.

Nach einer Weile hielt Rob J. an einem Gehölz an, damit sie austreten und sich die Beine vertreten konnten.

»Shaman!« sagte er. »Gestern abend. Hast du meine Unterhaltung mit dem Angeschossenen beobachtet?«

Der Junge nickte und sah ihn an.

»Mein Sohn, hast du verstanden, worüber wir gesprochen haben?«

Der Junge nickte wieder.

Rob J. glaubte ihm. »Aber wie kommt es, daß du das gleich verstanden hast? Hat irgend jemand Sachen über…« – er brachte es nicht über die Lippen, »deine Mutter« zu sagen – »… deinen Bruder gesagt?«

»Ein paar Jungen in der Schule…«

Rob J. seufzte. Die Augen eines alten Mannes in einem so jungen Gesicht, dachte er. »Also, Shaman, hör mal zu! Ich glaube, alles, was passiert ist – daß wir bei diesen Leuten waren, daß ich diesen Angeschossenen behandelt habe und vor allem, was ich mit ihm besprochen habe –, ich glaube, das alles sollte unser Geheimnis bleiben. Deins und meins. Wenn wir es nämlich deinem Bruder und deiner Mutter erzählen, wird sie das sehr schmerzen. Und ihnen Angst einjagen.«

»Ja, Pa.«

Sie bestiegen wieder das Pferd. Ein warmer Wind war aufgekommen. Der Kerl hat recht gehabt, dachte Rob J., es fängt jetzt an zu tauen. In ein paar Tagen würden hier überall Bäche fließen, und da mußten sie längst weg sein. Wenig später riß ihn von hinten Shamans hölzerne Stimme aus seinen Gedanken.

»Ich will genauso sein wie du, Pa. Ich möcht’ ein guter Arzt werden.«

Rob J. stiegen die Tränen in die Augen. Die Umstände – er mit dem Rücken zu Shaman und der Junge durchgefroren, hungrig und müde – verboten es, ihm beizubringen, daß man sich einige Wünsche nicht erfüllen kann, wenn man taub ist. So mußte er sich damit begnügen, seine langen Arme nach hinten auszustrecken und seinen Sohn an sich zu drücken. Er spürte Shamans Stirn an seinem Rücken, und er hörte einfach auf, sich zu quälen. Während das Pferd dahintrottete und sie langsam nach

Hause brachte, gestattete er sich, vom Schlaf zu naschen wie ein Verhungernder, der Angst hat, einen ganzen Teller voll Essen zu verschlingen.

ANTWORTEN
UND FRAGEN

Stars and Stripes Religious Institute
Palmer Avenue Nr. 282,
Chicago, Illinois
18. Mai 1852

Dr. Robert J. Cole
Holden's Crossing, Illinois

Sehr geehrter Dr. Cole,
wir haben Ihre Anfrage bezüglich des Aufenthaltsortes und der Adresse von Reverend Ellwood R. Patterson erhalten, doch müssen wir Ihnen leider mitteilen, Ihnen in dieser Angelegenheit nicht behilflich sein zu können.
Wie Sie vielleicht wissen, unterstützt unser Institut sowohl die Kirchen wie auch die American Workingmen of Illinois bei ihrer Aufgabe, den aufrechten, im Lande geborenen Arbeitern dieses Staates Gottes christliche Botschaft zu bringen. Im letzten Jahr wandte sich Mr. Patterson an uns und erbot sich, uns seelsorgerisch zu helfen. Hieraus ergab sich sein Besuch in Ihrer Gemeinde und Ihrer geschätzten Kirche. Doch Mr. Patterson ist inzwischen aus Chicago weggezogen, und wir besitzen keinerlei Informationen über seinen derzeitigen Aufenthaltsort. Seien Sie versichert, daß wir, sollten uns diesbezügliche Informationen erreichen, diese unverzüglich an Sie weiterleiten werden. Doch falls in der Zwischenzeit Probleme auftauchen, bei denen ein anderer unserer aufrechten Diener Gottes Ihnen weiterhelfen kann, oder theologische Fra-

301

gen, die ich persönlich Ihnen beantworten würde, so zögern Sie
nicht, sich an mich zu wenden.

Ihr ergebener Diener in Christo
Dr. theol. Oliver G. Prescott
(Direktor des Stars and Stripes
Religious Institute)

Die Antwort entsprach mehr oder weniger dem, was Rob J. erwartet hatte. Als nächstes schrieb er in Briefform eine Bestandsaufnahme all dessen, was er über den Mord an Makwaikwa wußte. In diesem Brief berichtete er von der Anwesenheit dreier Fremder in Holden's Crossing. Er erwähnte seinen Fund von Hautpartikeln unter drei Fingernägeln Makwas und die Tatsache, daß Dr. Barr Reverend Ellwood R. Patterson am Nachmittag nach dem Mord wegen drei tiefer Kratzwunden im Gesicht behandelt hatte.

Dann schickte er identische Abschriften dieses Briefes an den Gouverneur von Illinois in Springfield und an die beiden zuständigen Senatoren in Washington. Er zwang sich, auch seinem Kongreßabgeordneten Nick Holden einen formellen Brief mit diesen Informationen zu schicken. Er bat die Behörden, den entsprechenden Dienststellen Anweisung zu geben, Patterson und seine beiden Kumpane aufzuspüren und eine mögliche Verbindung zwischen ihnen und dem Tod von Bärenfrau zu untersuchen.

Bei der Juniversammlung der Medical Society war ein Gast zugegen, ein Arzt namens Naismith aus Hannibal in Missouri. Während des geselligen Beisammenseins vor der eigentlichen Versammlung erzählte er von einem Prozeß, den ein Sklave in Missouri angestrengt hatte, um seine Freiheit zu erlangen.

»Vor dem Krieg des Schwarzen Falken war Dr. John Emerson als Feldscher hier in Illinois stationiert, in Fort Armstrong. Er besaß einen Negersklaven namens Dred Scott, und als die

Regierung das ehemalige Indianerland zur Besiedelung freigab, erwarb er eine Parzelle im damaligen Stephenson, dem jetzigen Rock Island. Sein Sklave baute sich eine Hütte auf dem Land und lebte dort einige Jahre, damit sein Herr als Siedler auf diesem Land gelten konnte. Dred Scott ging mit Emerson nach Wisconsin, als der dorthin versetzt wurde, und kehrte dann mit ihm nach Missouri zurück, wo der Arzt starb. Der Neger versuchte, sich von der Witwe seine Freiheit und die seiner Frau und seiner Töchter zu erkaufen. Aus verständlichen Gründen weigerte sich Mrs. Emerson aber. Daraufhin versuchte der schwarze Halunke, sich seine Freiheit vor Gericht zu erstreiten, mit dem Argument, daß er drei Jahre lang in Illinois und Wisconsin als freier Mann gelebt habe.«

Tom Beckermann lachte schallend auf. »Ein prozessierender Neger!«

»Na ja«, sagte Julius Barton, »mir scheint, daß sein Anspruch berechtigt ist. In Illinois und in Wisconsin ist die Sklaverei verboten.«

Dr. Naismith lächelte noch immer. »Ja, aber er wurde doch in Missouri, einem Sklavenstaat, gekauft und ist auch dorthin zurückgekehrt.«

Tobias Barr machte ein nachdenkliches Gesicht. »Was halten denn Sie von der Sklaverei, Dr. Cole?«

»Ich glaube«, sagte Rob J. bedächtig, »daß ein Mensch das Recht hat, ein Tier zu besitzen, wenn er es gut behandelt und ausreichend mit Futter und Wasser versorgt, aber ich glaube nicht, daß ein menschliches Wesen das Recht hat, ein anderes menschliches Wesen zu besitzen.«

Dr. Naismith gab sich alle Mühe, freundlich zu bleiben. »Meine Herren, ich bin froh, daß Sie meine Ärztekollegen sind und nicht Staatsanwälte und Richter.«

Dr. Barr nickte nur, da der Mann offensichtlich nicht bereit war, sich auf eine unangenehme Diskussion einzulassen. »Gibt es bei Ihnen in Missouri dieses Jahr eigentlich viele Cholerafälle, Dr. Naismith?«

»Cholera kaum, aber wir hatten eine ganze Reihe von Krankheitsfällen, die einige die Kalte Pest nennen«, antwortete Dr. Naismith. Er beschrieb dann die Ursachen und das Erscheinungsbild dieser Krankheit, soweit beide bekannt waren, und den Rest des Treffens nahm die Diskussion medizinischer Angelegenheiten in Anspruch.

Einige Tage später ritt Rob J. am Konvent der Schwestern des heiligen Franz von Assisi vorbei, und aus einer spontanen Eingebung heraus bog er in den Zuweg ein.

Diesmal wurde sein Kommen schon frühzeitig bemerkt, von einer jungen Nonne, die sofort den Garten verließ und eilig ins Haus lief. Mater Miriam Ferocia bot ihm mit einem stillen Lächeln den Bischofsstuhl an. »Wir haben heute nachmittag Kaffee«, sagte sie auf eine Art, die andeutete, daß das nicht immer der Fall sei. »Wollen Sie eine Tasse?«

Er hatte nicht die Absicht, die Vorräte der Franziskanerinnen aufzubrauchen, doch etwas in ihrer Miene brachte ihn dazu, das Angebot dankend anzunehmen. Der Kaffee war schwarz und heiß, als er hereingebracht wurde. Er war sehr stark und schmeckte irgendwie alt, wie ihre ganze Religion.

»Ohne Milch«, sagte Mater Miriam Ferocia fröhlich. »Gott hat uns noch nicht mit einer Kuh gesegnet.«

Als er fragte, wie es dem Konvent denn ergehe, erwiderte sie etwas steif, um ihr Überleben bräuchten sie sich keine Sorgen zu machen.

»Es gäbe eine Möglichkeit, Geld für Ihren Konvent zu beschaffen.«

»Es ist immer klug, jemandem Gehör zu schenken, der von Geld spricht«, erwiderte sie gelassen.

»Sie sind ein Pflegeorden ohne einen Platz, wo Sie pflegen könnten. Ich behandle Patienten, die Pflege dringend nötig haben. Einige von ihnen können zahlen.«

Aber er erzielte keine andere Reaktion als bei seiner ersten Erwähnung dieses Themas. Die Mutter Oberin schnitt ein Gesicht. »Wir sind ein wohltätiger Orden.«

»Einige meiner Patienten können nichts bezahlen. Pflegen Sie die, und Sie sind wohltätig. Andere können bezahlen. Pflegen Sie die auch, und Sie unterhalten damit Ihren Konvent.«

»Wenn der Herr uns ein Krankenhaus schenkt, in dem wir pflegen können, werden wir pflegen.«

Er war enttäuscht. »Können Sie mir sagen, warum Sie Ihren Nonnen nicht gestatten, Patienten zu Hause zu pflegen?«

»Nein. Sie würden es nicht verstehen.«

»Versuchen Sie es doch!«

Doch sie sah ihn aus eisigen Augen nur finster an, die grimmige Miriam.

Rob J. seufzte und schlürfte ihr bitteres Gebräu. »Da ist noch etwas anderes.« Und er berichtete ihr von seinen Bemühungen, Ellwood Patterson aufzuspüren. »Ich frage mich, ob Sie etwas über diesen Mann wissen.«

»Nichts über Reverend Patterson. Aber ich weiß einiges über das Stars and Stripes Religious Institute. Es handelt sich dabei um eine antikatholische Organisation, hinter der ein Geheimbund steht, der gleichzeitig die American Party unterstützt. Man nennt ihn den Supreme Order of the Star-Spangled Banner«, erwiderte Miriam Ferocia, und man merkte ihr an, was sie von diesem Obersten Orden des Sternenbanners hielt.

»Woher wissen Sie von diesem… Supreme…«

»… Order of the Star-Spangled Banner. Sie nennen sich selber den SSSB.« Sie sah ihn durchdringend an. »Unsere Kirche ist eine weit verzweigte Organisation. Sie hat Mittel und Wege, etwas in Erfahrung zu bringen. Wir halten zwar unseren Feinden auch die andere Wange hin, aber es wäre doch töricht, nicht nachzuforschen, aus welcher Richtung der nächste Schlag vermutlich kommt.«

»Vielleicht kann die Kirche mir helfen, diesen Patterson zu finden.«

»Der ist Ihnen wohl ziemlich wichtig.«

»Ich glaube, daß er eine gute Freundin von mir umgebracht hat. Man sollte nicht zulassen, daß er noch andere tötet.«

»Und können Sie ihn nicht Gott überlassen?« fragte sie ruhig.

»Nein.«

Sie seufzte. »Es ist unwahrscheinlich, daß Sie ihn durch mich finden werden. In der unendlichen Kette unserer Kirche dringt eine Anfrage manchmal nur ein oder zwei Glieder weiter. Oft fragt man, ohne je eine Antwort zu erhalten. Aber ich werde nachforschen.«

Nach dem Besuch im Konvent ritt er zu Daniel Rayners Farm, um sich mit wenig Erfolg um Lydia-Belle Rayners steifen Rücken zu kümmern, und dann weiter zur Ziegenfarm von Lester Shedd. Shedd wäre beinahe an einer Lungenentzündung gestorben und war eins der besten Exempel dafür, von welch unschätzbarem Wert der Pflegedienst der Nonnen gewesen wäre. Rob J. hatte Lester den halben Winter und den ganzen Frühling hindurch so oft wie möglich besucht und es dank Mrs. Shedds tätiger Mithilfe geschafft, dem Mann die Gesundheit zurückzugeben.

Als Rob J. diesmal erklärte, daß keine weiteren Besuche mehr nötig seien, war Shedd erleichtert, brachte dann aber verlegen die Arztrechnung zur Sprache.

»Haben Sie vielleicht zufällig eine gute Milchziege?« fragte Rob J. und war erstaunt über sich selbst, als er sich so reden hörte.

»Eine Milchziege nicht. Aber ich hab' da eine kleine Schönheit, die ist nur noch ein bißchen jung fürs Decken. In ein oder zwei Monaten liefre ich die bewährten Dienste meines Bockes nach. Und fünf Monate später haben Sie jede Menge Milch!«

Rob J. zog das widerstrebende Tier an einem Strick hinter seinem Pferd her, allerdings nur bis zum Konvent.

Mutter Miriam dankte ihm, wie es sich gehörte, bemerkte dann aber schnippisch, daß er, wenn er sie in sieben Monaten wieder besuche, Sahne für seinen Kaffee bekomme, so als werfe sie ihm vor, nur aus Eigennutz zu schenken. Doch dabei zwinkerte sie ihm zu. Und das Lächeln, das sie ihm schenkte, verlieh ihren harten, strengen Zügen etwas Herzliches und Gelöstes, so daß er in der Gewißheit nach Hause reiten konnte, den Tag zu etwas Gutem genutzt zu haben.

Dorothy Burnham kannte den kleinen Robert Cole nur als fleißigen und intelligenten Schüler. Deshalb war sie anfangs verwirrt über die schlechten Noten, die sie neben seinem Namen in Mr. Byers' Klassenbuch fand, und dann verärgert, weil offensichtlich war, daß der Junge einen außergewöhnlichen Verstand besaß und nur schlecht behandelt worden war.

Sie hatte überhaupt keine Erfahrung mit Taubheit, aber sie war eine Lehrerin, die sich über jede neue Herausforderung freute. Als sie, der Regelung entsprechend, für zwei Wochen bei den Coles Herberge fand, wartete sie auf den passenden Augenblick, um allein mit Dr.Cole zu reden. »Es geht um Roberts Aussprache«, sagte sie und erkannte an seinem Nicken, daß sie seine ungeteilte Aufmerksamkeit hatte. »Wir haben Glück, daß er deutlich spricht. Aber wie Sie wissen, gibt es andere Probleme.«

Rob J. nickte noch einmal. »Seine Stimme klingt hölzern und flach. Ich habe ihm schon gesagt, er soll die Tonhöhe variieren, aber…« Er schüttelte den Kopf.

»Ich glaube, er spricht so monoton, weil er vergißt, wie eine menschliche Stimme klingt, wie sie steigt und fällt. Aber ich glaube auch, es gibt einen Weg, ihm das wieder ins Gedächtnis zu rufen.«

Zwei Tage später brachte die Lehrerin mit Lillians Erlaubnis Shaman ins Haus der Geigers. Sie stellte ihn neben das Klavier und hieß ihn seine Hand mit der Handfläche nach unten auf das Holzgehäuse legen. Dann schlug sie die erste Note im Baß an und ließ den Finger auf der Taste, damit die Schwingung über Schallbrett und Gehäuse bis zur Hand des Jungen dringen konnte. Sie sah ihn an und sagte: »Die!« Ihre rechte Hand ruhte dabei mit der Handfläche nach oben auf dem Instrument.

Sie drückte die nächste Taste. »Schu-!« Ihre rechte Hand hob sich ein wenig.

Die dritte Taste: »-le!« Und ihre Hand ging noch ein Stückchen höher.

So ging sie mit ihm die aufsteigende Tonleiter durch und sagte ihm zu jeder Note den entsprechenden Teil jener Litanei vor, die er bereits aus der Schule kannte: »Die-Schu-le-ist-ein-teu-rer-

Ort.« Anschließend führte sie ihn durch die absteigende Tonleiter: »Und-wir-ler-nen-hier-fürs-Le-ben.«

Immer und immer wieder spielte sie die Tonleitern, damit er sich mit den Unterschieden in den Schwingungen, die seine Hand erreichten, vertraut machen konnte, und dabei achtete sie darauf, daß er auch das graduelle Heben und Senken ihrer Hand bei jeder Note mitbekam.

Dann forderte sie ihn auf, die Worte zu singen, die zu den Tonleitern gehörten, nicht nur stumm die Lippen zu bewegen, wie er es in der Schule tat, sondern laut zu singen. Das Ergebnis war alles andere als musikalisch, doch Miss Burnham ging es nicht um Musik. Sie wollte, daß Shaman eine gewisse Kontrolle über die Tonhöhe seiner Stimme erlangte, und nach einigen Versuchen reagierte er wirklich auf das immer energischer werdende Hochsteigen ihrer rechten Hand und hob die Stimme. Freilich stieg sie um mehr als eine ganze Note, und Shaman starrte wie versteinert Daumen und Zeigefinger seiner Lehrerin an, die ihm vor seinen Augen einen winzigen Abstand signalisierten. Auf diese Weise bedrängte und drangsalierte sie ihn, und Shaman gefiel dieser Unterricht überhaupt nicht. Beharrlich wanderte ihre linke Hand über die Tastatur, nach rechts die Tonleiter hinauf, nach links wieder hinunter, und ihre rechte Hand hob und senkte sich mit den Tönen. Shaman krächzte dazu immer und immer wieder seine Liebe zur Schule heraus. Manchmal machte er dabei ein mürrisches Gesicht, und zweimal füllten sich seine Augen mit Tränen, doch Miss Burnham schien es nicht zu bemerken.

Schließlich hörte die Lehrerin auf zu spielen. Sie nahm den jungen Robert Cole in die Arme, drückte ihn an sich und strich ihm über die dichten, schwarzen Haare auf seinem Hinterkopf.

»Geh jetzt nach Hause!« sagte sie, nachdem sie ihn wieder losgelassen hatte. Doch als er sich umdrehte, hielt sie ihn noch einmal zurück. »Morgen nach der Schule probieren wir es wieder.«

Er machte ein langes Gesicht. »Ja, Miss Burnham«, sagte er.

Seine Stimme war ohne Modulation, doch sie ließ sich nicht entmutigen. Nachdem er gegangen war, saß sie am Klavier und spielte ein letztes Mal die Tonleiter.

»Ja«, sagte sie.

Dieses Jahr bescherte ihnen nur einen kurzen Frühling. Schon nach wenigen Wochen angenehmer Wärme folgte eine sengende Hitze, die sich wie eine Decke über die Prärie legte. An einem glühendheißen Freitag Mitte Mai wurde Rob J. in Rock Island mitten auf der Hauptstraße von George Cliburn angehalten, einem Quäker und ehemaligen Farmer, der sich auf den Getreidehandel verlegt hatte. »Haben Sie wohl ein wenig Zeit für mich, Doktor?« fragte Cliburn höflich, und ganz automatisch gingen sie gemeinsam aus dem gleißenden Sonnenlicht in den Kühle spendenden Schatten eines Hickorybaumes.

»Man hat mir gesagt, Sie haben Mitleid mit Sklaven.«

Rob J. war verblüfft über diese Bemerkung. Er kannte den Getreidehändler nur vom Sehen. George Cliburn stand in dem Ruf, ein guter Geschäftsmann zu sein, schlau, aber fair.

»Meine persönlichen Ansichten gehen niemanden etwas an. Von wem haben Sie denn das?«

»Von Dr. Barr.«

Rob J. erinnerte sich an die Unterhaltung mit Dr. Naismith bei der Versammlung der Medical Society. Er bemerkte, daß Cliburn sich schnell umsah, um sicherzugehen, daß sie ungestört waren.

»Obwohl der Staat Illinois die Sklaverei abgeschafft hat, respektieren unsere Behörden das Recht auf Sklavenbesitz anderer Staaten. Deshalb werden Sklaven, die aus den Südstaaten davongelaufen sind, hier bei uns verhaftet und an ihre Herren zurückgegeben. Man behandelt sie grausam. Ich habe in Springfield mit eigenen Augen ein großes Haus gesehen, das in winzige Zellen unterteilt war, und in jeder dieser Zellen waren schwere Hand- und Fußringe in die Wände eingelassen. Einige von uns... Gleichgesinnte, die alle die Sklaverei für etwas Schlechtes halten, versuchen diesen Menschen beizustehen, die davongelaufen sind, um die Freiheit zu erlangen. Wir möchten Sie einladen, mit uns gemeinsam Gottes Werk zu tun.«

Rob J. wartete darauf, daß Cliburn fortfuhr, bis er merkte, daß der ihm gerade eine Art Angebot gemacht hatte.

»Ihnen beistehen… wie denn?«

»Wir wissen nicht, woher sie kommen. Wir wissen nicht, wohin sie gehen. In mondlosen Nächten werden sie zu uns gebracht und wieder abgeholt. Ihr müßt bloß ein sicheres Versteck vorbereiten, das groß genug ist, einen Mann zu verbergen. Einen Keller, eine Wandnische, ein Erdloch. Und Proviant für drei oder vier Tage.«

Rob J. überlegte nicht lange. Er schüttelte den Kopf. »Tut mir leid.«

Der Ausdruck auf Cliburns Gesicht verriet weder Überraschung noch Verärgerung, kam Rob J. aber irgendwie vertraut vor.

»Werden Sie Stillschweigen über unsere Unterhaltung bewahren?«

»Ja. Ja, natürlich.«

Cliburn atmete auf und nickte. »Möge Gott mit Ihnen sein!« sagte er, wappnete sich gegen die Hitze und trat aus dem Schatten.

Zwei Tage später waren die Geigers bei den Coles zum Sonntagsmahl eingeladen. Die Cole-Jungen freuten sich, wenn die Geigers kamen, denn dann gab es immer reichlich zu essen. Sarah war anfangs verstimmt gewesen, daß die Geigers, sooft sie zum Essen kamen, immer ihren Braten ablehnten, da er nicht koscher war. Doch sie hatte gelernt, das zu tolerieren und für Ersatz zu sorgen. Wenn die Geigers nun zum Essen kamen, bot sie immer etwas Besonderes an, eine fleischlose Suppe, zusätzliche Aufläufe und Gemüse und verschiedene Nachspeisen.

Jay hatte ein Exemplar des »Rock Island Weekly Guardian« mitgebracht, der einen Artikel über den Dred-Scott-Prozeß enthielt, und er bemerkte dazu, daß der Sklave wohl nur sehr geringe oder überhaupt keine Erfolgschancen habe.

»Malcolm Howard sagt, daß bei ihnen zu Hause in Louisiana jeder Sklaven hat«, sagte Alex, und seine Mutter lächelte.

»Nicht jeder«, sagte sie mit dünner Stimme. »Ich bezweifle, daß Malcolm Howards Papa je viel besessen hat, geschweige denn Sklaven.«

»Hat dein Papa in Virginia auch Sklaven gehabt?« fragte Shaman.

»Mein Papa hatte nur ein kleines Sägewerk«, erwiderte Sarah. »Er hatte drei Sklaven, doch dann kam eine schlimme Zeit, und er mußte die Sklaven und die Sägemühle verkaufen und für seinen Papa arbeiten, der eine große Farm mit mehr als vierzig Sklaven hatte.«

»Und was ist mit der Familie von meinem Papa in Virginia?« wollte Alex wissen.

»Die Bledsoes waren Ladenbesitzer«, sagte Sarah. »Die hielten sich keine Sklaven.«

»Warum will denn überhaupt jemand Sklave sein?« fragte Shaman.

»Die wollen es gar nicht sein«, erklärte Rob J. seinem Sohn. »Das sind einfach nur arme, unglückliche Menschen, die in eine ausweglose Situation geraten sind.«

Jay trank einen Schluck Quellwasser und spitzte die Lippen.

»Weißt du, Shaman, so ist das Leben, und so war es im Süden in den letzten zweihundert Jahren. Es gibt Radikale, die schreiben, man müsse alle Schwarzen freilassen. Aber wenn ein Staat wie South Carolina ihnen plötzlich allen die Freiheit gibt, wo sollen die dann leben? Weißt du, jetzt arbeiten sie für die Weißen, und die Weißen kümmern sich um sie. Noch vor ein paar Jahren hatte Lillians Cousin, Judah Benjamin, auf seiner Zuckerplantage in Louisiana einhundertvierzig Sklaven. Und er hat sich wirklich um sie gekümmert. Mein Vater in Charleston hat zwei Hausneger. Die gehören ihm schon, solange ich denken kann. Er behandelt sie so gut, daß man sie wahrscheinlich aus dem Haus jagen müßte, damit sie ihn verlassen.«

»Ja, so ist es«, sagte Sarah. Rob J. öffnete den Mund, schloß ihn aber gleich wieder und reichte Rachel die Erbsen und die Karotten. Sarah ging in die Küche und kehrte mit einem riesigen Kartoffelauflauf zurück, den sie nach Lillian Geigers Rezept gebacken hatte. Jay stöhnte und meinte, er sei schon voll, streckte ihr aber trotzdem den Teller hin.

Als die Geigers aufbrachen, um die Kinder nach Hause zu bringen, drängte Jay Rob J. mit ihnen zu kommen, damit sie zu dritt musizieren konnten. Aber Rob J. erwiderte, er sei müde.

In Wirklichkeit fühlte er sich gereizt und nicht zu Geselligkeit aufgelegt. Um diese Stimmung loszuwerden und etwas Luft zu schnappen, spazierte er den kurzen Weg zum Fluß hinunter. Auf Makwas Grab bemerkte er Unkraut, und er riß wütend an den Stengeln, bis nichts mehr davon zu sehen war.

Ihm fiel ein, warum ihm der Ausdruck auf George Cliburns Gesicht so vertraut vorgekommen war. Es war der gleiche Ausdruck, den er schon in Schottland auf Andrew Geroulds Gesicht gesehen hatte, als der ihn zum erstenmal bat, ein Pamphlet gegen die englische Verwaltung zu schreiben, und abgewiesen wurde. Die Gesichter beider Männer hatten eine Mischung von Gefühlen verraten: Fatalismus, beharrliche Kraft und die Unbehaglichkeit zu wissen, daß sie sich von seinem Charakter und seinem Stillschweigen abhängig gemacht hatten.

DIE RÜCKKEHR

An einem Morgen, an dem der Frühnebel wie schwerer Rauch über dem Wasser und zwischen den Bäumen hing, verließ Shaman das Haus und ging am Klosetthäuschen vorbei, um träge in den großen Fluß zu pinkeln. Als orangefarbene Scheibe brannte die Sonne durch die oberen Schichten des Nebels und ließ die unteren in einem fahlen Glanz erstrahlen. Die Welt war neu und kühl und roch gut, und was er vom Fluß und dem Wald sehen konnte, entsprach dem permanenten Frieden in seinen Ohren. Wer heute fischen will, muß früh aufstehen, dachte er.

Der Junge wandte sich vom Fluß ab. Zwischen ihm und dem Haus lag das Grab, und als er nun die Gestalt in den Nebelschwaden sah, spürte er keine Angst, sondern nur einen kurzen Kampf zwischen Unglauben und einer überwältigenden Freude und Dankbarkeit. *Geist, ich rufe dich heute. Geist, ich spreche zu dir.*

»Makwa!« rief er fröhlich und ging auf sie zu.

»Shaman?«

Als er die Gestalt erreichte, mußte er betrübt feststellen, daß es gar nicht Makwa war.

»Mond?« sagte er, und der Name war eine Frage, weil die Frau so schlecht aussah.

Hinter Mond entdeckte er nun noch zwei weitere Indianer. Den einen kannte er nicht, der andere war Steinhund, der für Jay Geiger gearbeitet hatte. Steinhunds Oberkörper war nackt, er trug nur eine Hirschlederhose. Der Fremde hatte eine grobe Wollhose und ein zerrissenes Hemd an. Beide Männer liefen in Mokassins, aber Mond trug die Arbeitsstiefel eines Weißen und ein altes, schmutziges blaues Kleid, das an der rechten Schulter aufgerissen war. Die Männer hatten Lebensmittel bei sich, die Shaman bekannt vorkamen, ein Stück Käse, einen geräucherten Schinken, ein rohes Hammelbein, und er schloß daraus, daß sie das Kühlhaus über der Quelle aufgebrochen hatten.

»Whiskey holen?« sagte Steinhund und deutete auf das Haus, doch Mond fauchte ihn in der Sauk-Sprache an. Dann brach sie zusammen.

»Mond, bist du in Ordnung?« fragte Shaman.

»Shaman. So groß.« Sie sah ihn bewundernd an.

Er kniete sich neben sie. »Wo warst du? Sind die anderen auch hier?«

»Nein… Anderen in Kansas. Reservat. Hab' Kinder dortgelassen, aber…« Sie schloß die Augen.

»Ich hole meinen Vater«, sagte er, und ihre Augen öffneten sich wieder.

»Sie waren so böse zu uns, Shaman«, flüsterte sie. Ihre Hände tasteten nach den seinen und hielten sie fest.

Shaman spürte, daß etwas aus ihrem Körper in sein Bewußtsein wanderte. So als könnte er wieder hören und es hätte gedonnert, und er wußte zugleich, was mit ihr passieren würde – irgendwie wußte er es. Seine Hände kribbelten. Er öffnete den Mund, doch er konnte nicht schreien, konnte Mond nicht warnen. Er war wie versteinert. Eine Angst ergriff ihn, die ihm vollkommen neu war, die noch grausamer war als das Entsetzen über die plötzliche Taubheit, schlimmer als alles, was er bisher erlebt hatte.

Schließlich fand er die Kraft, ihre Hände wegzustoßen.

Er rannte auf das Haus zu, als wäre es seine einzige Rettung.

»Pa!« schrie er.

Rob J. war daran gewöhnt, von Notrufen geweckt zu werden, aber nicht vom hysterischen Schreien seines Sohnes. Shaman stammelte vor sich hin, daß Mond zurück sei und sterbe. Es dauerte einige Minuten, bis sie ihn verstanden und dazu gebracht hatten, seinen Eltern auf den Mund zu schauen, damit sie ihm Fragen stellen konnten. Als sie endlich begriffen, daß Mond wirklich zurückgekehrt war und sterbenskrank am Flußufer lag, liefen sie sofort aus dem Haus.

Der Nebel lichtete sich schnell. Die Sicht war besser geworden, und sie erkannten bald, daß niemand da war. Sie nahmen Shaman ins Gebet, doch er beharrte darauf, daß Mond und Steinhund hiergewesen seien. Er beschrieb, was sie bei sich gehabt, was sie gesagt und wie sie ausgesehen hatten.

Sarah eilte davon, als sie hörte, was die Indianer mit sich schleppten, und kam wütend zurück, weil das Kühlhaus tatsächlich aufgebrochen war und einige wertvolle Nahrungsmittel fehlten.

»Robert Cole«, sagte sie zornig zu ihrem Sohn, »hast du die Sachen vielleicht selber genommen und dir dann die Geschichte mit den Indianern ausgedacht?«

Rob J. ging am Flußufer auf und ab und rief Monds Namen, doch niemand antwortete.

Shaman weinte hemmungslos. »Sie stirbt, Pa.«

»Woher weißt du denn das?«

»Sie hat meine Hände gehalten, und sie…« Der Junge erschauerte. Rob J. sah den Jungen an und seufzte. Dann nickte er. Er ging zu Shaman, nahm ihn in die Arme und drückte ihn fest an sich. »Hab keine Angst! Es ist nicht deine Schuld, was mit Mond passiert ist«, sagte er. »Ich werde später mit dir darüber reden und versuchen, es dir zu erklären. Aber zuerst werd' ich mich wohl besser auf die Suche nach ihr machen.«

Er suchte zu Pferd. Den ganzen Vormittag konzentrierte er sich auf den dichten Waldstreifen am Flußufer, denn wenn sie auf der Flucht waren und sich verstecken wollten, waren sie bestimmt dorthin verschwunden. Er ritt zuerst nach Norden in Richtung Wisconsin, kam dann zurück und ritt nach Süden. Alle paar Minuten rief er ihren Namen, doch er erhielt nie eine Antwort.

Möglicherweise war er ihnen bei der Suche sogar sehr nahe gekommen. Die Sauks konnten sich im Unterholz verstecken und ihn vorbeireiten lassen, vielleicht sogar mehrere Male. Am frühen Nachmittag mußte er sich eingestehen, daß er nicht wußte, wie Sauks auf der Flucht dachten, denn er war kein Sauk auf der Flucht. Vielleicht hatten sie das Ufer sofort verlassen. Jetzt gegen Ende des Sommers stand das Gras so hoch auf der Prärie, daß drei Leute leicht darin verschwinden konnten, und auch der mannshohe Mais auf den Feldern bot guten Schutz. So gab er schließlich auf und kehrte nach Hause zurück. Shaman war sichtlich enttäuscht, als er erfuhr, daß sein Vater ergebnislos gesucht hatte.

Rob J. setzte sich alleine mit seinem Sohn unter einen Baum am Flußufer und erzählte ihm von der Gabe und daß, solange die Erinnerung zurückreichte, immer einige aus der Cole-Familie mit ihr gesegnet waren. »Nicht alle. Manchmal fehlt sie auch in einer Generation. Mein Vater hatte sie, mein Bruder und mein Onkel hatten sie nicht. Bei einigen Coles zeigt sie sich schon in frühester Jugend.«

»Hast du sie, Pa?«

»Ja, ich habe sie.«

»Und wie alt warst du, als…«

»Ich habe sie zum erstenmal verspürt, als ich schon fast fünf Jahre älter war, als du jetzt bist.«

»Was hat es mit ihr auf sich?« fragte der Junge leise.

»Hm, Shaman… ich weiß es eigentlich nicht. Ich weiß nur, daß nichts Magisches an ihr ist. Ich glaube, sie ist eine Art Sinneswahrnehmung wie das Sehen, das Hören oder das Riechen. Einige von uns haben eben die Fähigkeit zu spüren, ob ein Mensch stirbt, wenn sie seine Hände nehmen. Ich glaube, diese Gabe ist einfach ein zusätzliches Talent, ähnlich der Fähigkeit, den Puls eines Menschen an verschiedenen Körperteilen zu ertasten. Manchmal…« Er zuckte mit den Achseln. »Manchmal kann sie recht nützlich sein, wenn man Arzt ist.«

Shaman nickte zaghaft. »Dann wird sie mir wohl auch nützlich sein, wenn ich mal Arzt bin.«

Rob J. wurde klar, daß der Junge, wenn er alt genug war, die Colesche Gabe zu begreifen, auch reif genug war, anderen Tatsachen ins Auge zu sehen. »Du kannst kein Arzt werden, Shaman«, sagte er sanft. »Ein Arzt muß hören können. Ich brauche mein Gehör Tag für Tag zur Behandlung meiner Patienten. Ich horche ihnen die Brust ab, ich horche auf ihren Atem und auf den Klang ihrer Stimme. Ein Arzt muß auch einen Hilfeschrei hören können. Ein Arzt braucht ganz einfach alle fünf Sinne.«

Der Blick, mit dem sein Sohn ihn ansah, traf Rob J. tief ins Herz.

»Was werde ich dann tun, wenn ich ein Mann bin?«

»Wir haben eine schöne Farm. Du kannst sie zusammen mit Bigger bewirtschaften«, sagte Rob J., aber der Junge schüttelte den Kopf. »Du kannst aber auch ein Geschäftsmann werden und vielleicht einen Laden führen. Miss Burnham sagt, du bist so ziemlich der intelligenteste Schüler, den sie je hatte. Vielleicht willst du mal selber in einer Schule unterrichten.«

»Nein, ich will in keiner Schule unterrichten.«

»Shaman, du bist doch noch ein Junge. Entscheiden mußt du dich erst in einigen Jahren. Halt in der Zwischenzeit die Augen offen! Schau dir die erwachsenen Männer an und die Berufe, die sie ausüben. Es gibt die verschiedensten Arten, sich den Lebensunterhalt zu verdienen. Du kannst dir alles mögliche aussuchen.«

»Nur eins nicht«, sagte Shaman.

Rob J. wollte seinem Jungen unnötigen Kummer ersparen und ließ sich deshalb nicht dazu hinreißen, ihn in dem Glauben zu wiegen, ein Traum, der seiner festen Überzeugung nach nicht zu verwirklichen war, könne in Erfüllung gehen.

»Ja«, sagte er bestimmt, »nur eins nicht.«

Es war ein trauriger Tag gewesen, und in Rob J. blieb eine erbitterte Wut über die Ungerechtigkeit des Lebens zurück. Es schmerzte ihn, daß er seinem Sohn diesen schönen und strahlenden Traum hatte ausreden müssen. Das war ebenso schlimm, wie einem Menschen, der das Leben liebt, zu sagen, daß es keinen Sinn habe, langfristige Pläne zu schmieden.

Er machte eine Runde durch die Farm. In der Nähe des Flusses waren die Moskitos eine Plage, sie kämpften mit ihm um den Platz im Schatten und gewannen. Mond würde er nie mehr wiedersehen, das wußte er. Er hätte ihr gern Lebewohl gesagt. Er hätte sie gefragt, wo Der singend einhergeht begraben liegt. Es wäre ihm ein Anliegen gewesen, sie beide anständig zu begraben, doch jetzt lag wahrscheinlich auch Mond in einem unmarkierten Erdloch, verscharrt wie Hundescheiße. Es machte ihn wütend, wenn er daran dachte, und gleichzeitig fühlte er sich schuldig, denn auch er war ein Grund für ihre Probleme und seine Farm ebenso. Früher hatten die Sauks ertragreiche Felder besessen und Totendörfer, in denen die Gräber gekennzeichnet waren. »Sie waren so böse zu uns«, hatte sie zu Shaman gesagt.

Amerika besaß eine gute Verfassung, er hatte sie sorgfältig gelesen. Sie schenkte den Bürgern Freiheit, doch er erkannte auch, daß sie nur für Menschen mit einer Hautfarbe von Rosa bis Hellbraun galt. Wer dunklere Haut hatte, konnte ebensogut einen Pelz oder Federn haben.

Während der ganzen Zeit, die er auf der Farm herumstreifte, suchte er etwas. Zuerst merkte er es gar nicht, und als er sich dessen bewußt wurde, fühlte er sich ein wenig besser, aber nur ein wenig. Der Platz, den er suchte, durfte nicht auf dem Feld oder im Wald liegen, wo Alden, einer der Jungen oder sogar ein Wilderer darüberstolpern konnten. Das Haus selbst war ungeeignet, denn er mußte ja auch vor den anderen Familienmitgliedern Geheimhaltung wahren, und das behagte ihm ganz und gar nicht. Seine Praxis war zwar manchmal leer, doch wenn sie geöffnet war, drängten sich in ihr die Patienten. Auch im Stall ging jeder aus und ein. Aber…

An der Rückwand des Stalles war ein Schuppen angebaut, Rob J.s Schuppen. Dort bewahrte er seine Arzneien und Elixiere und andere medizinische Utensilien auf. Neben den zum Trocknen aufgehängten Kräutern und den Regalen voller Flaschen und Töpfe befanden sich in diesem Schuppen auch ein Holztisch und ein Satz Nierenschalen, denn Rob J. führte hier seine Obduktionen durch. Der Anbau war mit einer soliden Holztür und einem starken Schloß gesichert. Die schmale Nordseite des Schuppens war wie die gesamte Nordseite des Stalls in den Hügel hineingebaut, so daß ein Teil dieser natürlichen Wand aus Fels bestand.

Der folgende Tag war angefüllt mit langen Praxisstunden und zahlreichen Hausbesuchen, doch am Morgen danach konnte er sich von seinen ärztlichen Aufgaben losreißen. Er hatte Glück, denn Alden und Shaman waren damit beschäftigt, im abgelegenen Teil der Farm Zäune zu reparieren und eine Futterkrippe zu errichten, und Sarah hatte in der Kirche zu tun. Nur Kate Stryker, die Sarah nach Monds Flucht als Hilfskraft eingestellt hatte, war im Haus, aber Kate würde ihn nicht stören.

Er trug Pickel und Schaufel in den Schuppen und machte sich ans Werk. Es war schon eine Weile her, seit er das letzte Mal körperlich schwer gearbeitet hatte, und er ließ es deshalb gemächlich angehen. Der Boden am Fuße der Nordwand war steinig und so schwer wie fast überall auf der Farm, aber seine Pickelschläge lockerten die Erde problemlos. Von Zeit zu Zeit schaufelte er sie in einen Schubkarren und fuhr sie zu einer ein gutes Stück von dem Stall entfernten Mulde. Er hatte sich darauf eingerichtet, einige Tage lang zu graben, doch schon am frühen Nachmittag stieß er auf Fels. Die Gesteinswand wich jedoch ein Stückchen nach Norden zurück, so daß er einen Hohlraum freischaufeln konnte, der an einem Ende etwa einen halben Meter tief, am anderen etwa eineinhalb Meter tief und knapp eineinhalb Meter breit war. Die so entstandene Nische war kaum groß genug, um darin zu liegen, vor allem, wenn Proviant und anderes darin gelagert wurde, doch Rob J. wußte, daß sie reichen würde. Er vernagelte die Öffnung mit zolldicken Holzbrettern, die fast ein Jahr im Freien gelegen hatten, so daß sie so alt aussahen wie der übrige Schuppen. Mit einer Ahle vergrößerte er mehrere Nagellöcher und ölte die Nägel ein, damit ein paar der Bretter einfach und geräuschlos entfernt und wieder befestigt werden konnten. Er war sehr vorsichtig und holte mit dem Schubkarren verfaulende Blätter aus dem Wald, die er über die Mulde streute, um den frischen Aushub zu verbergen. Am nächsten Morgen fuhr er nach Rock Island, um ein kurzes, aber folgenschweres Gespräch mit George Cliburn zu führen.

DIE GEHEIME NISCHE

In diesem Herbst begann sich für Shaman die Welt zu verändern. Es war kein abrupter, erschreckender Wechsel wie damals beim Verlust seines Gehörs, sondern eine komplexe Verschiebung der Pole, die trotz ihrer Gemächlichkeit nicht weniger radikal war. Alex und Mal Howard waren enge Freunde geworden, und ihre lärmende, ausgelassene Kameradschaft schloß Shaman die meiste Zeit aus. Rob J. und Sarah mißbilligten die Freundschaft; sie wußten, daß Mollie Howard eine ewig jammernde Schlampe war und ihr Mann Julian ein fauler Kerl, und sie sahen es nicht gern, daß ihr Sohn sich in der engen, unordentlichen Hütte der Howards aufhielt, denn dort ging auch ein Großteil der Männer des Ortes aus und ein, um sich mit dem Selbstgebrannten zu versorgen, den Julian heimlich und mit großer Ernsthaftigkeit aus Maismaische destillierte.

Zu Halloween dieses Jahres bestätigten sich ihre Befürchtungen, denn an diesem Tag probierten Alex und Mal den Whiskey, den Mal für diesen Zweck beiseite geschafft hatte, als er eine Produktion seines Vaters auf Flaschen zu ziehen geholfen hatte. So beflügelt, machten sie sich daran, eine Spur aus umgestürzten Aborthäuschen durch den Ort zu ziehen, die erst endete, als Alma Schroeder schreiend aus ihrem am Boden liegenden Klo krabbelte und Gus Schroeder der alkoholisierten Fröhlichkeit mit dem Fuchteln seiner Büffelflinte Einhalt gebot.

Der Vorfall zog einen erbitterten Dauerstreit zwischen Alex und seinen Eltern nach sich, den Shaman am liebsten ungeschehen gemacht hätte, und schon nach den ersten Wortwechseln konnte er sich nicht mehr dazu überwinden, das Weitere von ihren Lippen abzulesen. Eine Aussprache zwischen den beiden Übeltätern, ihren Vätern und Sheriff London verlief noch unangenehmer.

Julian Howard spuckte aus und meinte, das Ganze sei »ein unnötiger Wirbel wegen zwei Jungs, die an Halloween 'n bißchen die Sau rausgelassen haben«.

Rob J. versuchte, seine Abneigung gegenüber Howard zu vergessen, dem er es zutraute, ein Mitglied des Supreme Order of the Star-Spangled Banner zu sein, falls es diesen in Holden's Crossing gab, und der selber ein übler Unruhestifter sein konnte. Er teilte Howards Meinung, daß die Jungen keine Mörder oder Verbrecher waren; da er aber in seinem Beruf die menschliche Verdauung sehr ernst nahm, teilte er nicht die allgemeine Ansicht, daß alles, was mit Scheiße zu tun habe, lustig sei – bis hin zur Zerstörung von Aborthäuschen. Er wußte, daß der Sheriff ein halbes Dutzend Beschwerden wegen der Jungen zur Hand hatte und nur zu bereit war, Maßnahmen gegen sie zu ergreifen, da er beide Väter nicht mochte. Rob J. schlug vor, man solle Alex und Mal für die Behebung des Schadens heranziehen.

Drei der Außenklos waren zersplittert oder auseinandergefallen. Zwei konnten nicht mehr über den gleichen Gruben aufgebaut werden, da diese voll waren. Als Wiedergutmachung sollten die Jungen neue Gruben ausheben und die Häuschen reparieren. Falls neue Bretter nötig waren, wollte Rob J. für sie aufkommen; Alex und Mal sollten ihre Schulden dann bei ihm auf der Farm abarbeiten. Erst wenn sie sich nicht an die Abmachung halten sollten, würde der Sheriff gegen sie vorgehen.

Mort London gab widerstrebend zu, daß er an dem Vorschlag nichts Verkehrtes entdecken könne. Julian Howard war anfangs dagegen, doch als Rob J. ihm sagte, daß sein Sohn und der Cole-Junge nebenbei ihre gewohnte Arbeit verrichten müßten, stimmte auch er zu. Alex und Mal wurden erst gar nicht um ihre Meinung gefragt, und so wurden die beiden im Verlauf eines Monats zu Experten in der Wiederherstellung von Latrinen. Sie begannen mit dem Aushub der Gruben, um damit fertig zu sein, bevor der Boden hartfror, und erledigten dann die Schreinerarbeiten mit vor Kälte gefühllosen Händen.

Doch Alex blieb unbezähmbar. Eines Nachts kam er in das Schlafzimmer, das er mit Shaman teilte, hielt dem Bruder die Öllampe vors Gesicht und verkündete mit tiefer Befriedigung, daß er es getan habe.

»Was getan?« fragte Shaman und rieb sich den Schlaf aus den Augen.

»Du weißt schon. Ich hab's getan. Mit Pattie Drucker.«

Shaman war nun hellwach. »Nie. Du bist ein verdammter Lügner, Bigger.«

»Nein, ich hab's mit Pattie Drucker getan. Bei ihr zu Hause, während ihre Eltern bei ihrem Onkel waren.«

Shaman starrte ihn mit schmerzlichem Entzücken an; er konnte ihm nicht glauben und hätte es doch so gern getan. »Wie war's denn, wenn du's wirklich getan hast?«

Alex lächelte blasiert und holte lustvoll zu einer anschaulichen Antwort aus: »Wenn du dein Ding da unten bei den Haaren und so reinschiebst, ist es warm und gemütlich. Sehr warm und gemütlich. Aber irgendwie wirst du dann furchtbar aufgeregt, und du fängst an, dich vor und zurück zu bewegen. Vor und zurück, wie der Bock beim Schaf.«

»Bewegt sich das Mädchen auch vor und zurück?«

»Nein«, erwiderte Alex, »das Mädchen liegt nur ganz glücklich da und läßt dich machen.«

»Und was passiert dann?«

»Na ja, du verdrehst die Augen. Und das Zeug schießt aus deinem Schwanz raus wie 'ne Gewehrladung.«

»Wie 'ne Gewehrladung? O Mann! Tut das dem Mädchen weh?«

»Nein, du Trottel. Ich mein' doch: so schnell wie 'ne Gewehrladung, nicht so hart. Es ist weicher als Pudding, genau wie wenn du's dir selber machst. Na ja, und dann ist's so ziemlich vorbei.«

Die Unmenge von Einzelheiten, von denen er noch nie etwas gehört hatte, überzeugte Shaman. »Heißt das, daß Pattie Drucker jetzt dein Mädchen ist?«

»Nein!« sagte Alex.

»Bist du sicher?« fragte Shaman ängstlich. Pattie Drucker war schon beinahe so groß wie ihre teiggesichtige Mutter und hatte ein Lachen, das an den Schrei eines Esels erinnerte.

»Bist noch zu jung, um das zu verstehen«, murmelte Alex verstimmt und aus der Fassung gebracht, und er löschte die Lampe, um das Gespräch zu beenden.

Shaman lag im Dunkeln und dachte erregt und gleichzeitig besorgt darüber nach, was Alex gesagt hatte. Die Sache mit dem Augenverdrehen behagte ihm nicht. Luke Stebbins hatte ihm erzählt, man könne blind werden, wenn man an sich selber herumspiele. Das Taubsein reichte ihm schon, er wollte nicht *noch* einen Sinn verlieren. Vielleicht bin ich schon dabei, blind zu werden, dachte er, und gleich am nächsten Morgen lief er aufgeregt herum, um sein Sehvermögen an nahen und fernen Gegenständen zu prüfen.

Je weniger Zeit Bigger für Shaman hatte, desto mehr Zeit verbrachte Shaman über Büchern. Er las sehr schnell und bettelte schamlos jeden um neue Bücher an. Die Geigers besaßen eine umfangreiche Bibliothek und erlaubten ihm, sich Lesestoff auszuleihen. Zum Geburtstag und zu Weihnachten gekam er Bücher, Nachschub für das Feuer, das er gegen die Kälte der Einsamkeit entzündet hatte. Miss Burnham sagte, sie habe noch nie eine solche Leseratte gesehen wie ihn.

Sie hielt ihn gnadenlos zur Verbesserung seiner Aussprache an. Während der Schulferien erhielt sie bei den Coles freie Kost und Logis, und Rob J. ließ es sich nicht nehmen, sie für ihre Mühe mit seinem Sohn zusätzlich zu entschädigen. Doch sie arbeitete nicht aus Eigennutz mit Shaman, sondern weil ihr seine Aussprache zu einem persönlichen Anliegen geworden war. Die Übungen mit dem Geigerschen Klavier wurden beharrlich fortgesetzt. Fasziniert beobachtete sie, wie feinfühlig Shaman auf die Schwingungsunterschiede reagierte, und es dauerte nicht lange, bis er die einzelnen Töne erkennen konnte, sobald sie sie angeschlagen hatte.

Shamans Wortschatz wuchs mit seiner Lektüre, doch er hatte Schwierigkeiten mit der Aussprache neuer Wörter, weil er nicht von anderen hören konnte, wie sie korrekt ausgesprochen wurden. So betonte er zum Beispiel das Wort »Kathedrale« auf der zweiten Silbe, und Miss Burnham erkannte, daß ihm die Aussprache meistens deshalb Schwierigkeiten machte, weil er nicht wußte, wo die Worte betont wurden. Um ihm das zu erklären, benutzte sie einen Gummiball, den sie bei unbetonten Silben nur leicht, bei betonten aber fester vom Boden aufspringen ließ. Doch auch das brauchte seine Zeit, denn selbst das Ballfangen bereitete Shaman große Schwierigkeiten. Miss Burnham merkte, daß *sie* sich beim Fangen an dem Geräusch orientierte, das der Ball beim Aufprallen auf dem Boden von sich gab. Shaman hatte dieses Hilfsmittel nicht, und so mußte er lernen, sich die entsprechende Zeitspanne einzuprägen, die ein mit einer bestimmten Kraft geschleuderter Ball brauchte, um zu seiner Hand zurückzuspringen. Sobald er begriffen hatte, daß der unterschiedlich hoch springende Ball verschiedene Betonungen bedeutete, setzte sie das in Übungen mit Tafel und Kreide um. Zu diesem Zweck schrieb sie ein Wort auf die Tafel und kennzeichnete die betonten Silben mit einem Akzent: Ka-the-drá-le, Gú-ten Mór-gen, Bíl-der, Féi-er, Ge-bír-ge.

Rob J. unterstützte die Ballübungen, indem er Shaman das Jonglieren beibrachte. Häufig gesellten sich auch Alex und Mal hinzu. Rob hatte manchmal zur Unterhaltung der Kinder jongliert, und es gefiel ihnen, dies nachzumachen. Doch anfangs hatten sie große Schwierigkeiten damit. Trotzdem ermutigte er sie zum Weitermachen. »In Kilmarnock lernen alle Cole-Kinder das Jonglieren. Es ist eine alte Familientradition. Und wenn die in Schottland das lernen können, könnt ihr es auch.« Zu seiner Enttäuschung erwies sich ausgerechnet der Howard-Junge als der beste Jongleur, denn er konnte schon bald mit vier Bällen umgehen. Doch Shaman war knapp hinter ihm, und Alex übte beharrlich weiter, bis er drei Bälle sicher in der Luft halten konnte. Der Zweck der Übung war freilich nicht, große Artisten hervorzubringen, sondern Shaman ein Gefühl für wechselnde Rhythmen zu geben.

Bei einer der nachmittäglichen Übungen an Lillian Geigers Klavier nahm Miss Burnham Shamans Hand vom Klavierdeckel und legte sie an ihre Kehle. »Wenn ich spreche«, sagte sie, »schwingen die Bänder in meinem Kehlkopf – so wie die Drahtsaiten im Klavier. Spürst du die Schwingungen, wie sie sich bei den verschiedenen Wörtern ändern?«

Er nickte verzückt, und die beiden lächelten sich an.

»Ach, Shaman«, sagte Dorothy Burnham, nahm seine Hand von ihrem Hals, hielt sie aber weiter fest. »Du lernst ja so schnell! Aber du brauchst beständige Übung, mehr als ich dir bieten kann, wenn erst die Schule wieder beginnt. Wenn es nur jemanden gäbe, der dir sonst noch helfen kann!«

Shaman wußte, daß sein Vater mit seiner Praxis voll ausgelastet war. Seine Mutter beschäftigte sich vorwiegend mit ihrer Kirchenarbeit, und er spürte bei ihr auch eine gewisse Abneigung, mit seiner Taubheit umzugehen, was ihn zwar verwirrte, aber alles andere als Einbildung war. Und Alex war mit Mal unterwegs, sooft ihm die Arbeit Zeit dazu ließ.

Dorothy Burnham seufzte. »Finden wir denn niemanden, der in der Lage ist, regelmäßig mit dir zu arbeiten?«

»Ich würde sehr gerne helfen«, sagte plötzlich eine Stimme. Sie kam aus dem großen Ohrensessel, der mit dem Rücken zum Klavier stand, und zu Miss Burnhams Überraschung tauchte Rachel Geiger hinter der Lehne auf und kam schnell zu ihnen. Wie oft, fragte die Lehrerin, war das Mädchen wohl schon unbemerkt dabeigesessen und hatte den Übungen gelauscht?

»Ich weiß, daß ich es kann, Miss Burnham«, sagte Rachel etwas atemlos.

Shaman schien nicht abgeneigt zu sein.

Miss Burnham strahlte und drückte Rachel die Hand. »Ich bin mir sicher, du wirst es ganz hervorragend machen, meine Liebe«, sagte sie.

Rob J. hatte auf keinen seiner Makwas Tod betreffenden Briefe eine Antwort bekommen. Eines Abends setzte er sich an den Tisch, um sich seine Enttäuschung von der Seele zu schreiben. So entstand ein Brief, der in einem schärferen Ton als der vorige gehalten war und mit dem er in der trägen, verfilzten Bürokratie etwas Staub aufzuwirbeln hoffte.

…Die Verbrechen der Vergewaltigung und des Mordes werden von den Vertretern der Regierung und der Gerichtsbarkeit so bedenkenlos übergangen, daß sich die Frage stellt, ob der Staat Illinois – und mit ihm die ganzen Vereinigten Staaten – wirklich ein zivilisiertes Land ist oder nicht vielmehr ein Ort, an dem Männer sich aufführen dürfen wie die niedersten Tiere, ohne die geringste Strafe fürchten zu müssen.

Er schickte Abschriften des Briefes an dieselben Behörden wie zuvor und erwartete, daß der schärfere Ton Ergebnisse zeitigen werde.

In der anderen Sache wendet sich auch niemand an mich, dachte er schmollend. Beinahe überstürzt hatte er die Nische im Schuppen gegraben, doch jetzt, da sie bereit stand, ließ George Cliburn nichts von sich hören. In den ersten Wochen hatte er sich noch gefragt, *wie* man ihn wohl benachrichtigen werde, doch dann begann er nach Erklärungen zu suchen, weshalb man ihn ignorierte. Er verdrängte den Gedanken an die geheime Nische und gab sich statt dessen dem vertrauten Kürzerwerden der Tage hin, dem Anblick der Gänse, die in einem langgestreckten V über den blauen Himmel nach Süden zogen, dem Rauschen des Flusses, das immer kristalliner wurde, je mehr das Wasser abkühlte.

Eines Morgens ritt Rob J. in den Ort, und Carroll Wilkenson verließ seinen Platz auf der Veranda der Gemischtwarenhandlung und schlenderte auf ihn zu, als er eben von einer kleinen, gescheckten Stute mit hängendem Hals abstieg. »Neues Pferd, Doc?«

»Ich probier' sie nur aus. Unsere Vicky ist inzwischen schon fast blind. Taugt zwar noch für die Kinder, um auf die Weide zu reiten, aber... Die Stute gehört Tom Beckermann.« Beckermann hatte ihm versichert, die Stute sei fünf Jahre alt, doch ihre unteren Schneidezähne waren so abgenutzt, daß sie mindestens doppelt so alt sein mußte. Außerdem scheute sie bei jedem Insekt und jedem Schatten.

»Mögen Sie Stuten?«

»Nicht unbedingt. Allerdings sind sie zuverlässiger als Hengste, und wenn man an den Preis denkt...«

»Da haben Sie recht. Verdammt recht. Übrigens, ich bin gestern George Cliburn begegnet. Ich soll Ihnen ausrichten, daß der einige neue Bücher hat – und ob Sie vielleicht Interesse hätten, sie sich anzusehen.«

Das war das Signal, und es traf ihn überraschend. »Vielen Dank, Carroll. George hat eine wunderbare Bibliothek«, sagte er und hoffte, daß seine Stimme dabei nicht zitterte.

»Ja, die hat er.« Wilkenson hob zum Abschied die Hand. »Na, dann werd' ich mal weitersagen, daß Sie ein neues Pferd suchen.«

»Das wäre sehr nett«, erwiderte Rob J.

Nach dem Abendessen studierte er den Himmel, bis er sicher war, daß es eine mondlose Nacht werden würde. Schon seit dem frühen Nachmittag trieben dichte, schwere Wolken über den Horizont. Die Luft war wie in einer Waschküche nach zwei Tagen großer Wäsche und versprach Regen noch vor der Morgendämmerung.

Er ging früh zu Bett und schlief ein paar Stunden. Als Arzt war er es gewöhnt, immer nur kurz zu ruhen, und so war er um ein Uhr wieder frisch und munter. Um nicht in Zeitnot zu geraten, löste er sich schon deutlich vor zwei Uhr aus Sarahs Wärme. Er war in der Unterwäsche zu Bett gegangen, und jetzt nahm er leise, und ohne Licht zu machen, seine Kleider und ging hinunter. Sarah war daran gewöhnt, daß er zu jeder Tages- und Nachtzeit wegging, um Patienten zu behandeln. Sie schlief deshalb seelenruhig weiter.

Seine Schuhe standen in der Diele, wo auch sein Mantel hing. Im Stall sattelte er Queen Victoria, denn er mußte nur bis zu jener Stelle reiten, wo die Zufahrt der Coles in die öffentliche Straße mündete, und Vicky kannte den Weg so gut, daß sie nicht viel zu sehen brauchte. Vor Nervosität brach er zu früh auf, weshalb er zehn Minuten lang in einem leichten Nieselregen am Wegesrand warten mußte. Dem Pferd über den Hals streichelnd, horchte er auf eingebildete Geräusche, bis schließlich Geräusche sein Ohr trafen, die er sich nicht einbildete: das Knarzen und Klimpern eines Pferdegeschirrs, das Hufeklappern eines Arbeitspferdes. Bald darauf löste sich ein schwer mit Heu beladener Wagen aus der Dunkelheit. »Sind Sie es?« fragte George Cliburn ruhig.

Rob J. unterdrückte den plötzlichen Impuls, seine Identität zu leugnen, und saß ruhig auf seinem Pferd, während Cliburn im Heu wühlte, worauf eine zweite Gestalt herauskrabbelte. Cliburn hatte dem ehemaligen Sklaven offensichtlich strikte Anweisungen gegeben, denn der Mann faßte, ohne ein einziges Wort zu sagen, nach Vickys Sattel und schwang sich hinter Rob J. auf das Pferd.

»Geht mit Gott!« sagte Cliburn fröhlich, ließ die Zügel schnalzen und fuhr los. Irgendwann in der letzten Zeit hatte der Schwarze offensichtlich sein Wasser nicht mehr halten können. Rob J.s erfahrene Nase sagte ihm, daß der Urin bereits getrocknet war, wahrscheinlich schon seit Tagen, aber er rückte trotzdem von dem Ammoniakgestank hinter seinem Rücken etwas ab. Alles war dunkel, als sie am Haus vorbeiritten. Er hatte vorgehabt, den Mann schnell in der Nische zu verstecken, das Pferd zu versorgen und dann sofort wieder in sein warmes Bett zu kriechen. Doch im Schuppen wurde die Sache dann doch komplizierter.

Als er die Lampe anzündete, sah er einen Mann zwischen dreißig und vierzig Jahren vor sich; ängstliche, wachsame Augen wie die eines in die Enge getriebenen Tiers, eine große Hakennase und ungekämmtes Kraushaar, das an die Wolle eines schwarzen Schafbocks erinnerte, bekleidet mit soliden Schuhen, einem ausreichend intakten Hemd und einer Hose, die so zerrissen und löchrig war, daß sie diese Bezeichnung kaum noch verdiente.

Rob J. hätte ihn gern gefragt, wie er heiße und woher er komme, aber Cliburn hatte ihm eingeschärft, keine Fragen zu stellen, das sei gegen die Regeln. Rob löste einige der Bretter und erklärte dem Mann den Inhalt des Verschlages: ein Topf mit Deckel für die menschlichen Bedürfnisse, Zeitungspapier zum Abwischen, ein Krug mit Trinkwasser und eine Tüte ungesüßte Kekse. Der Schwarze sagte nichts, er bückte sich nur und kroch in die Nische, und Rob befestigte die Bretter wieder.

Auf dem kalten Herd im Schuppen stand ein Topf mit Wasser. Rob J. zündete Feuer an. An einem Nagel im Stall fand er seine älteste Arbeitshose, die für den Schwarzen viel zu groß und zu lang war, und ein Paar ehemals rote Hosenträger, die inzwischen grau waren vom Staub. Eine aufgerollte Hose konnte gefährlich sein, wenn der, der sie trug, laufen mußte. Rob schnitt deshalb mit seiner medizinischen Schere von beiden Beinen etwa zwanzig Zentimeter ab. Als er das Pferd versorgt hatte, war auch das Wasser auf dem Herd warm geworden. Er öffnete den Verschlag noch einmal, reichte Wasser, Lumpen, Seife und die Hose hinein und befestigte das Brett wieder. Dann löschte er das Feuer im Herd und blies die Lampe aus.

Er zögerte einen Augenblick, bevor er ging. »Gute Nacht«, sagte er dann in Richtung der Bretter. Ein Rascheln war zu hören wie von einem Bären in seinem Bau – offensichtlich wusch sich der Mann gerade.

»Dankee, Söh«, kam schließlich ein heiseres Flüstern, als rede jemand in einer Kirche.

Der erste Gast in meiner Herberge, so nannte ihn Rob J. bei sich. Er blieb dreiundsiebzig Stunden. Wieder war es eine pechschwarze Nacht, als George Cliburn – wie immer entspannt und fröhlich und so höflich, daß es beinahe formell wirkte – ihn abholte und wegbrachte. Obwohl Rob J. in der Dunkelheit keine Einzelheiten erkennen konnte, war er sicher, daß die Haare des Quäkers ordentlich über die Glatze gekämmt und die rosigen Wangen so glatt rasiert waren, als wäre es Mittag.

Etwa eine Woche später bekam Rob J. Angst, daß er, Cliburn, Dr. Barr und Carroll Wilkenson wegen Beihilfe zum Diebstahl verhaftet werden könnten, weil er hörte, daß Mort London einen entflohenen Sklaven festgenommen hatte. Aber es zeigte sich, daß es sich nicht um »seinen« Schwarzen handelte, sondern um einen Sklaven, der ohne jede Hilfe von anderen aus Louisiana geflohen war und sich auf einem Flußkahn versteckt hatte.

Für Mort London war es eine gute Woche. Ein paar Tage nachdem er die Belohnung für die Rückführung des Sklaven erhalten hatte, belohnte Nick Holden seine langjährige Treue mit der Ernennung zum Deputy United States Marshal von Rock Island. Sein Amt als Sheriff legte er sofort nieder, und auf seine Empfehlung hin ernannte Bürgermeister Anderson für den Rest der Wahlperiode Londons einzigen Stellvertreter Fritzie Graham zu dessen Nachfolger. Rob J. mochte Graham nicht besonders, doch gleich bei ihrer ersten Begegnung machte der Interimssheriff deutlich, daß er nicht vorhatte, Mort Londons Linie beizubehalten.

»Ich hoffe doch, daß Sie Ihre Arbeit als Leichenbeschauer wieder aufnehmen, Doc. Wir brauchen Sie.«

»Sehr gerne«, erwiderte Rob J. Und das war die Wahrheit, denn ihm fehlten diese Gelegenheiten zur Übung seiner chirurgischen Fertigkeiten sehr. So ermutigt, konnte er nicht widerstehen, Graham um die Wiederaufnahme von Makwas Fall zu bitten. Doch der argwöhnisch-ungläubige Blick, den Graham ihm daraufhin zuwarf, sagte ihm mehr als dessen Versprechen zu tun, was in seiner Macht stehe. »Darauf können Sie sich verlassen, Sir.«

Der graue Star trübte Queen Victorias Augen, und die sanfte alte Stute sah überhaupt nichts mehr. Wäre sie jünger gewesen, hätte Rob J. sie operiert, aber ihre Arbeitskraft war verbraucht, und er sah keinen Grund, ihr noch Schmerzen zuzufügen. Er schläferte sie auch nicht ein, denn ihr schien es zu gefallen, einfach nur auf der Weide herumzustehen, wo immer wieder jemand vorbeikam und ihr einen Apfel oder eine Karotte gab.

Die Familie mußte jedoch ein Pferd zur Verfügung haben, wenn er unterwegs war. Bess, die andere Stute, war noch älter als Vicky und würde auch bald ersetzt werden müssen. Deshalb hielt Rob J. weiterhin nach einem geeigneten Pferd Ausschau. Er war ein Gewohnheitsmensch, der sich nur sehr ungern auf ein neues Tier umstellte, doch im November kaufte er schließlich von den Schroeders ein Allzweckpferd, eine kleine braune Stute, die weder besonders jung noch besonders alt war. Der Preis hielt sich in so vernünftigen Grenzen, daß er den Verlust würde verschmerzen können, falls sich das Pferd nicht als das Tier erwies, das sie brauchten. Die Schroeders hatten die Stute Trude genannt, und er und Sarah sahen keinen Grund, sie umzutaufen. Er unternahm kleine Ausritte mit ihr und wartete immer auf irgendeine Enttäuschung, doch tief im Inneren war er überzeugt, daß Alma und Gus ihm nie ein schlechtes Pferd andrehen würden.

An einem klaren, kühlen Nachmittag ritt er zum erstenmal auf ihr zu seinen Hausbesuchen, die ihn weit über die Gemeindegrenze hinausführten. Sie war kleiner als Vicky oder Bess und wirkte knochiger unter dem Sattel, aber sie war folgsam und alles andere als nervös. Als sie in der Dämmerung des früh hereinbrechenden Abends heimkehrten, wußte er, daß sie ihm gute Dienste leisten würde, und er nahm sich viel Zeit, sie zu striegeln und zu füttern. Die Schroeders hatten nur Deutsch mit ihr gesprochen, Rob J. dagegen den ganzen Tag nur Englisch. Doch jetzt klopfte er ihr auf die Flanke und grinste. »Gute Nacht, meine gnadige Liebchen«, sagte er in verwegenem Deutsch, wobei er seinen gesamten Wortschatz dieser Sprache mobilisierte.

Er nahm die Laterne und wandte sich zum Gehen. Doch er kam nur bis zur Tür, da knallte es plötzlich. Er zögerte, weil er nicht glauben wollte, daß es sich wirklich um einen Flintenschuß gehandelt hatte, doch unmittelbar nach dem Pulverknall schlug kaum zwanzig Zentimeter über seinem Kopf krachend eine Kugel in den Türsturz ein.

Das brachte ihn zur Besinnung. Er trat schnell in den Stall zurück und blies die Laterne aus. Er hörte die Hintertür des Hauses auf- und zugehen, hörte Laufschritte.

»Pa? Alles in Ordnung?« rief Alex.

»Ja. Geh wieder ins Haus!«

»Was…«

»Auf der Stelle!«

Wieder Schritte, das Öffnen und Schließen der Tür. Während er angestrengt in die Dunkelheit spähte, merkte er, daß er zitterte. Die drei Pferde bewegten sich unruhig in ihren Boxen. Vicky wieherte. Die Zeit schien stehenzubleiben.

»Dr. Cole?« Aldens Stimme kam näher. »Haben *Sie* geschossen?«

»Nein, ein anderer hat geschossen und den Türsturz getroffen. Und mich beinahe auch.«

»Bleiben Sie, wo Sie sind!« rief Alden entschieden.

Rob J. wußte, wie sein Knecht dachte. Es würde ihn selbst zu viel Zeit kosten, die Schrotflinte aus seiner Hütte zu holen, statt dessen würde er die Jagdbüchse aus dem Haupthaus holen. Rob hörte seine Schritte, sein warnendes: »Bin nur ich«, und das Öffnen und Schließen der Tür.

Und wieder das Aufgehen der Tür. Er hörte Alden weggehen, dann nichts mehr. Ein paar Minuten dehnten sich zu einem Jahrhundert, bis sich wieder Schritte dem Stall näherten.

»Kein Mensch da, soweit ich das sehen kann, Dr. Cole, und ich hab' gründlich nachgesehen. Wo hat die Kugel denn genau eingeschlagen?« Als Rob J. ihm die zersplitterte Stelle am Türsturz zeigte, mußte Alden sich auf die Zehenspitzen stellen, um sie untersuchen zu können. »Nein, so was!« sagte Alden. »Schlimm genug, daß er auf Ihrem Land wildert. Aber so nah am Haus und bei dem schlechten Licht! Wenn ich den zu fassen kriege, nimmt er keine Flinte mehr in die Hand.«

»Ist ja nichts passiert! Ich bin froh, daß Sie da waren«, sagte Rob J. und legte Alden die Hand auf die Schulter. Gemeinsam gingen sie ins Haus, um die Familie zu beruhigen und das Beinahe-Unglück zu verdauen. Rob J. goß Alden einen Brandy ein und nahm sich selber auch einen, was sehr selten vorkam.

Sarah bereitete ihm sein Lieblingsessen zu, grüne Paprikaschoten und junge Moschuskürbisse, gefüllt mit gewürztem Hackfleisch und mit Kartoffeln und Karotten gedünstet. Er aß mit Appetit und lobte die Kochkünste seiner Frau, doch danach suchte er die Abgeschiedenheit der Veranda und setzte sich dort auf einen Stuhl.

Er kannte keinen Jäger, der so sorglos in der Nähe eines Wohnhauses und bei solchen Lichtverhältnissen schoß.

Zuerst dachte er an eine mögliche Verbindung zwischen dem Vorfall und der geheimen Nische, kam aber dann zu dem Schluß, daß es keine geben konnte. Wenn ihm jemand Schwierigkeiten machen wollte, weil er entflohenen Sklaven half, würde derjenige warten, bis er wieder einen Schwarzen bei sich versteckte. Dann würde er den törichten Dr. Cole verhaften lassen und das Kopfgeld für den Sklaven kassieren. Doch er wurde das Gefühl nicht los, daß dieser Schuß eine Warnung war, daß jemand ihm einen Denkzettel verpassen wollte.

Der Mond stand hoch am Himmel. Es war eine helle Nacht,

keine, in der man Verfolgte fortschaffte. Während er so dasaß und die tanzenden Mondschatten der im Wind schwankenden Äste betrachtete, kam ihm die Erkenntnis, daß er nun doch eine Antwort auf seine Briefe erhalten hatte.

DER ERSTE JUDE

Rachel fürchtete *Jom Kippur*, aber sie liebte *Pessach*, denn dieses achttägige jüdische Osterfest entschädigte sie dafür, daß andere Leute Weihnachten feierten. An *Pessach* blieben die Geigers in ihrem Haus, das Rachel dann vorkam wie ein sicherer Hafen voller Wärme und Licht. Es war ein Fest der Musik, des Tanzes und der Spiele, der furchteinflößenden biblischen Geschickten mit glücklichem Ausgang und der besonderen Gerichte beim *Seder*-Mahl, köstliche Matzen, die sie extra aus Chicago kommen ließen, und selbstgebackene Biskuitkuchen, die so hoch und so locker waren, daß sie als Kind ihrem Vater geglaubt hatte, wenn er ihr erzählte, sie müsse nur lange genug hinsehen, dann könne sie sie davonschweben sehen.

Ganz anders verlief dagegen *Rosch ha-Schana* mit dem abschließenden *Jom Kippur*. Jeden Herbst packte die Familie nach wochenlanger Planung und Vorbereitung ihre Sachen und brach auf zu einer Reise, die beinahe einen ganzen Tag dauerte. Zuerst fuhren sie mit dem Wagen nach Galesburg, von dort aus mit dem Zug zu einem Kai am Illinois River und schließlich mit einem Dampfschiff nach Peoria, wo es eine jüdische Gemeinde und eine Synagoge gab. Obwohl sie vom ganzen Jahr nur diese zwei heiligen Wochen in Peoria verbrachten, galten sie als gebührenpflichtige Mitglieder der Gemeinde mit Sitzplätzen in der Synagoge, die auf ihren Namen reserviert waren. Während der Feiertage wohnten die Geigers immer im Haus von Morris Goldwasser, einem Textilhändler und prominenten Mitglied der *Schul*. Alles an Mr. Goldwasser war groß und üppig: sein Körper, seine Familie und sein Haus. Er weigerte sich, Geld von Jason Geiger anzunehmen, mit der Begründung, es gehöre zu den *Mizwa*, einem anderen Juden die Anbetung Gottes zu ermöglichen, und wenn die Geigers ihn für seine Gastfreundschaft bezahlten, beraubten sie ihn damit der göttlichen Gnade. Und so machten sich Lillian und Jason wochenlang über ein Geschenk Gedanken, das ihre Dankbarkeit angemessen zum Ausdruck bringen könnte.

Rachel haßte die gesamte Prozedur, die ihr jedes Jahr den Herbst verdarb – die Vorbereitungen, die Probleme bei der Auswahl des Geschenkes, die anstrengende Reise, die Quälerei, vierzehn Tage im Haus von Fremden verbringen zu müssen, den Schmerz und das Schwindelgefühl während des vierundzwanzigstündigen Fastens an *Jom Kippur*.

Für ihre Eltern war jeder Besuch in Peoria eine Gelegenheit zur Erneuerung ihres Judentums. Gesellschaftlich waren sie sehr begehrt, denn Lillians Cousin Judah Benjamin war zum Senator für Louisiana gewählt worden – als erstes jüdisches Mitglied eines Senats –, und alle wollten mit den Geigers über ihn reden, die bei jeder Gelegenheit die Synagoge besuchten. Lillian tauschte Rezepte aus und hörte den neuesten Klatsch, Jay unterhielt sich mit den Männern über Politik, trank ein Gläschen Schnaps mit ihnen und rauchte Zigarren. Er erzählte ihnen enthusiastisch von Holden's Crossing und berichtete ihnen, daß er versuche, noch andere Juden in den Ort zu ziehen, um irgendwann die zehn Männer zusammenzubekommen, die für die Feier des Gemeindegottesdienstes vorgeschrieben waren. Die anderen begegneten ihm mit Anteilnahme und Verständnis. Aus dem ganzen Kreis waren nur Jay und der aus Newport stammende Ralph Seixas echte Amerikaner, alle anderen waren Einwanderer und wußten nur zu gut, was es hieß, Pionier zu sein. In einem stimmten sie alle überein: Es war schwer, der erste Jude an einem Ort zu sein.

Die Goldwassers hatten zwei dickliche Töchter, Rose, die knapp ein Jahr, und Clara, die drei Jahre älter war als Rachel. Solange sie ein Kind gewesen war, hatte Rachel gern mit den Goldwasser-Mädchen Schule, Kochen oder Erwachsensein gespielt, aber in dem Jahr, in dem Rachel zwölf wurde, heiratete Clara einen Hutmacher namens Harold Green. Das Paar lebte bei Claras Eltern, und als die Geigers in diesem Jahr nach Peoria kamen, fand Rachel einiges verändert vor. Clara wollte längst nicht mehr Erwachsensein spielen, sie war inzwischen eine richtige Erwachsene, eine verheiratete Frau. Sie sprach leise und herablassend mit ihrer Schwester und mit Rachel, sie kümmerte sich unermüdlich um ihren Gatten, und am Sabbat durfte sie sogar die Kerzen segnen, eine Ehre, die der Dame des Hauses vorbehalten war. Eines Abends waren die drei Mädchen alleine in dem großen Haus, sie tranken in Roses Zimmer Wein, und die sechzehnjährige Clara Goldwasser-Green vergaß, daß sie eine Dame war. Sie erzählte ihrer Schwester und Rachel alles über den Ehestand. Die bestgehüteten Geheimnisse des intimen Zusammenlebens verriet sie ihnen und ließ sich dabei mit großer Freude am Detail vor allem über die körperliche Beschaffenheit und die Gewohnheiten des jüdischen Mannes aus.

Rose und Rachel hatten schon öfters einen Penis gesehen, aber nur im Kleinformat bei jüngeren Brüdern oder Cousins, wenn sie gebadet wurden: ein kleines, rosiges Anhängsel mit einem beschnittenen Köpfchen aus glattem Fleisch und darin ein Loch an der Spitze, aus dem das Wasser kam.

Clara, die mit geschlossenen Augen den Rest ihres Weines hinunterstürzte, ließ sich nun schalkhaft über die Unterschiede zwischen jüdischen Babys und jüdischen Männern aus. Und während sie die letzten Tropfen von der Außenseite ihres Glases leckte, beschrieb sie, wie das süße, harmlose Fleisch sich veränderte, wenn ein Mann sich neben seine Frau legte, und was dann passierte.

Keins der beiden anderen Mädchen schrie entsetzt auf, aber Rose drückte sich mit beiden Händen ein Kissen vors Gesicht. »Und das passiert oft?« fragte sie mit dumpfer Stimme.

»Sehr oft«, bestätigte Clara, und unweigerlich am Sabbat und an Feiertagen, denn Gott habe den jüdischen Mann wissen lassen, daß das eine Gnade sei. »Außer natürlich während der Blutung.«

Über die Blutung wußte Rachel Bescheid. Es war das einzige Geheimnis, das ihre Mutter ihr anvertraut hatte. Passiert war es ihr allerdings noch nicht, doch das verriet sie den beiden Schwestern nicht. Ihr machte etwas ganz anderes Sorge, eine Frage der Größenverhältnisse und des gesunden Menschenverstandes, denn sie hatte im Geist einen beunruhigenden Vergleich angestellt. Unbewußt schützte sie ihren Schoß mit der Hand. »Aber das geht doch gar nicht«, sagte sie erblassend.

Manchmal, erklärte Clara, benutze ihr Harold reine koschere Butter.

Rose Goldwasser nahm das Kissen vom Gesicht, und aus ihren Augen leuchtete die Erkenntnis. »Ach, deshalb geht uns immer die Butter aus!« rief sie.

Die nächsten Tage waren für Rachel sehr schwierig. Vor die Wahl gestellt, Claras Enthüllungen als furchterregend oder als komisch zu betrachten, entschieden sie und Rose sich aus Selbstschutz für letzteres. Beim Frühstück und beim Mittagessen, immer wenn Butter serviert wurde, brauchten sie sich nur anzusehen, um in ein so albernes Gekicher auszubrechen, daß sie einige Male vom Tisch verbannt wurden. Beim Abendessen, an dem auch die Männer der beiden Familien teilnahmen, war es noch schlimmer für Rachel, denn sie konnte Harold Green nicht gegenübersitzen, ihn ansehen und mit ihm reden, ohne ihn sich eingebuttert vorzustellen.

Als die Geigers im Jahr darauf Peoria besuchten, mußte Rachel enttäuscht feststellen, daß sowohl Clara wie Rose das Haus ihrer Eltern verlassen hatten. Clara und Harold waren Eltern eines Jungen geworden und wohnten in ihrem eigenen kleinen Haus am Fluß. Als sie einmal die Goldwassers besuchten, beschäftigte Clara sich nur mit ihrem Sohn und schenkte Rachel kaum Beachtung. Rose hatte im vergangenen Juli einen Mann namens Samuel Bielfield geheiratet und war mit ihm nach St. Louis gezogen.

An diesem *Jom Kippur* wurden Rachel und ihre Eltern vor der Synagoge von einem älteren Mann namens Benjamin Schoenberg angesprochen. Mr. Schoenberg trug einen Zylinder, ein weißes, baumwollenes Rüschenhemd und eine schwarze, schmale Krawatte. Er unterhielt sich mit Jay über die Lage im Apothekergewerbe und erkundigte sich dann mit freundlichen Worten bei Rachel, wie es ihr in der Schule gehe und ob sie ihrer Mutter auch eifrig im Haushalt helfe.

Lillian Geiger lächelte den alten Mann an und schüttelte dann geheimnisvoll den Kopf. »Es ist noch zu früh«, sagte sie, und Mr. Schoenberg erwiderte ihr Lächeln und verabschiedete sich nach ein paar abschließenden Höflichkeiten.

An diesem Abend bekam Rachel Bruchstücke eines Gesprächs zwischen ihrer Mutter und Mrs. Goldwasser mit und erfuhr auf diesem Weg, daß Benjamin Schoenberg ein *Schadchan* war, ein Heiratsvermittler, der bereits die Ehen von Clara und Rose gestiftet hatte. Rachel fuhr der Schreck in die Glieder, doch dann erinnerte sie sich erleichtert daran, was ihre Mutter dem Heiratsvermittler gesagt hatte. Sie sei zu jung für die Ehe und ihre Eltern wüßten das, redete sie sich ein, ohne daran zu denken, daß Rose Goldwasser-Bielfield nur acht Monate älter war als sie.

Während des ganzen Herbstes und eben auch in den beiden Wochen, die sie in Peoria verbrachte, veränderte sich ihr Körper. Ihre Brüste entwickelten sich und waren von Anfang an sehr weiblich, weshalb sie sich sehr schnell mit stützenden Kleidungsstücken, Muskelerschlaffung und Rückenschmerzen abfinden mußte. Es war das Jahr, in dem Mr. Byers sie betatscht und ihr das Leben zur Hölle gemacht hatte, bis ihr Vater gegen ihn vorgegangen war. Wenn Rachel sich im Spiegel ihrer Mutter betrachtete, tröstete sie sich damit, daß kein Mann ein Mädchen begehren würde, das glatte, schwarze Haare und schmale Schultern hatte, einen zu langen Hals und zu schwere Brüste, eine altmodische blasse Haut und unscheinbare, braune Kuhaugen. Doch dann kam ihr der Gedanke, daß ein Mann, der ein solches Mädchen akzeptierte, selber häßlich, dumm und sehr arm sein mußte, und sie wußte, daß jeder Tag sie einer Zukunft näher brachte, von der sie gar nichts wissen wollte. Sie ärgerte sich über ihre Brüder und behandelte sie gehässig, weil ihnen nicht bewußt war, welche Geschenke und Privilegien sie mit ihrer Männlichkeit erhalten hatten; das Recht etwa, in der Geborgenheit des Elternhauses zu leben, solange sie wollten, oder das Recht, ohne jede Beschränkung zur Schule zu gehen und zu lernen.

Ihre Menstruation setzte erst spät ein. Lillian hatte ihr von Zeit zu Zeit beiläufig Fragen gestellt und sich dabei besorgt gezeigt, daß es noch nicht passiert war, aber eines Nachmittags, Rachel stand gerade in der Küche und half beim Einkochen von Erdbeermarmelade, überfielen sie unvermittelt so heftige Krämpfe, daß sie sich zusammenkrümmte. Ihre Mutter befahl ihr nachzusehen, und sie fand wirklich Blut. Das Herz schlug ihr bis zum Hals, doch es kam nicht unerwartet, und sie war auch nicht allein. Ihre Mutter war bei ihr, tröstete sie und zeigte ihr, was sie tun mußte. Alles war in Ordnung, bis ihre Mutter sie auf die Wange küßte und ihr sagte, daß sie jetzt eine Frau sei.

Rachel fing an zu weinen. Sie konnte nicht mehr aufhören. Stundenlang schluchzte sie, und nichts konnte sie trösten. Jay Geiger kam in ihr Zimmer und legte sich neben sie auf das Bett, wie er es seit Jahren nicht mehr getan hatte. Er streichelte ihr über den Kopf und fragte sie, was denn los sei. Ihre Schultern zuckten so heftig, daß es ihm beinahe das Herz brach, und er mußte seine Frage einige Male wiederholen.

Schließlich flüsterte sie: »Papa, ich will nicht heiraten. Ich will nicht weg von euch und unserem Zuhause.«

Jay küßte sie auf die Wange und verließ sie, um sich mit seiner Frau zu besprechen. Lillian war sehr besorgt. Viele Mädchen wurden mit dreizehn verheiratet, und sie glaubte, es sei besser für ihre Tochter, wenn sie und Jay ihrem Leben durch eine solide jüdische Verbindung eine Ordnung gaben, anstatt auf ihre törichte Angst einzugehen. Aber ihr Gatte erwiderte, als er sie geheiratet habe, sei sie bereits sechzehn gewesen, und was gut für die Mutter gewesen sei, müsse auch gut für die Tochter sein, die Zeit brauche, um erwachsen zu werden und sich mit dem Gedanken an eine Ehe anzufreunden.

So erhielt Rachel eine lange Gnadenfrist. Und sofort wurde das Leben wieder schön. Miss Burnham berichtete Jay, sie habe ein ausgesprochenes Talent zum Lernen und eine Fortsetzung der Ausbildung werde ihr von großem Nutzen sein. Die Eltern beschlossen, sie in der Schule zu lassen und nicht ganztägig zur Hausarbeit heranzuziehen, wie es üblich gewesen wäre, und die Freude und die Lebendigkeit, die nun wieder aus Rachels Augen strahlte, entschädigte sie.

Rachel besaß eine angeborene Freundlichkeit, und ihr eigenes Unglück machte sie um so empfänglicher für die Leiden anderer. Den Coles stand sie so nahe, als wären sie Blutsverwandte. Als Shaman noch ein kleiner Junge war, hatte er einmal in ihrem Bett gelegen und sein Wasser nicht halten können. Damals hatte Rachel ihn getröstet, ihm über seine Verlegenheit hinweggeholfen und ihn vor den Sticheleien der anderen Kinder bewahrt. Die Krankheit, die ihm sein Gehör raubte, hatte sie sehr beunruhigt, weil sie zum erstenmal in ihrem Leben die Existenz unbekannter und unerwarteter Gefahren spürte. Shamans Schwierigkeiten beobachtete sie mit der Zerrissenheit eines Menschen, der helfen will, aber nicht kann, und über seine Erfolge freute sie sich so, als wäre er ihr Bruder. Während sie sich entwickelte, sah sie auch Shaman sich von einem kleinen Jungen zu einem großgewachsenen Burschen verwandeln, der Alex um einiges überragte. Weil sein Körper früh heranreifte, war er in den ersten Jahren der Entwicklung oft tolpatschig und ungelenk wie ein im Wachstum begriffenes Tierjunges, und sie verfolgte das mit besonderer Zärtlichkeit.

Einige Male hatte sie unentdeckt in dem Ohrensessel gesessen und Shamans Zuversicht und Hartnäckigkeit sowie Dorothy Burnhams Geschick als Lehrerin bewundert. Als Miss Burnham dann überlegte, wer Shaman helfen könne, hatte sie spontan reagiert, denn auf eine solche Gelegenheit hatte sie nur gewartet. Dr. Cole und seine Frau waren dankbar gewesen für ihre Bereitschaft, mit ihm zu arbeiten, und auch ihre Eltern hatten sich über die, wie sie es sahen, großzügige Geste gefreut. Doch sie wußte, daß sie ihm unter anderem deshalb helfen wollte, weil er ihr treuer Freund war, der ihr einst in vollem Ernst angeboten hatte, einen Mann zu töten, der ihr Böses tat.

Das Fundament des Förderunterrichts waren lange Stunden zähen, geduldigen Übens, und Shaman begann sehr bald, Rachels Autorität auf eine Art auf die Probe zu stellen, wie er es sich bei Miss Burnham nicht getraut hätte. »Heute nicht mehr. Ich bin zu müde«, hatte er schon bei der zweiten Übungsstunde gesagt, die sie ohne Miss Burnhams Aufsicht abhielten.
»Nein, Shaman«, hatte Rachel entschlossen erwidert, »wir sind noch lange nicht fertig.« Doch er war ihr entwischt.
Als es das zweitemal passierte, ließ sie ihrer Verärgerung freien Lauf, erntete aber nur ein Grinsen von ihm, und sie wußte sich schließlich nicht mehr anders zu helfen, als ihn, wie in ihrer Kinderzeit, wüst zu beschimpfen. Als er es tags darauf schon wieder versuchte, traten ihr die Tränen in die Augen, und dagegen war er machtlos.
»Na, dann probieren wir's eben noch mal«, sagte er widerwillig. Rachel war froh, doch sie gab der Versuchung nicht nach, ihn auf diese Art zu beeinflussen, da sie spürte, daß er von ihrer Entschlossenheit und Unerbittlichkeit mehr profitieren würde. Nach einer Weile wurden die langen Stunden für die beiden zur Routine. Shaman machte große Fortschritte, und nach einigen Monaten beherrschte er Miss Burnhams Übungen so gut, daß die beiden sich weiterführenden Aufgaben zuwenden konnten. Lange Zeit beschäftigten sie sich mit der Technik, die Bedeutung eines Satzes durch die Verschiebung der Betonung zu verändern.

> Das Kínd ist krank.
> Das Kind íst krank.
> Das Kind ist kránk.

Manchmal hielt Rachel seine Hand und drückte sie bei dem Wort, das er betonen sollte, was ihm sehr gefiel. Die Übungen am Klavier mochte er inzwischen nicht mehr besonders, denn seine Mutter sah sie als Kunststück an, das sie ihn manchmal vor anderen vorführen ließ. Doch Rachel arbeitete weiter mit ihm am Klavier, und es faszinierte sie, wenn sie die Tonleiter in einer anderen Tonart spielte und er sogar diesen feinen Schwingungsunterschied erkennen konnte.

Mit der Zeit lernte er, nicht nur die unterschiedlichen Töne am Klavier zu erfühlen, sondern auch andere Schwingungen in seiner Umgebung zu unterscheiden. Bald konnte er wahrnehmen, daß jemand an die Tür klopfte, obwohl er das Klopfen selbst nicht hörte. Und er spürte sogar Schritte auf einer Treppe, die andere in seiner Nähe nicht einmal hörten.

Eines Tages nahm Rachel seine Hand und legte sie, wie Dorothy Burnham es getan hatte, an ihre Kehle. Zuerst sprach sie sonor mit ihm. Dann veränderte sie die Lautstärke ihrer Stimme und flüsterte nur noch. »Spürst du den Unterschied?«

Ihr Fleisch war warm und sehr glatt, zart und doch fest. Shaman spürte Muskeln und Sehnen. Er dachte an einen Schwan und dann an einen kleinen Vogel, als er ihren Puls unter seinen Fingern flattern spürte, wie er es an Miss Burnhams kräftigerem Hals nicht wahrgenommen hatte.

Er strahlte sie an. »Ja«, sagte er.

SPUREN DES WASSERS

Niemand schoß mehr auf Rob J. Sollte der Vorfall am Stall wirklich die Mahnung gewesen sein, er müsse aufhören, weiter auf eine Wiederaufnahme von Makwas Fall zu drängen, hatte der Schütze offensichtlich Grund zu der Annahme, seine Warnung werde befolgt. Rob J. unternahm nichts Neues mehr, weil er nicht wußte, was er noch unternehmen sollte. Irgendwann erhielt er höfliche Briefe vom Kongreßabgeordneten Nick Holden und vom Gouverneur von Illinois. Es waren die einzigen Offiziellen, die ihm antworteten, und ihre Briefe waren freundliche, aber unmißverständliche Absagen. Es ärgerte ihn, doch er hatte drängendere Probleme, denen er sich zuwenden mußte.

Anfangs bat man ihn nur sehr unregelmäßig um die Gastfreundschaft seiner Nische, doch nachdem er einige Jahre lang Sklaven bei der Flucht geholfen hatte, wurde aus dem Tröpfeln ein beständiges Strömen, und zu manchen Zeiten herrschte in seinem Versteck ein reger Wechsel.

Die Negerfrage war von allgemeinem und sehr kontroversem Interesse. Dred Scott hatte den Prozeß um seine Freiheit vor einem Gericht in Missouri gewonnen, der Oberste Gerichtshof des Staates entschied jedoch, er sei weiterhin Sklave, woraufhin seine der Abschaffung der Sklaverei verschriebenen Anwälte vor dem Obersten Gerichtshof der Vereinigten Staaten Berufung einlegten. Unterdessen lieferten sich Schriftsteller und Prediger, Journalisten und Politiker aus beiden Lagern erregte Wortgefechte. Fritz Graham begann seine fünfjährige Amtszeit nach der Wahl zum regulären Sheriff mit der Anschaffung einer Meute »Niggerhunde«, denn die ausgesetzten Belohnungen waren zu lukrativen Nebeneinkünften geworden. Es gab mehr Geld für die Ergreifung von Ausreißern, und die Strafen für die Beihilfe zur Flucht waren entsprechend härter geworden. Rob J. bekam weiterhin Angst, wenn er daran dachte, was ihm passieren könnte, falls man ihn ertappte, doch meistens verbot er sich solche Gedanken.

Wenn er George Cliburn zufällig auf der Straße traf, begrüßte der ihn mit zerstreuter Höflichkeit, als würden die beiden sich nie im Dunkel der Nacht unter ganz anderen Umständen begegnen. Sozusagen als Nebenwirkung dieser Verbindung erhielt Rob J. Zugang zu Cliburns umfangreicher Bibliothek, und er lieh sich häufig Bücher aus, die er dann Shaman mitbrachte oder manchmal auch selber las. Rob J. fand die Sammlung des Getreidehändlers zwar umfassend, was Religion und Theologie betraf, doch eher unvollständig im Hinblick auf die Naturwissenschaften, und das gleiche traf auf die Bildung ihres Besitzers zu.

Er war bereits fast ein Jahr Sklavenschmuggler, als Cliburn ihn zu einer Quäkerversammlung einlud, seine Absage allerdings verständnisvoll und beinahe eingeschüchtert akzeptierte. »Ich dachte mir, Sie würden es vielleicht hilfreich finden, da Sie doch das Werk des Herrn tun.«

Rob J. wollte ihn schon korrigieren und sagen, daß er Menschenwerk tue und nicht das Werk Gottes, doch allein der Gedanke war schon schwülstig genug, und so verzichtete er darauf, ihn auszusprechen. Er lächelte deshalb nur und schüttelte den Kopf.

Er wußte natürlich, daß sein Versteck nur ein Glied in einer zweifellos sehr langen Kette darstellte, hatte aber keine Ahnung, wie das gesamte System funktionierte. Mit Dr. Barr sprach er nie darüber, daß er eigentlich auf dessen Empfehlung hin zum Gesetzesbrecher geworden war. Heimliche Kontakte unterhielt er nur mit Cliburn und dem Makler Carroll Wilkenson, der ihm jedesmal Bescheid sagte, wenn der Quäker ein »interessantes neues Buch« hatte. Rob J. war sicher, daß die Flüchtlinge nach ihrem Aufenthalt bei ihm in Richtung Norden gebracht wurden, durch Wisconsin nach Kanada. Wahrscheinlich mit einem Boot über den Lake Superior. Zumindest hätte *er* diese Route gewählt, wenn er die Flucht geplant hätte.

Gelegentlich brachte Cliburn auch Frauen, doch die meisten Flüchtlinge waren Männer. Trotz der sich gleichenden zerrissenen Kleider aus grobem Tuch waren sie vom Aussehen her höchst unterschiedlich. Die Haut von einigen war so tiefschwarz, daß sie ihm vorkam wie die Definition von Schwärze: das dunkel glänzende Violett reifer Pflaumen, der Gagatton verbrannter Knochen, das satte Pechschwarz eines Rabenflügels. Andere hatten eine Hautfarbe, der man die Vermischung mit der Blässe ihrer Unterdrücker ansah: Schattierungen von Milchkaffeebraun bis zur Farbe gerösteten Brotes. Überwiegend waren es große Männer mit harten, muskulösen Körpern, aber einer war ein schlanker junger Bursche mit beinahe weißer Haut und einer Nickelbrille. Er sagte, er sei der Sohn einer Hausnegerin und eines Plantagenbesitzers aus Louisiana. Er konnte lesen und war sehr dankbar, als Rob J. ihm Kerzen,

Streichhölzer und alte Ausgaben der Zeitung von Rock Island gab.

Als Arzt fühlte Rob J. sich unbefriedigt, weil er die Flüchtlinge nicht lange genug hatte, um ihre körperlichen Beschwerden behandeln zu können. So hatte er auch bemerkt, daß die Brille des hellhäutigen Schwarzen viel zu stark für ihn war. Wochen nachdem der Junge ihn wieder verlassen hatte, fand Rob J. eine Brille, die ihm passender erschien. Als er das nächste Mal nach Rock Island fuhr, besuchte er Cliburn und fragte ihn, ob er die Brille weiterleiten könne, doch der Getreidehändler starrte die Augengläser nur an und schüttelte den Kopf. »Sind Sie denn noch bei Verstand, Dr. Cole?« sagte er und wandte sich grußlos ab.

Ein anderes Mal blieb ein großer Mann mit sehr dunkler Haut drei Tage lang in dem Versteck, lange genug, um Rob vor Augen zu führen, daß der Schwarze nervös war und an Darmbeschwerden litt. Manchmal war sein Gesicht grau und eingefallen, und sein Appetit wechselte sehr. Rob war sicher, daß der Mann einen Bandwurm hatte. Er gab ihm eine Flasche Spezifikum, schärfte ihm aber ein, es erst einzunehmen, wenn er seinen Bestimmungsort erreicht habe. »Sonst sind Sie zu schwach zum Reisen, und Sie lassen eine Durchfallspur hinter sich, der jeder Sheriff im County folgen kann.«

An jeden einzelnen von ihnen würde er sich sein Leben lang erinnern. Von Anfang an konnte er ihre Ängste und ihre Gefühle gut nachvollziehen, und das lag nicht nur daran, daß er selbst einmal Flüchtling gewesen war. Er erkannte, daß er vor allem deshalb mit ihnen fühlte, weil ihm ihr Leid vertraut war, schließlich hatte er bei den Sauks ganz Ähnliches erlebt.

Er hielt sich schon lange nicht mehr an Cliburns Anweisung, sie nicht auszufragen. Einige waren gesprächig, andere verschlossen. Zumindest den Namen versuchte er von jedem zu erfahren. Bis auf den Jungen mit der Brille, der sich Nero nannte, hatten fast alle anderen jüdisch-christliche Namen: Moses, Abraham, Isaac, Aaron, Peter, Paul, Joseph. Immer und immer wieder hörte er die gleichen Namen, und sie erinnerten ihn an die

Geschichte, die Makwa-ikwa ihm über die biblischen Namen an der evangelischen Schule für Indianermädchen erzählt hatte.

Mit den Gesprächigen verbrachte er so viel Zeit, wie ihm, ohne ein Risiko einzugehen, möglich war. Ein Mann aus Kentucky war zuvor schon einmal ausgebrochen und wieder eingefangen worden. Er zeigte Rob J. die vernarbten Striemen auf seinem Rücken. Ein anderer aus Tennessee erzählte, er sei von seinem Herrn nicht schlecht behandelt worden. Rob J. fragte ihn, warum er dann weggelaufen sei, und der Mann spitzte die Lippen und sah ihn schräg an, als suche er nach einer Antwort. »Wollt nicht aufs Jubeljahr warten«, sagte er dann.

Rob fragte Jay nach diesem Jubeljahr. Im alten Palästina ließ man, so wie es die Bibel vorschrieb, das Ackerland alle sieben Jahre brach liegen, damit es sich erholen konnte. Nach sieben solchen Brachjahren wurde das fünfzigste Jahr zu einem Jubeljahr erklärt, in dem die Sklaven ein Geschenk erhielten und freigelassen wurden.

Rob J. meinte, ein solches Jubeljahr sei immer noch besser, als Menschen in ewiger Knechtschaft zu halten, aber wohl kaum ein Höchstmaß an Menschenliebe, da fünfzig Jahre Sklaverei in den meisten Fällen länger als ein Menschenleben dauerten.

Rob J. und Jay umkreisten sich vorsichtig bei diesem Thema, denn sie wußten seit langem, wie grundverschieden ihre Meinungen waren.

»Weißt du, wie viele Sklaven es in den Südstaaten gibt?« fragte Jay. »Vier Millionen. Das entspricht einem Schwarzen auf jeden zweiten Weißen. Befrei sie, und die Farmen und Plantagen, die viele der Befreiungsanhänger hier im Norden mit Nahrung versorgen, müssen schließen. Und was willst du dann mit diesen vier Millionen Schwarzen tun? Wie sollen sie leben? Und was soll aus ihnen werden?«

»Irgendwann werden sie leben wie alle anderen auch. Wenn man ihnen eine Ausbildung ermöglicht, können sie alles werden, zum Beispiel Apotheker«, fügte Rob hinzu, weil er der Versuchung nicht widerstehen konnte.

Jay schüttelte den Kopf. »Du verstehst das einfach nicht. Das Überleben des Südens hängt von der Sklaverei ab. Deshalb ist es ja sogar in den Staaten, die die Sklaverei abgeschafft haben, ein Verbrechen, einem Entlaufenen zu helfen.«

Jay hatte einen Nerv getroffen. »Erzähl mir doch nichts von Verbrechen!« erwiderte Rob. »Der afrikanische Sklavenhandel ist seit 1808 illegal, und trotzdem werden immer noch Afrikaner mit Waffengewalt in Schiffe verfrachtet, in die Südstaaten geschafft und dort meistbietend versteigert.«

»Du sprichst von einem nationalen Gesetz. Aber jeder Bundesstaat macht seine eigenen Gesetze, und die zählen.«

Rob J. schnaubte, und damit war das Gespräch beendet.

Er und Jay blieben in enger Verbindung und halfen sich gegenseitig in allen Lebensbereichen, aber die Frage der Sklaverei errichtete eine Barriere zwischen ihnen, die sie beide bedauerten. Rob war jedoch ein Mann, der eine geruhsame Unterhaltung mit einem Freund sehr schätzte, und so gewöhnte er es sich an, Trude in den Zuweg zum Konvent des heiligen Franziskus zu lenken, wann immer er in die Gegend kam.

Er konnte nicht exakt sagen, wann genau er und Mater Miriam Ferocia Freunde geworden waren. Sarah schenkte ihm noch immer die körperliche Leidenschaft, die für ihn so wichtig war wie Essen und Trinken, doch sie unterhielt sich öfter mit ihrem Pastor als mit ihrem Gatten. In seiner Beziehung zu Makwa hatte Rob erkannt, daß er auch ohne Sex ein enges Verhältnis zu einer Frau haben konnte. Das zeigte sich auch jetzt wieder an dieser Franziskanerin, einer Frau, fünfzehn Jahre älter als er, mit strengem Blick und einem ausgeprägten, von einer Haube eingerahmten Gesicht.

Bis zu diesem Frühjahr hatte er sie nur sehr unregelmäßig besucht. Der Winter war ungewöhnlich mild gewesen, was heftige Regenfälle mit sich brachte. Der Wasserstand stieg unmerklich, bis Flüsse und Bäche plötzlich kaum noch zu überwinden waren, und ab März mußte der Ort dafür büßen, daß er zwischen zwei Wasserläufen lag, denn die Situation glich bereits einer Überschwemmung. Rob sah den Fluß über die Ufer des Cole-Anwesens steigen. Das Wasser breitete sich aus und spülte Makwas Schwitzhaus und das Frauenhaus weg. Ihr *hedonoso-te* blieb verschont, weil es auf einem kleinen Hügel stand. Auch das Farmhaus lag höher als der Flutpegel. Doch kaum war das Wasser wieder zurückgewichen, rief man Rob zum ersten Fieberpatienten. Bald darauf erkrankte eine zweite Person. Dann eine dritte.

Sarah mußte als Krankenschwester aushelfen, doch schon bald wuchs ihr, Rob J. und Tom Beckermann die Arbeit über den Kopf. Eines Morgens nun kam Rob zur Farm der Haskells und fand einen zwar fiebrigen, aber bereits gebadeten Ben Haskell vor. Zwei Nonnen kümmerten sich um ihn. Sämtliche »braune Käfer« waren unterwegs und pflegten Kranke. Rob J. sah sofort und mit großer Erleichterung, daß sie alle ausgezeichnete Krankenschwestern waren. Allerdings traten sie immer nur paarweise auf. Sogar die Oberin pflegte mit einer Begleiterin. Als Rob bei ihr protestierte, weil er glaubte, daß es sich nur um eine Marotte handle, antwortete Miriam Ferocia ihm mit kalter Heftigkeit und machte ihm klar, daß seine Einwände nutzlos seien. Es kam ihm der Gedanke, daß sie paarweise arbeiteten, um sich gegenseitig vor den Verlockungen des Fleisches oder eines Irrglaubens zu schützen. Einige Abende später beendete er den Tag mit einer Tasse Kaffee im Konvent und fragte Miriam Ferocia, ob sie denn Angst habe, ihre Nonnen allein in ein protestantisches Haus gehen zu lassen? »Ist Ihr Glaube denn so schwach?«

»Unser Glaube ist stark. Aber auch wir brauchen Zuneigung und Trost wie alle anderen Menschen. Das Leben, das wir uns erwählt haben, ist karg. Und auch ohne zusätzliche Versuchungen grausam genug.«

Er verstand. Und er nahm nun gern die Hilfe der Nonnen zu Miriam Ferocias Bedingungen an, denn ohne sie hätte er die Epidemie nicht in den Griff bekommen.

Die Bemerkung, die die Oberin nun über ihn fallenließ, troff vor Spott, wie bei ihr nicht anders zu erwarten. »Haben Sie eigentlich

347

keine andere Arzttasche, Dr. Cole, außer diesem schäbigen Lederding mit den Schweinsborsten?«

»Das ist mein *mee-shome*, mein Medizinerbündel, das die Sauks mir geschenkt haben. Die Riemen sind aus *izze*. Wenn ich sie trage, kann keine Kugel mir etwas tun.«

Sie sah ihn mit weitaufgerissenen Augen an. »An unseren Retter glauben Sie nicht, aber auf den Schutz dieses indianischen Heidenzeugs vertrauen Sie?«

»Na ja, immerhin wirkt er.« Er erzählte ihr von dem Schuß, der vor seinem Stall auf ihn abgefeuert worden war.

»Sie müssen sehr vorsichtig sein«, ermahnte sie ihn, während sie ihm Kaffee nachgoß. Die Geiß, die er dem Kloster gestiftet hatte, hatte bereits zweimal geworfen, zwei männliche Tiere. Einen Bock hatte Miriam Ferocia geschickt gegen drei weitere Geißen eingetauscht, und jetzt träumte sie von einer Käsefabrikation. Doch Rob J. mußte seinen Kaffee noch immer schwarz trinken, denn sämtliche Geißen schienen beständig trächtig zu sein oder zu säugen. Also trank er ihn ohne Milch wie die Nonnen auch, und allmählich gewöhnte er sich daran.

Ihre Unterhaltung wandte sich wieder ernsthaften Themen zu. Rob J. war enttäuscht, daß ihre kirchlichen Nachforschungen nichts über Ellwood R. Patterson ergeben hatten. Er habe sich einen Plan ausgedacht, vertraute er ihr an. »Wie wär's, wenn wir es schaffen, einen Mann in den Supreme Order of the Star-Spangled Banner einzuschleusen? Vielleicht erfahren wir auf diese Weise früh genug von ihren geplanten Untaten, um sie zu verhindern.«

»Und wie wollen Sie das anstellen?«

Er hatte gründlich darüber nachgedacht. Dazu brauchte er einen im Land geborenen Amerikaner, der ihm nahestand und absolut vertrauenswürdig war. Jay Geiger schied aus, da der SSSB einen Juden aller Wahrscheinlichkeit nach abweisen würde. »Da ist mein Knecht, geboren in Vermont, ein durch und durch anständiger Mann.«

Sie schüttelte besorgt den Kopf. »Daß er ein anständiger Mann ist, macht die Sache nur noch schlimmer. Mit einem solchen

Vorhaben gehen Sie nämlich das Risiko ein, ihn zu opfern und auch sich selbst. Diese Männer sind extrem gefährlich.«

Er mußte sich eingestehen, daß sie recht hatte. Und auch, daß man Alden langsam sein Alter anmerkte. Er gehörte zwar noch nicht zum alten Eisen, aber der Jüngste war er bestimmt nicht mehr. Und er trank zuviel.

»Sie müssen Geduld haben«, sagte sie sanft. »Ich werde mich noch einmal umhören. In der Zwischenzeit sollten Sie nichts unternehmen.«

Sie räumte seine Tasse ab, und er wußte, daß es Zeit für ihn war, sich von dem Bischofsstuhl zu erheben und zu gehen, damit sie sich auf die Vesper vorbereiten konnte. Er nahm seinen borstigen Kugelschild und lächelte, als er den herausfordernden Blick sah, den sie seinem *mee-shome* zuwarf. »Vielen Dank, Mutter Oberin«, sagte er.

MUSIK HÖREN

Die schulische Ausbildung endete für die meisten Kinder in Holden's Crossing schon nach einem oder zwei Halbjahren, wenn sie gerade genug gelernt hatten, um ein wenig lesen, etwas zusammenzählen und mit Mühe schreiben zu können. Danach begann für sie das Erwachsenenleben als Farmarbeiter. Als Alex sechzehn war, sagte er, er habe genug von der Schule. Trotz Rob J.'s Angebot, ihm eine weiterführende Ausbildung zu finanzieren, arbeitete er von da an ganztags mit Alden auf der Farm, und so waren Shaman und Rachel plötzlich die ältesten Schüler der Klasse.

Shaman erweiterte sein Wissen sehr gerne, und Rachel war froh, im gleichmäßigen Strom der Tage dahintreiben zu können, denn sie klammerte sich an die Unveränderlichkeit ihres Lebens wie an eine Rettungsleine. Dorothy Burnham war sich bewußt, welches Glück sie mit den beiden hatte; den meisten Lehrern war in ihrem Leben nicht einmal ein einziger solcher Schüler vergönnt. Sie behandelte die beiden wie einen Schatz, brachte ihnen alles bei, was sie wußte, und tat alles, um ihnen immer Neues bieten zu können. Das Mädchen war drei Jahre älter als Shaman und besaß ein umfangreicheres Wissen, doch schon bald unterrichtete sie die beiden gemeinsam. So war es ganz natürlich, daß sie miteinander viel Zeit beim Lernen verbrachten.

Waren die Schularbeiten beendet, ging Rachel sogleich zu Shamans Sprachunterricht über. Zweimal im Monat traf sich das junge Paar mit Miss Burnham, und Shaman zeigte der Lehrerin, was er gelernt hatte. Manchmal schlug Miss Burnham eine Veränderung oder eine neue Übung vor. Sie freute sich sehr über seine Fortschritte und war glücklich, daß Rachel Geiger ihm so viel helfen konnte.

So vertiefte sich die Freundschaft zwischen Rachel und Shaman, und manchmal gewährten sie einander Einblicke in ihr Innenleben. Rachel erzählte ihm, wie sie es haßte, jedes Jahr zu den jüdischen Feiertagen nach Peoria fahren zu müssen, und er erregte ihr Mitgefühl, als er ihr, ohne es direkt anzusprechen, gestand, er leide unter der kühlen Behandlung durch seine Mutter. »Makwa war viel mehr eine Mutter für mich als sie, und das weiß sie auch. Es wurmt sie zwar, aber so ist es.« Rachel war aufgefallen, daß Mrs. Cole ihren Sohn nie mit Shaman anredete, wie es alle anderen taten, sondern immer mit Robert – fast formell, so wie Miss Burnham es in der Schule tat. Sie fragte sich, ob es daran lag, daß Mrs. Cole keine indianischen Wörter mochte, denn sie hatte gehört, wie Sarah ihrer Mutter erzählte, sie sei sehr froh, daß die Sauks nun endgültig verschwunden seien.

Shaman und Rachel machten Stimmübungen, wo sie auch waren, ob sie nun in Aldens Kahn auf dem Fluß trieben oder am Ufer fischten und Wasserkresse pflückten, ob sie über die Prärie wanderten oder auf der Veranda für Lillian Obst oder Gemüse putzten. Und mehrmals in der Woche übten sie an Lillians Klavier. Er konnte den Klangcharakter ihrer Stimme spüren, wenn er sie am Rücken oder am Kopf berührte, doch am liebsten legte er seine Hand auf das glatte, warme Fleisch ihrer Kehle, während sie sprach.

»Wenn ich mich nur an den Klang deiner Stimme erinnern könnte!«

»Kannst du dich an Musik erinnern?«

»Erinnern eigentlich nicht... Aber letztes Jahr am Tag nach Weihnachten habe ich Musik gehört.«

Sie starrte ihn verwundert an.

»Hab' es geträumt.«

»Und in diesem Traum hast du die Musik wirklich gehört?«

Er nickte. »Gesehen habe ich nur die Füße und die Beine eines Mannes; ich glaube, es waren die meines Vaters. Weißt du noch, wie uns unsere Eltern manchmal auf den Fußboden schlafen gelegt haben, während sie spielten? Deine Mutter und deinen Vater habe ich nicht gesehen, aber ich habe die Geige und das Klavier gehört. Ich weiß nicht mehr, was sie gespielt haben. Ich weiß nur noch, daß es ... Musik war.«

Rachel mußte sich anstrengen, um ein Wort herauszubringen.

»Sie mögen Mozart sehr gern, vielleicht war die Musik von ihm«, sagte sie und spielte etwas auf dem Klavier.

Doch nach einer Weile schüttelte er den Kopf. »Das sind für mich nur Schwingungen. Das andere war richtige Musik. Seitdem versuche ich immer wieder, davon zu träumen, aber es geht nicht.«

Er bemerkte, daß ihre Augen strahlten, und zu seiner Verblüffung beugte sie sich vor und küßte ihn voll auf den Mund. Er erwiderte ihren Kuß, und es war etwas vollkommen Neues für ihn. Fast wie eine andere Art von Musik, dachte er. Irgendwie fand seine Hand den Weg zu ihrer Brust, und dort blieb sie, als sie aufhörten, sich zu küssen. Vielleicht wäre alles nicht so schlimm geworden, wenn er sie gleich wieder weggezogen hätte. Aber unter seinen Fingern spürte er, fast wie die Schwingung eines Tons, das Hartwerden und die leichte Bewegung ihrer Knospe. Er drückte, und sie holte aus und schlug ihn auf den Mund.

Der zweite Schlag landete knapp unter seinem rechten Auge. Er saß wie betäubt da und versuchte erst gar nicht, sich zu verteidigen. Sie hätte ihn töten können, wenn sie es gewollt hätte, aber sie schlug nur noch einmal zu. Die Mitarbeit auf der Farm hatte sie kräftig gemacht, und sie schlug mit der geschlossenen Faust zu. Seine Oberlippe war aufgeplatzt, aus der Nase tröpfelte Blut. Als sie davonlief, sah er, daß sie stoßweise schluchzte.

Er lief ihr in die Diele nach; glücklicherweise war niemand zu Hause. »Rachel«, rief er hinter ihr her, aber er wußte nicht, ob sie ihm antwortete, und er traute sich nicht, ihr nach oben zu folgen.

Er verließ das Haus und trottete schniefend, damit er sein Taschentuch nicht mit Blut beflecken mußte, zur elterlichen Farm hinüber. Auf dem Weg zum Haus lief ihm, vom Stall kommend, Alden über den Weg.

»O je! Wo hast du dir denn das geholt?«

»...beim Raufen.«

»Na, das seh' ich. Endlich! Ich hab' schon gedacht, Alex ist der einzige Cole mit Mumm in den Knochen. Und wie sieht der andre Halunke aus?«

»Furchtbar. Noch viel schlimmer als ich.«

»Das ist auch gut so«, sagte Alden fröhlich und ließ ihn stehen.

Beim Abendessen mußte Shaman eine lange Strafpredigt gegen das Raufen über sich ergehen lassen.

Am nächsten Morgen beguckten sich die Kinder in der Schu- le respektvoll seine Blessuren, während Miss Burnham sie absichtsvoll übersah. Während des Tages sprachen er und Rachel kaum miteinander, doch zu seiner Überraschung wartete sie nach Ende des Unterrichts wie immer vor der Tür auf ihn, und sie gingen gemeinsam in betretenem Schweigen nach Hause.

»Hast du deinem Vater gesagt, daß ich dich angefaßt hab'?«

»Nein!« erwiderte sie scharf.

»Das ist gut. Ich will nämlich nicht, daß er mir mit der Pferdegerte eins überzieht«, sagte er und meinte es auch. Da er sie ansehen mußte, um sie zu verstehen, konnte er erkennen, daß ihr die Röte ins Gesicht stieg, doch zu seiner Verwirrung sah er auch, daß sie lachte.

»O Shaman! Dein armes Gesicht! Es tut mir wirklich leid«, sagte sie und drückte seine Hand.

»Mir tut's auch leid«, entgegnete er, obwohl er gar nicht genau wußte, wofür er sich entschuldigte.

Zu Hause setzte Rachels Mutter ihnen Ingwerkuchen vor. Sie aßen und saßen sich dann gegenüber am Tisch, um Schularbeiten zu machen. Anschließend gingen sie ins Wohnzimmer. Er saß neben ihr auf der Klavierbank, achtete aber darauf, ihr nicht zu nahe zu kommen. Was am Tag zuvor passiert war, hatte, wie er befürchtet hatte, einiges verändert, doch zu seiner Überraschung war es kein schlechtes Gefühl. Es stand zwischen ihnen als etwas Warmes, etwas, das nur ihnen beiden gehörte wie eine gemeinsam benutzte Tasse.

Ein amtliches Schreiben bestellte Rob J. »für den einundzwanzigsten Tag des Juni im Jahr des Herrn eintausendachthundertsiebenundfünfzig zum Behufe der Einbürgerung« in das Gerichtsgebäude von Rock Island.

Es war ein klarer, warmer Tag, doch die Fenster im Gerichtssaal waren geschlossen, denn den Vorsitz führte Honourable Daniel P. Allan, und der mochte keine Fliegen. Es herrschte nur schwacher Publikumsverkehr, und Rob J. hegte die begründete Hoffnung, die Sache schnell hinter sich bringen zu können, bis Richter Allan begann, die Eidesformel zu verlesen.

»Also dann. Schwören Sie, hiermit jeden Anspruch auf fremde Titel und Staatsangehörigkeiten aufzugeben?«

»Ich schwöre es«, erwiderte Rob J.

»Und schwören Sie, für die Verfassung einzutreten, sie zu verteidigen und im Namen der Vereinigten Staaten von Amerika Waffen zu tragen?«

»Aber nein, Sir! Euer Ehren, das schwöre ich nicht.«

Durch diese Antwort aus seiner Apathie gerissen, starrte Allan ihn an.

»Ich will nicht töten, Euer Ehren, und deshalb werde ich nie in den Krieg ziehen.«

Honourable Allan schien verärgert. Roger Murray am Tisch des Protokollführers neben der Richterbank räusperte sich. »Das Gesetz besagt, daß der Anwärter in solchen Fällen beweisen muß, daß er ein Kriegsdienstverweigerer aus Gewissensgründen ist, dessen Glauben es ihm verbietet, Waffen zu tragen. Das heißt, er muß zu einer Gruppe wie den Quäkern gehören, die öffentlich verkünden, daß sie nicht kämpfen.«

»Ich kenne das Gesetz und weiß, was es bedeutet«, erwiderte der Richter giftig, verärgert darüber, daß Murray ihn immer in aller Öffentlichkeit belehren mußte. Er spähte Rob J. über seine Brille hinweg an. »Sind Sie ein Quäker, Dr. Cole?«

»Nein, Euer Ehren.«

»Was zum Teufel sind Sie dann?«

»Ich gehöre keiner Religion an«, antwortete Rob J. und sah, daß der Richter ein Gesicht machte, als hätte er ihn persönlich beleidigt.

»Euer Ehren, darf ich vortreten?« kam eine Stimme von den Zuschauerbänken. Rob J. erkannte Stephen Hume, der als Anwalt für die Eisenbahn arbeitete, seit Nick Holden ihm seinen Sitz im Kongreß abgenommen hatte.

Richter Allan bedeutete ihm, näher zu treten. »Herr Abgeordneter.«

»Herr Richter«, sagte Hume mit einem Lächeln, »wollen Sie, daß ich persönlich für Dr. Cole bürge? Für einen der herausragendsten Männer in ganz Illinois, der als Arzt Tag und Nacht für die Menschen da ist. Jeder weiß, daß sein Wort Gold wert ist. Wenn er sagt, daß er aus seiner Überzeugung heraus nicht im Krieg kämpfen kann, sollte das jedem vernünftigen Mann als Beweis genügen.«

Richter Allan runzelte die Stirn, unsicher darüber, ob dieser politisch einflußreiche Anwalt ihn eben unvernünftig genannt hatte oder nicht, und er beschloß, um sicherzugehen, nur Murray böse anzufunkeln. »Wir fahren fort mit der Einbürgerung«,

354

sagte er, und so wurde Rob J. ohne weitere Verzögerung ein amerikanischer Staatsbürger.

Auf dem Rückweg nach Holden's Crossing überfielen ihn ein paar schmerzliche Erinnerungen an sein schottisches Heimatland, dem er eben abgeschworen hatte, aber dennoch war es ein gutes Gefühl für ihn, jetzt Amerikaner zu sein. Und das trotz der Probleme, die das Land im Augenblick erschütterten. Erst vor kurzem hatte der Oberste Gerichtshof der Vereinigten Staaten in letzter Instanz entschieden, daß Dred Scott ein Sklave sei, da der Kongreß nicht das Recht habe, die Sklaverei in den Einzelstaaten zu verbieten. Anfangs hatten die Südstaatler gejubelt, doch inzwischen tobten sie schon wieder, da die Führer der republikanischen Partei angekündigt hatten, sie würden die Gerichtsentscheidung nicht als verbindlich hinnehmen.

Und auch Rob J. wollte das nicht, obwohl seine Frau und sein Sohn inzwischen zu heißblütigen Südstaatensympathisanten geworden waren. Er hatte schon Dutzende von entflohenen Sklaven durch seine geheime Nische nach Kanada geschleust und war dabei des öfteren in sehr gefährliche Situationen geraten.

Eines Tages beispielsweise erzählte ihm Alex, er habe in der Nacht zuvor George Cliburn nur etwa eine Meile von ihrer Farm entfernt auf der Straße gesehen. »Sitzt der morgens um drei auf einem Wagen voller Heu. Was soll man denn davon halten?«

»Na, ich glaub', du mußt dich ziemlich anstrengen, wenn du früher aufstehen willst als ein fleißiger Quäker. Aber was hattest du denn morgens um drei draußen verloren?« sagte Rob J., und Alex bemühte sich so eilig, von seinen nächtlichen Saufereien und Schürzenjägereien mit Mal Howard abzulenken, daß George Cliburns eigenartige Arbeitsmoral nicht weiter erörtert wurde.

Mitten in einer anderen Nacht schloß Rob J. eben die Schuppentür, als Alden ihm in die Quere kam. »Konnt' nich' schlafen. Mein Rachenputzer is' mir ausgegangen, und da is' mir eingefallen, daß ich das da im Stall versteckt hab'.« Er hielt eine Keramikflasche in die Höhe und bot sie seinem Arbeitgeber an. Obwohl Rob J. nur selten Lust auf einen Drink hatte und wußte, daß

Alkohol die Gabe beeinträchtigte, wollte er etwas mit Alden teilen. Er zog deshalb den Korken heraus, trank einen Schluck und hustete. Alden grinste.

Rob hätte seinen Knecht gern etwas von dem Schuppen weggelockt. In dem Versteck hinter der Tür saß ein Schwarzer mittleren Alters mit einem leichten asthmatischen Keuchen. Rob befürchtete, daß das Keuchen von Zeit zu Zeit lauter werden könnte, und war sich nicht sicher, ob das Geräusch nicht bis zu der Stelle drang, wo er sich mit Alden unterhielt. Aber Alden hatte sich inzwischen hingekauert und führte vor, wie ein Meister Whiskey trank: den Finger durch den Henkel, die Flasche auf den Unterarm gestützt und den Unterarm gerade so weit gehoben, daß die richtige Menge der scharfen Flüssigkeit in den Mund floß.

»Haben Sie in letzter Zeit Schlafschwierigkeiten?«

Alden zuckte mit den Achseln. »Die meisten Nächte bin ich gleich weg, weil ich müde von der Arbeit bin. Und wenn nicht, hilft mir ein kleiner Schluck beim Einschlafen.«

Seit dem Tod von Der singend einhergeht sah Alden von Jahr zu Jahr verbrauchter aus. »Ich sollte einen zweiten Mann einstellen, der Ihnen bei der Arbeit hilft«, sagte Rob wohl schon zum zwanzigstenmal.

»Ein guter Weißer, der für andere arbeitet, ist schwer zu finden. Und mit 'nem Nigger würd' ich nich' arbeiten«, erwiderte Alden, und jetzt fragte sich Rob, wie weit Geräusche wohl in die andere Richtung drangen, nämlich in den Schuppen hinein. »Außerdem arbeitet ja jetzt Alex mit, und der macht sich wirklich gut.«

»Ist das wahr?«

Etwas schwankend stand Alden auf, offensichtlich hatte er schon eine ganze Menge von dem Rachenputzer gehabt, bevor er ihm ausgegangen war. »Verdammt, Doc«, sagte er mit Nachdruck, »sei'n Sie doch nicht immer so ungerecht mit Ihren Jungs.« Und damit schwankte er, die Flasche fest umklammernd, zu seiner Hütte.

Eines Tages gegen Ende jenes Sommers verschlug es einen Chinesen mittleren Alters, dessen Namen niemand kannte, nach Holden's Crossing. Da ihm im Saloon die Bedienung verweigert wurde, gab er einer Prostituierten namens Penny Davis Geld, damit sie ihm eine Flasche Whiskey besorgte und ihn mit in ihre Hütte nahm, wo er am Morgen darauf in ihrem Bett starb. Sheriff Graham sagte, er wolle in seiner Stadt keine Hure, die ihren Schlitz an ein Schlitzauge verkaufe und dann an weiße Männer weiterverhökere, und er sorgte persönlich dafür, daß Penny Davis Holden's Crossing verließ. Die Leiche des Chinesen ließ er auf einen Karren werfen und zum Leichenbeschauer bringen.

Als Rob J. an diesem Nachmittag zu seinem Schuppen ging, wartete dort Shaman auf ihn. »Hab' noch nie einen Orientalen gesehen.«

»Der da ist aber tot. Das weißt du doch, Shaman, oder?«

»Ja, Pa.«

Rob J. nickte und öffnete die Schuppentür.

Die Leiche war mit einem Tuch bedeckt, das Rob nun wegzog und zusammengefaltet auf den alten Holzstuhl legte. Sein Sohn war blaß, aber gefaßt und betrachtete aufmerksam die Gestalt auf dem Tisch. Der Chinese war ein kleiner Mann, schlank, aber muskulös. Jemand hatte ihm die Augen geschlossen. Seine Hautfarbe lag zwischen der Blässe der Weißen und der rötlichen Bräune der Indianer. Seine holzigen, gelben Zehennägel hatten schon lange keine Schere mehr gesehen. Rob J. wurde unruhig, als er versuchte, sie mit den Augen seines Sohnes zu sehen.

»Ich muß mich jetzt an die Arbeit machen, Shaman.«

»Kann ich zusehen?«

»Willst du das wirklich?«

»Ja, Pa.«

Rob nahm sein Skalpell und öffnete die Brust. Oliver Wendell Holmes hatte eine sehr extravagante Art gehabt, den Tod zu präsentieren, doch Rob J. bevorzugte einen sachlicheren, einfacheren Stil. Er warnte seinen Sohn, daß die Eingeweide eines Menschen schlimmer stänken als jedes Wild, das der Junge je ausgenommen hatte, und riet ihm, durch den Mund zu atmen. Dann wies er ihn darauf hin, daß das tote Gewebe vor ihnen kein Mensch mehr sei. »Was es auch war, das diesen Menschen lebendig gemacht hat – manche nennen es Seele –, es hat seinen Körper verlassen.«

Shamans Gesicht schien bleich, aber seine Augen waren hellwach. »Ist das der Teil, der in den Himmel geht?«

»Ich weiß nicht, wohin er geht«, sagte Rob sanft. Er wog die Organe und ließ Shaman das jeweilige Gewicht notieren, eine einfache Beschäftigung, die ihm aber wirklich die Arbeit erleichterte. »William Fergusson, mein Lehrer, hat immer gesagt, daß die Seele den Körper hinter sich läßt, wie man aus einem Haus auszieht, und daß wir den Körper deshalb aus Respekt vor dem Menschen, der in ihm wohnte, vorsichtig und mit Würde behandeln müssen. – Das hier ist das Herz, und daran ist er gestorben.« Rob nahm das Organ heraus und legte es Shaman in die Hände, damit er den dunklen Wulst toten Gewebes, der sich aus der Muskelwand herauswölbte, genau betrachten konnte.

»Was ist mit ihm passiert, Pa?«

»Das weiß ich nicht, Shaman.«

Er legte die Organe wieder in die Körperhöhle und nähte diese zu, und als sie dann gemeinsam die Instrumente wuschen, kehrte die Farbe wieder in Shamans Gesicht zurück.

Rob J. war beeindruckt, wie gut sich der Junge gehalten hatte. »Ich habe nachgedacht«, sagte er. »Möchtest du ab und zu mit mir hier arbeiten?«

»Sehr gerne, Pa!« rief Shaman mit strahlendem Gesicht.

»Mir ist nämlich eingefallen, daß du vielleicht ein Diplom in den Naturwissenschaften machen könntest. Du könntest dir dann deinen Lebensunterhalt als Lehrkraft verdienen, vielleicht sogar an einer Universität. Würde dir das gefallen, mein Sohn?«

Shaman sah ihn ernüchtert an, und sein Gesicht verdüsterte sich wieder, als er über die Frage nachdachte. Dann hob er die Schultern.

»Vielleicht«, sagte er.

LEHRER

In diesem Januar packte Rob J. zusätzliche Decken in das Versteck, denn die Flüchtlinge aus dem tiefen Süden litten sehr unter der Kälte. Es gab zwar weniger Schnee als gewöhnlich, aber immer noch genug, um die Äcker mit einer weißen Schicht zu bedecken und sie wie winterliche Prärie aussehen zu lassen. Manchmal, wenn er mitten in der Nacht von einem Hausbesuch heimritt, stellte er sich vor, er brauche nur den Kopf zu heben, um eine lange Reihe roter Männer zu sehen, die auf guten Pferden hinter ihren Schamanen und Häuptlingen über die unberührte Ebene ritten, oder riesige, buckelige Tiere, die sich in der Dunkelheit auf ihn zubewegten, Reif auf dem zotteligen braunen Pelz und das Mondlicht auf den geschwungenen Hörnern mit den gefährlichen Spitzen. Aber er sah nie etwas, denn er glaubte noch weniger an Geister als an Gott.

Der Frühling brachte nur wenig Schmelzwasser, und die Flüsse und Bäche blieben in ihrem Bett. Vielleicht war das der Grund dafür, daß er diesmal weniger Fieberkranke zu behandeln hatte, aber aus einem anderen Grund gab es unter den Erkrankten mehr Todesfälle als gewöhnlich. Eine der Patientinnen, die er verlor, war Matilda Cowan, deren Mann Simeon auf einer Parzelle guten, wenn auch etwas trockenen Bodens im nördlichen Teil der Gemarkung Mais anbaute. Wenn eine junge Frau starb und drei Kinder hinterließ, erwartete man allgemein, daß sich der Witwer sehr schnell wieder verheiratete, doch als Cowan Dorothy Burnham um ihre Hand bat, waren viele überrascht. Sie nahm an, ohne zu zögern.

Eines Morgens erzählte Rob J. beim Frühstück Sarah lachend, daß im Schulausschuß helle Aufregung herrsche. »Wir haben geglaubt, wir könnten uns darauf verlassen, daß Dorothy ewig Jungfer bleibt. Cowan ist schlau. Sie wird ihm eine gute Frau sein.«

»Sie hat großes Glück«, erwiderte Sarah trocken. »Ist ja um einiges älter als er.«

»Ach, Simeon Cowan ist nur drei oder vier Jahre jünger als Dorothy«, sagte Rob J. und bestrich sich ein Brötchen. »Ein so großer Unterschied ist das auch wieder nicht.« Und er grinste erstaunt, als er sah, daß sein Sohn Shaman zustimmend nickte und sich eifrig an dem Klatsch über die Lehrerin beteiligte.

An Miss Burnhams letztem Tag in der Schule trödelte Shaman, bis alle anderen Schüler das Gebäude verlassen hatten, und ging dann zu ihr, um sich zu verabschieden: »Wir werden uns ja sicher in der Stadt öfter sehen. Ich bin froh, daß Sie nicht woandershin geheiratet haben.«

»Ich bin auch froh, in Holden's Crossing bleiben zu können, Robert.«

»Wollt' Ihnen nur danken«, sagte er verlegen. Er wußte, was diese warmherzige, einfache Frau für sein Leben bedeutet hatte.

»Ich habe es doch gern getan, mein Lieber.« Seinen Eltern hatte sie mitgeteilt, daß sie nicht mehr an seiner Aussprache arbeiten könne, da sie sich jetzt um eine Farm und drei Kinder kümmern müsse. »Ich bin aber sicher, daß ihr beide, du und Rachel, auch ohne mich ganz wunderbar zurechtkommen werdet. Außerdem bist du so weit, daß du bald keine Stimmübungen mehr brauchst.«

»Glauben Sie denn, daß meine Stimme schon so klingt wie die anderer Leute?«

»Nun ja…« Sie nahm die Frage sehr ernst. »Wenn du müde bist, hörst du dich immer noch kehlig an. Du weißt inzwischen sehr genau, wie die Worte klingen sollten, und deshalb verschleifst du die Silben nicht so, wie es viele andere tun. Einen kleinen Unterschied gibt es also schon noch.« Als sie sah, daß ihn das bekümmerte, nahm sie seine Hand und drückte sie. »Aber es ist ein sehr charmanter Unterschied«, sagte sie und freute sich, als sein Gesicht sich wieder aufhellte.

Er hatte ihr von seinem eigenen Geld in Rock Island ein kleines Geschenk gekauft: Taschentücher mit einem Rand aus hellblauer Spitze.

»Ich habe auch etwas für dich«, sagte sie und schenkte ihm

einen Band mit Shakespeares Sonetten. »Wenn du sie liest, mußt du an mich denken!« befahl sie ihm. »Außer natürlich bei den romantischen!« fügte sie schnippisch hinzu, und dann lachte sie mit ihm in dem Bewußtsein, als Mrs. Cowan Dinge tun und sagen zu können, von denen die arme Schullehrerin nicht einmal zu träumen gewagt hatte.

Bei dem regen Schiffsverkehr im Frühling kam es auf dem Mississippi immer wieder zu Unfällen durch Ertrinken. Ein junger Matrose fiel von einem Schleppkahn und wurde davongetrieben, die starke Strömung riß ihn in die Tiefe und gab ihn erst im Gerichtsbezirk von Holden's Crossing wieder frei. Die Kahnbesatzung wußte nichts über ihn, außer daß er Billy geheißen hatte, und Sheriff Graham überließ ihn Rob J.

So erlebte Shaman seine zweite Autopsie. Er schrieb das Gewicht der Organe in das Notizbuch seines Vaters und erfuhr, was mit der Lunge passiert, wenn jemand ertrinkt. Doch diesmal fiel ihm das Zusehen schwerer. Der Chinese war ein Exote gewesen und viel älter als er selbst, dieser hier aber war ein junger Mann, nur wenige Jahre älter als sein Bruder Bigger, und der Tod dieses Matrosen erinnerte ihn an seine eigene Sterblichkeit. Trotzdem gelang es ihm, diesen Gedanken so weit zu verdrängen, daß er aufmerksam beobachten und lernen konnte.

Nach der Autopsie begann Rob J., von Billys rechtem Handgelenk ausgehend, zu sezieren. »Die meisten Chirurgen haben eine Heidenangst vor der Hand«, vertraute er Shaman an. »Das kommt daher, daß sie sich nie genug Zeit genommen haben, sie genau zu studieren. Wenn du ein Lehrer für Anatomie oder Physiologie werden willst, mußt du die Hand kennen.«

Shaman verstand, warum viele sich fürchteten, eine Hand zu operieren, denn sie besteht nur aus Muskeln, Sehnen und Gelenken, und er war erstaunt und erschrocken, als sein Vater, nachdem er mit der rechten Hand fertig war, ihn aufforderte, die linke zu sezieren.

Rob J. lächelte ihn an, er schien ganz genau zu wissen, wie sein

Sohn sich fühlte. »Denk dir nichts! Egal, was du tust, ihm tut es nicht mehr weh.«

Also verbrachte Shaman fast den ganzen Tag damit, zu schneiden und zu tasten, sich die Namen all der winzigen Knochen einzuprägen und zu lernen, wie die Handgelenke eines Lebenden funktionieren.

Einige Wochen später brachte der Sheriff die Leiche einer alten Frau, die im Armenhaus des Bezirks gestorben war. Shaman freute sich schon darauf, seine Studien weiterführen zu können, doch sein Vater versperrte ihm den Weg in den Schuppen.

»Shaman, hast du schon einmal eine Frau ohne ihre Kleider gesehen?«

»… Makwa hab' ich einmal gesehen. Sie hat mich ins Schwitzhaus mitgenommen und mir Lieder vorgesungen, damit ich mein Gehör zurückbekomme.«

Der Vater sah ihn verwundert an, fühlte sich dann aber verpflichtet, ihm seine Vorbehalte zu erklären. »Ich wollte nicht, daß die erste Frau, die du nackt siehst, alt, häßlich und tot ist.«

Shaman nickte und spürte, wie ihm die Hitze ins Gesicht stieg. »Es ist nicht das erstemal, Pa. Und Makwa war nicht alt und häßlich.«

»Nein, das war sie nicht«, sagte sein Vater und klopfte ihm auf die Schulter. Dann gingen sie gemeinsam in den Schuppen und schlossen die Tür hinter sich.

Im Juli bot der Schulausschuß Rachel Geiger die Stelle als Lehrerin an. Es war nicht ungewöhnlich, daß eine ehemalige Schülerin Gelegenheit erhielt, in ihrer Schule zu unterrichten, wenn die Stelle frei wurde, und Dorothy Burnham hatte das Mädchen in ihrem Kündigungsschreiben begeistert empfohlen. Carrol Wilkenson wies darauf hin, daß sie Rachel außerdem für ein Anfängergehalt einstellen könnten und sich nicht um ihre Unterbringung zu kümmern brauchten, da sie bei ihren Eltern wohnte.

Das Angebot brachte Verwirrung und Unentschlossenheit in

362

den Haushalt der Geigers und führte zu einer ernsten, mit gedämpfter Stimme geführten Unterhaltung zwischen Lillian und Jay.

»Wir haben es bereits zu lange hinausgeschoben«, sagte Jay.

»Aber ein Jahr als Lehrerin wäre ein großer Vorteil für sie, sie könnte dann in ganz andere Kreise einheiraten. Eine Lehrerin ist etwas so typisch Amerikanisches!«

Jason seufzte. Er liebte seine drei Söhne, Davey, Herm und Cubby. Gute, liebenswerte Jungen. Alle drei spielten Klavier wie ihre Mutter, allerdings mit unterschiedlichem Talent, und Dave und Herm hätten gern Blasinstrumente erlernt, wenn sie nur einen Lehrer dafür gefunden hätten. Rachel war seine einzige Tochter und sein erstgeborenes Kind, dem er das Geigenspiel beigebracht hatte. Er wußte, der Tag würde kommen, an dem sie das Elternhaus verlassen mußte und ihm von ihr nichts anderes blieb als seltene Briefe und noch seltenere Besuche aus einer weit entfernten Stadt.

Kein Wunder, daß er beschloß, selbstsüchtig zu sein und sie noch eine Weile länger im Schoß der Familie zu behalten.

»Also gut«, sagte er zu Lillian, »dann lassen wir sie Lehrerin werden.«

Einige Zeit war vergangen, seit das Hochwasser Makwas Schwitzhaus weggespült hatte. Übriggeblieben waren nur zwei Steinwände, knapp zwei Meter lang, nicht einmal einen Meter hoch und sechs Handbreit voneinander entfernt. Im August begann Shaman, eine Kuppel aus dürren Ästen über den Mauern zu errichten. Zwischen die Äste flocht er grüne Weidenzweige, doch er stellte sich ungeschickt an, und die Arbeit ging ihm nur langsam von der Hand. Als sein Vater sah, was er vorhatte, fragte er, ob er helfen könne, und gemeinsam schafften sie es, in ihrer Freizeit innerhalb von zwei Wochen ein neues Schwitzhaus zu errichten, das in etwa jenem glich, das Makwa mit Mond und Der singend einhergeht in wenigen Stunden gebaut hatte.

Aus weiteren Ästen und Weidenzweigen flochten sie einen Rost, den sie auf die Mauern legten.

Rob J. besaß ein ramponiertes Büffelfell und eine Hirschdecke. Als sie die Tierhäute über das Flechtwerk der Kuppel spannten, blieb ein großes Stück offen.

»Vielleicht eine Wolldecke?« schlug Shaman vor.

»Besser zwei, eine doppelte Lage, sonst entweicht zuviel Dampf!«

Am ersten kalten Tag im September probierten sie das Schwitzbad aus. Makwas Hitzesteine waren noch genau dort, wo sie sie liegengelassen hatte, und sie errichteten ein großes Holzfeuer und ließen die Steine darin sehr heiß werden. Nur in eine Decke gehüllt, betrat Shaman das Schwitzhaus, warf die Decke vor die Tür und legte sich zitternd auf den Weidenrost. Mit Hilfe von Astgabeln schleppte Rob J. die heißen Steine zum Schwitzhaus, legte sie unter den Rost, begoß sie mit kaltem Wasser und verschloß dann die Kuppel. Shaman lag im aufsteigenden Dampf, und während er spürte, wie die Hitze aufblühte, erinnerte er sich an die Angst, die er beim erstenmal verspürt hatte, als er vor der Hitze und dem nebeligen Dunkel in Makwas Arme geflüchtet war. Er erinnerte sich an die fremdartigen Zeichen auf ihren Brüsten und wie sich die Narben an seiner Wange angefühlt hatten. Rachel war dünner und größer als Makwa, hatte aber schwerere Brüste. Der Gedanke an Rachel rief eine Erektion hervor, und er fürchtete, daß sein Vater zurückkehren und ihn so sehen könne. Er zwang sich, wieder an Makwa zu denken, an die stille Zuneigung, die sie ihm entgegengebracht hatte, so tröstend und besänftigend wie die ersten warmen Schwaden des Dampfes. Es war eigenartig, in dem Schwitzhaus an der Stelle zu liegen, wo sie oft gewesen war. Die Erinnerung an sie wurde mit jedem Jahr verschwommener, und er fragte sich, warum sie hatte sterben müssen, warum es schlechte Menschen auf der Welt gab. Fast ohne es zu merken, begann er eins der alten Lieder zu singen, die sie ihm beigebracht hatte:

Wi-a-ya-ni,
Ni-na ne-gi-se ke-wi-to-se-me-ne ni-na.

Wohin du auch gehst,
Ich gehe mit dir, mein Sohn.

Einige Zeit später brachte sein Vater frische heiße Steine und
übergoß sie mit Wasser, und bald füllte wieder dichtester Dampf
jeden Winkel der Hütte. Shaman blieb, bis er es nicht mehr
aushielt und nach Atem ringend und schweißnaß dalag, dann
stand er auf, lief in die Kälte hinaus und sprang in das eisige
Wasser des Flusses. Im ersten Augenblick glaubte er, er sei
soeben einen sehr sauberen Tod gestorben, doch als er dann die
ersten Schwimmbewegungen machte, spürte er das Blut durch
seinen Körper pulsieren. Kreischend wie ein Sauk kletterte er
ans Ufer und stürmte in den Stall, wo er sich kräftig abrubbelte
und warme Kleidung überzog.
Offensichtlich hatte er sich sein Vergnügen zu deutlich anmerken lassen, denn als er wieder aus dem Stall kam, wartete sein
Vater bereits vor dem Schwitzhaus, und jetzt war Shaman an der
Reihe, die Steine zu erhitzen, zur Hütte zu schleppen und mit
Wasser zu übergießen.
Als die beiden schließlich glühend und lachend ins Haus zurückkehrten, mußten sie feststellen, daß sie über dem Schwitzen das
Abendessen vergessen hatten. Sarah hatte, verärgert wie sie
war, die Teller der beiden auf dem Tisch stehenlassen, und das
Essen war inzwischen kalt. Zwar bekamen Shaman und sein
Vater keine Suppe mehr, und sie mußten das geronnene Fett
von ihrem Hammelfleisch kratzen, doch sie waren sich einig,
daß es das wert gewesen war. Makwa hatte wirklich gewußt, wie
man anständig badet.

Bei Schulbeginn hatte Rachel keine Schwierigkeiten, sich in
ihrer neuen Rolle als Lehrerin zurechtzufinden. Der Tagesab-
lauf war ihr vertraut: neue Lektionen, Klassenarbeiten, gemeinsames Singen, Hausaufgaben. In Mathematik war Shaman bes-

ser als sie, und sie bat ihn deshalb, den Rechenunterricht zu übernehmen. Er erhielt zwar keine Bezahlung, doch sie lobte ihn sehr vor den Eltern und dem Schulausschuß, und ihm machte es Spaß, gemeinsam mit ihr die Stunden vorzubereiten. Keiner von beiden erwähnte Miss Burnhams Meinung, daß Shamans Stimmschulung vermutlich gar nicht länger notwendig sei. Da Rachel nun Lehrerin war, übten sie im Schulgebäude, nachdem die anderen Kinder nach Hause gegangen waren, und sie gingen nur noch zu den Geigers, wenn sie Lillians Klavier brauchten. Shaman saß gerne neben Rachel auf der Klavierbank, aber es gefiel ihm noch besser, wenn sie alleine im Schulhaus waren.

Die Schüler hatten sich immer darüber lustig gemacht, daß Miss Burnham offensichtlich nie austreten mußte, und jetzt legte Rachel die gleiche Disziplin an den Tag. Doch sobald die Kinder draußen waren, stürzte sie zum Häuschen. Um sich die Wartezeit zu verkürzen, dachte Shaman häufig darüber nach, was sie wohl unter ihren Röcken trug. Bigger hatte ihm erzählt, wenn er es mit Pattie Drucker treibe, müsse er ihr immer aus der alten, löchrigen Unterwäsche ihres Vaters helfen, doch Shaman wußte, daß die meisten Frauen Fischbeinkrinolinen trugen oder Roßhaargarnituren, die zwar kratzten, aber schön wärmten. Rachel mochte die Kälte überhaupt nicht. Kaum war sie ins Klassenzimmer zurückgekehrt und hatte ihren Mantel auf den Haken gehängt, lief sie schon zum Ofen, um sich zuerst von vorne und dann von hinten aufzuwärmen.

Schon nach einem knappen Monat mußte Rachel mit ihren Eltern nach Peoria fahren, und Shaman sprang für den halben Oktober als Aushilfslehrer ein, wofür er auch bezahlt wurde. Die Schüler kannten ihn ja bereits als Lehrer aus dem Rechenunterricht. Sie wußten, daß er ihre Lippen sehen mußte, um sie zu verstehen, und gleich am ersten Morgen sagte Randy Williams, der jüngste Sohn des Schmieds, mit dem Rücken zum Lehrer etwas Freches. Shaman nickte ungerührt, als die Kinder lachten, und fragte Randy, ob er ihn ein wenig an den Fußknöcheln in die Höhe halten solle. Shaman war größer als die meisten

Männer, die sie kannten, und den Kindern verging das Grinsen, als Randy eingeschüchtert erwiderte, nein, das wolle er nicht. Danach war das Unterrichten für Shaman kein Problem mehr.

An ihrem ersten Schultag nach der Rückkehr war Rachel bedrückter Stimmung. Nachdem die Kinder gegangen waren, kam sie zitternd und weinend vom Häuschen zurück. Shaman ging zu ihr und legte die Arme um sie. Sie wehrte sich nicht, stand einfach nur da zwischen ihm und dem Ofen, die Augen geschlossen. »Ich hasse Peoria«, sagte sie leise. »Es ist schrecklich, so viele Leute um einen herum. Meine Mutter und mein Vater... sie haben mich vorgeführt.«

Für Shaman war es durchaus einsichtig, daß die Eltern stolz auf Rachel waren. Außerdem brauchte sie jetzt ein ganzes Jahr lang nicht mehr nach Peoria zu fahren. Er sagte nichts. Er träumte nicht einmal davon, sie zu küssen. Es reichte ihm, einfach nur dazustehen und ihr sanftes Fleisch zu spüren, und er war überzeugt, daß nichts, was ein Mann und eine Frau miteinander tun, schöner sein konnte als das. Nur einen kurzen Augenblick lang löste sie sich von ihm und sah ihn aus tränenfeuchten Augen ernst an. »Mein treuer Freund.«

»Ja«, erwiderte er.

Zwei Ereignisse öffneten Rob J. die Augen. An einem kalten Novembermorgen hielt Shaman seinen Vater auf dem Weg zum Stall an.

»Ich habe gestern Miss Burnham besucht – ich meine Mrs. Cowan. Ich soll dir und Mutter schöne Grüße ausrichten.«

Rob J. lächelte. »Wirklich? Das ist aber nett. Hat sie sich schon an das Leben auf der Farm gewöhnt?«

»Ja. Die kleinen Mädchen scheinen sie zu mögen. Es gibt natürlich eine Menge Arbeit, und sie sind ja nur zu zweit.« Er warf seinem Vater einen schüchternen Blick zu. »Pa. Gibt es eigentlich viele Ehen wie die ihre – ich meine, wo die Frau älter ist als der Mann?«

»Weißt du, Shaman, normalerweise ist es ja andersherum, aber nicht immer. Ich glaube, es gibt einige solche Ehen.« Er wartete darauf, daß das Gespräch sich in eine bestimmte Richtung entwickle, doch sein Sohn nickte nur und machte sich auf den Weg zur Schule. Daraufhin ging Rob J. in den Stall und sattelte sein Pferd.

Einige Tage später arbeiteten er und der Junge im Haus. Sarah hatte in einigen Häusern in Rock Island bestimmte Bodenbeläge gesehen und dann Rob J. so lange in den Ohren gelegen, bis er versprach, daß auch sie solche bekommen werde. Für diese Beläge mußte Leinwand mit Harz getränkt und anschließend mit fünf Schichten Farbe überzogen werden. Das Ergebnis war leicht zu reinigen, wasserdicht und dekorativ. Sarah hatte Alden und Alex das Harz und die ersten vier Farbschichten auftragen lassen, für den letzten Schliff aber ihren Gatten herangezogen.

Rob J. hatte die Farbe für alle fünf Schichten aus Buttermilch, gekauftem Öl und feingemahlenen braunen Eierschalen selbst hergestellt. Entstanden war auf diese Weise ein Farbton, der an jungen Weizen erinnerte. Rob und Shaman hatten die letzte Schicht gemeinsam aufgetragen und mühten sich an diesem sonnigen Sonntagvormittag damit ab, einen dünnen schwarzen Randstreifen um jede Bodenfläche zu ziehen, eine Fleißarbeit, die sie beendet haben wollten, bevor Sarah aus der Kirche zurückkam.

Shaman war geduldig. Rob J. wußte, daß in der Küche Rachel auf ihn wartete, doch er sah, daß der Junge auch im letzten der drei Zimmer nicht versuchte, die Arbeit schnell hinter sich zu bringen.

»Pa?« fragte Shaman. »Braucht man eigentlich viel Geld zum Heiraten?«

»Hm. Schon einiges.« Rob wischte seinen schmalen Pinsel an einem Lappen ab. »Na ja, das ist natürlich unterschiedlich. Manche Paare wohnen bei der Familie der Frau, andere bei der des Mannes, bis sie es schaffen, einen eigenen Hausstand zu gründen.«

Er hatte zur Arbeitserleichterung aus dünnem Holz eine Schablone geschnitten, die Shaman am Rand entlangführte, während er die schwarze Farbe auftrug. Ein letztes Verrücken der Schablone, ein letzter Pinselstrich, und sie waren fertig.

Sie reinigten die Pinsel und stellten sie an ihren Platz im Stall. Auf dem Weg zum Haus nickte Shaman plötzlich. »Ich kann mir schon vorstellen, warum das unterschiedlich ist.«

»Was soll unterschiedlich sein?« fragte Rob J. geistesabwesend, denn in Gedanken war er bereits bei dem Problem, wie er am besten die Gewebeflüssigkeit in Harold Hayses dick angeschwollenem Knie drainieren konnte.

»Das Geld, das man zum Heiraten braucht. Es hängt davon ab, wieviel man mit seiner Arbeit verdient, wie schnell ein Kind kommt, von solchen Sachen.«

»Genau«, erwiderte Rob J. verwirrt, weil er das Gefühl hatte, den wichtigsten Teil ihrer Unterhaltung nicht mitbekommen zu haben.

Aber ein paar Minuten später sah er Shaman und Rachel Geiger am Stall vorbei zur Straße gehen. Shamans Augen ruhten auf Rachels Gesicht, damit er erkennen konnte, was sie sagte, doch Rob J. sah sofort, was der Ausdruck im Gesicht seines Sohnes darüber hinaus bedeutete.

Plötzlich wurde ihm einiges klar, und er brummte.

Noch bevor er sich um Harold Hayses Knie kümmerte, ritt er zur Farm der Geigers. Sein Freund stand im Geräteschuppen und schärfte Sensen. Jay lächelte Rob zur Begrüßung zu, ohne die Arbeit zu unterbrechen.

»Rob J.!«

»Jason!«

Auf der Werkbank lag ein zweiter Wetzstein. Rob J. nahm ihn und begann, die zweite Sense zu schärfen.

»Ich habe ein Problem, das ich mit dir besprechen muß«, sagte er.

ERWACHSEN WERDEN

D er letzte, zählebige Schnee des Winters überzog die Weiden noch wie eine dünne Glasur, als Rob J. mit der Planung der Frühjahrsarbeiten auf der Schaffarm begann, und zu Shamans Überraschung und Freude bezog sein Vater ihn in diesem Jahr zum erstenmal voll mit ein. Bis dahin hatte der Jüngere nur gelegentlich auf der Farm mitgeholfen und sich ansonsten ganz dem Lernen und seiner Sprechtherapie widmen können.

»Dieses Jahr brauchen wir deine Hilfe dringend«, sagte Rob J. zu ihm. »Alden und Alex wollen es zwar nicht zugeben, aber nicht einmal drei Männer schaffen die Arbeit, die Der singend einhergeht ganz alleine erledigt hat.« Außerdem, sagte er, werde die Herde jedes Jahr größer, und sie müßten immer neue Weiden einzäunen. »Ich habe mit Dorothy Cowan und mit Rachel gesprochen. Beide haben den Eindruck, daß du alles gelernt hast, was du in unserer Schule lernen kannst. Außerdem meinen sie, daß du keine Sprechübungen mehr brauchst, und« – er grinste Shaman an – »ich muß sagen, ich bin ganz ihrer Meinung. Für mich klingt deine Aussprache ganz in Ordnung.« Rob J. fügte aber sofort hinzu, daß Shamans Mitarbeit kein Dauerzustand werden solle. »Ich weiß, daß du kein Farmer werden willst. Aber wenn du uns jetzt hilfst, können wir uns später überlegen, was du als nächstes tun sollst.«

Alden und Alex übernahmen das Schlachten der Lämmer. Shamans Aufgabe war es, Zaunhecken zu säen, sobald die Erde aufgegraben werden konnte. Die üblichen Weidezäune hatten bei Schafen wenig Sinn, da die Tiere ohne Schwierigkeiten zwischen den Pfosten hindurchschlüpften, und außerdem konnten Raubtiere leicht eindringen. Um eine neue Weide einzugrenzen, pflügte Shaman am Rand entlang einen schmalen Streifen und säte Osagedorn an. Er mußte vorsichtig säen, denn der Samen kostete zehn Dollar pro Kilo. Die Pflanzen wuchsen kräftig und buschig und hatten lange, spitze Dornen, die die Schafe drinnen und Kojoten und Wölfe draußen hielten. Der

370

Osagedorn brauchte drei Jahre, um eine dichte Hecke zu bilden, aber Rob J. hatte von Anfang an solche Dornenhecken gepflanzt, und als Shaman mit der Aussaat fertig war, nahm er eine Leiter und machte sich daran, die alten zurechtzustutzen. Das Zuschneiden dauerte einige Tage, und danach mußte er Steine von den Weiden auflesen, Feuerholz hacken, Zaunpfosten zurechtschneiden und dort, wo die Weiden an den Wald grenzten, Baumstümpfe ausgraben.

Seine Hände und Arme waren von den Dornen zerkratzt, seine Handflächen wurden schwielig, seine Muskeln schmerzten zuerst und wurden dann hart. Sein Körper veränderte sich, seine Stimme wurde tiefer. Nachts hatte er sexuelle Träume. Manchmal konnte er sich nicht an den Traum erinnern oder wußte nicht mehr, welche Frau darin vorgekommen war, doch einige Male hatte er nach dem Aufwachen deutlich Rachels Bild vor sich. Zumindest einmal, das wußte er, war Makwa die Frau gewesen, was ihn verwirrte und ängstigte. Er versuchte vergeblich, die verräterischen Spuren von seinem Laken zu entfernen, bevor es in die Wäsche kam.

Jahrelang hatte er Rachel jeden Tag gesehen, jetzt sah er sie kaum noch. An einem Sonntagnachmittag ging er zu ihr hinüber, doch ihre Mutter öffnete ihm. »Rachel ist im Augenblick beschäftigt und kann dich nicht sehen. Ich soll dir viele Grüße ausrichten, Rob J.«, sagte sie nicht unfreundlich. Manchmal, wenn die Familien sich an einem Samstagabend zu Musik und Gesprächen trafen, gelang es ihm, sich neben Rachel zu setzen und mit ihr über die Schule zu reden. Er vermißte das Unterrichten und die Schüler, fragte nach ihnen und half ihr, Stunden vorzubereiten. Aber sie wirkte eigentümlich befangen. Die Wärme und die helle Fröhlichkeit, die er an ihr immer so gemocht hatte, schienen fast erstickt – wie ein Feuer mit zuviel Holz. Wenn er einen Spaziergang vorschlug, war es, als würden die Erwachsenen im Zimmer auf Rachels Antwort lauern und sich erst entspannen, wenn sie ablehnte und sagte, sie habe im Augenblick keine Lust auf einen Spaziergang, aber vielen Dank, Shaman.

Ihre Mutter und ihr Vater hatten Rachel die Situation erklärt, hatten ihr mit viel Verständnis von der Vernarrtheit eines Jungen erzählt, ihr aber auch klargemacht, daß es ihre Aufgabe sei, diese Vernarrtheit auf keinen Fall zu ermutigen. Es fiel ihr sehr schwer. Shaman war ihr Freund, er fehlte ihr. Sie machte sich Sorgen um seine Zukunft, doch auch in ihrem Leben tat sich ein Abgrund auf, und es erforderte einen Großteil ihrer Angst und Sorge, dessen düstere Tiefen zu erkunden.

Sie hätte eigentlich erkennen müssen, daß Shamans Vernarrtheit die Veränderung ihres Lebens beschleunigte, doch ihre Abneigung gegen das, was ihr bevorstand, war so stark, daß sie Johann C. Regensberg, als er für ein Wochenende zu Besuch kam, lediglich als Freund ihres Vaters betrachtete. Er war ein freundlicher, mittelgroßer und leicht übergewichtiger Mann Ende der Dreißig, der seinen Gastgeber respektvoll mit Mr. Geiger anredete, ihn aber bat, ihn Joe zu nennen. Seine lebendigen, leicht schielenden Augen schauten durch eine Nickelbrille nachdenklich in die Welt. Sein nicht unangenehmes Gesicht war eingerahmt von einem kurzen Bart und einem schütteren, stark zurückweichenden Schopf brauner Haare. Wenn Lillian ihn später Bekannten beschrieb, pflegte sie immer zu sagen, er habe »eine hohe Stirn«.

Joe Regensberg kam an einem Freitag auf die Farm, gerade rechtzeitig zum Sabbat-Mahl. Den Abend und den folgenden Tag verbrachte er in entspannter Atmosphäre im Kreis der Geiger-Familie. Am Samstagmorgen las er mit Jason in der Heiligen Schrift und studierte das Buch Leviticus. Nach einem kalten Mittagessen besichtigte er den Stall und die Apotheke und spazierte dann, dick eingehüllt gegen die Kälte eines trüben Tages, mit der Familie zu den Feldern, die auf die Aussaat warteten.

Die Geigers beendeten den Sabbat mit einem *Cholent*, einer Mahlzeit aus Bohnen, Fleisch, Perlgraupen und Dörrpflaumen, die bereits seit dem Freitagnachmittag auf heißen Kohlen schmorte, denn den Juden war es verboten, während des Sabbats ein Feuer anzuzünden. Danach gab es Musik, wobei Jason den ersten Teil einer Violinsonate von Beethoven spielte und dann das Instrument an seine Tochter weitergab. Rachel machte es Spaß, das Stück zu beenden, während der Fremde ihr mit offensichtlichem Vergnügen zusah. Am Ende des Abends ging Joe Regensberg zu seiner großen, gewirkten Reisetasche und packte Geschenke aus: einen Satz Backformen für Lillian aus der Blechwarenfabrik, die er in Chicago besaß, eine Flasche guten, alten Brandys für Jay und für Rachel ein Buch, »Die Pickwickier«.

Rachel fiel auf, daß ihre Brüder keine Geschenke erhielten. Auf einen Schlag wurde ihr die Bedeutung dieses Besuchs bewußt, Verwirrung und Angst überfielen sie. Mit Lippen, die sich steif und taub anfühlten, dankte sie Regensberg und sagte, sie schätze die Werke von Mr. Dickens, habe bis jetzt aber nur »Nickolas Nickleby« gelesen.

»›Die Pickwickier‹ ist eins meiner Lieblingsbücher«, sagte er. »Wir müssen uns darüber unterhalten, wenn Sie es gelesen haben.« Man konnte Joe Regensberg nicht ernsthaft als attraktiv bezeichnen, aber er hatte ein intelligentes Gesicht. Nur ein außergewöhnlicher Mann, dachte sie hoffnungsvoll, schenkt einer Frau in einer solchen Situation ein Buch.

»Ich dachte mir, es ist ein passendes Geschenk für eine Lehrerin«, sagte er, als könne er ihre Gedanken lesen. Sein Anzug saß besser als die Anzüge aller Männer, die sie kannte, wahrscheinlich hatte er einen besseren Schneider. Wenn er lächelte, bekam er lustige kleine Fältchen um die Augen.

Jason hatte an Benjamin Schoenberg, den *Schadchan* in Peoria, geschrieben und zur Sicherheit auch noch an einen Heiratsvermittler namens Solomon Rosen in Chicago, wo es eine immer größer werdende jüdische Gemeinde gab. Schoenberg hatte in einem blumigen Brief geantwortet, er habe eine Reihe junger Männer bei der Hand, die wunderbare Gatten abgeben würden und die er den Geigers bei ihrem nächsten Besuch in Peoria vorstellen werde. Solomon Rosen dagegen hatte gehandelt. Einer seiner besten Heiratsanwärter war Johann C. Regensberg.

Als dieser erwähnte, er müsse ins westliche Illinois reisen, um Geschäfte zu besuchen, die seine Blechwaren führten, darunter auch einige in Rock Island und Davenport, hatte Solomon Rosen für ihn den Besuch bei den Geigers arrangiert.

Einige Wochen nach dem Besuch traf ein Brief von Mr. Rosen ein. Rachel habe auf Johann Regensberg einen sehr vorteilhaften Eindruck gemacht. Mr. Rosen teilte ihnen mit, daß die Familie Regensberg *Jichuss* habe, die wahre Vornehmheit, die von einer langen Ahnenreihe herausragender Gemeindemitglieder herrühre. Mr. Regensbergs Vorfahren ließen sich bis ins vierzehnte Jahrhundert zurückverfolgen, und unter ihnen seien viele Lehrer und Schriftgelehrte.

Doch dann verdüsterte sich Jays Gesicht, als er weiter vorlas, denn was nun folgte, faßte er als Beleidigung auf. Johanns Eltern, Leon und Golda Regensberg, waren tot. Ihre Aufgabe in dieser Angelegenheit hatte Mrs. Harriett Ferber übernommen, die Schwester des verstorbenen Leon. Und diese Mrs. Ferber forderte auf Grund der Familientradition ein Attest oder einen anderen Beweis für die Jungfräulichkeit der zukünftigen Braut. »Wir sind doch nicht in Europa! Und sie kaufen keine Kuh!« sagte Jason gekränkt.

Seine kühl formulierte Ablehnung erwiderte Mr. Rosen unverzüglich mit einem Brief, in dem er die Forderung zurückzog und statt dessen anfragte, ob die Geigers nicht Johanns Tante einladen könnten. So kam einige Wochen später Mrs. Ferber nach Holden's Crossing, eine kleine, sich sehr gerade haltende Frau mit schneeweißen, straff nach hinten gekämmten und zu einem Knoten zusammengeschlungenen Haaren. Auch sie kam mit ihrem Korb voller kandierter Früchte, brandygetränkter Kuchen und einem Dutzend Flaschen koscheren Weins gerade rechtzeitig zum Sabbat. Sie genoß Lillians Kochkünste und die musikalischen Darbietungen der Familie, vor allem aber beobachtete sie Rachel. Sie unterhielt sich intensiv mit ihr, und wie es aussah, hatte sie das Mädchen von Anfang an in ihr Herz geschlossen.

Sie war bei weitem nicht so streng, wie die Geigers befürchtet hatten. Spät am Abend, während Rachel die Küche aufräumte, setzte Mrs. Ferber sich mit Lillian und Jay zusammen, und sie erzählten einander von ihren Familien.

Lillians Vorfahren waren spanische Juden, die vor der Inquisition zuerst nach Holland und dann nach England geflohen waren. In Amerika hatte ihre Familie politische Tradition. Väterlicherseits war sie mit Francis Salvador verwandt, der von seinen christlichen Nachbarn in den Provinzkongreß von South Carolina gewählt worden war und im Dienst der Patrioten wenige Wochen nach der Unabhängigkeitserklärung als erster Jude für die Vereinigten Staaten starb – überfallen und skalpiert von Torys und Indianern. Mütterlicherseits war sie eine Mendez und eine Cousine von Judah Benjamin, dem Senator von Louisiana. Jasons Familie, in Deutschland alteingesessene Arzneimittelhersteller, war 1819 nach Charleston gekommen, auf der Flucht vor dem Pöbel, der damals mit dem Schlachtruf »*Hep! Hep! Hep!*« Jagd auf Juden machte, einem Schrei, der zurückreicht bis zu den Kreuzzügen und aus den Anfangsbuchstaben von *Hierosolyma est perdita*, Jerusalem ist verloren, gebildet wurde. Die Regensbergs hatten Deutschland ein Jahrzehnt vor den *Hep*-Unruhen verlassen, berichtete Mrs. Ferber. Die Familie hatte im Rheinland Weinberge besessen. Sie war zwar nicht sehr reich, erfreute sich aber doch eines gewissen Wohlstands, und Joe Regensbergs Blechwarenfabrik florierte. Er gehörte zum Zweig der *Kohanim*, das Blut von Hohepriestern in Salomons Tempel floß in seinen Adern. Falls es zu einer Heirat kommen sollte, so gab sie Lillian und Jay leise zu verstehen, würden deren Enkel von zwei Oberrabbis des alten Jerusalem abstammen. So saßen die drei beisammen, betrachteten einander mit Wohlgefallen und tranken guten englischen Tee, der ebenfalls aus Mrs. Ferbers üppigem Korb stammte.

»Die Schwester meiner Mutter hieß auch Harriett«, sagte Lillian. »Wir haben sie nur Hattie genannt.«

Sie habe man nie anders genannt als Harriett, erwiderte Mrs. Ferber, zwinkerte dabei aber so humorvoll mit den Augen, daß die Geigers ihre Einladung nach Chicago sehr gerne annahmen.

Einige Wochen später, es war ein Mittwoch, bestiegen alle sechs Mitglieder der Familie in Rock Island einen Zug, der sie in fünf Stunden direkt und ohne Umsteigen nach Chicago bringen sollte. Chicago war groß, wuchernd, schmutzig, überfüllt, schäbig, laut und – für Rachel – sehr aufregend. Ihre Familie bezog Zimmer im vierten Stock von *Palmer's Illinois House Hotel*. Am Donnerstag und Freitag lernten sie bei zwei Diners in Harrietts Wohnung an der South Wabash Avenue andere Verwandte kennen, und am Samstagmorgen besuchten sie den Gottesdienst in der Familiensynagoge der Regensbergs, der Kehilath-Anshe-Maarib-Kongregation, wo man Jason die Ehre erwies, ihn zur Thora zu rufen und einen Segensspruch anstimmen zu lassen. Am Abend besuchten sie ein Theater, in dem eine Tourneebühne »Der Freischütz« von Carl Maria von Weber aufführte. Rachel hatte noch nie eine Oper gesehen, und die gefühlvollen romantischen Arien verzückten sie. In der Pause nach dem ersten Akt führte Joe Regensberg sie nach draußen und fragte sie, ob sie seine Frau werden wolle, und sie nahm an. Das Ganze ging ohne große Seelenqual vonstatten, denn den eigentlichen Antrag und die Zusage hatten die Älteren bereits vollzogen. Anschließend holte er einen Ring aus der Tasche, der seiner Mutter gehört hatte. Der Diamant – der erste, den Rachel je gesehen hatte – war bescheiden, aber wundervoll gefaßt. Der Ring war ein bißchen groß, und sie ballte die Faust, damit er ihr nicht vom Finger glitt und verlorenging. Als sie auf ihre Plätze zurückkehrten, begann eben der zweite Akt. Rachel, die neben ihrer Mutter saß, nahm im Dunkeln deren Hand, legte sie auf den Ring und lachte lautlos, als Lillian überrascht den Mund aufriß. Und während sie sich von der herrlichen Musik wieder in den deutschen Wald versetzen ließ, dämmerte ihr, daß das Ereignis, das sie so gefürchtet hatte, für sie ein Tor zur Freiheit und eine angenehme Art, Macht auszuüben, sein konnte.

Es war ein heißer Vormittag im Mai, als Rachel zur Schaf-farm kam, und Shaman war verschwitzt und staubig, denn er hatte schon einige Stunden lang die Sense geschwungen und anschließend begonnen, das Gras zusammenzurechen. Rachel trug ein vertrautes, altes, graues Kleid, in dessen Achseln sich bereits dunkle Schweißflecken zeigten, ein leichtes, graues Häubchen, das er noch nicht kannte, und weiße Baumwollhand-schuhe. Als sie ihn bat, sie nach Hause zu begleiten, ließ er bereitwillig den Rechen fallen.

Eine Weile sprachen sie über die Schule, doch schon bald begann sie, von sich zu erzählen, von dem, was sich in ihrem Leben ändern würde. Sie lächelte ihn an, zog ihren linken Handschuh aus, zeigte ihm den Ring, und er begriff sofort, daß sie verlobt war.

»Dann ziehst du also von hier weg?«

Sie nahm seine Hand. Noch Jahre später schämte er sich dafür, daß er in diesem Augenblick sonst nichts zu ihr gesagt hatte, ihr nicht alles Gute für ihr Leben gewünscht und ihr gestanden hatte, wieviel sie ihm bedeute, ihr nicht gedankt und Lebewohl gesagt hatte.

Als er sich vor der Geigerschen Hofeinfahrt von ihr abwandte und sich auf den Heimweg machte, schmerzte seine Hand, so fest hatte sie sie gehalten.

Einen Tag nachdem die Geigers nach Chicago gefahren waren, wo in einer Synagoge unter einem Baldachin die Hochzeit statt-finden sollte, kam Rob J. nach Hause und wurde von Alex abgefangen, der sagte, er werde sich um das Pferd kümmern.

»Schau mal nach! Mit Shaman stimmt was nicht.«

Kurz darauf stand Rob J. vor Shamans Tür und horchte auf das heisere, gutturale Schluchzen. Als er in Shamans Alter gewesen war, hatte er auch so geweint, weil seine Hündin böse und bissig geworden war und seine Mutter sie einem Häusler gegeben hatte, der alleine in den Hügeln lebte. Aber er wußte, daß sein Sohn um einen Menschen trauerte, nicht um ein Tier.

Er ging hinein und setzte sich aufs Bett. »Ich glaube, ich muß dir einiges erklären: Weißt du, es gibt nur mehr wenige Juden, und die meisten von ihnen sind umgeben von einer Menge Andersgläubiger. Deshalb glauben sie, nur überleben zu können, wenn sie wieder Juden heiraten.«

Shaman schien zuzuhören.

»Und da kommst du nicht in Frage. Du hast nie auch nur die geringste Chance gehabt.« Er strich seinem Sohn die feuchten Haare aus der Stirn und ließ die Hand auf Shamans Kopf ruhen. »Schau, sie ist eine Frau«, sagte er, »und du bist nur ein Junge.«

Im Sommer bot der Schulausschuß, der die Chance witterte, einen wegen seiner Jugend billigen, aber doch guten Lehrer zu bekommen, Shaman die Stelle in der Schule an. Aber Shaman lehnte ab.

»Was willst du denn dann tun?« fragte sein Vater.

»Ich weiß es nicht.«

»In Galesburg gibt es eine höhere Schule, das Knox College«, sagte Rob J. »Man sagt, ein sehr gutes Institut. Möchtest du weiter auf die Schule gehen? Und mal in eine andere Umgebung kommen?«

Sein Sohn nickte. »Ich glaube schon«, sagte er.

Und so verließ Shaman zwei Tage nach seinem fünfzehnten Geburtstag sein Zuhause.

GEWINNER
UND VERLIERER

Im September des Jahres 1858 wurde Reverend Joseph Hills Perkins zum Pfarrer der größten Baptistenkirche in Springfield berufen. Zu seiner wohlhabenden neuen Gemeinde gehörten der Gouverneur und einige Abgeordnete, und Mr. Perkins war noch mehr verblüfft über sein Glück als die Mitglieder seiner Kirche in Holden's Crossing, die in seinem Aufstieg eine Bestätigung ihrer früheren Entscheidung sahen. Eine Zeitlang war Sarah mit der Organisation von Abschiedsessen und Abschiedsfeiern beschäftigt, und nachdem die Familie Perkins ausgezogen war, begann die Suche nach einem neuen Geistlichen. Als Kandidaten meldeten sich eine ganze Reihe von Gastpredigern, die es zu versorgen galt, und wieder gab es Streitereien und Diskussionen über die Vorzüge der einzelnen Bewerber.

Eine Zeitlang wurde ein Mann aus dem nördlichen Illinois favorisiert, ein leidenschaftlicher Prediger gegen die Sünde, doch zur Erleichterung all derer, denen sein Stil nicht gefiel – zu ihnen gehörte auch Sarah –, fiel die Wahl nicht auf ihn, weil er sechs Kinder hatte und seine Frau ein siebtes erwartete, das Pfarrhaus aber nur klein war. Man einigte sich schließlich auf Mr. Sydney Blackmer, einen rotwangigen Mann mit gewölbter Brust, der erst kurz zuvor in den Westen gekommen war. Mr. Blackmer machte, als Carrol Wilkenson ihn vorstellte, einen freundlichen Eindruck auf Rob J., doch der Anblick seiner Frau deprimierte den Arzt. Julia Blackmer war dünn und nervös, ihre blasse Gesichtsfarbe und der heftige Husten deuteten auf eine fortgeschrittene Lungenkrankheit hin. Während Rob sie willkommen hieß, spürte er den Blick ihres Gatten auf sich, als setze der seine ganze Hoffnung darauf, daß Dr. Cole ein sicheres Heilmittel wisse.

Holden's Crossing, Illinois,
12. Oktober 1858

Mein lieber Shaman,
mit großer Freude habe ich in Deinem Brief gelesen, daß Du Dich in Galesburg inzwischen eingelebt hast, Dich guter Gesundheit erfreust und Dich mit Begeisterung Deinem Studium widmest. Uns allen hier geht es gut. Alden und Alex sind mit dem Schweineschlachten fertig, und wir schwelgen in frischem Speck, Rippchen, Schulter, Schinken (gekocht, geräuchert und gepökelt), Sülze, Preßkopf und Schmalz.
Wie man hört, soll der neue Geistliche, was seine Predigten angeht, ein recht interessanter Kerl sein. Mut hat er, das muß man ihm

lassen, denn seine erste Predigt handelte von moralischen Fragen, die die Sklaverei aufwirft, und während ihm die meisten Anwesenden zustimmten, haben doch einige (darunter Deine Mutter) nach der Kirche lautstark ihr Mißfallen ausgedrückt.

Mit großem Interesse habe ich erfahren, daß Abraham Lincoln aus Springfield und Senator Douglas im Knox College debattiert haben, und ich hoffe, daß Du an der Diskussion teilnehmen konntest. Bei dieser Senatswahl werde auch ich zum erstenmal als Bürger der Vereinigten Staaten wählen dürfen, und ich weiß eigentlich nicht, welcher Kandidat der schlechtere ist. Douglas wettert zwar gegen die ignorante Engstirnigkeit der Nichtswisser-Partei, schmiert aber den Sklavenbesitzern Honig ums Maul. Lincoln verteufelt die Sklaverei, akzeptiert aber die Unterstützung der Nichtswisser, ja, er umwirbt sie richtig. Über beide ärgere ich mich sehr. Diese Politiker!

Deine Fächerwahl klingt interessant. Vergiß aber nicht, daß neben der Botanik, der Astronomie und der Physiologie auch die Poesie Geheimnisse birgt.

Vielleicht macht das Beigefügte es für Dich etwas einfacher, Weihnachtsgeschenke zu kaufen. Ich freue mich schon, Dich in den Ferien wiederzusehen.

Dein Dich liebender
Vater

Shaman fehlte ihm. Seine Beziehung zu Alex war eher von Vorsicht als von Herzlichkeit bestimmt. Sarah hatte nur noch die Kirche im Kopf. Er genoß zwar das gelegentliche abendliche Musizieren mit den Geigers, doch wenn sie zu spielen aufhörten, standen die politischen Meinungsverschiedenheiten zwischen ihnen. So kam es immer häufiger vor, daß er am späten Nachmittag im Anschluß an seine Hausbesuche das Pferd zum Konvent der Franziskanerinnen lenkte. Mit jedem Jahr wurde ihm deutlicher bewußt, daß Mutter Miriam eher mutig war als grimmig, eher gastfreundlich als abweisend.

»Ich habe etwas für Sie«, sagte sie eines Nachmittags und gab ihm einen Stapel brauner Papiere, bedeckt mit einer kleinen, verkrampften Handschrift in wäßriger, schwarzer Tinte. Er las sie, während er auf dem Lederthron saß und seinen Kaffee trank, und erkannte sofort, daß es eine Beschreibung des inneren Aufbaus des Supreme Order of the Star-Spangled Banner war, die nur von einem Mitglied stammen konnte.

Die Beschreibung begann mit einem Überblick über die nationale Struktur dieser politischen Geheimgesellschaft. Ihre Basis bestand aus Distrikträten, die selbständig Funktionäre ernennen, Statuten erlassen und neue Mitglieder aufnehmen konnten. Über ihnen standen die County Councils, die sich aus je einem Delegierten der verschiedenen Distrikträte zusammensetzten. Die County Councils überwachten die politischen Aktivitäten der Distrikträte und wählten die Lokalpolitiker aus, die vom Geheimbund unterstützt werden sollten.

Alle Vereinigungen in einem Staat wurden von einem Grand Council kontrolliert, das aus je drei Delegierten der einzelnen Distrikträte bestand und von einer Art Großmeister und anderen gewählten Funktionären geleitet wurde. An der Spitze der gesamten Organisation stand ein Nationaler Rat, der alle politischen Entscheidungen von übergreifender Bedeutung traf, so auch die Auswahl der Kandidaten des Supreme Order für das Amt des Präsidenten und des Vizepräsidenten der Vereinigten Staaten. Der Nationale Rat entschied auch über die Bestrafung von pflichtvergessenen Mitgliedern und legte die umfangreichen Rituale der Vereinigung fest.

Es gab zwei Arten der Mitgliedschaft. Um den ersten Grad zu erlangen, mußte der Kandidat ein erwachsener Mann sein, der in den Vereinigten Staaten als Kind protestantischer Eltern geboren und nicht mit einer Katholikin verheiratet war.

Jedem Bewerber wurde eine einfache Frage gestellt: »Sind Sie bereit, bei Wahlen zu allen Ehren-, Vertrauens- oder bezahlten Ämtern, die das Volk zu vergeben hat, Ihren Einfluß und Ihre Stimme ohne Ansehen der Parteizugehörigkeit nur für im Lande geborene amerikanische Staatsbürger zu verwenden sowie für den Ausschluß aller Fremden, insbesondere Katholiken, aus diesen Ämtern einzutreten?«

Ein Mann, der das gelobte, mußte jede andere Parteizugehörigkeit aufgeben, sich dem politischen Willen des Supreme Order unterwerfen und auf eine Änderung des Einbürgerungsgesetzes hinarbeiten. Er wurde dafür in Geheimnisse eingeweiht, die in dem Bericht ausführlich beschrieben wurden: bestimmte Erkennungszeichen, eine besondere Form des Händedrucks, Codewörter und Warnsignale.

Um den zweiten Grad der Mitgliedschaft zu erreichen, mußte der Betreffende ein bewährtes, langjähriges Mitglied sein. Nur Kandidaten des zweiten Grades konnten Ämter innerhalb des Order bekleiden, durften an dessen geheimen Aktivitäten teilnehmen und erhielten entsprechende Unterstützung für ihre Bewerbung bei kommunalen oder nationalen Wahlen. Als Amtsträger hatten sie Anweisung, alle Ausländer, Fremden und Katholiken, die unter ihnen arbeiteten, zu entlassen und keinesfalls »Ämter, die Sie zu vergeben haben, mit solchen zu besetzen«.

Rob J. starrte Miriam Ferocia an. »Wie viele sind es denn?« Sie zuckte mit den Achseln. »Wir glauben nicht, daß der Geheimbund sehr viele Mitglieder hat. Vielleicht tausend. Aber sie sind das Rückgrat der American Party. Ich habe Ihnen diese Seiten gegeben, weil Sie ein Gegner dieser Leute sind, die unserer Kirche schaden wollen, und weil Sie das Wesen derjenigen kennen sollten, die uns Böses wollen und für deren Seelen wir beten.« Sie sah ihn ernst an. »Aber Sie müssen mir versprechen, mit diesem Material keinesfalls ein vermutliches Mitglied des Supreme Order in Illinois zu konfrontieren, denn das könnte den Mann, der das geschrieben hat, in größte Gefahr bringen.«

Rob J. nickte. Er faltete die Seiten zusammen und reichte sie ihr zurück, doch sie schüttelte den Kopf. »Das ist für Sie«, sagte sie, »das und meine Gebete.«

»Sie dürfen nicht für mich beten!« Es war ihm unangenehm, über Glaubensdinge mit ihr zu reden.

»Sie können mich nicht davon abhalten. Sie haben Gebete verdient, und ich habe mich schon oft für Sie beim Herrn eingesetzt.«

»So wie Sie für unsere Feinde beten«, erwiderte er mürrisch.

Zu Hause las er den Bericht noch einmal, und er betrachtete dann lange die zitterige Handschrift. Das hatte ein Mensch geschrieben (vielleicht ein Priester?), der ein Doppelleben führte, der vorgab, etwas zu sein, was er gar nicht war, und der dabei seine Sicherheit, vielleicht sogar sein Leben aufs Spiel setzte. Rob J. hätte sich gerne mit diesem Mann unterhalten.

Nick Holden hatte dank seines Rufs als Indianerkämpfer zwei Wiederwahlen problemlos gewonnen, doch bei seiner Kandidatur zur vierten Amtszeit mußte er gegen John Kurland, den Anwalt aus Rock Island, antreten. Kurland stand nicht nur bei den Demokraten in hohem Ansehen, und es gab Hinweise, daß Holden bei der Nichtswisser-Partei allmählich an Rückhalt verlor. Einige Leute prophezeiten, daß der Kongreßabgeordnete sein Amt verlieren werde, und Rob J. wartete darauf, daß Nick eine spektakuläre Aktion vom Zaun brach, um Wählerstimmen zu gewinnen. Er war deshalb nicht sonderlich überrascht, als er eines Nachmittags nach Hause kam und erfuhr, daß Holden und Sheriff Graham wieder einmal einen Freiwilligentrupp zusammenstellten.

»Der Sheriff sagt, daß Frank Mosby, der Gesetzlose, sich irgendwo im Norden versteckt«, berichtete Alden. »Nick hat die Leute so aufgehetzt, daß sie Mosby eher aufhängen als verhaften, wenn Sie mich fragen. Und Graham verteilt die Blechsterne mit beiden Händen. Alex ist auf und davon, ganz aus dem Häuschen war er. Hat sich die Flinte geschnappt und ist auf Vicky in die Stadt geritten.« Er verzog, Entschuldigung heischend, das Gesicht. »Hab' noch versucht, es ihm auszureden, aber…« Er hob die Schultern.

Trude bekam keine Gelegenheit zum Ausruhen, denn Rob J. warf ihr gleich den Sattel wieder über und ritt selbst zur Stadt.

Auf der Hauptstraße standen Männer in kleinen Gruppen beisammen. Lautes Gelächter drang von der Veranda der Gemischtwarenhandlung zu Rob J. herüber, denn Nick und der Sheriff schwangen große Reden. Doch er achtete nicht auf sie. Alex stand bei Mal Howard und zwei anderen Jugendlichen. Sie trugen alle vier Schußwaffen, und ihre Augen funkelten wichtigtuerisch. Doch als Alex Rob J. sah, machte er ein langes Gesicht.

»Ich möchte mit dir reden, Alex«, sagte Rob J. und führte ihn von den anderen weg. »Ich will, daß du nach Hause kommst«, fuhr er fort, sobald sie außer Hörweite waren.

»Nein, Pa.«

Alex war achtzehn Jahre alt und jähzornig. Wenn er sich in die Enge getrieben fühlte, konnte es gut sein, daß er seine Sachen packte und für immer von zu Hause wegging. »Ich will nicht, daß du gehst. Es gibt gute Gründe.«

»Mit deinen guten Gründen liegst du mir in den Ohren, seit ich denken kann«, erwiderte Alex aufgebracht. »Ich habe Ma einmal direkt gefragt, ob Frank Mosby mein Onkel ist. Und sie hat nein gesagt.«

»Du bist ein Narr, deiner Mutter so etwas anzutun! Es ändert sich nichts, auch wenn du diesen Mosby höchstpersönlich erschießt, weißt du denn das nicht? Einige Leute werden trotzdem reden, auch wenn das, was sie reden, keine Bedeutung hat. Ich könnte dir befehlen, nach Hause zu kommen, weil das Gewehr und das arme blinde Pferd mir gehören. Aber der eigentliche Grund, weshalb du nicht mitgehen darfst, ist, du bist mein Sohn, und ich lasse nicht zu, daß der etwas tut, was er sein ganzes Leben lang bereut.«

Alex warf Mal und den anderen, die neugierig herübersahen, einen verzweifelten Blick zu.

»Sag ihnen, ich hätte gesagt, daß daheim zuviel Arbeit auf dich wartet. Und dann hol Vicky und komm nach Hause!«

Rob drehte sich um, stieg auf Bess und ritt die Main Street entlang. Vor der Kirche machten einige Männer Radau, und er merkte, daß sie bereits getrunken hatten.

Eine halbe Meile ritt er, ohne sich umzudrehen, doch als er es tat, sah er ein Pferd, das den zögerlichen, unsicheren Schritt

seiner blinden Stute hatte, und darauf eine Gestalt, vornüberge-
beugt wie ein Mann, der gegen starken Wind anreitet, die kleine
Flinte gen Himmel gerichtet, wie er es seinen Söhnen beigebracht hatte.

Während der nächsten Wochen ging Alex Rob aus dem Weg,
nicht so sehr, weil er wütend auf seinen Vater war, sondern weil
er seine Autorität nicht spüren wollte. Der Freiwilligentrupp war
zwei Tage unterwegs. Sie fanden ihr Opfer in einer verfallenen
Sodenhütte und trafen umständliche Vorkehrungen, bevor sie
sich über es hermachten, doch der Mann schlief und leistete
keinen Widerstand. Er war auch nicht Frank Mosby, sondern
ein Mann namens Buren Harrison, der in Geneseo einen Ladenbesitzer überfallen und ihm vierzehn Dollar geraubt hatte. Ihn
führten Nick Holden und seine Gesetzeshüter triumphierend
und betrunken der Gerechtigkeit zu. Später stellte sich heraus, daß Frank Mosby schon zwei Jahre zuvor in Iowa ertrunken
war, als er versucht hatte, bei Hochwasser einen Fluß zu durch-
reiten.

Im November wählte Rob J. John Kurland für den Kongreß und
Steven A. Douglas für den Senat. Am Abend darauf wartete er
mit anderen Männern vor Haskins Laden auf die Wahlergebnis-
se. Dabei fiel sein Blick auf zwei Taschenmesser in der Auslage
– jedes mit einer großen Klinge, zwei kleineren und einer kleinen Schere, alles aus gehärtetem Stahl; die Griffschalen waren
aus poliertem Schildpatt und die Kappen aus glänzendem Silber
– Messer für Männer, die sich ihr Leben entschlossen zurecht-
schnitzten. Rob kaufte sie als Weihnachtsgeschenke für seine
Söhne.

Kurz nach Einbruch der Dunkelheit kam Harold Ames mit den
Wahlergebnissen aus Rock Island. Es war ein Tag der Amtsinhaber gewesen. Nick Holden, der Indianerkämpfer und Verteidiger von Recht und Ordnung, hatte John Kurland knapp geschlagen, und auch Senator Douglas würde wieder in Washington einziehen.

»Das wird Abraham Lincoln lehren, den Leuten das Sklavenhal-

ten zu verbieten!« gluckste Julian Howard und schüttelte triumphierend die Faust. »Das wird das letzte sein, was wir von diesem
Hurensohn gehört haben!«

DER KOLLEGIAT

Da Holden's Crossing nicht an der Eisenbahn lag, hatte
Shamans Vater ihn im Buckboard, seinen Koffer auf der
Ladefläche, die zweiunddreißig Meilen bis Galesburg gefahren.
Die Stadt und das College waren ein Vierteljahrhundert zuvor
ursprünglich im Staate New York von Presbyterianern und
Kongregationalisten geplant worden, die dann aber nach Illinois
gingen und sich hier niederließen. Ihre Häuser errichteten sie
entlang von Straßen, die in einem exakten Schachbrettmuster
um einen zentralen Platz herum angelegt waren. Als Shaman im
College eintraf, meinte Charles Hammond, der Dekan, da er
jünger sei als die meisten der Kollegiaten, solle er nicht im
Studentenheim wohnen. Der Dekan und seine Frau nahmen
selbst stets einige Studierende in ihrem weißen Holzhaus an der
Cherry Street auf, und dort, in einem Zimmer im rückwärtigen
Teil des ersten Stocks, fand auch Shaman Unterkunft.
Direkt vor seinem Zimmer führte eine Treppe hinunter zur Tür
in den Hinterhof, wo sich das Aborthäuschen und eine Pumpe
befanden. Im Zimmer rechts von ihm wohnten zwei blasse
kongregationalistische Theologiestudenten, die es vorzogen,
unter sich zu bleiben. In den beiden Zimmern gegenüber wohnten der kleine, aber sehr würdevolle College-Bibliothekar und
ein älterer Student namens Paul Brooke, der ein sommerspros-
siges, fröhliches Gesicht besaß und Augen, die immer leicht
erstaunt blickten. Brooke war Lateinstudent. Gleich am ersten
Morgen bemerkte Shaman, daß er mit einem Cicero-Band unter
dem Arm zum Frühstück kam.
Shaman hatte von seinem Vater ein recht anständiges Latein

gelernt. »*Iucundi acti labores*«, sagte er nun. Nach getaner Arbeit ist gut ruhen.

Brookes Gesicht leuchtete auf wie eine Lampe. »*Ita vivam, ut scio!*« Wenn doch Leben und Wissen übereinstimmten!

Brooke wurde zum einzigen Menschen im Haus, mit dem Shaman sich regelmäßig unterhielt, mit Ausnahme des Dekans und dessen dürrer, weißhaariger Frau, die pflichtbewußt versuchte, täglich ein paar freundliche Worte zu murmeln.

»*Ave!*« begrüßte Brooke ihn jeden Tag. »*Quomodo te habes hodie, iuvenis?*« Wie geht es dir heute morgen, mein Jüngling?

»*Tam bene quam fieri possit talibus in rebus, Caesar.*« Den Umständen entsprechend gut, o Caesar, erwiderte Shaman dann immer. Diese beiden Sätze wurden ihr allmorgendliches Begrüßungsritual.

Beim Frühstück stahl Brooke Brötchen und gähnte ausdauernd. Nur Shaman wußte, warum. Brooke hatte in der Stadt ein Mädchen und blieb nachts oft sehr lang aus. Zwei Tage nach Shamans Einzug überredete ihn der Lateiner, ihm die Tür aufzuschließen, nachdem alle anderen zu Bett gegangen seien, damit er sich ins Haus schleichen könne. Es war ein Gefallen, den Brooke von da an sehr häufig in Anspruch nahm.

Der Unterricht begann jeden Tag um acht. Shaman belegte Physiologie, englischen Aufsatz und englische Literatur sowie Astronomie. Brooke staunte ehrfürchtig, als der Neue auch eine Prüfung in Latein ablegte. Gezwungen, eine zusätzliche Sprache zu studieren, wählte Shaman Hebräisch statt Griechisch, aus Gründen, über die er lieber nicht nachdachte. An seinem ersten Sonntag in Galesburg nahmen der Dekan und seine Frau ihn mit in die Kirche der Presbyterianer, doch von da an sagte er den Hammonds, er sei Kongregationalist, und den Theologiestudenten, er sei Presbyterianer. Auf diese Weise hatte er jeden Sonntagvormittag Zeit, die Stadt zu erkunden.

Galesburg verfügte bereits seit sechs Jahren über einen Eisenbahnanschluß, und die Schienen brachten Wohlstand und eine bunte Menschenmischung in die Stadt. Außerdem hatten erst kurz zuvor Schweden eine Genossenschaftskolonie in der Nähe aufgelöst, und ein Großteil von ihnen war nach Galesburg gezogen. Shaman gefielen die schwedischen Mädchen und Frauen mit ihren strohblonden Haaren und der makellos hellen Haut sehr. Wenn er Vorkehrungen traf, um Mrs. Hammonds Laken nachts nicht zu beflecken, waren die weiblichen Wesen seiner Phantasie Schwedinnen. Einmal erschrak er auf der South Street beim Anblick einer dunkelhaarigen Frau, denn er war sicher, daß er sie kannte, und einen Augenblick lang konnte er kaum atmen. Aber dann stellte sich heraus, daß diese Frau eine Fremde war. Sie schenkte ihm ein Lächeln, als sie seinen Blick bemerkte, doch er senkte den Kopf und eilte davon. Sie war mindestens zwanzig, und er wollte sich nicht mit älteren Frauen einlassen.

Er sehnte sich nach zu Hause und nach Liebe, doch diese Sehnsucht legte sich und störte ihn bald nicht weiter. Wegen seiner Jugend und seiner Taubheit fand er keine Freunde, was sich freilich in guten Noten auswirkte, da er die meiste Zeit studierte. Seine Lieblingsfächer waren Astronomie und Physiologie, obwohl letztere ihn enttäuschte, da der Unterricht fast nur in der Aufzählung von Körperteilen bestand. An die Beschreibung der Körperfunktionen wagte sich Mr. Rowell, der Lehrer, nur einmal bei einer Vorlesung über die Verdauung und die Bedeutung der Regelmäßigkeit. Aber im Physiologiehörsaal war ein zusammengedrahtetes Skelett an einer Schraube in seiner Schädeldecke aufgehängt, und Shaman brachte Stunden alleine mit ihm zu und prägte sich den Namen, die Form und die Funktion jedes alten, ausgebleichten Knochens ein.

Galesburg war eine hübsche Stadt. Die Straßen säumten Ulmen, Ahorn- und Walnußbäume, die die ersten Siedler gepflanzt hatten. Die Bewohner waren auf drei Dinge besonders stolz: In ihrer Stadt hatte Harvey Henry May einen selbstschärfenden Stahlpflug erfunden; ein Galesburger namens Olmsted Ferris hatte gutes Popcorn entwickelt, das er sogar in England vor Queen Victoria aufplatzen lassen durfte, und Senator Douglas sowie sein Gegner Lincoln debattierten am 7. Oktober 1858 im College.

Shaman ging an diesem Abend in die Aula, um die Debatte zu verfolgen, doch die Halle war bereits so voll, daß nur noch Plätze frei waren, von denen aus er die Lippen der Kandidaten nicht hätte sehen können. So verließ er die Aula und stieg zum Dachboden hoch, wo sein Astronomielehrer, Professor Gardner, ein kleines Observatorium unterhielt. Hier sollte jeder Student einige Stunden pro Monat den Himmel beobachten, und an diesem Abend hatte Shaman den ganzen Stolz des Professors, ein Alvan-Clark-fünf-Zoll-Fernrohr, für sich alleine. Er stellte das Teleskop ein, und die Sterne sprangen ihn förmlich an, zweihundertmal größer als noch einen Augenblick zuvor. Es war eine kalte Nacht und der Himmel so klar, daß man die Ringe des Saturns erkennen konnte. Shaman betrachtete den Orion- und den Andromedanebel und begann dann, das Fernrohr auf seinem Stativ zu bewegen und den Himmel abzusuchen. »Den Himmel fegen«, pflegte Professor Gardner das zu nennen und zu erzählen, eine Frau namens Maria Mitchell habe beim Himmelfegen einen Kometen entdeckt und sich damit unsterblichen Ruhm erworben.

Shaman entdeckte keinen Kometen. Er beobachtete die Sterne, bis sie in ihrer funkelnden Größe vor seinen Augen zu tanzen begannen. Was hatte sie wohl geformt da oben, da draußen? Und die Sterne dahinter? Und dahinter?

Er spürte, daß jeder Stern und jeder Planet der Teil eines komplizierten Systems ist wie ein Knochen in einem Skelett oder ein Tropfen Blut in einem Körper. Die ganze Natur schien so organisiert zu sein, so durchdacht: geordnet und doch höchst kompliziert. Was hatte sie so werden lassen? Mr. Gardner hatte Shaman gesagt, um Astronom zu werden, brauche er nur gute Augen und mathematisches Talent. Ein paar Tage lang war er versucht gewesen, die Astronomie zu seiner Lebensaufgabe zu machen, dann aber hatte er sich anders entschieden. Der Anblick der Sterne war faszinierend, doch man konnte nichts anderes tun, als sie beobachten. Wenn so ein Himmelskörper aus der Bahn geriet, gab es keine Hoffnung, das zu korrigieren.

Als Shaman an Weihnachten heimfuhr, kam ihm Holden's Crossing irgendwie anders vor als früher, einsamer als sein Zimmer im Haus des Dekans, und am Ende der Ferien kehrte er gerne wieder ins College zurück. Er freute sich sehr über das Messer, das sein Vater ihm geschenkt hatte, und kaufte sich einen kleinen Schleifstein und ein Fläschchen Öl, um die Klingen zu schärfen, bis sie mühelos ein Haar durchtrennten.

Im zweiten Semester belegte er Chemie statt Astronomie. Der englische Aufsatz machte ihm Schwierigkeiten. *Sie haben bereits mehr als einmal geschrieben*, kritzelte sein Englischlehrer schlecht gelaunt in Shamans Heft, *daß Beethoven viele seiner Werke als Tauber komponiert hat*. Professor Gardner lud ihn ein, das Fernrohr zu benutzen, so oft er wolle, doch eines Abends vor einer Chemieprüfung suchte er den Himmel ab, anstatt Berzelius' Atomgewichtetabelle auswendig zu lernen, und bekam eine schlechte Note. Daraufhin vernachlässigte er die Himmelsbeobachtung, wurde dafür aber sehr gut in Chemie. In den Osterferien, die er wieder in Holden's Crossing verbrachte, luden die Geigers die Coles zum Essen ein, und Jasons Interesse an Chemie machte für Shaman diese unangenehme Begegnung etwas erträglicher, denn Jay erkundigte sich eingehend nach diesem Fach.

»Was willst du denn eigentlich mal werden, Shaman?« fragte Jay.

»Ich weiß es noch nicht. Ich habe mir gedacht ... vielleicht irgend etwas Naturwissenschaftliches.«

»Wenn du dich für Pharmazie interessierst, würde ich dich sehr gerne als Lehrling nehmen.«

Shaman sah an der Miene seiner Eltern, daß sie das Angebot freute, er dankte Jay deshalb unbeholfen und sagte, er werde es sich überlegen. Aber er wußte bereits, daß er kein Apotheker werden wollte. Danach sah er eine Zeitlang nur auf seinen Teller und verpaßte dadurch einen Teil der Unterhaltung, doch als er aufblickte, bemerkte er, daß Lillians Gesicht von Kummer überschattet war. Sie erzählte seiner Mutter, daß Rachels Kind in fünf Monaten hätte zur Welt kommen sollen, und danach unterhielten sie sich eine Weile über das Leid der Frauen, die ein Kind verlieren.

In den Sommerferien arbeitete er auf der Farm und las Philoso-phiebücher, die er sich von George Cliburn auslieh. Im neuen Schuljahr erlaubte der Dekan ihm, Hebräisch abzulegen, und er belegte Kurse über Shakespeares Dramen, fortgeschrittene Mathematik, Botanik und Zoologie. Nur einer der beiden Theo-logiestudenten war ans College zurückgekehrt, doch Brooke ebenfalls, mit dem er sich weiterhin nach Römerart unterhielt, um im Lateinischen in Übung zu bleiben. Professor Gardner, sein Lieblingslehrer, unterrichtete auch Zoologie, doch war er ein besserer Astronom als Biologe. Sie sezierten nur Frösche, Mäuse und kleine Fische und zeichneten eine Unmenge sche-matischer Darstellungen. Shaman besaß nicht das künstlerische Talent seines Vaters, aber dank seiner in Makwas Nähe ver-brachten Kindheit hatte er einen Vorsprung in Botanik, und er schrieb seine erste Arbeit über die Anatomie der Blumen.

In diesem Jahr schlug die Auseinandersetzung über die Sklave-rei im College hohe Wellen. Zusammen mit anderen Studenten und Fakultätsangehörigen trat Shaman in die Society for the Abolition of Slavery ein, die Gesellschaft zur Abschaffung der Sklaverei. Aber es gab auch viele am College und in der Stadt, die mit den Südstaaten sympathisierten, und manchmal ent-wickelte sich die Diskussion zu einem häßlichen Streit.

Meistens ließ man Shaman in Ruhe. Die Studenten und die Leute aus der Stadt hatten sich an ihn gewöhnt, doch für die Unwissenden und die Abergläubischen war er zu einem Ge-heimnis, ja zu einer Legende geworden. Sie wußten nichts über Taubheit und verstanden nicht, daß Taube ihre Behinderung mit anderen Sinnen kompensieren können. Daß er stocktaub war, hatten sie sehr schnell herausgefunden, aber einige glaub-ten, daß er geheime Kräfte besitze, da er, wenn er alleine stu-dierte und jemand leise hinter ihm ins Zimmer trat, immer dessen Anwesenheit spürte. Sie sagten, er habe »Augen am Hinterkopf«, denn sie begriffen nicht, daß er die Schwingungen der Schritte und den Luftzug einer geöffneten Tür spüren und das Erzittern der Blätter in seiner Hand sehen konnte. Er war froh, daß sie nichts von seiner Fähigkeit wußten, die Töne eines Klaviers zu unterscheiden.

Er wußte, daß sie ihn manchmal »den eigenartigen tauben Jungen« nannten.

An einem warmen Montagnachmittag Anfang Mai spazierte er durch die Stadt und besah sich die Blumen, die in den Vorgärten sprossen, als an der Kreuzung South Street und Cedar Street ein vierspänniges Lastfuhrwerk zu schnell um die Kurve bog. Das Donnern der Hufe und das klägliche Jaulen blieben ihm zwar erspart, doch er sah, wie ein kleines pelziges Ding gerade noch den Vorderrädern ausweichen konnte, dann aber vom rechten Hinterrad erfaßt wurde. Der Hund wurde beinahe eine ganze Umdrehung mitgeschleift, bevor er wieder freikam. Das Lastfuhrwerk ratterte davon, der Hund jedoch blieb zappelnd im Straßenstaub liegen. Shaman lief zu dem Tier.

Es war eine unscheinbare gelbliche Hündin mit Stummelbeinen und einem Schwanz mit einer weißen Spitze. Shaman meinte, Spuren eines Terriers in ihr zu erkennen. Sie lag zuckend auf dem Rücken, ein dünnes rotes Rinnsal lief ihr aus dem Maul.

Ein Paar kam dazu und betrachtete sich das Tier. »Abscheulich«, sagte der Mann. »Diese verrückten Kutscher! Es hätte leicht auch einen von uns treffen können.« Er streckte warnend die Hand aus, als Shaman sich zu dem Hund hinunter bückte. »Ich würde das nicht tun. Er hat sicher Schmerzen und wird Sie beißen.«

»Wissen Sie, wem er gehört?« fragte Shaman.

»Nein«, antwortete die Frau.

»Ist doch nur ein Straßenköter«, sagte der Mann und ging mit seiner Frau weiter.

Shaman kniete sich hin und streichelte den Hund vorsichtig, und der leckte ihm die Hand. »Armes Tier«, sagte Shaman. Er untersuchte alle vier Beine und konnte keinen Bruch feststellen, wußte aber, daß die Blutung ein schlechtes Zeichen war. Trotzdem zog er nach einem Augenblick des Zögerns seine Jacke aus und wickelte den Hund darin ein. Er nahm das Tier in den Arm wie ein Kleinkind oder ein Wäschebündel und trug es zum Haus des Dekans. Da niemand zu den Fenstern heraussah, konnte er es unbemerkt in den Hinterhof bringen. Auch auf der Treppe begegnete ihm niemand. In seinem Zimmer setzte er den Hund auf dem Boden ab und räumte Unterwäsche und Socken aus der untersten Schublade der Kommode. Aus dem Schrank im Gang holte er einige Putzlappen, polsterte damit die Schublade aus und legte den Hund hinein. Als er seine Jacke untersuchte, sah er, daß nur sehr wenig Blut an ihr war, und das auch nur an der Innenseite.

Die Hündin lag hechelnd in der Schublade und sah ihn an.

Als es Zeit zum Abendessen war, verließ Shaman das Zimmer. Im Gang sah Brooke verwundert zu, als er seine Tür abschloß, denn das war höchst ungewöhnlich, wenn man das Haus nicht verließ. »*Quid vis?*« fragte Brooke.

»*Condo parvam catulam in meo cubiculo.*«

Brooke riß erstaunt die Augen auf. »Du hast ...«, er traute seinen Lateinkenntnissen nicht mehr, »... ein kleines Weibchen in deinem Zimmer versteckt?«

»*Sic est.*«

»Mann!« rief Brooke ungläubig und klopfte Shaman auf die Schulter. Zum Abendessen gab es, da Montag war, Reste vom Sonntagsbraten. Shaman steckte ein paar kleine Scheiben von seinem Teller in die Tasche, wobei Brooke ihm interessiert zusah. Als Mrs. Hammond in die Küche ging, um sich um die Nachspeise zu kümmern, nahm Shaman eine halbe Tasse Milch und verließ, unbemerkt vom Dekan, der mit dem Bibliothekar in ein Gespräch über das Bücherbudget vertieft war, den Tisch. Die Hündin hatte nicht das geringste Interesse an dem Fleisch, und auch die Milch mochte sie nicht. Shaman benetzte den Finger mit Milch und legte ihn ihr auf die Zunge, wie er es bei mutterlosen Lämmern machte, und brachte das Tier so dazu, ein wenig Nahrung aufzunehmen.

Die nächsten Stunden verbrachte er über seinen Büchern. Am

späten Abend streichelte und hätschelte er den matten Hund. Die Schnauze war heiß und trocken. »Schlaf jetzt, mein kleines Mädchen!« sagte er und blies die Lampe aus. Es war ein eigenartiges Gefühl, ein lebendes Wesen im Zimmer zu haben, aber es gefiel ihm.

Am nächsten Morgen ging er sofort zu dem Hund und befühlte die Schnauze. Sie war kalt, und auch der Körper war kalt und steif. »Aus«, sagte Shaman traurig.

Jetzt mußte er sich überlegen, wie er die Hündin los wurde. Doch zuerst wusch er sich, zog sich an und ging zum Frühstück hinunter, nicht ohne zuvor wieder sein Zimmer zu verschließen. Brooke erwartete ihn in der Diele. »Ich habe gedacht, du hast gestern nur Spaß gemacht«, sagte er böse. »Aber ich habe sie die ganze Nacht weinen und wimmern gehört.«

»Tut mir leid«, erwiderte Shaman. »Es kommt nicht wieder vor.« Nach dem Frühstück ging er auf sein Zimmer, setzte sich aufs Bett und betrachtete den Hund. Auf dem Rand der Schublade saß eine Fliege, und er versuchte, sie zu erschlagen, verfehlte sie aber immer wieder. Er mußte warten, bis alle das Haus verlassen hatten, um dann den Hund aus dem Haus zu schaffen. Im Keller war sicher eine Schaufel. Doch das würde bedeuten, daß er die erste Unterrichtsstunde verpaßte.

Nach einer Weile dämmerte ihm, daß sich hier die Gelegenheit zu einer Obduktion bot. Der Gedanke faszinierte ihn, doch er sah auch die Probleme. Vor allem das Blut. Von seiner Mithilfe bei den Autopsien seines Vaters wußte er, daß Blut sich nach dem Ableben etwas verdickt, doch Flecken würde es trotzdem geben ...

Er wartete, bis das Haus fast leer war, und ging dann hinunter in die rückwärtige Diele, wo an einem Nagel an der Wand die metallene Badewanne hing. Er trug sie in sein Zimmer und stellte sie vor das Fenster, wo er das beste Licht hatte. Er legte die Hündin auf dem Rücken in die Wanne, und mit ihren vier hochgereckten Pfoten sah sie aus, als warte sie darauf, am Bauch gekrault zu werden. Die Krallen waren lang wie die Zehennägel eines ungepflegten Menschen, und eine war abgebrochen. Das Tier hatte an den Hinterläufen je vier Krallen und an den Vorderläufen zusätzlich eine kleinere, fünfte, die beinahe aussah wie ein hochgewanderter Daumen. Shaman war neugierig, wie die Gelenke im Vergleich zu menschlichen Gelenken aussahen. Er nahm das Taschenmesser zur Hand, das sein Vater ihm geschenkt hatte, und klappte die kleinste Klinge auf. Der Hund hatte feine lange Haare und dickere kurze darunter, doch das Fell auf dem Bauch behinderte ihn nicht, als er den Stahl in das Fleisch senkte.

Shaman ging nicht zum Unterricht und machte auch keine Mittagspause. Den ganzen Tag sezierte, notierte und skizzierte er. Am späten Nachmittag war er mit den inneren Organen und einigen Gelenken fertig. Er wollte auch noch das Rückgrat ansehen und es zeichnen, doch für den Augenblick legte er den Hund in die Kommodenschublade zurück und schloß sie. Dann goß er Wasser in sein Waschbecken, schrubbte sich lange und gründlich mit viel Kernseife die Hände und leerte das Becken in die Wanne. Bevor er zum Abendessen hinunterging, zog er sich vollständig um.

Trotzdem war die Suppe noch kaum im Teller, als Dekan Hammond schon seine fleischige Nase rümpfte.

»Hier stinkt was«, sagte der Dekan. »Kohl?«

»Nein«, sagte seine Frau.

Shaman war froh, gleich nach dem Essen wieder in sein Zimmer zu kommen. Dort saß er schwitzend auf dem Bett und hoffte, daß niemand auf den Gedanken käme, ein Bad zu nehmen.

Das tat auch niemand. Viel zu nervös, um müde zu sein, wartete Shaman sehr lange, bis er sicher sein konnte, daß alle anderen zu Bett gegangen waren. Dann nahm er die Wanne und trug sie die Treppe hinunter in den Hinterhof, wo er die blutige Brühe auf den Rasen schüttete. Die Pumpe schien außergewöhnlich laut zu sein, als er den Schwengel betätigte, und er mußte immer damit rechnen, daß jemand herauskam, um aufs Aborthäuschen zu gehen. Doch er hatte Glück. Er schrubbte die Wanne mehrmals mit Seife, spülte sie gründlich aus und hängte sie dann wieder an ihren Haken.

Am nächsten Morgen mußte er einsehen, daß er das Rückgrat nicht mehr würde sezieren können, denn das Zimmer war wärmer geworden und der Geruch intensiver. Er ließ die Schublade geschlossen und stapelte Kissen und Bettzeug davor, weil er hoffte, so den Geruch etwas einzudämmen. Doch als er das Frühstückszimmer betrat, sah er nur mürrische Gesichter.

»Vermutlich eine tote Maus irgendwo zwischen den Wänden«, bemerkte der Bibliothekar. »Oder vielleicht eine Ratte.«

»Nein«, sagte Mrs. Hammond. »Wir haben gefunden, woher der Gestank kommt. Anscheinend kommt er aus der Umgebung der Pumpe.«

Der Dekan seufzte. »Ich hoffe nur, wir müssen keinen neuen Brunnen graben.«

Brooke sah aus, als habe er die ganze Nacht nicht geschlafen. Er war nervös und vermied Shamans Blick.

Wie betäubt eilte Shaman in seine Chemiestunde, um die Zeit zu überbrücken, bis alle das Haus verlassen hatten. Danach ging er nicht in die Shakespeare-Vorlesung, sondern lief sofort heim, um die Sache hinter sich zu bringen. Doch als er die Hintertreppe hinaufstieg, sah er Brooke, Mrs. Hammond und einen der beiden Polizisten der Stadt vor seiner Tür stehen. Die Frau des Dekans hatte den Schlüssel in der Hand.

Sie alle sahen Shaman an. »Ist da was Totes drin?« fragte der Polizist.

Shaman brachte kein Wort heraus.

»Mir hat er erzählt, daß er da drin eine Frau versteckt hat«, sagte Brooke.

Jetzt fand Shaman seine Stimme wieder. »Nein!« sagte er, aber der Polizist hatte Mrs. Hammond bereits den Schlüssel abgenommen und sperrte auf.

Im Zimmer sah Brooke sofort unter dem Bett nach, doch der Polizist hatte längst das Kissen und das Bettzeug entdeckt. Er machte die Schublade frei und zog sie auf. »Ein Hund«, sagte er. »Ganz zerschnitten.«

»Keine Frau?« fragte Brooke und sah Shaman an. »Du hast doch gesagt ›Weibchen‹!«

»*Du* hast ›Weibchen‹ gesagt. Ich habe ›*catulam*‹ gesagt«, erwiderte Shaman. »Junger Hund von weiblichem Geschlecht.«

»Ich nehme nicht an, Sir«, sagte der Polizist, »daß Sie hier noch etwas anderes Totes versteckt haben? Bei Ihrer Ehre?«

»Nein«, antwortete Shaman.

Mrs. Hammond sah ihn an, sagte aber kein Wort. Sie lief hinaus und die Treppe hinunter, und Augenblicke später hörte man die Haustür knallen.

Der Polizist seufzte. »Sie wird sicher direkt ins Büro ihres Gatten laufen. Und dorthin sollten wir uns vermutlich auch begeben.« Shaman nickte und folgte ihm aus dem Zimmer, vorbei an Brooke, der sich ein Taschentuch vor Mund und Nase hielt und ihn bedauernd anblickte.

»*Vale!*« sagte Shaman. Leb wohl!

Das Zimmer wurde ihm gekündigt. Da es nur noch drei Wochen bis zum Semesterende waren, gestattete ihm Professor Gardner, auf einem Feldbett in seinem Werkzeugschuppen zu schlafen. Aus Dankbarkeit grub Shaman ihm den Garten um und pflanzte ein Beet Kartoffeln an. Eine Schlange, die unter einigen Blumentöpfen hauste, erschreckte ihn, doch dann sah er, daß es nur eine kleine Milchschlange war, und sie kamen gut miteinander aus.

Er erhielt ausgezeichnete Noten, aber auch einen versiegelten Brief, den er seinem Vater geben sollte. Zu Hause saß er dann im Arbeitszimmer und wartete, bis sein Vater das Schreiben gelesen hatte. Shaman wußte ziemlich genau, was in dem Brief stand. Dekan Hammond hatte ihm gesagt, die beiden Jahre auf dem College würden ihm natürlich für seine weitere Ausbildung angerechnet, er sei aber für ein Jahr suspendiert, um die für eine akademische Gemeinschaft nötige Reife zu erlangen. Wenn er zurückkehre, müsse er sich eine andere Unterkunft suchen.

Sein Vater legte den Brief beiseite und sah ihn an. »Hast du aus diesem Abenteuer etwas gelernt?«

»Ja, Pa«, antwortete Shaman. »Ein Hund ist innerlich einem Menschen überraschend ähnlich. Das Herz ist natürlich viel kleiner, nur etwa halb so groß, aber es hat fast genauso ausgesehen wie die menschlichen Herzen, die du mir bei deinen Obduktionen gezeigt hast. Es hatte die gleiche Mahagonifarbe.«

»Nicht ganz Mahagoni ...«

»Na ja ... rötlich.«

»Ja, rötlich.«

»Lunge und Gedärme sind ebenfalls sehr ähnlich. Nicht aber die Milz. Sie ist nicht rund und kompakt, sondern wie eine große Zunge, dreißig Zentimeter lang, fünf Zentimeter breit, zweieinhalb Zentimeter dick. Die Aorta war geplatzt. Daran ist die Hündin gestorben. Sie ist innerlich verblutet. In der Bauchhöhle habe ich jede Menge ausgetretenes Blut entdeckt.«

Sein Vater sah ihn an.

»Ich habe mir Notizen gemacht. Falls es dich interessiert, sie zu lesen.«

»Das interessiert mich sehr«, sagte sein Vater nachdenklich.

DER BEWERBER

Nachts lag Shaman in dem Bett mit der Seilmatratze, die neu geknüpft werden mußte, und starrte Wände an, die ihm so vertraut waren, daß er am unterschiedlichen Spiel der Sonne auf ihnen erkennen konnte, welche Jahreszeit es war. Sein Vater hatte vorgeschlagen, er solle die Zeit seiner Suspendierung zu Hause verbringen. »Da du ja jetzt schon einiges über Physiologie weißt, kannst du mir bei den Autopsien besonders gut helfen. Ein zweites Paar sicherer Hände könnte ich bei meinen Hausbesuchen auch gebrauchen. Und dazwischen«, sagte Rob J., »kannst du auf der Farm helfen.«

Bald war es beinahe wieder so, als wäre er nie weggewesen.

Doch zum erstenmal in seinem Leben war die Stille, die ihn umgab, eine Stille der bohrenden Einsamkeit.

In diesem Jahr lernte er anhand der Leichen von Selbstmördern, Streunern und Armen und nicht aus Büchern die Kunst des Sezierens. In den Häusern der Kranken und Verletzten bereitete er die Instrumente und Verbände vor, und er beobachtete, wie sein Vater jede neue Situation meisterte. Er wußte, daß auch sein Vater ihn beobachtete, und er gab sich deshalb Mühe, immer aufmerksam zu sein und die Namen der Instrumente, Schienen und Kompressen zu lernen, damit er sie zur Hand hatte, noch bevor Rob J. nach ihnen fragte.

Eines Vormittags, bei einer Pinkelpause im Flußwäldchen, sagte er seinem Vater, daß er nach seiner Suspendierung nicht ans Knox College zurückkehren, sondern Medizin studieren wolle.

»Den Teufel wirst du«, sagte Rob J.

Shaman spürte die Enttäuschung in sich aufsteigen, da er am Gesicht seines Vaters sah, daß der seine Meinung noch immer nicht geändert hatte.

»Verstehst du denn nicht, Junge? Ich versuche doch nur, dich vor Kränkungen zu bewahren. Man sieht, daß du ein wirkliches Talent für die Naturwissenschaften hast. Mach das College fertig, und ich zahle dir die beste akademische Ausbildung, die es gibt, egal wo du hinwillst. Du kannst unterrichten, in die Forschung gehen ... Ich glaube fest daran, daß aus dir etwas Großes wird.«

Shaman schüttelte den Kopf. »Ich habe keine Angst vor Kränkungen. Als ich klein war, hast du mir die Hände gefesselt und mir das Essen verweigert, bis ich meine Stimme gebraucht habe. Damals hast du versucht, das Beste aus mir herauszuholen, und nicht, mir Schmerz zu ersparen.«

Rob J. seufzte und nickte dann. »Also gut. Wenn du dir den Arztberuf in den Kopf gesetzt hast, kannst du bei mir in die Lehre gehen.«

Aber Shaman schüttelte den Kopf. »Das wäre nichts anderes als ein Almosen für deinen tauben Sohn. Du bist nämlich davon überzeugt, daß es sinnlos ist.«

»Shaman!« sagte sein Vater bedrückt.

»Ich will so Medizin studieren, wie du es getan hast, an einer Universität.«

»Das ist überhaupt keine gute Idee. Ich kann mir nicht vorstellen, daß eine gute medizinische Fakultät dich aufnimmt. Im Augenblick schießen überall zweitklassige Institute wie Pilze aus dem Boden, und die nehmen dich gern. Die nehmen jeden, der Geld hat. Aber es wäre ein schwerer Fehler, Medizin an einer solchen Möchtegern-Universität zu studieren.«

»Das habe ich auch nicht vor.« Und Shaman bat seinen Vater, ihm eine Liste mit den besten medizinischen Fakultäten zusammenzustellen, die vom Mississippi Valley aus ohne allzu große Schwierigkeiten erreichbar waren.

Gleich nach ihrer Rückkehr ging Rob J. in sein Arbeitszimmer, stellte die Liste zusammen und gab sie seinem Sohn noch vor dem Abendessen, als wolle er damit das Thema aus seinen Gedanken verbannen.

Shaman goß frisches Öl in die Lampe und saß bis weit nach Mitternacht an dem kleinen Tisch in seinem Zimmer, um Bewerbungsbriefe zu schreiben. Um unliebsame Überraschungen zu vermeiden, machte er in jedem Brief unmißverständlich klar, daß es sich bei dem Bewerber um einen Tauben handle.

Das Pferd namens Bess, die frühere Monica Grenville, war dürr und lahm gewesen, nachdem sie Rob J. über den halben Kontinent getragen hatte, doch jetzt, in ihrem Ruhestand, war sie wieder feist und vergnügt. Aber für die arme, blinde Vicky, das Pferd, das Rob J. als Ersatz für Bess gekauft hatte, bestand das Leben nur noch aus Leiden. Eines Nachmittags im Spätherbst sah Rob J. beim Nachhausekommen Vicky zitternd auf der Weide stehen, den Kopf gesenkt, die dürren Beine leicht gespreizt und so selbstversunken, wie er es auch von Menschen kannte, die verwirrt und geschwächt dem Tod entgegengingen. Am nächsten Morgen ging er zu den Geigers und fragte Jay, ob er Morphium vorrätig habe.

»Wieviel brauchst du?«

»So viel, um ein Pferd zu töten«, erwiderte Rob J.

Er führte Vicky auf die Weide und gab ihr zwei Karotten und einen Apfel. Dann injizierte er das Gift in die rechte Drosselader, sprach mit dem Tier und streichelte ihm den Hals, während es seine letzte süße Mahlzeit kaute. Kurz darauf ging Vicky in die Knie und kippte zur Seite. Rob J. blieb bei ihr, bis sie tot war, stand dann seufzend auf, befahl seinen Söhnen, sich um sie zu kümmern, und ritt davon, um seine Hausbesuche zu machen.

Shaman und Alex fingen direkt neben dem Pferd zu graben an. Sie brauchten lange, denn das Loch mußte tief und breit sein. Als es endlich fertig war, standen sie da und schauten das Pferd an. »Komisch, wie die Schneidezähne vorstehen«, sagte Shaman.

»Daran erkennt man bei Pferden das Alter, an den Zähnen«, erklärte ihm Alex.

»Ich weiß noch, wie ihre Zähne so gerade waren wie die unseren ... Sie war ein gutes altes Mädchen.«

»Sie hat ziemlich viel gefurzt«, sagte Alex, und beide mußten lächeln. Doch nachdem sie Vicky in die Grube gerollt hatten, schaufelten sie schnell die Erde darüber, denn sie konnten das Tier nicht mehr ansehen. Sie schwitzten, obwohl der Tag kühl war. Alex führte Shaman in den Stall und zeigte ihm, wo Alden unter einigen Säcken seinen Whiskey versteckt hatte. Er nahm einen kräftigen Schluck aus der Flasche, Shaman einen kleinen.

»Ich muß weg von hier«, sagte Alex.

»Ich hab' gedacht, dir gefällt die Farmarbeit.«

»... komm' mit Pa nicht zurecht.«

Shaman zögerte. »Er mag uns sehr, Alex.«

»Natürlich tut er das. Er war immer gut zu mir. Aber... ich weiß so wenig über meinen leiblichen Vater. Keiner sagt mir was, und ich dreh' halb durch, weil ich mir wirklich vorkomme wie ein Bastard.«

Das verletzte Shaman. »Du hast eine Mutter und einen Vater. Und einen Bruder«, sagte er scharf. »Wenn du kein Trottel bist, sollte dir das reichen.«

»Ach, Shaman, du mit deinem gesunden Menschenverstand!«

Alex lachte. »Weißt du was? Warum gehen wir nicht gemeinsam weg… wir beide? Nach Kalifornien. Da ist bestimmt noch Gold zu finden. Wir lassen es uns dort gutgehen, werden reich, und dann kommen wir zurück und kaufen Nick Holden diese verdammte Stadt ab.«

Es war ein verlockender Gedanke, mit Alex unbeschwert durch die Welt zu ziehen, und das Angebot war durchaus ernst gemeint. »Ich hab' andre Pläne, Bigger. Und du darfst auch nicht weglaufen. Wer soll denn sonst die Schafscheiße wegschaufeln?«

Alex versetzte ihm einen Schlag, der ihn zu Boden warf. Keuchend und grunzend gingen die beiden aufeinander los. Aldens Flasche stürzte um und leerte sich gurgelnd und von den Raufenden unbeachtet, während sie über den strohbestreuten Stallboden rollten. Alex war von der Arbeit gestählt, aber Shaman war größer und stärker, und bald hatte er seinen Bruder im Schwitzkasten. Nach einer Weile merkte er, daß Alex ihm etwas sagen wollte, und er drückte ihm deshalb, ohne die Umklammerung zu lockern, den Kopf nach hinten, damit er sein Gesicht sehen konnte.

»Gib auf, und ich lass' dich los«, krächzte Alex, und Shaman ließ sich lachend ins Heu fallen.

Alex kroch zu der umgestürzten Flasche und sah sie bedauernd an. »Alden bekommt einen Anfall, wenn er das sieht.«

»Sag ihm, ich hab' sie ausgetrunken.«

»Nö. Der glaubt das doch nie«, sagte Alex und setzte die Flasche an die Lippen, um die letzten Tropfen herauszusaugen.

In diesem Herbst regnete es sehr stark. Die Regengüsse überzogen das Land auch noch im Winter mit schweren, silbrigen Vorhängen, doch dazwischen gab es immer wieder schöne Tage, so daß die Flüsse zwar anschwollen und donnernd durch ihr Bett stürzten, aber nicht über die Ufer traten. Die zunächst aufgehäufte Erde über Vickys Grab setzte sich, bis die Stelle von der Umgebung nicht mehr zu unterscheiden war.

Rob J. kaufte für Sarah einen grobknochigen, grauen Wallach.

Sie nannten ihn Boss, doch wenn Sarah im Sattel saß, war klar, wer der Boß war.

Rob J. sagte, er wolle die Augen offenhalten nach einem passenden Pferd für Alex. Alex war ihm ehrlich dankbar, denn mit seiner Sparsamkeit war es nicht weit her, und das wenige, das er beiseite legen konnte, war für ein Jagdgewehr reserviert.

»Es kommt mir so vor, als würde ich mich mein ganzes Leben lang nach irgendeinem Pferd umsehen«, sagte Rob J., erwähnte dabei aber nicht, daß er auch nach einem Pferd für Shaman Ausschau halten wollte.

Jeden Dienstag- und Donnerstagnachmittag kam der Postsack aus Rock Island nach Holden's Crossing. Kurz vor Weihnachten begann Shaman, gespannt auf jede Lieferung zu warten, doch erst in der dritten Februarwoche kamen die ersten Antworten. An diesem Dienstag erhielt er die ersten, fast unhöflich knappen Absagen, eine vom Medical College of Wisconsin, die andere von der medizinischen Fakultät der University of Louisiana. Am Donnerstag erhielt er einen dritten Brief, der ihn darüber aufklärte, daß sein Bildungsstand und seine allgemeinen Voraussetzungen zwar exzellent seien, daß aber das »Rush Medical College of Chicago keine Einrichtungen für Taube« habe.

Einrichtungen? Glaubten die vielleicht, man müsse ihn in einen Käfig sperren?

Sein Vater wußte, daß Post gekommen war, und an Shamans beherrschtem Verhalten merkte er, daß es Ablehnungen gewesen waren. Shaman wollte von seinem Vater nicht mitleidig mit Samthandschuhen angefaßt werden, und der tat es auch nicht. Die Absagen schmerzten, doch in den folgenden sieben Wochen kamen keine weiteren Briefe, und das war Shaman vorerst nicht unrecht.

Rob J. hatte Shamans Aufzeichnungen über die Obduktion des Hundes gelesen und fand sie vielversprechend, wenn auch etwas naiv. Er bot Shaman seine eigenen ärztlichen Unterlagen zur Lektüre an, damit er das Abfassen anatomischer Beschreibungen besser lernte, und Shaman las, sooft er dazu Zeit fand, in den Papieren seines Vaters. Durch Zufall stieß er dabei auch auf den Autopsiebericht über Makwa-ikwa. Es war ein eigenartiges Gefühl, das zu lesen, denn er wußte, während die in dem Bericht aufgezählten Entsetzlichkeiten passierten, hatte er als kleiner Junge ganz in der Nähe des Tatorts geschlafen.

»Sie wurde ja vergewaltigt! Ich wußte zwar, daß sie ermordet ...«

»Vergewaltigt und anal mißbraucht. Aber das erzählt man doch einem kleinen Jungen nicht!« sagte sein Vater.

Das stimmte natürlich.

Wie gebannt las Shaman den Bericht mehrere Male.

Elf Stichwunden, die in unregelmäßiger Linie vom Jugulum am Sternum entlang bis zu einer Stelle etwa zwei Zentimeter unterhalb des Sternfortsatzes verliefen... Dreieckige Wunden, zwischen 0,947 und 0,952 Zentimeter breit. Drei davon im Herzen, 0,887 Zentimeter und 0,799 Zentimeter... die dritte 0,803 Zentimeter.

»Warum sind die Wunden unterschiedlich breit?«

»Weil die Waffe offensichtlich vorne spitz zulief. Je heftiger der Stoß, desto größer die Wunde.«

»Glaubst du, daß man den Schuldigen je finden wird?«

»Nein, glaube ich nicht«, erwiderte sein Vater. »Höchstwahrscheinlich waren es drei. Lange Zeit habe ich überall nach einem Mann namens Ellwood R. Patterson gesucht. Aber der ist spurlos verschwunden. Vermutlich war es ein falscher Name. Ein Mann namens Cough war bei ihm. Aber auch von dem konnte ich nirgends eine Spur finden. Dann war da noch ein junger Kerl mit einem großen Muttermal im Gesicht und einer Gehbehinderung. Ich werde jedesmal ganz nervös, wenn ich einen Hinkenden oder einen mit einem Mal im Gesicht sehe. Doch bisher habe ich nur Leute gefunden, die entweder das Mal hatten *oder* hinkten. Nie beides. Die Behörden waren nicht daran interessiert, sie zu ergreifen, und jetzt ...« Er zuckte mit den Achseln. »Zu viel Zeit ist vergangen, es ist Jahre her.« Shaman glaubte zu merken, daß seinem Vater nur noch eine stille Trauer geblieben war und daß Zorn und Leidenschaft längst ausgebrannt waren.

Eines Tages im April ritten Shaman und sein Vater am katholischen Konvent vorbei. Rob J. lenkte Trude auf den Zuweg, und Shaman folgte ihm etwas verwundert auf Boss.

Als sie das Gebäude betraten, bemerkte Shaman, daß einige Nonnen seinen Vater mit Namen begrüßten und ganz und gar nicht überrascht schienen, ihn zu sehen. Rob stellte ihm Miriam Ferocia vor, die offensichtlich die Leiterin des Klosters war. Sie bot ihnen Plätze an, seinem Vater einen wuchtigen Ledersessel und ihm einen Holzstuhl mit gerader Rückenlehne unter einem Kruzifix, von dem Jesus traurig herabblickte. Eine Nonne brachte ihnen guten Kaffee und warmes Brot.

»Ich muß wohl den Jungen öfter mitbringen«, sagte sein Vater zur Mutter Oberin. »Sonst bekomme ich nämlich kein Brot zum Kaffee.« Shaman erkannte, daß sein Vater ein Mann von überraschender Vielseitigkeit war und daß er ihn vermutlich nie ganz verstehen würde.

Shaman hatte gesehen, daß die Nonnen gelegentlich Patienten seines Vaters pflegten und dabei immer paarweise auftraten. Rob J. und die Oberin sprachen kurz über einige Fälle, doch schon bald wandte sich die Unterhaltung der Politik zu, und es wurde deutlich, daß der Besuch privat und rein freundschaftlich war. Rob J. sah zum Kruzifix hinauf. »Die ›Chicago Tribune‹ zitiert Ralph Waldo Emerson mit den Worten, John Brown habe seinem Galgen eine Glorie verliehen, als handle es sich um ein Kreuz«, sagte er.

Miriam Ferocia erwiderte, daß Brown, ein abolitionistischer Eiferer, der gehenkt worden war, weil er in West Virginia ein Waffenlager der Vereinigten Staaten geplündert hatte, für alle Gegner der Sklaverei inzwischen zum Märtyrer geworden sei. »Aber die Sklaverei ist nicht der eigentliche Grund für die Probleme zwischen Nord und Süd. Die Wirtschaft ist der eigentliche Grund. Der Süden verkauft seine Baumwolle und seinen Zucker an England und die übrigen europäischen Staaten, und er kauft Fertigwaren von diesen Ländern anstatt vom industria-

lisierten Norden. Der Süden ist der Überzeugung, daß er die
übrigen Vereinigten Staaten nicht braucht. Trotz Mr. Lincolns
Reden gegen die Sklaverei liegt hier das eigentliche Problem.«
»Mit Wirtschaft kenne ich mich nicht aus«, sagte Shaman nachdenklich. »Ich hätte das Fach dieses Jahr belegt, wenn ich
wieder aufs College gegangen wäre.«
Als die Nonne fragte, warum er denn nicht nach Galesburg
zurückgekehrt sei, gestand ihr sein Vater, daß Shaman suspendiert worden war, weil er einen Hund seziert hatte.
»Ach, du meine Güte! War er wenigstens schon tot?« fragte sie.
Nachdem sie ihr versichert hatten, daß das der Fall gewesen sei,
nickte sie zufrieden. »Ja, dann ist es ja in Ordnung. Ich habe auch
nie Wirtschaft studiert. Das liegt mir im Blut. Mein Vater hat als
Schreiner damit begonnen, Heuwagen zu reparieren. Heute
besitzt er ein Wagenbauwerk in Frankfurt und eine Kutschen-
fabrik in München.« Sie lächelte. »Mein Vater heißt Brotknecht.
Der Name geht zurück auf meine Vorfahren im Mittelalter, die
Bäcker waren. In Baden, wo ich Novizin war, gab es aber einen
Bäcker, der ausgerechnet Wagenknecht hieß.«
»Was hatten Sie für einen Vornamen, bevor Sie Nonne wurden?«
fragte Shaman. Als er sah, daß sie zögerte und sein Vater die
Stirn runzelte, wußte er, daß die Frage unhöflich war, doch
Miriam Ferocia beantwortete sie ihm trotzdem: »Als ich noch
der Welt angehörte, hieß ich Andrea.« Sie stand auf und holte
ein Buch vom Regal. »Das interessiert dich vielleicht«, sagte sie.
»Es ist von David Ricardo, einem englischen Ökonomen.«
In dieser Nacht blieb Shaman lange wach, um das Buch zu lesen.
Einiges darin war schwierig zu verstehen, doch er begriff, daß
Ricardo für den freien Handel zwischen den einzelnen Staaten
eintrat, und das war etwas, worauf auch die Südstaaten bestanden.
Als er schließlich einschlief, sah er Christus am Kreuz. In seinem
Traum verfolgte er, wie die lange, gebogene Nase kürzer und
breiter wurde. Die Haut wurde dunkler und röter, die Haare
färbten sich schwarz. Weibliche Brüste entwickelten sich, mit
dunklen Warzen und runenähnlichen Symbolen. Die Stigmata

erschienen. Im Schlaf wußte Shaman, ohne zu zählen, daß es elf Wunden waren, und während er hinsah, quoll Blut aus ihnen, das am Körper hinablief und schließlich von Makwas Füßen tropfte.

BRIEFE UND NOTIZEN

Neunundvierzig Lämmer warfen die Mutterschafe der Coles im Frühjahr 1860, und die ganze Familie half bei den schwierigen Geburten und anschließend beim Kastrieren mit. »Die Herde wird jedes Frühjahr größer«, sagte Alden zu Rob J. mit einer Mischung aus Stolz und Besorgnis. »Sie werden sich überlegen müssen, was wir mit der Menge anfangen sollen.«
Viele Möglichkeiten hatte Rob J. nicht. Schlachten konnten sie nur einige wenige. Ihre Nachbarn hatten kaum Bedarf an zusätzlichem Fleisch, denn die züchteten ihre eigenen Tiere, und bevor man es zum Verkauf in die Stadt bringen konnte, verdarb das Fleisch. Lebendige Tiere konnten transportiert und verkauft werden, aber das war kompliziert und erforderte Zeit, Arbeit und Geld. »Insgesamt gesehen, bringt die Wolle am meisten ein«, sagte Rob J. »Das beste wird es sein, wir behalten die Tiere und verkaufen ihre Wolle, so wie es meine Familie in Schottland immer getan hat.«
»Hm. Dann werden wir mehr Arbeit haben als je zuvor. Und dann werden wir wohl eine Hilfe brauchen«, sagte Alden verlegen, und Shaman fragte sich, ob Alex ihm wohl anvertraut hatte, daß er davonlaufen wolle. »Doug Penfield wäre bereit, stundenweise für Sie zu arbeiten. Hat er mir selber gesagt.«
»Glauben Sie, daß er ein guter Arbeiter ist?«
»Sicher ist er das, er kommt aus New Hampshire. Das ist zwar nicht ganz so, als würd' er aus Vermont kommen, aber fast so gut.«
Rob J. stimmte ihm bei, und Doug Penfield wurde eingestellt.

In diesem Frühjahr freundete sich Shaman mit Lucille Williams an, der Tochter des Hufschmieds Paul Williams. Lucille hatte einige Jahre lang die Schule in Holden's Crossing besucht und bei Shaman das Rechnen gelernt. Inzwischen war sie eine junge Frau geworden. Ihre blonden Haare, die sie zu einem großen Knoten zusammengebunden hatte, waren zwar fahler als die weizenblonden Mähnen der schwedischen Mädchen seiner Träume, aber sie hatte ein hübsches Gesicht und lachte gern. Sooft er sie im Ort traf, blieb er stehen, um sich mit ihr wie mit einer alten Freundin zu unterhalten und sie nach ihrer Arbeit zu fragen. Lucille teilte ihre Zeit zwischen der Pferdebetreuung im Mietstall ihres Vaters und der Mithilfe in Roberta's Women's Wear, dem Damenbekleidungsgeschäft ihrer Mutter an der Hauptstraße. Diese Aufteilung gewährte ihr eine gewisse Unabhängigkeit und Freiheit, denn wenn sie in einem Geschäft fehlte, nahm der betroffene Elternteil an, daß sie im anderen arbeite. Als Lucille deshalb Shaman bat, ihr am folgenden Tag um zwei Uhr nachmittags etwas Landbutter zu bringen, war er nervös und aufgeregt.

Sie schärfte ihm ein, sein Pferd vor den Geschäften an der Hauptstraße festzubinden, an der Ecke in die Illinois Avenue einzubiegen und hinter der hohen Fliederhecke, damit man ihn nicht sähe, durch den Garten der Reimers zu schleichen. Über den Lattenzaun in den Hinterhof der Williams und von dort bis zur Hintertür sei es dann ein kurzer Weg.

»Damit die Nachbarn nicht … du weißt schon, auf falsche Gedanken kommen«, sagte sie und senkte den Blick. Es überraschte ihn nicht, schließlich hatte Alex ihr schon im Jahr zuvor Butter geliefert und ihm dann entsprechend berichtet, aber er hatte gewisse Bedenken: Er war ja nicht Alex.

Am nächsten Tag, der Flieder der Reimers stand in voller Blüte, war der Zaun leicht zu überklettern, und die Hintertür öffnete sich schon nach seinem ersten Klopfen. Lucille war voll überschwenglichen Lobs, wie hübsch die Butter in Tücher eingewickelt sei, die sie zusammenfaltete und mit dem Teller auf den

Tisch legte, bevor sie die Butter in den kalten Keller brachte. Danach nahm sie Shaman bei der Hand und führte ihn in ein Zimmer neben der Küche, das offensichtlich Roberta Williams' Anprobierzimmer war. In einer Ecke lehnte ein halber Ballen Schürzenstoff, auf einem langen Regal lagerten ordentlich aufgerollt Seide, Satin, Drillich und Baumwollgewebe. Neben einem großen Roßhaarsofa stand eine Schneiderpuppe aus Draht und Stoff, die, wie Shaman überrascht und fasziniert feststellte, Hinterbacken aus Elfenbein besaß.

Sie bot ihm ihren Mund für einen einzigen, langen Kuß dar, und dann zogen sich beide rasch aus, wobei sie ihre Kleider in zwei beinahe pedantisch ordentliche Stapel nebeneinander legten, die Strümpfe brav in den Schuhen. Mit dem Blick des Anatomen bemerkte er, daß ihr Körper nicht gut proportioniert war: Die Schultern waren schmal und hängend, die Brüste nicht mehr als zwei kaum aufgegangene Eierkuchen mit je einem kleinen Sirupklecks und einer bräunlichen Beere in der Mitte, die untere Körperhälfte dagegen war mit ihren breiten Hüften und dicken Schenkeln viel schwerer. Als sie sich umdrehte, um ein grauweißes Laken über das Sofa zu werfen (»Das Roßhaar kratzt so!«), sah er, daß die Kleiderpuppe nicht für Lucilles Röcke gedacht sein konnte, denn dazu hätte sie ausladender geformt sein müssen.

Als er dann soweit war, gab es kein Problem. Sie machte es ihm leicht, und er hatte von Alex und anderen schon so viele Geschichten gehört, daß er, auch wenn er das Gelände selbst nicht kannte, eine gute Vorstellung von den Orientierungspunkten hatte. Noch am Tag davor hätte er sich nicht vorzustellen gewagt, daß er auch nur den Elfenbeinhintern der Schneiderpuppe berührte, doch jetzt hielt er warmes, lebendiges Fleisch in den Händen, leckte den Sirup und kostete die Beeren. Sehr schnell und zu seiner großen Erleichterung warf er die Bürde der Keuschheit in einem enormen Erguß ab. Da er nicht hören konnte, was sie ihm ins Ohr keuchte, schärfte er all seine anderen Sinne bis zum äußersten, und sie tat ihm den Gefallen, alle möglichen Stellungen einzunehmen, damit er sie eingehend erkunden konnte, bis er wieder in der Lage war, die soeben gemachte Erfahrung, nun allerdings mit etwas größerer Ausdauer, zu wiederholen. Er hätte gern noch weitergemacht, doch schon bald darauf sah sie auf die Uhr und sprang vom Sofa, da sie, wie sie sagte, das Essen auf dem Tisch haben müsse, wenn ihre Mutter und ihr Vater heimkämen. Während des Anziehens machten sie Pläne für die Zukunft. Sie (und dieses leere Haus) standen tagsüber immer zur Verfügung. Doch leider war das die Zeit, in der Shaman arbeiten mußte. Sie einigten sich schließlich darauf, daß Lucille versuchen werde, jeden Dienstag und Donnerstag um zwei Uhr zu Hause zu sein, für den Fall, daß er es schaffte, in die Stadt zu kommen. An diesen Tagen, erklärte er ihr mit Sinn fürs Praktische, könne er gleich die Post mitnehmen.

Sie war nicht weniger praktisch veranlagt und gestand ihm, daß sie Fondant liebe, aber den rosafarbenen und nicht den grünen, der nach Pfefferminz schmecke. Er versicherte ihr, daß er den Unterschied kenne. Auf der anderen Seite des Zauns angelangt, spazierte er mit neugewonnener Leichtigkeit an der langen Reihe der blütenschweren Fliederbüsche entlang und sog den schweren Duft ein, der für den Rest seines Lebens ein für ihn höchst erotisierender Geruch bleiben sollte.

Lucille mochte die Glätte seiner Hände, ohne zu wissen, daß sie nur deshalb so weich waren, weil sie die meiste Zeit mit dem lanolinreichen Fettschweiß der Schafwolle in Kontakt waren. Bis weit in den Mai hinein dauerte auf der Farm die Wollschur, wobei Shaman, Alex und Alden den größten Teil der Arbeit erledigten, weil Doug Penfield sich zwar lernwillig zeigte, aber die Schere sehr ungeschickt handhabe. Doug erhielt deshalb die Aufgabe, die Wolle zu zupfen und zu waschen. Wenn er auf die Farm kam, brachte er Nachrichten vom Weltgeschehen mit, darunter auch die, daß die Republikaner Abraham Lincoln als Präsidentschaftskandidaten aufgestellt hatten. Und als die Wolle gerollt, verschnürt und zu Ballen gepackt war, wußten sie auch, daß die Demokraten in Baltimore zusammengekommen waren und nach hitziger Debatte Douglas zu ihrem Kandidaten ernannt hatten. Doch wenige Wochen später beriefen die Demokraten der Südstaaten einen zweiten Parteikongreß ein und wählten den Vizepräsidenten John C. Breckinridge zu ihrem Präsidentschaftskandidaten, da er für die Erhaltung des Rechts auf Sklavenbesitz eintrat.

Vor Ort waren sich die Demokraten einiger und bestimmten wieder John Kurland, den Anwalt aus Rock Island, dazu, Nick Holden seinen Sitz im Kongreß streitig zu machen. Nick war Kandidat sowohl der American Party wie der Republikaner, und er legte sich schwer für Lincoln ins Zeug, weil er hoffte, von der Popularität des Präsidenten zu profitieren. Lincoln hatte die Unterstützung durch die Nichtswisser begrüßt, und das war der Grund, weshalb Rob J. erklärte, er könne den Mann nicht wählen.

Shaman fiel es schwer, der Politik zu folgen. Im Juli erhielt er eine Antwort vom Cleveland Medical College, wieder eine Absage, und gegen Ende des Sommers hatte er auch vom Ohio College of Medicine und von der University of Louisville abschlägige Bescheide bekommen. In der ersten Septemberwoche, an einem Dienstag, an dem Lucille vergeblich auf ihn wartete, kam sein Vater mit der Post nach Hause geritten und gab ihm einen schmalen, braunen Umschlag, dessen Absender die Kentucky School of Medicine war. Er ging damit in den Stall, bevor er ihn aufriß. Er war froh, daß er alleine war, denn das Kuvert enthielt eine weitere Absage, und er legte sich ins Heu und versuchte, die aufsteigende Panik zu bekämpfen.

Er konnte immer noch nach Galesburg zurückkehren und das dritte Jahr am Knox College absolvieren. Es wäre risikolos, nichts anderes als die Rückkehr zu einer Routine, von der er wußte, daß sie ihm leichtfiel. Hatte er erst einmal sein Bakkalaureat, konnte das Leben sogar noch aufregend für ihn werden, wenn er in den Osten ging, um Naturwissenschaften zu studieren – vielleicht sogar nach Europa.

Kehrte er aber nicht nach Galesburg zurück und nahm keine der medizinischen Fakultäten ihn auf – was würde dann aus seinem Leben werden?

Shaman ging nicht zu seinem Vater, um ihn zu bitten, ihn wieder aufs College zu schicken. Er blieb lange im Heu liegen, und als er dann aufstand, nahm er eine Schaufel und den Schubkarren und begann den Stall auszumisten, eine Arbeit, die auch eine Antwort darstellte.

Die Auseinandersetzung mit der Politik war unausweichlich. Im November gab Shamans Vater freimütig zu, daß er bei den Wahlen für Douglas gestimmt habe, doch es war Lincolns Jahr, denn die südliche und die nördliche Fraktion mit ihren unterschiedlichen Kandidaten hatten die Demokraten gespalten. Lincoln gewann problemlos. Es war ein kleiner Trost, daß wenigstens Nick Holden sein Amt verlor. »Zumindest haben wir in John Kurland einen guten Kongreßabgeordneten«, sagte Rob J., und in der Gemischtwarenhandlung fragte man sich, ob Nick nach Holden's Crossing zurückkehren und seine Arbeit als Anwalt wieder aufnehmen werde. Die Frage wurde nach wenigen Wochen beantwortet, als Abraham Lincoln einige Ernennungen bekanntgab, die die neue Regierung vornehmen werde. Der ehrenwerte Kongreßabgeordnete Nicholas Holden, Held der Sauk-Kriege und eifriger Unterstützer von Mr. Lincolns Kandidatur, war zum Kommissar für Indianerangelegenheiten bestimmt worden. Er hatte die Aufgabe, die Vertragsverhandlungen mit den Stämmen des Westens abzuschließen und ihnen als Gegenleistung für ihr friedliches Verhalten und die Abtretung aller territorialen Ansprüche geeignete Reservate zuzuweisen.
Rob J. war wochenlang gereizt und niedergeschlagen.

Es war eine angespannte und unglückliche Zeit für Shaman und eine angespannte und unglückliche Zeit für die Nation, aber viel später sollte Shaman an diesen Winter mit Wehmut zurückdenken und sich an ihn als eine kostbare ländliche Idylle erinnern, die von geschickten, geduldigen Händen in einer Kristallkugel versiegelt worden war: das Haus, der Stall, der eisige Fluß und schneebedeckte Felder; die Schafe, Pferde und Milchkühe; jede

einzelne Person; und alle in Sicherheit und dort, wo sie hinge-
hörten.

Aber die Kristallkugel war bereits vom Tisch gestoßen worden
und fiel. Wenige Tage nach der Wahl eines Präsidenten, zu
dessen Programm die Abschaffung der Sklaverei gehörte, bereiteten die Südstaaten die Sezession vor. South Carolina machte
den Anfang, und als zwei Einheiten der United States Army, die
in zwei Forts am Hafen von Charleston stationiert waren, im
größeren zusammengezogen wurden, sahen sie sich sofort be-
lagert. In schneller Reihenfolge eroberten Milizen in Georgia,
Alabama, Florida, Louisiana und Mississippi Einrichtungen der
Vereinigten Staaten, die von den auf Frieden eingestellten offiziellen Truppen trotz teilweise heftiger Gegenwehr nicht gehalten werden konnten.

Liebe Ma, lieber Pa,
ich gehe mit Mal Howard weg, um mich dem Süden anzuschlie-
ßen. Wir wissen noch nicht genau, in welchem Staat wir uns
anwerben lassen. Mal würde gerne nach Tennessee, um bei seinen
Verwandten zu kämpfen. Mir ist es ziemlich egal, außer ich kann
nach Virginia zu Mas Familie.
Mr. Howard sagt, es ist wichtig, daß die Südstaaten eine schlag-
kräftige Armee aufstellen, um Lincoln zu zeigen, daß mit ihnen
nicht zu spaßen ist. Er meint, Krieg wird's nicht geben, es ist ja nur
ein Familienstreit. Bis zum Frühjahr, wenn die Lämmer kommen,
bin ich also längst wieder zurück.
Pa, vielleicht habe ich bis dahin auch schon mein eigenes Pferd
und mein eigenes Gewehr!
                    Euer Euch liebender Sohn
                    Alexander Bledsoe Cole

Shaman fand in seinem Zimmer noch einen zweiten Brief, eine
kurze, auf ein Stück braunes Packpapier gekritzelte Notiz,
die, mit dem Gegenstück seines eigenen Taschenmessers beschwert, auf seinem Kopfkissen lag.

Kleiner Bruder,
heb das für mich auf! Ich möcht's nicht verlieren. Bis bald!
Bigger

Rob J. ging sofort zu Julian Howard, der trotzig und zugleich verlegen zugab, die Jungen am Vorabend direkt nach der Arbeit in seinem Buckboard nach Rock Island gebracht zu haben. »Mein Gott, deswegen brauchen Sie sich doch nicht so aufzuregen! Beide sind erwachsene Jungs, und es ist doch nur ein kleines Abenteuer!«

Rob J. fragte ihn, zu welcher Anlegestelle er sie gebracht habe. Es waren die letzten Worte, die er je zu Julian sagen sollte. Howard sah Rob J. Cole in seiner ganzen furchteinflößenden Größe vor sich stehen, er spürte die Verachtung und die Kälte in der Stimme dieses hochnäsigen Doktors, und er stammelte, daß er sie in der Nähe des Three Star Freight Transport Pier abgesetzt habe.

Rob J. ritt direkt dorthin, obwohl kaum Hoffnung bestand, daß er sie noch antreffen würde. Wenn es so kalt gewesen wäre wie in früheren Wintern, hätte er vielleicht mehr Glück gehabt, aber der Fluß war nicht zugefroren, und es herrschte reger Schiffsverkehr. Der Geschäftsführer der Transportgesellschaft sah ihn verwundert an, als er fragte, ob er zwei Jungen bemerkt habe, die auf einem der flußabwärts fahrenden Kähne oder Flöße Arbeit gesucht hätten.

»Mister, wir hatten gestern an diesem Pier zweiundsiebzig Schiffe zum Be- oder Entladen, und das in der Nebensaison, und wir sind nur eine von vielen Transportgesellschaften am Mississippi. Auf fast allen Kähnen heuern junge Männer an, die irgendwo von zu Hause ausgerissen sind, da achte ich doch nicht auf einzelne«, sagte der Mann nicht unfreundlich.

Für Shaman waren die Südstaaten, die sich einer nach dem anderen abspalteten, wie Maiskörner, die in einer heißen Pfanne aufplatzen. Seine Mutter brachte ihre Tage rotäugig im Beten zu, und sein Vater erledigte seine Hausbesuche mit verkniffenem Gesicht. In Rock Island hatte einer der Futtermittelhändler einen Großteil seiner Vorräte in das Hinterzimmer geräumt und die Hälfte seines Ladens an einen Werber der Armee vermietet. Shaman ging einmal dorthin, weil er glaubte, bei seiner Kraft und Stärke wenigstens zum Bahrenträger geeignet zu sein, wenn sonst in seinem Leben schon alles schiefging. Aber der Corporal, der die Männer anwarb, zog nur belustigt die Augenbrauen in die Höhe, als er hörte, daß Shaman taub sei, und sagte ihm, er solle wieder nach Hause gehen.

Allmählich bekam Shaman das Gefühl, daß er gar kein Recht habe, sich um sein persönliches Leben solche Sorgen zu machen, während um ihn herum die Welt in Scherben zu gehen drohte. Am zweiten Dienstag im Januar brachte ihm sein Vater einen Brief und am darauffolgenden Donnerstag noch einen. Sein Vater überraschte ihn, weil er noch wußte, daß er dem Sohn neun Schulen empfohlen hatte, und er hatte die Antwortbriefe genau gezählt.

»Das ist der letzte, nicht?« fragte er Shaman nach dem Abendessen.

»Ja. Vom Missouri Medical College. Eine Absage«, antwortete Shaman, und sein Vater nickte, ohne Überraschung zu zeigen.

»Aber das ist der Brief, der am Dienstag gekommen ist«, sagte Shaman, zog ein Blatt Papier aus der Tasche, faltete es auseinander und reichte es seinem Vater zum Lesen. Das Schreiben war von Dr. Lester Nash Berwyn, dem Dekan der Cincinnati Policlinic Medical School. Er wollte Shaman unter der Bedingung aufnehmen, daß der junge Mann den ersten Studienabschnitt als Probezeit bestand. Das Institut war an das Southwestern Ohio Hospital of Cincinnati angeschlossen und bot eine zweijährige, pro Jahr in vier Abschnitte unterteilte Ausbildung zum Doktor der Medizin an. Der nächste Eintrittstermin war der 24. Januar.

Eigentlich hätte Shaman Freude über seinen Erfolg spüren müssen, doch er wußte, daß seinem Vater bestimmt die Einschränkung »unter der Bedingung« und »Probezeit« auffiel, und er bereitete sich deshalb auf einen Disput vor. Da Alex verschwunden war, wurde er auf der Farm benötigt, doch er war fest entschlossen, ebenfalls wegzugehen und seine Chance zu nutzen. Aus vielen, auch selbstsüchtigen Gründen war er wütend auf seinen Vater, weil er Alex hatte davonlaufen lassen – und er war auch wütend auf seinen Vater, weil der so verdammt sicher war, daß es keinen Gott gab, und nicht begriff, daß die meisten Menschen einfach nicht stark genug waren, um Pazifisten zu sein.

Doch als Rob J. dann den Kopf hob, sah Shaman die Augen und den Mund seines Vaters. Die Erkenntnis, daß Dr. Robert Judson Cole nicht unverletzlich war, traf ihn wie ein Pfeil.

»Alex wird nichts passieren! Er wird alles gut überstehen«, rief er, doch er wußte, daß das nicht die Überzeugung eines verantwortungsbewußten Menschen, eines erwachsenen Mannes war. Trotz des Zimmers mit der elfenbeinärschigen Puppe und trotz des Briefes aus Cincinnati war es nur das wertlose Versprechen eines verzweifelten Jungen – das wurde ihm schlagartig klar.

FÜNFTER TEIL

EIN FAMILIENSTREIT

24. JANUAR 1861

IN DER POLIKLINIK

Cincinnati war größer, als Shaman erwartet hatte. Auf den Straßen drängte sich der Verkehr, der Ohio war eisfrei und stark befahren. Aus den hohen Kaminen der Fabriken stiegen furchteinflößende Rauchwolken. Überall wimmelte es von Menschen; er konnte sich gut vorstellen, welchen Lärm sie machten. Eine Pferdebahn brachte ihn vom Bahnhof am Flußufer direkt zum Gelobten Land an der Ninth Street. Das Southwestern Ohio Hospital bestand aus zwei roten, dreistöckigen Ziegelbauten und einem hölzernen, zweistöckigen Seuchenhaus. Auf der anderen Straßenseite befand sich in einem weiteren Ziegelgebäude mit einem gläsernen Kuppeldach die Medical School der Poliklinik von Cincinnati.

Im Vorlesungsgebäude sah Shaman schäbige Unterrichtsräume und Hörsäle. Er fragte einen Studenten nach dem Büro des Dekans und wurde über eine Eichentreppe in den ersten Stock geschickt. Dr. Berwyn war ein herzlicher Mann mittleren Alters mit einem weißen Schnurrbart und einem im milden Licht der hohen, schmutzigen Fenster schimmernden Kahlkopf.

»Ach, Sie sind also Cole.«

Er bot Shaman einen Sessel an. Es folgte eine kurze Ansprache über die Geschichte der medizinischen Fakultät, die Pflichten eines guten Arztes und die Notwendigkeit konzentrierten Studierens. Shaman merkte, daß es eine Standardbegrüßung war, die jeder Student zu hören bekam, doch der Schlußsatz war dann speziell auf ihn zugeschnitten. »Sie dürfen sich nicht einschüchtern lassen von der Bedingung, die an Ihre Aufnahme geknüpft ist«, sagte Dr. Berwyn vorsichtig formulierend. »In gewisser Hinsicht ist jeder Student nur zur Probe da und muß beweisen, daß er ein würdiger Kandidat ist.«

In gewisser Hinsicht! Shaman hätte wetten mögen, daß nicht jeder Student schriftlich über diese Zulassungsbedingung informiert worden war. Trotzdem dankte er dem Dekan höflich. Dr. Berwyn führte ihn ins Wohnheim, ein dreistöckiges Holzhaus, das sich hinter dem Schulgebäude versteckte. Der Belegungsplan an der Wand der Eingangshalle informierte ihn, daß Cole, Robert J. in Zimmer 2-B einquartiert war, zusammen mit Cooke, Paul P., Torrington, Ruel und Henried, William.

2-B war ein kleines Zimmer, das von zwei Stockbetten, zwei Schreibtischen und einem Tisch mit vier Stühlen fast völlig ausgefüllt wurde. Auf einem der Stühle saß ein dicker Junge, der sofort zu schreiben aufhörte, als Shaman ins Zimmer trat. »Hallo! Ich bin P. P. Cooke aus Xenia. Billy Henried holt gerade seine Bücher. Also mußt du entweder Torrington aus Kentucky oder der taube Knabe sein.«

Shaman lachte, alle Spannung war plötzlich von ihm gewichen. »Ich bin der taube Knabe«, sagte er. »Macht's dir was aus, wenn ich dich Paul nenne?«

An diesem Abend beobachteten sie sich gegenseitig, und sie zogen ihre Schlüsse. Cooke war der Sohn eines Futtermittel- und Getreidehändlers und, seiner Kleidung und seinem Gepäck nach zu urteilen, sehr wohlhabend. Shaman merkte, daß er daran gewöhnt war, den Narren zu spielen, vielleicht wegen seiner Körperfülle. Aus seinen braunen Augen strahlte jedoch eine wache Intelligenz, der nichts entging. Billy Henried war mager und still. Er erzählte ihnen, er sei auf einer Farm in der Nähe von Columbus aufgewachsen und habe zwei Jahre lang ein Theologieseminar besucht, bevor er zu der Einsicht kam, daß der Priesterberuf nichts für ihn sei. Ruel Torrington, der erst nach dem Abendessen eintraf, war eine Überraschung: Er war doppelt so alt wie seine Zimmerkollegen und bereits ein erfahrener Mediziner. Nachdem er schon in jungen Jahren bei einem Arzt in die Lehre gegangen war, hatte er jetzt beschlossen, Medizin zu *studieren,* um wirklich ein »Doktor« zu sein.

Die drei anderen in 2-B freuten sich anfangs über sein Vorleben, da sie glaubten, es könne nur von Vorteil sein, gemeinsam mit einem erfahrenen Arzt zu studieren, doch Ruel Torrington war schlechter Stimmung, als er ankam, und seine Laune änderte sich auch nicht, solange sie ihn kannten. Es war nur noch das oberste Bett an der Wand frei, aber das behagte Torrington nicht. Er ließ es sich deutlich anmerken, daß er Cooke nicht mochte, weil der fett war, Shaman nicht, weil er taub war, und Henried nicht, weil er Katholik war. Seine Feindseligkeit schweißte die drei anderen von Anfang an zu einer Allianz zusammen, und sie ließen ihn bald links liegen.

Cooke war schon mehrere Tage in Cincinnati und hatte einige Dinge in Erfahrung gebracht, die er nun den anderen mitteilte. Der Lehrkörper der Schule stehe allgemein in hohem Ansehen, doch es gebe zwei Sterne an diesem akademischen Firmament, die alle anderen überstrahlten. Der eine sei der Professor für Chirurgie, Dr. Berwyn, der auch als Dekan fungierte, der andere Dr. Barnett A. McGowan, ein Pathologe, der das gefürchtete Fach »A & P« unterrichtete, Anatomie und Physiologie. »Hinter seinem Rücken nennen sie ihn Barney«, vertraute Cooke den anderen an. »Angeblich fallen bei ihm mehr Studenten durch als bei allen anderen Lehrern zusammen.«

Am nächsten Morgen ging Shaman zu einer Sparkasse und zahlte den Großteil des Geldes, das er mitgebracht hatte, auf ein Konto ein. Zusammen mit seinem Vater hatte er seinen finanziellen Bedarf sehr sorgfältig geplant. Das Schulgeld belief sich auf sechzig Dollar pro Jahr beziehungsweise fünfzig Dollar, wenn im voraus bezahlt wurde. Dazu kamen das Geld für Unterkunft, Verpflegung und Fahrten sowie andere Ausgaben. Rob J. hätte seinem Sohn gern alles Notwendige bezahlt, aber Shaman hatte hartnäckig darauf bestanden, sein Medizinstudium selbst zu finanzieren, da es seine Idee gewesen war. Sie einigten sich schließlich auf einen Vertrag, in dem Shaman versprach, nach seiner Promotion jeden Dollar zurückzuzahlen.

Von der Sparkasse ging er direkt zum Kämmerer der Schule, um das Schulgeld zu bezahlen. Es ermunterte ihn nicht gerade, als der ihm erklärte, wenn er aus gesundheitlichen Gründen die

Schule wieder verlassen müsse, könne ihm das Geld nur teilweise zurückerstattet werden.

Die erste Vorlesung, die er als Medizinstudent besuchte, war ein einstündiger Vortrag über Frauenleiden. Schon im College hatte Shaman die Erfahrung gemacht, daß es für ihn sehr wichtig war, früh zu erscheinen, um einen Platz weit vorne zu bekommen, von dem aus er gut von den Lippen ablesen konnte. Er war deshalb so früh im Hörsaal, daß er einen Platz in der ersten Reihe bekam, und das war ein Glück, denn Professor Harold Meigs trug sehr schnell vor. Shaman hatte gelernt, sich Notizen zu machen, ohne auf das Papier zu sehen. Er schrieb sorgfältig, weil er wußte, daß Rob J. seine Skripten würde lesen wollen, um zu sehen, was es in der Medizinerausbildung Neues gab.

In der nächsten Stunde, Chemie, zeigte es sich, daß er genügend Laborerfahrung für das Medizinstudium hatte. Das freute ihn und regte seinen Appetit sowohl auf das Mittagessen wie auf die Arbeit an. Im Speisesaal des Krankenhauses schlang er einige Kräcker und eine Fleischsuppe hinunter, die alles andere als köstlich war. Dann eilte er in Cruikshank's Bookstore, die Buchhandlung, die die Medical School belieferte. Dort lieh er sich ein Mikroskop aus und kaufte die Bücher, die er brauchte: Dunglisons »Grundlagen der Therapeutik und Materia Medica«, McGowans »Menschliche Physiologie«, Quains »Anatomische Tafeln«, Berwyns »Praxis der Chirurgie«, Fownes »Chemie« und zwei Bücher von Meigs: »Die Frau, ihre Krankheiten und Heilmethoden« sowie »Kinderkrankheiten«.

Während der betagte Verkäufer die Rechnung erstellte, sah Shaman sich um und bemerkte Dr. Berwyn im Gespräch mit einem kleinen, finster dreinblickenden Mann, dessen gepflegter Bart und Haare graumeliert waren. Die Haarpracht des Mannes stand im Gegensatz zu Berwyns Kahlköpfigkeit. Es sah so aus, als stritten die beiden, offenbar jedoch mit gesenkter Stimme, da keiner der Umstehenden Notiz von ihnen nahm.

Dr. Berwyn stand halb von Shaman abgewandt, der andere Mann jedoch präsentierte ihm sein Gesicht, und so las Shaman von seinen Lippen ab, mehr aus einem Reflex heraus denn aus dem Wunsch, das Gespräch zu belauschen.

»... weiß, daß dieses Land in den Krieg ziehen wird. Ich bin mir auch durchaus bewußt, daß wir heuer nur zweiundvierzig anstatt der üblichen sechzig Studenten haben und daß sich einige von ihnen in die Schlacht flüchten werden, wenn ihnen das Medizinstudium zu anstrengend wird. Doch gerade in solchen Zeiten müssen wir uns davor hüten, unser Niveau zu senken. Harold Meigs hat mir mitgeteilt, daß Sie einige Studenten aufgenommen haben, die Sie letztes Jahr noch abgewiesen hätten. Soweit ich weiß, soll darunter sogar ein Taubstummer...«

Es war ein Glück für Shaman, daß der Verkäufer in diesem Augenblick seinen Arm berührte und ihm die fällige Summe zeigte.

»Wer ist dieser Gentleman, der da drüben mit Dr. Berwyn spricht?« fragte Shaman, ein Stummer, der seine Stimme wiedergefunden hatte.

»Das ist Dr. McGowan, Sir«, erwiderte der Verkäufer, und Shaman nickte, nahm seine Bücher und ging schnell aus dem Laden.

Einige Stunden später saß Professor Barnett Alan McGowan an seinem Schreibtisch im Obduktionssaal des Vorlesungsgebäudes und übertrug flüchtige Notizen in Aktenformulare. All die Berichte in diesen Akten handelten vom Tod, da Dr. McGowan selten mit einem lebenden Patienten zu tun hatte. Weil einige Leute nicht gerne mit dem Tod in Berührung kamen, war er inzwischen daran gewöhnt, Arbeitsplätze zugewiesen zu bekommen, die den Blicken der Öffentlichkeit verborgen blieben. Im Krankenhaus, dessen Chefpathologe er war, lag der Obduktionssaal im Keller des Hauptgebäudes. Obwohl er ganz in der Nähe des vielbenutzten, geklinkerten Tunnels lag, der unter der Straße das Krankenhaus mit dem Vorlesungsgebäude verband, war es ein düsterer Ort, dem nur die Röhren, die seine niedere Decke überzogen, eine gewisse traurige Individualität verliehen.

423

Das Anatomielabor der Fakultät befand sich im hinteren Teil des Vorlesungsgebäudes im ersten Stock. Zu erreichen war es sowohl über den zentralen Korridor wie über eine separate Treppe. Ein hohes, vorhangloses Fenster warf bleiernes Winterlicht in den langen, schmalen Raum. Das eine Ende des Saals schloß gegenüber dem Tisch des Professors ein kleines Amphitheater ab, dessen aufsteigende Stuhlreihen in ihrer Enge zwar nicht bequem, aber der Konzentration sehr förderlich waren. In der Mitte des Saales standen ein großer Behälter mit Lake voller menschlicher Leichenteile und ein Tisch mit Reihen von Sezierinstrumenten. Etwas abseits lag, auf einem Brett über Sägeböcken, die Leiche einer jungen Frau, die mit einem sauberen weißen Tuch zugedeckt war. Die Angaben über diese Leiche waren es, die der Professor eben in seine Akten übertrug.

Zwanzig Minuten vor der vollen Stunde kam ein einzelner Student ins Labor. Der Professor sah nicht auf, um den großgewachsenen jungen Mann zu begrüßen, sondern tauchte seine Stahlfeder in die Tinte und schrieb weiter, während der Student direkt zum Mittelplatz in der vordersten Reihe des Amphitheaters ging und ihn mit seinem Notizblock belegte. Er setzte sich nicht, sondern schlenderte durch das Labor und sah sich um.

Vor dem Lakebehälter blieb er stehen, nahm zu Dr. McGowans Verblüffung den langen Holzstab mit dem Eisenhaken an einem Ende und fischte mit ihm zwischen den Leichenteilen herum wie ein Junge, der an einem Teich spielt. In den neunzehn Jahren, die Dr. McGowan nun schon Einführungsvorlesungen in Anatomie hielt, hatte er so etwas noch nie erlebt. Für gewöhnlich trugen neue Studenten einen ungeheuren Respekt zur Schau, wenn sie den Anatomiesaal zum erstenmal betraten. Die meisten bewegten sich langsam, einige ängstlich.

»Hallo, Sie da! Hören Sie sofort auf! Legen Sie den Haken weg!« befahl McGowan.

Der Student reagierte nicht, auch nicht, als der Professor laut in die Hände klatschte, und plötzlich wußte Dr. McGowan, wen er vor sich hatte. Er erhob sich, setzte sich dann aber wieder, denn er war neugierig, wie es weitergehen würde.

Der junge Mann schien in dem Behälter etwas zu suchen. Die meisten Leichenteile waren alt, viele waren schon von anderen Studenten aufgeschnitten worden. Dieser allgemeine Zustand der Verstümmelung und des Zerfalls war der Hauptgrund für das Entsetzen unter den Erstsemestern. Dr. McGowan sah, daß der Student eine Hand an die Oberfläche zog, dann ein ramponiertes Bein. Zum Schluß hob er einen Unterarm mit Hand heraus, der offensichtlich in einem besseren Zustand war als der Rest der Präparate. Dr. McGowan beobachtete, wie der Student seinen Fang mit dem Stock in die rechte obere Ecke des Tanks manövrierte und ihn dann mit einigen unansehnlicheren Stücken bedeckte. Er versteckte das Präparat!

Gleich darauf legte der Student den Stab wieder an seinen Platz und ging zu dem Tisch, um die Schärfe der Skalpelle zu prüfen. Als er eins gefunden hatte, das ihm zusagte, rückte er es leicht von den anderen ab und ging dann zu seinem Platz.

Dr. McGowan beschloß, ihn nicht zu beachten, und schrieb die nächsten zehn Minuten weiter in seine Akten. Nach und nach kamen die anderen Studenten ins Labor und gingen schnurstracks zu ihren Plätzen. Einige waren bereits blaß, denn die Gerüche im Saal förderten Ängste und Zwangsvorstellungen.

Pünktlich zur vollen Stunde legte Dr. McGowan die Feder weg und stellte sich vor den Tisch. »Gentlemen«, sagte er.

Sobald im Saal Stille herrschte, stellte er sich vor. »In diesem Kurs studieren wir die Toten, um mehr über die Lebenden zu erfahren und ihnen helfen zu können. Die ersten Berichte über solche Studien reichen zurück bis zu den frühen Ägyptern. Sie sezierten die Leichen der Unglücklichen, die als Menschenopfer getötet wurden. Doch die eigentlichen Väter der anatomischen Wissenschaft sind die alten Griechen. In Alexandria gab es eine berühmte medizinische Akademie, in der Herophilus von Chalcedon die menschlichen Organe und Eingeweide erforschte. Er gab dem *Calamus scriptorius* und dem *Duodenum* ihre Namen.«

Dr. McGowan war sich bewußt, daß der junge Mann auf dem Mittelplatz der ersten Reihe seinen Mund nicht aus den Augen ließ, er hing förmlich an seinen Lippen. In schwungvoller Rede berichtete der Professor vom Verschwinden der Anatomie in der abergläubischen Finsternis des Mittelalters und von ihrer Renaissance im siebzehnten Jahrhundert. Der Schlußteil seiner Vorlesung handelte davon, daß der Wissenschaftler einen Körper, den die Seele verlassen hat, ohne Furcht, aber mit Achtung behandeln müsse. »In meinen Studententagen in Schottland pflegte mein Professor den Körper nach dem Tod mit einem Haus zu vergleichen, dessen Besitzer ausgezogen ist. Er sagte, die Leiche müsse mit Sorgfalt und Würde behandelt werden, aus Respekt vor der Seele, die in diesem Haus gewohnt hat.« Dr. McGowan ärgerte sich, als er sah, daß der Junge in der ersten Reihe lächelte.

Dann befahl er den Studenten, sich je ein Präparat aus dem Behälter und ein Skalpell zu nehmen, das anatomische Objekt zu sezieren und eine Zeichnung davon anzufertigen, die am Ende der Stunde abgegeben werden solle. Wie immer in der ersten Stunde gab es einen Augenblick des Zögerns, in dem die Studenten ihren Widerwillen überwinden mußten. Aber auch jetzt machte der junge Mann, der als erster den Hörsaal betreten hatte, den Anfang, denn er stand sofort auf und holte sich das beiseite geschaffte Präparat aus dem Behälter sowie das scharfe, leicht abgerückte Skalpell vom Tisch. Während die anderen noch in der Lake herumstocherten, richtete er sich bereits an dem Seziertisch mit dem besten Licht ein.

Dr. McGowan wußte sehr gut, welche Belastung diese erste Anatomiestunde für die Studenten darstellte. Er war an den süßlichen Geruch gewöhnt, der aus dem Behälter hochstieg, aber er kannte auch dessen Wirkung auf Uneingeweihte. Einige der Studenten standen vor einer fast unlösbaren Aufgabe, denn viele Präparate waren in einem so schlechten Zustand, daß sie kaum gut seziert und präzise gezeichnet werden konnten, und er zog das mit in Betracht. Die Übung war als Disziplinarmaßnahme gedacht gleich der Feuertaufe frischer Soldaten. Es war eine Probe ihrer Fähigkeit, Unangenehmes und Widerwärtiges zu ertragen, und die herbe, aber notwendige Botschaft, daß die Arbeit eines Arztes sich nicht im Kassieren von Honoraren und dem Genuß einer angesehenen Stellung in der Gesellschaft erschöpfte.

Nach wenigen Minuten hatten bereits einige den Raum verlassen, darunter ein junger Mann, der in größter Eile hinausstürzte. Doch zu Dr. McGowans Befriedigung kehrten nach einer Weile alle wieder zurück. Fast eine Stunde lang ging er zwischen den Tischen umher und überwachte den Fortschritt ihrer Arbeit. Unter den Studenten waren einige reife Männer, die nach einer Lehrzeit bereits Medizin praktiziert hatten; denen blieben die Übelkeitsanfälle weitgehend erspart. Aus Erfahrung wußte Dr. McGowan, daß einige von ihnen hervorragende Ärzte werden würden, doch als er sah, wie einer dieser Älteren, ein Mann namens Ruel Torrington, eine Schulter attackierte, seufzte er nur, denn er dachte an die chirurgischen Katastrophen, die dieser Mann hinterlassen haben mußte.

Am letzten Tisch, an dem ein dicker Student schwitzend einen Kopf bearbeitete, der fast nur noch Schädel war, blieb er einen Augenblick länger stehen. Dem Dicken gegenüber saß der Taube. Er besaß offensichtlich bereits Erfahrung, denn er hatte das Skalpell geschickt dazu benutzt, den Arm in Schichten zu öffnen. Diese Geschicklichkeit deutete auf ein anatomisches Vorwissen hin, das McGowan ebenso freute wie überraschte. Er sah, daß die Gelenke, Muskeln, Nerven und Blutgefäße in der Zeichnung sauber dargestellt und beschriftet waren. Eben schrieb der junge Mann seinen Namen auf das Blatt und reichte es dem Professor: *Cole, Robert J.*

»Ja. Ah, Cole, in Zukunft sollten Sie etwas größer schreiben!«

»Ja, Sir«, sagte Cole laut und deutlich. »Sonst noch etwas?«

»Nein. Sie können Ihr Präparat in den Behälter zurücklegen und Ihren Platz säubern. Danach können Sie gehen.«

Diese Entlassung verleitete einige Studenten dazu, ihr Blatt ebenfalls abzugeben, doch Dr. McGowan schickte sie alle mit Verbesserungsvorschlägen zurück. Während er sich mit den Studenten unterhielt, beobachtete er Cole. Nachdem der Taube sein Präparat in den Behälter zurückgelegt hatte, wusch und trocknete er sein Skalpell ab und legte es an seinen Platz zurück. Er trug eine Schüssel mit Wasser zum Seziertisch und schrubbte den Teil, den er benutzt hatte. Dann nahm er frisches Wasser und Kernseife und wusch sich gründlich Hände und Arme, bevor er die Ärmel herunterkrempelte.

Beim Hinausgehen blieb Cole kurz bei dem dicken Jungen stehen und studierte dessen Zeichnung. Dr. McGowan sah, daß er sich hinunterbeugte und etwas flüsterte. Aus dem Gesicht des anderen Jungen wich ein Teil der Verzweiflung, und er nickte, als Cole ihm auf die Schulter klopfte. Dann machte sich der Dicke wieder an die Arbeit, und der Taube verließ den Saal.

HERZTÖNE

Für Shaman war die Medical School beinahe wie ein weit entferntes, fremdes Land, in das nur gelegentlich beängstigende Gerüchte über den bevorstehenden Krieg in den Vereinigten Staaten drangen. Er hörte von einer Friedenskonferenz in Washington, D. C., an der einhunderteinunddreißig Delegierte aus einundzwanzig Staaten teilnehmen sollten. Doch am Morgen der Eröffnung dieser Konferenz konstituierte sich in Montgomery, Alabama, der Provisorische Kongreß der Konföderierten Staaten von Amerika. Einige Tage später stimmten die Konföderierten für einen Abfall von den Vereinigten Staaten, und im ganzen Land setzte sich die erschreckende Erkenntnis durch, daß es Krieg geben werde.

Shaman konnte den Problemen der Nation allerdings nur flüchtige Aufmerksamkeit schenken, er kämpfte seinen ganz persönlichen Überlebenskampf. Glücklicherweise war er ein guter Student. Nachts saß er über seinen Büchern, bis er nichts mehr sah, und fast jeden Morgen lernte er schon vor dem Frühstück einige Stunden. Die Vorlesungen wurden montags bis samstags von zehn bis eins und von zwei bis fünf gehalten. Oft fanden sie vor oder während der Behandlungszeiten in den sechs Spezialkrankenhäusern statt, die der Poliklinik ihren Namen gaben: am Dienstagnachmittag Erkrankungen der Brust; am Dienstagabend Geschlechtskrankheiten; am Donnerstagnachmittag Kinderkrankheiten; am Donnerstagabend Frauenleiden; am Samstagvormittag Chirurgie; und am Samstagnachmittag Allgemeinmedizin. Am Sonntagnachmittag beobachteten die Studenten die Arbeit der Ärzte auf den Stationen.

An Shamans sechstem Samstag in der Poliklinik referierte Dr. Meigs über den Gebrauch des Stethoskops. Meigs hatte in Frankreich bei Ärzten studiert, die vom Erfinder dieses Instruments persönlich unterrichtet worden waren. Er erzählte den Studenten, daß eines Tages im Jahr 1816 ein Arzt namens René Laënnec, weil er sein Ohr nicht an die Brust einer großbusigen und verlegenen Patientin legen wollte, ein Blatt Papier zusammenrollte und die so entstandene Röhre mit einem Faden zusammenband. Als Laënnec das eine Ende der Röhre an die Brust der Patientin hielt und am anderen Ende horchte, stellte er überrascht fest, daß er auf diese Weise nicht schlechter hörte, sondern die Geräusche sogar verstärkt an sein Ohr drangen. Meigs berichtete weiter, daß Stethoskope bis vor kurzem nur einfache Holzröhren gewesen seien, durch die der Arzt nur mit einem Ohr hören konnte. Er selbst besaß jedoch eine modernere Version des Instruments, bestehend aus einer Röhre aus gewirkter Seide mit einer Gabelung und zwei Hörenden aus Elfenbein für beide Ohren. Bei den Patientenuntersuchungen nach den Vorlesungen benutzte Dr. Meigs ein Stethoskop mit einer zusätzlichen Röhre, so daß der Professor und ein Student gleichzeitig auf die Brustgeräusche eines Patienten lauschen konnten. Jeder Student erhielt Gelegenheit zum Horchen, doch als Shaman an die Reihe kam, sagte er dem Medizinprofessor, es habe keinen Zweck. »Ich würde nichts hören.«

Dr. Meigs spitzte die Lippen. »Sie müssen es zumindest versuchen.« Umständlich erklärte er Shaman, wie er sich das Instrument ans Ohr zu halten habe. Aber Shaman konnte nur den Kopf schütteln.

»Es tut mir leid«, sagte Professor Meigs.

Eine Prüfung in medizinischer Praxis stand bevor. Dabei mußte jeder Student einen Patienten mit einem Stethoskop untersuchen und eine Diagnose abgeben. Es war klar, daß Shaman diese Prüfung nicht würde bestehen können.

An einem kalten Morgen brach er, dick eingepackt in Mantel, Schal und Handschuhe, zu einem längeren Spaziergang auf. An einer Ecke verkaufte ein Junge Zeitungen, die von Lincolns Amtseinsetzung berichteten. Tief in Gedanken versunken, ging Shaman zum Fluß hinunter und an den Piers entlang.

Nach seiner Rückkehr ging er ins Krankenhaus und musterte das Pflegepersonal auf den Stationen. Es waren überwiegend Männer und viele davon Säufer, die es ins Krankenhaus verschlagen hatte, weil hier keine großen Ansprüche an sie gestellt wurden. Er konzentrierte sich auf die, die einen nüchternen und intelligenten Eindruck machten, und entschied sich schließlich für einen Mann namens Jim Halleck. Er wartete, bis der Pfleger eine Armvoll Holz in den Krankensaal getragen und neben dem dickbäuchigen Ofen auf den Boden geworfen hatte, und sprach ihn dann an.

»Ich habe Ihnen einen Vorschlag zu machen, Mr. Halleck.«

Am Prüfungsnachmittag waren sowohl Dr. McGowan wie Dr. Berwyn im allgemeinmedizinischen Behandlungsraum anwesend, was Shamans Nervosität noch erhöhte. Dr. Meigs prüfte die Kandidaten in alphabetischer Reihenfolge. Shaman war der dritte, nach Allard und Bronson. Israel Allard hatte keine Probleme; seine Patientin war eine junge Frau mit einem Rückenleiden, deren Herztöne stark, regelmäßig und unkompliziert waren. Clark Bronson erhielt einen älteren, asthmatischen Mann zur Untersuchung. Stotternd und unsicher beschrieb er die Rasselgeräusche in der Brust des Patienten. Meigs mußte ihm mehrere hinführende Fragen stellen, bis er die Antwort bekam, die er hören wollte, doch am Ende schien er zufrieden.

»Mr. Cole?«

Es war offensichtlich, daß er von Shaman eine Verweigerung der Teilnahme erwartete. Aber Shaman trat vor und nahm das einohrige Stethoskop entgegen. Als er zu Jim Halleck hinüberblickte, stand der Pfleger auf und kam zu ihm. Der Patient war ein sechzehnjähriger Junge von kräftiger Statur, der sich in einer Schreinerwerkstatt die Hand verletzt hatte. Halleck hielt das eine Ende des Stethoskops an die Brust des Jungen und legte sein Ohr ans andere Ende. Shaman nahm das Handgelenk des Patienten und fühlte dessen Puls unter seinen Fingerspitzen klopfen.

»Der Herzschlag des Patienten ist normal und regelmäßig. Achtundsiebzig Schläge pro Minute«, sagte er nach einer Weile. Dann sah er den Pfleger fragend an, der nur leicht den Kopf schüttelte. »Keine Rasselgeräusche«, sagte Shaman.

»Was soll denn dieses ... Theater?« fragte Dr. Meigs. »Was hat Jim Halleck hier zu suchen?«

»Mr. Halleck ersetzt mir meine Ohren, Sir«, sagte Shaman und hatte dabei das Pech, das breite Grinsen auf den Gesichtern einiger Studenten zu bemerken.

Dr. Meigs grinste nicht. »Ich verstehe. Er ersetzt Ihre Ohren. Werden Sie denn Mr. Halleck heiraten, Mr. Cole, um ihn zu allen Behandlungen mitnehmen zu können?«

»Nein, Sir.«

»Werden Sie dann andere Leute bitten, Ihnen die Ohren zu ersetzen?«

»Vielleicht werde ich das, hin und wieder.«

»Und wenn Sie als Arzt zu jemandem kommen, der Ihre Hilfe braucht, und Sie sind ganz allein, nur Sie und der Patient?«

»Ich kann den Herzschlag anhand des Pulses feststellen«, Shaman legte zwei Finger auf die Halsschlagader an der Kehle des Patienten, »und spüren, ob er normal, unregelmäßig oder schwach ist.« Er spreizte die Finger und legte sie dem Jungen auf die Brust. »Ich kann die Atmungsrate spüren. Und die Haut sehen und sie berühren, um festzustellen, ob sie fiebrig oder kühl ist, feucht oder trocken. Ich kann die Augen sehen. Wenn der Patient wach ist, kann ich mit ihm sprechen, und ob er nun bei Bewußtsein ist oder nicht, kann ich die Konsistenz seines Sputums feststellen und die Farbe seines Urins sehen und ihn riechen, ja, ihn sogar kosten, wenn ich muß.« Er sah dem Gesicht des Professors den Einwurf an, den dieser gleich machen würde, und er nahm ihn vorweg: »Aber ich werde nie in der Lage sein, die Rasselgeräusche in der Brust zu hören.«

»Nein, das werden Sie nicht.«

»Für mich werden Rasselgeräusche kein Warnsignal sein. Wenn ich das Frühstadium kruppöser Atmung sehe, weiß ich, daß die Rasselgeräusche in der Brust, könnte ich sie hören, knisternd klingen müßten. Wenn der Patient deutlich kruppös atmet, weiß ich, daß ein feuchtsprudelndes Rasseln zu hören wäre. Und wenn Asthma oder eine Infektion der Bronchien vorliegt, weiß ich, daß es zischendes Rasseln sein muß.« Er hielt inne und sah Dr. Meigs direkt an. »Gegen meine Taubheit kann ich nichts tun. Die Natur hat mich eines wertvollen diagnostischen Hilfsmittels beraubt, aber ich habe noch andere Sinne. In einem Notfall würde ich alles für einen Patienten tun, was ich mit meinen Augen, meiner Nase, meinem Mund, meinen Fingern und mit meinem Verstand für den Patienten tun kann.«

Das war nicht die bescheiden-respektvolle Antwort, die Dr. Meigs von einem Studenten im ersten Jahr erwartet hätte, und seinem Gesicht war die Verärgerung anzusehen. Dr. McGowan trat zu ihm, beugte sich über seinen Stuhl und flüsterte ihm etwas ins Ohr.

Kurz darauf wandte Dr. Meigs sich wieder Shaman zu. »Es wurde vorgeschlagen, daß wir Sie beim Wort nehmen und Sie einen Patienten ohne Stethoskop untersuchen lassen. Ich bin bereit dazu, wenn Sie einverstanden sind.«

Shaman nickte, obwohl ihm das Herz in die Hose rutschte.

Der Professor führte sie in einen nahe gelegenen Krankensaal, wo er vor einem Patienten stehenblieb, dessen Karte am Fuß des Bettes ihn als Arthur Herrenshaw auswies. »Bitte, untersuchen Sie diesen Patienten, Mr. Cole!«

Shaman sah schon Arthur Herrenshaws Augen an, daß der Mann in ernster Gefahr war. Er zog die Bettdecke zurück und hob das Nachthemd hoch. Der Körper des Patienten wirkte extrem fett, doch als Shaman eine Hand auf Mr. Herrenshaws

Bauch legte, war es, als berühre er aufgequollenen Hefeteig. Vom Hals, an dem herausstehende Adern pulsierten, bis zu den formlosen Knöcheln war das geschwollene Gewebe angefüllt mit Flüssigkeit. Das Atmen machte dem Patienten große Mühe.

»Wie geht es Ihnen heute, Mr. Herrenshaw?«

Er mußte die Frage mit lauterer Stimme wiederholen, bevor der Patient mit einem schwachen Kopfschütteln antwortete.

»Wie alt sind Sie, Sir?«

»... Ich ... zweiund...fünfzig.« Der Patient keuchte schwer zwischen den einzelnen Silben, wie ein Mann, der eine lange Strecke gelaufen ist.

»Haben Sie Schmerzen ... Sir? Haben Sie Schmerzen?«

»Oh ...«, sagte der Patient und legte die Hand auf das Brustbein. Shaman sah, daß er versuchte, sich aufzurichten. »Wollen Sie sich aufsetzen?« Er half ihm und stützte ihn mit Kissen ab. Mr. Herrenshaw schwitzte stark, zitterte aber gleichzeitig. Die einzige Wärmequelle in diesem Teil des Krankensaals war ein großes, schwarzes Ofenrohr, das, von dem Holzofen am anderen Ende kommend, entlang der Mitte der Saaldecke verlief. Shaman zog Mr. Herrenshaw die Bettdecke über die Schultern. Er holte seine Uhr aus der Tasche. Als er den Puls des Patienten maß, war es, als gehe plötzlich der Sekundenzeiger langsamer. Der Puls war schwach, fadenförmig und unglaublich schnell wie das verzweifelt hastende Trappeln eines kleinen Tieres auf der Flucht vor einem Räuber. Shaman konnte kaum schnell genug zählen. Das Tier wurde langsamer, blieb stehen, machte ein paar langsame Sprünge und fing dann wieder an zu rennen.

Shaman wußte, daß jetzt der Zeitpunkt gekommen war, an dem Dr. Meigs das Stethoskop benutzen würde. Er konnte sich die interessanten, tragischen Geräusche vorstellen, die Geräusche eines Mannes, der in seiner eigenen Körperflüssigkeit ertrinkt. Er nahm Mr. Herrenshaws Hände in die seinen und erschrak, als er die traurige Botschaft spürte. Ohne zu wissen, was er tat, legte er dem Mann die Hand auf die gebeugte Schulter, bevor er sich abwandte.

Sie kehrten in das Behandlungszimmer zurück, um Shamans

Diagnose zu hören. »Ich weiß nicht, was die Flüssigkeitsansammlung im Gewebe verursacht hat. Ich habe noch nicht die Erfahrung, um das zu begreifen. Aber der Puls des Patienten war schwach und fadenförmig. Unregelmäßig. Die Herztätigkeit ist stark gestört, wenn es rast, schlägt es einhundertdreißigmal pro Minute.« Er sah Meigs an. »In den letzten Jahren habe ich meinem Vater bei der Autopsie von zwei Männern und einer Frau geholfen, die an Herzversagen gestorben sind. In allen Fällen war ein kleines Stück der Herzwand abgestorben. Das Gewebe wirkte verbrannt, als wäre es mit glühender Kohle in Berührung gekommen.«

»Was würden Sie für ihn tun?«

»Ich würde ihn warm halten. Ich würde ihm ein Schlafmittel geben. Und da er in ein paar Stunden stirbt, würde ich seine Schmerzen lindern.« Er wußte sofort, daß er zuviel gesagt hatte, konnte aber die Worte nicht mehr ungesprochen machen.

Meigs fiel über ihn her. »Woher wissen Sie, daß er sterben wird?«

»Ich habe es gespürt«, antwortete Shaman mit leiser Stimme.

»Was? Sprechen Sie lauter, Mr. Cole, damit alle es hören können!«

»Ich habe es gespürt, Sir.«

»Sie haben nicht genug Erfahrung, um über Körperflüssigkeiten Bescheid zu wissen, aber Sie sind in der Lage, den bevorstehenden Tod zu spüren«, sagte der Professor schneidend. Er wandte sich an die anderen Studenten. »Was lernen wir hieraus, Gentlemen? Solange noch Leben in einem Patienten ist, dürfen wir ihn nicht – dürfen Sie ihn nie und nimmer – dem Tod überantworten. Wir kämpfen um sein Leben, bis er von uns gegangen ist. Haben Sie das verstanden, Mr. Cole?«

»Ja, Sir«, sagte Shaman kläglich.

An diesem Abend lud Shaman Jim Halleck in einen Saloon an der Flußpromenade, dessen Fußboden mit Sägemehl bestreut war, ein. Sie aßen gekochtes Rindfleisch mit Kohl, und jeder trank drei große Gläser bitteres dunkles Bier. Es war kein

Siegesschmaus. Keiner von beiden war zufrieden mit dem Ausgang des Nachmittags. Außer der gegenseitigen Versicherung, daß Meigs ein schrecklicher Miesepeter sei, hatten sie sich kaum etwas zu sagen. Gleich nach dem Essen dankte Shaman deshalb dem Pfleger und bezahlte ihn für seine Hilfe, und so konnte Halleck um einige Dollar weniger arm als noch am Morgen zu Frau und vier Kindern zurückkehren.

Shaman blieb und trank noch mehr Bier. Über die Wirkung des Alkohols auf die Gabe dachte er erst gar nicht nach. Er zweifelte daran, daß diese Gabe in seinem Leben noch eine große Rolle spielen werde.

Auf dem Rückweg zum Wohnheim dachte er an nichts anderes als an die Notwendigkeit, vorsichtig einen Fuß vor den anderen zu setzen, und sobald er in seinem Zimmer war, kletterte er, vollständig angezogen, in sein Bett.

Am nächsten Morgen hatte er einen neuen guten Grund, alkoholische Getränke in Zukunft zu meiden, denn sein Kopf und die Gesichtsmuskeln schmerzten. Doch er nahm es als angemessene Strafe hin. Er ließ sich Zeit mit dem Waschen und dem Umziehen und war eben auf dem Weg zu einem verspäteten Frühstück, als ein Kommilitone namens Rogers in den Speisesaal des Krankenhauses gelaufen kam. »Dr. McGowan sagt, du sollst sofort in sein Labor kommen.«

Als er den niederen Raum im Keller betrat, sah er Dr. Berwyn bei Dr. McGowan stehen. Auf dem Tisch lag die Leiche von Arthur Herrenshaw.

»Wir haben auf Sie gewartet«, sagte Dr. McGowan gereizt, als habe Shaman einen vereinbarten Termin nicht eingehalten.

»Ja, Sir«, erwiderte er, denn etwas anderes fiel ihm nicht ein.

»Wollen Sie ihn öffnen?« fragte Dr. McGowan.

Shaman hatte es noch nie selbst getan. Aber er hatte seinem Vater oft genug dabei zugesehen, und Dr. McGowan reichte ihm sofort ein Skalpell, als er nickte. Er war sich bewußt, daß die beiden Ärzte ihm bei seinen ersten Schnitten in die Brust sehr genau auf die Finger sahen. Dr. McGowan setzte selbst die Rippensäge an, und nachdem er das Brustbein entfernt hatte, beugte er sich über das Herz und hob es leicht an, damit Dr. Berwyn und Shaman die rundliche, verbrannt aussehende Schadstelle an der Wand von Mr. Herrenshaws Herzmuskel sehen konnten.

»Da ist etwas, das Sie wissen sollten«, sagte Dr. Berwyn zu Shaman. »Manchmal tritt die tödliche Störung im Herzinneren auf, so daß sie an der Außenwand nicht feststellbar ist.«

Shaman nickte zum Zeichen, daß er verstanden hatte.

McGowan wandte sich an Dr. Berwyn und sagte etwas, und Dr. Berwyn lachte. Dann sah Dr. McGowan Shaman an. Sein Gesicht erinnerte an faltiges Leder, und nun sah Shaman zum erstenmal, daß ein Lächeln es erhellte.

»Ich habe zu ihm gesagt: ›Gehen Sie, und bringen Sie mir mehr solche Taube!‹« sagte Dr. McGowan.

IN CINCINNATI

An jedem Tag in diesem schiefergrauen Frühling der nationalen Pein versammelte sich eine besorgte Menge vor der Redaktion der »Cincinnati Post«, um die Kriegsberichte zu lesen, die mit Kreide auf eine Tafel geschrieben waren. Präsident Lincoln hatte eine Blockade aller Häfen der Konföderierten durch die Kriegsmarine der Union angeordnet und alle Männer des Nordens gebeten, dem Ruf zur Fahne Folge zu leisten. Überall gab es Gerede über den Krieg und eine Unmenge von Spekulationen. General Winfield Scott, der Oberbefehlshaber der Unionsarmee, war ein Südstaatler, der die Union unterstützte, aber er war ein müder alter Mann. Ein Patient erzählte Shaman von dem Gerücht, Lincoln habe Robert E. Lee gebeten, den Befehl über die Armee zu übernehmen. Aber wenige Tage später berichteten die Zeitungen, daß Lee das Kommando wieder abgegeben habe, da er es vorzog, auf der Seite des Südens zu kämpfen.

Noch vor Ende dieses Semesters hatten mehr als ein Dutzend Studenten, die meisten davon in akademischen Schwierigkeiten, die Medical School verlassen, um sich zu der einen oder anderen Armee zu melden. Zu ihnen gehörte auch Ruel Torrington, der zwei leere Schubladen hinterließ, in denen der Geruch ungewaschener Wäsche hing. Andere Studenten sprachen davon, das Semester zu beenden und dann zur Armee zu gehen. Im Mai berief Dr. Berwyn eine Studentenversammlung ein und erklärte, daß die Poliklinik in Erwägung gezogen habe, das Institut während des militärischen Notstands zu schließen, dann aber beschlossen habe, doch weiter zu unterrichten. Er bat die Studenten eindringlich, an der Medical School zu bleiben. »Sehr bald wird es einen Bedarf an Ärzten geben wie nie zuvor, sowohl in der Armee als auch für die Versorgung der Zivilbevölkerung.« Dr. Berwyn hatte schlechte Nachrichten. Da der Lehrkörper sein Gehalt aus den Schulgeldern bezog und die Studentenzahl zurückging, mußten die Gebühren erhöht werden. Für Shaman bedeutete das, daß er Mittel aufbringen mußte, die nicht eingeplant waren. Doch nachdem ihm schon seine Taubheit nicht im Weg hatte stehen können, war er fest entschlossen, sich auch von einer solchen Kleinigkeit wie Geldproblemen nicht davon abhalten zu lassen, Arzt zu werden.

Er und Paul Cooke wurden Freunde. In studentischen und medizinischen Dingen war Shaman der Ratgeber und Führer, in allen anderen übernahm Cooke die Leitung. Paul führte Shaman in Restaurants und ins Theater. Voller Ehrfurcht gingen sie in Pike's Opera House, um Edwin Thomas Booth als Richard III. zu sehen. Das Opernhaus mit seinen drei Rängen hatte dreitausend Sitzplätze und weitere tausend Stehplätze. Auch von den Plätzen in der achten Reihe aus, die Cooke dem Kartenverkäufer abgeluchst hatte, wäre es Shaman nicht möglich gewesen, das Stück zu verstehen, doch er hatte im College alle Shakespeare-Dramen gelesen und überflog dieses Stück vor der Aufführung noch einmal. So war er mit der Handlung und den Dialogen vertraut, und er genoß den Abend sehr.

An einem anderen Samstagabend führte Cooke ihn in ein Bordell, wo Shaman einer schweigsamen Frau in ihr Zimmer folgte und von ihr schnell abgefertigt wurde. Die Frau verlor die ganze Zeit über ihr starres Lächeln nicht und sagte kaum ein Wort. Danach verspürte Shaman nie mehr das Bedürfnis, in dieses Haus zurückzukehren, doch da er normal entwickelt und gesund war, stellte das sexuelle Verlangen manchmal ein Problem für ihn dar.

Die Studenten hatten die Pflicht, als Sanitäter Dienst zu tun, und so fuhr Shaman eines Tages mit dem Krankenwagen zur P. L. Trent Candle Company, einer Kerzenfabrik, in der Frauen und Kinder arbeiteten, um einen dreizehnjährigen Jungen zu behandeln, dem kochendes Wachs die Beine verbrannt hatte. Als sie den Jungen ins Krankenhaus brachten, begleitete sie eine junge Frau mit pfirsichfarbener Haut und schwarzen Haaren, die auf einen Teil ihres Tageslohnes verzichtete, um bei dem Patienten, ihrem Cousin, sein zu können. Während der wöchentlichen Besuchszeit am Donnerstagabend sah Shaman sie wieder. Da auch andere Verwandte den verbrannten Jungen trösten wollten, war ihr Besuch nur kurz, und Shaman hatte Gelegenheit, mit ihr zu reden. Sie hieß Hazel Melville. Obwohl er es sich eigentlich nicht leisten konnte, lud er sie für den folgenden Sonntag zum Essen ein. Anfangs tat sie so, als sei sie entsetzt, doch dann lächelte sie zufrieden und nickte.

Sie wohnte nicht weit vom Krankenhaus entfernt, im zweiten Stock eines Mietshauses, das dem Studentenwohnheim sehr ähnlich war. Ihre Mutter war tot. Shaman war befangen wegen seiner gutturalen Aussprache, denn ihr rotgesichtiger Vater, ein Gerichtsvollzieher, betrachtete ihn mit kaltem Argwohn, offensichtlich wußte er nicht so recht, was er von Hazels Verehrer halten sollte.

Wenn es wärmer gewesen wäre, hätte er sie zu einer Bootsfahrt auf dem Fluß eingeladen. Vom Wasser her wehte ein kühler Wind, doch sie trugen Mäntel, und so wurde es ein angenehmer Spaziergang. Im schwächer werdenden Licht des Abends sahen sie sich Schaufenster an. Sie ist sehr hübsch, dachte er, bis auf die dünnen, strengen Lippen, von denen sich feine Linien dauernder Unzufriedenheit in ihre Mundwinkel gruben. Sie war entsetzt, als sie von seiner Taubheit erfuhr, und lächelte unsicher, als er ihr erklärte, wie er von den Lippen ablas.

Trotzdem fand er es angenehm, mit einer Frau zu sprechen, die nicht krank oder verletzt war. Sie erzählte, daß sie seit einem Jahr Kerzen ziehe, sie hasse dies, aber es gebe ja kaum eine andere Arbeit für eine Frau. Ihre beiden älteren Cousins hätten für gutes Geld Arbeit bei Wells & Company gefunden, ergänzte sie verärgert. »Wells & Company hat von der Army von Indiana den Auftrag bekommen, zehntausend Faß Minié-Musketengeschosse zu gießen. Wenn die doch nur Frauen beschäftigen würden!«

Sie aßen in einem kleinen Restaurant, das Cooke ihm empfohlen hatte, weil es billig war und hell, so daß er ihre Lippen gut sehen konnte. Es schien ihr zu schmecken, allerdings ließ sie die Brötchen zurückgehen,weil sie nicht frisch seien, wie sie dem Kellner in scharfem Ton zu verstehen gab. Als sie in ihre Wohnung zurückkehrten, war ihr Vater nicht zu Hause. Sie machte es Shaman leicht, sie zu küssen, und ging bereitwillig darauf ein, so daß es ihm ganz natürlich erschien, sie durch die Kleider hindurch zu streicheln und sie schließlich auf dem unbequemen Fransensofa zu lieben. Aus Angst, ihr Vater könne zurückkommen, ließ sie das Licht an, und sie zog sich auch nicht aus, sondern schob nur Rock und Unterrock über die Taille hoch. Ihr weiblicher Geruch wurde überlagert vom Myrtenduft des Paraffins, in das sie sechs Tage der Woche Dochte tauchte. Shaman nahm sie hart und schnell, ohne die geringste Freude dabei zu empfinden, beständig die Gefahr einer ärgerlichen Unterbrechung durch den Gerichtsvollzieher vor Augen. Er verspürte nicht mehr menschliche Nähe als bei der Frau im Bordell.

Danach dachte er sieben Wochen lang kein einziges Mal an Hazel. Doch eines Nachmittags regte sich wieder das vertraute Verlangen, und er ging in die Kerzenfabrik, um sie zu besuchen. Die Luft im Inneren war heiß vom Fettdampf und schwer vom konzentrierten Myrtenduft. Hazel Melville wurde wütend, als sie ihn sah. »Ich darf doch hier keinen Besuch haben! Willst du, daß sie mich entlassen?« Doch bevor er ging, sagte sie ihm noch schnell, daß sie sich nicht mehr mit ihm werde treffen können, denn in den Wochen, in denen er nichts hatte hören lassen, sei sie einem anderen Mann versprochen worden, einem, den sie schon lange kenne. Er habe einen gehobenen Beruf, er sei ein Buchhalter, sagte sie zu ihm und versuchte gar nicht, ihre Befriedigung zu verbergen.

Im Grunde genommen lenkte ihn sein körperliches Verlangen weniger ab, als er erwartet hatte. Er richtete alles – seine Sehnsucht und sein Verlangen, seine Hoffnungen und seine Glückserwartungen, seine Kraft und seine Phantasie – auf das Studium der Medizin. Cooke sagte mit unverhülltem Neid, daß Robert J. Cole der geborene Medizinstudent sei, und Shaman widersprach ihm nicht, hatte er doch sein ganzes Leben auf etwas gewartet, das er hier in Cincinnati gefunden hatte.

Er gewöhnte es sich an, im Obduktionssaal vorbeizuschauen, sooft er eine freie Stunde hatte, manchmal allein, doch öfter mit Cooke oder Billy Henried, um ihnen bei der Verbesserung ihrer Seziertechnik zu helfen oder ihnen etwas zu demonstrieren, das sie in einem Buch gelesen oder in einer Vorlesung gehört hatten. Schon bald nach der ersten Anatomiestunde hatte Dr. McGowan Shaman gebeten, Studenten, die Schwierigkeiten hatten, zu helfen. Shaman wußte, daß er auch in den anderen Fächern exzellente Noten hatte, und inzwischen nickte ihm sogar Dr. Meigs freundlich zu, wenn sie sich auf dem Gang begegneten. Die Leute hatten sich an sein Anderssein gewöhnt. Manchmal kam es vor, daß er, wenn er sich während einer Vorlesung oder im Labor stark konzentrierte, nach alter Gewohnheit vor sich hinzusummen begann, ohne es zu merken. Bei einer solchen Gelegenheit hatte Dr. Berwyn einmal seinen Vortrag unterbrochen und gesagt: »Hören Sie auf zu summen, Mr. Cole!« Anfangs hatten die anderen Studenten noch gekichert, doch sie gewöhnten es sich bald an, ihn am

Arm zu berühren oder ihn scharf anzusehen, damit er verstummte.

Es machte ihm Freude, alleine durch die Krankensäle zu gehen. Eines Tages beklagte sich eine Patientin, daß er an ihr vorbeigegangen sei, ohne sie zu beachten, obwohl sie wiederholt seinen Namen gerufen habe. Um sich selbst zu beweisen, daß seine Taubheit den Patienten nicht unbedingt zum Nachteil gereichen mußte, gewöhnte er es sich nach diesem Vorwurf an, bei jedem Bett kurz stehenzubleiben, die Hände des Patienten zu ergreifen und ein paar tröstende Worte zu sagen.

Das drohende Gespenst der Probezeit hatte er längst hinter sich gelassen, als Dr. McGowan ihm eines Tages für die Sommerferien im Juli und August eine Stelle im Krankenhaus anbot. McGowan gestand ihm freimütig, daß er und Dr. Berwyn nahe daran gewesen seien, um seine Dienste zu wetteifern, dann aber zu dem Entschluß gekommen seien, sich ihn zu teilen. »Sie würden den Sommer über für uns beide arbeiten. Vormittags erledigen Sie für Berwyn im Operationssaal das Grobe, und nachmittags helfen Sie mir, seine Fehler zu sezieren.«

Es war eine großartige Chance, das sah Shaman sofort, und mit dem bescheidenen Gehalt würde er die Erhöhung der Studiengebühren ausgleichen können. »Ich würde es sehr gern tun«, sagte er zu Dr. McGowan. »Aber mein Vater erwartet, daß ich diesen Sommer nach Hause komme und auf der Farm helfe. Ich muß ihm erst schreiben und ihn um Erlaubnis bitten.«

Barney McGowan lächelte. »Ach ja, die Farm«, sagte er leicht abschätzig. »Ich prophezeie Ihnen, junger Mann, daß Sie in Zukunft kaum noch zur Farmarbeit kommen werden. Soweit ich weiß, ist Ihr Vater Landarzt in Illinois, nicht wahr? Ich wollte Sie immer schon einmal danach fragen. An der Universität in Edinburgh gab es einige Jahre vor mir einen Arzt, der genauso hieß wie Ihr Vater.«

»Ja, das war mein Vater. Er hat mir die gleiche Anekdote erzählt, die Sie in der ersten Anatomievorlesung über Sir William Fergusson erzählt haben, seine Beschreibung eines Leichnams als Haus, aus dem der Bewohner ausgezogen ist.«

»Ich erinnere mich, daß Sie gelächelt haben, als ich die Geschichte erzählte. Jetzt verstehe ich, warum.« McGowan sah ihn nachdenklich an. »Wissen Sie ... äh ..., warum Ihr Vater Schottland verlassen hat?«

Shaman merkte, daß Dr. McGowan versuchte, taktvoll zu sein. »Ja. Er hat es mir erzählt. Er hatte politische Schwierigkeiten und wäre beinahe nach Australien deportiert worden.«

»Ich erinnere mich.« Dr. McGowan schüttelte den Kopf. »Er wurde uns immer als warnendes Beispiel vorgehalten. Jeder am University College wußte von ihm. Er war Sir Fergussons Protegé, mit einer glänzenden Zukunft vor sich. Und jetzt ist er Landarzt. Wie schade!«

»Das ist überhaupt nicht schade!« Shaman bekämpfte den aufsteigenden Ärger und schaffte am Ende sogar ein Lächeln. »Mein Vater ist ein großartiger Mensch«, sagte er und wurde sich überrascht klar, daß das wirklich stimmte. Er erzählte Barney McGowan von Rob J. und seiner Tätigkeit unter Oliver Wendell Holmes in Boston und von den Holzfällern und Schienenlegern, die er während seiner Wanderschaft durch den Kontinent verarztet hatte. Er erzählte ihm, wie sein Vater eines Tages mit seinem Pferd zwei Flüsse und einen Bach hatte durchschwimmen müssen, um eine Torfhütte zu erreichen, in der er dann eine Frau von Zwillingen entband. Er beschrieb die Farmhausküchen inmitten der Prärie, in denen sein Vater operiert hatte, und vergaß auch nicht zu erwähnen, wie oft Rob J. Cole auf Tischen hatte operieren müssen, die er zuvor aus den schmutzigen Hütten ins helle Sonnenlicht hinausgetragen hatte. Er erzählte, wie sein Vater von Gesetzlosen entführt und mit vorgehaltener Waffe gezwungen worden war, eine Kugel aus der Schulter eines Banditen zu entfernen. Er erzählte, wie sein Vater eines Nachts bei dreißig Grad unter Null nach Hause geritten war und nur überlebt hatte, weil er abgestiegen und, sich an den Schwanz seines Pferdes klammernd, hinter dem Tier hergelaufen war, um die Blutzirkulation wieder in Schwung zu bringen.

Barney McGowan lächelte. »Sie haben recht«, sagte er. »Ihr

Vater ist wirklich ein großartiger Mann. Und ein beneidenswerter Vater.«

»Vielen Dank, Sir.« Shaman wandte sich zum Gehen, hielt aber dann inne. »Dr. McGowan. Mein Vater hat einmal eine Autopsie an einer Frau vorgenommen, die mit elf Stichen in die Brust getötet worden war. Die Wunden maßen etwa neun Millimeter im Durchmesser und waren ihr mittels eines spitzen Gegenstandes mit drei scharfen Kanten zugefügt worden. Können Sie sich vorstellen, was das war?«

Der Pathologe überlegte, offensichtlich interessierte ihn die Frage. »Vielleicht war es ein medizinisches Instrument; da gibt es das Beersche Messer, ein dreischneidiges Skalpell, das zur Operation von Katarakten und Defekten der Augenhornhaut verwendet wird. Aber die Wunden, die Sie beschreiben, waren zu groß, um von einem Beerschen Messer zu stammen. Vielleicht gehen sie auf ein Bistouri zurück? Waren die Wunden einheitlich groß?«

»Nein. Die Einstiche ließen erkennen, daß es sich um einen spitz zulaufenden Gegenstand gehandelt haben muß.«

»So ein Bistouri gibt es nicht. Vielleicht stammen die Wunden doch nicht von einem medizinischen Instrument.«

Shaman zögerte. »Könnten sie von einem Gegenstand herrühren, den gewöhnlich eine Frau benutzt?«

»Von einer Stricknadel oder etwas Ähnlichem? Das ist natürlich möglich, aber mir fällt auch kein Haushaltsgegenstand ein, der solche Wunden verursachen könnte.« Dr. McGowan lächelte.

»Lassen Sie mich eine Weile über das Problem nachdenken, und wir unterhalten uns später noch einmal darüber! Und wenn Sie Ihrem Vater schreiben«, schloß er, »müssen Sie ihm herzliche Grüße von einem ausrichten, der ein paar Jahre nach ihm zu William Fergusson kam.«

Shaman versprach, seinen Vater in dem notwendig gewordenen Brief zu grüßen.

Die Antwort Rob J.s traf erst acht Tage vor Semesterende in Cincinnati ein, gerade noch rechtzeitig, damit Shaman die angebotene Stelle im Krankenhaus annehmen konnte.

Sein Vater konnte sich an einen Dr. McGowan nicht erinnern, gab aber seiner Freude darüber Ausdruck, daß Shaman bei einem Schotten Pathologie studiere, der Kunst und Wissenschaft des Sezierens bei William Fergusson gelernt hatte. Er bat seinen Sohn, den Professor auch von ihm herzlich zu grüßen und dem Mann zu bestellen, daß er seinem Sohn erlaube, im Krankenhaus zu arbeiten.

Der Brief war persönlich, aber sehr kurz, und an der mangelnden Mitteilsamkeit erkannte Shaman, daß sein Vater bedrückter Stimmung war. Von Alex gab es noch immer keine Nachricht, und der Vater gestand, daß Shamans Mutter mit jeder neuen Schlacht ängstlicher und besorgter wurde.

DIE FAHRT
MIT DEM SCHIFF

Es war Rob J. klar, daß sowohl Jefferson Davis als auch Abraham Lincoln nicht zuletzt dadurch zu ihren Positionen aufgestiegen waren, daß sie im Krieg des Schwarzen Falken an der Vernichtung der Sauks mitgewirkt hatten. Als junger Lieutenant hatte Davis Schwarzer Falke und den Medizinmann Weiße Wolke persönlich auf dem Mississippi von Fort Crawford nach Jefferson Barracks gebracht, wo sie in Ketten gelegt wurden. Lincoln hatte die Sauks mit der Miliz bekämpft, und zwar als einfacher Soldat und auch als Captain. Jetzt wurden diese beiden Männer mit »Mr. President« angesprochen, und sie führten die eine Hälfte der amerikanischen Nation gegen die andere ins Feld.

Rob J. hätte sich am liebsten aus allem herausgehalten, doch das war ihm nicht vergönnt: Der Krieg war erst sechs Wochen alt, als Stephen Hume nach Holden's Crossing geritten kam, um ihn aufzusuchen. Der ehemalige Kongreßabgeordnete gab offen zu, daß er seinen Einfluß dazu genutzt hatte, als Colonel in die Army zu kommen. Er hatte seine Stellung als Rechtsbeistand der Eisenbahn in Rock Island gekündigt, um das 102. Illinois Volunteer Regiment aufzustellen – und er war gekommen, um Dr. Cole als Regimentsarzt anzuwerben.

»Das ist nichts für mich, Stephen.«

»Doc, es ist nichts dagegen zu sagen, wenn man den Krieg als abstrakten Begriff ablehnt, aber jetzt ist er Realität geworden, und es gibt gute Gründe für diesen Krieg.«

»Ich glaube nicht, daß das Töten vieler Menschen bei irgend jemandem eine Meinungsänderung über die Sklaverei und den freien Handel herbeiführen wird. Außerdem brauchen Sie einen jüngeren und robusteren Kandidaten: Ich bin ein vierundvierzigjähriger Mann mit einem Schmerbauch.« Er hatte tatsächlich zugenommen. Früher, als er entflohene Sklaven in seiner Nische versteckte, hatte er es sich angewöhnt, auf dem Weg durch die Küche etwas in die Taschen zu stecken – eine gebackene Süßkartoffel, ein Stück Brathähnchen, ein paar Rosinenbrötchen –, um es den Flüchtlingen zu geben. Heutzutage stibitzte er immer noch Essen, doch jetzt verspeiste er es selbst, wenn er im Sattel saß.

»O nein, ich möchte *Sie* – wie dick und zartbesaitet Sie auch sein mögen«, widersprach Hume. »Und außerdem gibt es in der ganzen verdammten Army zur Zeit nur neunzig Sanitätsoffiziere. Das bedeutet eine große Chance für Sie: Sie fangen als Captain an und sind, bevor Sie sich's versehen, Major. Ein Arzt wie Sie macht da zwangsläufig Karriere.«

Rob J. schüttelte den Kopf. Doch da er Stephen Hume mochte, streckte er ihm die Hand hin. »Ich wünsche Ihnen eine gesunde Rückkehr, Colonel.«

Hume lächelte schief und drückte ihm die Hand. Ein paar Tage später hörte Rob J. in der Gemischtwarenhandlung, daß Tom Beckermann als Arzt für das 102. Regiment verpflichtet worden war.

Drei Monate lang hatten beide Seiten nur Krieg *gespielt,* aber im Juli zeichnete sich ab, daß eine großangelegte Konfrontation bevorstand. Viele waren immer noch überzeugt, daß der Spuk schnell vorüber sein würde, doch diese erste Schlacht war eine Sensation für die Nation. Rob J. verschlang die Zeitungsberichte ebenso begierig wie diejenigen, die den Krieg liebten.

Mehr als dreißigtausend Unionssoldaten unter General Irving McDowell standen bei Manassas in Virginia, fünfundzwanzig Meilen südlich von Washington, zwanzigtausend Konföderierten unter General Pierre G. T. Beauregard gegenüber. Etwa elftausend weitere Konföderierte befanden sich unter General Joseph E. Johnston im Shenandoah Valley in Kampfstellung gegen ein Unionsheer von vierzehntausend Mann, das von General Robert Patterson befehligt wurde. Am 21. Juli führte McDowell, in der Annahme, daß Patterson Johnston in Atem halten werde, seine Armee in der Nähe von Sudley Ford am Bull Run Creek gegen die Südstaatler.

Es war alles andere als ein Überraschungsangriff.

Unmittelbar bevor McDowell losstürmte, ließ Johnston Patterson stehen und vereinigte seine Truppen mit denen Beauregards. Der Schlachtplan der Nordstaaten war so bekannt, daß Kongreßabgeordnete und Verwaltungsangestellte mit Kind und Kegel aus Washington nach Manassas hinausgeströmt waren, wo sie Picknicks veranstalteten und der Begegnung entgegenfieberten, als handle es sich um ein Wettrennen. Dutzende von Zivilisten waren von der Army angeheuert worden, um mit Gespannen und leichten, vierrädrigen Wagen bereitzustehen, die als Krankenfahrzeuge benutzt werden sollten, falls es Verwundete gäbe. Viele dieser Ambulanzfahrer brachten ihren Whiskey zu dem Picknick mit.

Vor den Augen des faszinierten Publikums warfen sich McDowells Männer der vereinigten Streitkraft der Konföderierten entgegen. Auf beiden Seiten waren die Soldaten größtenteils Neulinge, die mit mehr Eifer als Können kämpften. Die Konföderierten zogen sich ein Stück zurück, hielten dann die Stellung und sahen zu, wie sich die Nordstaatler in mehreren verzweifelten Attacken aufarbeiteten. Dann befahl Beauregard einen Gegenangriff. Die erschöpften Unionstruppen wichen zurück und rannten schließlich in wilder Flucht davon.

Die Schlacht war nicht das, was die Zuschauer sich erwartet hatten: Der Lärm des Gewehrfeuers und der Artillerie sowie die Schreie waren schrecklich, der Anblick war noch schrecklicher. Anstatt einer Sportveranstaltung erlebte das Publikum, wie Männern Köpfe und Gliedmaßen abgerissen wurden und Eingeweide aus ihren Bäuchen quollen. Den tausendfachen Tod. Einige Zivilisten sanken in Ohnmacht, andere weinten. Alle versuchten zu fliehen, aber eine explodierende Mine jagte einen Wagen in die Luft und tötete das vorgespannte Pferd, wodurch der Hauptzufahrtsweg blockiert wurde. Die meisten der Ambulanzfahrer waren, ob nüchtern oder betrunken, mit leerem Wagen davongerast. Die wenigen, die versuchten, Verwundete zu bergen, sahen sich in einem Meer von Zivilfahrzeugen und scheuenden Pferden gefangen. Die Schwerverletzten blieben auf dem Schlachtfeld liegen und schrien, bis sie starben. Manche der Ambulanzfahrzeuge brauchten mehrere Tage, um mit ihrer Fracht nach Washington zu kommen.

In Holden's Crossing goß der Sieg der Konföderierten Wasser auf die Mühle der Südstaatensympathisanten. Rob J. war über die sträfliche Vernachlässigung der Opfer mehr bestürzt als über die Niederlage. Im Frühherbst wurde die Bilanz der Schlacht am Bull Run Creek bekannt: fast fünftausend Tote, Verwundete oder Vermißte, wobei so manches Leben durch mangelnde Versorgung ausgelöscht worden war.

Als Rob J. und Jay Geiger eines Abends zusammen in der Coleschen Küche saßen, vermieden sie es tunlichst, über die Schlacht selbst zu sprechen. Sie unterhielten sich über die Neuigkeit, daß Lillians Cousin Judah Benjamin zum Kriegsminister der Konföderierten berufen worden sei, und sie waren völlig einer Meinung, daß es grausam und unklug von einer Armee sei, sich nicht um ihre Verwundeten zu kümmern.

»So schwierig das auch ist«, sagte Jay, »wir dürfen nicht zulassen, daß dieser Krieg unsere Freundschaft zerstört.«

»Nein. Natürlich nicht!« Der Krieg wird sie vielleicht nicht zerstören, dachte Rob J., aber strapaziert und beeinträchtigt ist sie bereits. Er erschrak, als Geiger ihn beim Abschied umarmte und fest an sich drückte. »Deine Familie steht mir ebenso nahe wie meine eigene«, sagte Jay mit erstickter Stimme. »Ich würde für ihr Wohlbefinden alles tun.«

Am nächsten Tag, als Lillian mit trockenen Augen in der Küche der Coles saß und ihnen erzählte, daß ihr Mann bei Tagesanbruch in Richtung Süden aufgebrochen sei, um sich in den Dienst der Konföderierten zu stellen, verstand er Jays Abschiedsstimmung.

Es kam Rob J. so vor, als habe die ganze Welt das Grau der Konföderiertenuniform angelegt. Obwohl er sein möglichstes tat, hustete sich Julia Blackmer, die Frau des Pfarrers, zu Tode, noch ehe die Winterluft dünn und kalt wurde. Sydney Blackmer weinte, als er auf dem Friedhof die Gebete sprach, und als die erste Schaufel Erde auf Julias Kiefernsarg fiel, preßte Sarah Rob J.s Hand so fest, daß es schmerzte. Die Mitglieder der Gemeinde vereinbarten, ihren Seelsorger zu unterstützen, und Sarah teilte die Frauen so ein, daß Mr. Blackmer stets mitfühlende Gesellschaft oder eine warme Mahlzeit hatte. Rob J. meinte, daß der Reverend vielleicht ein bißchen Ruhe in seinem Gram haben solle, doch der Witwer schien dankbar für die Anteilnahme.

Vor Weihnachten erzählte Mater Miriam Ferocia Rob J. von dem Brief einer Frankfurter Anwaltskanzlei, in dem ihr der Tod ihres Vaters, Ernst Brotknecht, mitgeteilt worden sei. Er habe testamentarisch den Verkauf des Frankfurter Wagenbauwerks und der Münchner Kutschenfabrik verfügt, und nun warte eine beträchtliche Summe auf seine Tochter, die frühere Andrea Brotknecht.

Rob J. sprach ihr zum Tod ihres Vaters, den sie seit Jahren nicht mehr gesehen hatte, sein Beileid aus. Dann sagte er: »Meine Güte! Mutter Oberin – dann sind Sie ja reich!«

»Nein«, antwortete sie ruhig. Sie habe versprochen, all ihre weltlichen Güter der heiligen Mutter Kirche zu überlassen, als sie den Schleier nahm, und bereits die Papiere unterzeichnet, mit denen sie die Erbschaft in die Hände ihres Erzbischofs lege.

Rob J. verstand die Welt nicht mehr. Im Laufe der Jahre, in denen er mit angesehen hatte, wie die Nonnen darbten, hatte er dem Konvent immer wieder kleine Geschenke gemacht. Die Härte ihres Daseins, die strenge Rationierung ihres Essens und das Fehlen aller Dinge, die auch nur im entferntesten als Luxus angesehen werden konnten, hatten ihn zutiefst gedauert. »Ein bißchen Geld würde den Schwestern Ihres Ordens eine Verbesserung der Lebensumstände bescheren. Wenn Sie die Erbschaft schon nicht selbst annehmen konnten, hätten Sie wenigstens an Ihre Nonnen denken können!«

Doch sie ließ den Vorwurf nicht gelten. »Armut ist ein wesentlicher Bestandteil ihres Lebens«, erklärte sie und nickte mit provozierend christlicher Nachsicht, als er sich abrupt verabschiedete und davonritt.

Mit Jasons Fortgang hatte sein Leben viel an Wärme verloren. Er hätte auch weiterhin mit Lillian musizieren können, aber Klavier und Gambe klangen ohne die melodiöse Verstärkung durch Jays Violine seltsam hohl, und so vermieden sie es, allein zu spielen.

In der ersten Woche des Jahres 1862, in einem Augenblick, als Rob J. sich besonders unzufrieden fühlte, freute er sich, einen Brief von Harry Loomis aus Boston zu bekommen. Dem Schreiben lag die Übersetzung eines Artikels bei, der von einem ungarischen Arzt namens Ignaz Semmelweis in Wien veröffentlicht worden war. Der Aufsatz, der den Titel trug »Ätiologie, Begriff und Prophylaxe des Kindbettfiebers«, untermauerte im wesentlichen die Vorgehensweise von Oliver Wendell Holmes in Amerika. Im Wiener Allgemeinen Krankenhaus war Semmelweis zu dem Schluß gekommen, daß Kindbettfieber, dem zwölf von hundert Müttern zum Opfer fielen, übertragbar war. Wie Holmes Jahrzehnte vor ihm hatte er festgestellt, daß die Ärzte selbst diese Krankheit verbreiteten, weil sie sich die Hände nicht reinigten.

Harry Loomis schrieb, daß sein Interesse an Methoden, die Infektionen von Wunden und bei chirurgischen Eingriffen vermeiden halfen, ständig wachse. Er fragte an, ob Rob J. mit den Untersuchungen von Dr. Milton Akerson vertraut sei, der sich im Hospital of the Mississippi Valley in Cairo, Illinois, das doch nicht allzuweit von Holden's Crossing entfernt sei, mit diesem Problem befasse.

Rob J. hatte noch nichts von Dr. Akersons Arbeit gehört, aber nachdem er davon erfahren hatte, wäre er am liebsten sofort nach Cairo gefahren, um sich zu informieren. Doch monatelang ergab sich keine Gelegenheit, und er ritt durch den Schnee zu seinen Hausbesuchen. Als die Frühlingsregenfälle kamen, entspannte sich schließlich die Lage. Mater Miriam versprach Rob, daß sie und die Schwestern sich um seine Patienten kümmern würden, und so ritt Rob J. am 9. April, einem Mittwoch, auf Boss über schlammige Straßen bis nach Rock Island, wo er das Pferd in einem Stall unterstellte. Bei Einbruch der Dämmerung ging er auf ein Floß, wo er die Nacht, während sie den Mississippi hinunter fuhren, im Schutz der Flößerhütte neben dem Ofen auf den Stämmen verbrachte. Als er am nächsten Morgen in Cairo an Land ging, waren seine Muskeln und Gelenke steif. Es regnete noch immer.

Cairo war in einem schrecklichen Zustand – die Felder waren überflutet, und viele Straßen standen unter Wasser. Rob J. wusch sich gründlich in einem Gasthaus, wo er auch ein kärgliches Frühstück bekam, und suchte dann das Hospital of the Mississippi Valley. Dr. Akerson war ein dunkelhäutiger, kleiner Mann mit Brille, dessen dicker Schnurrbart über die Backen bis zu den Koteletten reichte, eine alberne Mode, die Ambrose Burnside populär gemacht hatte. Seine Brigade hatte am Bull Run Creek den ersten Angriff gegen die Konföderierten geführt. Der Arzt begrüßte Rob J. höflich und war sichtlich erfreut, daß seine Arbeit sogar die Aufmerksamkeit von Kollegen im fernen Boston erregt hatte. Die Luft im Krankenhaus roch scharf nach

Chlorwasserstoff, von dem er glaubte, er könne die Infektionen verhindern, die Verwundeten so oft den Tod brachten. Rob J. registrierte, daß der Geruch dessen, was Dr. Akerson sein »Desinfektionsmittel« nannte, zwar einige der unangenehmen Gerüche des Hospitals übertünchte, doch reizte der Chlorwasserstoff seine Nase und seine Augen in unangenehmer Weise. Schon bald erkannte er, daß auch dieser Arzt kein Wundermittel entdeckt hatte.

»Manchmal scheint es wirklich etwas zu nützen, die Wunden mit Chlorwasserstoff zu behandeln – aber dann wieder ...« Dr. Akerson zuckte mit den Achseln.

Er habe damit experimentiert, Chlorwasserstoff in die Luft des Operationssaales und der Stationen zu sprühen, erzählte er Rob J., dies jedoch wieder eingestellt, da die Dämpfe das Sehen und Atmen erschwerten. Jetzt beschränke er sich darauf, Kompressen damit zu tränken und sie direkt auf die Wunden zu legen. Er glaube, daß der Wundbrand und andere Infektionen durch Eiterkorpuskeln verursacht würden, die wie Staubteilchen in der Luft schwebten, und daß die getränkten Kompressen diese von den Wunden abhielten.

Ein Pfleger kam mit einem kompressenbeladenen Tablett vorbei. Eine fiel zu Boden. Dr. Akerson hob sie auf, wischte sie mit der Hand ab und zeigte sie Rob J. Es handelte sich um eine ganz gewöhnliche Kompresse aus Baumwollstoff, der mit Chlorwasserstoff getränkt war. Als Rob J. sie Dr. Akerson zurückgab, legte dieser sie auf das Tablett zu den anderen. »Es ist ein Jammer, daß wir nicht feststellen können, warum es manchmal funktioniert und dann wieder nicht«, seufzte er.

Ihr Gespräch wurde von einem jungen Arzt unterbrochen, der seinen Vorgesetzten informierte, daß Mr. Robert Francis, ein Beauftragter der United States Sanitary Commission, ihn in einer sehr dringenden Angelegenheit zu sprechen wünsche.

Als Dr. Akerson Rob J. zur Tür begleitete, trafen sie Mr. Francis, der auf dem Korridor wartete. Rob J. kannte und schätzte die Sanitary Commission, eine zivile Einrichtung, die es sich zur Aufgabe gemacht hatte, Spenden aufzutreiben und Pflegepersonal anzuwerben. Der Mann berichtete, daß bei Pittsburg Landing in Tennessee, dreißig Meilen nördlich von Corinth, Mississippi, eine zweitägige Schlacht stattgefunden habe. »Die Verluste sind schrecklich – viel höher als am Bull Run Creek. Wir haben Freiwillige als Pflegepersonal gewonnen, aber es herrscht ein schlimmer Mangel an Ärzten.«

Dr. Akerson sah den Beauftragten kummervoll an. »Die meisten unserer Ärzte stehen bereits im Kriegsdienst, hier ist keiner mehr zu entbehren.«

»Ich bin Arzt«, sagte da Rob J. unvermittelt. »Und ich kann mitkommen.«

Mit drei weiteren Ärzten aus nahe gelegenen Städten und fünfzehn Zivilisten, die keine Ahnung von Krankenpflege hatten, ging Rob J. um die Mittagszeit an Bord des Postschiffes *City of Louisiana*, das durch den Nebel über dem Ohio River stampfte. Um fünf Uhr nachmittags erreichten sie Paducah nahe dem Kentucky Lake und fuhren in den Tennessee River ein. Im Dunkel der Nacht passierten sie ungesehen Fort Henry, das Ulysses S. Grant einen Monat zuvor eingenommen hatte. Den ganzen nächsten Tag tuckerten sie an Ortschaften, vollen Lagerschuppen und überfluteten Feldern vorbei. Es war fast finster, als sie um fünf Uhr Pittsburg Landing erreichten.

Rob J. zählte bei ihrer Ankunft vierundzwanzig Dampfschiffe – einschließlich zweier Kanonenboote. Als die Medizinertruppe ausstieg, stellten sie fest, daß das Flußufer durch einen Unionsrückzug am Sonntag in eine Schlammwüste verwandelt worden war: Sie sanken fast bis zu den Knien ein. Rob J. wurde eingeteilt, auf der *War Hawk* weiterzufahren, einem Schiff, auf das vierhundertsechs verwundete Soldaten gebracht wurden. Es waren schon fast alle an Bord, als er zustieg, und sie legten ohne Verspätung ab. Der Erste Offizier erklärte Rob J. grimmig, daß die enorm hohe Verwundetenzahl nach der Schlacht zu einer Überfüllung sämtlicher Krankenhäuser in ganz Tennessee geführt habe. Die *War Hawk* müsse ihre Passagiere auf dem Tennessee River viele Hunderte von Meilen flußabwärts zum Ohio River und auf diesem bis nach Cincinnati bringen.

Überall lagen Verwundete: unten in den Offiziers- und Passagier-kabinen, aber auch dicht an dicht auf dem Deck im immer noch strömenden Regen. Rob J. und ein Sanitätsoffizier namens Jim Sprague waren die einzigen Ärzte. Das ganze Behandlungsma-terial war in einer Kabine verstaut worden, und die Reise dauerte noch keine zwei Stunden, als Rob J. feststellte, daß der für medizinische Zwecke gedachte Brandy diebische Liebhaber fand. Der militärische Kommandant des Schiffes war ein junger Oberleutnant namens Crittendon, dessen Blick vom Erlebnis der Schlacht noch getrübt war. Rob J. überzeugte ihn, daß die Kabine eine bewaffnete Wache benötige, und dem Wunsch wurde sofort entsprochen.

Rob J. hatte seine Arzttasche aus Holden's Crossing dabei. Zu seiner medizinischen Ausrüstung gehörte auch ein Chirurgen-besteck, und er bat, einige der Instrumente schärfen zu lassen. Doch er hatte nicht die Absicht, sie zu benutzen. »Die Reise ist auch so schon eine ungeheure Strapaze für die Verwundeten«, sagte er zu Sprague. »Ich finde, wir sollten Operationen, soweit möglich, verschieben, bis wir die Leute in ein Krankenhaus bringen können.«

Sprague gab ihm recht. »Ich verstehe sowieso nicht viel vom Schneiden«, erklärte er. Er hielt sich im Hintergrund und ließ Rob J. die Entscheidungen fällen. Rob J. kam zu dem Schluß, daß Sprague auch nicht viel von sonstigen Behandlungsmetho-den verstand. Also setzte er ihn dazu ein, Verbände zu wechseln und dafür zu sorgen, daß die Patienten Suppe und Brot beka-men.

Rob J. erkannte bald, daß in einigen Fällen eine sofortige Ampu-tation unumgänglich war.

Die Freiwilligen waren eifrig, aber unerfahren: Buchhalter, Leh-rer und Stallburschen, die sich nun mit Blut, Schmerz und Tragödien konfrontiert sahen, die sie sich in ihren schlimmsten Träumen nicht ausgemalt hatten. Rob J. versammelte einige von ihnen als Helfer um sich und wies die übrigen an, Sprague dabei zu unterstützen, Verbände zu erneuern, Kompressen zu wechseln, den Durstigen Wasser zu bringen und diejenigen, die auf dem Deck lagen, so gut es ging, mit allen verfügbaren Decken und Mänteln gegen den eisigen Regen zu schützen.

Rob J. wäre es am liebsten gewesen, die Verwundeten der Reihe nach zu untersuchen, aber dazu kam er nicht. Statt dessen eilte er von Patient zu Patient, sobald ihm mitgeteilt wurde, daß es um den Entsprechenden »schlecht« stand. Theoretisch hätte es um keinen der Männer, die an Bord der *War Hawk* waren, so »schlecht stehen« dürfen, daß er die Reise nicht überstanden hätte, doch schon kurz nach der Abfahrt starben mehrere.

Rob J. ließ die Kabine des Zweiten Maats räumen und begann dort im Licht von vier Laternen zu amputieren. Schon in der ersten Nacht entfernte er vierzehn Gliedmaßen. Viele Verwundete waren bereits amputiert worden, bevor sie an Bord gekommen waren, und als er diese untersuchte, stellte er bestürzt fest, wie unsachgemäß der Eingriff meistens durchgeführt worden war. Ein neunzehnjähriger Junge namens Peter hatte sein rechtes Bein bis zum Knie, sein linkes Bein bis zur Hüfte und seinen rechten Arm zur Gänze eingebüßt. Irgendwann während der Nacht begann der linke Beinstumpf zu bluten. Vielleicht hatte er aber auch schon geblutet, als der Junge an Bord kam. Er gehörte zu den ersten Toten.

»Papa, ich habe es versucht«, schluchzte ein Soldat mit langen, goldblonden Haaren und einem Loch im Rücken, aus dem die Wirbelsäule weiß wie eine Forellengräte hervorschimmerte. »Ich habe es wirklich versucht.«

»Ja, das hast du. Du bist ein guter Sohn.« Rob J. streichelte ihm über den Kopf.

Manche schrien, manche hüllten sich in Schweigen wie in eine Rüstung, manche weinten und stammelten wirres Zeug. Mit der Zeit setzte Rob J. den Hergang der Schlacht aus den Mosaiksteinen all ihrer schrecklichen Erlebnisse zusammen. Grant hatte mit zweiundvierzigtausend Mann bei Pittsburg Landing auf General Don Carlos Buells Truppen gewartet. Beauregard und

Albert Johnston beschlossen, Grant zu erledigen, bevor Buell eintraf, und so fielen vierzigtausend Konföderierte über die biwakierenden Unionstruppen her. Grants vorderste Linie wurde an beiden Flügeln zurückgedrängt, aber die Mitte – bestehend aus Soldaten aus Iowa und Illinois – hielt dem Gemetzel stand.

Die Rebellen hatten am Sonntag viele Gefangene gemacht. Die Unionsstreitkraft wurde zum Fluß zurückgetrieben und dort ins Wasser, wo das gegenüberliegende Steilufer einen weiteren Rückzug unmöglich machte. Doch am Montagmorgen, als die Konföderierten »reinen Tisch« machen wollten, tauchten plötzlich aus dem Nebel Boote auf – mit zwanzigtausend Mann Verstärkung von Buell –, und das Blatt wendete sich. Am Ende dieses wilden Kampftages zogen sich die Südstaatler nach Corinth zurück. Als die Dämmerung hereinbrach, war das Schlachtfeld, so weit das Auge vom Turm der Shiloh Church aus reichte, mit Leichen übersät. Nur wenige der Verwundeten wurden geborgen und auf Schiffe gebracht.

Am Morgen glitt die *War Hawk* an Wäldern vorbei, deren Bäume junge, hellgrüne Blätter und dicke Mistelkugeln trugen, an sprießenden Feldern und dann und wann an einem Pfirsichhain in weißer Blütenpracht. Doch Rob J. sah von alledem nichts.

Der Kapitän hatte vorgehabt, nur am Vormittag in einer Stadt anzulegen, um den Holzvorrat aufzufüllen. Während dieser Zeit sollten die Freiwilligen an Land gehen und soviel Wasser und Lebensmittel beschaffen wie möglich. Aber Rob J. und Jim Sprague überredeten ihn dazu, auch mittags haltzumachen und nachmittags noch einmal, denn das Wasser war sehr schnell verbraucht. Die Verwundeten hatten Durst.

Zu Rob J.'s Verzweiflung gelang es den Freiwilligen nicht, hygienische Zustände zu schaffen. Viele der Soldaten hatten schon vor ihrer Verwundung an Ruhr gelitten. Die Männer entleerten Blase und Darm, wo sie lagen, und es war unmöglich, sie zu säubern. Es gab keine Ersatzkleidung, und so klebten die Exkremente an ihren Körpern, während sie im kalten Regen lagen.

Die Pfleger verbrachten den größten Teil ihrer Zeit damit, heiße Suppe zu verteilen.

Am zweiten Nachmittag hörte der Regen auf, und die Sonne brach durch die Wolken. Rob J. begrüßte die Wärme mit großer Erleichterung, doch der Dunst, der nun entstand, verstärkte den Geruch, der von den Decks und den Menschen ausging, um ein Vielfaches. Der Gestank war fast greifbar. Manchmal, wenn das Schiff anlegte, kamen patriotische Bürger mit Decken, Wasser und Lebensmitteln an Bord. Sie blinzelten, Tränen traten ihnen in die Augen, und sie flüchteten so schnell wie möglich wieder an Land. Rob J. ertappte sich bei dem Wunsch, ein paar Fässer von Dr. Akersons Chlorwasserstoff zur Verfügung zu haben.

Männer starben und wurden in Laken eingenäht, die vor Dreck standen. Rob J. amputierte noch in einem Dutzend weiterer Fälle, die unaufschiebbar waren, und als sie ihr Ziel erreichten, befanden sich unter den achtunddreißig Toten acht, die er operiert hatte.

Sie legten früh am Dienstag morgen in Cincinnati an. Rob J. hatte dreieinhalb Tage nicht geschlafen und so gut wie nichts gegessen. Plötzlich ohne Aufgabe, stand er auf dem Pier und sah zu, wie andere die Patienten in Gruppen aufteilten, die zu den verschiedenen Krankenhäusern gebracht wurden. Als ein Karren für das Southwestern Ohio Hospital mit Verwundeten beladen wurde, kletterte Rob J. hinauf und setzte sich zwischen zwei Tragbahren auf den Boden.

Als die Patienten ausgeladen wurden, wanderte er durch das Hospital – sehr langsam, denn die Luft in Cincinnati schien so dick wie Pudding zu sein. Das Personal musterte den unrasierten Riesen, von dem ein intensiver Gestank ausging, mit scheelen Blicken. Als ein Pfleger ihn anfuhr, was er hier zu suchen habe, fragte er nach Shaman.

Er wurde zu einem kleinen Balkon geführt, von dem aus man in den Operationssaal hinunterschauen konnte. Man hatte bereits begonnen, die Patienten von der *War Hawk* zu operieren. Vier Männer standen um einen Tisch, und Rob J. sah, daß einer von ihnen Shaman war. Eine kurze Weile sah er ihnen bei ihrer

Arbeit zu, dann überschwemmte ihn eine warme Woge der Müdigkeit, und er ließ sich von ihr davontragen.

Später erinnerte er sich nicht daran, daß er aus dem Krankenhaus in Shamans Zimmer gebracht und ausgezogen worden war. Den Rest des Tages und die ganze Nacht schlief er, ohne es zu wissen, im Bett seines Sohnes. Als Rob J. aufwachte, war es Mittwoch, und die Welt glänzte in strahlendem Sonnenschein. Während er sich rasierte und ein Bad nahm, brachte Shamans Freund, ein hilfsbereiter junger Mann namens Cooke, Rob J.'s Sachen aus der Krankenhauswäscherei, wo sie ausgekocht und gebügelt worden waren, und dann ging er, den Sohn holen.

Shaman war schmaler geworden, machte jedoch einen gesunden Eindruck. »Hast du etwas von Alex gehört?« fragte er sofort nach der Begrüßung.

»Nein.«

Shaman nickte. Er führte Rob J. in ein Wirtshaus, das ein Stück vom Krankenhaus entfernt lag, damit sie ungestört waren. Sie aßen eine ausgiebige Mahlzeit, die aus Eiern, Kartoffeln und einem großen Stück Fleisch bestand, und tranken einen dünnen Kaffee, der zum Großteil aus getrockneter Zichorie gebraut worden war. Shaman ließ seinem Vater Zeit, den ersten heißen, bitteren Schluck zu trinken, ehe er begann, Fragen zu stellen und der Beschreibung der Reise auf der *War Hawk* mit großem Interesse zu folgen.

Rob J. erkundigte sich nach den Fortschritten in der Ausbildung und sagte, wie stolz er auf seinen Sohn sei. »Zu Hause habe ich ein altes blaues Stahlskalpell, erinnerst du dich?«

»Das uralte, das du ›Rob J.s Messer‹ nennst? Das seit Jahrhunderten in Familienbesitz sein soll?«

»Ja, das meine ich. Und es ist wirklich seit Jahrhunderten in Familienbesitz. Es wird immer an den Erstgeborenen weitergegeben, der Arzt wird. Es gehört dir.«

Shaman lächelte. »Solltest du mit diesem Geschenk nicht warten, bis ich im Dezember die Abschlußprüfung mache?«

Ich weiß nicht, ob ich dann herkommen kann: Ich gehe als Arzt zur Army.«

Shamans Augen weiteten sich. »Aber du bist Pazifist! Du haßt doch den Krieg!«

»Das bin ich, und das tue ich«, bestätigte Rob J. mit einer Stimme, die bitterer war als der Kaffee. »Aber du siehst ja selbst, was sie einander antun.«

Sie saßen noch lange zusammen, nippten an ihren inzwischen wieder gefüllten Tassen – zwei hochgewachsenen Männer, die einander in die Augen sahen und leise und ausführlich miteinander sprachen, als hätten sie alle Zeit der Welt füreinander.

Doch um elf waren sie bereits wieder im Operationssaal. Der Ansturm der Verwundeten von der *War Hawk* überforderte sowohl die Unterbringungsmöglichkeiten des Krankenhauses als auch den Chirurgenstab. Manche Ärzte hatten die ganze Nacht bis in den Vormittag hinein durchgearbeitet, und jetzt operierte Robert Jefferson Cole einen jungen Mann aus Ohio, dessen Schädel, Schultern, Rücken, Hintern und Beine einen wahren Hagel von Konföderiertenschrapnellen abbekommen hatten. Die Prozedur war zeitaufwendig und mühevoll, denn jedes Metallstückchen mußte mit einem Minimum an Zerstörung des umliegenden Gewebes aus dem Fleisch herausgepult werden, und das Nähen war ebenfalls Präzisionsarbeit, denn es galt zu erreichen, daß die Muskeln wieder zusammen wachsen konnten. Die Tribüne war mit Medizinstudenten und mehreren Fakultätsmitgliedern besetzt, die die Arbeit an solch schrecklichen kriegsbedingten Fällen verfolgten. In der ersten Reihe versetzte Dr. Harold Meigs seinem Nachbarn Dr. Barnett McGowan einen Rippenstoß und wies mit seinem Kinn auf einen Mann, der – weit genug entfern, um nicht im Weg zu stehen, aber nahe genug, um alles sehen zu können – im Operationssaal stand. Groß, füllig, mit ergrauendem Haar, stand er mit verschränkten Armen da und konzentrierte sich ausschließlich auf die Vorgänge auf dem Operationstisch. Als er das selbstsichere und routinierte Vorgehen der jungen Chirurgen sah, nickte er unbewußt beifällig, und die beiden Professoren sahen einander an und lächelten.

Rob J. fuhr mit dem Zug zurück und kam neun Tage nach seiner Abreise von Holden's Crossing in Rock Island an. Auf der Straße hinter dem Bahnhof traf er Paul und Roberta Williams, die in den Ort gekommen waren, um Einkäufe zu machen.

»Hallo, Doc! Gerade angekommen?« fragte Williams. »Hab' gehört, Sie waren weg. Auf Urlaub?«

»Ja.« Rob J. nickte.

»War's schön?«

Rob J. öffnete den Mund – und schloß ihn wieder. Dann sagte er: »Ja, sehr schön. Danke der Nachfrage, Paul!« Er verabschiedete sich und ging zum Mietstall, um Boss zu holen und nach Hause zu reiten.

DER VERTRAGSARZT

Rob J. brauchte fast den ganzen Sommer, um sein Vorhaben vorzubereiten. Sein erster Gedanke war gewesen, es für einen anderen Arzt finanziell attraktiv zu machen, seine Praxis in Holden's Crossing zu übernehmen. Doch nach einiger Zeit mußte er sich eingestehen, daß das unmöglich war, denn der Krieg hatte zu einem akuten Ärztemangel geführt. So blieb ihm nur, Tobias Barr zu bitten, jeden Mittwoch und bei Notfällen nach Holden's Crossing zu kommen. Bei leichteren Erkrankungen würden die Leute von Holden's Crossing zu Dr. Barr nach Rock Island fahren oder die Nonnen konsultieren müssen.

Sarah tobte – weil Rob J. sich der »falschen Seite« anschloß und weil er überhaupt wegging. Sie betete und beriet sich mit Sydney Blackmer. Sie sei ohne ihn völlig hilflos, jammerte sie. »Bevor du gehst, mußt du an die Unionsarmee schreiben«, drängte sie, »und anfragen, ob sie irgendwelche Unterlagen haben, daß Alex ihr Gefangener ist, oder ob er als gefallen gilt.« Rob J. hatte das schon Monate zuvor getan, doch er stimmte ihr zu, daß es an der Zeit sei, nochmals nachzufragen, und kümmerte sich darum. Sarah und Lillian standen einander näher als je. Jay hatte ein erfolgreiches System ausgeklügelt, Post und Konföderierten-nachrichten durch die feindlichen Linien nach Hause zu lotsen – wahrscheinlich mit Hilfe von Flußschmugglern. Bevor die Zeitungen von Illinois die Meldung druckten, konnte Lillian bereits berichten, daß Judah Benjamin vom konföderierten Kriegsminister zum konföderierten Außenminister befördert worden sei. Einmal hatten Sarah und Rob J. mit den Geigers und Benjamin zu Abend gegessen, als Lillians Cousin nach Rock Island gekommen war, um mit Hume über einen Eisenbahnprozeß zu sprechen. Benjamin hatte einen intelligenten und bescheidenen Eindruck gemacht, nicht den eines Mannes, der danach strebte, eine neue Nation anzuführen.

Jay sei in Sicherheit, erzählte Lillian. Er habe den Dienstgrad eines Stabsfeldwebels und sei irgendwo in Virginia als Aufseher oder Verwalter eines Lazaretts stationiert.

Als sie hörte, daß Rob J. sich der Nordstaatenarmee anschließen würde, sah sie ihn besorgt an. »Ich hoffe nur, daß du und Jay nicht aufeinandertrefft, solange dieser Krieg dauert.«

»Das ist höchst unwahrscheinlich«, antwortete er und tätschelte ihre Hand.

Er verabschiedete sich so unauffällig wie möglich von seinen Freunden. Mater Ferocia hörte ihm mit fast versteinerter Resignation zu. Es gehört zum Leben der Nonnen, dachte er, sich von Menschen zu verabschieden, die ein Teil ihres Lebens geworden sind. Sie gehen, wohin Gott sie schickt, und in dieser Hinsicht sind sie wie Soldaten.

Er nahm das *mee-shome* und einen kleinen Koffer und ließ sich am Morgen des 12. August 1862 von Sarah zur Dampferanlegestelle von Rock Island bringen. Sie weinte und küßte ihn in wilder Verzweiflung wieder und wieder auf den Mund, ohne sich um die neugierigen Blicke der anderen Leute auf dem Pier zu kümmern.

»Schon gut, mein Mädchen, schon gut!« Er drückte sie sanft an sich. Es schmerzte ihn, sie zu verlassen, und so empfand er es als Erleichterung, an Bord zu gehen und ihr zuzuwinken, als die Sirene zwei kurze Signale und ein langes ausstieß und der Dampfer in den Strom hinaussteuerte, um sich schnell zu entfernen.

Er blieb fast während der ganzen Fahrt stromabwärts auf Deck. Er liebte den Mississippi, und es machte ihm Spaß, den regen Verkehr auf dem Strom zu beobachten. Der Süden hatte kühnere und zähere Soldaten und weit bessere Generäle gehabt als der Norden, aber als die Unionstruppen in diesem Frühling New Orleans eingenommen hatten, kam das der Vorherrschaft des Nordens über den unteren und oberen Abschnitt des Mississippi gleicht. Mit dem Tennessee und anderen kleineren Flüssen hatte die Union nun einen Wasserweg direkt in den verwundbaren Bauch des Südens.

Ein militärischer Brückenkopf entlang dieser Wasserstraße war Cairo, wo Rob J. seine Fahrt mit der *War Hawk* begonnen hatte. Und hier ging er jetzt von Bord. Diesmal war die Stadt nicht überflutet, aber das machte sie kaum liebenswerter, denn Tausende von Soldaten kampierten am Stadtrand, und die Auswirkungen dieser konzentrierten Menschenansammlung waren in die Stadt übergeschwappt: Müll, tote Hunde und fauler Unrat türmten sich in den Straßen vor den gepflegten Häusern. Rob J. folgte dem Militärverkehr zum Lager, wo er von einem Posten aufgehalten wurde. Er wies sich aus, bat, zum kommandierenden Offizier gebracht zu werden, und stand kurz darauf Colonel Sibley von den 67. Pennsylvania Volunteers gegenüber. Das 67. Regiment habe bereits die zwei Ärzte, die ihm laut Verteilerschlüssel zustünden, sagte der Colonel. Es befänden sich jedoch noch drei weitere Regimenter im Lager, das 42. Kansas, das 106. Kansas und das 23. Ohio, und beim 106. Kansas sei noch eine Stelle für einen Assistenzarzt frei. Und so begab sich Rob J. als nächstes dorthin.

Der kommandierende Offizier des 106. Regiments war ein Colonel namens Frederick Hilton, den Rob J. vor seinem Zelt antraf, wo er Tabak kauend an einem kleinen Tisch saß und schrieb. Hilton wollte ihn unbedingt haben. Er stellte ihm den Dienstgrad eines Leutnants in Aussicht (»und so bald wie möglich Captain«) und bot ihm eine Jahresverpflichtung als stellvertretender Regimentsarzt an.

Doch Rob J. hatte vor seiner Abreise aus Holden's Crossing viel nachgeforscht und nachgedacht. Wenn er sich dazu entschlossen hätte, die Prüfung als Generalstabsarzt abzulegen, hätte er sich für einen Majorsrang, einen ansehnlichen Sold und eine Stellung als Sanitätsoffizier oder Stabsarzt in einem Hauptlazarett qualifiziert – er aber wußte, was er wollte.

»Keine Offiziersstelle. Die Army stellt auch zivile Ärzte auf Zeit ein – und ich werde auf der Basis eines Dreimonatsvertrages für Sie arbeiten.«

Hilton zuckte mit den Achseln. »Ich werde die Papiere entsprechend ausstellen. Kommen Sie nach dem Abendessen her, und unterschreiben Sie! Achtzig Dollar im Monat, und Sie bringen Ihr eigenes Pferd mit. Ich kann Sie zu einem Uniformschneider in der Stadt schicken.«

»Ich werde keine Uniform tragen.«

Der Colonel sah ihn befremdet an. »Das wäre aber ratsam. Diese Männer hier sind Soldaten – von einem Zivilisten werden sie sich kaum etwas sagen lassen.«

»Darauf lasse ich es ankommen.«

Colonel Hilton nickte gleichgültig und spuckte Tabaksaft auf den Boden. Dann rief er einen Sergeanten zu sich und befahl ihm, Dr. Cole zum Zelt der Sanitätsoffiziere zu bringen.

Sie waren erst ein paar Meter gegangen, als die ersten Töne des Zapfenstreichs erklangen: Die Zeremonie des Flaggeneinholens bei Sonnenuntergang begann. Alle Geräusche im Militärlager verstummten, als die Männer mit dem Gesicht zur Fahne zackig salutierten.

Es war das erstemal, daß Rob J. diesem feierlichen Akt beiwohnte, und er empfand ihn als bewegend, denn er spürte, daß er so etwas wie eine religiöse Gemeinschaft zwischen diesen Männern schuf, die regungslos im Salut verharrten, bis der letzte bebende Ton der Melodie verklungen war. Gleich darauf herrschte wieder rege Geschäftigkeit im Camp.

Die meisten Unterkünfte waren kleine Zweimannzelte, doch der Sergeant steuerte auf eine Gruppe kegelförmiger Zelte zu, die Rob J. an Tipis erinnerten, und blieb vor einem stehen. »Da sind wir, Sir.«

»Ich danke Ihnen.«

Im Innern gab es nur zwei Schlafplätze, die aus auf der Erde ausgebreiteten Decken bestanden. Ein Mann, zweifellos der Regimentsarzt, lag im Tiefschlaf. Sein Körper verströmte einen säuerlichen Geruch, und sein Atem roch stark nach Rum. Rob J. stellte seine Tasche auf den Boden und setzte sich daneben.

Ich habe viele Fehler gemacht und mehr Dummheiten als die einen und weniger als die anderen, dachte er, und jetzt konnte er nicht umhin, sich zu fragen, ob er nicht im Begriff stand, eine der größten Dummheiten seines Lebens zu begehen.

Der Regimentsarzt hatte den Rang eines Majors und hieß G. H. Woffenden. Rob J. erfuhr sehr bald, daß der Mann nie ein Medizinstudium absolviert, jedoch eine Weile »beim alten Doc Cowan gelernt« und sich dann selbständig gemacht hatte, daß er von Colonel Hilton in Topeka rekrutiert worden war, das Majorsgehalt sein bisher bestes regelmäßiges Einkommen darstellte – und daß er sich hauptsächlich auf das Trinken konzentrierte und seinem Assistenten die tägliche Sprechstunde überließ.

Diese nahm freilich fast den ganzen Tag in Anspruch, denn die Schlange der Patienten schien niemals zu enden. Das Regiment bestand aus zwei Bataillonen – das erste fünf Kompanien stark, das zweite nur drei – und war vor knapp vier Monaten gebildet worden, als die gesündesten Männer bereits anderweitig in Kriegsdienst standen. Für das 106. Regiment hatte man zusammengesammelt, was übrig war, und für das zweite Bataillon den »Ausschuß« aus Kansas genommen. Viele der Männer, die darauf warteten, von Rob J. behandelt zu werden, waren eigent-

463

lich schon zu alt, um Soldaten zu sein, und viele waren noch zu jung wie ein halbes Dutzend Burschen, die kaum über zehn Jahre alt waren. Alle befanden sich in außerordentlich schlechter Verfassung. Die häufigsten Beschwerden gingen auf Diarrhöe und Ruhr zurück, aber Rob J. traf auch auf die verschiedensten Arten von Fieber, auf schwere Erkältungen, die Bronchien und Lunge in Mitleidenschaft zogen, auf Syphilis und Tripper, Delirium tremens und andere Auswirkungen von Alkoholismus, auf Leistenbrüche und viele Fälle von Skorbut. Es gab ein Behandlungszelt, in dem sich ein geräumiger Armeetragkorb und ein großer Schrank aus Rohrgeflecht und Segeltuch befanden, wo das medizinische Zubehör aufbewahrt wurde. Nach der Inventurliste hätte dieses auch schwarzen Tee enthalten sollen, weißen Zucker, Kaffee-Extrakt, Rinderbrühekonzentrat, Kondensmilch und medizinischen Alkohol. Als Rob J. Woffenden nach diesen Dingen fragte, sah der Arzt ihn beleidigt an. »Wahrscheinlich gestohlen«, erklärte er knapp in auffällig defensivem Ton.

Schon nach den ersten Mahlzeiten begriff Rob J., weshalb so viele der Männer Leibschmerzen hatten. Er suchte den Verpflegungsoffizier auf, einen hageren Second Lieutenant namens Zearing, und erfuhr von ihm, daß die Army dem Regiment nur achtzehn Cent pro Mann und Tag für Essen bewilligte. Das Resultat war eine tägliche Ration von dreihundert Gramm fettem, gesalzenem Schweinefleisch, sechzig Gramm weißen Bohnen oder Erbsen und entweder fünfhundert Gramm Mehl oder dreihundert Gramm Schiffszwieback. Das Fleisch war für gewöhnlich außen schwarz und innen faulig-gelb, und die Soldaten nannten den Zwieback »Wurmparadies«, denn die großen dicken Kekse, die oft von Feuchtigkeit aufgequollen waren, boten Maden und Würmern ein wahres Dorado.

Jeder erhielt seine Ration roh und bereitete sie sich selbst über einem kleinen Lagerfeuer zu, wobei er die Bohnen kochte und das Fleisch, den zerkrümelten Zwieback, ja sogar das Mehl in Schweinefett briet. In Verbindung mit dem schlechten Gesundheitszustand verursachte diese Art von Diät in Tausenden von

Bäuchen einen Tumult, und es gab keine Latrinen. Die Männer erleichterten sich meist hinter ihren Zelten, und viele, die an Durchfall litten, schafften es nur bis zu dem Raum zwischen ihrem und dem Nachbarzelt. Der Geruch im Camp erinnerte an den auf der *War Hawk,* und Rob J. kam zu dem Schluß, daß die gesamte Army nach Exkrementen stank.

Es war ihm klar, daß er gegen die Verpflegung nichts tun konnte – jedenfalls nicht im Moment –, aber er war entschlossen, die hygienischen Bedingungen zu verbessern. Am nächsten Nachmittag ging er nach der Sprechstunde zu einem Sergeanten der C-Kompanie des ersten Bataillons, der gerade dabei war, ein halbes Dutzend Soldaten in der Handhabung des Bajonetts zu unterweisen. »Sergeant, wissen Sie, wo Schaufeln sind?«

»Schaufeln? Ja, das weiß ich schon«, antwortete der Mann vorsichtig.

»Sehr gut. Ich möchte, daß Sie jedem dieser Männer eine geben. Sie sollen einen Graben ziehen.«

»Einen Graben, Sir?« Der Sergeant musterte die Gestalt in dem ausgebeulten Anzug und dem verknitterten Hemd neugierig.

»Ja, einen Graben«, nickte Rob J. »Gleich da drüben. Drei Meter lang, einen Meter breit und einsachtzig tief.« Der Doktor war ein großer Mann. Er schien sehr entschlossen zu sein – und der Sergeant wußte, daß er theoretisch den Dienstgrad eines Stabsfeldwebels bekleidete.

Kurze Zeit später gruben die sechs Männer eifrig, während Rob J. und der Sergeant ihnen zuschauten, bis Colonel Hilton und Captain Irvine von der C-Kompanie die Straße herunterkamen.

»Was zum Teufel soll das?« fragte Colonel Hilton den Sergeanten, der den Mund öffnete und Rob J. ansah.

»Sie graben eine Versitzgrube, Colonel«, erklärte Rob J.

»Eine Versitzgrube?«

»Ja, Sir – eine Latrine.«

»Ich weiß, was eine Versitzgrube ist. Es wäre bedeutend sinnvoller, wenn die Männer ihre Zeit darauf verwenden würden, mit dem Bajonett zu üben. Sie werden sehr bald in der Schlacht stehen. Wir bringen ihnen bei, wie sie die Rebellen umbringen sollen. Dieses Regiment wird Konföderierte erschießen, mit Bajonetten aufspießen, erstechen und sie, wenn es nötig sein sollte, zu Tode scheißen und pissen – aber keine Latrinen graben!«

Einer der Schaufelnden brach in schallendes Gelächter aus. Der Sergeant musterte Rob J. grinsend.

»Ist das klar, Herr Assistenzarzt?«

Rob J. lächelte nicht. »Ja, Colonel.«

Das war an seinem vierten Tag beim 106. Kansas-Regiment. Diesem folgten sechsundachtzig weitere Tage, die sehr langsam vergingen und genau gezählt wurden.

BRIEF EINES SOHNES

Cincinnati, Ohio
12. Januar 1863

Lieber Pa,
ich habe mir »Rob J.'s Messer« verdient! Colonel Peter Brandon, der Stellvertreter von Chefarzt William A. Hammond, fungierte als Festredner. Viele meinten, es sei eine gute Rede gewesen, aber ich war enttäuscht.
Dr. Brandon führte aus, daß im Laufe der Geschichte Ärzte sich stets den medizinischen Bedürfnissen ihrer Armeen gewidmet hätten. Er gab eine Menge Beispiele wie die Hebräer der Bibel, die Griechen, die Römer etc. etc. Dann erläuterte er uns die vielen großartigen Möglichkeiten, die sich Medizinern in diesem Krieg bieten, den Sold und die Vergünstigungen, die diejenigen erwarten, die sich in den Dienst ihres Landes stellen. Wir lechzten danach, etwas über die Großen unseres Berufsstandes zu hören – Hippokrates und Galen, Paracelsus und Andreas Vesalius –, er aber hielt eine Rekrutierungsansprache. Es war nicht nur unpassend, son-

dern auch überflüssig. Siebzehn aus meiner Gruppe von sechsunddreißig frischgebackenen Ärzten hatten schon vorher ihre medizinische Laufbahn bei der Army in die Wege geleitet.

Ich weiß, Du wirst es verstehen, wenn ich Dir schreibe, daß ich, obwohl ich Ma natürlich sehr gerne wiedergesehen hätte, erleichtert war, als sie sich gegen eine Reise nach Cincinnati entschied. Die Züge, Hotels und so weiter sind heutzutage so überfüllt und schmutzig, daß eine alleinreisende Frau mit Unbequemlichkeiten rechnen muß, wenn nicht mit Schlimmerem. Es tat mir sehr leid, daß Du nicht hier warst – und damit habe ich einen weiteren Grund, diesen Krieg zu hassen. Paul Cookes Vater, der in Xenia eine Futtermittel- und Getreidehandlung besitzt, kam zu der Feier und führte uns beide anschließend groß zum Essen aus, wobei er uns hochleben ließ und nicht mit Komplimenten sparte. Paul ist einer von denen, die direkt zur Army gehen. Obwohl er so ein Spaßvogel ist und immer Unfug im Kopf hat, war er der Hellste unseres Jahrgangs und schaffte sein Examen mit summa cum laude. Ich half ihm bei der Laborarbeit, und er half mir, mit magna cum laude abzuschließen, denn nach jeder Vorlesung drangsalierte er mich mit Fragen, die viel schwieriger waren als alle, die uns die Professoren je stellten.

Nach dem Essen gingen er und sein Vater in Pike's Opera House, um Adelina Patti zu hören, und ich kehrte in die Poliklinik zurück. Ich hatte etwas Wichtiges vor. Es gibt einen geklinkerten Tunnel, der zwischen dem Vorlesungsbau und dem Hauptgebäude des Krankenhauses unter der Straße hindurchführt. Seine Benutzung ist ausschließlich Ärzten vorbehalten. Damit er für Notfälle frei ist, müssen Medizinstudenten bei jedem Wetter den Weg über die Straße nehmen. Ich stieg in den Keller des Vorlesungsgebäudes hinunter und fühlte mich noch sehr als Student, als ich den durch Wandlampen erleuchteten unterirdischen Gang betrat. Doch als ich am anderen Ende im Krankenhaus herauskam, fühlte ich mich zum erstenmal als Arzt.

Pa, ich habe mich für zwei Jahre an das Southwestern Ohio Hospital verpflichtet. Der Posten bringt mir zwar nur dreihundert Dollar jährlich, aber Dr. Berwyn sagte, das sei nur eine Vorstufe zu einem guten Gehalt. »Spielen Sie nie die Bedeutung eines guten Einkommens herunter«, sagte er. »Ein Mann, der sich über den hohen Verdienst eines Arztes beklagt, ist mit Sicherheit selbst keiner.« Erstaunlicherweise und zum großen Glück für mich streiten sich Berwyn und McGowan darum, wer von ihnen beiden mich unter seine Fittiche nehmen wird. Neulich umriß Barney McGowan folgenden Plan für meine Zukunft: Ich werde ein paar Jahre als sein Assistent arbeiten, und dann wird er mir eine Anstellung als außerordentlicher Professor der Anatomie besorgen. Auf diese Weise, sagte er, wäre ich, wenn er in den Ruhestand tritt, soweit, seine Stelle als Chef der Pathologie einzunehmen.

Mir schwirrte der Kopf, denn mein Traum hatte sich stets nur darauf beschränkt, ein einfacher Arzt zu werden. Schließlich arbeiteten die beiden gemeinsam ein Programm für mich aus, das mir recht abenteuerlich erscheint. Wie ich es schon während meiner Arbeit in den Sommerferien tat, werde ich die Vormittage mit Berwyn im Operationssaal verbringen und die Nachmittage mit McGowan in der Pathologie – nur werde ich jetzt, anstatt Handlangerdienste zu tun, als Arzt eingesetzt. Trotz des Entgegenkommens der beiden weiß ich nicht, ob ich mich jemals in Cincinnati niederlassen werde. Im Augenblick jedenfalls würde ich lieber in einem kleinen Ort leben, wo ich die Leute kenne.

Cincinnati ist, von der Einstellung und Mentalität her gesehen, stärker südstaatlich orientiert als Holden's Crossing. Billy Henried vertraute einigen verschwiegenen Freunden an, daß er nach dem Abschluß des Studiums in die Konföderiertenarmee eintreten werde. Vorgestern abend war ich mit ihm und Cooke beim Essen – zum Abschied. Es war eine seltsame und traurige Stimmung: Beide wußten, wohin der andere geht.

Die Nachricht, daß Lincoln eine Proklamation unterzeichnet hat, die den Sklaven ihre Freiheit garantiert, hat viel böses Blut gemacht. Ich weiß, daß Du den Präsidenten wegen seiner Beteiligung an der Vernichtung der Sauks ablehnst, aber ich bewundere ihn dafür, daß er die Sklaven befreit, welche politischen Gründe ihn auch dazu bewegen mögen. Die Nordstaatler hier scheinen zu jedem Opfer bereit, solange sie sich einreden können, sie tun es, um die

Union zu retten, aber sie sind dagegen, daß das Ziel des K
Abschaffung der Sklaverei wird. Die meisten wollen dies
lichen Blutpreis nicht zahlen, wenn die Kämpfe dazu die..
die Schwarzen zu befreien. Die Verluste bei Schlachten wie die.
zweiten am Bull Run Creek sind entsetzlich gewesen. Jetzt gibt es
Nachrichten über ein Gemetzel bei Fredericksburg, wo fast drei-
zehntausend Unionssoldaten niedergemäht wurden, als sie ver-
suchten, einen Landstrich der Südstaaten zu erobern. Viele Leute,
mit denen ich gesprochen habe, sind über diesen Vorfall verzweifelt.
Ich mache mir ständig Sorgen um Dich und Alex. Mag sein, daß
es Dich ärgert, wenn ich Dir gestehe, daß ich angefangen habe zu
beten, obwohl ich nicht weiß, zu wem – und ich bitte immer nur
darum, daß Ihr beide heil nach Hause kommt.
Bitte, kümmere Dich ebenso gewissenhaft um Deine Gesundheit
wie um die der anderen, und vergiß nicht, daß es Menschen gibt,
die ihr Leben auf Deiner Stärke und Deiner Güte aufbauen!

Dein Dich liebender Sohn
Shaman
Dr. (!) Robert Jefferson Cole

DER HORNIST

In einem Zelt zu hausen und auf dem Boden zu schlafen stellte sich als nicht so unangenehm heraus, wie Rob J. befürchtet hatte. Viel schwieriger war es, mit den Fragen zurechtzukommen, die ihn verfolgten: warum in aller Welt er hier war und wie dieser schreckliche Bürgerkrieg ausgehen würde. Die Sache verlief weiterhin schlecht für die Nordstaaten. »Wie sollen wir bei unseren Verlusten denn je den Krieg gewinnen?« bemerkte Major G. H. Woffenden in einem verhältnismäßig nüchternen Moment.

Die meisten Soldaten um Rob J. herum tranken in ihrer Freizeit unmäßig – vor allem nach dem Zahltag. Sie tranken, um zu vergessen, um sich zu erinnern, um zu feiern, um sich zu trösten. Die verdreckten und oft besoffenen Männer erinnerten ihn an Bluthunde an der Leine, die es nicht erwarten können, ihren Feinden an die Kehle zu gehen – anderen Amerikanern, die zweifellos ebenso verdreckt und ebensooft besoffen waren. Warum schienen sie so erpicht darauf, Konföderierte zu töten? Die wenigsten kannten einen Südstaatler. Rob J. stellte fest, daß der Krieg für sie eine Bedeutung gewonnen hatte, die weit über Gründe und Ursachen hinausging. Sie dürsteten danach zu kämpfen, weil es nun einmal Krieg gab – und weil es offiziell für bewundernswert und patriotisch erklärt worden war zu töten. Das genügte. Er hätte sie am liebsten angeschrien, die Generäle und Politiker in ein dunkles Zimmer gesperrt wie ungezogene Kinder, sie am Schlafittchen gepackt und geschüttelt und gefragt: »Was ist mit euch los? *Was ist mit euch los?*«

Statt dessen hielt er jeden Tag Sprechstunde ab, teilte Brechwurz, Chinin und schmerzstillende Mittel aus und achtete darauf, beim Gehen immer auf den Boden zu sehen – wie ein Mann, der in einem riesigen Zwinger wohnt.

An seinem letzten Tag beim 106. Kansas-Regiment holte Rob J. beim Zahlmeister seine achtzig Dollar ab, ging zu dem kegelförmigen Zelt, in dem er gewohnt hatte, hängte sich das *mee-shome* über die Schulter und nahm seinen Koffer. Major G. H. Woffenden, der, in seinen Gummiumhang gewickelt, zusammengerollt auf dem Boden lag, öffnete nicht einmal die Augen – geschweige denn, daß er den »Herrn Assistenzarzt« verabschiedete.

Fünf Tage zuvor waren die Männer des 67. Pennsylvania an Bord von Dampfschiffen gegangen und einem Gerücht zufolge südwärts zu einem Kriegsschauplatz gebracht worden. Und jetzt spien andere Schiffe das 119. Indiana aus, das seine Zelte dort aufstellte, wo noch kurz vorher die des 67. Regiments gestanden hatten. Als Rob J. den kommandierenden Offizier aufsuchte, sah er sich einem pausbäckigen Colonel in den Zwanzigern gegenüber, Alonzo Symonds, der ihm erklärte, er suche dringend einen Arzt: Seiner habe eine dreimonatige Dienstzeit abgeleistet und sei nach Indiana zurückgekehrt, einen Assistenten habe er nicht gehabt. Symonds befragte Dr. Cole eingehend und schien beeindruckt von dem, was er erfuhr, doch als Rob J. andeutete, daß bestimmte Bedingungen erfüllt werden müßten, wenn er unterschreiben solle, verdüsterte sich die Miene des Colonels.

Rob J. hatte über seine Sprechstunden gewissenhaft Protokoll geführt. »An fast jedem Tag lagen sechsunddreißig Prozent der Männer entweder flach oder standen Schlange, um sich von mir behandeln zu lassen. Manchmal war der Prozentsatz noch höher. Wie verhält es sich im Vergleich dazu mit *Ihrer* täglichen Krankenliste?«

»Die ist auch sehr lang«, gab Symonds zu.

»Ich kann das ändern, Colonel, wenn Sie mir helfen.«

Symonds war erst seit vier Monaten Colonel. Seine Familie besaß in Fort Wayne eine Glasfabrik für Lampenzylinder, und er wußte, wie schlecht kranke Arbeiter fürs Geschäft sein können. Das 119. Indiana war vor vier Monaten aus unerfahrenen Männern zusammengestellt und innerhalb von Tagen nach Tennessee abkommandiert worden. Er schätzte sich glücklich, daß sie nur zwei Scharmützel ausgetragen hatten, die die Bezeichnung Feindberührung verdienten. Die Verluste hatten sich auf zwei Tote und einen Verletzten beschränkt, aber ständig lagen so viele Männer mit Fieber darnieder, daß die Konföderierten das Regiment ohne Schwierigkeiten hätten niederwalzen können, wenn sie es gewußt hätten.

»Was muß ich tun?«

»Ihre Männer errichten ihre Zelte auf den Scheißhaufen der 67. Pennsylvania Volunteers, und sie trinken Wasser, das durch ihre eigenen Ausscheidungen verseucht ist. Weniger als eine Meile entfernt liegt ein braches Gelände mit Quellen, die den ganzen Winter über sauberes Trinkwasser liefern könnten, wenn man sie in Rohre faßt.«

»Gütiger Gott! Eine Meile ist ein weiter Weg, um mit den anderen Regimentern in Kontakt zu treten, und welcher Offizier wird ihn zurücklegen, um mit mir zu sprechen?«

Sie sahen einander schweigend an, und dann faßte Colonel

Symonds einen Entschluß. Er ging zu seinem Adjutanten. »Geben Sie Befehl, die Zelte wieder abzubrechen, Douglass! Das Regiment zieht um.«

Dann wandte er sich wieder dem schwierigen Doktor zu.

Wieder lehnte Rob J. ab, rekrutiert zu werden. Er bat darum, als Assistenzarzt angestellt zu werden – mit einem Dreimonatsvertrag.

»Auf diese Weise hauen Sie ab, sobald Sie Ihren Kopf nicht durchsetzen können.« Der junge Colonel durchschaute Robs Motiv.

Sein Gegenüber widersprach nicht, und Symonds musterte ihn nachdenklich. »Was wollen Sie sonst noch?«

»Latrinen.«

Der Boden war fest, aber noch nicht gefroren. An einem einzigen Vormittag waren die Gräben gezogen und mit Längsbalken auf dreißig Zentimeter hohen Pfosten versehen. Als allen Kompanien gemeinsam der Befehl verlesen wurde, das Verrichten der Notdurft in Zukunft ausschließlich auf die Latrinen zu beschränken, und als die Drohung folgte, daß jede Zuwiderhandlung umgehend und schwer bestraft werde, wurden heftige Proteste laut. Die Männer brauchten etwas, das sie hassen und worüber sie sich lustig machen konnten, und Rob J. mußte feststellen, daß er dieses Bedürfnis gestillt hatte. Als er zwischen den Soldaten hindurchging, stießen sie einander in die Rippen, verhöhnten ihn mit Blicken und grinsten bösartig über die lächerliche Figur in dem täglich schäbiger werdenden Zivilanzug.

Doch Colonel Symonds ließ ihnen nicht viel Zeit, sich irgendwelche Vergeltungsscherze auszudenken. Er opferte vier weitere Tage dafür, eine Reihe halb in den Boden versenkter Hütten aus Balken und Grassoden bauen zu lassen, die zwar dampfig und schlecht belüftet waren, jedoch beträchtlich mehr Schutz gewährten als Zelte. Ein kleines Feuer in der Mitte ermöglichte es den Männern zudem, kalte Winternächte ohne Unterbrechung zu durchschlafen.

Symonds war ein guter Kommandant, und er hatte fähige Offiziere verpflichtet. Der Verpflegungsoffizier war ein Captain namens Mason. Rob J. hatte keine Schwierigkeiten, ihm die ernährungsbedingten Ursachen von Skorbut zu erklären, denn er konnte die Auswirkungen der Krankheit an Beispielen unter den Soldaten deutlich machen. Sie fuhren beide mit einem Wagen nach Cairo hinein und kauften Fässer voll Kohl und Karotten, die Bestandteil der täglichen Rationen wurden. Bei einigen der anderen Einheiten war der Skorbut sogar noch verbreiteter, doch als Rob J. versuchte, mit den Ärzten der anderen Regimenter zu sprechen, stieß er auf wenig Verständnis. Sie schienen sich eher als Armeeoffiziere zu verstehen denn als Ärzte. Alle trugen sie Uniform, zwei sogar Degen wie Truppenoffiziere, und der Stabsarzt des Ohio-Regiments hatte Fransenepauletten, wie sie Rob J. einmal auf dem Bild eines pompösen französischen Generals gesehen hatte.

Er hingegen legte größten Wert auf seinen Zivilistenstatus. Als ein Versorgungssergeant ihm als Dank für die Beseitigung seiner Bauchkrämpfe einen wollenen Uniformmantel brachte, nahm er diesen in die Stadt mit, ließ ihn schwarz färben und mit neutralen Knöpfen versehen. Er tat immer noch, als sei er ein Landarzt, der nur vorübergehend in einer Stadt praktiziert.

Einer kleinen Stadt ähnelte das Lager in vieler Hinsicht – allerdings mit ausschließlich männlichen Bewohnern. Das Regiment hatte sein eigenes Postamt mit Corporal Amasa Decker als Posthalter und Briefträger. Jeden Mittwochabend gab die Regimentskapelle auf dem Exerzierplatz ein Konzert, und wenn sie ein populäres Lied spielten wie »Listen to the Mocking Bird« oder »Come Where My Love Lies Dreaming« oder »The Girl I Left Behind Me«, sangen die Männer manchmal mit. Händler brachten die verschiedensten Waren ins Lager. Bei einem Monatssold von dreizehn Dollar konnten die Durchschnittssoldaten sich nicht viel von dem Käse leisten, der fünfzig Cent pro Pfund kostete, oder von der Kondensmilch zu fünfundsiebzig Cent die Dose, aber den Marketenderschnaps kauften sie.

Rob J. gönnte sich mehrmals wöchentlich Melassekekse, von

denen das Viertelpfund für sechs Cent zu haben war. Als sich in einem großen Steilwandzelt ein Fotograf etablierte, zahlte Rob J. eines Tages einen Dollar für eine Ferrotypie, die ihn steif dastehend und mit ernstem Gesicht zeigte und die er sofort an Sarah schickte als Beweis dafür, daß ihr Mann noch am Leben war und sie sehr liebte.

Nachdem Colonel Symonds einmal unerfahrene Soldaten in umkämpftes Gebiet hatte führen müssen, war er entschlossen, sie nie wieder unvorbereitet in eine Schlacht ziehen zu lassen. Während des Winters drillte er seine Soldaten hart. Es gab Übungsmärsche von dreißig Meilen Länge, die Rob J. neue Patienten bescherten, da manche der Männer vom Schleppen des vollen Marschgepäcks und der schweren Musketen Muskelzerrungen davontrugen. Andere bekamen durch die Gürtel, an denen schwere Patronenkästen hingen, einen Leistenbruch. Ständig trainierten Gruppen den Gebrauch des Bajonetts, und Symonds zwang sie, das mühevolle Laden der Musketen wieder und wieder zu üben: »Beißt das Papier von der Patrone ab, als ob ihr wütend auf sie wärt. Schüttet das Schießpulver in den Lauf, steckt das Minié-Geschoß hinein und das Papier als Stöpsel drauf, und rammt dann das Ganze fest nach unten. Nehmt ein Zündhütchen aus eurem Beutel, und setzt es auf den Nippel am Verschlußstück. Und dann zielt und feuert!«

Sie wiederholten es unermüdlich, unendlich. Symonds erklärte Rob J., er wolle, daß sie das Laden und Feuern auch beherrschten, wenn sie mitten aus dem Schlaf gerissen würden, wenn sie betäubt vor Angst seien oder wenn ihre Hände vor Furcht und Aufregung zitterten. Und damit sie lernten, Befehle auszuführen, ohne zu überlegen oder zu protestieren, ließ der Colonel sie in geschlossener Ordnung marschieren, auf und ab, auf und ab. An Tagen, an denen Schnee lag, lieh sich Symonds von der Cairoer Straßenmeisterei große Walzen aus, die dann von Pferdegespannen so lange über den Exerzierplatz gezogen wurden, bis er flach und hart genug war für weiteren Drill, den dann die Regimentskapelle mit Märschen und Quicksteps begleitete.

Als Rob J. an einem klaren Wintertag am Exerzierplatz entlangschlenderte, der sich allmählich mit Soldaten füllte, musterte er die schon bereit sitzenden Musiker, und er bemerkte, daß einer der Hornisten ein großes Muttermal im Gesicht hatte. Das schwere Instrument lag auf seiner linken Schulter abgestützt, so daß der geschwungene Messinghals und der große Schalltrichter golden in der Sonne glänzten, während er seine Backen beim Spiel von »Hail Columbia« aufblähte wie Ballons. Jedesmal wenn sich die Wangen des Mannes von neuem mit Luft füllten, wurde der purpurne Fleck unter seinem rechten Auge dunkler – wie ein Signal.

Zwölf Jahre lang hatte Rob J. sich jedesmal innerlich verkrampft, wenn er einen Mann mit einem Muttermal im Gesicht sah, doch jetzt ging er, automatisch dem Takt der Musik angepaßt, einfach weiter, den ganzen Weg zu dem Zelt, in dem er seine Sprechstunde abhielt.

Am nächsten Morgen, als er sah, wie die Kapelle zum Exerzierplatz marschierte, um bei einer Parade mitzumachen, hielt er nach dem Hornisten mit dem großen Muttermal Ausschau, doch der Mann war nicht dabei.

Rob J. ging zu den Hütten, in denen die Mitglieder der Kapelle untergebracht waren, und entdeckte den Gesuchten sofort: Er nahm gerade gefrorene Wäschestücke von der Leine. »Steifer als der Schwanz von 'nem Gehängten«, sagte der Mann angewidert. »Völlig blödsinnig, mitten im Winter Inspektionen zu machen.«

Heuchlerisch stimmte ihm Rob J. bei, obwohl er die Inspektionen selbst angeregt hatte, um die Männer zu zwingen, wenigstens einige ihrer Kleidungsstücke ab und zu zu waschen. »Dienstfrei heute?«

Der Mann sah ihn verdrießlich an. »Ich marschiere nicht mit: Ich hinke.«

Und als er mit einem Arm voll Wäsche davonging, sah Rob J., daß es stimmte: Der Hornist hätte den Gleichschritt einer Militärkapelle gestört; sein rechtes Bein schien ein wenig kürzer zu sein als das linke, so daß er auffallend hinkte.

Rob J. ging in seine Hütte und setzte sich mit einer Decke um die Schultern in der kalten Dämmerung auf seinen Umhang.

Zwölf Jahre. Er erinnerte sich genau an den Tag und an jeden einzelnen Hausbesuch, den er gemacht hatte, während Makwa-ikwa vergewaltigt und ermordet wurde.

Er dachte an die drei Männer, die unmittelbar vor dem Mord nach Holden's Crossing gekommen und danach verschwunden waren. In all den zwölf Jahren hatte er nicht mehr Einzelheiten über sie in Erfahrung bringen können, als daß sie »versoffene Strolche« waren.

Ein falscher Priester, Reverend Ellwood R. Patterson, den er wegen Syphilis behandelt hatte. Ein gedrungener, kräftiger Fettwanst namens Hank Cough. Und ein magerer junger Kerl, den sie Len genannt hatten, manchmal auch Lenny, mit einem großen Muttermal unter dem rechten Auge und einem zu kurzen Bein.

Falls der Musiker der Gesuchte war, so hatte er inzwischen einiges an Gewicht zugelegt. Aber schließlich war er selbst, Rob, auch nicht mehr so schlank.

Wahrscheinlich war es gar nicht der Mann, den er suchte, sagte sich Rob J. Es gab sicher mehrere Männer in Amerika mit einem großen Muttermal im Gesicht und einem zu kurzen Bein. Und er erkannte plötzlich, daß er nicht wollte, daß es der richtige Mann war. Er gestand sich ein, daß er die Männer gar nicht mehr wirklich finden wollte. Was sollte er tun, wenn der Hornist Lenny war? Ihm die Kehle durchschneiden?

Hilflosigkeit grinste ihn an.

Es war ihm gelungen, Makwas Tod in eine der hintersten Schubladen seines Gedächtnisses zu verbannen, aber jetzt war diese Schublade, gleich der Büchse der Pandora, wieder geöffnet worden, und er spürte, wie eine vergessen geglaubte Kälte in ihm hochkroch, eine Kälte, die nichts mit der Temperatur in der kleinen Hütte zu tun hatte.

Er verließ seine Behausung und ging zu dem Zelt, in dem die Regimentsverwaltung saß. Adjutant Douglass war inzwischen daran gewöhnt, daß der Doktor die Personalakten einsah, und hatte Rob J. schon gesagt, daß er noch nie einen Arzt gekannt habe, der so viel Wert auf lückenlose Patientenberichte legte.

»Wieder Papierkram, Doc?«

»Ein bißchen.«

»Bedienen Sie sich! Die Ordonnanz ist gerade Kaffee holen gegangen. Sie können gerne welchen abhaben. Aber tropfen Sie mir bitte bloß nicht auf die verdammten Akten!«

Rob J. versprach es.

Die Kapelle war der Headquarters Company angegliedert. Douglass bewahrte die Unterlagen jeder Kompanie ordentlich getrennt in grauen Kästen auf. Rob J. fand den gesuchten Kasten, und darin lag ein Aktenbündel, das mit *119. Indiana-Regimentskapelle* beschriftet war.

Er ging die Unterlagen sorgfältig durch. Es gab unter den Musikern keinen mit dem Vornamen Leonard, doch als Rob J. die Karteikarte fand, wußte er sofort, daß er die richtige vor sich hatte, genauso wie er manchmal wußte, ob jemand überleben oder sterben würde.

Ordway, Lanning A., ohne Dienstgrad, Heimatort Vincennes, Indiana.

Freiwillig für ein Jahr verpflichtet, am 28. Juli 1862 in Fort Wayne eingetreten.

Geboren in Vincennes, Indiana, am 11. November 1836.

Größe 1,70 m, Haut hell, Augen grau, Haare braun.

Eingesetzt für begrenzte Tätigkeit als Musiker (Horn in F) und allgemeine Arbeiten (wegen körperlicher Behinderung).

TRUPPENBEWEGUNGEN

Rob J.'s Vertrag war schon seit Wochen abgelaufen, als Colonel Symonds zu ihm kam, um über eine Neuerung zu sprechen. Zu dieser Zeit wüteten in den anderen Regimentern bereits die gefürchteten Frühlingsfieber – nicht aber im 119. Indiana. Dessen Angehörige litten zwar wegen des Schlafens auf feuchtem Boden an Erkältung und wegen der Ernährung an Durchfall, doch die Warteschlangen vor Robs Sprechstundenzelt waren die kürzesten, die er je erlebt hatte, seit er bei der Army arbeitete. Die ältesten Männer, die von Anfang an nicht hätten rekrutiert werden dürfen, hatte man nach Hause geschickt. Die meisten anderen litten unter Läusen, hatten schmutzige Füße und Hälse und Juckreiz im Schritt, und vor allem tranken sie zuviel Whiskey. Aber sie waren drahtig und abgehärtet durch die langen Märsche und den ständigen Drill, und sie hatten klare Augen und Tatendurst, weil es dem Assistenzarzt Cole irgendwie gelungen war, sie gesund durch die kalte Jahreszeit zu bringen, wie er es versprochen hatte. Von den sechshundert Mann des Regiments waren im Laufe der Wintermonate sieben gestorben – eine Sterblichkeit von zwölf Promille. Im gleichen Zeitraum starben in den drei anderen Regimentern 58 Promille, und jetzt, da das Fieber grassierte, würde der Satz mit Sicherheit noch steigen.

Also war der Colonel zu seinem Doktor gekommen, und Rob J. unterschrieb, ohne zu zögern, einen neuen Vertrag für weitere drei Monate. Was sie jetzt brauchten, erklärte er Symonds, sei eine Ambulanz, die das Regiment in der Schlacht betreuen konnte.

Die zivile Sanitary Commission hatte den Kriegsminister so lange bedrängt, bis für die Potomac-Army Ambulanzen und Bahrenträger bewilligt wurden, doch damit hatte die Reformbewegung ein Ende gefunden, ohne daß für die Verwundeten der Einheiten im westlichen Sektor eine ähnliche Versorgung gewährleistet gewesen wäre. »Wir werden selbst dafür sorgen müssen«, sagte Rob J.

Er und Symonds saßen zigarrenrauchend vor dem Sprechstundenzelt. Der Rauch stieg in die wohlig wärmende Frühlingsluft. Rob J. erzählte dem Colonel von seiner Reise nach Cincinnati auf der *War Hawk:* »Ich habe mit Männern gesprochen, die zwei Tage lang verwundet auf dem Schlachtfeld gelegen hatten. Es war eine wahre Gnade, daß es regnete, denn sie hatten kein Wasser. Ein Mann erzählte mir, daß während der Nacht Schweine bis in seine Nähe kamen und begannen die Leichen anzufressen, manchmal sogar Lebende.«

Symonds nickte. Ihm waren all die schrecklichen Einzelheiten bekannt. »Was brauchen Sie?«

»Vier Mann aus jeder Kompanie.«

»Sie wollen einen ganzen Zug Bahrenträger?« Der junge Commander sah ihn entsetzt an. »Dieses Regiment ist ohnehin stark unterbesetzt. Um Schlachten zu gewinnen, brauche ich Kämpfer, keine Bahrenträger.« Er betrachtete die Spitze seiner Zigarre. »Es sind noch immer zu viele Alte und Schwache da. Nehmen Sie welche von denen!«

»Nein. Um Verwundete unter Beschuß in Sicherheit zu holen, brauchen wir kräftige Burschen. Das ist keine Aufgabe für schwächliche und alte Männer.« Rob J. studierte das Gesicht des Colonels, den er zu bewundern und zu bedauern gelernt hatte. Symonds liebte seine Leute und wollte sie beschützen, doch er hatte die unschöne Aufgabe, mit Menschen umgehen zu müssen, als wären sie Patronen, Essensrationen oder Feuerholz.

»Was halten Sie davon, wenn ich mir Mitglieder der Regimentskapelle hole?« schlug Rob J. vor. »Sie können die meiste Zeit dudeln, und wenn nötig, werden sie als Träger eingesetzt.«

Colonel Symonds war zutiefst erleichtert. »Ausgezeichnet. Fragen Sie den Kapellmeister, ob er Ihnen ein paar Männer abtreten kann!«

Kapellmeister Warren Fitts war sechzehn Jahre Schuster gewesen, ehe er in Fort Wayne rekrutiert wurde. Er hatte intensiven

Musikunterricht hinter sich und als junger Mann mehrere Jahre versucht, in South Bend einer Musikschule zum Durchbruch zu verhelfen. Als er die Stadt mit Schulden verließ, kehrte er mit bitterer Erleichterung zur Schuhmacherei zurück, die schon sein Vater betrieben hatte. Fitts führte ein bescheidenes, aber nicht ärmliches Leben und gab nebenher Unterricht für Klavier und Blasinstrumente. Der Krieg ließ dann Träume wiederauferstehen, die er für unerfüllbar gehalten hatte. Im Alter von vierzig Jahren hatte er Gelegenheit bekommen, eine Militärkapelle zusammenzustellen und zu leiten, und hatte dazu die ganze Umgebung von Fort Wayne nach musikalischen Talenten durchforstet. Jetzt hörte er voller Entsetzen, daß dieser Arzt einige seiner Männer als Bahrenträger zweckentfremden wollte.

»Niemals!«

»Sie hätten ja nur von Fall zu Fall zu tun«, gab Rob J. zu bedenken. »Die übrige Zeit stünden sie nach wie vor Ihnen zur Verfügung.«

Fitts bemühte sich, seine Verachtung zu verbergen. »Jeder Musiker muß der Kapelle seine ungeteilte Aufmerksamkeit widmen. Wenn kein Konzert ist, muß er üben und proben.«

Rob J. wußte von seiner Erfahrung mit der Gambe, daß diese Aussage richtig war. »Gibt es vielleicht Instrumente, für die Sie eine zweite Besetzung haben?« fragte er geduldig.

Diese Frage ließ in Fitts eine Saite anklingen. Seine Position als Kapellmeister war für ihn gleichbedeutend mit der eines Dirigenten, und er achtete peinlich darauf, daß seine äußere Erscheinung – und auch die seiner Männer – der kulturellen Aufgabe entsprach. Er hatte eine gepflegte, graumelierte Mähne, er war stets glatt rasiert bis auf den Schnurrbart, den er regelmäßig sorgfältig stutzte und dessen Enden er wachste und spitz zusammendrehte, seine Uniform war in tadellosem Zustand, und die Musiker wußten, daß er keinen Spaß verstand, wenn es um nachlässig polierte Instrumente oder glanzlose Stiefel ging. Und sie mußten exakt marschieren: Wenn der Kapellmeister mit wirbelndem Taktstock vorausging, erwartete er, daß die Kapelle seine Ansprüche widerspiegelte. Doch es gab einige, die dieser Darstellung nicht entsprachen.

»Wilcox, Abner«, sagte er, »Trompete.« Wilcox schielte stark, Fitts aber schätzte es, wenn Musiker zu ihrem Talent auch noch ein angenehmes Äußeres zu bieten hatten. Er konnte es nicht ertragen, wenn irgendein Makel die Perfektion seines Ensembles störte, und er hatte Wilcox eingestellt, um vor allem beim Zapfenstreich einzuspringen. »Lawrence, Oscar, Trommler.« Ein ungeschickter sechzehnjähriger Junge mit mangelhaftem Rhythmusgefühl, was ihn nicht nur zu einem schlechten Trommler machte, sondern auch oft dazu führte, daß er beim Marschieren aus dem Tritt kam und sein Kopf sich dann plötzlich asynchron zu den anderen bewegte. »Ordway, Lanning«, setzte er seine Aufzählung fort. Der Doktor quittierte diesen Vorschlag mit einem leichten Nicken. »F-Horn.« Ein mittelmäßiger Musiker und Kutscher eines der Fahrzeuge der Kapelle, der manchmal auch als Hilfsarbeiter eingesetzt wurde. Als Hornist vor allem geeignet, um an den Mittwochabenden für die Soldaten aufzuspielen oder wenn sie sitzend übten, aber sein Hinken gestattete ihm nicht zu marschieren, ohne das Bild militärischer Präzision zu zerstören. »Perry, Addison, Piccoloflöte und Querpfeife.« Ein schlechter Musiker und sowohl körperlich als auch kleidungsmäßig ungepflegt. »Robinson, Lewis, Kornett.« Ein fähiger Musiker, mußte Fitts insgeheim zugeben, doch ein ständiges Ärgernis, weil er ein Klugscheißer mit Ehrgeiz war. Mehrmals hatte er Fitts Stücke gezeigt, die er seiner Aussage nach komponiert hatte, und gefragt, ob die Kapelle sie vielleicht spielen könne. Überdies behauptete er, in Columbus, Ohio, als Dirigent gearbeitet zu haben. Fitts konnte niemanden gebrauchen, der ihm über die Schulter sah oder ihn gar verdrängen wollte.

»Und?« fragte Rob J.

»Sonst keinen.«

Den ganzen Winter hindurch beobachtete Rob J. den Mann unruhig aus der Ferne. Ordways Dienstzeit war zwar noch nicht zu Ende, doch es wäre kein Problem gewesen, zu desertieren und zu verschwinden. Aber was auch immer die Mehrheit an die Army band, es funktionierte auch bei Ordway, und so meldete er sich mit den vier anderen bei Rob J. – ein für einen mutmaßlichen Mörder gar nicht unangenehm aussehender Bursche, wenn man von seinen wäßrigen, unsteten Augen absah.

Keiner von den fünfen war von der neuen Aufgabe begeistert. Lewis Robinson reagierte sogar mit regelrechter Panik: »Ich *muß* musizieren! Ich bin *Musiker,* kein Doktor!«

»Bahrenträger«, korrigierte ihn Rob J. »Wenn es erforderlich ist, werden Sie als Bahrenträger arbeiten«, beschied er allen. Er bat den Kapellmeister, die Männer gänzlich freizustellen, was ihm mit verdächtiger Bereitwilligkeit gewährt wurde. Um sie in die ungewohnte Tätigkeit einzuführen, begann er damit, ihnen beizubringen, Bandagen aufzurollen und Kompressen herzustellen. Danach simulierte er die verschiedensten Verletzungen und zeigte ihnen, wie man die erforderliche Kompresse auflegte. Er lehrte sie, wie die Verwundeten hochzuheben und zu tragen waren, und stattete jeden Mann mit einem kleinen Rucksack aus, der Kompressen, Verbandmaterial, einen Behälter mit frischem Wasser sowie Opium und Morphium in Pulver- und Tablettenform enthielt.

Zur medizinischen Ausrüstung der Army gehörten auch Schienen, doch die gefielen Rob J. nicht, und er beschaffte Holz, aus dem er die Bahrenträger unter seiner Anleitung Schienen anfertigen ließ. Abner Wilcox erwies sich als geschickter Schreiner und als erfindungsreich dazu. Er konstruierte eine ganze Anzahl leichtgewichtiger Tragbahren, indem er Segeltuch zwischen zwei Holzstangen spannte. Der Versorgungsoffizier bot einen zweirädrigen Karren als Ambulanzfahrzeug an, doch Rob J. war jahrelang auf schlechten Straßen zu Hausbesuchen gefahren, und er wußte, daß man für den Transport Verwundeter in unebenem Gelände die Sicherheit von vier Rädern brauchte. Er trieb einen stabilen offenen Wagen auf, und Wilcox versah ihn mit einem Aufbau. Sie strichen das Fahrzeug schwarz an, und

Ordway kopierte von einer Kiste mit medizinischer Ausrüstung den Merkurstab, das Symbol der Militärärzte, und malte ihn in Silber auf beide Seitenwände. Rob J. schwatzte dem Generalquartiermeister zwei häßliche, aber starke Arbeitspferde ab – »Ausschuß« wie der Rest des Rettungstrupps. Die fünf Männer entwickelten gegen ihren Willen eine Art Gruppenstolz, doch Robinson äußerte sich offen über das größere Risiko, das ihre neue Aufgabe mit sich brachte.

»Natürlich ist es riskant«, gab Rob J. zu. »Die Infanterie an der Front sieht dem Tod ins Gesicht, und jeder Kavallerieangriff birgt Gefahren – sonst brauchten wir ja keine Bahrenträger!«

Er hatte schon immer gewußt: Krieg korrumpiert. Doch jetzt mußte er feststellen, daß Krieg ihn ebenso korrumpiert hatte wie alle anderen. Er würde diese fünf jungen Männer wieder und wieder hinausschicken, damit sie Verwundete bargen, als könnten sie Gewehrkugeln abwehren und Artilleriefeuer einfach abschütteln, und er versuchte, ihre Empörung darüber von seiner Person abzulenken, indem er ihnen erklärte, daß sie einer Todesgeneration angehörten. Mit diesen Worten wollte er sich von der Verantwortung befreien, versuchte er doch, nicht nur den Männern, sondern auch sich selbst einzureden, daß sie jetzt nicht schlechter dran seien als vorher, als nur Fitts' schwieriges Temperament ihr Leben erschwerte und ihre einzige Sorge dem Ausdruck galt, den ihre Walzer, Schottischen und Quickstep-Märsche haben sollten. Er teilte sie in Untergruppen auf: Perry und Lawrence, Wilcox und Robinson.

»Und was ist mit mir?« fragte Ordway.

»Sie bleiben in meiner Nähe«, antwortete Rob J.

Corporal Amasa Decker, der Posthalter und Briefträger, kannte Rob J. gut, weil er ihm ständig Post von Sarah brachte, die lange und leidenschaftliche Briefe schrieb. Daß seine Frau so sinnlich war, hatte Rob J. schon immer besonders gefallen. Manchmal lag er in seiner Hütte und las Brief für Brief, und er fühlte sich ihr dabei so nahe, daß er glaubte, ihren Duft zu riechen. Obwohl es in Cairo jede Menge Frauen gab – von käuflichen bis zu patriotischen –, hatte er sich nie einer von ihnen genähert: Er war mit dem Fluch der Treue belegt.

Einen Großteil seiner Freizeit verbrachte er damit, Sarah sanfte, aufmunternde Briefe zu schreiben – als Kontrapunkt zu ihrer angstvollen Heißblütigkeit. Manchmal schrieb er auch an Shaman, und regelmäßig machte er Eintragungen in sein Tagebuch.

Zwischendurch lag er auf seinem Umhang und überlegte, wie er von Ordway erfahren könne, was an dem Tag geschehen war, als Makwa-ikwa umgebracht wurde. Er mußte Ordways Vertrauen irgendwie gewinnen.

Er dachte an den Bericht über die Nichtswisser und den Supreme Order of the Star-Spangled Banner, den Miriam Ferocia ihm gegeben hatte. Wer immer ihn auch verfaßt hatte – er selbst war überzeugt, es handle sich um einen spionierenden Priester –, hatte sich als protestantischer Katholikengegner ausgegeben. Könnte dieselbe Taktik nicht auch bei ihm funktionieren? Der Bericht lag bei seinen Papieren in Holden's Crossing, aber er hatte ihn so oft und so aufmerksam gelesen, daß er sich an die Zeichen und Signale, die Losungsworte und Parolen erinnerte – ein ausgeklügeltes Verständigungssystem, das von einem Heranwachsenden mit Sinn für Dramatik und mit einer ausgeprägten Phantasie hätte stammen können.

Rob J. übte mit den Bahrenträgern, von denen einer den Verwundeten spielen mußte, und stellte fest, daß zwei Männer zwar einen Soldaten auf eine Bahre legen und in den Ambulanzwagen heben konnten, jedoch schnell ermüdeten und sogar zusammenzubrechen drohten, wenn sie ihre Last eine größere Strecke tragen mußten. »Wir brauchen vier Träger«, sagte Perry, und Rob J. sah das ein. Doch damit hätte er nur genügend Männer für eine Bahre gehabt, was eindeutig zu wenig war, sobald das Regiment auch nur in die geringsten Schwierigkeiten geriet. Er trug sein Problem dem Colonel vor. »Und was wollen Sie unternehmen?« fragte Symonds.

»Die ganze Kapelle einspannen. Machen Sie meine fünf geübten Träger zu Corporals. In Situationen, in denen es viele Verwundete gibt, kann jeder eine Trägergruppe befehligen, die sich aus drei weiteren Musikern zusammensetzt. Hätten die Soldaten die Wahl zwischen Musikern, die während einer Schlacht aufmunternde Liedchen spielen, und Musikern, die ihr Leben retten, wenn sie angeschossen daliegen – ich weiß, wofür sie sich entscheiden würden.«

»Sie haben gar nichts zu entscheiden«, sagte Symonds trocken. »Die Entscheidungen hier treffe ich.« Und er traf die richtige: Die fünf Bahrenträger nähten Streifen auf ihre Ärmel, und wann immer Fitts zufällig Rob J. begegnete, sah er demonstrativ in die andere Richtung.

Mitte Mai wurde es heiß. Das Camp lag zwischen dem Zusammenfluß des Ohio und des Mississippi, die beide durch die Abwässer aus dem Lager verunreinigt waren. Rob J. teilte je ein halbes Stück Kernseife an die Männer des Regiments aus, und sie mußten kompanieweise flußaufwärts zu einer sauberen Stelle des Ohio marschieren, sich dort entkleiden und baden. Anfangs gingen sie fluchend und stöhnend ins Wasser, doch die meisten waren auf dem Land aufgewachsen und erinnerten sich jetzt an ihre Kindheit. Bald artete die Waschaktion in eine fröhliche Wasserbalgerei aus. Beim Herauskommen wurden die Soldaten von ihren Sergeanten inspiziert, wobei besondere Sorgfalt der Überprüfung von Kopf und Füßen galt, und unter dem Gejohle der Kameraden wurden manche zurück ins Wasser geschickt, um sich noch einmal zu reinigen.

Viele der Uniformen waren zerfetzt oder fleckig und aus minderwertigem Tuch gefertigt, doch Colonel Symonds hatte eine Reihe neuer Uniformen angefordert, und als sie an die Männer verteilt wurden, nahmen diese zu Recht an, daß ihre Verschiffung bevorstehe. Beide Kansas-Regimenter waren per Dampfschiff den Mississippi hinuntergebracht worden. Es hieß, sie würden Grants Armee bei der Eroberung von Vicksburg unterstützen und das 119. Indiana solle folgen.

Doch am Nachmittag des 27. Mai, als Warren Fitts' Kapelle zackig, aber mit unüberhörbaren Nervositätsfehlern aufspielte, wurde das Regiment anstatt zum Fluß zum Bahnhofsgelände geführt. Soldaten und Pferde wurden in gedeckte Güterwagen verfrachtet, diese mit Plattform- und Salonwagen zu langen Zügen zusammengekoppelt, und zwei Stunden später verabschiedete sich das 119. von Cairo in Illinois.

Der Arzt und die Bahrenträger reisten in einem Sanitätswaggon. Als sie Cairo verließen, war er ansonsten leer, doch nach etwa einer Stunde wurde ein junger gemeiner Soldat gebracht, der in einem der Güterwagen ohnmächtig geworden war. Rob J. stellte fest, daß er vor Fieber glühte und phantasierte. Er wusch den Jungen mit Alkohol ab und beschloß, ihn bei nächster Gelegenheit in ein Krankenhaus bringen zu lassen. Rob J. bewunderte den Sanitätswaggon, der von unschätzbarem Wert gewesen wäre, wenn sie sich auf dem Rückweg von einer Schlacht befunden hätten und nicht auf dem Weg zu einer solchen. Auf beiden Seiten des Ganges waren über die ganze Länge des Wagens in drei Reihen übereinander Bahren angebracht. Jede hing in Gummischlaufen, und das elastische Material glich einen Großteil des Holperns und Schwankens während der Fahrt aus. Da es noch an Patienten mangelte, hatten die fünf frischgebackenen Corporale je eine Bahre besetzt und waren übereinstimmend der Meinung, daß sie auch als Generäle nicht komfortabler hätten reisen können. Addison Perry, der schon bewiesen hatte, daß er überall und zu jeder Tages- und Nachtzeit schlafen konnte, schnarchte bereits, und auch der junge Lawrence schlief. Lewis Robinson hatte sich eine Bahre unter der Laterne ausgesucht und zeichnete hier mit einem Bleistift kleine schwarze Punkte auf ein Stück Papier: Er komponierte.
Sie hatten keine Ahnung, wohin sie fuhren. Als Rob J. zum Ende des Waggons ging und die Tür öffnete, wurde das Rattern des Zuges beträchtlich lauter. Er schaute zu den Lichtpunkten am Himmel hinauf und entdeckte den Kleinen Bären. Sein Blick suchte den äußersten Stern am Schwanzende und fand den Polarstern.
»Wir fahren nach Osten«, erklärte er, als er zurückkam.

»Scheiße!« fluchte Abner Wilcox voller Inbrunst. »Sie schicken uns zur Potomac-Army.«

Lewis Robinson hörte auf zu komponieren. »Und was ist dagegen zu sagen?«

»Die Potomac-Army hat noch nie was geleistet. Die sitzen fast nur herum. Und wenn sie alle Jubeljahre mal kämpfen, dann schaffen es diese Keksköpfe immer, gegen die Rebellen zu verlieren. Ich wollte zu Grant. *Das* ist ein General!«

»Wenn man nur herumsitzt, wird man wenigstens nicht umgebracht«, gab Robinson zu bedenken.

»Mir stinkt's, nach Osten zu gehen«, sagte Ordway. »Der ganze verdammte Osten ist verseucht mit Iren, diesem römisch-katholischen Gesocks.«

»Bei Fredericksburg hat sich niemand besser geschlagen als die Irische Brigade«, wandte Robinson ein und fügte dann kleinlaut hinzu: »Die meisten sind allerdings umgekommen.«

Rob J. faßte einen spontanen Entschluß. Er legte die Zeigefingerspitze unter sein rechtes Auge und ließ sie langsam an seiner Nase entlang abwärts gleiten: Das war das Signal eines Mitglieds des Geheimbundes an ein anderes, den Mund zu halten.

Funktionierte es, oder war es Zufall? Lanning Ordway starrte ihn einen Moment lang an, hörte dann auf zu reden und legte sich schlafen.

Um drei Uhr morgens gab es einen langen Aufenthalt in Louisville, als eine Artillerieeinheit zustieg. Die Nachtluft war schwerer als in Illinois und weicher. Diejenigen, die wach waren, verließen den Zug, um sich die Beine zu vertreten, und Rob J. sorgte dafür, daß der fiebernde Junge ins örtliche Krankenhaus gebracht wurde. Anschließend ging er an den Schienen entlang und kam an zwei pinkelnden Männern vorbei. »Keine Zeit, hier Gräben zu ziehen, Sir«, sagte der eine. Der Doktor in Zivil war immer noch für einen Witz gut. Rob J. schlenderte zu der Stelle, wo die großen Zehn-Pfund-Parrott-Geschütze und die Zwölf-Pfund-Haubitzen mit schweren Ketten auf den Plattformwagen vertäut wurden. Die Kanonen wurden im gelben Schein großer

487

Karbidlampen verladen, und das spuckende und flackernde Licht warf Schatten, die ein Eigenleben zu haben schienen.

»Doktor?« sagte jemand leise. Der Mann trat neben ihm aus der Dunkelheit und nahm seine Hand, das Zeichen des Erkennens. Zu aufgeregt, um sich albern vorzukommen, wagte Rob J. die Antwortgeste, als habe er dies schon oft getan.

Ordway sah ihn an. »Gut«, sagte er.

DIE LANGE
GRAUE FRONT

Mit der Zeit begannen sie, den Truppentransportzug zu hassen. Er kroch langsam durch Kentucky und wand sich träge zwischen den Hügeln hindurch – ein schlangenförmiges, langweiliges Gefängnis. Die Neuigkeit, daß sie Virginia erreicht hatten, verbreitete sich wie ein Lauffeuer von Waggon zu Waggon. Die Soldaten spähten in der Erwartung aus den Fenstern, sofort den Feind zu sehen, doch alles, was sie zu Gesicht bekamen, waren Berge und Wälder. Wenn sie in kleinen Städten anhielten, um Brennstoff und Wasser aufzunehmen, waren die Leute ebenso freundlich wie in Kentucky, denn der Westen Virginias stand auf der Seite der Union. Als sie den anderen Teil dieses Staates erreichten, merkten sie es sofort: Hier standen keine Frauen auf dem Bahnsteig, um kühles Bergwasser oder Limonade anzubieten, und die Männer hatten ausdruckslose Gesichter und wachsame Augen unter schweren Lidern.

Das 119. Indiana verließ den Zug in Winchester, einer besetzten Stadt, in der man nur blaue Uniformen sah. Während die Pferde und die Ausrüstung ausgeladen wurden, verschwand Colonel Symonds in einer Kaserne nahe dem Bahnhof, und als er wieder herauskam, befanden sich Soldaten und Fuhrwerke bereits in Marschordnung, und es ging südwärts.

Als Rob J. seinen ersten Vertrag unterschrieben hatte, wurde ihm gesagt, er müsse sich selbst ein Pferd besorgen. Aber in Cairo hatte er keines gebraucht, denn er trug weder eine Uniform, noch nahm er an Paraden teil. Außerdem waren Pferde überall, wo die Army saß, Mangelware, denn die Kavallerie requirierte jedes Tier, dessen sie ansichtig wurde, gleichgültig, ob es Rennen lief oder einen Pflug zog. Und so saß Rob J. jetzt neben Corporal Ordway, der die Pferde lenkte, auf dem Kutschbock des Ambulanzwagens. Rob J. war in Ordways Gegenwart noch immer unsicher, doch dessen einzige Frage war gewesen, warum ein Mitglied des OSSB »mit ausländischem Akzent« spreche, womit er das gutturale, schottische Schnarren meinte, das sich auch jetzt noch gelegentlich in Rob J.s Aussprache einschlich. Rob J. hatte ihm erklärt, er sei in Boston geboren und als Jugendlicher zur Ausbildung nach Edinburgh geschickt worden, und der Corporal schien damit zufrieden zu sein. Er war jetzt aufgeschlossen und freundlich: Offensichtlich beruhigte es ihn, für einen Mann zu arbeiten, der einen politischen Grund hatte, sich auch um sein Wohlergehen zu sorgen.

Sie kamen an einem Schild vorbei, das besagte, daß sie sich auf dem Weg nach Fredericksburg befänden. »Allmächtiger!« stöhnte Ordway. »Ich hoffe bloß, daß keiner auf die Idee kommt, da *noch einmal* Yankees gegen diese schießwütigen Rebellen zu schicken!«

Rob J. konnte ihm nur zustimmen.

Mehrere Stunden vor Einbruch der Dämmerung erreichte das 119. Regiment den Rappahannock, und Symonds ließ anhalten und das Lager aufschlagen. Er rief alle Offiziere zu sich vor sein Zelt, und Rob J. stand hinter den Uniformen und hörte zu.

»Meine Herren – seit einem halben Tag sind wir Angehörige der Potomac-Army, die unter dem Kommando von General Joseph Hooker steht«, sagte Symonds. Er berichtete, daß Hooker eine Streitmacht von etwa einhundertzweiundzwanzigtausend Mann über ein großes Gebiet verteilt habe. Etwa neunzigtausend Konföderierte unter Robert E. Lee befänden sich bei Fredericksburg. Hookers Kavallerie habe Lees Armee lange beobachtet und sei zu der Überzeugung gelangt, daß die Konföderierten beabsichtigten, in den Norden einzumarschieren, um die Unionstruppen von der Belagerung Vicksburgs in Mississippi wegzulocken. Doch niemand wisse, wo oder wann diese Invasion stattfinden solle. »Washington ist verständlicherweise nervös, seit die Konföderierten nur noch ein paar Stunden vom Weißen Haus entfernt sind. Das 119. Regiment ist unterwegs, um sich den Truppen bei Fredericksburg anzuschließen.«

Die Offiziere nahmen die Neuigkeit gelassen auf. Sie zogen mehrere Ringe von Postenketten um das Camp, und dann bereitete sich das Lager für die Nacht vor. Nachdem Rob J. seine Ration Schweinefleisch mit Bohnen gegessen hatte, legte er sich zurück und blickte in den sternenübersäten Himmel. Es ging über seine Vorstellungskraft, sich die Masse von Menschen auszumalen, die da ins Feld geführt werden sollten. Etwa neunzigtausend Konföderierte! Etwa einhundertzweiundzwanzigtausend Unionssoldaten! Und alle würden ihr Bestes tun, sich gegenseitig umzubringen!

Es war eine schöne Nacht. Die Männer lagen auf dem warmen Boden, ohne sich die Mühe zu machen, Zelte aufzuschlagen. Die meisten waren noch erkältet, und ihr Husten hätte jedem in der Nähe befindlichen Feind ihre Anwesenheit verraten. Mit Schaudern stellte Rob J. sich vor, wie es sich anhören mochte, wenn einhundertzweiundzwanzigtausend Männer gleichzeitig husteten. Er schlang die Arme um seinen Körper, weil ihn plötzlich fror. Wenn zwei so riesige Armeen aufeinanderprallten, waren mehr Männer nötig, um die Verwundeten abzutransportieren, als seine Regimentsmusiker.

Der Marsch nach Fredericksburg nahm zweieinhalb Tage in Anspruch. Auf dem Weg machten sie Bekanntschaft mit Virginias »Geheimwaffe«: dem Chigger, einer Zeckenart. Die winzigen roten Tierchen ließen sich auf die Männer fallen, wenn sie unter tiefhängenden Ästen hindurchgingen, und blieben hängen, wenn sie durch hohes Gras marschierten. Haftete das Tier einmal an der Kleidung, wanderte es weiter, bis es nackte Haut erreichte, um sich dann mit seinem ganzen Körper ins Fleisch einzugraben. Bald saßen die Chigger zwischen den Fingern, Zehen und Hinterbacken und auf dem Penis der Soldaten. Die Zecke hatte einen zweigeteilten Leib. Wenn ein Soldat einen Chigger dabei erwischte, wie er sich gerade ins Fleisch bohren wollte, und versuchte, ihn herauszuziehen, riß er an der schmalsten Stelle ab, und der Teil, der festsaß, richtete genausoviel Schaden an, wie das ganze Tier es getan hätte. Am dritten Tag kratzten sich die meisten Soldaten fluchend, und die Wunden begannen in der feuchten Hitze schnell zu eitern. Rob J. konnte nicht mehr tun als Schwefelpuder auf die festgebissenen Tiere streuen, doch einige der Männer hatten Erfahrung mit dieser Plage und erklärten den anderen, daß das einzig wirksame Hilfsmittel sei, das glühende Ende eines Stockes oder einer Zigarre nahe an die Haut zu halten, bis der Chigger, angezogen von der Hitze, den Rückweg antrete. Dann könne man ihn langsam und vorsichtig herausziehen, damit er nicht abriß. Und so entfernten bald allenthalben Männer einander die Tierchen. Das Bild erinnerte Rob J. an die Affen im Edinburgher Zoo, die er oft dabei beobachtet hatte, wie sie sich gegenseitig nach Läusen absuchten.

Doch die Chigger-Plage lenkte nur kurzfristig von der Angst ab. Je näher sie Fredericksburg kamen, wo bei der vorangegangenen Schlacht ein solches Gemetzel unter den Yankees angerichtet worden war, um so größer wurde die Anspannung. Als sie aber eintrafen, sahen sie überall nur Unionsblau: Robert E. Lee hatte mehrere Tage zuvor im Schutz der Nacht seine Truppen in aller Stille abgezogen. Seine Northern-Virginia-Army war auf dem Weg nach Norden. Die Unionskavallerie überwachte zwar Lees Marsch, doch die Potomac-Army heftete sich nicht an seine Fersen. Den Grund dafür kannte nur General Hooker.

Das 119. Indiana lagerte sechs Tage bei Fredericksburg. Man ruhte sich aus, behandelte die Blasen an den Füßen, entfernte Chigger und reinigte und ölte die Waffen. In der Freizeit stiegen die Soldaten grüppchenweise auf die Berge, wo nur ein halbes Jahr zuvor fast dreizehntausend Unionssoldaten gefallen oder verwundet worden waren. Als sie hinunterblickten und sahen, welch leichtes Ziel ihre nachkommenden Kameraden boten, waren sie heilfroh, daß General Lee vor ihrem Eintreffen abgezogen war.

Als Symonds neue Befehle bekam, mußten sie wieder in Richtung Norden. Sie marschierten gerade auf einer staubigen Straße, als die Nachricht eintraf, daß Winchester, wo sie den Truppenzug verlassen hatten, durch Konföderierte unter General Richard S. Ewell überrollt worden sei. Ein weiterer Sieg der Rebellen: fünfundneunzig Unionssoldaten getötet, dreihundertachtundvierzig verwundet und mehr als viertausend vermißt oder gefangengenommen.

Rob J., der auf dem Kutschbock des Ambulanzwagens die friedliche Landstraße entlangfuhr, wollte nicht glauben, daß Krieg war, wie er als Junge den Tod nicht zur Kenntnis nehmen wollte. Warum sollten Menschen sterben, wenn es so schön war zu leben. Und warum sollten Menschen in einen Krieg ziehen? Es war so viel angenehmer, schläfrig diese sanft geschwungene, sonnenheiße Straße entlangzurollen, als sich dem Geschäft des Mordens hinzugeben. Doch wie der Junge einst durch den Tod seines Vaters mit der Sterblichkeit konfrontiert worden war, so wurde dem Erwachsenen nun die Realität des Krieges vor Augen geführt, als sie nach Fairfax kamen, und er erkannte, was gemeint ist, wenn die Bibel von »Heerscharen« spricht.

Sie schlugen ihr Lager inmitten von Artillerie, Kavallerie und Infanterie auf den Feldern einer Farm auf. Wohin Rob J. auch blickte, er sah Unionssoldaten. Es herrschte ein ständiges Kommen und Gehen. Am Tag nach der Ankunft erfuhr das 119. Regiment, daß Lees Northern-Virginia-Army bereits in den Norden einmarschiert war und über den Potomac nach Maryland vorstieß. Jetzt endlich ließ sich Hooker dazu herbei, etwas zu unternehmen: Er schickte Einheiten seiner Armee nach Norden, damit sie sich zwischen Lees Truppen und Washington stellten. Vierzig Stunden später wurde auch das 119. Indiana angefordert, worauf es sich wieder Richtung Norden in Bewegung setzte.

Beide Armeen waren zu groß und zu verstreut, um schnell und vollständig verlagert zu werden. Ein Teil von Lees Streitkräften befand sich noch in Virginia und war erst dabei, den Fluß zu überqueren, um sich ihrem Befehlshaber anzuschließen. Die beiden Heere waren konturlose, pulsierende Monster, die sich ausdehnten und zusammenzogen, immer in Bewegung waren, manchmal sogar unmittelbar nebeneinander. Wenn die Ränder sich berührten, gab es Scharmützel wie aufstiebende Funken – bei Upperville, bei Haymarket und einem Dutzend weiterer Orte. Das 119. Indiana erlebte keine nennenswerten Kampfhandlungen, nur in einer Nacht kam es zwischen dem äußeren Ring von Posten und feindlichen Reitern zu einem kurzen Feuerwechsel ohne Folgen, da sich die Reiter sehr schnell aus dem Staub machten.

In der Nacht zum 28. Juni überquerten die Männer des 119. Regiments in kleinen Booten den Potomac. Am Morgen setzten sie sich wieder in Richtung Norden in Marsch, und Fitts' Kapelle intonierte »Maryland, My Maryland«. In manchen Gegenden hatten ihnen die Menschen zugewinkt, wenn sie vorbeikamen, doch die Einwohner von Maryland machten einen gleichgültigen Eindruck: Sie sahen schon seit Tagen Truppen durchmarschieren.

Rob J. und den Soldaten hing die Maryland-Hymne sehr bald zum Hals heraus, doch die Kapelle spielte sie auch noch, als sie an einem Morgen durch fruchtbares, sanfthügeliges Farmland in einen gepflegten Ort kamen.

»Wo sind wir denn hier?« erkundigte sich Ordway bei Rob J.

»Ich weiß es nicht.« Sie kamen an einer Bank vorbei, auf der ein alter Mann saß und das Militär beobachtete. »Mister«, rief Rob J. hinüber, »wie heißt denn diese hübsche Stadt?«

Das Kompliment schien den alten Mann zu irritieren. »Unsere Stadt?« sagte er. »Die Stadt heißt Gettysburg, Pennsylvania.«

Obwohl die Männer des 119. Indiana es nicht wußten, unterstanden sie an dem Tag, als sie Pennsylvania erreichten, bereits seit vierundzwanzig Stunden einem neuen Kommandanten: General

George Meade hatte General Joe Hooker abgelöst, der die Rechnung für die viel zu späte Verfolgung der Konföderierten bezahlen mußte.

Sie durchquerten die kleine Stadt und marschierten die Taneytown Road entlang. Die Unionsarmee war südlich von Gettysburg zusammengezogen worden, und Symonds ließ seine Leute auf einer ausgedehnten, hügeligen Wiese anhalten und das Lager aufschlagen. Die Luft war schwer, heiß und feucht – und erfüllt von ängstlicher Tapferkeit. Die Soldaten des 119. Regiments unterhielten sich über den Kriegsschrei der Rebellen. Sie hatten ihn in Tennessee nicht selbst gehört, doch viel darüber vernommen und oft Imitationen vorgeführt bekommen. Sie fragten sich bang, ob sie das Original wohl in den nächsten Tagen hören würden.

Colonel Symonds wußte, daß die beste Therapie für strapazierte Nerven Arbeit ist, und so stellte er Trupps zusammen und ließ sie hinter aufgehäuften Steinen, die als Brustwehr dienen sollten, flache Schützengräben ausheben. An diesem Abend schliefen sie bei dem Klang leisen Vogelgezwitschers und dem Zirpen der Laubheuschrecken ein, am nächsten Morgen aber weckte sie Geschützfeuer, das mehrere Meilen nordwestlich aus der Gegend des Chambersburg Pike herüberdonnerte.

Gegen elf Uhr erhielt Colonel Symonds neue Befehle, und das 119. Regiment wurde eine halbe Meile über einen bewaldeten Hügelkamm zu einer Wiese auf einer Anhöhe östlich der Emmitsburg Road geführt. An sechs Vorposten der Union hatte es sich bewahrheitet, daß die neue Stellung sich näher am Feind befand: Sie lagen hingestreckt im Gras, als schliefen sie. Alle sechs waren barfuß: Die schlecht beschuhten Südstaatler hatten ihre Stiefel gestohlen.

Symonds ließ erneut Brustwehre bauen und ersetzte die Posten. Auf Rob J.s Bitte hin wurde am Waldrand ein langes, schmales Gerüst in Form eines Laubengangs aufgestellt und mit einem Dach aus Zweigen versehen, um den Verwundeten Schatten zu bieten, und vor diesem »Lazarett« stellte Rob J. seinen Operationstisch auf.

Von Kundschaftern erfuhren sie, daß der erste Feuerwechsel beim Zusammenstoß von Kavallerieeinheiten erfolgt war. Im Laufe des Tages wurde der Schlachtenlärm immer lauter: ein ständiges, heiseres Bellen von abgefeuerten Musketen, das sich anhörte wie das Gekläff Tausender mordlüsterner Hunde, dazu dröhnender, nicht endender Kanonendonner. Jede noch so leichte Bewegung der heißen Luft traf sie ins Gesicht wie ein Schlag. Am frühen Nachmittag wurde das Regiment zum drittenmal an diesem Tag in Marsch gesetzt und in Richtung der Stadt, des Gefechtslärms, des Kanonengrollens und der weißgrauen Rauchwolken geführt. Rob J. kannte die Soldaten inzwischen gut und wußte, daß die meisten eine leichte Verwundung herbeisehnten, nicht mehr als einen Kratzer, der aber eine Narbe hinterließ, damit ihre Leute daheim sehen konnten, wieviel sie für den Sieg auf sich genommen hatten. Jetzt freilich waren sie auf dem Weg in ein Gebiet, wo Männer *starben*. Sie marschierten durch die Stadt und waren, als sie den Hügel erklommen, plötzlich von dem Lärm umgeben, den sie vorher nur von weitem gehört hatten. Mehrmals zischten Artilleriesalven über ihre Köpfe hinweg, und sie kamen an eingegrabener Infanterie und vier Geschützbatterien vorbei, die unablässig feuerten. Als sie oben waren und ihnen befohlen wurde anzuhalten, stellten sie fest, daß sie sich mitten auf einem großen Friedhofsgelände befanden, das dem Hügel seinen Namen gegeben hatte: Cemetery Hill.

Rob J. baute gerade seine Geräte hinter einem imposanten Mausoleum auf, das sowohl Schutz als auch ein wenig Schatten spendete, als ein schweißüberströmter Colonel auf ihn zukam und nach dem Sanitätsoffizier fragte. Er stellte sich als Colonel Martin Nichols vom Medical Department vor und erklärte, er organisiere die medizinische Versorgung. »Haben Sie Erfahrung als Chirurg?« fragte er.

Rob J. fand, daß jetzt keine Zeit für falsche Bescheidenheit sei. »Ja, habe ich. Eine recht umfassende sogar«, antwortete er.

»Dann brauche ich Sie im Lazarett, wo schwere Fälle zum Operieren hingebracht werden.«

»Wenn es Ihnen nichts ausmacht, würde ich lieber bei meinem Regiment bleiben, Colonel.«

»Es macht mir aber etwas aus, Doktor! Es macht mir sogar sehr viel aus! Ich habe ein paar gute Ärzte, aber auch einige junge, unerfahrene Burschen, die lebensentscheidende Eingriffe durchführen und dabei ein schreckliches Gemetzel anrichten. Sie amputieren Gliedmaßen, ohne Hautlappen überstehen zu lassen, und manche lassen die Knochenenden zentimeterweit aus dem Fleisch ragen. Sie wagen Experimente, die ein erfahrener Arzt niemals machen würde, schneiden Oberarme am Ansatz weg und trennen Hüft- und Schultergelenke ab. Sie fabrizieren unnötigerweise Krüppel, die für den Rest ihres Lebens unter entsetzlichen Schmerzen leiden werden. Hören Sie, Doc: Sie nehmen den Platz eines dieser Möchtegernchirurgen ein, den ich dafür hierher schicke, damit er Verwundeten Kompressen auflegt.«

Rob J. nickte. Er unterrichtete Ordway davon, daß dieser bis zur Ankunft eines anderen Arztes die Leitung der Sanitätsstation zu übernehmen habe, und folgte Colonel Nichols den Hügel hinunter.

Das Lazarett befand sich in der Stadt, in der katholischen Kirche, die, wie Rob J. las, Franz von Assisi geweiht war. Er wollte nicht vergessen, dies Miriam Ferocia zu erzählen. In der Vorhalle war ein Operationstisch aufgestellt worden. Die beiden Flügel des Portals standen weit offen, damit der Chirurg möglichst viel Licht bekam. Das Gestühl war mit Brettern überdeckt worden, auf denen man aus Stroh und Decken Betten für die Verwundeten gemacht hatte. In einem feuchten Raum im Keller standen, im gelben Licht mehrerer Lampen, zwei weitere Operationstische, und einen davon übernahm Rob J. Er zog seinen Rock aus und rollte seine Ärmel so weit hoch wie möglich, während ein Corporal der Ersten Kavallerie-Division einem Soldaten Chloroform verabreichte, dessen Hand eine Kanonenkugel weggerissen hatte. Sobald der Junge narkotisiert war, nahm Rob J. so viel des Arms ab, wie unbedingt erforderlich war, und ließ einen ausreichenden Hautlappen für den Stumpf stehen.

»Der nächste!« rief er.

Ein weiterer Patient wurde hereingetragen, und Rob J. vertiefte sich in seine Aufgabe.

Der Keller maß etwa sechs auf zwölf Meter. Am zweiten Tisch arbeitete ebenfalls ein Chirurg, doch Rob J. und er sahen einander nur selten an und hatten sich nicht viel zu sagen. Im Laufe des Nachmittags wurde Rob J. klar, daß der andere gute Arbeit leistete, und auch er erhielt ein Lob von seinem Gegenüber. Dann konzentrierte sich jeder wieder auf seinen Tisch. Rob J. entfernte Geschosse und Metallsplitter, stopfte Eingeweide in Bäuche zurück, nähte Wunden zu und amputierte. Und amputierte immer wieder. Das Minié-Geschoß war ein Niedergeschwindigkeits-Projektil, das besonders viel Schaden anrichtete, wenn es einen Knochen traf. Riß es einen Knochen ab oder zertrümmerte es ihn, blieb dem Chirurgen nichts anderes übrig, als das Glied zu entfernen. Auf dem Lehmboden zwischen Rob J. und dem anderen Arzt wuchs ein wahrer Berg von Armen und Beinen. Von Zeit zu Zeit kamen Männer und schafften die Gliedmaßen weg.

Nach vier oder fünf Stunden trat ein Colonel in grauer Uniform in den Kellerraum und eröffnete den beiden Ärzten, daß sie sich ab sofort als Gefangene zu betrachten hätten. »Wir sind bessere Soldaten als eure Leute. Wir haben die Stadt erobert. Eure Truppen sind nach Norden getrieben worden, und wir haben viertausend Mann gefangengenommen.« Dazu gab es nicht viel zu sagen. Der andere Chirurg warf Rob J. einen Blick zu und zuckte mit den Achseln. Rob J., der einen Patienten auf dem Tisch hatte, machte den Colonel darauf aufmerksam, daß er ihm im Licht stehe.

Wann immer eine Pause eintrat, versuchte er, ein paar Minuten zu dösen – im Stehen. Aber es gab kaum Pausen. Die kämpfenden Armeen schliefen zwar nachts, doch die Ärzte arbeiteten durch und versuchten unermüdlich, die Männer zu retten, die auf dem Schlachtfeld zerfetzt worden waren. Der Keller hatte kein Fenster, und die Lampen brannten stets mit voller Leistung. Rob J. verlor jede Übersicht, ob es Tag oder Nacht war.

»Der nächste!« rief er.

Der nächste! Der nächste! Der nächste!

Es war eine Sisyphus-Arbeit, denn sobald er mit einem Patienten fertig war, wurde der nächste hereingebracht. Manche trugen zerrissene, blutdurchtränkte graue Uniformen und manche zerrissene, blutdurchtränkte blaue, und Rob erkannte bald, daß ein unerschöpflicher Nachschub zur Verfügung stand.

Nicht so bei anderen Dingen. Nach kurzer Zeit gab es in dem Kirchenhospital keine Kompressen mehr und keine Lebensmittel. Der Colonel, der ihm erklärt hatte, die Südstaatler seien die besseren Soldaten, erklärte ihm nun, daß der Süden weder Chloroform noch Äther habe.

»Ihr könnt ihnen weder Stiefel zur Verfügung stellen noch ein Mittel gegen ihre Schmerzen geben«, sagte Rob J. ohne Genugtuung. »Deshalb werdet ihr am Ende verlieren.« Und dann ersuchte er den Offizier, Alkohol zu beschaffen. Der Colonel entfernte sich tief beleidigt, schickte jedoch Whiskey für die Patienten und heiße Hühnerbrühe für die Ärzte, die Rob J. hinunterschüttete, ohne etwas zu schmecken.

Da er keine Betäubungsmittel mehr hatte, holte er sich mehrere starke Männer, damit sie die Patienten festhielten, und dann operierte er so, wie er es in früheren Jahren getan hatte. Er schnitt, sägte, nähte so schnell und geschickt, wie William Fergusson es ihn gelehrt hatte. Die Opfer freilich schrien und versuchten, um sich zu schlagen. Er gähnte nicht, und obwohl er häufig blinzeln mußte, blieben seine Augen offen. Er merkte, daß seine Füße und Knöchel schmerzhaft anschwollen, und manchmal, wenn ein Patient hinaus- und ein anderer hereingetragen wurde, rieb er sich mit der linken Hand die rechte. Jeder Fall war anders, doch da es nur begrenzte Möglichkeiten gibt, ein menschliches Wesen zu zerstören, erschienen ihm bald alle gleich, ob nun das Gesicht zerfetzt, die Genitalien abgeschossen oder die Augen getroffen waren.

Die Stunden vergingen.

Allmählich kam es ihm so vor, als habe er den größten Teil seines Lebens damit verbracht, in diesem kleinen feuchten Raum Menschen zu zerschneiden, und er fühlte sich verdammt dazu, immer hier zu bleiben und weiterzumachen. Doch irgendwann änderten sich die Geräusche, die zu ihnen herunterdrangen. Sie hatten sich längst an die Schreie und das Stöhnen, an den Kanonendonner und das Gewehrfeuer, die Explosion von Minen und sogar an die Erschütterung, die nahe Einschläge verursachten, gewöhnt. Aber nun erreichte das Inferno ein neues Crescendo, eine unaufhörliche Folge von Schüssen und Explosionen, die mehrere Stunden andauerte. Danach trat plötzlich eine relative Stille ein, in der die Leute in der Kirche auf einmal miteinander sprechen konnten, ohne schreien zu müssen. Und dann war da ein neuer Lärm, ein Brüllen, das auftoste und verebbte und weiter und weiter wogte wie der Ozean, und als Rob J. einen konföderierten Helfer hinausschickte, damit er feststelle, was das war, kam der Mann kurz darauf zurück und berichtete gebrochen, es sei das Triumphgeheul der gottverdammten Yankees.

Als Lanning Ordway einige Stunden später kam, stand Rob J. immer noch am Operationstisch.

»Doc! Mein Gott, Doc! Sie kommen jetzt mit mir!«

Von Ordway erfuhr Rob J., daß er fast zwei Tage in diesem Keller zugebracht hatte, und der Corporal berichtete ihm, wo das 119. Regiment biwakierte. Rob J. ließ sich von seinem guten Kameraden und schlimmsten Feind in einen unbenutzten Lagerraum führen, wo ein weiches Bett aus sauberem Heu für ihn aufgeschüttet worden war. Er legte sich hin und schlief sofort ein.

Spät am folgenden Nachmittag weckten ihn das Stöhnen und die Schreie der Verwundeten, die man um ihn herum auf den Boden gelegt hatte. Andere Chirurgen hatten die Tische übernommen und kamen gut ohne ihn zurecht. Es hatte keinen Sinn zu versuchen, den Abort der Kirche zu benutzen, da dieser schon längst übergelaufen war. Also trat Rob J. hinaus in den strömen-

den Regen und entleerte seine Blase hinter einigen Fliederbü-
schen, die jetzt wieder der Union gehörten.

Ganz Gettysburg gehörte wieder der Union. Er hatte vergessen,
wo sein Regiment lagerte, und fragte jeden, dem er begegnete.
Schließlich fand er es südlich der Stadt, verstreut über mehrere
Felder.

Wilcox und Ordway begrüßten ihn mit einer Herzlichkeit, die
ihn rührte. Sie hatten Eier! Während Lanning Ordway Zwieback
zerkrümelte und die Bröckchen mit Eiern als Frühstück für den
Doktor in Schweinefett briet, berichteten sie ihm, was sich
ereignet hatte – das Schlechte zuerst. Der beste Kornettbläser
der Kapelle, Thad Bushman, war gefallen. »Er hatte nur ein
winziges Loch in der Brust«, sagte Wilcox. »Die Kugel muß
direkt ins Schwarze getroffen haben.«

Lewin Robinson hatte es als ersten von den Bahrenträgern
erwischt. »Wurde in den Fuß geschossen, kaum daß Sie weg
waren«, erzählte Ordway. »Und Lawrence wurde gestern von
der Artillerie fast in zwei Stücke gerissen.«

Ordway stellte die Pfanne mit dem Eier-Zwieback-Gemisch
vor Rob J., der mit aufrichtiger Trauer an den ungeschickten
Trommler dachte. Doch zu seiner Beschämung konnte er dem
Essen nicht widerstehen, und er stürzte sich gierig darauf.

»Oscar war zu jung. Er hätte eigentlich zu Hause bei seiner Ma
bleiben sollen«, sagte Wilcox bitter.

Rob J. verbrannte sich den Mund an dem Kaffee, der entsetzlich
war und trotzdem herrlich schmeckte. »Wir hätten eigentlich
alle bei unseren Mas zu Hause bleiben sollen«, meinte er und
rülpste. Er aß etwas langsamer weiter und trank eine zweite
Tasse Kaffee, während sie ihm schilderten, was in den beiden
Tagen passiert war, die er im Keller der Kirche zugebracht hatte.

»Am ersten Tag drängten sie uns zurück auf die Anhöhe nördlich der Stadt«, sagte Ordway. »Das war das Beste, was uns
passieren konnte. Am nächsten Tag standen wir in einer langen
Linie, die zwischen zwei Hügelpaaren verlief, zwischen Cemetery Hill und Culp's Hill im Norden, nahe der Stadt, sowie Round
Top und Little Round Top ein paar Meilen weiter südlich. Die

Kämpfe waren furchtbar. Furchtbar. Eine Unmenge Gefallener. Wir kamen gar nicht mehr nach mit dem Abtransportieren der Verwundeten.«

»Aber wir haben es gut gemacht«, warf Wilcox ein. »Wie Sie's uns gezeigt haben.«

»Davon bin ich überzeugt.« Rob J. nickte.

»Am nächsten Tag sollten wir Howards Korps verstärken. Gegen Mittag wurden wir von Konföderiertenkanonen in die Mangel genommen«, erzählte Ordway weiter. »Unsere Vorposten stellten fest, daß, während die uns beschossen, eine Menge Konföderierte tief unter uns auf der anderen Seite der Straße im Wald verschwanden. Wir sahen hier und da Metall durch die Bäume blitzen. Das Kanonenfeuer dauerte noch eine Stunde oder länger, und wir bekamen einiges ab, aber wir waren die ganze Zeit über auf der Hut, weil wir wußten, daß sie angreifen wollten. Irgendwann am Nachmittag hörten ihre Kanonen auf zu schießen und unsere auch. Und dann schrie jemand: ›Sie kommen!‹, und fünfzehntausend Rebellenstrolche in grauer Uniform kamen aus dem Wald. Lees Jungs kamen Schulter an Schulter auf uns zu, Reihe hinter Reihe. Ihre Bajonette sahen aus wie ein langer Stahlzaun über ihren Köpfen, der in der Sonne glänzte. Man hörte keinen Kriegsschrei, sie kamen ohne ein Wort mit schnellen, entschlossenen Schritten auf uns zu.«

Ordway legte eine kleine Pause ein.

»Robert E. Lee hat uns schon oft den Arsch versohlt«, fuhr er dann fort, »und ich weiß, daß er ein gemeiner, hinterlistiger Hurensohn ist, aber hier in Gettysburg war er nicht hinterlistig. Wir trauten unseren Augen nicht, als die Rebellen da über offenes Gelände auf uns zukamen, wo wir doch auf der Anhöhe standen und sie uns schutzlos ausgeliefert waren. Wir wußten, daß sie in den Tod liefen – und sie müssen's auch gewußt haben. Wir ließen sie fast eine Meile marschieren, ohne was zu tun. Colonel Symonds und die anderen Colonels entlang unserer Linie brüllten immer wieder: ›Nicht schießen, nicht schießen! Laßt sie näher rankommen! Nicht schießen!‹ Und das müssen die Grauröcke auch gehört haben. Als sie so nahe waren, daß

501

wir ihre Gesichter erkennen konnten, eröffnete unsere Artillerie auf dem Little Round Top und dem Cemetery Hill das Feuer, und viele von den Männern verschwanden einfach. Die, die übrig waren, kamen durch die Rauchwolken weiter auf uns zu. Schließlich schrie Colonel Symonds: ›Feuer!‹, und jeder von uns schoß einen Rebellen ab. Irgend jemand brüllte ›Fredericksburg‹, und dann schrien es plötzlich alle. ›Fredericksburg! Fredericksburg! Fredericksburg!‹ Es wurde nur noch geschossen und geladen, geschossen und geladen, geschossen und geladen … Sie kamen nur an einer Stelle bis zu der Steinmauer am Fuß unseres Hügels, und die es schafften, kämpften mit dem Mut der Verzweiflung, aber sie wurden alle getötet oder gefangengenommen«, schloß Ordway.

Rob J. nickte: Das mußte der Zeitpunkt gewesen sein, als das Triumphgeschrei losbrach.

Wilcox und Ordway hatten die ganze Nacht Verwundete transportiert, und jetzt begleitete Rob J. sie durch den nach wie vor strömenden Regen. Als sie das Schlachtfeld erreichten, stellte er fest, daß der Regen ein wahrer Segen war, da er den Leichengestank etwas milderte, der trotzdem entsetzlich war. Überall aufgedunsene Leiber. Und inmitten dieser Hinterlassenschaft menschlicher Grausamkeit suchten die Retter nach Überlebenden.

Den restlichen Vormittag arbeitete Rob J. im Regen, legte Kompressen auf und half die Bahre tragen. Als sie die Verwundeten zu den Krankenhäusern brachten, sah er, warum seine Leute Eier zum Frühstück gehabt hatten: Überall wurden Mengen von Medikamenten und Narkosemitteln, Kompressen und Essen abgeladen. An den Operationstischen standen die Chirurgen in dreifacher Besetzung. Die dankbare Union hatte gehört, daß sie schließlich – wenn auch für einen schrecklichen Preis – doch noch einen Sieg errungen hatte, und beschlossen, bei denen, die das Inferno überlebt hatten, an nichts zu sparen.

In der Nähe des Eisenbahndepots kam ein Zivilist auf Rob J. zu, der etwa in seinem Alter war und ihn höflich fragte, ob er wisse, wo die Möglichkeit bestehe, einen Soldaten einbalsamieren zu lassen. Der Mann stellte sich als Winfield S. Walker vor, Farmer aus Maryland. Als er von der Schlacht hörte, habe eine innere Stimme ihm befohlen, hierher zu kommen und seinen Sohn Peter zu suchen, und jetzt habe er ihn unter den Toten entdeckt. »Ich möchte ihn einbalsamieren lassen, damit ich ihn mit nach Hause nehmen kann, verstehen Sie?«

Rob J. verstand. »Ich habe gehört, daß im *Washingtoner House Hotel* Einbalsamierungen vorgenommen werden, Sir.«

»Das stimmt, Sir. Aber dort sagte sagte man mir, daß es schon eine ellenlange Warteliste gebe, und deshalb wollte ich mich nach einer anderen Möglichkeit umsehen.« Die Leiche seines Sohnes befand sich auf der Harolds Farm, in einem Farm-Lazarett etwas abseits der Emmitsburg-Road.

»Ich bin Arzt«, erklärte Rob J., »ich kann es machen.« Er holte die nötigen Dinge von seiner Ausrüstung beim 119. Regiment und traf sich mit Mr. Walker vor dem Farmhaus. Rob J. brachte ihm so schonend wie möglich bei, daß er einen Army-Sarg mit Zinkfutter beschaffen müsse, da aus dem Körper seines Sohnes Flüssigkeit austreten werde. Während der Vater unterwegs war, um diesem traurigen Auftrag auszuführen, kümmerte sich Rob J. in einem Raum, in dem etwa noch sechs andere Tote lagen, um die Leiche des Sohnes. Peter Walker war ein bildschöner junger Mann von etwa zwanzig Jahren, mit den feinen Gesichtszügen seines Vaters und dem gleichen vollen, dunklen Haar. Er war bis auf die Tatsache, daß ein Geschoß ihm das linke Bein in Höhe des Oberschenkels abgerissen hatte, unverletzt. Er war verblutet, und sein Körper schimmerte weiß wie eine Marmorstatue. Rob J. rührte dreißig Gramm Chlorzinksalz in eine Mischung aus je einem Liter Alkohol und Wasser. Dann band er die Arterie in dem Beinstumpf ab, damit die Flüssigkeit nicht herauslaufen konnte, schnitt einen Schlitz in die Oberschenkelarterie des unverletzten Beines und injizierte die Einbalsamierungsflüssigkeit mit einer Spritze.

Mr. Walker hatte keine Schwierigkeiten, von der Army einen Sarg zu bekommen. Er wollte für das Einbalsamieren bezahlen, doch Rob J. schüttelte den Kopf: »Ein Vater hat einem anderen geholfen.«

Es regnete weiter. Nachdem einige kleine Flüsse über die Ufer getreten und mehrere Schwerverletzte ertrunken waren, ließ der Regen etwas nach. Rob J. kehrte auf das Schlachtfeld zurück und suchte bis zum Einbruch der Dämmerung nach Verwundeten. Dann hörte er auf, denn jüngere und kräftigere Männer waren mit Laternen und Fackeln erschienen, um das Gelände abzusuchen, und er war todmüde.

Die Sanitary Commission hatte mitten in Gettysburg in einem Lagerhaus eine Küche eingerichtet, und Rob J. ging dorthin und aß eine Suppe, die das erste Rindfleisch enthielt, das er seit Wochen gegessen hatte. Er aß drei Schüsseln voll Suppe und sechs Scheiben Weißbrot dazu.

Danach machte er sich auf den Weg zur presbyterianischen Kirche, ging durch die Reihen der Behelfsbetten und versuchte zu helfen, wo es nur ging, auch wenn er den Verwundeten oft nur einen Schluck Wasser geben oder den Schweiß vom Gesicht wischen konnte. War der Patient ein Konföderierter, stellte er ihm immer dieselbe Frage: »Kennen Sie einen dreiundzwanzigjährigen blonden Jungen aus Holden's Crossing in Illinois, der Alexander Cole heißt?«

Doch die Antwort war immer ein Nein.

SCHARMÜTZEL

Als der Regen sich wieder wie ein dichter Vorhang über das Land senkte, zog sich General Robert E. Lee mit seiner schwer angeschlagenen Armee langsam nach Maryland zurück. Meade hätte ihn nicht entkommen lassen müssen: Die Potomac-Army war zwar ebenfalls stark dezimiert – dreiundzwanzigtausend Mann Verlust einschließlich der etwa achttausend Toten oder Vermißten –, aber die Nordstaatler waren von ihrem Sieg animiert und viel kräftiger als Lees Männer, die auch noch durch einen Wagenzug mit Verwundeten behindert wurden, den sie in einer Länge von siebzehn Meilen hinter sich herschleppten. Doch so wie Hooker in Virginia versagt hatte, versagte jetzt Meade in Pennsylvania, und Lee wurde nicht verfolgt.

»Unter welchen Steinen buddelt Mr. Lincoln nur seine Generäle aus?« fragte Symonds Rob J. verächtlich. Doch während die Colonels der Müßiggang verdroß, waren die Soldaten glücklich, sich ausruhen und erholen zu können und Zeit zu haben, ihren Angehörigen in Briefen die erstaunliche Tatsache mitzuteilen, daß sie noch am Leben waren.

Ordway fand Lewis Robinson in einem der Farmhaus-Lazarette. Sein rechter Fuß war zehn Zentimeter über dem Knöchel amputiert worden. Er war dünn geworden und sah blaß aus, schien jedoch ansonsten in guter Verfassung zu sein. Rob J. untersuchte den Stumpf und erklärte Robinson, daß die Wunde gut verheile und der Mann, der ihn operiert habe, sein Handwerk verstehe. Robinson war sichtlich froh, den Kriegsdienst hinter sich zu haben. Die Erleichterung leuchtete geradezu aus seinen Augen. Rob J. hatte das Gefühl, daß Robinson für die Verwundung geradezu prädestiniert gewesen war, weil er sie so sehr gefürchtet hatte. Er brachte ihm sein Kornett, Bleistifte und Papier. Dieser Mann würde mit seiner Behinderung einigermaßen leben können: Schließlich brauchte man zum Komponieren oder Kornettblasen keine zwei gesunden Füße.

Sowohl Ordway als auch Wilcox wurden zum Sergeanten befördert und mit ihnen eine ganze Anzahl von Männern, als Symonds seine Listen durchforstete, die Überlebenden vermerkte und die Dienstgrade der Gefallenen an sie verteilte. Das 119. Indiana hatte achtzehn Prozent seiner Soldaten verloren, was ein im Verhältnis zu den anderen Regimentern geringer Prozentsatz war. Ein Regiment aus Minnesota hatte sechsundachtzig Prozent seiner Männer verloren und war damit wie manches andere auch so gut wie ausgelöscht. Symonds und seine Stabsoffiziere verbrachten Tage damit, Überlebende der vernichteten Regimenter zu rekrutieren, und schließlich zählte das 119. Indiana wieder siebenhunderteinundsiebzig Mann. Sichtlich verlegen teilte Symonds Rob J. mit, daß er auch einen Regimentsarzt gefunden habe. Dr. Gardner Coppersmith war als Captain bei einer der inzwischen aufgelösten Pennsylvania-Einheiten gewesen, und Symonds konnte ihn mit einer Beförderung ködern. Der Arzt hatte sein Medizinstudium in Philadelphia abgeschlossen und nun zwei Jahre Felderfahrung. »Wenn Sie kein Zivilist wären, Doc Cole, würde ich auf der Stelle Sie zum Regimentsarzt machen«, sagte Symonds, »aber der Posten muß mit einem Offizier besetzt werden. Es ist Ihnen klar, daß Dr. Coppersmith Ihr Vorgesetzter sein und das Sagen haben wird?«

Rob J. versicherte ihm, daß ihm das klar sei.

Für Rob J. war es ein komplizierter Krieg, der von einer komplizierten Nation geführt wurde. In der Zeitung las er, daß es bei der ersten Auslosung der Namen für die Aushebung Wehrpflichtiger in New York zu einem Aufstand gekommen war. Ein Mob von fünfzigtausend hauptsächlich irisch-katholischen Arbeitern setzte das Einberufungsbüro in Brand, legte Feuer in den Räumen der »New York Tribune« und einem Waisenhaus für Schwarze, in dem sich zu diesem Zeitpunkt gottlob keine Kinder befanden. Sie gaben offenbar den Schwarzen die Schuld an dem Krieg und zogen durch die Straßen, schlugen und beraubten jeden dunkelhäutigen Menschen, den sie finden konnten, und ermordeten und lynchten tagelang Schwarze, bis der Aufruhr von Unionstruppen niedergeschlagen wurde, die gerade von den Kämpfen gegen die Südstaatler aus Gettysburg zurückgekommen waren.

Der Vorfall bestürzte Rob J. tief. In Amerika geborene protestantische Christen verhöhnten und unterdrückten katholische Christen und Einwanderer, und Katholiken und Einwanderer verhöhnten und ermordeten Schwarze, als lebe jede Gruppe von ihrem Haß und brauche als Nährstoff das Knochenmark des Schwächeren.

Als Rob J. sich noch auf die amerikanische Staatsbürgerschaft vorbereitete, hatte er die Verfassung des Landes gelesen und sich über die Bestimmungen gewundert. Jetzt erkannte er, daß die Genialität derer, die diese Verfassung festschrieben, darin gelegen hatte, daß sie die Charakterschwächen der Menschen und den Fortbestand des Bösen in der Welt einkalkulierten und versuchten, die Freiheit des einzelnen zur gesetzlichen Realität zu machen, zu der diese Nation immer und immer wieder zurückkehren mußte.

Er war fasziniert von den Gründen, die Menschen dazu brachten, einander zu hassen, und er studierte Lanning Ordway, als sei der hinkende Sergeant ein Käfer unter seinem Mikroskop. Hätte Ordway nicht dann und wann Haß versprüht wie ein überlaufender Kessel und hätte Rob J. nicht gewußt, daß über zwölf Jahre zuvor in seinem eigenen Wald in Illinois ein gräßliches, ungeahndetes Verbrechen begangen wurde, er hätte Ordway als einen der liebenswürdigeren jungen Männer des Regiments betrachtet. Jetzt sah er den Bahrenträger regelrecht aufblühen; wahrscheinlich bescherte Ordway sein Dienst in der Armee mehr Erfolg, als er jemals gehabt hatte.

Im ganzen Regiment herrschte Hochstimmung. Die Kapelle des 119. Indiana zeigte Schmiß und Elan, als sie von Lazarett zu Lazarett zog und für die Verwundeten spielte. Der neue Kornettbläser war nicht so gut wie Thad Bushman, aber die Musiker spielten voller Stolz, weil sich während des Kampfgeschehens gezeigt hatte, daß auch sie gebraucht wurden.

»Wir sind miteinander durch die Hölle gegangen«, verkündete Wilcox eines Abends, als er zuviel getrunken hatte, feierlich und versuchte Rob J. mit seinen schielenden Augen zu fixieren. »Wir sind in den Rachen des Todes marschiert und wieder heraus und sind wie Wiesel durch das Tal der Schatten geflitzt. Wir haben der Bestie ins Auge gesehen. Wir haben den Kriegsschrei der Rebellen gehört und zurückgeschrien.«

Die Männer behandelten einander äußerst behutsam. Sergeant Ordway, Sergeant Wilcox und sogar der schmuddelige Corporal Addison Perry wurden geehrt, weil sie ihre Kameraden von der Kapelle ins Schlachtgetümmel geführt hatten, um Verwundete zu bergen. Die Geschichte von Rob J.s zweitägigem Operations-marathon wurde in allen Zelten und Hütten immer und immer wieder erzählt, und die Männer wußten, daß er für die Ein-führung des Ambulanzdienstes in ihrem Regiment verantwort-lich gewesen war. Sie grüßten ihn jetzt lächelnd, wenn sie ihn sahen, und niemand verlor mehr ein Wort über das Thema Latrinen.

Seine neue Beliebtheit gefiel Rob J. sehr. Einer der Soldaten der B-Kompanie der Zweiten Brigade, ein Mann namens Lyon, brachte ihm sogar ein Pferd. »Hab' den Gaul reiterlos am Stra-ßenrand gefunden«, erklärte er und übergab Rob J. die Zügel.

Der Arzt war verlegen und hoch erfreut über einen solchen Beweis der Zuneigung. Das lehmfarbene Tier war ein magerer Hengst mit einem Hohlkreuz und hatte wahrscheinlich einem gefallenen oder verwundeten Rebellen gehört, denn sowohl Pferd als auch der blutbespritzte Sattel wiesen das Brandzeichen der Konföderierten auf. Obwohl der Gaul Kopf und Schwanz müde hängen ließ, stumpfe Augen hatte und seine Mähne und sein Schweif voller Kletten waren, sagte Rob J.: »Soldat, das ist wirklich ein schönes Tier! Ich weiß gar nicht, wie ich Ihnen danken soll.«

»Na ja – zweiundvierzig Dollar sollt's Ihnen schon wert sein«, meinte Lyon.

Rob J. lachte, mehr aus Verlegenheit über seinen Hunger nach Zuneigung als über die Situation. Nach ausführlichem Feilschen ging das Pferd für vier Dollar fünfundachtzig in seinen Besitz über, wobei er dem Betrag noch das Versprechen hinzufügte, den Soldaten nicht wegen Plünderns zu melden.

Er gab dem Hengst reichlich Futter, entfernte geduldig die Kletten aus Mähne und Schweif, wusch das Blut vom Sattel und rieb das Pferd an den Stellen mit Öl ein, an denen das Leder das Fell abgescheuert hatte. Doch als all das erledigt war, sah das Pferd immer noch sehr traurig aus, und so taufte ihn Rob J. Pretty Boy in der stillen Hoffnung, daß dieser Name dem häßli-chen Tier wenigstens ein Mindestmaß an Freude und Selbstver-trauen schenken werde.

Er ritt auf Pretty Boy, als das 119. Indiana-Regiment am 17. August Pennsylvania verließ. Kopf und Schweif ließ der Gaul zwar nach wie vor hängen, doch das Tier bewegte sich in der lockeren, gleichmäßigen Gangart eines Pferdes, das lange Strecken gewohnt ist. Falls irgend jemand im Regiment nicht sicher war, in welche Richtung der Marsch führte, wurde er aufgeklärt, als Kapellmeister Warren Fitts in seine Pfeife blies, Kinn und Taktstock hob und die Kapelle »Maryland, My Maryland« intonierte.

Das 119. Regiment überquerte den Potomac sechs Wochen nach Lees Truppen und einen vollen Monat nach den ersten Einheiten der eigenen Armee. Sie folgten dem Spätsommer nach Süden, und der milde Herbst holte sie erst ein, als sie schon tief nach Virginia vorgedrungen waren. Sie waren alte Hasen, chigger- und kampferprobt, aber das Kriegsgeschehen konzentrierte sich momentan im Westen, und das 119. Indiana genoß die ruhige Phase. Lees Soldaten zogen durch das Shenandoah Valley, wo Unionsspäher sie auskundschafteten und berichteten, sie seien in guter Verfassung, wenn man von einem offensichtlichen Mangel an Versorgungsgütern – vor allem Schuhen – absehe.

Als sie zum Rappahannock kamen und feststellten, daß die Konföderierten erst vor kurzem hier kampiert hatten, hingen schwere Herbstregenwolken am Himmel. Obwohl Rob J. protestierte, errichteten sie ihre Zelte auf dem ehemaligen Lagerplatz der Rebellen. Major Coppersmith war ein gebildeter und kompetenter Arzt, doch er hielt sich nicht damit auf, sich auch noch über Scheiße Gedanken zu machen, und er belästigte auch niemanden mit dem Ansinnen, Latrinen zu graben. Er teilte Rob J. mit schonungsloser Deutlichkeit mit, daß die Zeiten vorüber seien, da ein Zivilist die medizinischen Anordnungen für das Regiment traf. Der Major hielt seine Sprechstunden am liebsten allein ab, außer er fühlte sich schlecht, was allerdings nicht oft vorkam. Und er sagte, solange sich eine Schlacht nicht wieder zu Gettysburg-Dimensionen ausweite, reichten er und ein Freiwilliger aus, um in der Sanitätsstation Kompressen anzulegen. Rob J. schaute ihn lächelnd an. »Und was bleibt für mich zu tun?« Major Coppersmith runzelte die Stirn und glättete mit dem Zeigefinger seinen Schnurrbart. »Nun, Sie können sich um die Bahrenträger kümmern, Dr. Cole«, antwortete er.

So wurde Rob J. Opfer seiner eigenen Schöpfung, gefangen in dem von ihm selbst gesponnenen Netz. Er hätte Besseres gewußt, als sich um die Bahrenträger zu kümmern, doch nachdem ihre Belange nun seine einzige Aufgabe waren, erschien es ihm ein Unding, sich darauf zu beschränken, die Trupps nur hinauszuschicken und zuzusehen, was mit ihnen geschah. Also stellte er einen eigenen Trupp zusammen: zwei Musiker – den neuen Kornettbläser Alan Johnson und den Querpfeifer Lucius Wagner – und als vierten Bahrenträger Corporal Amasa Decker, den Posthalter und Briefträger des Regiments. Die Trupps rückten abwechselnd aus. Er erklärte den neuen Männern, was er schon den ersten fünf Trägern erklärt hatte, von denen jetzt einer tot und der andere amputiert war, daß nämlich die Bergung von Verwundeten nicht gefährlicher sei als alles andere, was mit dem Krieg in Verbindung stehe. Wieder redete er sich ein, daß alles gutgehen werde, und er fügte seinen Trupp in den Wechseldienst ein.

Das 119. Regiment und eine ganze Anzahl anderer Einheiten der Potomac-Army folgten der Spur der Konföderierten entlang des Rappahannock zu seinem größten Nebenfluß, dem Rapidan. Sie marschierten Tag für Tag am Wasser entlang, in dem sich nur das Grau des Himmels spiegelte. Lee war, sowohl was die Truppenstärke als auch was die Versorgung betraf, unterlegen und nicht auf eine Konfrontation aus. Die Lage in Virginia spitzte sich erst zu, als das Kriegsglück im Westen die Union verließ. General Braxton Braggs Konföderierte führten am Chickamauga Creek bei Chattanooga einen schrecklichen Schlag gegen General William Rosecrans' Unionstruppen, der die Bundesarmee mehr als sechzigtausend Mann kostete. Lincoln und sein Kabinett hielten eine Krisensitzung ab und beschlossen, Hookers beide Korps von der Potomac-Army in Virginia abzuziehen und per Eisenbahn nach Alabama zu schicken, um Rosecrans zu unterstützen.

Nachdem Meades Heer um zwei Korps ärmer war, hörte Lee auf davonzurennen. Er teilte seine Armee und versuchte, Meade in die Zange zu nehmen, indem er in westlicher und nördlicher Richtung auf Manassas und Washington zumarschierte. Damit begannen die Scharmützel.

Meade achtete darauf, zwischen Lees Heer und Washington zu bleiben. Doch die Unionsarmee fiel bei sporadischen Kämpfen immer wieder ein, zwei Meilen zurück, bis es schließlich vierzig Meilen waren.

Rob J. bemerkte, daß jeder Bahrenträger anders an seine Aufgabe heranging. So legte Wilcox eine verbissene Entschlossenheit an den Tag, während Ordway mit sorgloser Tapferkeit vorging, wenn er wie eine große, hinkende Krabbe zu einem Verwundeten eilte und ihn mit den anderen vorsichtig zurücktrug, indem er seine Ecke der Bahre hoch und gerade hielt und mit der Muskelkraft der Arme seinen unregelmäßigen Gang ausglich. Rob J. hatte mehrere Wochen Zeit, um über den ersten Einsatz seiner Mannschaft nachzudenken, bis es soweit war. Leider hatte er ebensoviel Phantasie wie Robinson – vielleicht sogar noch mehr: Er konnte sich alle möglichen Arten und Umstände vorstellen, getroffen zu werden. In seinem Zelt fertigte er inzwischen beim Licht der Lampe eine Reihe von Zeichnungen an, die Wilcox' Mannschaft im Einsatz zeigten: drei Männer, gebückt gegen einen möglichen Ansturm von Bleikugeln, der vierte, im Rennen die Bahre als armseligen Schild vor sich haltend. Er zeichnete Ordway beim Zurückkommen, wie er hinten rechts die Bahre trägt. Während die anderen drei angespannte, furchtsame Gesichter zeigen, sind Ordways schmale Lippen zu einer Mischung aus Lächeln und Hohn verzogen: ein Mann ohne erkennbare Begabungen, der endlich etwas gefunden hat, das er wirklich gut kann. Was wird Ordway tun, fragte sich Rob J., wenn der Krieg zu Ende ist und er keine Verwundeten mehr vom Schlachtfeld bergen kann?

Von seiner eigenen Mannschaft machte Rob J. keine Zeichnungen: Sie war bisher noch nicht ausgerückt. Der erste Einsatz erfolgte am 7. November. Das 119. Indiana wurde in der Nähe eines Ortes namens Kelly's Ford über den Rappahannock geschickt. Das Regiment überquerte den Fluß am späten Vormittag, wurde jedoch durch intensiven Beschuß aufgehalten, und innerhalb von zehn Minuten bekam der Sanitätstrupp die Nachricht, daß ein Verwundeter zu bergen sei. Rob J. und seine drei Helfer liefen zu einer Wiese, wo ein halbes Dutzend Männer hinter einer efeubewachsenen Steinmauer kauerten und in den Wald feuerten. Auf dem ganzen Weg zur Mauer wartete Rob J. auf ein Geschoß, das sich in sein Fleisch bohrte. Die Luft schien dick wie Sirup zu sein und seine Nasenlöcher zu verstopfen. Er hatte das Gefühl, sich nur mit äußerster Anstrengung vorwärtskämpfen zu können, und seine Beine versagten ihm fast den Dienst.

Den Soldaten hatte es an der Schulter erwischt. Die Kugel saß im Fleisch und mußte herausgeholt werden – aber nicht unter Beschuß. Rob J. nahm eine Kompresse aus seinem *mee-shome* und verband die Wunde, um die Blutung zu stillen. Dann legten sie den Verwundeten auf die Bahre und machten sich in schnellem Tempo auf den Rückweg. Rob J. war sich bewußt, welch ausgezeichnete Zielscheibe sein breiter Rücken am Ende der Bahre darstellte. Er hörte jeden Schuß, der abgegeben wurde, und das Geräusch der Kugeln, die vorbeiflogen, durch das Gras zischten und sich schließlich ganz in ihrer Nähe in die Erde gruben.

Neben ihm stöhnte Amasa Decker.

»Getroffen?« fragte Rob J. keuchend.

»Nein.«

Sie fielen in Laufschritt und erreichten – nach einer Ewigkeit, wie es ihnen vorkam – den flachen Schützengraben, in dem Major Coppersmith seine Sanitätsstation eingerichtet hatte.

Als sie den Verwundeten dem Arzt übergeben hatten, fielen die vier Träger ins Gras und schnappten nach Luft wie frisch gefangene Forellen.

»Diese Miniés hörten sich an wie Bienen«, schnaufte Lucius Wagner.

»Ich dachte, unser letztes Stündlein habe geschlagen«, japste Amasa Decker. »Sie nicht, Doc?«

»Ich hatte Angst, aber ich habe mich auf meinen Schutz verlassen.« Rob J. zeigte ihnen das *mee-shome* und erklärte ihnen, daß die Riemen, die *izze*, ihn, wie die Sauks sagten, vor Verletzungen durch Geschosse schützen würden. Decker und Wagner hörten aufmerksam zu, Wagner leicht lächelnd.

Am Nachmittag wurde nur noch ganz vereinzelt geschossen. Beide Seiten hatten einen toten Punkt – bis zum Einbruch der Dämmerung, als zwei Brigaden der Union den Fluß überquerten und am 119. Regiment vorbei in dem einzigen Bajonettangriff vorstürmten, den Rob J. im Laufe des Krieges sehen sollte. Die Infanterie des 119. Regiments pflanzte ebenfalls die Bajonette auf und schloß sich dem Angriff an, dessen Überraschungsmoment und geballte Kraft es der Union ermöglichten, den Feind zu überrollen und mehrere tausend Konföderierte zu töten oder gefangenzunehmen. Die Verluste auf der Seite der Union waren leicht, doch Rob J. und seine Träger mußten vor Anbruch der Nacht noch ein halbes dutzendmal ausrücken. Die drei Soldaten waren zu der Überzeugung gelangt, daß Doc Cole und sein indianisches Medizinerbündel sie zu einer vom Glück begünstigten Mannschaft machten, und als sie zum siebtenmal heil zurückkamen, glaubte Rob J. genauso fest an die Macht seines *mee-shome* wie seine Leute.

An jenem Abend, nachdem die Verwundeten versorgt waren, sah Gardner Coppersmith ihn im gemeinsamen Zelt mit leuchtenden Augen an. »Das war ein wahrhaft glorreicher Bajonettangriff, finden Sie nicht, Cole?«

Rob J. dachte eine Weile nach. »Es war wohl eher ein Gemetzel«, sagte er dann müde.

Der Regimentsarzt betrachtete ihn voller Abscheu. »Wenn Sie das so sehen, warum sind Sie dann hier?«

»Weil hier die Patienten sind«, antwortete Rob J.

Dennoch beschloß er, das 119. Indiana Ende des Jahres zu

verlassen. Es stimmte ja, daß hier die Patienten waren, die Hilfe brauchten, und er war zur Army gegangen, um sie medizinisch zu betreuen, doch Major Coppersmith war nicht bereit, ihm das zu gestatten. Ein erfahrener Arzt, der kaum mehr zu tun hatte, als eine Bahre zu tragen – das war in seinen Augen eine Verschwendung, und als Atheist sah er keinen Sinn darin, zu leben wie ein Märtyrer. Er wollte nach Hause zurückkehren, sobald sein Vertrag in der ersten Woche des Jahres 1864 auslief.

Der Weihnachtsabend verlief traurig und gleichzeitig bewegend. Vor den Zelten wurden Gottesdienste abgehalten. Auf der einen Seite des Rappahannock spielten die Musiker des 119. Indiana »Adeste Fidelis«, und als sie geendet hatten, intonierte am anderen Ufer die Konföderiertenkapelle »God Rest Ye Merry, Gentlemen«. Die Melodie wehte geisterhaft über das dunkle Wasser, und dann folgte »Silent Night«. Kapellmeister Fitts hob seinen Taktstock, und die Unionskapelle und die Konföderiertenmusiker spielten gemeinsam, und an beiden Ufern sangen die Soldaten mit. Sie konnten die Lagerfeuer des Gegners deutlich sehen.
Es wurde wirklich eine stille Nacht: Kein Schuß fiel. Als Festessen gab es zwar keinen Truthahn, doch die Army hatte für eine durchaus akzeptable Suppe gesorgt, die sogar Fleisch enthielt, das nach Rind schmeckte, und jeder Soldat des Regiments bekam einen Schluck Feiertagswhiskey. Das erwies sich als Fehler, denn der Schluck weckte den Durst nach mehr. Als das Konzert vorbei war, traf Rob J. Wilcox und Ordway, die vom Flußufer heraufwankten. Sie hatten dort einen Krug Fusel geleert, den sie von einem Händler erworben hatten. Wilcox stützte Ordway, war jedoch selbst nicht sicher auf den Beinen.
»Legen Sie sich schlafen, Abner!« sagte Rob J. zu ihm. »Ich bringe Ihren Kameraden zu seinem Zelt.« Wilcox nickte und entfernte sich schwankend, doch Rob J. tat nicht, was er angekündigt hatte. Vielmehr führte er Ordway von den Zelten weg und lehnte ihn an einen Felsen. »Lanny«, sagte er, »Lanny, mein Junge, lassen Sie uns reden! Ganz unter uns.«

Ordway schaute ihn aus halbgeschlossenen Augen mit leicht schielendem Blick an. »... fröhliche Weihnachten, Doc!«
»Fröhliche Weihnachten, Lanny! Reden wir über den ›Order of the Star-Spangled Banner‹!« schlug Rob J. vor.

So kam er zu der Überzeugung, daß Whiskey ein Wundermittel sei, das alles aus Lanning Ordway herauslocken würde, was der Bahrenträger wußte.
Am 3. Januar, als Colonel Symonds mit einem neuen Vertrag zu ihm kam, beobachtete er Ordway, wie dieser seinen Rucksack sorgfältig mit frischen Kompressen und Morphiumtabletten füllte. Rob J. zögerte nur einen Moment. Dann kritzelte er seine Unterschrift auf das Papier, womit er sich für drei weitere Monate verpflichtete.

»WANN HABEN SIE ELLWOOD R. PATTERSON KENNENGELERNT?«

Rob J. glaubte, bei der Befragung Ordways am Weihnachtsabend sehr behutsam und umsichtig vorgegangen zu sein. Das Ergebnis hatte seinen Eindruck von dem Mann und dem OSSB bestätigt.
An den Zeltpfosten gelehnt, das Tagebuch auf den hochgezogenen Knien aufgeschlagen, schrieb er folgendes:

Lanning Ordway begann, bereits fünf Jahre ehe er das Wahlalter erreichte, zu Versammlungen der American Party in Vincennes zu gehen. Er fragte mich, wo ich beigetreten sei, und ich sagte: »In Boston.« Er wurde zu den Treffen von seinem Vater mitgenommen, »weil er wollte, daß ich ein guter Amerikaner werde«. Sein Vater, Nathanael Ordway, fand als Besenbinder sein Auskommen. Die Zusammenkünfte wurden im ersten Stock über einem Gasthaus abgehalten. Sie mußten durch die Gaststube zur Hintertür hinaus und dann eine Treppe hoch. Oben klopfte sein Vater auf die verein- barte Weise an die Tür. Er erinnert sich, daß sein Vater immer stolz war, wenn der »Wächter des Tores« (!) sie nach einem Blick durch den Spion einließ, »weil wir gute Leute waren«.

Ein Jahr lang ging Lanning manchmal, wenn sein Vater betrun- ken oder krank war, allein zu den Treffen. Als Nathanael Ordway starb (»am Suff und an Rippenfellentzündung«), ging Lanning nach Chicago und arbeitete dort in einem Saloon hinter dem Bahnhofsgelände in der Galena Street, wo ein Cousin seines Vaters Whiskey ausschenkte. Er wischte hinter Säufern auf, wenn sie sich übergaben, streute jeden Morgen frisches Sägemehl, putzte die langen Spiegel, polierte das Messinggeländer – was eben so anfiel. Es war ganz selbstverständlich für ihn, eine Zelle der Nichtswisser- Partei in Chicago ausfindig zu machen. Es war, als setze er sich mit seiner Familie in Verbindung, denn er hatte mehr mit den Leuten von der American Party gemeinsam als mit dem Cousin seines Vaters. Ziel der Partei war es, öffentliche Ämter nur mit Leuten zu besetzen, die amerikanischen Arbeitern bei der Stellen- vergabe den Vorzug vor Einwanderern gaben. Trotz seiner Gehbe- hinderung (nachdem ich mit ihm gesprochen und ihn lange beob- achtet habe, glaube ich, daß er mit einem Hüftfehler geboren wurde) setzten ihn die Parteianhänger sehr bald ein, wenn sie jemanden brauchten, der jung genug für dringende Erledigungen war – und alt genug, um den Mund zu halten.

Es erfüllte ihn mit großem Stolz, als er bereits im Alter von siebzehn Jahren in den »Supreme Order of the Star-Spangled Banner« aufgenommen wurde. Er vertraute mir an, daß dies auch ein Quell der Hoffnung für ihn gewesen sei, weil er das Gefühl gehabt habe, daß ein armer und verkrüppelter, als Amerikaner geborener Junge die Unterstützung einer mächtigen Organisation brauche, wenn er es überhaupt zu etwas bringen wolle: »Immerhin gab es genug ausländisches Katholikenpack, das bereit war, fast ohne Lohn zu arbeiten.«

Der Geheimbund »tat Dinge, die die Partei nicht tun konnte«. Als ich Ordway fragte, was er denn für den Geheimbund getan

516

habe, antwortete er: »Dies und das. Bin rumgereist – hierhin und
dahin.«
Als ich wissen wollte, ob er je einem Mann namens Hank Cough
begegnet sei, blinzelte er verblüfft. »Natürlich kenne ich den. Und
Sie kennen den Mann auch? Stellen Sie sich das vor! Hank!«
Ich fragte ihn, wo Cough sich derzeit aufhalte, und er sah mich
verwundert an. »Bei der Army natürlich.«
Aber als ich auch erfahren wollte, welche Aufgabe sie gemein-
sam erfüllt hätten, legte er den Zeigefinger unter das Auge und
führte ihn abwärts an seiner Nase entlang. Und dann rappelte er
sich unsicher auf und stolperte davon, und das Gespräch war zu
Ende.

Am nächsten Morgen ließ Ordway durch nichts erkennen, daß
er sich an die Befragung des vergangenen Abends erinnere. Rob
J. beschloß, ihm einige Tage Verschnaufpause zu gewähren,
doch es vergingen Wochen, bis sich eine Gelegenheit zur Fort-
führung der Unterhaltung ergab. Die Whiskeyvorräte der Händler waren während der Urlaubszeit von den Truppen aufgekauft
worden, und die Marketender, die mit den Unionstruppen zogen, hatten Angst, ihre Bestände in Virginia aufzufüllen, weil sie
fürchteten, der Alkohol könne vergiftet sein. Doch der »Herr
Assistenzarzt« verfügte über einen von der Regierung gestellten
Vorrat an Whiskey für medizinische Zwecke. Rob J. gab den
Krug Wilcox: Er wußte, daß dieser ihn mit Ordway teilen würde.
An diesem Abend hielt er lange Ausschau nach den beiden, und
als sie endlich auftauchten – Wilcox in Hochstimmung, Ordway
mit düsterer Miene –, schickte er wie beim erstenmal Wilcox zu
Bett, um sich wieder Ordways anzunehmen. Wie damals führte
er ihn weg von den Zelten zu der gleichen Stelle unter den
Felsen.
»Na, Lanny«, begann Rob J. »Lassen Sie uns weiterreden!«
»Über was, Doc?«
»Wann haben Sie Ellwood R. Patterson kennengelernt?«
Die Augen des Mannes wirkten wie eisige Nadeln, und seine
Stimme klang völlig nüchtern, als er fragte: »Wer sind Sie?«

Rob J. war bereit für die harte Wahrheit. Er hatte lange darauf gewartet.

»Was glauben Sie denn, wer ich bin?«

»Ich glaube, Sie sind 'n verdammter katholischer Spion, und deshalb haben Sie diese ganzen Fragen gestellt.«

»Ich habe noch mehr Fragen. Ich habe Fragen über die Indianerin, die Sie umgebracht haben.«

»Was für 'ne Indianerin?« fragte Ordway ehrlich entsetzt.

»Wie viele Indianerinnen haben Sie denn umgebracht? Wissen Sie, wo ich herkomme, Lanny?«

»Boston, ham Sie gesagt«, erwiderte Ordway verdrießlich.

»Ursprünglich, ja. Aber ich habe jahrelang in Illinois gelebt. In der Nähe einer kleinen Stadt namens Holden's Crossing.«

Ordway sah ihn schweigend an.

»Die Indianerin, die ermordet wurde, war meine Freundin, Lanny. Sie arbeitete für mich. Ihr Name war Makwa-ikwa, falls Sie das bisher nicht gewußt haben. Sie wurde auf meinem Land getötet.«

»Die Indianerin? Mein Gott, lassen Sie mich zufrieden, Sie Verrückter! Ich weiß nicht, von was Sie reden. Ich warne Sie! Wenn Sie gescheit sind, wenn Sie wissen, was gut für Sie is', Sie Sohn eines verdammten Spions, dann vergessen Sie schleunigst alles, was Sie vielleicht über Ellwood R. Patterson zu wissen glauben«, sagte Ordway noch, sprang auf und humpelte so schnell davon, als stehe er unter Beschuß.

Den ganzen folgenden Tag beobachtete Rob J. ihn verstohlen. Er sah zu, wie er seine Trägermannschaft trainierte, ihre Rucksäcke inspizierte, hörte, wie er sie ermahnte, sparsam mit den Morphiumtabletten umzugehen, bis Nachschub komme, da der Vorrat fast aufgebraucht sei. Lanning Ordway, mußte er feststellen, hatte sich zu einem gewissenhaften und leistungsfähigen Mitglied der Sanitätsstaffel entwickelt.

Am Nachmittag sah er Ordway in seinem offenen Zelt mit einem Bleistift in der Hand über einem Blatt Papier sitzen. Der Sergeant war stundenlang beschäftigt.

Nach dem Zapfenstreich brachte er einen Briefumschlag zum Postzelt.

Rob J. suchte ebenfalls das Postzelt auf. »Heute früh traf ich einen Händler, der richtigen Käse dabeihatte«, erklärte er Amasa Decker. »Ich habe ein Stück davon in Ihr Zelt gebracht.«

»Das ist aber nett, Doc«, freute sich Decker.

»Ich muß doch für meine Bahrenträger sorgen, oder? Gehen Sie lieber, und essen Sie ihn, bevor ihn ein anderer entdeckt. Ich vertrete Sie inzwischen gerne hier.«

So einfach ging es also. Decker war kaum hinausgeeilt, als Rob J. sich schon den Kasten mit der ausgehenden Post vornahm. Er brauchte nicht lange, um den Umschlag zu finden und in sein *mee-shome* zu stecken.

Als er wieder allein in seinem eigenen Zelt war, nahm er das Kuvert heraus und öffnete es. Es war an Rev David Goodnow, Bridgeton Street 237, Chicago, Illinois adressiert.

Lieba Mr. Goodnow,
Lanning Ordway. Ich bin beim 119. Indiana, wenn Sie sich erinn-an. Hier isn Mann, dern Haufn Fragn stellt. N Doktor. Heißt Robat Col. Will über Henry Bescheid wissn. Redet n Haufn komi-sches Zeug. Hab ihn beobachtet. Löchat mich wegn L.wood Padson. Sagt, wir hättn das Indjanermädel umgebracht damals in Illinois. Hab ne Menge Möglichkeitn, ihn auszuschaltn. Aba ich benutz mein Kopf und laß Sies wissn, damit Sie rausfinn könn, wie er was über uns rausgefunn hat. Ich bin Sgt. Wenn da Krieg aus is, werd ich wieda fürn Order arbeitn.

Lanning Ordway

ÜBER DEN
RAPPAHANNOCK

Rob J. wurde sich quälend bewußt, daß es mitten im Krieg, wo es überall von Waffen wimmelte und selbst Massenmorden keine besondere Aufmerksamkeit geschenkt wurde, für einen erfahrenen Killer wirklich viele Möglichkeiten und Gelegenheiten gab, ihn »auszuschalten«. Vier Tage lang bemühte er sich, darauf zu achten, was hinter seinem Rücken vorging, und fünf Nächte döste er entweder nur oder blieb gänzlich wach.

Er lag da und überlegte, wie Ordway wohl vorgehen würde. Er an seiner Stelle hätte gewartet, bis sie beide inmitten eines heftigen Scharmützels gewesen wären, wo viel geschossen wurde. Allerdings hatte er keine Ahnung, ob Ordway nicht vielleicht ein Messerstecher war. Hätte man Rob J. nach einer langen, dunklen Nacht, in der jeder nervöse Posten jeden Schatten für einen aus den Reihen der Konföderierten hielt, erstochen oder mit durchschnittener Kehle aufgefunden, hätte das kaum Überraschung hervorgerufen und sicher zu keinen intensiven Nachforschungen über den Hergang der Tat geführt.

Die Lage änderte sich am 19. Januar, als die B-Kompanie der Zweiten Brigade zu einem Spionagevorstoß über den Rappahannock losgeschickt wurde, den sie schnell hinter sich bringen sollte. Das Vorhaben klappte jedoch nicht. Die Infanteriekompanie stieß nämlich auf starke Konföderiertenstellungen, wo sie überhaupt keine Rebellen erwartet hatte, und wurde durch feindlichen Beschuß in offenem Gelände festgenagelt.

Es war eine Wiederholung der Situation, in der sich das gesamte Regiment einige Wochen zuvor befunden hatte, doch diesmal stürmten keine siebenhundert Mann mit aufgepflanzten Bajonetten durch den Fluß, um die Situation zu retten, diesmal kam keine Unterstützung durch die Potomac-Army. Die einhundertsieben Soldaten blieben, wo sie waren, und erwiderten den ganzen Tag so gut wie möglich das Feuer.

Erst als die Dunkelheit hereinbrach, flohen sie über den Fluß zurück und brachten vier Gefallene und sieben Verwundete mit. Der erste Mann, den sie in das Sanitätszelt brachten, war Lanning Ordway.

Ordways Mannschaftskameraden berichteten, er sei unmittelbar vor Einbruch der Nacht getroffen worden. Er hatte gerade in die Tasche gegriffen, um den harten Zwieback und das Stück gebratenes Schweinefleisch herauszuholen, das er morgens in Papier eingewickelt und eingesteckt hatte, als ihn kurz hintereinander zwei Minié-Geschosse trafen. Eines davon hatte ein Loch in die Bauchdecke gerissen, und eine Schleife gräulicher Eingeweide hing heraus. Rob J. machte sich daran, sie hineinzudrücken, um die Wunde wieder schließen zu können, doch dann sah er, daß Ordway nicht mehr zu retten war. Der zweite Einschuß lag etwas höher und hatte zweifellos große Zerstörung angerichtet. Rob J. wußte, wenn er den Bauch öffnete, würde er in der Bauchhöhle eine Blutansammlung vorfinden. Ordways Gesicht war weiß wie Milch.

»Möchten Sie irgend etwas, Lanny?« fragte er sanft.

Ordways Lippen bewegten sich. Sein Blick verfing sich in dem Robs, und die Gelassenheit, die aus ihm sprach und die Rob J. schon früher bei Sterbenden gesehen hatte, zeigte, daß der Sergeant Bescheid wußte. »Wasser.«

Das war das Schlimmste, was man einem Mann mit einem Bauchschuß geben konnte, doch Rob J. wußte, es spielte keine Rolle mehr. Er nahm zwei Morphiumtabletten aus seinem *meeshome* und gab sie Ordway mit einem großen Glas Wasser. Der hatte sie kaum geschluckt, als er sich auch schon rötlich erbrach.

»Soll ich einen Priester holen lassen?« fragte Rob J., während er ihm den Mund abwischte. Ordway antwortete nicht, er sah ihn nur an.

»Vielleicht wollen Sie mir erzählen, was damals mit Makwa-ikwa in meinem Wald genau passiert ist? Oder etwas anderes? Irgend etwas?«

»Gehen Sie ... Hölle«, brachte der Todgeweihte mühsam hervor.

Rob J. glaubte nicht, daß er je zur Hölle gehen würde. Er glaubte auch nicht, daß Ordway oder sonst jemand zur Hölle gehen würde, doch jetzt war nicht der richtige Zeitpunkt für eine solche Diskussion. »Ich dachte, es würde Ihnen vielleicht helfen, jetzt darüber zu sprechen. Falls Sie sich etwas von der Seele reden wollen.«

Ordway schloß die Augen, und Rob J. erkannte, daß es keinen Sinn hatte, noch weiter in ihn zu dringen.

Es war stets schrecklich für ihn, jemanden an den Tod zu verlieren, aber es war besonders schrecklich für ihn, diesen Mann zu verlieren, der zwar bereit gewesen war, ihn umzubringen, in dessen Kopf aber das Wissen um etwas eingeschlossen war, das er all die Jahre hatte erfahren wollen, und wenn dieser Verstand erlosch, dann war dieses Wissen auf immer verloren. Und außerdem fühlte er sich trotz allem von diesem komplizierten jungen Mann irgendwie angesprochen. Wie hätte Ordway sich entwickelt, wenn er ohne Behinderung geboren worden wäre, eine Schulbildung genossen, Fürsorge anstatt Hunger erfahren und einen Vater gehabt hätte, der kein Trunkenbold war?

Rob J. war sich der Müßigkeit solcher Überlegungen durchaus bewußt, und als sein Blick zu der reglosen Gestalt zurückkehrte, sah er, daß Ordway sich allen Spekulationen entzogen hatte.

Er hielt die Äthermaske, während Gardner Coppersmith geschickt ein Minié-Geschoß aus der linken Hinterbacke eines Jungen entfernte, und kehrte dann zu Ordway zurück, band ihm das Kinn hoch und beschwerte seine Lider mit Münzen. Dann legten sie ihn neben die vier anderen Toten, die die B-Kompanie zurückgebracht hatte, auf den Boden.

DER KREIS
SCHLIESST SICH

Am 12. Februar 1864 schrieb Rob J. in sein Tagebuch:

*Zwei Flüsse meiner Heimat, der große Mississippi und der beschei-
dene Rock River, haben mein Leben mitgeprägt, und jetzt habe ich
in Virginia mit zwei ebenso ungleichen Flüssen intensive Bekanntschaft machen müssen, da ich an den Ufern des Rappahannock
und des Rapidan Zeuge ständigen Mordens wurde. Die Potomac-
Army und die Northern-Virginia-Army hetzten vom späten Winter
bis zum Frühling Infanterie und Kavallerie gegeneinander über
den Rapidan. So selbstverständlich, wie ich in früheren Zeiten den
Rock River überquerte, um einen kranken Nachbarn zu besuchen
oder einem Kind ans Licht der Welt zu helfen, begleite ich jetzt die
Truppen an allen möglichen Stellen über den Rapidan: entweder
auf dem Rücken von Pretty Boy oder zu Fuß durch eine seichte Furt
oder mit dem Boot oder einem Floß über tiefes Wasser. In diesem
Winter gab es keine Schlacht, in der Tausende umkamen, aber ich
habe festgestellt, daß ich einen einzelnen Toten als viel tragischer
empfinde als ein ganzes Schlachtfeld voller Leichen. Ich habe
gelernt, nicht auf die Gesunden und die Gefallenen zu achten,
sondern mich auf die Verwundeten zu konzentrieren und junge
verdammte Narren zu bergen – meist unter Beschuß junger verdammter Narren aus den Reihen des Feindes ...*

Die Soldaten auf beiden Seiten waren dazu übergegangen, Zettel
an ihre Kleidung zu heften, auf denen ihr Name und ihre Adresse
standen, weil sie hofften, daß ihre Angehörigen benachrichtigt
würden, wenn sie im Krieg blieben. Doch weder Rob J. noch
seine drei Bahrenträger machten sich diese Mühe: Sie rückten
ohne Furcht ins Feld aus, denn Amasa Decker, Alan Johnson
und Lucius Wagner waren inzwischen überzeugt davon, daß
Makwa-ikwas Magie sie tatsächlich beschützte. Und Rob J. ließ
sich von ihrer Überzeugung anstecken. Es war, als gehe von

dem *mee-shome* der Indianerin wirklich eine Kraft aus, die alle Kugeln abhielt und den Trupp unverwundbar machte.

Manchmal schien es, als sei schon immer Krieg gewesen und als würde er ewig fortdauern. Doch dann las Rob J. eines Tages in einem zerfledderten Exemplar des »Baltimore American«, daß alle männlichen Südstaatler zwischen siebzehn und fünfzig zum Dienst in der Konföderiertenarmee eingezogen worden seien. Das bedeutete, daß es inzwischen keinen Ersatz mehr für die Gefallenen gab und die gegnerische Armee zwangsläufig kleiner wurde. Rob J. sah auch, daß die Konföderierten, die gefangengenommen oder getötet wurden, allesamt zerfetzte Uniformen und ebensolches Schuhwerk trugen. Er fragte sich verzweifelt, ob Alex noch am Leben war, und wenn ja, ob er Essen, Kleidung und Schuhe hatte. Colonel Symonds kündigte an, daß das 119. Indiana in Kürze eine große Anzahl Sharps-Karabiner bekomme, die mit Schnellfeuermagazinen ausgerüstet seien. Auch das deutete daraufhin, in welche Richtung sich der Krieg entwickelte: Der Norden stellte die besseren Waffen, die bessere Munition und die besseren Schiffe her, und der Süden litt unter schwindenden Soldatenzahlen und einem entschiedenen Mangel an allem, was aus Fabriken kam.

Doch die Konföderierten schienen nicht einsehen zu wollen, daß sie an einem extremen industriellen Rückstand litten, und sie kämpften mit einer Besessenheit, die ihr Schicksal bald besiegeln sollte.

Eines Tages, gegen Ende Februar, wurden die vier Bahrenträger zu einem Captain namens Taney von der A-Kompanie der Ersten Brigade gerufen, der in aller Ruhe eine Zigarre paffte, obwohl ihm eine Kugel das Schienbein durchschlagen hatte. Rob J. sah, daß es keinen Sinn hatte, eine Schiene anzulegen, da das Geschoß mehrere Zentimeter des Knochens und des Wadenbeins weggerissen hatte und das Bein unterhalb des Knies amputiert werden mußte. Als er eine Kompresse aus seinem *mee-shome* nehmen wollte, stellte er fest, daß der Medizinbeutel nicht da war.

Sein Magen krampfte sich zusammen, als ihm einfiel, wo er ihn gelassen hatte: vor dem Sanitätszelt im Gras!

Die anderen wußten das auch.

Er nahm Alan Johnson seinen Gürtel ab und legte ihn als Aderpresse an, und dann hoben sie den Captain gemeinsam auf die Bahre und wankten mit ihm davon, als wären sie betrunken.

»Gütiger Gott«, sagte Lucius Wagner. Das sagte er stets, wenn er Angst hatte, in vorwurfsvollem Ton. Diesmal flüsterte er es immer und immer wieder, bis er den anderen damit auf die Nerven ging, aber keiner beschwerte sich oder befahl ihm, den Mund zu halten, denn alle warteten furchtsam darauf, daß eine Kugel ihren Körper treffen könnte, der ohne den Schutz der Magie den Greueln des Krieges ausgeliefert war.

Sie bewegten sich langsamer und unbeholfener als bei ihrem allerersten Einsatz. Immer wieder bellte Gewehrfeuer, doch die Bahrenträger blieben verschont. Endlich erreichten sie das Sanitätszelt, und nachdem sie den Patienten in Major Coppersmiths Obhut übergeben hatten, hob Amasa Decker das *mee-shome* vom Boden auf und drückte es Rob J. in die Hand.

»Hängen Sie es um! Sofort!« Und Rob J. gehorchte.

Die drei Träger berieten sich und kamen überein, gemeinsam darauf zu achten, daß der Doc jeden Morgen als erstes das *mee-shome* umhängte.

Zwei Tage später war Rob J. sehr froh, das Medizinbündel dabeizuhaben: Das 119. Indiana kam eine halbe Meile vor der Stelle, an der der Rapidan in den größeren Fluß mündete, um eine Straßenbiegung und sah sich plötzlich einer Brigade in grauen Uniformen gegenüber.

Beide Seiten eröffneten sofort das Feuer – die vordersten Männer aus nächster Nähe. Die Luft war erfüllt von Flüchen und Rufen, dem Knallen der Musketen und den Schreien der Getroffenen, und dann verhakten sich die beiden Frontlinien ineinander. Offiziere droschen mit ihren Degen auf den Gegner ein oder schossen kleine Handfeuerwaffen ab, Soldaten setzten ihre Gewehre als Keulen ein und ihre Fäuste, Fingernägel und Zähne, da keine Zeit zum Nachladen blieb.

Rechts von der Straße befand sich ein Eichenwald, links ein gedüngtes Feld, gepflügt, geeggt und für die Saat bereit, so daß es aussah wie weicher Samt. Einige Männer beider Seiten nahmen Deckung hinter den Bäumen, doch der Großteil verteilte sich auf dem Feld und zerstörte die makellose Fläche. Zwei unregelmäßige, lückenhafte Schützenlinien feuerten aufeinander. Für gewöhnlich hielt sich Rob J. bei Gefechten im Hintergrund, und wartete ab, bis er hinausbeordert wurde, doch in dem Durcheinander fand er sich auf dem Rücken seines völlig verängstigten Pferdes plötzlich mitten in dem Gemetzel. Der Hengst scheute, bäumte sich auf und brach dann unter ihm zusammen. Rob J. konnte gerade noch abspringen, bevor das Tier zu Boden krachte und hufeschlagend und sich windend dort liegenblieb. Das kleine, schwarze Loch in Pretty Boys lehmfarbenem Hals blutete nicht, doch aus den geblähten Nüstern des im Todeskampf zuckenden Pferdes quoll ein roter Doppelstrom.

Das *mee-shome* enthielt auch eine Spritze mit einer Kupfernadel und Morphium, aber es herrschte noch immer ein großer Mangel an Opiaten, weshalb sie nicht an ein Tier verschwendet werden durften. Zehn Meter entfernt lag ein junger gefallener Konföderiertenleutnant, und Rob J. ging zu ihm und zog den schweren, dunklen Navy-Revolver aus seinem Halfter. Dann kehrte er zu seinem armen Pferd zurück, drückte die Mündung der Waffe unter Pretty Boys Ohr und zog den Abzug durch.

Er hatte sich erst ein paar Meter entfernt, als er einen brennenden Schmerz in seinem linken Oberarm spürte – als habe ihn eine überdimensionale Biene gestochen. Er machte noch drei Schritte, dann schien die umbrafarbene, süßlich nach Dung riechende Erde sich hochzuwölben, um ihn aufzunehmen.

Sein Verstand arbeitete klar. Er wußte, daß er kurz das Bewußtsein verloren hatte und gleich wieder zu Kräften kommen würde, und währenddessen lag er da und betrachtete mit dem kritischen Auge eines Malers die ockerfarbene Sonne am rötlichen Himmel und hörte die Geräusche um sich herum leiser werden, als breite jemand eine Decke über den Rest der Welt. Er wußte nicht, wie lange er so dagelegen hatte, als er schließlich den Kopf zur Seite drehte, um einen Packen Kompressen aus seinem Medizinbündel zu nehmen und sie auf seine Wunde zu drücken. Das *mee-shome* war blutig, und Rob J. mußte unwillkürlich darüber lachen, daß ein Atheist versucht hatte, aus einem alten, mit Wildschweinborsten verzierten Lederbeutel und ein paar bunten Riemen aus gegerbtem Leder einen Gott zu schaffen.

Schließlich kam Wilcox' Mannschaft, um ihn zu holen. Der Sergeant – eine Kreatur, die ihn an Pretty Boy erinnerte – plapperte schielend und fürsorglich dieselben Nichtigkeiten, die er selbst in dem Bemühen, Trost zu spenden, tausendmal zu Patienten gesagt hatte. Die Südstaatler hatten erkannt, daß sie zahlenmäßig weit unterlegen waren, und sich bereits zurückgezogen. Das Gelände war mit toten Soldaten und Pferden, kaputten Wagen und verstreuten Ausrüstungsgegenständen übersät, und Wilcox überlegte laut, daß der Farmer wohl eine Menge Arbeit haben würde, um das Feld wieder in Ordnung zu bringen.

Rob J.s Verletzung war nicht schwer, aber alles andere als ein bloßer Kratzer. Das Geschoß hatte zwar den Knochen verfehlt, jedoch Fleisch und Muskeln weggerissen. Coppersmith versorgte die Wunde sorgfältig und schien bei dieser Aufgabe große Befriedigung zu empfinden.

Rob J. wurde mit sechsunddreißig anderen Verwundeten in ein Lazarett in Fredericksburg gebracht, wo er zehn Tage blieb. Sie waren in einem ehemaligen Lagerhaus untergebracht, das sauberer hätte sein können, doch der diensthabende Sanitätsoffizier, ein Major namens Sparrow, der vor dem Krieg in Connecticut praktiziert hatte, war ein fähiger Mann. Rob J. erinnerte sich an Dr. Milton Akersons Experimente mit Chlorwasserstoff in Illinois, und Dr. Sparrow gestattete ihm, seine eigene Wunde von Zeit zu Zeit mit einer milden Chlorwasserstofflösung auszuwaschen. Es brannte, doch die Wunde heilte langsam ohne

Infektion, und die beiden Ärzte kamen überein, daß es wahrscheinlich sinnvoll sei, dieses Verfahren auch bei anderen Patienten anzuwenden. Rob J. war in der Lage, seine Finger abzubiegen und seine linke Hand zu bewegen, obwohl es ziemlich schmerzte. Er war sich mit Dr. Sparrow einig, daß es noch zu früh sei, darüber zu urteilen, inwieweit der verletzte Arm schließlich wieder zu gebrauchen wäre.

Colonel Symonds kam ihn nach einer Woche im Lazarett besuchen. »Fahren Sie heim, Doktor Cole! Wenn Sie sich erholt haben und zu uns zurückkommen wollen, sind Sie herzlich willkommen«, sagte er, obwohl beide wußten, daß Rob J. nicht zurückkommen würde. Symonds dankte ihm unbeholfen. »Falls ich überlebe und es Sie irgendwann einmal nach Fort Wayne in Indiana verschlägt, müssen Sie mich unbedingt in der Symonds Lamp Chimney Factory besuchen. Und dann werden wir eine Menge essen und eine Menge trinken und endlos über die schlechten alten Zeiten reden.« Sie schüttelten einander bewegt die Hand, bevor der junge Colonel ging.

Rob J. brauchte dreieinhalb Tage, um nach Hause zu kommen, und mußte nach der Fahrt mit der Baltimore & Ohio Railway viermal auf andere Bahnlinien umsteigen. Alle Züge fuhren mit Verspätung, waren schmutzig und vollgestopft mit den unterschiedlichsten Reisenden. Robs Arm hing in einer Schlinge, doch da er hier nur irgendein Zivilist mittleren Alters war, stand er mehrmals für fünfzig Meilen oder mehr auf dem Gang eines schwankenden Waggons. In Canton, Ohio, wartete er einen halben Tag auf den Anschlußzug, und dann teilte er sich einen Doppelsitzplatz mit einem Vertreter namens Harrison, der für eine Handelsfirma arbeitete, die Tintenpulver an die Army verkaufte. Der Mann erzählte ihm, er sei mehrmals auf Hörweite am Kampfgeschehen gewesen, und steckte voller unwahrscheinlicher Geschichten, die mit den Namen wichtiger militärischer und politischer Persönlichkeiten gespickt waren, doch Rob J. störte dies nicht, denn die Erzählungen ließen die Zeit schneller vergehen.

Schließlich gab es in den heißen, übersetzten Wagen kein Wasser mehr. Wie die anderen trank auch Rob J. aus, was er dabeihatte, und wurde dann von Durst geplagt. Schließlich hielt der Zug an einem Kleinbahnhof in der Nähe eines Armeelagers am Rande von Marion, um Brennstoff aufzunehmen, und die durstigen Passagiere drängten aus den Waggons, um sich aus einem kleinen Fluß Wasser zu holen.

Auch Rob J. war unter ihnen, doch als er sich hinkniete, um seine Feldflasche zu füllen, entdeckte er etwas, das ihm den Magen umdrehte: Irgend jemand hatte benutzte Kompressen, blutige Verbände und anderen Krankenhausabfall in den Wasserlauf geworfen. Als Rob J. nach ein paar Schritten weitere Müllplätze entdeckte, schraubte er seine Feldflasche wieder zu und riet den anderen Passagieren, das gleiche zu tun.

Der Schaffner sagte, ein Stückchen weiter, in Lima, gebe es sauberes Wasser, und Rob J. kehrte auf seinen Platz zurück. Nachdem der Zug seine Fahrt fortsetzte, schlief er, und auch das Rattern und Schaukeln des Waggons weckte ihn nicht.

Als er endlich aufwachte, erfuhr er, daß der Zug Lima gerade verlassen hatte. »Ich wollte mir doch Wasser holen«, sagte er verärgert.

»Machen Sie sich deswegen keine Gedanken«, tröstete ihn Harrison. »Ich habe welches.« Und damit reichte er Rob J. seine Flasche, und der nahm dankbar einen großen Schluck.

»Gab es in Lima genug Wasser für alle?« fragte er, während er die Flasche zurückgab.

»Oh, ich habe in Lima nichts gebraucht. Ich habe meinen Vorrat in Marion aufgefüllt, als wir Brennstoff einluden.«

Der Mann wurde leichenblaß, als Rob J. ihm erzählte, was er in dem Fluß gesehen hatte. »Dann werden wir jetzt krank?«

»Das kann man nicht so genau sagen.« Hinter Gettysburg hatte Rob J. eine ganze Kompanie vier Tage lang aus einer Quelle trinken sehen, in der, wie sich herausstellte, zwei tote Konföderierte lagen, und es hatte den Soldaten nichts geschadet. Er zuckte mit den Achseln. »Aber es würde mich nicht wundern, wenn wir beide in ein paar Tagen einen ordentlichen Durchfall bekämen.«

»Können wir nicht was dagegen tun?«

»Whiskey wäre nicht schlecht.«

»Überlassen Sie das mir!« Harrison machte sich auf die Suche nach dem Schaffner. Als er zurückkam, war wohl sein Geldbeutel leichter, dafür aber brachte er eine große Flasche mit, die noch zu zwei Dritteln voll war. Der Whiskey sei so stark, meinte Rob J., nachdem er ihn probiert hatte, daß er eigentlich wirken müsse. Als die beiden sich in South Bend trennten, war jeder überzeugt, daß der andere ein feiner Kerl sei, und sie schüttelten einander zum Abschied herzlich die Hände. Rob J. war schon in Michigan City, als ihm einfiel, daß er Harrisons Vornamen gar nicht kannte.

Er kam in der Kühle des frühen Morgens in Rock Island an. Ein frischer Wind wehte vom Fluß herauf. Rob J. verließ erleichtert den Zug und ging mit dem Koffer in der gesunden Hand durch die Stadt. Er wollte eigentlich Pferd und Wagen mieten, doch dann traf er auf der Straße George Cliburn, und der Futtermittelhändler begrüßte ihn freudig und bestand darauf, ihn mit seinem Fuhrwerk nach Holden's Crossing zu bringen.

Als Rob J. durch die Tür des Farmhauses trat, wollte Sarah sich gerade zu ihrem Frühstücksei und einem Brötchen vom Vortag an den Tisch setzen. Sie sah ihn an, ohne ein Wort zu sagen, und dann fing sie an zu weinen. Lange Zeit hielten sie einander umschlungen.

»Bist du schwer verletzt?« fragte sie schließlich.

Er versicherte ihr, daß es nicht schlimm sei.

»Du bist dünn geworden.« Sie wollte ihm ein Frühstück machen, doch er erklärte, er werde später etwas essen. Er begann sie zu küssen und wollte sie, ungeduldig wie ein Junge, gleich auf dem Tisch oder dem Fußboden haben, doch sie meinte, es sei an der Zeit, daß er endlich in sein Bett komme, und er folgte ihr eiligst die Treppe hinauf. Im Schlafzimmer überkam ihn plötzlich Befangenheit. »Ich glaube, ich sollte erst einmal gründlich baden«, meinte er nervös. Sie flüsterte, er könne auch danach baden. Die langen Monate der Trennung, seine Erschöpfung und der Schmerz im Arm fielen mit seinen Kleidern von ihm ab. Sie küßten und erforschten einander begieriger als damals nach ihrer Hochzeit bei der Großen Erweckung in der Scheune des Farmers, denn jetzt wußten sie, was ihnen so gefehlt hatte. Seine gesunde Hand fand sie, und er ließ seine Finger sprechen. Nach einer Weile gaben Sarahs Knie nach, und er zuckte vor Schmerz zusammen, als sie gegen ihn sank. Sie sah sich die Wunde an, ohne zu erbleichen, half ihm dann, den Arm wieder in die Schlinge zu legen, und zwang ihn, sich auf das Bett zu legen und die Initiative ihr zu überlassen. Rob J. schrie, während sie sich liebten; einmal, weil der Arm weh tat.

Freude erfüllte ihn, nicht nur darüber, zu seiner Frau zurückgekehrt zu sein, sondern auch darüber, die Pferde im Stall mit Äpfeln füttern und feststellen zu können, daß sie sich an ihn erinnerten; zu Alden zu gehen, der gerade Zäune reparierte, und die Herzlichkeit auf dem Gesicht des alten Mannes zu sehen; den Kurzen Weg durch den Wald zum Fluß zu nehmen und unterwegs anzuhalten und Unkraut von Makwa-ikwas Grab zu entfernen; in der Nähe, wo das *hedonoso-te* gestanden hatte, an einen Baum gelehnt einfach nur dazusitzen und das Wasser friedlich vorbeifließen zu sehen, ohne daß vom anderen Ufer Soldaten mit schrecklichem Kriegsgeschrei heranstürmten und schossen. Spät an diesem Nachmittag gingen er und Sarah auf dem Langen Weg zu den Geigers. Auch Lillian weinte, als sie ihn sah, und küßte ihn auf den Mund. Der letzten Nachricht zufolge sei Jason bei guter Gesundheit, erzählte sie, und habe einen Posten als Verwalter eines großen Krankenhauses am James River.

»Dann war ich ganz in seiner Nähe«, sagte Rob J. »Nur ein paar Stunden entfernt.«

Lillian nickte. »So Gott will, kommt er bald nach Hause.« Sie konnte den Blick kaum von Rob J.s Arm wenden.

Sarah lehnte die Einladung zum Abendessen ab: Sie wollte ihren Mann ganz für sich allein haben.

Doch das war ihr nur zwei Tage lang gegönnt, denn am dritten Morgen hatte es sich herumgesprochen, daß Rob J. zurück war. Die Leute kamen – einige nur, um ihn zu begrüßen, doch der größte Teil, um das Gespräch wie zufällig auf einen Furunkel am Bein oder einen schlimmen Husten oder Bauchschmerzen zu bringen, die nicht vergehen wollten. Sarah kapitulierte. Alden sattelte Boss für ihn, und Rob J. ritt zu einem halben Dutzend Farmen, um alte Patienten zu besuchen.

Tobias Barr hatte zwar fast jeden Mittwoch in Holden's Crossing Sprechstunde gehalten, doch die Leute waren nur in Notfällen hingegangen, und Rob J. stand vor derselben Aufgabe wie damals, als er neu nach Holden's Crossing gekommen war: unbehandelte Leistenbrüche, verfaulte Zähne und chronische Bronchitis. Bei den Schroeders sagte er, er sei erleichtert, daß Gustav nicht noch mehr Finger bei irgendwelchen Unfällen auf der Farm verloren habe, was wirklich stimmte, obwohl er es scherzhaft sagte. Alma servierte ihm Zichorienkaffee und Mandelbrot und erzählte ihm die lokalen Neuigkeiten, von denen ihn einige sehr betrübten. Paul Gruber war im letzten August auf seinem Weizenfeld tot umgefallen. »Wahrscheinlich das Herz«, meinte Gus. Und Suzy Gilbert, die immer darauf bestanden hatte, Rob J. schwere Kartoffelpfannkuchen vorzusetzen, war einen Monat zuvor im Kindbett gestorben. Es gab Neuzugänge in der Stadt: Familien aus Neuengland und aus dem Staat New York sowie drei katholische Familien, die frisch aus Irland eingewandert waren. Er könne kein Wort verstehen, was die redeten, sagte Gus mit starkem deutschem Akzent, und Rob J. konnte nicht umhin zu lächeln.

Am Nachmittag ritt er an einer inzwischen umfangreichen Ziegenherde vorbei zum Konvent der Franziskanerinnen.

Miriam Ferocia begrüßte ihn strahlend. Er setzte sich in den Bischofssessel und erzählte ihr, was er erlebt hatte. Als er von Lanning Ordway und dessen Brief an Reverend David Goodnow berichtete, hing sie gespannt an seinen Lippen. Sie bat ihn,

Goodnows Namen und Adresse notieren zu dürfen. »Es gibt Menschen, für die diese Information sehr wertvoll sein wird«, sagte sie.

Und dann erzählte sie ihm von ihrer Welt. Der Konvent blühte: Vier neue Nonnen und zwei Novizinnen waren dazugekommen, und neuerdings fanden sich auch Leute zum Sonntagsgottesdienst ein. Wenn weiterhin Siedler zuzögen, meinte sie, werde bald eine katholische Kirche gebaut.

Er hatte den Verdacht, daß sie seinen Besuch erwartet hatte, denn er war noch gar nicht lange da, als Schwester Mary Peter Celestine eine Platte mit frischgebackenen, dünnen, knusprigen Salzkeksen und ausgezeichnetem Ziegenkäse brachte. Und richtigen Kaffee, den ersten, den er seit mehr als einem Jahr getrunken hatte, mit sahniger Ziegenmilch.

»Wollen Sie mich mästen?« fragte er scherzhaft.

»Es ist schön, daß Sie wieder zu Hause sind«, erwiderte die grimmige Miriam lächelnd.

Mit jedem Tag fühlte er sich kräftiger. Er ließ sich aber mit allem noch Zeit, schlief lange, genoß Sarahs gute Küche und schlenderte über die Farm. Und jeden Nachmittag behandelte er ein paar Patienten.

Er mußte sich an das gute Leben erst wieder gewöhnen. Am siebten Tag taten ihm Arme, Beine und der Rücken weh. Er lachte darüber und erklärte Sarah, er sei wohl nicht mehr gewohnt, in einem Bett zu schlafen.

Und dann spürte er eines Morgens, als er noch im Bett lag, ein Grummeln in seinem Bauch, versuchte es aber zu ignorieren, weil er noch nicht aufstehen wollte. Doch dann konnte er den Drang nicht mehr hinausschieben, und er war erst halb die Treppe hinunter, als er anfing zu rennen, wovon Sarah aufwachte.

Er schaffte es nicht bis zum Aborthäuschen, sondern hockte sich neben den Weg ins Unkraut wie ein betrunkener Soldat und brummte und stöhnte, als es aus ihm herausbrach.

Sarah war ihm gefolgt, und es war ihm sehr peinlich, daß sie ihn so sah. »Was ist los?« fragte sie.

»Wasser ... im Zug«, keuchte er.

Im Laufe der Nacht kamen noch drei Schübe. Am Morgen schluckte er Rizinusöl, um seinen Körper ganz zu reinigen, und als er sich am Abend immer noch elend fühlte, nahm er Bittersalz. Am Tag darauf bekam er hohes Fieber und wurde von schrecklichen Kopfschmerzen geplagt, und er wußte, was ihm fehlte, noch bevor Sarah ihn an diesem Abend zum Waschen auszog und die roten Flecken auf seinem Bauch sah.

»Wir haben schon genug Leute mit Typhus behandelt und durchgebracht«, erklärte Sarah resolut. »Du mußt mir nur sagen, was ich dir zu essen geben soll.«

Der bloße Gedanke an Essen verursachte ihm Übelkeit, doch er erklärte es ihr trotzdem. »Fleischbrühe – mit Gemüse, wenn du welches bekommen kannst. Fruchtsäfte. Aber zu dieser Jahreszeit ...«

In einem Faß im Keller seien noch Äpfel, sagte sie, und Alden werde sie zerstampfen. Sie entwickelte eine eifrige Geschäftigkeit, denn es war besser zu arbeiten, als sich zu sorgen. Doch nach weiteren vierundzwanzig Stunden erkannte sie, daß sie Hilfe brauchen würde, denn die Reinigung der Bettpfannen, das ständige Umziehen und Baden, um das Fieber zu drücken, das Auskochen der Wäsche hatten ihr kaum Zeit zum Schlafen gelassen. Sie schickte Alden zum Konvent, um die Nonnen zu bitten, ihr zu helfen. Sie kamen zu zweit, wie Sarah es erwartet hatte, da sie wußte, daß sie immer paarweise arbeiteten: eine junge Nonne mit einem Babygesicht namens Schwester Mary Benedicta und eine ältere Frau, hochgewachsen und mit einer langen Nase, die sich als Mater Miriam Ferocia vorstellte. Als sie in sein Zimmer traten, öffnete Rob J. die Augen. Er lächelte, nachdem er erkannt hatte, wer gekommen war, und Sarah verschwand in das Zimmer der Jungen und schlief sechs Stunden lang.

Die Nonnen waren gute Krankenschwestern. Das Zimmer des Patienten sah stets ordentlich aus, und es roch nie schlecht darin. Nach drei weiteren Tagen sank Rob J.s Fieber. Zuerst freuten sich die drei Frauen, doch dann zeigte Mater Miriam Ferocia Sarah, daß der Stuhl blutig wurde, und sie schickten Alden nach Rock Island, um Dr. Barr zu holen.

Als der Arzt eintraf, bestand der Stuhl fast nur noch aus Blut, und Rob J. war sehr blaß. Seit der ersten krampfartigen Darmentleerung waren acht Tage vergangen.

»Die Krankheit ist sehr schnell vorangeschritten«, stellte Dr. Barr fest, als befände er sich auf einem Treffen der Ärztegesellschaft.

»Manchmal tut sie das«, erwiderte Rob J.

»Vielleicht sollten wir Chinin oder Kalomel einsetzen«, meinte Dr. Barr. »Manche glauben, die Krankheit sei so ähnlich wie Malaria.«

Rob J. widersprach. »Typhus hat nichts mit Malaria zu tun«, sagte er mühsam.

Tobias Barr hatte nicht so viel in der Anatomie gearbeitet wie Rob J., doch auch er wußte, was die schweren Blutungen bedeuteten. Der Darm war durch den Typhus siebartig durchlöchert worden, und der Zustand würde nur noch schlimmer werden. Rob J. würde nicht mehr lange durchhalten.

»Ich könnte Ihnen etwas Dover's Powder dalassen«, schlug Dr. Barr vor. Dover's Powder war eine Mischung aus Brechwurz und Opium. Rob J. schüttelte den Kopf, und der Arzt begriff, daß sein Patient so lange wie möglich bei Bewußtsein bleiben wollte. Für Dr. Barr war es natürlich leichter, wenn ein Patient ahnungslos war und er Hoffnung vortäuschen konnte, indem er eine Medizin verabreichte und Vorschriften für die weitere Einnahme gab. Er tätschelte Rob J.s Schulter und ließ seine Hand kurz dort liegen. »Ich schaue morgen wieder vorbei«, sagte er mit erzwungener Gefaßtheit. Doch in seinen Augen stand tiefes Bedauern.

»Können wir Ihnen nicht auf eine andere Weise helfen?« wandte sich Miriam Ferocia an Sarah. Sarah sagte, sie sei Baptistin, doch die drei Frauen knieten sich im Flur vor dem Krankenzimmer auf den Boden und beteten gemeinsam. An diesem Abend dankte Sarah den Nonnen und schickte sie fort.

Rob J. blieb bis gegen Mitternacht ruhig. Dann verlor er etwas Blut. Er hatte Sarah verboten, einen Priester kommen zu lassen, doch jetzt fragte sie ihn noch einmal, ob er nicht doch mit Reverend Blackmer sprechen wolle.

»Nein, ich schaffe es genausogut wie Ordway«, sagte er laut und deutlich.

»Wer ist Ordway?« fragte sie, doch Rob J. schien zu müde zu sein, um zu antworten.

Sie setzte sich an sein Bett. Er streckte die Hand aus, und sie nahm sie, dann fielen beide in einen leichten Schlaf. Kurz vor zwei Uhr nachts wachte sie auf und spürte sofort, wie kühl seine Hand war.

Eine Zeitlang blieb sie bei ihm sitzen, dann zwang sie sich aufzustehen. Sie schraubte die Lampen hoch und wusch ihn zum letztenmal, um die Spuren der letzten großen Blutung zu tilgen, die sein Leben fortgeschwemmt hatte. Sie rasierte ihn und tat all die Dinge, die er ihr bei anderen so oft gezeigt hatte, und dann zog sie ihm seinen besten Anzug an. Er war ihm jetzt zu groß, doch das spielte keine Rolle mehr.

Als gewissenhafte Arztfrau wickelte sie die Tücher, die zu blutig waren, um noch ausgekocht zu werden, in ein Laken, um sie später zu verbrennen. Dann erhitzte sie Wasser für ein Bad und schrubbte sich mit Kernseife ab. Ihre Tränen vermischten sich mit der schaumigen Brühe. Bei Tagesanbruch saß sie in ihren Sonntagskleidern in einem Sessel neben der Küchentür. Als sie hörte, wie Alden das Scheunentor aufstieß, ging sie hinaus, um ihm zu sagen, daß ihr Mann gestorben sei, und ihn mit einer Nachricht zum Telegraphenbüro zu schicken, in der sie ihren Sohn Shaman bat, nach Hause zu kommen.

SECHSTER TEIL

DER LANDARZT

2. MAI 1864

Als Shaman aufwachte, wurde er von zwei sehr gegensätzlichen Empfindungen bewegt: der Trauer über den Tod seines Vaters und dem Gefühl der Geborgenheit. Es war, als habe man ihm hier einen Platz freigehalten, den er jetzt so selbstverständlich wieder einnahm, als wäre er nie weg gewesen. Das leichte Erbeben des Hauses, wenn ein plötzlich aufkommender Wind von der Prärie hereinfegte, war ihm ebenso vertraut wie der rauhe Stoff der Bettwäsche auf seiner Haut, die Frühstücksdüfte, die die Treppe heraufstiegen und ihn nach unten lockten, und das Glitzern der heißen, gelben Sonne in den Tautropfen auf dem Gras. Als er das Aborthäuschen verließ, überlegte er kurz, ob er zum Fluß hinunter gehen solle, doch es würde noch mehrere Wochen dauern, bis das Wasser warm genug zum Schwimmen war. Als er zum Haus zurückkehrte, kam Alden aus der Scheune und hielt ihn auf. »Wie lange wirst du bleiben, Shaman?«

»Ich weiß es noch nicht, Alden.«

»Ich frage, weil eine Menge Rainhecken zu pflanzen sind. Doug Penfield hat die Ränder schon gepflügt, aber nach dem, was alles passiert ist, sind wir mit den Frühlingslämmern und einem Dutzend anderer Arbeiten in Verzug. Ich könnte deine Hilfe beim Dornheckenpflanzen brauchen. Würde vielleicht vier Tage dauern.«

Shaman schüttelte den Kopf. »Nein, Alden, ich kann nicht.«

Als er die Verärgerung auf dem Gesicht des alten Mannes sah, fühlte er sich verpflichtet, eine Erklärung für seine Weigerung zu geben, doch er ließ es sein. Alden betrachtete ihn noch immer als den jüngeren Sohn vom Boß, dem man Aufträge erteilte, als den Tauben, der kein so guter Farmarbeiter war wie Alex. Shamans Ablehnung signalisierte eine Veränderung in ihrem Verhältnis, und er versuchte, das abzumildern. »Vielleicht kann ich in ein paar Tagen etwas auf der Farm tun. Wenn nicht, mußt du mit Doug allein zurechtkommen.« Alden sah ihn verstimmt an und stapfte davon.

Shaman und seine Mutter tauschten ein behutsames Lächeln aus, als er sich an den Frühstückstisch setzte. Sie hatten sich angewöhnt, über unverfängliche Themen zu sprechen. Er machte ihr Komplimente über die Würstchen und die Eier, die sie genau richtig gebraten hatte, ein Frühstück, das er seit seinem Weggang nicht mehr bekommen hatte. Sie erzählte, daß sie gestern auf dem Weg in die Stadt drei Blaureiher gesehen habe. »Es gibt in diesem Jahr mehr davon als sonst. Vielleicht sind sie durch den Krieg aus anderen Gegenden vertrieben worden.«

Er hatte am Abend zuvor lange im Tagebuch seines Vaters gelesen und hätte ihr gerne viele Fragen gestellt, doch er wußte, daß sie dies traurig machen würde.

Nach dem Frühstück nahm er sich die Patientenberichte seines Vaters vor. Niemand hatte genauere Protokolle geführt als Robert Judson Cole. Selbst wenn er todmüde war, hatte er vor dem Zubettgehen die Aufzeichnungen vervollständigt, und so war Shaman jetzt in der Lage, eine Liste all jener Leute aufzustellen, die sein Vater in den Tagen nach seiner Heimkehr behandelt hatte.

Er fragte seine Mutter, ob er Boss und den Wagen nehmen könne. »Ich möchte nach den Leuten sehen, die Pa besucht hat. Typhus ist eine sehr ansteckende Krankheit.« Sie nickte. »Eine gute Idee. Wie sieht's mit dem Mittagessen aus?«

»Ich werde mir ein paar von deinen Brötchen mitnehmen.«

»Das hat er auch oft getan«, sagte sie leise.

»Ich weiß.«

»Ich werde dir etwas Richtiges zu essen einpacken.«

»Wenn es dir nicht zuviel Mühe macht.«

Er trat zu ihr und küßte sie auf die Stirn. Sarah blieb reglos sitzen, nahm aber die Hand ihres Sohnes und drückte sie. Wieder einmal fiel Shaman auf, wie schön seine Mutter war.

Seine erste Station war die Farm von William Bemis, der sich bei der Geburt eines Kalbes den Rücken verletzt hatte. Der Mann humpelte gebückt herum, sagte jedoch, sein Befinden habe sich gebessert. »Allerdings hab' ich kaum noch was von der stinkenden Tinktur, die mir Ihr Vater dagelassen hat.«

»Hatten Sie Fieber, Mr. Bemis?«

»Teufel, nein. Warum sollte ich Fieber kriegen, wenn ich mir das Kreuz verrenkt habe?« Er sah Shaman mißtrauisch an. »Woll'n Sie mir was für den Besuch berechnen? Ich hab' nicht nach einem Doktor geschickt.«

»Nein, Sir, ich berechne nichts dafür. Ich freue mich, daß es Ihnen bessergeht.« Shaman füllte etwas von der »stinkenden Tinktur« in die fast leere Flasche und verabschiedete sich.

Er beschloß, auch dort vorbeizusehen, wo sein Vater nur gewesen war, um alte Freunde zu begrüßen. Kurz nach Mittag kam er zu den Schroeders. »Genau richtig zum Essen«, freute sich Alma und schürzte mißbilligend die Lippen, als er ihr eröffnete, daß er seine eigene Verpflegung dabeihabe.

»Na, dann kommen Sie rein, und verspeisen Sie die, während wir essen«, sagte sie, und er folgte der Einladung, froh, Gesellschaft zu haben. Sarah hatte ihm aufgeschnittenen Lammbraten, eine gebackene Süßkartoffel und drei Brötchen mit Honig eingepackt. Alma brachte eine Platte mit gebratenen Wachteln und Pfirsichtaschen aus der Küche. »Sie werden doch nicht die Taschen verschmähen, die ich mit meiner letzten Marmelade gefüllt habe!« sagte sie, und er aß zwei und ein Stück Wachtelbrust.

»Ihr Vater hat sich nie was mitgebracht, wenn er um die Essenszeit herkam«, erklärte Alma. Dann sah sie ihm geradewegs in die Augen. »Werden Sie jetzt in Holden's Crossing bleiben? Als unser Doktor?«

Er blinzelte verdutzt. Es war eine naheliegende Frage, eine Frage, die er sich eigentlich schon selbst hätte stellen müssen, was er jedoch vermieden hatte. »Wissen Sie, Alma … ich habe noch nicht darüber nachgedacht«, antwortete er lahm.

Gus Schroeder beugte sich zu ihm hinüber und sagte flüsternd, als vertraue er ihm ein Geheimnis an: »Warum denken Sie dann nicht jetzt darüber nach?«

Gegen drei Uhr traf Shaman bei den Snows ein. Edwin Snow baute am Nordrand der Stadt Weizen an – an der am weitesten von der Cole-Farm entfernten Ecke. Er war einer derjenigen, die nach Doc Cole geschickt hatten, als sich herumgesprochen hatte, daß er wieder da sei, denn Ed hatte eine schlimm entzündete Zehe. Nun sah Shaman den Mann ohne das geringste Hinken auf sich zukommen. »Oh, dem Fuß geht's gut«, sagte er fröhlich. »Ihr Vater hat Tilda den Fuß festhalten lassen, während er die Zehe mit dem Messer aufschnitt. Ich hab' sie in Salzlösung gebadet, wie er es mir empfohlen hat, um den Dreck rauszuziehen. Aber es paßt gut, daß Sie vorbeikommen: Tilda fühlt sich nicht wohl.«

Mrs. Snow fütterte gerade die Hühner, doch schien sie sich kaum auf den Beinen halten zu können. Das Gesicht der großen, schweren Frau war hochrot, und sie gab zu, daß ihr »ein bißchen warm« sei. Shaman erkannte sofort, daß sie hohes Fieber hatte, und spürte ihre Erleichterung, als er ihr Bettruhe verordnete, obwohl sie den ganzen Weg zum Haus protestierte. Sie sagte, sie habe seit ein, zwei Tagen einen dumpfen Schmerz im Rücken und keinen Appetit.

Shaman war alarmiert, zwang sich jedoch zu einem gelassenen Ton und befahl ihr, sich hinzulegen – Mr. Snow könne die Hühner und die anderen Tiere versorgen. Er ließ eine Flasche mit Tropfen da und versprach, am nächsten Tag wieder vorbeizukommen. Snow versuchte, ihm ein Honorar aufzudrängen, doch Shaman blieb fest: »Keine Bezahlung! Ich bin nicht Ihr Hausarzt. Ich komme ja nur so vorbei.« Es war ihm nicht möglich, Geld für die Behandlung einer Krankheit anzunehmen, die sich die Frau vielleicht von seinem Vater geholt hatte.

Die letzte Station an diesem Tag sollte der Konvent der Franziskanerinnen sein. Mater Miriam Ferocia freute sich sichtlich, ihn zu sehen. Als sie ihm Platz anbot, entschied er sich für den

Holzstuhl mit der geraden Rückenlehne, auf dem er schon gesessen war, als er seinen Vater hierher begleitete.

»So«, sagte sie. »Sie sehen sich also in der alten Heimat um.«

»Heute tue ich mehr als das. Ich versuche festzustellen, ob mein Vater irgend jemanden in Holden's Crossing mit Typhus angesteckt hat. Haben Sie oder eine Ihrer Schwestern irgendwelche Symptome?«

Mutter Miriam schüttelte den Kopf. »Nein – und ich rechne auch nicht damit. Wir sind daran gewöhnt, Menschen mit allen möglichen Krankheiten zu pflegen – wie Ihr Vater. Wahrscheinlich geht es Ihnen genauso.«

»Ja, ich denke schon.«

»Ich glaube, Gott hält seine schützende Hand über Menschen wie uns.«

Shaman lächelte. »Ich hoffe, Sie haben recht.«

»Hatten Sie es in Ihrem Krankenhaus oft mit Typhus zu tun?«

»Nicht gerade selten. Patienten mit ansteckenden Krankheiten sind dort getrennt von den übrigen in einem anderen Gebäude untergebracht.«

»Sehr vernünftig. Erzählen Sie mir von Ihrem Krankenhaus!«

Er kam der Aufforderung nach und begann mit dem Pflegepersonal, weil er meinte, daß sie das besonders interessiere. Dann ging er zum internistischen, zum chirurgischen Stab und zu den Pathologen über. Sie stellte intelligente, gezielte Fragen. Er berichtete ihr von seiner Arbeit mit dem Chirurgen Dr. Berwyn und dem Pathologen Barnett McGowan.

»Demnach haben Sie eine gute Ausbildung genossen und viel Erfahrung gesammelt. Und was jetzt? Werden Sie in Cincinnati bleiben?«

Er erzählte ihr, daß Alma ihn dasselbe gefragt habe und wie unangenehm es ihm gewesen sei.

Mater Miriam sah ihn neugierig an. »Und warum fällt Ihnen die Antwort so schwer?«

»Als ich noch hier lebte, fühlte ich mich immer unvollkommen: ein tauber Junge, der unter Hörenden aufwuchs. Ich liebte und bewunderte meinen Vater und wollte sein wie er. Mein größter

543

Wunsch war, Arzt zu werden, und so arbeitete und kämpfte ich für dieses Ziel, obwohl alle – auch mein Vater – meinten, ich könne es nicht schaffen. Der Traum, Arzt zu werden, hat sich erfüllt, ja, mehr noch, viel mehr. Nun bin ich nicht mehr unvollkommen, und ich bin wieder an dem Ort, den ich liebe. Für mich wird Holden's Crossing immer nur *einem* Arzt gehören – meinem Vater.«

Mater Miriam nickte. »Aber er ist nicht mehr da, Shaman.«

Er schwieg. Sein Herz klopfte so heftig, als erfahre er diese traurige Nachricht zum erstenmal.

»Ich hätte eine Bitte.« Sie deutete auf den Ledersessel. »Setzen Sie sich dorthin, wo *er* immer saß.« Widerstrebend stand er auf und gehorchte. Sie wartete einen Augenblick. »Der Sessel ist sicher nicht so unbequem wie der Holzstuhl.«

»Er ist sehr bequem«, bestätigte er mit fester Stimme.

»Und Sie passen gut hinein.« Sie lächelte leicht und gab ihm dann einen Rat, der fast wörtlich wie der von Gus Schroeder lautete: »Denken Sie darüber nach!«

Auf dem Heimweg hielt er bei Howard an und kaufte einen Krug Whiskey. »Tut mir leid wegen Ihrem Vater«, murmelte Julian Howard unbehaglich. Shaman nickte. Mehr hatten sie sich nicht zu sagen. Mollie Howard meinte, daß Mal und Alex es wohl geschafft hätten, in die Konföderierten-Army aufgenommen zu werden, denn sie hätten nichts von Mal gehört, seit die Jungen weggelaufen seien. »Wenn sie irgendwo auf dieser Seite der Front wären, hätte doch einer von beiden wohl mal 'n Wort hören lassen.« Und Shaman sagte, er teile diese Ansicht.

Nach dem Abendessen brachte er den Whiskey zu Alden in die Hütte. Als Friedensangebot. Er goß sich sogar selbst etwas in eines der Marmeladengläser, weil er wußte, daß Alden nicht gern allein trank, wenn jemand bei ihm war. Er wartete, bis Alden ein paar ordentliche Schlucke genommen hatte, bevor er die Sprache auf die Farm brachte. »Warum hast du und Doug Penfield in diesem Jahr so große Schwierigkeiten, mit der Arbeit zu Rande zu kommen?«

Die Antwort sprudelte nur so heraus: »Das hat sich schon seit langem angekündigt. Wir verkaufen kaum mal ein Tier, höchstens zu Ostern ein oder zwei Frühlingslämmer an einen Nachbarn. Und so wird die Herde jedes Jahr größer, und es sind immer mehr Tiere zu waschen und zu scheren und immer mehr Weiden einzuzäunen. Ich wollte ja mit deinem Pa drüber reden, bevor er zur Army ging, aber er wollte einfach nicht einsehen, daß es so nicht weitergehen kann.«

»Dann reden jetzt wir darüber. Was bekommen wir für ein Pfund Wolle?« fragte Shaman und zog sein Notizbuch und einen Bleistift aus der Tasche.

Fast eine Stunde lang sprachen sie über Wollqualitäten und Preise, stellten Vermutungen an, wie sich der Markt nach dem Krieg entwickeln werde, und errechneten, wieviel Platz jedes Schaf als Lebensraum braucht, sowie die nötige Arbeitszeit und die Kosten pro Tag. Als sie fertig waren, hatte Shaman sein ganzes Notizbuch vollgeschrieben.

Alden war besänftigt. »Wenn du mir versprechen könntest, daß Alex bald nach Hause kommt, sähe die Sache anders aus. Der Junge ist ein Schwerarbeiter. Aber wie die Dinge liegen, kann er irgendwo da unten gefallen sein. Du weißt, daß das so ist, Shaman.«

»Ja, so ist es. Aber bis ich das Gegenteil höre, ist er für mich am Leben.«

»Ja, klar. Aber du solltest nicht mit ihm rechnen, wenn du deine Pläne machst.«

Shaman seufzte und stand auf. »Ich sage dir was, Alden: Ich muß morgen nachmittag wieder Hausbesuche machen, aber vormittags werde ich Osagedorn anpflanzen.«

Am nächsten Morgen ging er schon ganz früh hinaus. Es war ein guter Tag, um im Freien zu arbeiten, trocken und windig, mit einem hohen Himmel, über den pralle Schönwetterwolken segelten. Er hatte sich schon lange nicht mehr körperlich betätigt und spürte bereits Muskelverspannungen, bevor das erste Loch fertig ausgehoben war.

Er hatte erst drei Pflanzen gesetzt, als seine Mutter auf Boss angeritten kam, dicht gefolgt von einem schwedischen Rote-Bete-Farmer namens Par Swanson, den Shaman flüchtig kannte.

»Es geht um meine Tochter!« rief der Mann schon von weitem. »Ich glaube, sie hat sich das Genick gebrochen.«

Shaman schwang sich in den Sattel. Der Ritt zu den Swansons dauerte etwa zehn Minuten. Nach der kurzen Beschreibung fürchtete er sich vor dem, was ihn erwarten würde, doch dann stellte sich heraus, daß das Mädchen lebte, auch wenn es schlimme Schmerzen hatte.

Selma Swanson war ein Blondschopf von noch nicht drei Jahren. Sie fuhr mit Vorliebe auf dem Jauchefaß mit. An diesem Morgen hatte das Gespann des Fuhrwerks einen großen Habicht aufgescheucht, der auf dem Feld saß und eine Maus vertilgte. Als er plötzlich aufflog, scheuten die Pferde, worauf Selma das Gleichgewicht verlor und vom Kutschbock stürzte. Ihr Vater, der Mühe hatte, die Pferde wieder unter Kontrolle zu bringen, sah, daß seine Tochter im Fallen gegen das Jauchefaß schlug. »Für mich sah es aus, als hätte sie sich das Genick gebrochen«, sagte er.

Das kleine Mädchen preßte seinen linken Arm mit der rechten Hand an die Brust. Ihre linke Schulter war vorgeschoben. »Nein«, sagte Shaman, nachdem er sie untersucht hatte. »Es ist das Schlüsselbein.«

»Gebrochen?« fragte die Mutter.

»Nun, vielleicht ein wenig angeknackst. Machen Sie sich keine Sorgen! Es wäre ernster, wenn das Ihnen oder Ihrem Mann passiert wäre. Aber in diesem Alter biegen sich die Knochen noch wie grüne Zweige und heilen ganz schnell.«

Das Schlüsselbein war nicht weit von der Stelle entfernt verletzt, wo es mit dem Schulterblatt und dem Brustbein zusammentraf. Mit Tüchern, die Mrs. Swanson brachte, machte er eine Schlinge für Selmas linken Arm und band diesen mit einem weiteren Tuch am Körper fest, um das Schlüsselbein ruhigzustellen. Während er den dampfenden Kaffee austrank, den Mrs. Swanson ihm aus einer auf dem Ofen stehenden Kanne eingegossen hatte, wurde das Kind schon ruhiger.

Er war in der Nähe einiger Leute, die er an diesem Tag aufsuchen wollte, und fand es unsinnig, den ganzen Weg nach Hause zu machen und später wieder loszureiten. Also fing er gleich damit an, seine Hausbesuche zu machen.

Die Frau eines neuen Siedlers servierte ihm zu Mittag Fleischpastete. Als er auf die Schaffarm zurückkam, war es bereits später Nachmittag. Im Vorbeireiten sah er, daß sich auf dem Feld, auf dem er an diesem Morgen zu arbeiten angefangen hatte, eine Reihe grüner Heckenschößlinge bis weit in die Prärie hinaus erstreckte.

DAS GEHEIMNIS
DES VATERS

Gott behüte!« flüsterte Lillian.

Keiner der Geigers habe Anzeichen von Typhus, sagte sie. Shaman fiel auf, wie abgearbeitet sie aussah: Die Führung der Farm, der Haushalt und die Belange der Familie lagen seit dem Weggang ihres Mannes allein auf ihren Schultern. Während die Medikamentenherstellung brachlag, führte sie, so gut es ging, Jasons pharmazeutischen Handel fort, indem sie für Tobias Barr und Julius Barton Arzneimittel besorgte.

»Früher bekam Jay viel von der Firma seiner Eltern in Charleston geliefert, aber jetzt ist South Carolina durch den Krieg natürlich von uns abgeschnitten«, klagte sie Shaman, während sie ihm Tee eingoß.

»Hast du in letzter Zeit etwas von Jason gehört?«

»In letzter Zeit nicht.«

Es schien ihr unangenehm zu sein, nach Jason gefragt zu werden. Er konnte verstehen, daß sie nicht viel über ihren Mann sprechen wollte, um nicht versehentlich etwas auszuplaudern, das ihm schaden oder die Familie gefährden könnte. Es war problematisch für eine Frau, in einem Unionsstaat zu leben, während ihr Mann in Virginia für die Konföderierten kämpfte. Bedeutend wohler war ihr, als sie über Shamans medizinische Laufbahn sprachen. Sie kannte seine Erfolge im Krankenhaus und die Versprechen, die ihm dort gemacht worden waren. Offenbar hatte Sarah sie an den Neuigkeiten teilhaben lassen, die er ihr schrieb.

»Cincinnati ist eine so weltoffene Stadt«, sagte Lillian. »Es wird wunderbar für dich sein, dich dort niederzulassen, an der medizinischen Fakultät zu lehren und dir eine elegante Praxis einzurichten. Jay und ich sind sehr, sehr stolz auf dich.« Sie schnitt, ohne zu bröseln, Teekuchen in dünne Scheiben und achtete darauf, daß sein Teller nicht leer wurde. »Weißt du schon, wann du zurückgehen wirst?«

»Noch nicht.«

»Shaman.« Sie beugte sich vor und legte eine Hand auf seine. »Du bist zurückgekommen, als dein Vater starb, und du hast dich gut um alles gekümmert. Aber jetzt mußt du anfangen, an dich selbst zu denken. Weißt du, was dein Vater von dir erwarten würde?«

»Weißt *du* es?«

»Er würde wollen, daß du nach Cincinnati zurückkehrst und deine Laufbahn verfolgst. Du mußt so bald wie möglich wieder dorthin!«

Er wußte, daß sie recht hatte. Wenn er gehen wollte, dann sollte er es bald tun. Jeden Tag wurde er zu neuen Familien gerufen, da die Menschen jetzt wieder einen Arzt hatten, an den sie sich wenden konnten. Jedesmal wenn er einen Patienten behandelte, war es, als werde er durch einen weiteren feinen Faden gefesselt. Natürlich konnte man solche Fäden zerreißen. Wenn er fortginge, könnte Dr. Barr alle Patienten übernehmen, die noch eine Behandlung brauchten. Doch verstärkte jeder Faden sein Gefühl, daß es Dinge gab, die er nicht unerledigt lassen wollte.

Sein Vater hatte ein Adressenverzeichnis geführt, und das ging Shaman sorgfältig durch. Er gab Wendell Holmes in Boston schriftlich Nachricht vom Tod seines Vaters und seinem Onkel in Schottland, den er nie kennengelernt hatte und der sich jetzt keine Sorgen mehr zu machen brauchte, daß sein älterer Bruder nach Hause kommen und sein Land beanspruchen könnte.

Jede freie Minute verbrachte Shaman damit, in den Tagebüchern Rob J.s zu lesen, gefangengenommen von jenen Zügen seines Vaters, die aufregend und unbekannt waren. Rob J. hatte voller Besorgnis und Zärtlichkeit über die Taubheit seines Sohnes geschrieben, und Shaman spürte beim Lesen die Wärme seiner Liebe. Die kummervolle Beschreibung von Makwa-ikwas Tod und dem späteren Tod von Der singend einhergeht und Monds ließ in Shaman verschüttete Gefühle neu erwachen. Er las immer wieder den Bericht seines Vaters über Makwa-ikwas Autopsie, weil er nichts übersehen wollte, und er versuchte dann festzustellen, ob seinem Vater bei der Untersuchung etwas entgangen sein könnte und ob er selbst etwas anders gemacht hätte, wenn er die Leiche seziert hätte.

In dem Band, der das Jahr 1853 umfaßte, las er Verblüffendes. In der Schreibtischschublade seines Vaters fand er den Schlüssel zu dem verschlossenen Schuppen hinter der Scheune, und er ging hin, öffnete das große Schloß und trat ein. Hunderte Male war er schon hier gewesen. Auf Wandregalen standen Medikamente, Flaschen mit Toniken, Tinkturen, und von den Balken hingen Bündel getrockneter Kräuter herab: Makwa-ikwas Nachlaß. Da stand der alte Holzofen, nicht weit entfernt von dem hölzernen Seziertisch, wo er seinem Vater so viele Male assistiert hatte. Nierenschalen und Eimer hingen an der Wand. An einem Nagel, der in einen Pfosten eingeschlagen war, entdeckte er den alten, braunen Pullover seines Vaters.

Der Schuppen war jahrelang nicht saubergemacht worden. Alles war voller Spinnweben, doch Shaman ließ sich nicht stören. Er suchte die Stelle an der Nordwand, die er für die richtige hielt, und zog an dem Brett. Es rührte sich nicht. In der Scheune gab es eine Brechstange, aber es war unnötig, sie zu holen, denn als er an dem nächsten Brett zog, ließ es sich ganz leicht wegnehmen. Ebenso die angrenzenden.

Es war, als blickte man in den Eingang zu einer Höhle. Das einzige Tageslicht im Schuppen kam durch ein kleines, verstaubtes Fenster. Shaman öffnete die Schuppentür so weit wie möglich, doch es half nicht viel, und so nahm er die Laterne herunter, die noch ein wenig Öl enthielt, und zündete sie an. Gleich darauf erhellte flackernder Lichtschein die Nische.

Shaman kroch hinein. Sein Vater hatte sie sauber hinterlassen. Sie enthielt noch immer eine Schüssel, eine Tasse und eine alte, ordentlich zusammengefaltete Decke, die Shaman noch aus seiner Kindheit kannte. Der Raum war klein, und Shaman hatte die Körpergröße seines Vaters. Bestimmt waren einige der entflohenen Sklaven auch große Menschen gewesen.

Er blies die Laterne aus, und Dunkelheit umfing ihn. Er stellte sich vor, daß der Eingang verschlossen war und die Welt draußen ein blutrünstiger Hund, der ihn jagte. Er hatte also die Wahl, ein Arbeitstier zu sein oder ein gejagtes Tier.

Als er nach einer Weile wieder hinauskroch, nahm er den Pullover vom Nagel und zog ihn an, obwohl es warm war. Das Kleidungsstück hatte noch den Geruch seines Vaters an sich.

All die Zeit, dachte er, all die Jahre, während deren er und Alex in dem Haus gelebt, gestritten und krakeelt hatten und in ihren eigenen Bedürfnissen und Wünschen aufgegangen waren, hatte sein Vater dieses Geheimnis mit sich herumgetragen, und er war ganz allein mit ihm fertig geworden. Shaman hatte plötzlich den übermächtig starken Wunsch, mit Rob J. zu sprechen, seine Erlebnisse zu teilen, ihm Fragen zu stellen und ihm seine Liebe und Bewunderung zu zeigen. In seinem Zimmer im Krankenhaus hatte er geweint, als er die telegraphische Nachricht vom Tod des Vaters erhielt. Doch auf der Bahnfahrt war er teilnahmslos, während und nach der Beerdigung dann seiner Mutter zuliebe beherrscht gewesen. Jetzt lehnte er sich an die Holzwand neben der Nische und glitt an den Brettern hinunter, bis er wie ein Kind auf dem Erdboden saß. Und wie ein verlasse-

nes Kind überließ er sich der gramvollen Gewißheit, daß die
Stille, die ihn umgab, in Zukunft noch einsamer sein würde als
früher.

UNVERHOFFTES
WIEDERSEHEN

Sie hatten Glück: Es gab keinen weiteren Typhus-Fall in
Holden's Crossing. Zwei Wochen waren vergangen, doch es
hatten sich keine roten Flecken auf Tilda Snows Körper gezeigt.
Ihr Fieber war schnell gesunken, ohne Durchfall oder auch nur
die Andeutung einer Blutung, und als Shaman eines Tages
erneut zur Snow-Farm kam, fütterte sie schon wieder Schweine.
»Es war eine schlimme Grippe«, sagte er zu ihrem Mann. »Aber
sie hat sie überwunden.« Wenn Snow ihn jetzt hätte bezahlen
wollen, wäre er nicht abgeneigt gewesen, doch der Farmer gab
ihm statt des Geldes zwei Gänse, die er eigens für Shaman
geschlachtet, gerupft und ausgenommen hatte.
»Ich habe einen alten Leistenbruch, der mir Ärger macht«, sagte
Snow. »Ich möchte aber nichts dran machen lassen, bis ich das
erste Heu eingefahren habe.«
»Und wann wird das sein? In sechs Wochen?«
»So ungefähr.«
»Kommen Sie dann in meine Sprechstunde!«
»Was – sind Sie denn dann noch da?«
»Ja«, antwortete Shaman lächelnd. Er fragte sich verdutzt, wann
er den Entschluß gefaßt hatte, für immer zu bleiben. Und als er
in sich hineinhorchte, erkannte er, daß ihn die Entscheidung
weder mit Unruhe noch mit Zweifeln erfüllte, und da begriff er,
daß sie die einzig richtige war.
Er gab die beiden Gänse seiner Mutter und schlug vor, Lillian
Geiger und ihre Söhne zum Essen einzuladen. Aber Sarah
meinte, es sei nicht der richtige Zeitpunkt dafür und sie finde es

besser, die Vögel allein zu essen. Nur sie beide und die zwei Farmarbeiter.

An diesem Abend schrieb Shaman Briefe an Barnett McGowan und Lester Berwyn, in denen er seine Dankbarkeit für all das ausdrückte, was sie in der Medical School und in der Poliklinik für ihn getan hatten, und er erklärte, daß er seine Stellung im Krankenhaus aufgebe, um die Praxis seines Vaters in Holden's Crossing weiterzuführen. Außerdem schrieb er an Tobias Barr in Rock Island und bedankte sich dafür, daß dieser immer den Mittwoch für Holden's Crossing freigehalten hatte. Er teilte ihm mit, daß er von jetzt an ganztägig in Holden's Crossing prakti-zieren werde, und bat den Kollegen, seine Aufnahme in die Rock Island County Medical Society zu unterstützen.

Als er die Briefe beendet hatte, unterrichtete er seine Mutter von seinem Entschluß. Sie war von seiner Entscheidung sicht-lich angetan und erleichtert, daß sie nicht allein bleiben würde. Sie küßte ihn auf die Wange. »Ich werde es den Frauen von der Kirchengemeinde sagen«, erklärte sie eifrig, und Shaman lä-chelte: Wenn die es wußten, mußte er von sich aus niemanden mehr in Kenntnis setzen.

Sie setzten sich zusammen und machten Pläne. Er wollte die Gepflogenheit seines Vaters übernehmen, morgens Sprech-stunde abzuhalten und jeden Nachmittag Hausbesuche zu ma-chen. Und er wollte auch dasselbe Honorar verlangen. Es war nicht übertrieben hoch, hatte ihnen jedoch ein angenehmes Leben ermöglicht.

Er hatte auch über die Probleme mit der Farm nachgedacht, und seine Mutter hörte aufmerksam seine Vorschläge an und nickte zustimmend.

Am nächsten Morgen suchte er Alden in seiner Hütte auf, trank mit ihm entsetzlichen Kaffee und eröffnete ihm, daß sie be-schlossen hätten, den Schafbestand zu reduzieren.

Alden ließ Shaman nicht aus den Augen, während er an seiner kalten Pfeife zog und sie dann wieder entzündete. »Du bist dir schon im klaren, was du da sagst, oder? Du weißt, daß der

Wollpreis hoch bleiben wird, solange der Krieg dauert, und eine kleine Herde auch weniger Gewinn bringt?«

Shaman nickte. »Meine Mutter und ich wissen, daß die einzige andere Möglichkeit darin bestünde, den Betrieb zu vergrößern, was die Einstellung zusätzlicher Arbeitskräfte und eine aufwendigere Verwaltung erfordern würde, und das wollen wir beide nicht. Ich bin Arzt und nicht Schafzüchter. Aber wir wollen natürlich nicht, daß die Schafe jemals vom Cole-Land verschwinden. Deshalb bitten wir dich, die Herde durchzusehen und die Tiere, die die beste Wolle bringen, auszusuchen. Die behalten wir dann für die Weiterzucht. Wir werden die Herde jedes Jahr sorgfältig sortieren, um immer bessere Wolle zu bekommen, damit wir auch in Zukunft gute Preise erzielen. Wir behalten nur so viele Schafe, wie du mit Doug Penfield bewältigen kannst.«

Aldens Augen leuchteten. »Nun, das nenne ich mal eine kluge Entscheidung«, sagte er hoch befriedigt und goß Shaman noch einen Becher von seinem scheußlichen Gebräu ein.

Manchmal war es sehr schmerzlich für Shaman, die Aufzeichnungen seines Vaters zu lesen, sich in seine Gefühle und Denkweise hineinzuversetzen. Es gab Zeiten, da legte er den Band, bei dem er gerade war, für eine ganze Woche beiseite, doch er kehrte immer wieder zur Lektüre zurück. Er mußte weiterlesen, denn die Tagebücher waren die letzte Verbindung zu seinem Vater. Wenn er sie ausgelesen hatte, gab es keine Möglichkeit mehr, etwas über Rob J. Cole zu erfahren – nur noch Erinnerungen.

Es war ein verregneter Juni und ein seltsamer Sommer, in dem alles zu früh dran war: die Ernte, das Obst und auch die Waldfrüchte. Feldhasen und Kaninchen vermehrten sich ungeheuer. Die Tiere schienen allgegenwärtig zu sein, kamen bis nah ans Haus und knabberten dort das Gras ab und fraßen den Salat, ja sogar die Blumen in Sarahs Garten. Die Nässe machte die Heuernte schwierig. Das Gras mehrerer gemähter Wiesen verfaulte, weil es nicht trocknen konnte, und lockte Schwärme von

Insekten an, die sich auf Shaman stürzten, wenn er zu seinen Hausbesuchen ritt. Dennoch fand er es wunderbar, der Arzt von Holden's Crossing zu sein. Auch in der Poliklinik von Cincinnati hatte er gern gearbeitet. Wenn er dort Hilfe oder die Bestätigung einer Diagnose brauchte, stand der gesamte Stab zu seiner Verfügung. Hier aber war er völlig auf sich allein gestellt, und er wußte morgens nie, was im Laufe des Tages auf ihn zukommen würde. Das war medizinische Praxis in Reinkultur, und er fand großen Gefallen daran.

Tobias Barr schrieb ihm, daß die Medical Society nicht mehr bestehe, weil die meisten Mitglieder im Krieg seien. Er schlug vor, daß Shaman, Julius Barton und er sich einmal im Monat zum Essen und Fachsimpeln treffen sollten, bis die Gesellschaft sich wieder etabliere. Die drei genossen den ersten gemeinsamen Abend sehr und sprachen vor allem über die Masern, die sich in Rock Island ausbreiteten, in Holden's Crossing jedoch nicht.

Sie waren einer Meinung, daß man den jugendlichen und erwachsenen Patienten einschärfen müsse, die Pusteln nicht aufzukratzen, wie schlimm der Juckreiz auch sein mochte, und daß die Krankheit mit lindernden Salben, fiebersenkenden Getränken und Seidlitz-Puder behandelt werden müsse. Interessiert lauschten die beiden anderen Männer, als Shaman ihnen berichtete, daß in der Poliklinik von Cincinnati auch das Gurgeln mit Alaun angeordnet werde, wenn die Atmungsorgane in Mitleidenschaft gezogen sind.

Beim Dessert kam das Gespräch auf die Politik. Dr. Barr, einer der vielen Republikaner, die das Gefühl hatten, Lincoln gehe zu sanft mit dem Süden um, begrüßte die Wade-Davis Reconstruction Bill, die schwere Strafmaßnahmen für den Süden forderte, sobald der Krieg zu Ende sei, und die das Repräsentantenhaus trotz Lincolns Protest ratifiziert hatte. Von Horace Greely ermutigt, hatten sich abtrünnige Republikaner in Cleveland versammelt und waren übereingekommen, ihren eigenen Präsidentschaftskandidaten zu nominieren: General John Charles Fremont.

»Halten Sie es für möglich, daß der General Lincoln aus dem Feld schlägt?« fragte Shaman.

Dr. Barr schüttelte traurig den Kopf. »Nicht, wenn dann immer noch Krieg ist. Es gibt keine bessere Voraussetzung für eine Wiederwahl als den Krieg.«

Im Juli hörten die Regenfälle endlich auf, doch die Sonne stand wie eine Kupferscheibe am Himmel, und die Prärie dampfte und wurde dürr und braun. Die Masernepidemie erreichte nun Holden's Crossing, und Shaman wurde immer öfter nachts aus dem Bett zu einem Patienten geholt, obwohl die Krankheit weniger schlimm wütete als in Rock Island. Seine Mutter erzählte, daß die Masern im Vorjahr in Holden's Crossing ein halbes Dutzend Todesopfer gefordert hätten, darunter mehrere Kinder. Shaman meinte, daß ein massives Auftreten der Erkrankung vielleicht in den folgenden Jahren eine partielle Immunität hervorrufe. Er trug sich mit dem Gedanken, an Harold Meigs, seinen ehemaligen Lehrer in Cincinnati zu schreiben, um ihn zu fragen, was er von dieser Theorie halte.

An einem windstillen Abend, als die Schwüle sich in einem Gewitter entlud, spürte Shaman die Vibrationen der heftigen Donnerschläge und riß jedesmal im Bett die Augen auf, wenn die Blitze sein Zimmer taghell erleuchteten. Schließlich gewann seine Müdigkeit dennoch die Oberhand, und er schlief ein, und zwar so fest, daß seine Mutter ihn sekundenlang an der Schulter rütteln mußte, bis er zu sich kam.

Sarah hielt die Lampe vor ihr Gesicht, damit er ihre Lippen sehen konnte. »Du mußt aufstehen.«

»Jemand mit Masern?« fragte er und fuhr in seine Kleider.

»Nein. Lionel Geiger ist hier, um dich zu holen.«

Inzwischen war er auch in seine Schuhe geschlüpft und ging hinaus.

»Was ist los, Lionel?«

»Der kleine Junge meiner Schwester. Er hat einen Erstickungsanfall. Versucht immer. Luft zu holen, und macht dabei ein unheimliches Geräusch wie eine Pumpe, die kein Wasser ansaugt.«

Es wäre zu zeitraubend gewesen, über den Langen Weg durch den Wald zu gehen, und zu zeitraubend, ein Pferd vor den Wagen zu spannen oder zu satteln. »Ich nehme dein Pferd«, erklärte Shaman Lionel, und schon war er aufgesprungen und galoppierte, die Arzttasche fest an sich gepreßt, den Weg hinunter. Nach einer halben Meile die Straße entlang bog er zu den Geigers ab.

Lillian Geiger erwartete ihn an der Haustür. »Hier rein!«

Rachel. Sie saß in ihrem alten Zimmer auf dem Bett und hatte ein Kind auf dem Schoß. Der Kleine war blau angelaufen. Immer wieder versuchte er, Luft zu holen.

»Tu etwas! Er wird sterben.«

Wie es aussah, glaubte Shaman, daß der Junge dem Tod tatsächlich sehr nahe war. Er öffnete den Mund des Kindes und schaute hinein. Der Gaumen und der Kehldeckel waren von einer Schleimschicht bedeckt, einer tödlichen Schleimschicht, dick und grau. Shaman riß sie mit Zeige- und Mittelfinger weg. Sofort holte der Junge tief und zittrig Luft.

Seine Mutter drückte ihn weinend an sich. »O Gott, Joshua! Geht es dir besser?« Sie hatte schon geschlafen und roch deshalb aus dem Mund, und ihre Haare waren zerzaust. Doch es war wirklich Rachel! Unglaublich. Eine ältere, fraulichere Rachel, die nur Augen für ihr Kind hatte.

Der Kleine sah schon bedeutend besser aus. Die ungesunde Blautönung wich der normalen Hautfärbung, als der Sauerstoff durch seine Lunge strömte. Shaman legte die Hand auf die Brust des Jungen, um die Stärke des Herzschlages zu fühlen, prüfte dann den Puls und umschloß für einen Moment die kleinen Hände mit seinen großen. Der Junge fing an zu husten.

Lillian kam ins Zimmer, und Shaman wandte sich an sie. »Wie hört sich der Husten an?«

»Hohl. Wie ein … ein Bellen.«

»Und hört man auch ein Pfeifen?«

»Ja, am Ende von jedem Huster.«

Shaman nickte. »Er hat einen erkältungsbedingten Krupp. Ihr müßt Wasser kochen und ihn den Rest der Nacht immer wieder heiß baden, damit sich die Atmungsmuskulatur in der Brust wieder entspannt. Und er muß inhalieren.« Er nahm eines von Makwa-ikwas Heilmitteln aus der Arzttasche, eine Teemischung aus schwarzer Schlangenwurzel und Ringelblumen. »Brüht das auf, süßt es, und laßt ihn den Tee so heiß wie möglich trinken. Das hält seinen Hals offen und lindert den Husten.«

»Danke, Shaman!« Lillian drückte ihm die Hand. Rachel schien ihn gar nicht wahrzunehmen. Ihre blutunterlaufenen Augen blickten irre, das Kleid war mit dem Auswurf des Jungen beschmiert.

Als er das Haus verließ, kamen seine Mutter und Lionel den Langen Weg herunter. Lionel trug eine Laterne, die Schwärme von Insekten angezogen hatte. Lionels Lippen bewegten sich, und Shaman konnte erraten, was er fragte.

»Ich glaube, es geht ihm bald wieder gut«, sagte er. »Mach die Laterne aus, und achte darauf, daß du keine Mücke und keinen Nachtfalter mit ins Haus bringst!«

Dann ging er auf dem Langen Weg nach Hause, eine Strecke, die er schon so oft gegangen war, daß er sich auch im Dunkeln zurechtfand. Ab und zu leuchteten die letzten Blitze des Unwetters auf und tauchten den schwarzen Wald zu beiden Seiten des Pfades in gleißendes Licht.

Wieder in seinem Zimmer, zog er sich aus wie ein Schlafwandler. Doch als er in seinem Bett lag, konnte er nicht einschlafen. Halb betäubt und verwirrt ließ er den Blick über die von vereinzelten Blitzen erhellte Decke und die Wände wandern, doch wohin er auch schaute, er sah immer wieder dasselbe Gesicht.

EIN OFFENES GESPRÄCH

Als er am nächsten Morgen zum Anwesen der Geigers kam, öffnete ihm Rachel in einem neu aussehenden blauen Hauskleid. Ihr Haar war ordentlich frisiert. Er roch ihren leicht würzigen Duft, als sie seine Hände nahm.

»Hallo, Rachel!«

»Ich danke dir, Shaman!«

Ihre Augen waren wieder leuchtend und tief, aber er bemerkte noch Reste von Erschöpfung in ihnen. »Wie geht es meinem Patienten?«

»Besser, wie es scheint. Der Husten ist nicht mehr so beängstigend.« Sie führte ihn die Treppe hinauf. Lillian saß mit einigen Bogen braunen Papiers und einem Bleistift am Bett ihres Enkels, um ihn mit Strichmännchen und Geschichten zu unterhalten. Der Kleine, den Shaman in der letzten Nacht nur als schwerkranke Kreatur gesehen hatte, präsentierte sich ihm heute als ein dunkeläugiger Junge mit braunem Haar und Sommersprossen, die auf dem blassen Gesichtchen ganz dunkel wirkten. Er mußte an die zwei Jahre alt sein. Am Fuß des Bettes saß ein Mädchen, das einige Jahre älter, aber ihrem Bruder sehr ähnlich war.

»Das sind meine Kinder«, sagte Rachel. »Joshua und Hattie Regensberg. Und dies ist Dr. Cole.«

»Guten Tag«, sagte Shaman.

»Tag.« Der Junge beäugte ihn mißtrauisch.

»Guten Tag«, begrüßte Hattie ihn artig. »Mama sagt, Sie können uns nicht hören, und wir müssen Sie ansehen, wenn wir reden, und deutlich sprechen.«

»Ja, das stimmt.«

»Warum hören Sie uns nicht?«

»Ich bin taub, weil ich als kleiner Junge einmal sehr krank war«, antwortete Shaman leichthin.

»Wird Joshua auch taub?«

»Nein, ganz bestimmt nicht.«

Ein paar Minuten später hatte er sich davon überzeugt, daß es dem Kleinen wirklich viel besser ging. Die Bäder und das Inhalieren hatten das Fieber gesenkt, sein Puls war stark und regelmäßig, und als Shaman das Stethoskop ansetzte und Rachel erklärte, worauf sie achten solle, konnte sie kein Rasseln feststellen. Shaman steckte die Stöpsel in Joshuas Ohren und ließ ihn seinen eigenen Herzschlag hören. Dann durfte Hattie das Stethoskop auf den Bauch ihres Bruders setzen, worauf sie verkündete, es gurgle darin.

»Das kommt, weil er hungrig ist«, erklärte Shaman und wies Rachel an, ihren Sohn ein, zwei Tage auf eine leichte, aber nahrhafte Diät zu setzen. Er erzählte den Kindern, daß ihre Mutter einige sehr gute Angelplätze am Fluß kenne, und lud sie ein, auf der Cole-Farm mit den Lämmern zu spielen. Dann verabschiedete er sich von ihnen und ihrer Großmutter. Rachel brachte ihn zur Tür.

»Du hast reizende Kinder.«

»Ja, das sind sie wirklich.«

»Es tut mir leid wegen deines Mannes, Rachel.«

»Danke, Shaman.«

»Und ich wünsche dir viel Glück für deine bevorstehende Hochzeit.«

Rachel sah ihn erschrocken an. »Was für eine bevorstehende Hochzeit?« fragte sie.

In diesem Augenblick kam ihre Mutter die Treppe herunter. Lillian durchquerte die Halle schweigend, doch ihr hochrotes Gesicht sprach Bände.

»Da bist du falsch unterrichtet«, erklärte Rachel ihm so laut, daß ihre Mutter es hören konnte. »Ich habe keine Heiratspläne.« Sie war sehr blaß geworden.

Als er an diesem Nachmittag auf dem Heimweg war, sah er vor sich eine einsame weibliche Gestalt, und beim Näherkommen erkannte er das blaue Hauskleid. Rachel trug feste Wanderschuhe und einen alten Hut als Schutz gegen die Sonne. Er rief ihren Namen, und sie drehte sich um und begrüßte ihn ruhig.

»Darf ich ein Stück mitgehen?« fragte er.

»Das wäre nett.«

Also stieg er ab und führte Boss am Zügel.

»Ich weiß nicht, was in meine Mutter gefahren ist, daß sie dir erzählt hat, ich würde wieder heiraten. Joes Cousin macht mir zwar den Hof, aber wir werden nicht heiraten. Ich glaube, meine Mutter möchte mich mit ihm verkuppeln, weil sie findet, daß die Kinder wieder einen Vater brauchen.«

»Hier scheint eine Verschwörung der Mütter stattzufinden. Meine hat mir bis heute nicht gesagt, daß du wieder da bist. Sicherlich mit Absicht.«

»Ich finde es so kränkend von den beiden«, klagte Rachel, und er sah Tränen in ihren Augen glänzen. »Sie halten uns für dumm. Als ob ich nicht wüßte, daß ich einen Sohn und eine Tochter habe, die einen jüdischen Vater brauchen! Und ganz bestimmt ist das letzte, worauf du aus bist, eine jüdische Frau in Trauer mit zwei Kindern.«

Er lächelte sie an. »Es sind sehr nette Kinder. Und sie haben eine sehr nette Mutter. Aber es stimmt: Ich bin kein Fünfzehnjähriger mehr, der vor Liebe blind ist.«

»Ich habe nach meiner Heirat oft an dich gedacht. Es hat mir so leid getan, daß ich dir Kummer bereitet habe.«

»Ich habe ihn schnell überwunden«, log er.

»Wir waren Kinder, die in schwierigen Zeiten zusammenhielten. Mir graute schrecklich vor dem Heiraten, und du warst ein so guter Freund.« Sie lächelte. »Du warst mein tapferer Ritter. Als du noch ein Junge warst, versprachst du mir, für mich zu töten, um mich zu schützen. Jetzt sind wir erwachsen, und du hast meinem Sohn das Leben gerettet.« Sie legte die Hand auf seinen Arm. »Ich hoffe, daß wir für immer treue Freunde bleiben, Shaman, solange wir leben.«

Er räusperte sich. »Oh, da bin ich mir sicher, daß wir das bleiben«, sagte er verlegen. Eine Weile gingen sie schweigend nebeneinander her, dann fragte er sie, ob er sie ein Stück mitnehmen solle.

»Nein, ich gehe lieber zu Fuß.«

»Dann reite ich jetzt weiter. Ich habe noch eine Menge zu tun bis zum Abendessen. Auf Wiedersehen, Rachel!«

»Auf Wiedersehen, Shaman!«

Er stieg in den Sattel und ritt davon. Rachel ging mit entschlossenen Schritten ihres Weges.

Er sagte sich, daß sie eine starke und vernünftige Frau sei, die den Mut hatte, die Dinge zu sehen, wie sie sind, und er beschloß, sich ein Beispiel an ihr zu nehmen. Tatsache war, daß er eine Gefährtin brauchte.

Einer der Hausbesuche galt Roberta Williams, die unter »Frauenbeschwerden« litt und angefangen hatte, zuviel zu trinken. Er riß seinen Blick von der Schneiderpuppe mit den Elfenbein-Hinterbacken los, fragte Roberta nach ihrer Tochter und erfuhr, daß Lucille drei Jahre zuvor einen Postangestellten geheiratet habe und in Davenport lebe. »Kriegt jedes Jahr ein Kind. Kommt nur zu mir, wenn sie Geld braucht. So eine ist das«, beschwerte sich die erboste Mutter.

Im Augenblick tiefster Unzufriedenheit wurde er auf der Hauptstraße von Tobias Barr angehalten, der mit zwei Damen in seinem Wagen saß. Die eine war seine zierliche, blonde Frau Frances und die andere deren Nichte, die aus St. Louis zu Besuch gekommen war. Evelyn Flagg war achtzehn Jahre alt, größer als Frances, aber ebenso blond und hatte das schönste weibliche Profil, das Shaman je gesehen hatte.

»Wir zeigen Evie ein bißchen die Gegend«, erklärte Dr. Barr. »Ich dachte, sie würde sich vielleicht für Holden's Crossing interessieren. Haben Sie ›Romeo und Julia‹ gelesen, Shaman?«

»Ja, das habe ich. Warum?«

»Sie sagten doch mal, wenn Sie ein Stück kennen, sehen Sie es sich auch gerne auf der Bühne an. In Rock Island gastiert diese Woche ein Tourneetheater, und wir wollen die Vorstellung besuchen. Kommen Sie mit?«

»Das tue ich sehr gerne«, antwortete Shaman und lächelte Evelyn zu, die ihn bezaubernd anstrahlte.

»Kommen Sie um fünf zu uns«, sagte Frances Barr, »zu einem leichten Abendessen vor der Aufführung.«

Er kaufte sich ein weißes Hemd und eine schwarze, schmale Krawatte und las das Stück noch einmal. Die Barrs hatten auch Julius Barton und seine Frau eingeladen. Evelyn trug ein blaues Kleid, das gut zu ihrem blonden Haar paßte. Es dauerte einen Moment, bis Shaman sich daran erinnerte, wo er dieses Blau kürzlich gesehen hatte: bei Rachels Hauskleid.

Frances' leichtes Abendessen bestand aus sechs Gängen. Shaman fand es schwierig, eine Unterhaltung mit Evelyn zu führen. Wenn er ihr eine Frage stellte, antwortete sie mit einem flüchtigen, nervösen Lächeln, das jeweils von einem Nicken oder Kopfschütteln begleitet wurde. Sie sprach nur zweimal aus eigenem Antrieb: einmal, um ihrer Tante zu versichern, daß der Braten ausgezeichnet schmecke, und das zweitemal beim Dessert, um Shaman anzuvertrauen, sie esse Birnen und Pfirsiche gleich gern und sei froh, daß sie zu verschiedenen Zeiten reiften, weil sie sich so nie zwischen ihnen entscheiden müsse.

Das Theater war bis auf den letzten Platz besetzt und der Abend so heiß, wie ein Abend gegen Ende des Sommers nur sein konnte. Sie betraten den Saal, kurz bevor der Vorhang aufging, denn die sechs Gänge hatten einige Zeit beansprucht. Tobias Barr hatte beim Kartenkauf an Shaman gedacht: Sie saßen in der Mitte der dritten Reihe. Kaum hatten sie Platz genommen, als die Vorstellung auch schon begann. Shaman verfolgte die Vorgänge auf der Bühne durch sein Theaterglas, das ihm half, von den Lippen der Schauspieler abzulesen, und die Darbietung gefiel ihm sehr gut.

Während der ersten Pause begleitete er Dr. Barr und Dr. Barton nach draußen, und während sie vor der Toilette hinter dem Theater in der Schlange standen, sprachen sie über die Aufführung. Sie fanden sie alle drei interessant. Dr. Barton meinte, die Darstellerin der Julia sei möglicherweise schwanger, und Dr. Barr sagte, der Romeo trage ein Bruchband unter seiner Strumpfhose.

Shaman hatte sich auf die Lippen der Schauspieler konzentriert, doch während des zweiten Akts musterte er Julia kritisch, fand aber keinerlei Bestätigung für Dr. Bartons Vermutung. Zweifellos jedoch trug Romeo ein Bruchband.

Am Ende des zweiten Akts wurden die Türen geöffnet, um frische Luft hereinzulassen, und die Lampen wurden angezündet. Shaman und Evelyn blieben auf ihren Plätzen sitzen und versuchten, sich zu unterhalten. Sie erzählte, sie gehe in St. Louis häufig ins Theater. »Ich finde es anregend, Schauspiele zu besuchen, Sie nicht?«

»Doch. Aber ich tue es nur selten«, erwiderte Shaman geistesabwesend. Er hatte das merkwürdige Gefühl, beobachtet zu werden, und musterte mit Hilfe seines Opernglases die Zuschauer auf den Balkonen, zuerst auf der linken Seite und dann auf der rechten. Auf dem zweiten Rang rechts entdeckte er Lillian und Rachel. Lillian trug ein braunes Leinenkleid mit großen, glockenförmigen Ärmeln aus Spitze, Rachel saß direkt unter einer Lampe, weshalb sie immer wieder Insekten verscheuchen mußte, die das Licht anzog. Doch das erlaubte ihm, sie genauer anzusehen. Ihr Haar war sorgfältig zu einem schimmernden Knoten zusammengefaßt, und sie trug ein schwarzes Kleid, das aussah, als sei es aus Seide. Er fragte sich, wie lange sie wohl noch Trauer tragen werde. Das Kleid war kragenlos und hatte kurze Puffärmel. Er betrachtete ihre runden Arme und fülligen Brüste, doch immer wieder kehrte sein Blick zu ihrem Gesicht zurück. Während er sie noch anschaute, wandte sie sich von ihrer Mutter ab und sah zu ihm herunter. Einige Sekunden beobachtete sie ihn dabei, wie er sie musterte, dann löschten die Platzanweiser die Lampen.

Der dritte Akt kam ihm endlos lang vor. Gerade als Romeo zu Mercutio sagte: »Sei guten Muts, Freund! Die Wunde kann nicht beträchtlich sein«, merkte er, daß Evelyn Flagg versuchte, ihm etwas zu sagen. Er spürte ihren leichten, warmen Atem an seinem Ohr, während Mercutio antwortete: »Nein, nicht so tief wie ein Brunnen noch so weit wie eine Kirchentüre; aber es reicht eben hin.« Er ließ sein Theaterglas sinken und wandte sich dem Mädchen zu, das neben ihm im Dunkeln saß. Warum waren kleine Kinder wie Joshua und Hattie Regensberg fähig, sich zu merken, daß er von den Lippen ablesen mußte, und diese junge Frau nicht?

»Ich kann Sie nicht hören!« Er war nicht gewohnt zu flüstern. Zweifellos hatte er zu laut gesprochen, denn der Mann, der direkt vor ihm saß, drehte sich um und schaute ihn empört an.

»Es tut mir leid«, flüsterte Shaman. Er hoffte, daß er diesmal tatsächlich geflüstert hatte, und hob das Glas wieder an die Augen, ohne weiter auf seine Nachbarin zu achten.

ANGELN

Shaman wollte herausfinden, was Männer wie seinen Vater und George Cliburn dazu befähigte, jegliche Gewalt abzulehnen und dementsprechend zu handeln, während andere das nicht konnten. Nur wenige Tage nach dem Theaterbesuch ritt er wieder nach Rock Island – diesmal, um mit Cliburn über Gewaltlosigkeit zu sprechen. Er konnte die Enthüllungen aus dem Tagebuch kaum glauben, daß Cliburn der kaltblütige und mutige Mann war, der entlaufene Sklaven zu seinem Vater gebracht und später wieder abgeholt hatte, um sie zu ihrem nächsten Versteck zu schaffen. Der dicke, allmählich kahl werdende Futtermittelhändler sah nicht im entferntesten aus wie ein Held und schien auch kaum der Mensch zu sein, der für ein Prinzip alles riskiert. Shaman war voller Bewunderung für den harten, geheimen Kämpfer, der in Cliburns behäbigem Körper wohnte.

Als er ihm seine Bitte im Geschäft vortrug, nickte Cliburn. »Ja, natürlich können Sie mir Fragen über Gewaltlosigkeit stellen, und wir werden uns unterhalten, aber ich fände es gut, wenn Sie sich zunächst mit dem Thema vertraut machen und einige Bücher darüber lesen«, meinte er und sagte seinem Angestellten, daß er bald zurück sei. Shaman ritt hinter ihm her zu seinem Haus, und kurz darauf hatte Cliburn aus seiner Bibliothek einige Werke ausgewählt. »Vielleicht möchten Sie einmal zu einem Treffen der ›Freunde‹ mitkommen?«

Shaman bezweifelte das zwar, dankte Cliburn jedoch für die Einladung und ritt mit den Büchern heim. Sie erwiesen sich als Enttäuschung, da sie hauptsächlich vom Quäkertum handelten. Die Society of Friends war im siebzehnten Jahrhundert in England gegründet worden – von einem Mann namens George Fox, der daran glaubte, daß Gottes Inneres Licht in den Herzen aller Menschen wohne. Cliburns Büchern zufolge unterstützten die Quäker einander in ihrer einfachen Lebensweise in Liebe und Freundschaft. Sie hielten nichts von Dekreten und Dogmen, betrachteten das ganze Leben als ein Sakrament und kannten keine spezielle Liturgie. Sie hatten keine Geistlichen, sondern vertraten die Ansicht, daß Laien fähig seien, den Heiligen Geist zu empfangen, und die Basis ihrer Glaubenslehre bestand darin, daß sie den Krieg ablehnten und sich für den Frieden einsetzten. Die »Freunde« wurden in England verfolgt, und ihr Name war ursprünglich eine Beleidigung: Als Fox vor den Richter gezerrt wurde, riet er diesem, »vor dem Wort Gottes zu erzittern«, woraufhin der Richter ihn einen *quaker* schimpfte, einen Zitterer. William Penn gründete in Pennsylvania seine Kolonie als Zufluchtshafen für die verfolgten englischen »Freunde«, und ein dreiviertel Jahrhundert lang gab es in Pennsylvania keine Soldaten und nur ein paar Polizisten.

Shaman fragte sich, wie sie wohl mit den Trunkenbolden zurechtgekommen sein mochten. Als er Cliburns Bücher beiseite legte, hatte er weder etwas über die Gewaltlosigkeit erfahren, noch fühlte er das Innere Licht in sich.

Die ersten Septembertage waren warm, aber die Luft war klar und frisch. Er ritt, sooft er konnte, auf dem Weg zu seinen Hausbesuchen am Fluß entlang und erfreute sich an dem in der Sonne glitzernden, träge dahinziehenden Wasser und der stelzbeinigen Grazie der Watvögel, die jedoch nicht mehr sehr zahlreich waren, da viele schon den Weg in den Süden angetreten hatten.

Eines Abends sah er auf dem Heimweg am Flußufer unter einem Baum drei bekannte Gestalten sitzen. Rachel entfernte gerade den Haken aus dem Maul eines Fisches, während ihr Sohn die Angelrute hielt, und als sie das zappelnde Tier wieder ins Wasser warf, erkannte Shaman an Hatties Miene, daß die Kleine sich ärgerte. Er lenkte Boss in ihre Richtung. »Hallo!«

»Hallo!« sagte Hattie.

»Sie läßt uns keinen einzigen Fisch behalten«, beschwerte sich Joshua.

»Ich wette, es waren alles Welse«, erwiderte Shaman. Rachel hatte nie Welse mit nach Hause bringen dürfen, weil sie schuppenlos und daher nicht koscher waren. Er wußte, daß aber für ein Kind das schönste am Angeln ist, die Familie dabei zu beobachten, wie sie den Fang verspeist. »Ich muß zur Zeit täglich zu Jack Damon reiten, weil es ihm sehr schlecht geht. Kennst du die Stelle, wo der Fluß bei seinem Haus eine scharfe Biegung macht?« fragte er Rachel.

Sie lächelte ihn an. »Die, wo die vielen Felsbrocken liegen?«

»Ja. Ich habe neulich gesehen, wie ein paar Jungen prächtige kleine Barsche dort rausgeholt haben.«

»Danke für den Hinweis! Ich werde morgen mit den Kindern dorthin gehen.«

Er betrachtete Hatties Gesicht: Ihr Lächeln ähnelte auffällig dem ihrer Mutter. »Es war schön, euch zu sehen.«

»Es war schön, *Sie* zu sehen«, antwortete Hattie.

Er tippte grüßend an seinen Hut und wendete Boss.

»Shaman!« Rachel machte einen Schritt auf das Pferd zu und schaute zu ihm auf. »Wenn du morgen gegen Mittag zu Jack Damon reiten würdest, könntest du danach mit uns Picknick machen.«

»Gerne, wenn ich es schaffe.«

Am nächsten Tag beeilte er sich mit der Behandlung von Jack Damons Atembeschwerden, und als er zu der Flußbiegung kam, entdeckte er den braunen Buckboard der Geigers sofort. Die graue Stute war im Schatten angebunden und graste.

Rachel und die Kinder hatten von den Felsen aus geangelt, und Joshua nahm Shamans Hand und führte ihn zu einem kleinen Tümpel, in dem sechs Schwarzbarsche nebeneinander schwammen. Sie waren mit einer durch die Kiemen gezogenen Angelschnur zusammengebunden, die an einem tiefhängenden Ast befestigt war.

Rachel hatte, sobald sie seiner ansichtig wurde, ein Stück Seife genommen und schrubbte sich die Hände. »Das Essen wird nach Fisch schmecken«, sagte sie fröhlich.

»Das stört mich nicht im geringsten«, antwortete er, und das entsprach der Wahrheit. Es gab gefüllte Eier und eingelegte Gurken dazu und hinterher Limonade und Melassegebäck. Nach dem Essen verkündete Hattie mit ernster Miene, es sei Schlafenszeit, und legte sich mit ihrem Bruder auf eine Decke, um ein Mittagsschläfchen zu machen.

Rachel räumte zusammen und verstaute alles in einer großen Tasche. »Du kannst ja eine der Angelruten nehmen und ein bißchen fischen«, meinte sie.

»Nein.« Er wollte viel lieber ihre Lippen im Auge behalten als eine Angelschnur.

Sie nickte und schaute auf das Wasser hinaus. Flußabwärts wogte ein Schwarm Schwalben elegant auf und nieder. Sie kamen wahrscheinlich aus dem Norden und flogen so dicht beieinander, daß es aussah, als seien sie ein einziger großer Vogel, der im Flug kurz das Wasser berührte, bevor er davonschoß. »Ist es nicht wunderschön hier, Shaman? Ist es nicht gut, wieder zu Hause zu sein?«

»Ja, das ist es, Rachel.«

Eine Weile unterhielten sie sich über das Leben in der Stadt. Er erzählte ihr von Cincinnati und beantwortete ihre Fragen über die Medical School und die Poliklinik. »Und was ist mir dir – hat dir Chicago gefallen?«

»Es war schön, jederzeit ins Theater oder Konzert gehen zu können. Ich habe jeden Donnerstag in einem Quartett Violine gespielt. Joe war zwar nicht musikalisch, aber er wollte, daß ich spiele. Er war ein sehr lieber Mann«, sagte sie. »Er ging sehr behutsam mit mir um, als ich im ersten Jahr unserer Ehe ein Kind verlor.«

Shaman nickte.

»Aber dann kam Hattie – und der Krieg. Der Krieg beanspruchte alle Zeit, die meine Familie nicht brauchte. Es gab fast tausend Juden in Chicago. Vierundachtzig junge Männer traten in eine jüdische Kompanie ein, und wir sammelten Spenden und staffierten sie aus. Sie bildeten die C-Kompanie der 82. Illinois Infantry. Sie haben sich bei Gettysburg und an anderen Orten verdient gemacht, und ich war stolz auf sie.«

»Aber du bist doch die Tochter von Judah Benjamins Cousine! Und dein Vater ist ein glühender Südstaatenanhänger.«

»Ich weiß. Aber Joe war das nicht, und ich bin es auch nicht. An dem Tag, als der Brief meiner Mutter kam, in dem sie mir schrieb, daß er sich den Konföderierten angeschlossen hat, hatte ich die Küche voll mit Frauen der Hebrew Ladies Soldier Aid Society, die Binden für die Union aufwickelten.« Sie zuckte mit den Achseln. »Und dann kam Joshua. Und dann starb Joe. Das ist meine ganze Geschichte.«

»Bis jetzt«, sagte Shaman, und sie sah ihn an. Er hatte den zarten Schwung ihrer Wangen unter den hohen Backenknochen vergessen, die Üppigkeit ihrer Unterlippe und die Lichter und Schatten in ihren dunklen Augen. Er hatte nicht vorgehabt, die Frage zu stellen, sie brach einfach aus ihm heraus: »Warst du glücklich in deiner Ehe?«

Sie starrte auf den Fluß. Einen Augenblick dachte er, er habe ihre Antwort übersehen, doch dann wandte sie sich ihm wieder zu. »Ich würde lieber sagen: zufrieden. Im Grunde hatte ich resigniert.«

»Ich bin noch nie zufrieden gewesen, und ich habe auch noch nie resigniert«, antwortete er verwundert.

»Du gibst nie auf, du kämpfst immer weiter, das macht deine Persönlichkeit aus, Shaman. Du mußt mir versprechen, Shaman, daß du es dir niemals gestatten wirst zu resignieren.«

Hattie wachte auf, kam zu ihrer Mutter und kuschelte sich in ihren Schoß.

»Versprich es mir«, bedrängte ihn Rachel.

Shaman lächelte. »Ich verspreche es.«

»Warum reden Sie so komisch?« wollte Hattie wissen.

»Rede ich komisch?« fragte er eher Rachel als das Kind.

»Ja!« Hattie nickte.

»Du sprichst gutturaler als vor meinem Weggang«, sagte Rachel vorsichtig. »Und du scheinst deine Stimme nicht mehr so gut kontrollieren zu können.«

Er nickte und erzählte ihr von seiner Schwierigkeit, als er im Theater versucht hatte zu flüstern.

»Machst du noch deine Übungen?« fragte sie, und er sah, wie bestürzt sie war, als er zugab, daß er seit seinem Abschied von Holden's Crossing kaum noch daran gedacht hatte, weil sein Studium ihn so in Anspruch nahm. »Ich hatte keine Zeit für Sprachübungen. Ich war zu sehr damit beschäftigt, Arzt zu werden.«

»Aber jetzt darfst du die Zügel nicht mehr schleifen lassen. Du mußt mit den Übungen wieder anfangen! Wenn du sie nicht immer wieder machst, vergißt du, wie man spricht. Wenn du willst, arbeite ich wieder mit dir, wie wir es früher gemacht haben.« Ihre Augen verrieten Besorgnis. Die Flußbrise spielte mit ihren offenen Haaren, und das kleine Mädchen, das ihre Augen und ihr Lächeln hatte, lehnte sich lächelnd an ihre Brust. Rachel hielt den Kopf sehr hoch, und die kräftige, edle Linie ihres Nackens erinnerte Shaman an das Bild einer Löwin, das er einmal gesehen hatte.

Ich weiß, daß ich es kann, Miss Burnham.

Er erinnerte sich an das junge Mädchen, das sich bereit erklärt hatte, einem kleinen tauben Jungen beim Sprechen zu helfen. Wie sehr er sie geliebt hatte! »Ich wäre dir sehr dankbar, Rachel«, sagte er mit fester Stimme, wobei er darauf achtete, die erste Silbe von »dankbar« zu betonen und am Ende des Satzes mit der Stimme herunterzugehen.

Sie hatten verabredet, sich für die Übungen auf halber Strecke zwischen ihren Häusern auf dem Langen Weg zu treffen. Er war sicher, daß sie Lillian nichts davon erzählt hatte, und sah keine Veranlassung, es seiner Mutter gegenüber zu erwähnen. Am ersten Tag erschien Rachel pünktlich um drei Uhr in Begleitung ihrer Kinder, denen sie den Auftrag gab, entlang des Pfades Haselnüsse zu sammeln.

Rachel setzte sich auf die mitgebrachte Decke und lehnte sich mit dem Rücken an eine Eiche. Er ließ sich ihr gegenüber nieder. Die Übung, die sie ausgewählt hatte, bestand darin, daß sie ihm einen Satz vorsprach, den er von ihren Lippen ablas und mit der richtigen Lautstärke und Betonung wiederholen mußte. Um ihm zu helfen, hielt sie seine Finger und drückte sie jeweils, um ihm zu zeigen, wann ein Wort oder eine Silbe betont werden sollte. Ihre Hand war trocken und warm und vermittelte so wenig Gefühle, als hielte sie ein Bügeleisen. Seine eigene erschien ihm dagegen heiß und schweißnaß, doch er verlor seine Befangenheit, als er sich auf die Aufgaben konzentrierte, die sie ihm stellte.

Seine Sprache hatte sich mehr verschlechtert, als er befürchtet hatte, und sich damit auseinanderzusetzen war kein Vergnügen. Er war erleichtert, als schließlich die Kinder zurückkamen, die einen Eimer schleppten. Er war fast zur Hälfte mit Nüssen gefüllt, und Rachel sagte, sie werde sie zu Hause mit einem Hammer zerschlagen, die Kerne herausnehmen, und dann ein Nußbrot backen, von dem Shaman auch etwas abbekommen werde.

Sie verabredeten sich für den nächsten Tag zu einer weiteren Übungsstunde, doch als er nach der Sprachstunde mit den Hausbesuchen begann, stellte er beim ersten fest, daß Jack Damon den Kampf gegen die Tuberkulose verloren hatte. Er blieb bei dem Sterbenden und versuchte ihn zu beruhigen. Als das Ende kam, war es zu spät, um Rachel zu treffen, und er ritt bedrückt nach Hause.

Der folgende Tag war ein Samstag. Im Haushalt der Geigers wurde der Sabbat strikt eingehalten, und so gab es keine

Übungsstunde mit Rachel. Doch nach der Sprechstunde ging Shaman seine Stimmübungen allein durch. Er fühlte sich wurzellos und unzufrieden mit seinem Leben, was jedoch nichts mit seiner Arbeit zu tun hatte.

Am Nachmittag nahm er sich wieder Cliburns Bücher vor und las weitere Ausführungen über die Gewaltlosigkeit und die Quäkerbewegung, und am Sonntag stand er früh auf und ritt nach Rock Island. Der Futtermittelhändler beendete gerade sein Frühstück, als Shaman eintraf George stellte die Bücher ins Regal, bot ihm eine Tasse Kaffee an und nickte ohne erkennbare Überraschung, als Shaman ihn fragte, ob er zu dem Quäkertreffen mitkommen dürfe.

George Cliburn war Witwer. Er hatte zwar eine Haushälterin, doch Sonntag war ihr freier Tag. Cliburn war ein ordentlicher Mann. Shaman wartete, bis er das Frühstücksgeschirr abgewaschen hatte, und bekam die Erlaubnis abzutrocknen. Sie ließen Boss im Stall und fuhren mit Cliburns Wagen, und auf dem Weg erzählte Cliburn ihm einiges über das Treffen.

»Wir betreten das Versammlungshaus, ohne zu sprechen, und setzen uns: die Männer auf die eine, die Frauen auf die andere Seite. Ich denke, das ist so geregelt, damit die Teilnehmer nicht abgelenkt werden. Die Leute sitzen schweigend da, bis Gott einem die Last der Leiden dieser Welt aufbürdet, und dann steht diese Person auf und spricht.«

Cliburn gab Shaman den Rat, sich in die Mitte oder den hinteren Teil des Versammlungsraums zu setzen. Sie würden nicht beieinander sitzen. »Es ist Brauch, daß die Ältesten, die schon viele, viele Jahre für die Society of Friends gearbeitet haben, vorne sitzen.« Er beugte sich vertraulich zu Shaman. »Es gibt Quäker, die uns da vorne ›einflußreiche Freunde‹ nennen.« Er lachte.

Das Versammlungshaus war klein und schmucklos, ein weißer Kasten mit Flachdach, weißgetünchten Wänden und grauem Boden. Dunkel gebeizte Bänke waren in U-Form aufgestellt, was allen ermöglichte, einander anzusehen. Vier Männer saßen bereits da. Shaman nahm auf einer rückwärtigen Bank nahe bei der Tür Platz – wie jemand, der vorsichtig eine Zehe ins Wasser hält, um die Temperatur zu prüfen. Ihm gegenüber saßen ein halbes Dutzend Frauen, und es hatten sich acht Kinder eingefunden. Die Ältesten waren wirklich alle in fortgeschrittenem Alter. George und fünf seiner »einflußreichen Freunde« saßen im vorderen Teil des Raumes auf einer Bank, die auf einer dreißig Zentimeter hohen Empore stand.

Es herrschte eine Stille wie in Shamans tauber Welt. Von Zeit zu Zeit kamen neue Leute und ließen sich schweigend nieder. Schließlich kam niemand mehr. Shaman zählte elf Männer, vierzehn Frauen und zwölf Kinder.

Und alle saßen in tiefem Schweigen da.

Es war erholsam. Er dachte an seinen Vater und hoffte, daß er seinen Frieden gefunden hatte.

Und er dachte an Alex. Bitte, schickte er ein Gebet in die vollkommene Stille, die er mit den übrigen teilte, bitte, laß meinen Bruder nicht bei den Hunderttausenden sein, die den Tod gefunden haben! Bitte, schick mir den lieben, verrückten Ausreißer gesund zurück!

Und dann dachte er an Rachel, doch in diesem Zusammenhang wagte er nicht zu beten. Er dachte an Hattie, die die Augen und das Lächeln ihrer Mutter hatte, und viel redete. Er dachte an Joshua, der kaum sprach, ihn aber immer anzusehen schien.

Ein Mann in den mittleren Jahren erhob sich von einer Bank ganz in Shamans Nähe. Er war mager und wirkte zerbrechlich.

»Dieser schreckliche Krieg geht endlich dem Ende zu«, sagte er. »Sehr langsam zwar, aber wir wissen, daß er nicht ewig fortdauern kann. Viele Zeitungen machen sich für die Wahl von General Fremont zum Präsidenten stark. Sie sagen, Präsident Lincoln werde den Süden zu sanft behandeln, wenn der Frieden kommt. Sie sagen, es sei keine Zeit für Nachsicht und Verzeihen, sondern Zeit für Rache an der Bevölkerung der Südstaaten.«

Er räusperte sich.

»Jesus sagt: ›Vater, vergib ihnen, denn sie wissen nicht, was sie tun!‹ Und Er sagt: ›Wenn dein Feind hungert, dann gib ihm zu essen, und wenn ihn dürstet, gib ihm zu trinken!‹ Wir müssen die Sünden vergeben, die beide Seiten in diesem entsetzlichen Krieg begangen haben, und dafür beten, daß bald die Worte des Psalms wahr werden, daß Gnade und Wahrheit Hand in Hand gehen und Rechtschaffenheit und Frieden einander küssen. ›Selig sind, die da Leid tragen – denn sie werden getröstet werden. Selig sind die Sanftmütigen, denn sie werden das Erdreich besitzen. Selig sind, die da hungert und dürstet nach der Gerechtigkeit, denn sie sollen satt werden. Selig sind die Barmherzigen, denn sie werden Barmherzigkeit erlangen. Selig sind die Friedfertigen, denn sie werden Gottes Kinder heißen.‹

Er setzte sich hin, und wieder herrschte tiefe Stille.

Eine Frau, die Shaman fast genau gegenübersaß, stand auf und sagte, sie bemühe sich darum, einem Menschen zu verzeihen, der ihrer Familie schlimmes Unrecht zugefügt habe. Sie wünsche sich, daß ihr Herz von Haß frei werde und sie Barmherzigkeit und verzeihende Liebe üben könne, doch sie liege mit sich selbst im Kampf, weil sie den Wunsch zu verzeihen, nicht stark genug verspüre. Sie bat ihre Freunde zu beten, damit ihr die nötige Kraft gegeben werde.

Als sie sich hinsetzte, stand eine andere Frau auf, die in der entgegengesetzten Ecke saß, und so konnte Shaman ihre Lippen nicht gut genug sehen, um zu verstehen, was sie sagte.

Nach einer Weile ließ auch sie sich wieder nieder, und es herrschte Schweigen, bis ein Mann in der Nähe des Fensters sich erhob. Er war in den Zwanzigern und hatte ein ernstes Gesicht. Er sagte, er müsse eine wichtige Entscheidung fällen, die sich auf den Rest seines Lebens auswirken werde. »Ich brauche die Hilfe Gottes und die eurer Gebete«, sagte er und setzte sich.

Danach meldete sich niemand mehr zu Wort. Die Zeit verging, und schließlich sah Shaman, wie George Cliburn seinem Nachbarn die Hand schüttelte. Das war das Zeichen für die Beendigung der Versammlung. Mehrere Leute in Shamans Nähe gaben ihm die Hand, und dann strebten alle dem Ausgang zu. Es war der merkwürdigste Gottesdienst gewesen, dem Shaman je beigewohnt hatte. Auf dem Rückweg zu Cliburns Haus war er sehr nachdenklich. »Wird von einem Quäker erwartet, daß er jedes Verbrechen vergibt? Und was ist mit der Befriedigung, wenn das Recht über das Böse siegt?«

»Oh, wir glauben sehr wohl an die Gerechtigkeit«, antwortete Cliburn. »Aber wir glauben nicht an Rache und Gewalt.«

Shaman wußte, daß sein Vater sich danach gesehnt hatte, Makwa-ikwas Tod zu rächen, und auch er wünschte es sich. »Würden Sie gewalttätig werden, wenn Sie miterlebten, wie jemand Ihre Mutter erschießt?« fragte er und war befremdet, als Cliburn kicherte.

»Früher oder später stellt diese Frage jeder, der sich mit Gewaltlosigkeit beschäftigt. Meine Mutter ist schon lange tot, aber sollte ich jemals in eine ähnliche Situation kommen, werde ich darauf vertrauen, daß Gott mir den richtigen Weg weist. Schauen Sie, Shaman, nichts, was ich sage, wird Sie dazu bringen, Gewalt abzulehnen. Es kommt nicht von hier«, er deutete auf seine Lippen, »und es kommt nicht von hier«, er berührte Shamans Stirn. »Wenn es geschieht, dann kommt es von hier«, und er tippte Shaman auf die Brust. »Und bis es soweit ist, müssen Sie weiterhin Ihr Schwert umgürten«, sagte er, als sei Shaman ein Römer oder ein Westgote und nicht ein tauber Mann, den man nicht zum Kriegsdienst zugelassen hatte. »Wenn Sie eines Tages Ihr Schwert ablegen und es fortwerfen, werden Sie es tun, weil Sie erkennen, daß Sie keine andere Wahl haben«, sagte Cliburn, schnalzte mit der Zunge und gab seinem Pferd die Zügel.

DAS ENDE
DES TAGEBUCHS

Wir sind heute bei den Geigers zum Tee eingeladen«, erzählte Shamans Mutter ihrem Sohn. »Rachel sagte, wir müßten unbedingt kommen, es habe etwas mit den Kindern und Haselnußsträuchern zu tun.«

Also gingen sie am Nachmittag auf dem Langen Weg zu den Geigers und nahmen im Eßzimmer Platz. Rachel brachte ein neues Herbstcape aus tannengrüner Wolle herein, um es Sarah zu zeigen. »Gesponnen aus Cole-Wolle!« Ihre Mutter habe es für sie angefertigt, da ihr Trauerjahr vorüber sei, sagte sie, und alle machten Lillian Komplimente über die schöne Arbeit.

Rachel meinte, sie werde das Cape am nächsten Montag auf ihrer Reise nach Chicago tragen.

»Wirst du lange fort sein?« fragte Sarah.

»Nur ein paar Tage.«

»Geschäftlich«, erklärte Lillian mit deutlicher Mißbilligung.

Als Sarah, um das Thema zu wechseln, hastig das Aroma des englischen Tees lobte, seufzte Lillian und sagte, sie sei sehr froh, ihn zu haben. »Es gibt im ganzen Süden kaum Kaffee und keinen anständigen Tee. Jay schreibt, Kaffee und Tee kosten in Virginia fünfzig Dollar das Pfund.«

»Dann hast du also von ihm gehört?«

»Ja. Es geht ihm gut. Gott sei Dank!«

Hattie strahlte, als ihre Mutter mit dem noch ofenwarmen Nußbrot hereinkam. »Wir haben es gemacht!« verkündete sie. »Mama hat die Zutaten in eine Schüssel getan und umgerührt, und dann haben ich und Joshua die Nüsse reingestreut.«

»Joshua und ich«, korrigierte sie die Großmutter.

»Omi, du warst ja gar nicht in der Küche!«

»Die Nüsse sind köstlich«, sagte Sarah zu dem kleinen Mädchen.

»Ich und Hattie haben sie gesammelt«, erklärte Joshua stolz.

»Hattie und ich«, korrigierte ihn Lillian.

»Nein, Omi, du warst nicht dabei. Wir waren auf dem Langen Weg, und ich und Hattie haben die Nüsse gesammelt, während Mama und Shaman auf der Decke saßen und sich an den Händen hielten.«

Ein kurzes Schweigen senkte sich über den Raum.

»Shaman hat Schwierigkeiten mit seiner Sprache«, sagte Rachel dann. »Er braucht wieder etwas Übung, und ich helfe ihm, wie ich es früher getan habe. Wir trafen uns auf dem Waldweg, und die Kinder machten sich derweil mit Begeisterung ans Nüsse-suchen. Aber in Zukunft wird er hierher kommen, damit wir für die Übungen das Klavier benutzen können.«

Sarah nickte. »Es wird gut für Robert sein, an seiner Sprache zu arbeiten.«

Auch Lillian nickte, allerdings etwas steif. »Ja. Was für ein Glück, daß du wieder zu Hause bist, Rachel«, sagte sie und goß Shaman Tee nach.

Am nächsten Tag nahm er nach seinen Hausbesuchen den Langen Weg, und er sah Rachel kommen, obwohl er nicht mit ihr verabredet war.

»Wo sind meine Freunde?«

»Sie haben beim herbstlichen Hausputz geholfen und ihren Mittagsschlaf versäumt, und deshalb habe ich sie jetzt noch ins Bett geschickt.«

Er kehrte um und ging neben ihr her. Der Wald war voller Vögel, und auf einem Baum in der Nähe entdeckte er einen Kardinal, der herausfordernd, für ihn aber unhörbar trillerte.

»Ich habe mich mit meiner Mutter gestritten. Sie wollte, daß wir für die Feiertage nach Peoria fahren, aber ich bin nicht bereit, dort vor heiratswilligen Junggesellen und Witwern Spießruten zu laufen. Also werden wir die Feiertage zu Hause verbringen.«

»Gut«, sagte er, und sie lächelte. Es habe noch eine Auseinandersetzung gegeben, erzählte sie, weil Joe Regensbergs Cousin eine andere Frau heirate und das Angebot gemacht habe, die Regensberg Tin Company zu kaufen, nachdem er sie nicht durch Heirat in seinen Besitz habe bringen können. Das, vertraute sie Shaman an, sei auch der Grund für ihre Reise nach Chicago: Sie werde die Firma verkaufen.

»Deine Mutter wird sich schon wieder beruhigen. Sie liebt dich.«

»Ich weiß, daß sie das tut. Wollen wir eine Übungsstunde abhalten?«

»Warum nicht?« Er streckte ihr die Hand hin.

Diesmal spürte er ein leichtes Zittern, als sie seine Finger in den ihren hielt. Vielleicht hatte der Hausputz sie so angestrengt oder der Streit. Doch er wagte zu hoffen, daß mehr dahintersteckte, und plötzlich lag eine Innigkeit in ihrer Berührung, die ihn veranlaßte, seine Hand ganz in die ihre zu schieben.

Sie arbeiteten an der Atemkontrolle, die nötig war, um die kleinen Explosionen des Buchstaben P zu bewerkstelligen, und er wiederholte gerade mit ernstem Gesicht einen unsinnigen Satz über den Postboten Peter, der pausenlos Postpakete packte, als sie den Kopf schüttelte. »Nein. Fühl mal, wie ich es mache!« Sie legte seine Finger an ihren Kehlkopf.

Doch alles, was er fühlte, war Rachels warme weiche Haut. Er hatte es nicht geplant. Hätte er darüber nachgedacht, er hätte es nicht getan. Er ließ seine Hand aufwärts wandern, legte sie an ihre Wange und beugte sich vor, um Rachel zu küssen. Der Kuß war unendlich süß, der oft geträumte und ersehnte Kuß zwischen einem fünfzehnjährigen Jungen und dem Mädchen, in das er hoffnungslos verliebt war. Doch bald wurden sie zu einem Mann und einer Frau, die sich küßten, und ihr beiderseitiger Hunger erschreckte ihn dermaßen, stand so im Widerspruch zu der Absicht, eine lebenslange Freundschaft aufrechtzuerhalten, die sie ihm angeboten hatte, daß er Angst bekam, das alles für real zu nehmen.

»Rachel«, sagte er, als sie sich voneinander losrissen.

»Nein! O Gott!«

Doch als sich ihre Gesichter wieder näherten, bedeckte sie seines mit kleinen, leichten Küssen – lauter heiße Regentropfen. Er küßte sie auf die Lider, die Mundwinkel und die Nase und spürte, wie ihr Körper sich an ihn drängte.

Auch Rachel war über sich selbst erschrocken. Sie legte eine zitternde Hand auf seine Wange, und er drehte den Kopf, bis er seine Lippen in ihre Handfläche drücken konnte.

Er sah sie die Worte sprechen, die ihm aus alter Zeit vertraut waren, weil sie Dorothy Burnham am Ende jedes Schultags sagte. »Ich denke, das reicht für heute«, sagte Rachel atemlos und wandte sich ab.

Shaman stand da und sah ihr nach, wie sie mit schnellen Schritten davonging und um eine Biegung verschwand.

An diesem Abend machte er sich daran, die letzten Tagebucheintragungen seines Vaters zu lesen. Mit großer Traurigkeit sah er dem Ende Rob J. Coles entgegen, und er ließ sich von dem schrecklichen Krieg am Ufer des Rappahannock gefangennehmen, den der Vater in seiner großen, klaren Handschrift beschrieben hatte.

Als Shaman bei Rob J.s Entdeckung von Lanning Ordway anlangte, saß er eine ganze Weile da, ohne weiterzulesen. Es fiel ihm schwer zu glauben, daß sein Vater nach so vielen Jahren vergeblichen Suchens schließlich Kontakt zu einem der Männer bekommen hatte, die für Makwa-ikwas Tod verantwortlich waren. Er blieb die ganze Nacht auf. Ordways Brief an Goodnow las er wieder und wieder.

Kurz vor Anbruch der Dämmerung kam er zu den letzten Eintragungen des Tagebuchs kurz vor dem Tod seines Vaters. Eine einsame Stunde lang lag er angezogen auf seinem Bett. Als er wußte, daß seine Mutter in der Küche war, ging er zur Scheune hinüber und bat Alden, ins Haus zu kommen. Dann zeigte er beiden den Brief und erzählte ihnen, wo er ihn gefunden hatte.

»Aus seinem Tagebuch? Du hast sein Tagebuch gelesen?« fragte Sarah.

»Ja. Möchtest du es auch lesen?«

Sie schüttelte den Kopf. »Das brauche ich nicht. Ich war seine Frau. Ich kannte ihn.«

Die beiden bemerkten, daß Alden einen bösen Kater hatte, und Sarah goß für alle drei Kaffee ein.

»Ich weiß nicht, was ich jetzt tun soll.« Shaman ließ seine Mutter und Alden den Brief lesen.

»Was glaubst du denn, daß du noch tun kannst?« fragte Alden irritiert. Er alterte rapide, bemerkte Shaman. Entweder trank er mehr als früher, oder sein Körper konnte den Whiskey nicht mehr so gut vertragen. Zitternd löffelte er sich Zucker in seine Tasse. »Dein Pa hat alles versucht, um die Sache mit der Sauk-Frau vor Gericht zu bringen. Meinst du, die werden jetzt mehr interessiert daran sein, nur weil du in dem Brief eines Toten einen Namen entdeckt hast?«

»Robert, wann wird das ein Ende finden?« fragte seine Mutter verbittert. »Dein Vater hat nie aufgehört, die Täter zu suchen, und du willst jetzt weitermachen? Die Gebeine dieser Frau liegen nun schon so viele Jahre unter der Erde – findest du nicht, daß die Tote Anspruch auf ihren Frieden hat? Kannst du den Brief nicht einfach zerreißen, den alten Schmerz vergessen, sie zur Ruhe kommen lassen – und mich auch?«

Alden schüttelte den Kopf. »Ich will nicht respektlos erscheinen, Mrs. Cole. Aber dieser Junge wird nie vernünftig sein, wenn es um die Indianer geht – genausowenig wie es der Doc war.« Er pustete auf seinen Kaffee, hob die Tasse mit beiden Händen an den Mund und trank einen Schluck, der ihm sicher den Mund verbrannte. »Nein, er wird sich darin verbeißen wie ein Hund in seine Beute. Wie sein Vater.« Er sah Shaman an. »Wenn du Wert auf einen Rat von mir legen solltest, was ich allerdings bezweifle, dann sage ich dir, daß du so bald wie möglich nach Chicago fahren solltest, um diesen Goodnow aufzusuchen und herauszufinden, ob er dir was sagen kann. Andernfalls wirst du dich immer nur quälen – und uns auch.«

Mater Miriam war nicht dieser Meinung. Als Shaman an diesem Nachmittag zum Konvent kam und ihr den Brief zeigte, nickte sie. »Ihr Vater hat mir von David Goodnow erzählt«, sagte sie ruhig.

»Wenn dieser Mann tatsächlich Reverend Patterson war, sollte er dann nicht für Makwa-ikwas Tod zur Rechenschaft gezogen werden?«

Sie seufzte. »Shaman, Sie sind Arzt und kein Polizist. Können Sie die Bestrafung dieses Mannes nicht Gottes Richterspruch überlassen? Wir brauchen Sie dringend als guten Arzt, der Sie sind.« Sie beugte sich vor und sah ihn beschwörend an. »Ich habe großartige Neuigkeiten. Unser Bischof hat mich wissen lassen, daß er uns Geld schicken wird, damit wir ein Krankenhaus in Holden's Crossing einrichten.«

»Ehrwürdige Mutter, das ist ja wundervoll!«

»Ja, das ist es.«

Ihr Lächeln läßt ihr Gesicht geradezu erstrahlen, dachte Shaman. Er erinnerte sich, im Tagebuch gelesen zu haben, daß sie nach dem Tod ihres Vaters eine Erbschaft gemacht und diese der Kirche überlassen hatte, und er fragte sich, ob es vielleicht ihr eigenes Geld war, das der Bischof ihr jetzt schickte, oder wenigstens ein Teil davon. Doch Miriam Ferocias Freude ließ keinen Raum für solch zynische Betrachtungen.

»Die Leute in dieser Gegend werden ein Krankenhaus haben«, sagte sie. »Die Schwestern des Konvents werden im Hospital des heiligen Franz von Assisi arbeiten.«

»Und ich werde ein Krankenhaus haben, in das ich meine Patienten schicken kann.«

»Nun, wir hoffen, Sie werden mehr tun als das. Die Schwestern sind zu einem einstimmigen Beschluß gekommen: Wir möchten, daß Sie der medizinische Leiter des Krankenhauses werden.«

Es dauerte einen Moment, bis er seiner Überraschung Herr werden konnte. »Das ehrt mich sehr«, sagte er schließlich. »Aber ich würde vorschlagen, diese Stelle einem Arzt mit mehr Erfahrung anzubieten, einem älteren Mann. Und außerdem wissen Sie doch, daß ich nicht katholisch bin.«

»Wenn ich früher wagte, davon zu träumen, hoffte ich, daß Ihr Vater diese Stelle einnehmen würde. Gott hat ihn uns als Freund und Arzt geschickt, aber jetzt ist er nicht mehr unter uns. Dafür hat Gott uns *Sie* geschickt. Sie haben eine gute Ausbildung, viel

Geschick und bereits umfassende Erfahrung. Sie sind der Arzt von Holden's Crossing, und Sie sollten auch der Leiter des Krankenhauses dieser Stadt werden.« Sie lächelte. »Und was Ihr Alter angeht, so glauben wir, daß Sie der älteste junge Mann sind, den wir je kennengelernt haben. Es wird nur ein kleines Krankenhaus sein, mit fünfundzwanzig Betten, und wir werden alle mit unseren Aufgaben wachsen. Ich möchte Ihnen gerne einen Rat geben: Sträuben Sie sich nicht dagegen, sich selbst hoch einzuschätzen, denn andere tun es. Und scheuen Sie sich nicht, ein Ziel anzustreben. Sie können alles erreichen, denn Gott hat Sie aufs großzügigste mit Gaben ausgestattet.«

Shaman war zutiefst verlegen, doch er lächelte mit der Selbstsicherheit, die einem Mann zukam, dem man gerade die Leitung eines Krankenhauses angetragen hat. »Wie könnte ich es wagen, an Ihren Worten zu zweifeln, Ehrwürdige Mutter.«

CHICAGO

Shaman vertraute das Gespräch mit der Oberin nur seiner Mutter an, und ihr Stolz wärmte ihm das Herz.

»Es wird wunderbar für die Leute sein, ein Krankenhaus hier zu haben, und für dich, es zu leiten. Wie glücklich das deinen Vater gemacht hätte!«

Er dämpfte ihre Begeisterung, indem er ihr sagte, daß das Geld von der katholischen Erzdiözese erst fließen werde, wenn Pläne für den Bau gemacht und genehmigt wären. »Mater Miriam hat mich gebeten, verschiedene Krankenhäuser zu besuchen und mich über deren Einrichtung zu informieren.«

Er wußte, wohin er fahren und welchen Zug er nehmen würde. Am Montag ritt er nach Moline und stellte Boss dort unter. Der Zug nach Chicago hielt um zwanzig nach drei in Moline, aber nur so lange, bis die Fracht der John-Deere-Pflugfabrik eingeladen war. Viertel vor drei wartete Shaman auf dem hölzernen Bahnsteig.

Als der Zug kam, stieg er in den letzten Waggon und machte sich von dort aus auf den Weg nach vorne. Er wußte, daß Rachel nur Minuten vorher in Rock Island eingestiegen war, und fand sie im dritten Wagen. Der Platz neben ihr war frei. Er hatte beabsichtigt, sie unbefangen zu begrüßen und einen Scherz über ihre »zufällige Begegnung« zu machen, doch als sie ihn sah, wich alle Farbe aus ihrem Gesicht.

»Shaman! Ist etwas mit den Kindern?«

»Nein, nein, überhaupt nicht. Ich fahre auch geschäftlich nach Chicago«, antwortete er und ärgerte sich darüber, daß ihm nicht klar gewesen war, daß sie so reagieren würde. »Darf ich mich zu dir setzen?«

»Natürlich.«

Doch als er seinen Koffer neben dem ihren untergebracht und sich auf dem Platz am Gang niedergelassen hatte, waren beide verlegen und verkrampft.

»Neulich auf dem Waldweg, Shaman ...«

»Ich fand es wunderbar«, erklärte er entschieden.

»Ich möchte nicht, daß du dir falsche Vorstellungen machst.«

Wieder! dachte er verzweifelt. »Ich habe geglaubt, du hättest es auch wunderbar gefunden«, versetzte er und spürte, wie er errötete.

»Darum geht es nicht. Wir dürfen uns nicht in ... so etwas hineinsteigern, denn das hat nur zur Folge, daß uns die Realität dann um so grausamer erscheint.«

»Und was ist die Realität?«

»Ich bin eine jüdische Witwe mit zwei Kindern.«

»Und?«

»Ich habe mir geschworen, nie wieder meine Eltern einen Ehemann für mich aussuchen zu lassen, aber das heißt nicht, daß ich bei meiner Wahl nicht Vernunft walten lassen werde.«

Es schmerzte. Aber diesmal würde er sich nicht abweisen lassen, ohne alles zu sagen, was ihm auf der Seele lag. »Ich habe dich fast mein ganzes Leben lang geliebt. Ich habe nie eine Frau

getroffen, deren Erscheinung oder Verstand mich mehr angezogen hätte. Du hast eine Güte in dir, die ich brauche.«

»Shaman, bitte!« Sie wandte sich von ihm ab und starrte aus dem
Fenster. Doch er fuhr fort. »Du hast mich dir versprechen
lassen, daß ich nie im Leben resignieren werde. Und ich werde
mich nicht damit abfinden, dich noch einmal zu verlieren. Ich
möchte dich heiraten und Hattie und Joshua ein Vater sein.«

Sie blieb abgewandt und betrachtete die vorbeigleitende Landschaft.

Er hatte gesagt, was er sagen wollte, und so nahm er jetzt eine
Fachzeitschrift aus der Tasche und begann, eine Abhandlung
über Symptomatik und Behandlung von Keuchhusten zu lesen.
Rachel zog einen Beutel unter der Sitzbank hervor und nahm
ihr Strickzeug heraus. Er sah, daß sie an einem kleinen blauen
Pullover arbeitete.

»Für Hattie?«

»Für Joshua.« Sie sahen sich an, und es dauerte eine Weile,
bis sie ihre Blicke voneinander lösen konnten. Dann wandte
sich Rachel mit einem leichten Lächeln wieder ihrer Handarbeit
zu.

Sie waren noch keine fünfzig Meilen gefahren, da wurde es
dunkel, und der Schaffner kam herein, um die Lampen zu
entzünden. Gegen fünf Uhr bekamen sie Hunger. Shaman hatte
ein Essenspaket dabei, das Brathühnchen und Apfelkuchen
enthielt, während Rachels Verpflegung aus Brot, Käse, hartge-
kochten Eiern und vier kleinen Birnen bestand. Sie teilten sich
den Kuchen und die Eier und Früchte und tranken Brunnenwas-
ser aus einer Korbflasche.

Nachdem der Zug in Joliet gehalten hatte, drehte der Schaffner
die Lampen herunter, und Rachel schlief ein. Als sie aufwachte,
lag ihr Kopf an Shamans Schulter, und er hielt ihre Hand. Sie
entzog sie ihm, ließ den Kopf jedoch liegen. Kurz darauf tauchte
der Zug aus der Dunkelheit der Prärie in ein Lichtermeer.
Rachel setzte sich auf und richtete ihre Frisur, wobei sie die
Haarnadeln zwischen ihre kräftigen weißen Zähne klemmte. Als
sie fertig war, erklärte sie, sie seien in Chicago.

Vom Bahnhof nahmen sie eine Kutsche zum *Palmer's Illinois House Hotel*, wo Rachels Anwalt ein Zimmer für sie hatte reservieren lassen. Shaman quartierte sich ebenfalls dort ein und bekam Zimmer Nummer 508 im fünften Stock zugewiesen. Er brachte Rachel zu ihrem Zimmer Numme 306 und gab dem Pagen ein Trinkgeld.

»Möchtest du noch etwas? Kaffee vielleicht?«

»Ich glaube nicht, Shaman. Es ist schon spät, und ich habe morgen viel zu erledigen.« Sie wollte auch nicht mit ihm frühstücken. »Wie wär's, wenn wir uns um drei Uhr hier in der Halle treffen und ich dir dann Chicago zeige?«

Er fand, das sei eine gute Idee, und verließ sie, ging in sein Zimmer hinauf, verstaute seine Sachen in Kleiderschrank und Kommode und lief dann die fünf Stockwerke wieder hinunter, um die Toilette hinter dem Hotel aufzusuchen, die erfreulich sauber und gepflegt war.

Auf dem Rückweg nach oben verhielt er einen Augenblick am Treppenabsatz zum dritten Stock und schaute den Korridor entlang zu ihrem Zimmer, dann setzte er seinen Weg fort.

Am Morgen machte er sich gleich nach dem Frühstück auf die Suche nach der Bridgeton Street, die, wie sich herausstellte, in einem Arbeiterviertel mit hölzernen Reihenhäusern lag. Als er an die Tür von Nummer 237 klopfte, öffnete ihm eine verhärmt aussehende junge Frau mit einem Kind auf dem Arm, an deren Rockzipfel ein Junge hing.

Als Shaman nach Reverend David Goodnow fragte, schüttelte sie den Kopf. »Der wohnt schon seit über einem Jahr nicht mehr hier. Er ist sehr krank, wie ich gehört habe.«

»Wissen Sie, wo er sich jetzt aufhält?«

»Ja. Er ist in einem … in einer Art Krankenhaus. Wir haben ihn noch nie gesehen. Die Miete schicken wir jeden Monat dorthin. Das hat sein Anwalt so mit uns vereinbart.«

»Könnten Sie mir den Namen des Krankenhauses sagen? Es ist sehr wichtig, daß ich mit ihm spreche.«

Sie nickte. »Ich habe ihn aufgeschrieben.« Sie verschwand, kam jedoch gleich darauf, gefolgt von ihrem kleinen Sohn, mit einem Zettel in der Hand zurück.

»Es ist das Dearborne Asylum«, sagte sie, »in der Sable Street.«

Das Schild wirkte bescheiden und vornehm und bestand aus einer Bronzeplatte, die in die mittlere Säule des Portikus eingelassen war: *Dearborne Asylum für Trinker und Geisteskranke.*

Es war ein dreistöckiges, rotes Ziegelgebäude, und die schweren Eisengitter vor den Fenstern paßten zu den aufgereihten Eisenspitzen auf der den Bau umgebenden Ziegelmauer.

Hinter der Mahagonitür lag eine kleine, düstere Eingangshalle mit zwei Roßhaarsesseln. In dem angrenzenden Büro saß ein Mann mittleren Alters an einem Schreibtisch und machte Eintragungen in ein großes Journal. Als Shaman sein Anliegen vortrug, nickte er.

»Mr. Goodnow hat schon seit Ewigkeiten keinen Besuch bekommen. Ich kann mich nicht daran erinnern, daß überhaupt mal jemand da war. Bitte, tragen Sie sich in die Besucherliste ein, ich hole inzwischen Dr. Burgess.

Wenige Minuten später erschien der Arzt, ein kleiner Mann mit schwarzen Haaren und einem schütteren Schnurrbart. »Gehören Sie zur Familie, oder sind Sie ein Freund, Dr. Cole? Oder ist Ihr Besuch beruflicher Natur?«

»Ich kenne Leute, die Mr. Goodnow kennen«, antwortete Shaman vage. »Ich bin nur kurze Zeit in Chicago und dachte, ich könnte mal vorbeischauen.«

Dr. Burgess nickte. »Besuchszeit ist zwar am Nachmittag, aber für einen vielbeschäftigten Arzt können wir eine Ausnahme machen. Wenn Sie mir bitte folgen wollen!«

Sie stiegen eine Treppe hinauf, und dort klopfte der Arzt an eine verschlossene Tür, die von einem kräftigen Pfleger geöffnet wurde. Der gedrungene Mann führte sie einen langen Gang hinunter, an dessen Wänden Frauen saßen, die Selbstgespräche führten oder ins Nichts starrten. Sie umgingen eine Urinpfütze, und Shaman sah verschmierte Exkremente auf dem Boden. In manchen der offenen Zimmer, die von dem Flur abgingen, waren Frauen an die Wand angekettet. Shaman hatte während seines Studiums vier deprimierende Wochen im Ohio State Asylum für Geisteskranke gearbeitet und war nicht überrascht von dem, was er hier sah und roch. Dies war einer der seltenen Momente, in denen er es begrüßte, nicht hören zu können. Der Pfleger sperrte eine weitere Türe auf und geleitete sie durch einen Korridor zur Männerabteilung, die nicht besser aussah als die der Frauen. Schließlich wurde Shaman in einen kleinen Raum komplimentiert, der einen Tisch und mehrere Holzstühle enthielt, und gebeten zu warten.

Kurz darauf kamen der Arzt und der Pfleger zurück und brachten einen Mann um die Vierzig mit, der eine Arbeitshose, an deren Schlitz mehrere Knöpfe fehlten, und eine schmierige Jacke über der Unterwäsche trug. Er hätte dringend einen Haarschnitt gebraucht, und sein grauer Bart wucherte. Ein kleines Lächeln spielte um seine Lippen, doch sein Blick war abwesend.

»Das ist Mr. Goodnow«, stellte Dr. Burgess ihn vor.

»Mr. Goodnow, ich bin Dr. Cole.«

Das Lächeln blieb. Die Augen sahen ihn nicht.

»Er kann nicht sprechen«, erklärte Dr. Burgess.

Trotzdem stand Shaman von seinem Stuhl auf und trat nahe an den Mann heran. »Mr. Goodnow, nannten Sie sich früher Ellwood R. Patterson?«

»Er hat seit mehr als einem Jahr kein Wort mehr gesagt«, erklärte Dr. Burgess geduldig.

»Mr. Goodnow, haben Sie die Indianerin getötet, die Sie in Holden's Crossing vergewaltigt haben? Als Sie für den Supreme Order of the Star-Spangled Banner dorthin kamen?«

Dr. Burgess und der Pfleger starrten Shaman verblüfft an.

»Wissen Sie, wo ich Hank Cough finden kann?«

Keine Antwort.

Noch einmal, in schärferem Ton: »Wo kann ich Hank Cough finden?«

»Er hat Syphilis. Ein Teil seines Gehirns ist durch Parese zerstört«, unterbrach Dr. Burgess das Verhör.

»Woher wissen Sie, daß er nicht simuliert?«

»Wir haben ihn unter ständiger Beobachtung, und wir wissen es. Warum sollte jemand simulieren, um *so* leben zu können?«

»Vor Jahren war dieser Mann an einem unmenschlichen, gräßlichen Verbrechen beteiligt. Es widerstrebt mir zutiefst, mich damit abzufinden, daß er der Bestrafung entgehen wird«, sagte Shaman bitter.

Speichel tropfte aus David Goodnows Mund. Dr. Burgess sah ihn an und schüttelte den Kopf. »Ich glaube nicht, daß er der Bestrafung entgangen ist.«

Shaman wurde durch die Stationen zur Eingangstür begleitet, wo Dr. Burgess sich höflich von ihm verabschiedete und nebenbei bemerkte, daß die Anstalt Einweisungen von Ärzten aus West-Illinois begrüße. Als Shaman auf die Straße trat, blendete ihn zunächst das helle Sonnenlicht. Die Gerüche der Stadt erschienen ihm auf einmal wie Veilchenduft. Mehrere Häuserblocks wanderte er tief in Gedanken entlang. Er hatte das Gefühl, am Ende eines Weges angelangt zu sein. Einer der Männer, die Makwa-ikwa umgebracht hatten, war tot, der zweite, wie er sich gerade überzeugt hatte, in einer Hölle gefangen, und der Verbleib des dritten war unbekannt.

Er kam zu dem Schluß, daß Miriam Ferocia recht hatte: Es war an der Zeit, Makwas Mörder dem göttlichen Richterspruch zu überlassen und sich auf die Medizin und sein eigenes Leben zu konzentrieren.

Er fuhr mit einer Pferdebahn ins Zentrum der Stadt und von dort mit einer anderen zum Chicago Hospital, das ihn stark an die Poliklinik in Cincinnati erinnerte. Es war ein gutes Krankenhaus und mit fast fünfhundert Betten ein großes. Als er um ein Gespräch mit dem Direktor bat und sein Anliegen vorbrachte, wurde er mit ausgesuchter Höflichkeit behandelt.

Der diensthabende Arzt brachte ihn zu einem der Oberärzte, und die beiden Männer berieten Shaman hinsichtlich der Ausrüstung und Einrichtung, die ein kleines Krankenhaus brauchen würde. Der Einkäufer des Krankenhauses empfahl ihm

Firmen, die zuverlässigen Service und vernünftige Preise boten, und erkundigte sich beim Verwalter über die Menge der Wäsche, die nötig war, um jedes Bett stets sauber bezogen halten zu können. Shaman machte sich eifrig Notizen.

Als er kurz vor drei ins *Palmer's Illinois House Hotel* zurückkam, saß Rachel schon wartend in der Halle. An ihrem Gesichtsausdruck erkannte er, daß der Tag zu ihrer Zufriedenheit verlaufen war.

»Es ist alles erledigt. Um die Firma brauche ich mich nicht mehr zu kümmern«, sagte sie. Sie erzählte ihm, daß der Anwalt bereits alle notwendigen Dokumente vorbereitet gehabt habe und der größte Teil des Verkaufserlöses für Hattie und Joshua treuhänderisch angelegt worden sei.

»Das müssen wir feiern!« Die düstere Stimmung, die ihn seit der Begegnung mit David Goodnow umfangen hatte, war gebannt. Sie nahmen die erste der prächtigen Kutschen, die aufgereiht vor dem Hotel standen. Shaman wollte weder die Konzerthalle noch die neue Börse sehen, ihn interessierte nur eines an Chicago: »Zeig mir die Orte, die dir wichtig waren, als du hier gelebt hast!«

»Aber das wird schrecklich langweilig.«

»Bitte!«

Also beugte Rachel sich vor, gab dem Kutscher Anweisung, und das Pferd setzte sich in Bewegung.

Zuerst war sie verlegen, als sie ihm die Musikalienhandlung zeigte, in der sie Saiten und einen neuen Bogen für ihre Geige gekauft und die Wirbel hatte reparieren lassen. Doch dann entspannte sie sich allmählich und hatte Spaß, als sie die Läden wiedersah, in denen sie ihre Schuhe und Hüte gekauft hatte, und das Geschäft des Schneiders, bei dem sie zu einem Geburtstag ihres Vaters mehrere Frackhemden in Auftrag gegeben hatte. Dann kamen sie zu einem imposanten Gebäude, das, wie sie ihm erklärte, die Sinai Congregation beherbergte. »Hier habe ich donnerstags im Streichquartett gespielt, und an den Freitagabenden wurde Gottesdienst gehalten. Aber Joe und ich sind nicht hier getraut worden, sondern in der Kehilath-Anshe-Maarib-Synagoge, deren prominentestes Mitglied Joes Tante Harriett war. Vor vier Jahren traten Joe und mehrere andere aus der Synagoge aus und gründeten die Sinai Congregation als Gemeinschaft des Reformierten Judaismus. Sie schafften eine Menge Rituale und Traditionen ab und verursachten damit einen großen Skandal. Tante Harriett war außer sich, aber ihr Groll hatte keinen dauerhaften Bruch zur Folge, und wir standen uns auch danach noch nahe. Als sie ein Jahr später starb, nannten wir Hattie nach ihr.«

Sie dirigierte den Kutscher zu einem Viertel mit kleinen hübschen Häusern, und in einer Straße namens Tyler Street deutete sie auf ein schindelgedecktes braunes Haus. »Da haben wir gewohnt.«

Shaman erinnerte sich, wie sie früher ausgesehen hatte, und beugte sich vor, um sich das Mädchen von damals in diesem Haus vorzustellen.

Fünf Blocks weiter kamen sie zu einer Ansammlung von Geschäften. »Oh, wir müssen anhalten!« rief Rachel. Sie stiegen aus und betraten einen Lebensmittelladen, in dem es nach Gewürzen duftete. Ein rotwangiger alter Mann mit einem weißen Bart und einer Statur wie Shaman kam auf sie zu und wischte sich strahlend die Hände an seiner Schürze ab.

»Mrs. Regensberg! Wie schön, Sie wiederzusehen!«

»Vielen Dank, Mr. Freudenthal. Ich freue mich auch, Sie wiederzusehen. Ich möchte meiner Mutter einige Dinge mitbringen.«

Sie kaufte mehrere Sorten von geräuchertem Fisch, schwarze Oliven und ein großes Stück Mandelpastete. Der Lebensmittelhändler musterte Shaman mit einem prüfenden Blick.

»*Ehr is nit ah yiddischeh*«, bemerkte er zu ihr.

»Nein«, bestätigte sie und setzte hinzu, als habe sie das Gefühl, eine Erklärung abgeben zu müssen: »*Ehr is ein guteh Freint.*«

Ohne die Sprache zu verstehen, begriff Shaman, was gesagt worden war. Für einen Augenblick fühlte er sich gekränkt, doch gleich darauf erkannte er, daß die Frage des alten Mannes zu ihrem Leben gehörte wie Hattie und Joshua. Als er und Rachel noch Kinder gewesen waren, hatten solche Unterschiede keine Rolle gespielt, doch jetzt waren sie beide erwachsen und mußten ihnen ins Gesicht sehen.

Und so lächelte er den Lebensmittelhändler, der ihm die Tüten in die Hand drückte, freundlich an. »Auf Wiedersehen, Mr. Freudenthal!« sagte er und folgte Rachel aus dem Laden.

Sie brachten die Einkäufe ins Hotel. Es war inzwischen Zeit fürs Abendessen, und Shaman schlug vor, es im Hotel einzunehmen, doch Rachel erklärte, sie wisse ein besseres Lokal, und brachte ihn in ein kleines Restaurant, das *Parkman Cafe* hieß und das sie bequem zu Fuß erreichen konnten. Es war schlicht und nicht zu teuer, aber Essen und Bedienung waren gut. Als er sie nach der Mahlzeit fragte, was sie als nächstes unternehmen wolle, schlug sie einen Spaziergang am Michigansee vor.

Eine frische Brise kam vom Wasser herein, doch die Luft war sommerlich warm. Helle Sterne und die fast runde Scheibe des Mondes standen am Himmel, doch das Licht reichte nicht aus, um ihren Mund zu sehen, und so sprachen sie nicht. Bei einer anderen Frau hätte ihn das mit Unbehagen erfüllt, doch er wußte, daß Rachel sein Schweigen als selbstverständlich nahm, wenn es dunkel war.

Sie gingen den Uferweg entlang, bis Rachel unter einer Straßenlaterne stehenblieb und nach vorne auf eine gelbe Lichtquelle deutete. »Ich höre eine verrückte, lustige Musik!«

Als sie den erleuchteten Platz erreichten, bot sich ihnen ein merkwürdiger Anblick: eine geräumige runde Plattform, so groß wie der Melkplatz in einem Stall, auf der bemalte Holztiere befestigt waren; neben einer großen Kurbel stand ein Mann mit wettergegerbtem Gesicht.

»Ist das eine Drehorgel?« fragte Rachel.

»*Non,* das ist *un carrousel.* Man sucht sich ein Tier aus und reitet darauf. *Très drôle, très plaisant*«, erklärte der Mann. »Eine Fahrt kostet zwanzig Cent, mein Härr.«

Shaman setzte sich auf einen Braunbären, Rachel wählte ein

leuchtendrotes Pferd. Der Franzose drehte ächzend die Kurbel, und sofort setzte sich das Karussell in Bewegung.

In der Mitte hing an einem Pfosten ein Messingring, unter dem ein Schild angebracht war, worauf stand, daß jeder mit einer Freifahrt belohnt werde, der den Ring zu fassen bekomme, während er auf einem Tier sitze. Zweifellos war er für die meisten Fahrgäste außer Reichweite, doch Shaman streckte sich, so weit er konnte. Als der Franzose sah, daß er versuchte, den Ring zu fassen, drehte er die Kurbel schneller, worauf auch das Karussell rascher lief, doch beim zweiten Versuch erwischte Shaman den Ring. Er gewann mehrere Freifahrten für Rachel. Nach kurzer Zeit wurde der Karussellbesitzer müde, und Shaman stieg von seinem Braunbären und übernahm die Kurbel. Er drehte schneller und schneller, und das rote Pferd wechselte von Trab in Galopp. Rachel warf den Kopf zurück und kreischte vor Vergnügen wie ein Kind, wenn sie an ihm vorbeikam. Ihre weißen Zähne blitzten, doch ihr Reiz hatte nichts Kindliches. Nicht nur Shaman war bezaubert, auch der Franzose musterte sie verstohlen-fasziniert. »Sie sind die letzten *clients* für 1864«, sagte er. »Für diese Saison ist *fini*. Bald kommt die Kälte.«

Rachel blieb zwölf Fahrten lang auf dem roten Pferd sitzen. Der Franzose wurde allmählich ungeduldig. Shaman gab ihm zum Fahrpreis ein großzügiges Trinkgeld, und der Mann schenkte Rachel einen weißen Glaskrug, auf dem ein gemalter Rosenstrauch prangte.

Windzerzaust und lachend kehrten sie ins Hotel zurück.

»Ich fand es herrlich«, sagte sie vor der Tür zu Zimmer Nummer 306.

»Ich auch.« Bevor er noch etwas hinzufügen konnte, hatte sie ihn leicht auf die Wange geküßt und die Tür hinter sich geschlossen.

Eine Stunde lang lag er angekleidet auf seinem Bett. Dann stand er auf und ging in den dritten Stock hinunter. Es dauerte ein Weilchen, bis sie auf sein Klopfen reagierte. Schon hatte ihn der Mut verlassen, und er wollte gerade wieder gehen, als die Tür endlich aufging und Rachel im Nachthemd vor ihm stand. Lange sahen sie einander an. »Kommst du rein, oder soll ich rauskommen?« fragte sie schließlich. Er sah, daß sie nervös war.

Er trat ins Zimmer und schloß die Tür.

»Rachel ...«, begann er.

Doch sie legte ihm die Hand auf den Mund. »Als ich ein junges Mädchen war, ging ich oft den Langen Weg und machte an einer Stelle halt, wo der Wald sich bis zum Fluß hinunterzieht, direkt an der Grenze zwischen unserem und eurem Land. Ich sagte mir, du würdest schnell erwachsen werden und dort ein Haus bauen und mich davor bewahren, einen alten Mann mit schlechten Zähnen heiraten zu müssen. Ich stellte mir unsere Kinder vor, einen Sohn wie dich und drei Töchter, mit denen du liebevoll und geduldig umgehen und ihnen erlauben würdest, die Schule zu besuchen und so lange zu Hause zu wohnen, bis sie bereit wären zu gehen.«

»Ich habe dich immer geliebt.«

»Ich weiß«, antwortete sie, und als er sie küßte, fingerte sie an seinen Hemdknöpfen herum.

Sie ließen die Lampe brennen, damit sie einander sehen und miteinander sprechen konnten.

Nachdem sie sich geliebt hatten, schlief sie ein wie eine zufriedene Katze, und er lag da und sah ihr beim Atmen zu. Nach einer Weile wachte sie wieder auf, und ihre Augen leuchteten, als sie ihn sah.

»Auch als ich Joes Frau war ... sogar als ich schon Mutter war, träumte ich von dir.«

»Ich habe das irgendwie gespürt. Und das hat alles noch schlimmer gemacht.«

»Ich fürchte mich, Shaman.«

»Wovor?«

»Jahrelang habe ich die Hoffnung auf dich tief in mir begraben... Weißt du, was eine orthodoxe Familie tut, wenn ein Mitglied jemanden anderen Glaubens heiratet? Sie verhängen die Spiegel mit Tüchern, ziehen Trauerkleidung an und sprechen die Totengebete.«

»Keine Angst! Wir werden mit ihnen reden, bis sie es verstehen.«

»Und wenn sie es nie verstehen?«

Auch er fühlte Unbehagen und Furcht, doch er mußte sich mit dieser Frage auseinandersetzen. »Wenn das der Fall ist, wirst du eine Entscheidung treffen müssen.«

Sie sahen einander an.

»Keine Resignation mehr – bei uns beiden nicht, richtig?« Rachel lächelte wieder.

»Richtig.«

Sie begriffen, daß sie ein Bekenntnis füreinander abgelegt hatten, das ernster war als jeder Schwur, und sie umarmten sich und klammerten sich aneinander, als sei der andere ein Rettungsanker.

Im Zug auf der Fahrt nach Westen sprachen sie am nächsten Tag über ihre Zukunft.

»Ich werde Zeit brauchen«, sagte Rachel.

Als er sie fragte, wieviel Zeit, sagte sie, sie wolle es ihrem Vater persönlich mitteilen, nicht in einem geschmuggelten Brief. »Das dürfte nicht mehr lange dauern. Alle meinen, daß der Krieg bald vorbei sein wird.«

»Ich habe so lange auf dich gewartet, da kann ich jetzt auch noch länger warten«, antwortete er. »Aber ich bin nicht bereit, mich heimlich mit dir zu treffen. Ich möchte dich zu Hause besuchen können und etwas mit dir unternehmen. Und ich möchte viel Zeit mit Hattie und Joshua verbringen, um sie richtig kennenzulernen.«

Rachel nickte lächelnd und nahm seine Hand.

In Rock Island wurde sie von Lillian abgeholt. Shaman stieg schon in Moline aus und holte sein Pferd aus dem Mietstall. Dann ritt er dreißig Meilen flußaufwärts und nahm die Fähre über den Mississippi nach Clinton in Iowa. Die Nacht verbrachte er im *Randall Hotel* in einem schönen Zimmer mit einer Kamineinfassung aus Marmor und fließend warmem und kaltem Wasser. Das Hotel besaß einen eindrucksvollen fünfstöckigen Toilettenturm, der von allen Etagen aus zugänglich war.

Als Shaman am nächsten Tag das Inman Hospital aufsuchte, um sich dort umzusehen, erlebte er eine Enttäuschung. Es war ein kleines Krankenhaus wie das für Holden's Crossing geplante, aber schmuddelig und schlecht geführt: eine Lektion, wie man es nicht machen durfte. Shaman verließ das Inman Hospital sehr schnell wieder und gab dem Kapitän eines Flachbootes Geld, damit er ihn und Boss flußabwärts nach Rock Island brachte.

Auf dem Ritt nach Holden's Crossing begann ein kalter Regen zu fallen, doch die Gedanken an Rachel und ihre gemeinsame Zukunft hielten Shaman warm.

Als er endlich zu Hause angekommen war und sein Pferd versorgt hatte, ging er in die Küche, wo seine Mutter aufrecht und kerzengerade auf ihrem Stuhl saß; offensichtlich hatte sie ungeduldig auf seine Rückkehr gewartet.

Sobald er eintrat, sprudelten die Worte nur so aus ihr heraus: »Dein Bruder lebt. Er ist in Kriegsgefangenschaft«, sagte sie.

EIN TELEGRAMM

Am Tag zuvor hatte Lillian Geiger von ihrem Mann einen Brief erhalten. Jason schrieb, daß er den Namen eines Corporal Alexander Bledsoe auf einer Liste konföderierter Kriegsgefangener gesehen habe. Er sei am 11. November 1862 in Perryville, Kentucky, von den Truppen der Union gefangengenommen worden.

»Deshalb hat man in Washington nicht geantwortet, als wir anfragten, ob sie einen Gefangenen namens Alexander Cole hätten«, sagte Sarah. »Er hat den Namen meines ersten Mannes benutzt.«

Shaman freute sich sehr. »Wenigstens können wir hoffen, daß er noch am Leben ist! Ich werde gleich schreiben und versuchen herauszufinden, wo sie ihn gefangenhalten.«

»Das würde Monate dauern. Wenn er noch am Leben ist, dann ist er schon fast drei Jahre lang Gefangener. Jason schreibt, daß die Gefangenenlager auf beiden Seiten der Front entsetzlich sind. Er meint, wir sollten versuchen, Alex so schnell wie möglich zu holen.«

»Dann fahre ich selber nach Washington.«

Aber seine Mutter schüttelte den Kopf. »Ich habe in der Zeitung gelesen, daß Nick Holden nach Rock Island und Holden's Crossing kommt, um für Lincolns Wiederwahl zu werben. Du gehst zu ihm und bittest ihn, uns bei der Suche nach deinem Bruder zu helfen.«

Shaman war verwundert. »Warum sollten wir uns an Nick Holden wenden statt an unseren Kongreßabgeordneten oder Senator? Pa hat Holden verachtet, weil er an der Vernichtung der Sauks beteiligt war.«

»Nick Holden ist wahrscheinlich Alex' Vater«, erwiderte sie ruhig.

Einige Augenblicke lang brachte Shaman vor Überraschung kein Wort heraus. »Ich habe immer geglaubt ... das heißt, Alex glaubt, daß sein leiblicher Vater ein Mann namens Will Mosby ist.«

Seine Mutter sah ihn an. Sie war sehr blaß, doch ihre Augen waren trocken. »Ich war siebzehn Jahre alt, als mein erster Mann starb. Ich war ganz allein in einer Hütte mitten in der Prärie, auf dem Land, das jetzt zur Schroeder-Farm gehört. Ich habe versucht, den Besitz alleine zu bewirtschaften, aber ich hatte einfach nicht die Kraft dazu. Das Land hat mich kaputtgemacht. Ich hatte kein Geld. Eine Anstellung bekam ich nirgends, es gab ja damals noch kaum Leute in der Gegend. Will Mosby ist als erster zu mir gekommen. Er war ein Gauner und immer lange Zeit verschwunden, aber wenn er kam, hatte er immer eine Menge Geld. Und dann ist Nick aufgekreuzt. Sie waren beide attraktive, charmante Männer. Am Anfang habe ich geglaubt, daß keiner vom anderen etwas weiß, aber als ich dann schwanger wurde, hat sich gezeigt, daß beide Bescheid wußten, und jeder hat behauptet, der andere sei der Vater.«

Shaman hatte Mühe, etwas zu erwidern. »Haben sie dir denn überhaupt nicht geholfen?«

Sie lächelte dünn. »Gemerkt habe ich auf jeden Fall nichts davon. Ich glaube, Will Mosby hat mich geliebt, und er hätte mich wahrscheinlich irgendwann einmal auch geheiratet, aber er hat ein gefährliches, riskantes Leben geführt und ist genau damals getötet worden. Nick ließ sich nicht mehr sehen, obwohl ich mir schon damals ziemlich sicher war, daß er Alex' Vater ist. Alma und Gus waren inzwischen hier und hatten mein Land übernommen, und ich glaube, er hat gewußt, daß die Schroeders mich durchfüttern würden.« Sarah schien nachzudenken. »Bei der Niederkunft war Alma dabei, aber in einem Ernstfall dreht die Arme ja immer durch, und ich mußte ihr fast bei jedem Handgriff sagen, was sie tun solle. Nach Alex' Geburt hatte ich ein paar sehr schlimme Jahre. Zuerst machten die Nerven nicht mehr mit, dann der Magen, und das führte zu den Blasensteinen.« Sie schüttelte den Kopf. »Dein Vater hat mir das Leben gerettet. Bis ich ihn kennenlernte, habe ich nicht geglaubt, daß es so etwas wie einen liebenswürdigen, gütigen Mann überhaupt gibt. Das Schlimme war, ich hatte gesündigt. Als du dein Gehör verloren hast, wußte ich, daß ich bestraft wurde und daß es meine Schuld war, und ich habe mich kaum in deine Nähe getraut. Ich habe dich so sehr geliebt, aber ich hatte doch ein solch schlechtes Gewissen.« Sie strich ihm über das Gesicht. »Es tut mit leid, daß du eine so schwache und sündige Mutter gehabt hast.«

Shaman nahm ihre Hand. »Nein, du bist nicht schwach und sündig. Du bist eine starke Frau, die wirklichen Mut brauchte, nur um zu überleben. Und was das angeht, es war auch sehr mutig von dir, mir diese Geschichte überhaupt zu erzählen. Für meine Taubheit kannst du nichts, Ma. Gott will dich nicht bestrafen. Ich war noch nie so stolz auf dich wie jetzt, und ich habe dich noch nie so geliebt.«

»Danke, Shaman!« sagte sie, und als er sie küßte, war ihre Wange naß.

Fünf Tage vor Nick Holdens geplanter Rede in Rock Island gab

Shaman dem Vorsitzenden des Republikanischen Komitees einen Brief für ihn. Darin hieß es, daß Dr. Robert Jefferson Cole den Kommissar Holden in einer äußerst dringenden, wichtigen Angelegenheit um eine Unterredung bitte.

Am Tag des ersten Wahlkampfauftritts ging Shaman zu Nicks großem Holzhaus in Holden's Crossing, wo ein Sekretär ihn empfing und nickte, als er seinen Namen hörte.

»Der Kommissar erwartet Sie«, sagte der Mann und führte Shaman ins Büro.

Holden hatte sich verändert, seit Shaman ihn das letztemal gesehen hatte. Er war jetzt stämmig, die grauen Haare wurden immer lichter, und rote Äderchen überzogen seine Wangen, aber er war noch immer ein gutaussehender Mann, der seine Selbstsicherheit wie einen gutgeschnittenen Anzug trug.

»Mein Gott, Sie sind der Kleine, der jüngere Sohn, nicht? Und jetzt sind Sie Arzt. Ich freu' mich wirklich, Sie zu sehen. Wissen Sie was? Ich brauch' mal wieder 'ne vernünftige ländliche Mahlzeit. Sie begleiten mich zu Anna Wileys Restaurant, und ich spendier' Ihnen ein richtiges Holden's-Crossing-Essen.«

Shamans Erinnerung an das Tagebuch seines Vaters war noch so frisch, daß er Nick mit Rob J. Coles Augen sah, und so hätte er alles andere lieber getan, als mit ihm das Brot zu brechen. Aber er wußte, warum er hier war, und ließ deshalb die Fahrt in Nicks Kutsche zum Restaurant an der Hauptstraße über sich ergehen. Natürlich mußten sie unterwegs an der Gemischtwarenhandlung anhalten, wo Nick – ganz der kluge Politiker, der er war – allen Männern auf der Veranda die Hand schüttelte und dafür sorgte, daß jeder »meinen guten Freund, den Doktor« kennenlernte.

Im Restaurant machte Anna Wiley viel Wirbel um die beiden, und Shaman kam in den Genuß ihres Schmorbratens, der gut war, und ihres Apfelkuchens, der ziemlich durchschnittlich war.

Und schließlich kam er dazu, Nick Holden von Alex zu erzählen. Holden hörte ihm zu, ohne ihn zu unterbrechen, und nickte dann. »Seit drei Jahren ist er also schon gefangen?«

»Ja, Sir. Wenn er noch am Leben ist.«

Nick zog eine Zigarre aus der Innentasche seiner Jacke und bot sie Shaman an. Als der sie ablehnte, biß er das Ende ab, zündete sie sich selbst an und blies nachdenklich den Rauch in Shamans Richtung. »Warum sind Sie zu mir gekommen?«

»Meine Mutter meinte, es würde Sie interessieren«, antwortete Shaman.

Holden sah ihn an und nickte. Dann lächelte er. »Ihr Vater und ich ... Wissen Sie, als junge Männer waren wir dicke Freunde. Haben unseren Spaß gehabt, damals.«

»Ich weiß«, erwiderte Shaman knapp.

Offensichtlich brachte sein Ton Nick dazu, nicht weiter auf das Thema einzugehen. Er nickte noch einmal. »Richten Sie Ihrer Mutter die besten Grüße von mir aus. Und sagen Sie ihr, daß ich mich persönlich um die Sache kümmern werde.«

Shaman dankte ihm. Doch als er wieder zu Hause war, schrieb er trotzdem an seinen Kongreßabgeordneten und seinen Senator und bat die beiden um ihre Hilfe bei der Suche nach Alex.

Einige Tage nach ihrer Rückkehr aus Chicago sagten Shaman und Rachel ihren Müttern, daß sie beschlossen hatten zusammenzubleiben.

Sarah kniff die Lippen zusammen, als sie es hörte, doch sie nickte, ohne überrascht zu wirken. »Du wirst ihren Kindern ein guter Vater sein, so wie dein Pa Alex ein guter Vater war. Was ist, wenn du eigene Kinder hast – wirst du sie taufen lassen?«

»Ich weiß es nicht, Ma. So weit sind wir noch nicht.«

»Ich würde mit ihr darüber reden, wenn ich du wäre.« Mehr hatte sie zu diesem Thema nicht zu sagen.

Rachel hatte weniger Glück. Sie und ihre Mutter stritten sich mehrere Male. Lillian war höflich zu Shaman, wenn er in ihr Haus kam, aber sie brachte ihm keine Herzlichkeit entgegen. Sooft es ihm möglich war, fuhr er mit Rachel und den Kindern aus, aber die Natur arbeitete gegen ihn, denn das Wetter wurde schlecht. So wie der Sommer früh und heiß und fast ohne vorhergehenden Frühling über das Land hereingebrochen war, kam auch der Winter in diesem Jahr vor der Zeit. Der Oktober war eiskalt. Shaman fand im Stall die Schlittschuhe seines Vaters; er kaufte den Kindern in Haskins Laden »Doppelkufen« und ging mit ihnen zum Eislaufen auf den gefrorenen Büffel-Sumpf, doch es war zu kalt für ein längeres Vergnügen. Es schneite am Tag der Wahl, bei der Lincoln mit großer Mehrheit wiedergewählt wurde, und am 18. des Monats fegte ein Schneesturm über Holden's Crossing hinweg. Die weiße Decke, unter der er das Land begrub, sollte bis zum Frühjahr liegenbleiben.

»Hast du bemerkt, wie Alden zittert?« fragte seine Mutter eines Morgens Shaman.

Er hatte den Knecht schon eine ganze Weile beobachtet. »Er hat die Parkinsonsche Krankheit, Ma.«

»Was ist denn das?«

»Ich weiß nicht, was das Zittern verursacht, aber die Krankheit beeinträchtigt seine Muskelkontrolle.«

»Wird er daran sterben?«

»Manchmal verläuft die Krankheit tödlich, aber nicht sehr oft. Höchstwahrscheinlich wird sie langsam immer schlimmer werden. Vielleicht macht sie ihn zum Krüppel.«

Sarah nickte. »Die alte Haut wird langsam zu alt und zu krank, um die Farm zu leiten. Wir müssen uns überlegen, ob wir nicht Doug Penfield die Verantwortung übertragen und einen anderen als Aushilfe einstellen sollen. Können wir uns das leisten?«

Sie bezahlten Alden zweiundzwanzig Dollar im Monat und Doug Penfield zehn. Shaman rechnete es schnell durch und nickte dann.

»Und was wird dann aus Alden?« fragte Sarah.

»Na ja, er bleibt natürlich in seiner Hütte, und wir kümmern uns um ihn. Aber es wird schwierig werden, ihn zu überreden, die schwere Arbeit anderen zu überlassen.«

»Am besten, wir decken ihn mit Arbeit ein, die keine große Anstrengung verlangt«, sagte sie scharfsinnig, und Shaman nickte.

»Ich glaube, da habe ich gleich etwas für ihn«, sagte er.

An diesem Abend ging Shaman mit »Rob J.s Skalpell« zu Alden.

»Muß nachgeschliffen werden, was?« fragte Alden und nahm es ihm aus der Hand.

Shaman lächelte. »Nein, Alden, ich sorge selber dafür, daß es scharf bleibt. Es ist ein chirurgisches Messer, das seit Jahrhunderten im Besitz unserer Familie ist. Mein Vater hat mir erzählt, daß es im Haus seiner Mutter in einer kleinen Glasvitrine an der Wand hing. Ich habe mich gefragt, ob du mir ein solches Kästchen machen könntest.«

»Ich wüßt' nicht, wieso nicht.« Alden drehte das Skalpell in der Hand hin und her. »Guter Stahl, das Ding.«

»Ja. Es läßt sich wunderbar schärfen.«

»Ich könnte dir auch ein solches Messer machen, falls du ein neues brauchst.«

Shaman horchte auf. »Würdest du das versuchen? Könntest du mir eins mit einer längeren und schmaleren Klinge machen als das da?«

»Dürfte kein Problem sein.« Shaman versuchte das Zittern seiner Hände zu übersehen, als Alden ihm das Messer zurückgab.

Es war sehr schwer, Rachel so nahe zu sein und doch so weit von ihr entfernt. Nirgends gab es einen Ort, wo sie sich lieben konnten. Sie stapften durch tiefen Schnee in den Wald, wo sie sich umarmten wie zwei Bären und eisige Küsse und dick gepolsterte Zärtlichkeiten austauschten. Shaman wurde launisch und mürrisch, und er bemerkte, daß Rachel dunkle Ringe unter ihren Augen hatte.

Immer wenn er sie verließ, unternahm er ausgedehnte Spaziergänge. Eines Tages marschierte er den Kurzen Weg entlang und bemerkte, daß der Teil der Holzplatte auf Makwa-ikwas Grab, der aus dem Schnee herausragte, gesprungen war. Die runenähnlichen Zeichen, die sein Vater von Alden hatte ins Holz ritzen lassen, waren fast vollständig verwittert.

Er spürte Makwas Zorn aus der Erde und dem Schnee aufsteigen. Wieviel davon war Einbildung, wieviel sein schlechtes Gewissen?

Ich habe getan, was ich kann. Was soll ich denn noch tun? Es gibt Wichtigeres in meinem Leben als die Tatsache, daß du keine Ruhe findest, sagte er gereizt im stillen zu ihr, drehte sich um und stapfte durch den Schnee zum Haus zurück.

An diesem Nachmittag ritt er zum Haus von Betty Cummings, die an heftigem Rheuma in beiden Schultern litt. Er band sein Pferd an und wollte eben zur Hintertür gehen, als er im Schnee hinter dem Stall eine Doppelspur und eine Reihe eigenartiger Markierungen entdeckte. Er watete durch eine Schneeverwehung und ging bei den Spuren in die Knie, um sie zu untersuchen.

Die Markierungen waren dreieckige Löcher im Schnee. Sie waren durchschnittlich etwa fünfzehn Zentimeter tief, aber je nach Tiefe unterschiedlich im Durchmesser. Diese dreieckigen Wunden im Schnee waren blutlos, und es waren viel mehr als elf.

Er blieb auf den Knien und starrte sie an.

»Dr. Cole?« Mrs. Cummings war aus dem Haus gekommen und beugte sich mit besorgtem Gesicht über ihn.

Sie sagte, die Löcher stammten von den Skistöcken ihres Sohnes. Er hatte sich Ski und Stöcke aus Hickoryholz gemacht und die Enden der Stöcke angespitzt.

Die Löcher waren zu groß.

»Ist etwas nicht in Ordnung, Dr. Cole?« Sie fror und zog sich ihren Schal enger um die Schultern, und er schämte sich plötzlich, daß er eine rheumatische alte Frau in der Kälte stehenließ.

»Alles in bester Ordnung, Mrs. Cummings«, sagte er, stand auf und folgte ihr in die warme Küche.

Alden hatte für Rob J.s Skalpell ein wundervolles Kästchen aus Eichenholz geschreinert und zum Auskleiden von Sarah einen Rest hellblauen Samts erbeten. »Hab' allerdings nirgends ein Stück altes Glas finden können. Mußte bei Haskin neues kaufen. Ich hoffe, das ist in Ordnung.«

»Das ist mehr als in Ordnung.« Shaman gefiel das Kästchen sehr. »Ich werde es in der Diele aufhängen«, sagte er.

Er freute sich noch mehr, als er das Skalpell sah, das Alden nach seinen Anweisungen angefertigt hatte.

»Ich hab' es aus einem alten Brandeisen geschmiedet. Es ist noch genug guter Stahl für zwei oder drei solche Messer übrig, falls du welche brauchst.«

Shaman nahm Papier und Bleistift zur Hand und zeichnete eine Wundsonde sowie eine Amputationszange. »Glaubst du, du kannst das auch machen?«

»Sicher doch.«

Shaman sah ihn nachdenklich an. »Wir werden hier bald ein Krankenhaus bekommen, Alden. Das bedeutet, wir werden Instrumente, Betten, Stühle, alles mögliche brauchen. Wie wär's, wenn du dir jemanden suchst, der dir hilft, das alles zu machen?«

»Na ja, freuen würde mich das schon ... Aber ich glaube nicht, daß ich die Zeit dafür aufbringen kann.«

»Da hast du natürlich recht. Aber mal angenommen, wir stellen jemanden ein, der sich zusammen mit Doug um die Farm kümmert, und du setzt dich nur ein paarmal pro Woche mit ihnen zusammen und sagst ihnen, was sie tun sollen?«

Alden dachte einen Augenblick nach und nickte dann. »Das könnte gehen.«

Shaman zögerte. »Alden ... wie gut ist dein Gedächtnis?«

»So gut wie jedermanns, nehm' ich mal an.«

»Dann erzähl mir mal so genau, wie du es noch weißt, wo an dem Tag, an dem Makwa-ikwa getötet wurde, jeder einzelne war!«

Alden seufzte tief und verdrehte die Augen. »Das spukt dir also immer noch im Kopf herum.«

Doch mit ein wenig gutem Zureden brachte Shaman ihn zum Erzählen.

»Na, dann fangen wir mal mit dir an: Du hast in dem Wäldchen geschlafen, soweit ich weiß. Dein Pa war unterwegs zu Hausbesuchen. Ich war bei Paul Gruber und hab' ihm beim Schlachten geholfen, weil er uns seine Ochsen zum Mistausfahren geliehen hat ... Mal sehen, wer ist dann noch übrig?«

»Alex, meine Mutter, Mond und Der singend einhergeht.«

»Also, Alex war irgendwo unterwegs, beim Fischen oder Spielen, was weiß ich. Deine Mutter und Mond … jetzt weiß ich's wieder, die haben das Kühlhaus geputzt, weil wir anschließend selber schlachten und das Fleisch drin aufhängen wollten. Der große Indianer hat bei der Schafherde gearbeitet und später im Wald.« Er strahlte Shaman an. »Nicht schlecht, mein Gedächtnis, was?«

»Es war doch Jason, der Makwa gefunden hat. Was hat der an diesem Tag gemacht?«

Alden sah ihn entrüstet an. »Woher soll ich denn das wissen? Wenn du wissen willst, was Geiger gemacht hat, mußt du schon seine Frau fragen.«

Shaman nickte. »Ich glaube, das werde ich auch tun«, sagte er. Doch kaum war er wieder im Haus, war dieser Gedanke wie weggeblasen, denn seine Mutter sagte ihm, daß Carroll Wilkenson vom Telegrafenamt in Rock Island eine Nachricht für ihn mitgebracht habe.

Seine Finger zitterten so heftig wie die Aldens, als er den Umschlag aufriß.

Die Nachricht war knapp und geschäftsmäßig:

Corporal Alexander Bledsoe, 28. Louisiana Mounted Rifles, gegenwärtig als Kriegsgefangener interniert im Gefangenenlager Elmira, Elmira, New York. Bitte wenden Sie sich an mich, wenn ich Ihnen anderweitig behilflich sein kann. Viel Glück!

Nicholas Holden,
Kommissar für
Indianerangelegenheiten

DAS GEFANGENENLAGER
IN ELMIRA

In seinem Büro las Bankdirektor Charlie Anderson den Betrag auf dem Abhebungsformular und spitzte die Lippen.

Obwohl es Shamans eigenes Geld war, das er abheben wollte, nannte er Anderson ohne Zögern den Grund für die Entnahme, denn er wußte, daß er sich dem Direktor anvertrauen konnte. »Ich habe keine Ahnung, was Alex alles brauchen wird. Aber was es auch ist, ich werde eine Menge Geld brauchen, um ihm zu helfen.«

Anderson nickte und verließ sein Büro. Einige Minuten später kam er mit einem Bündel Scheine in einem kleinen Ledersäckchen zurück. In der anderen Hand hatte er einen Geldgurt, den er Shaman gab. »Ein kleines Geschenk der Bank für einen geschätzten Stammkunden. Zusammen mit unseren aufrichtigen Glückwünschen und einem Rat, wenn Sie gestatten. Bewahren Sie Ihr Geld in dem Gurt auf, und tragen Sie ihn unter der Kleidung auf der Haut! Haben Sie eine Pistole?«

»Nein.«

»Sie sollten sich eine kaufen. Sie haben eine weite Reise vor sich, und es laufen viele gefährliche Burschen herum, die Sie ohne Zögern töten würden, um an soviel Geld zu kommen.«

Shaman dankte dem Bankdirektor und steckte Geld und Gurt in die kleine Tasche, die er mitgebracht hatte. Er ritt noch die Hauptstraße entlang, als ihm einfiel, daß er doch eine Waffe besaß: den .44er Colt Texas Navy Revolver, den sein Vater einem toten Konföderierten abgenommen hatte, um sein Pferd zu töten, und den er aus dem Krieg mitgebracht hatte.

Normalerweise wäre Shaman nie auf den Gedanken gekommen, bewaffnet zu reisen, aber er wollte nicht riskieren, daß ihm auf dem Weg zu Alex irgend etwas in die Quere kam, und so wendete er sein Pferd und ritt zu Haskins Laden, wo er sich eine Schachtel Munition für den .44er kaufte. Die Patronen und der Revolver wogen schwer und nahmen viel Platz weg in dem

Koffer, den er neben seiner Arzttasche als einziges Gepäck mitnahm, als er am folgenden Morgen Holden's Crossing verließ.

Mit einem Dampfer fuhr er flußabwärts bis nach Cairo und von dort aus mit der Eisenbahn weiter in den Osten. Es war eine beschwerliche Reise, die vier Tage und vier Nächte dauerte. Der Schnee verschwand, als er Illinois verließ, nicht aber der Winter, und die eisige Kälte, die in den schaukelnden Eisenbahnwaggons herrschte, kroch Shaman in die Knochen. Er war müde und erschöpft, als er in Elmira ankam, doch er nahm sich nicht einmal die Zeit, zu baden und sich umzuziehen, bevor er sich auf die Suche nach Alex machte. Der unbändige Drang, sich davon zu überzeugen, daß sein Bruder noch am Leben war, trieb ihn vorwärts.

Am Droschkenstand vor dem Bahnhof ging er an einem Hansom vorbei und nahm statt dessen einen Buggy, damit er neben dem Kutscher sitzen und sehen konnte, was der sagte. Der Kutscher erzählte stolz, daß die Stadt bereits fünfzehntausend Einwohner zähle. Sie fuhren durch freundliche Straßen mit kleinen Einfamilienhäusern bis in die Außenbezirke und dann die Water Street hinunter und an einem Fluß entlang, den der Mann Chemung River nannte. Bald darauf kam ein hoher Bretterzaun in Sicht, der das Gefangenenlager umgab.

Der Kutscher war auch stolz auf dieses Schmuckstück der Stadt und hatte es wohl schon sehr oft erläutert. Er berichtete Shaman, daß der Zaun vier Meter hoch sei, aus »einheimischen Brettern« bestehe und über dreißig Morgen umschließe, auf denen zehntausend gefangene Konföderierte lebten. »Waren auch schon zwölftausend Rebellen da drin«, sagte er.

Er wies besonders darauf hin, daß an der Außenseite der Wand, einen guten Meter unterhalb der Oberkante, ein Steg verlaufe, auf dem bewaffnete Wachen patrouillierten.

Sie fuhren die West Water Street hinunter, wo geschäftstüchtige Einheimische aus dem Lager einen Menschenzoo gemacht hatten: Ein dreistöckiger Holzturm, in dem eine Treppe zu einer mit einem Geländer umgebenen Aussichtsplattform führte, gestattete es jedem, der dafür fünfzehn Cent bezahlte, dem Treiben der Männer im Lager zuzusehen.

»Früher waren es zwei Türme. Und jede Menge Erfrischungsstände. Haben Kuchen, Kräcker, Erdnüsse, Limonade und Bier an die Leute verkauft, die den Gefangenen zugucken wollten. Aber die blöde Army hat sie geschlossen.«

»Schlimm.«

»Ja. Soll ich anhalten, damit Sie raufsteigen und sich die Sache ansehen können?«

Shaman schüttelte den Kopf. »Bitte, setzen Sie mich einfach am Haupteingang ab«, sagte er.

Ein sehr kriegerisch wirkender Schwarzer bewachte den Eingang. Anscheinend waren die meisten der Wachen dunkelhäutig. Shaman folgte einem ebenfalls schwarzen gemeinen Soldaten in eine Schreibstube, wo er sich einem Sergeanten vorstellte und um Erlaubnis bat, den Gefangenen Alexander Bledsoe zu besuchen.

Der Sergeant beriet sich mit einem Leutnant, der in einem winzigen Büro hinter einem Schreibtisch saß, kam dann wieder heraus und murmelte, daß aus Washington ein Empfehlungsschreiben zugunsten von Dr. Cole vorliege, ein Umstand, der Shaman freundlicher über Nicholas Holden denken ließ.

»Besuchszeit höchstens neunzig Minuten.« Er erfuhr, daß der Gemeine ihn zu seinem Bruder im Zelt 8-C führen werde, und er folgte dem Schwarzen über gefrorene Wurzeln tief in das Lager hinein. Wohin er auch sah, schlaffe, elende, schlecht gekleidete Gefangene. Er begriff sofort, daß sie alle halb verhungert waren. An einem umgestürzten Faß sah er zwei Männer stehen, die eine Ratte häuteten.

Sie gingen an einer Anzahl niederer Holzbaracken vorbei. Hinter den Baracken standen Reihen von Zelten, und hinter den Zelten sah man einen langen, schmalen Teich, der offensichtlich als Abwassergrube benutzt wurde, denn je näher Shaman ihm kam, desto stärker wurde der Gestank.

Schließlich blieb der Schwarze vor einem Zelt stehen. »Das ist 8-C, Sir«, sagte er, und Shaman dankte ihm.

Im Inneren fand er drei ausgehungerte, frierende Männer. Er kannte sie nicht und befürchtete zunächst, daß einer von ihnen bloß ein Namensvetter von Alex sei und er aufgrund einer Verwechslung den langen Weg auf sich genommen habe.

»Ich suche Corporal Alexander Bledsoe.«

Einer der Gefangenen, ein halber Junge noch, dessen dunkler Schnurrbart in seinem knochigen Gesicht viel zu groß wirkte, deutete auf etwas, das aussah wie ein Haufen Lumpen. Shaman ging vorsichtig darauf zu, als lauere ein wildes Tier unter dem schmutzigen Bündel, das aus zwei Futtersäcken, einem Stück Teppich und etwas, das früher einmal ein Mantel gewesen sein mochte, bestand. »Wir decken ihn wegen der Kälte bis übers Gesicht zu«, sagte der mit dem dunklen Schnurrbart, bückte sich und zog einen Futtersack beiseite.

Es war sein Bruder, und doch auch wieder nicht. Auf der Straße wäre Shaman wahrscheinlich an ihm vorbeigegangen, ohne ihn zu erkennen, denn Alex hatte sich sehr verändert. Er war sehr dünn, und Erlebnisse, über die Shaman lieber nicht nachdachte, hatten tiefe Altersfurchen in sein Gesicht gegraben. Shaman nahm die Hand seines Bruders. Nach einer Weile öffnete Alex die Augen und starrte ihn an, ohne ihn zu erkennen.

»Bigger!« sagte Shaman, doch mehr brachte er nicht heraus. Alex blinzelte ihn verwundert an. Die Erkenntnis kroch in sein Gesicht wie eine Flutwelle, die langsam von einer wüsten Küste Besitz ergreift, und er begann zu weinen.

»Ma und Pa?«

Es waren die ersten Worte, die Alex sagte, und Shaman log, ohne lange zu überlegen. »Sie sind beide wohlauf.«

Die Brüder saßen nebeneinander und hielten sich bei den Händen. Es gab so viel zu sagen, so viel zu fragen und zu erzählen, daß ihnen anfangs die Worte fehlten. Und als Shaman dann zu reden begann, merkte er, daß Alex nicht in der Lage war zuzuhören. Trotz seiner Aufregung nickte er immer wieder ein, und daran erkannte Shaman, wie krank sein Bruder war.

Er stellte sich den anderen vier Männern vor und erfuhr ihre Namen: Berry Womack aus Spartanburg in South Carolina, klein und eindringlich, mit langen, aschblonden Haaren; Fox J. Byrd aus Charlottesville in Virginia, der ein verschlafenes Gesicht und eine schlaffe Haut hatte, als sei er früher fett gewesen; James Joseph Waldron aus Van Buren in Arkansas, stämmig, dunkel und der Jüngste im Zelt, kaum älter als siebzehn, wie Shaman vermutete; und schließlich Barton O. Westmoreland aus Richmond in Virginia, der Junge mit dem großen Schnurrbart, der Shaman heftig die Hand schüttelte und ihn bat, ihn Buttons zu nennen.

Während Alex schlief, untersuchte Shaman ihn. Sein linker Fuß war nicht mehr da.

»Wurde er angeschossen?«

»Nein, Sir«, erwiderte Buttons. »Ich war dabei. Am 16. Juli letzten Jahres wurde ein ganzer Haufen von uns mit dem Zug aus einem Gefangenenlager in Maryland hierhergebracht. Ja, und in Pennsylvania kam es zu einem schrecklichen Zugunglück... in Sholola. Achtundvierzig Kumpel und siebzehn Wachen wurden getötet. Man hat sie einfach auf einem Feld neben den Schienen begraben wie nach einer Schlacht. Fünfundachtzig von uns waren verletzt. Alex' Fuß war so zerquetscht, daß sie ihn abschneiden mußten. Ich hatte Glück, hatte mir nur die Schulter ausgerenkt.«

»Eine Zeitlang hat sich Ihr Bruder recht gut gehalten«, sagte Berry Womack. »Jimmie-Joe hat ihm Krücken gemacht, und er war recht geschickt mit ihnen. Er hat in unserem Zelt den Krankenpfleger gespielt und sich gut um uns alle gekümmert. Hätt' Ihrem Vater ein bißchen was abgeschaut, hat er gesagt.«

»Wir nennen ihn deshalb Doc«, ergänzte Jimmie-Joe Waldron.

Als Shaman Alex' Bein anhob, sah er, daß hier die Ursache seiner Probleme steckte. Die Amputation war schlecht ausgeführt. Das Bein war zwar noch nicht brandig, aber die eine Hälfte des ausgefransten Stumpfes war nicht verheilt, und unter dem Narbengewebe des verheilten Teils hatte sich Eiter gesammelt.

»Sind Sie wirklich ein Doktor?« fragte Waldron, als er das Stethoskop sah. Shaman drückte Alex die Schallmuschel auf die Brust und war froh, aus den Angaben der Männer schließen zu können, daß die Lunge frei war. Aber Alex hatte Fieber, sein Puls war schwach und fadenförmig.

»Hier im Lager gibt's alle möglichen Seuchen, Sir«, sagte Buttons. »Pocken, verschiedene Fieber, Malaria und Schüttelfrost. Was glauben Sie, was ihm fehlt?«

»Sein Bein stirbt ab«, erwiderte Shaman seufzend. Es war offensichtlich, daß Alex darüber hinaus an Unterernährung und Unterkühlung litt wie die anderen Männer im Zelt auch. Sie erzählten Shaman, daß einige Zelte Blechöfen und Decken hätten, doch in den meisten gab es keins von beidem.

»Was essen Sie?«

»Am Morgen bekommt jeder ein Stück Brot und ein kleines Stück schlechtes Fleisch«, sagte Buttons Westmoreland. »Am Abend bekommt jeder ein Stück Brot und eine Tasse mit einer Brühe, die sie Suppe nennen – das Wasser, in dem das schlechte Fleisch gekocht wurde.«

»Kein Gemüse?«

Alle drei schüttelten den Kopf, doch er kannte die Antwort bereits. Schon beim Betreten des Lagers hatte er überall die Anzeichen von Skorbut bemerkt.

»Als wir hier ankamen, waren wir zehntausend«, sagte Buttons. »Es kommen zwar immer neue Gefangene dazu, aber von den ersten zehntausend sind nur noch fünftausend übrig. Die Leichenhalle ist immer überfüllt, und gleich hinter dem Lager ist ein riesiger Friedhof. Jeden Tag sterben an die fünfundzwanzig Männer.«

Shaman setzte sich auf den kalten Boden, hielt Alex' Hände und betrachtete sein Gesicht. Alex schlief weiter, einen ungesunden tiefen Schlaf.

Augenblicke später streckte die Wache den Kopf durch die Zeltluke und sagte, die Besuchszeit sei vorüber.

In der Schreibstube hörte der Sergeant teilnahmslos zu, als Shaman sich als Arzt auswies und ihm die Symptome seines

Bruders schilderte. »Ich hätte gern die Erlaubnis, ihn mit nach Hause zu nehmen. Wenn er hier bleiben muß, stirbt er.«

Der Sergeant stöberte in einem Karteikasten, zog eine Karte heraus und las sie. »Ihr Bruder hat keinen Anspruch auf Strafaussetzung. Er hat hier den ›Ingenieur‹ gespielt. So nennen wir einen Gefangenen, der versucht, einen Tunnel aus dem Lager zu graben.«

»Einen Tunnel!« rief Shaman verwundert. »Wie konnte er denn graben? Er hat doch nur noch einen Fuß.«

»Er hatte zwei Hände. Und bevor er hierherkam, ist er schon aus einem anderen Lager ausgebrochen, ehe er wieder eingefangen wurde.«

Shaman versuchte es mit einem Appell an den gesunden Menschenverstand. »Hätten Sie das nicht auch versucht? Würde das nicht jeder vernünftige Mensch versuchen?«

Doch der Sergeant schüttelte nur den Kopf. »Wir haben unsere Vorschriften.«

»Darf ich ihm ein paar Sachen bringen?«

»Keine scharfen Gegenstände und nichts aus Metall.«

»Gibt es hier in der Nähe eine Pension?«

»Es gibt so ein Haus, acht Meilen westlich vom Haupttor, die vermieten Zimmer«, erwiderte der Sergeant.

Shaman dankte ihm und nahm sein Gepäck.

Sobald Shaman in seinem gemieteten Zimmer alleine war, nahm er einhundertfünfzig Dollar aus dem Geldgurt und steckte die Scheine in seine Rocktasche. Der Hausknecht war sofort bereit, den neuen Gast gegen ein Entgelt in die Stadt zu fahren. Im Telegraphenamt schickte Shaman eine Nachricht an Nick Holden in Washington: *Alex schwer krank. Müssen für seine Freilassung sorgen, sonst stirbt er. Bitte, helfen Sie!*

In einem Mietstall lieh er sich ein Pferd und einen Pritschenwagen.

»Für 'n Tag oder für die Woche?« fragte ihn der Stallbesitzer.

Shaman mietete für die ganze Woche und zahlte im voraus.

Die Gemischtwarenhandlung war größer als die der Haskins,

610

und Shaman belud den Pritschenwagen mit Dingen für die Männer in Alex' Zelt: Feuerholz, Decken, ein kochfertiges Huhn, eine frische Speckseite, sechs Laib Brot, zwei Scheffel Kartoffeln, einen Sack Zwiebeln, eine Kiste Kohlköpfe.

Der Sergeant riß erstaunt die Augen auf, als er die angekündigten »paar Sachen« sah, die Shaman für seinen Bruder gebracht hatte. »Die täglichen neunzig Minuten, die Ihnen zustehen, haben Sie schon aufgebraucht. Also laden Sie das Zeug ab, und verschwinden Sie!«

Als Shaman vor dem Zelt anhielt, schlief Alex noch immer. Aber für die anderen war es wie Weihnachten in besseren Zeiten. Sie riefen ihre Nachbarn herbei, worauf Männer aus einem Dutzend Zelten kamen und Holz und Gemüse erhielten. Eigentlich hatte Shaman mit dem Proviant die Lage der Männer im Zelt 8-C verbessern wollen, doch die zogen es vor, fast alles, was er gebracht hatte, mit den anderen zu teilen.

»Haben Sie einen Topf?« fragte er Buttons.

»Ja, Sir!« Buttons präsentierte ihm eine große, zerbeulte Blechdose.

»Kochen Sie eine Suppe aus Hühnerfleisch, Zwiebeln, Kohl, Kartoffeln und Brot. Ich verlasse mich auf Sie, daß Sie ihm so viel heiße Suppe einflößen wie möglich.«

»Ja, Sir, das werden wir«, sagte Buttons.

Shaman zögerte. Eine beängstigende Menge der Nahrungsmittel war bereits verschwunden. »Morgen bringe ich noch mehr. Sie müssen versuchen, etwas für die Leute in diesem Zelt zurückzubehalten.«

Westmoreland nickte melancholisch. Sie kannten beide die unausgesprochene Bedingung für diese Hilfslieferungen: daß zuerst und vor allem Alex versorgt wurde.

Immer wieder füllte der Vermieter Shamans Wasserglas nach und drängte ihn mit so vergnügter Stimme zu trinken, als biete er ihm Wein an. Das Wasser schmeckte gut, war aber ansonsten, soweit Shaman das beurteilen konnte, ganz gewöhnlich.

»Sogar die Quellen im Gefangenenlager haben ausgezeichnetes Wasser. War Ihr Bruder vielleicht in Maryland wie so viele hier in diesem Lager?«

Shaman nickte.

»Dann wird er Ihnen erzählen, daß das Wasser in Maryland das reinste Gift war.«

Shaman konnte den Hinweis nicht unterdrücken, daß trotz des wunderbaren Wassers im Lager in Elmira viele Kriegsgefangene starben.

Sein Vermieter nickte. »Von Wasser alleine wird man nicht satt. Die Regierung kümmert sich vor allem um die Kriegführung, nicht um die Ernährung der Gefangenen.« Er seufzte und vertraute Dr. Cole an, es sei allgemein bekannt, daß der Lagerarzt ein trauriges Beispiel für den Berufsstand und besessen von Dämonen sei, die ihn dazu verführten, einen Großteil der Betäubungsmittel, die die Regierung für seine Patienten bereitstelle, selbst zu konsumieren. »Sie müssen versuchen, Ihren Bruder so schnell wie möglich da rauszubekommen!«

Als Shaman am nächsten Morgen ins Zelt kam, schlief Alex, und Jimmie-Joe hielt Wache an seinem Lager. Jimmie-Joe sagte, Alex habe eine gute Portion Suppe zu sich genommen.

Als Shaman die Decken zurechtstrich, fuhr Alex erschrocken auf, und Shaman klopfte ihm beruhigend auf die Schulter. »Ist schon gut, Bigger. Bin doch nur ich, dein Bruder.«

Alex schloß wieder die Augen, doch kurz darauf begann er zu sprechen. »Ist der alte Alden noch am Leben?«

»Ja, freilich.«

»Gut!« Alex schlug die Augen auf, und sein Blick fiel auf das Stethoskop, das aus der Arzttasche herausragte. »Was machst du mit Pas Tasche?«

»Hab' sie mir nur ausgeliehen«, erwiderte Shaman heiser. »Ich bin jetzt selber Arzt.«

»Bist du nicht!« sagte Alex, als wären sie noch Kinder, die sich Lügengeschichten auftischen.

»Bin ich doch«, erwiderte Shaman, und die beiden lächelten sich an, bevor Alex wieder in tiefen Schlaf sank. Shaman maß Alex den Puls, und der gefiel ihm ganz und gar nicht, aber im Augenblick konnte er nichts dagegen tun. Alex war ungewaschen und stank am ganzen Körper, doch als Shaman den Stumpf aufdeckte und sich darüberbeugte, um ihn zu riechen, verließ ihn der Mut. Die Lehrjahre bei seinem Vater und dann bei Lester Berwyn und Barnett McGowan hatten ihn gelehrt, daß nichts Gutes an dem war, was weniger aufgeklärte Ärzte als »löblichen Eiter« begrüßten. Shaman wußte, daß Eiter in einem Schnitt oder einer Wunde oft den Beginn einer Blutvergiftung, einen Abszeß oder den Brand anzeigte. Er wußte, was getan werden mußte, aber er wußte auch, daß dies im Gefangenenlager nicht getan werden konnte.

Er deckte seinen Bruder mit zwei der neuen Decken zu, hielt dann seine Hände und betrachtete sein Gesicht.

Als der Soldat Shaman nach eineinhalb Stunden aus dem Lager warf, kutschierte er mit seinem Mietwagen auf der Straße entlang des Chemung Richtung Südosten. Das Land war hügeliger als Illinois und waldreicher. Etwa fünf Meilen außerhalb der Stadtgrenze stieß er auf eine Gemischtwarenhandlung, deren Schild verriet, daß der Eigentümer Barnard hieß. Shaman kaufte sich als Mittagessen einige Kräcker und ein Stück Käse und danach zwei Stücke von einem guten Apfelkuchen sowie zwei Tassen Kaffee. Als er den Besitzer nach Unterkunftsmöglichkeiten in der Umgebung fragte, verwies ihn der Mann an eine Mrs. Pauline Clay, die am Rand des etwa eine Meile entfernten Dorfes Wellsburg ein Haus besaß.

Das Haus war, wie sich zeigte, klein und ungetüncht und von Wald umgeben. Im Vorgarten standen vier Rosenbüsche, die gegen den Frost mit Mehlsäcken umwickelt und verschnürt waren. Auf einem kleinen Schild am Zaun stand: *Zimmer zu vermieten.*

Mrs. Clay war eine Frau mit offenem, freundlichem Gesicht. Sie zeigte Mitgefühl, als Shaman von seinem Bruder erzählte, und führte ihn dann durchs Haus. Das Wort »Zimmer« auf dem Schild meinte den Singular, denn sie hatte nur ein Zimmer zu vermieten. »Ihr Bruder könnte das Gästezimmer haben und Sie meins. Ich schlafe oft auf der Couch«, sagte sie.

Sie war deutlich bestürzt, als er ihr sagte, er wolle das ganze Haus mieten.

»Oh, ich fürchte …« Doch dann riß sie überrascht die Augen auf, als er ihr sagte, was er zu zahlen bereit sei. Sie gestand ihm freimütig, daß eine Witwe, die seit Jahren ums nackte Überleben kämpfe, ein solch großzügiges Angebot nicht ausschlagen könne, und wollte zu ihrer Schwester ins Dorf ziehen, solange die Coles in ihrem Haus wohnten.

Shaman fuhr noch einmal zu Barnard und belud den Wagen mit Proviant und anderen Dingen, und während er die Sachen ins Haus schaffte, zog Mrs. Clay aus.

Am folgenden Morgen war der Sergeant mürrisch und ausgesprochen kühl, aber offensichtlich war eine Anweisung von Nick Holden gekommen oder vielleicht auch von einem seiner Freunde. Der Sergeant gab Shaman ein bedrucktes Blatt Papier, eine formelle Ehrenerklärung, in der Alex als Gegenleistung für seine Freilassung versprechen mußte, »nie wieder gegen die United States Army Waffen zu tragen«.

»Lassen Sie Ihren Bruder das unterschreiben, dann können Sie ihn mitnehmen.«

Shaman hatte seine Zweifel. »Vielleicht ist er nicht kräftig genug, um das zu unterschreiben.«

»Die Vorschrift verlangt, daß er diese Ehrenerklärung abgeben muß, sonst wird er nicht entlassen. Mir ist es gleichgültig, wie krank er ist. Wenn er nicht unterschreibt, geht er nicht.«

Also brachte Shaman Tinte und eine Feder zum Zelt 8-C und unterhielt sich leise mit Buttons vor dem Eingang. »Glauben Sie, daß Alex das Ding unterschreibt?«

Westmoreland kratzte sich am Kinn. »Na ja, einige sind bereit, es zu unterschreiben, nur um hier rauszukommen. Andere freilich betrachten es als Schande. Ich weiß nicht, wie Ihr Bruder darüber denkt.«

Die Kiste, in der er die Kohlköpfe gebracht hatte, stand neben dem Zelt auf dem Boden. Shaman drehte sie um, legte das Formular darauf und öffnete den Stöpsel des Tintenfäßchens. Dann tauchte er die Feder ein und schrieb schnell auf den unteren Rand des Blattes: *Alexander Bledsoe.*

Buttons nickte zustimmend. »Recht so, Dr. Cole. Sehen Sie zu, daß Sie ihn aus diesem Dreckloch rausbringen!«

Shaman forderte Alex' Zeltgenossen auf, Namen und Adresse ihrer Angehörigen auf ein Blatt Papier zu schreiben, und er versprach, den Familien die Nachricht zukommen zu lassen, daß die Männer noch am Leben seien.

»Glauben Sie, daß Sie die Briefe durch die Fronten bringen können?« fragte Buttons Westmoreland.

»Wenn ich erst wieder zu Hause bin, schon, glaube ich!«

Shaman beeilte sich. Er gab die Ehrenerklärung beim Sergeanten ab und eilte dann in die Pension, um seinen Koffer zu holen. Er bezahlte den Hausknecht, damit der den Pritschenwagen mit lockerem Stroh auspolsterte, und fuhr dann ins Lager zurück. Ein Sergeant und ein schwarzer Gemeiner überwachten die Zeltgenossen, die Alex auf den Wagen luden und ihn mit Decken zudeckten.

Die Männer von Zelt 8-C gaben Shaman die Hand und riefen Alex zum Abschied Glückwünsche zu: »Mach's gut, Doc!« – »Lebwohl, alter Bledsoe!« – »Laß dich nicht unterkriegen!« – »Und werd' wieder gesund!«

Alex, der während der ganzen Zeit die Augen nicht öffnete, zeigte keine Reaktion.

Der Sergeant gab den Befehl zum Aufbruch, und der Gemeine kletterte auf den Bock und nahm die Zügel. Während er den Wagen zum Haupttor lenkte, musterte Shaman das dunkle, ernsthafte Gesicht, und auf einmal mußte er lächeln, denn ihm war eine Stelle aus dem Tagebuch seines Vaters eingefallen.

»*Jubilee day!*«, sagte er, ein Freudentag! Der Soldat sah ihn zuerst überrascht an, dann lachte er und entblößte seine kräftigen weißen Zähne.

»Ich glaub', so is' es, Sir«, sagte er und übergab Shaman die Zügel.

Die Federung des Pritschenwagens war schlecht, und Alex wurde im Stroh hin und her geworfen. Er schrie vor Schmerz auf und stöhnte, als Shaman durch das Haupttor auf die Straße hinausfuhr.

Das Pferd zog den Wagen geduldig am Aussichtsturm vorbei und entlang des hohen Holzzauns, der das Lager umgab. Vom Wachsteg aus sah ein Soldat mit einem Gewehr ihnen argwöhnisch nach.

Shaman nahm das Pferd fest an die Kandare. Er konnte nicht schneller fahren, ohne Alex Schmerzen zuzufügen, aber er entschied sich auch deshalb für das gemächliche Tempo, weil er keine Aufmerksamkeit auf sich lenken wollte. So unbegründet diese Angst auch sein mochte, so hatte er doch das Gefühl, daß der lange Arm der United States Army jeden Augenblick nach seinem Bruder greifen und ihn zurückholen könnte, und sein Atem ging erst wieder normal, als sie den Holzzaun des Gefangenenlagers und die Stadtgrenze von Elmira hinter sich gelassen hatten.

DAS HAUS
IN WELLSBURG

Mrs. Clays Haus verströmte eine freundliche Atmosphäre. Es war sehr klein, so daß man nicht lange brauchte, um sich darin zurechtzufinden, und bald war es Shaman so vertraut, als hätte er schon viele Jahre darin gelebt. Er heizte kräftig ein, und der eiserne Feuerkasten im Herd glühte bald dunkelrot. Dann erhitzte er Wasser in Mrs. Clays größten Kochtöpfen und goß es in die Badewanne, die er vor den Herd gestellt hatte. Als er Alex wie ein Baby in die Wanne setzte, weiteten sich dessen Augen vor Freude.

»Wie lange ist es her, daß du das letztemal richtig gebadet hast?«
Alex schüttelte langsam den Kopf. Shaman wußte, es war schon
so lange her, daß er sich nicht mehr daran erinnern konnte. Er
wagte es nicht, Alex lange in der Wanne sitzen zu lassen, aus
Angst, der Bruder könne sich erkälten, wenn das Wasser abkühlte. Also wusch er ihn sofort mit einem eingeseiften Lappen
ab, wobei er versuchte, nicht darauf zu achten, daß Alex' Rippen
sich unter dem Lappen anfühlten wie ein Waschbrett, und er gab
sich Mühe, das abgestorbene linke Bein so behutsam wie möglich zu behandeln.

Anschließend setzte er seinen Bruder auf eine Decke vor den
Herd, trocknete ihn ab und zog ihm dann ein Flanellnacht-
hemd über. Noch vor wenigen Jahren hätte er die größte Mühe
gehabt, Alex die Treppe hinaufzutragen, doch Bigger hatte so
viel Gewicht verloren, daß dies jetzt kein Problem mehr für ihn
war.

Sobald er Alex im Gästezimmer ins Bett gelegt hatte, machte er
sich an die Arbeit. Er wußte genau, was getan werden mußte.
Es hatte keinen Sinn, noch länger zu warten, denn jede Verzögerung hätte die Gefahr nur vergrößert.

Er räumte die Küche bis auf den Tisch und einen Stuhl leer und
verstaute die anderen Stühle und die Spülschüssel im Wohnzimmer. Dann bearbeitete er Wände, Boden, Decke, Tisch und
Stuhl mit heißem Wasser und kräftiger Seife. Er wusch seine
chirurgischen Instrumente und legte sie so auf dem Stuhl zurecht, daß er sie vom Tisch aus leicht erreichen konnte. Zum
Abschluß schnitt er sich die Fingernägel und schrubbte sich die
Hände.

Als er Alex dann wieder hinuntertrug und auf den Tisch legte,
sah sein Bruder so verletzlich aus, daß ihn einen Augenblick
lang der Mut verließ. Er hatte sich alles genau überlegt, bis auf
diesen Teil: Das Chloroform lag bereit, aber er war sich nicht
sicher, wieviel er benutzen sollte, da die Verletzung und die
Unterernährung Alex stark geschwächt hatten.

»Was ist denn?« murmelte Alex benommen und verwirrt von
dem Hinauf- und Hinuntergetragenwerden.

»Tiefer atmen, Bigger!«

Er tröpfelte Chloroform auf die Maske und hielt sie Alex so lange vors Gesicht, wie er glaubte, es ohne Risiko tun zu können. Bitte, Gott, steh mir bei! dachte er.

»Alex! Kannst du mich hören?« Shaman kniff ihn in den Arm, schlug ihm leicht auf die Wange, doch sein Bruder schlief tief.

Shaman brauchte nun nicht mehr nachzudenken oder zu planen. Er hatte das bereits lange getan. Er zwang jedes Gefühl aus seinem Bewußtsein und konzentrierte sich ganz auf die vor ihm liegende Aufgabe.

Er wollte so viel wie möglich von dem Bein erhalten und gleichzeitig genug wegschneiden, um sicher sein zu können, daß alle infizierten Knochen und Gewebeteile entfernt waren.

Den ersten ringförmigen Schnitt setzte er fünfzehn Zentimeter unterhalb des Ansatzes der Achillessehne, wobei er darauf achtete, daß ein wohlproportionierter Hautlappen zur Abdeckung des späteren Stumpfes entstand. Immer wieder hielt er beim Schneiden inne, um die große und die kleine Wadenvene, die Venen des Schienbeins und die übrigen Blutgefäße abzubinden. Das Schienbein durchsägte er gleichmäßig – wie ein Mann, der Feuerholz sägt. Abschließend durchtrennte er das Wadenbein. Jetzt war der infizierte Teil des Beins abgelöst – eine saubere, ordentliche Arbeit.

Mit sauberen Binden legte Shaman einen festen Verband an, damit der Stumpf später eine gute Form bekäme. Zum Abschluß küßte er seinen noch immer bewußtlosen Bruder und trug ihn wieder hinauf in sein Zimmer. Eine Zeitlang saß er am Bett und beobachtete Alex, aber nichts sprach für irgendeine Komplikation: keine Übelkeit, kein Erbrechen, keine Äußerung von Schmerzen. Alex schlief wie ein Arbeiter, der seine Ruhe verdient hat.

Nach einer Weile wickelte Shaman das abgetrennte Beinstück in ein Handtuch und trug es zusammen mit einem Spaten, den er im Keller gefunden hatte, in das Waldstück hinter dem Haus. Dort versuchte er, es zu vergraben, doch der Boden war hart gefroren, und der Spaten schlitterte über die eisige Oberfläche.

Schließlich suchte Shaman dürres Holz zusammen und schichtete einen Scheiterhaufen auf, um das Beinstück nach Wikingerart zu bestatten. Er legte den blutigen Klumpen auf den Stoß, bedeckte ihn mit Holz und spritzte ein wenig Lampenöl darüber. Als er ein Streichholz anriß und an das Holz hielt, loderte das Feuer sofort auf. An einen Baum gelehnt, stand er da und sah den Flammen zu, mit trockenen Augen, aber einem schrecklichen Gefühl im Herzen, denn er fragte sich, was für eine Welt das denn ist, in der ein Mann seinem eigenen Bruder das Bein abschneiden und es verbrennen muß.

Der Sergeant in der Schreibstube des Gefangenenlagers kannte sich aus in der Unteroffiziershierarchie der Region, und er wußte, daß dieser fette, tonnenförmige Sergeant-Major nicht in Elmira stationiert war. Normalerweise hätte er einen Soldaten, der fremd war, aufgefordert, die Einheit zu nennen, zu der er gehörte. Doch das Auftreten dieses Mannes und vor allem sein Blick verrieten deutlich, daß er hier war, um etwas zu erfahren – nicht, um Auskunft zu geben.

Der Sergeant wußte zwar, daß ein Sergeant-Major kein Gott war, aber er wußte auch, daß solche Dienstränge die Armee am Laufen hielten. Diese geringe Anzahl von Männern im höchsten Unteroffiziersrang konnten einem Soldaten eine günstige Stationierung verschaffen oder für eine Strafversetzung in ein einsames Fort sorgen; sie konnten einen Mann in dienstliche Schwierigkeiten bringen oder ihm heraushelfen; sie konnten Karrieren fördern oder zerstören. In der Welt der Sergeanten war ein Sergeant-Major furchteinflößender als jeder Offizier – und er beeilte sich deshalb, ihm gefällig zu sein.

»Ja, Sir«, sagte er schneidig nach einem Blick in die Unterlagen. »Sie haben ihn um etwas mehr als einen Tag verpaßt. Dieser Kerl ist wirklich krank. Hat nur noch ein Bein, wissen Sie. Sein Bruder ist Arzt, Cole heißt er. Hat ihn gestern vormittag in einem Wagen weggebracht.«

»In welche Richtung sind sie gefahren?«

Der Sergeant sah ihn an und hob die Schultern.

Der Dicke brummte und spuckte auf den frisch geputzten Boden. Dann verließ er die Schreibstube, bestieg seine wundervolle braune Kavalleriestute und ritt durch das Haupttor aus dem Gefangenenlager. Ein Tag Vorsprung bedeutete nichts, wenn der Bruder einen Invaliden mit sich schleppte. Es gab nur eine einzige Straße, sie konnten also nur in die eine oder in die andere Richtung gefahren sein. Er entschied sich für die nordwestliche.

Sooft er an einem Laden, einem Farmhaus oder einem anderen Reisenden vorbeikam, hielt er an und fragte nach den Fremden. Auf diese Art ließ er die Dörfer Horseheads und Big Flats hinter sich. Doch wen er auch fragte, niemand hatte das Fuhrwerk gesehen, nach dem er suchte.

Der Sergeant-Major war ein erfahrener Schnüffler. Er wußte, wenn eine Spur so unergiebig ist, dann handelt es sich höchstwahrscheinlich um die falsche Fährte. Also wendete er sein Pferd und ritt in die andere Richtung. Er ritt am Gefangenenlager vorbei und durch die Stadt Elmira. Zwei Meilen außerhalb der Stadt traf er einen Farmer, der sich an den Pritschenwagen erinnerte. Einige Meilen hinter der Ortsgrenze von Wellsburg kam er zu einer Gemischtwarenhandlung.

Der Besitzer lächelte, als er sah, daß der massige Soldat sich fröstelnd vor seinen Ofen stellte. »Kalt, nicht?« Der Sergeant-Major verlangte Kaffee, und der Ladenbesitzer nickte und brachte ihm welchen.

Er nickte noch einmal, als der Mann seine Frage stellte.

»Aber natürlich. Die wohnen bei Mrs. Pauline Clay. Ich werd' Ihnen sagen, wie Sie da hinkommen. Netter Mensch, dieser Dr. Cole. Kauft öfters bei mir ein. Freunde von Ihnen?«

Der Sergeant-Major nickte. »Gut, daß ich sie gefunden habe«, sagte er.

Die Nacht nach der Operation verbrachte Shaman in einem Sessel neben dem Bett seines Bruders. Alex schlief, doch sehr unruhig, offensichtlich hatte er Schmerzen.

Gegen Morgen döste Shaman kurz ein. Als er die Augen im grauen Licht des Morgens wieder aufschlug, sah Alex ihn an.

»Bigger, was ist?«

Alex leckte sich die trockenen Lippen, und Shaman holte Wasser und stützte ihm den Kopf, damit er trinken konnte, gestattete ihm allerdings nur wenige kleine Schlucke.

»Ich hab' mich was gefragt«, sagte Alex schließlich.

»Was?«

»Wie kann ich dir je wieder... einen Tritt in den Arsch geben... ohne auf die Schnauze zu fallen?«

Wie wohl das Shaman tat, dieses schiefe Grinsen wieder zu sehen.

»Du hast mir noch mehr von dem Bein weggeschnippelt, nicht?« Alex' vorwurfsvoller Blick verletzte den erschöpften Shaman.

»Ja, aber ich glaube, ich habe etwas anderes retten können.«

»Was denn?«

»Dein Leben.«

Alex überlegte und nickte dann. Einen Augenblick später war er wieder eingeschlafen.

Am ersten Tag nach der Operation wechselte Shaman zweimal den Verband. Er roch an dem Stumpf und untersuchte ihn, immer in Angst, den Gestank oder andere Kennzeichen von Fäulnis wahrzunehmen, denn er hatte schon so manchen wenige Stunden nach der Amputation an einer Infektion sterben sehen. Aber er roch nichts, und das rosige Gewebe des Stumpfes schien gesund zu sein.

Alex war praktisch fieberfrei, aber sehr kraftlos, und Shaman hatte wenig Vertrauen in die Reserven seines Bruders. Also machte er sich in Mrs. Clays Küche an die Arbeit. Vormittags gab er Alex eine kleine Portion Haferschleim zu essen und mittags ein weichgekochtes Ei.

Am frühen Nachmittag begann es in dicken Flocken zu schneien. Bald bedeckte der Schnee den Boden, und Shaman überprüfte besorgt seine Vorräte. Er beschloß, noch einmal mit dem Wagen zur Gemischtwarenhandlung zu fahren, für den Fall, daß sie eingeschneit würden. Als Alex das nächstemal aufwachte, erklärte er ihm, was er vorhabe, und sein Bruder nickte zum Zeichen des Einverständnisses.

Es war schön, durch die stille, verschneite Welt zu fahren. Eigenlich hatte Shaman sich ein Suppenhuhn besorgen wollen; zu seiner Enttäuschung hatte Barnard kein Huhn, er bot ihm dafür aber ein Stück ordentliches Rindfleisch an, das eine nahrhafte Suppe ergeben würde, und Shaman entschied sich für dieses.

»Hat Ihr Freund Sie gefunden?« fragte der Ladenbesitzer, während er das Fett wegschnitt.

»Welcher Freund?«

»Dieser Soldat. Ich hab' ihm den Weg zu Mrs. Clays Haus beschrieben.«

»Oh? Wann war denn das?«

»Gestern, ein paar Stunden nach Ladenschluß. Mordskerl, ziemlich dick. Schwarzer Bart. Einige Streifen«, sagte er und deutete auf seinen Arm. »Ist er nicht gekommen?« Er sah Shaman mit zusammengekniffenen Augen an. »Ich hoffe, es war kein Fehler, daß ich ihm gesagt habe, wo Sie wohnen?«

»Aber nein, Mr. Barnard. Ich weiß zwar nicht, wer das gewesen sein könnte, aber vermutlich hat er gemerkt, daß ihm doch keine Zeit für einen Besuch blieb, und so ist er einfach weitergeritten.«

Was will denn die Army jetzt noch? dachte Shaman, als er den Laden verließ.

Auf halbem Weg nach Hause überkam ihn plötzlich das Gefühl, beobachtet zu werden. Er widerstand dem Drang, sich einfach umzudrehen und nachzusehen, doch einige Minuten später brachte er das Pferd zum Stehen und stieg ab, um das Zaumzeug zu richten. Dabei sah er sich unauffällig, aber gründlich um. Es war schwierig, in dem dichten Schneetreiben etwas zu erkennen, doch plötzlich wirbelte eine heftige Bö die Flocken hoch, und Shaman sah, daß ihm in einiger Entfernung ein Reiter folgte.

Alex ging es gut, als Shaman zu Hause ankam. Nachdem das Pferd ausgespannt und im Stall versorgt war, stellte Shaman in der Küche Wasser auf den Herd, um aus Fleisch, Kartoffeln, Karotten, Zwiebeln und weißen Rüben eine kräftige Suppe zu kochen.

Shaman machte sich Sorgen. Er überlegte, ob er Alex anvertrauen solle, was er erfahren hatte, und setzte sich schließlich an das Bett seines Bruders, um es ihm zu erzählen. »Das heißt, wir bekommen vielleicht Besuch von der Army«, schloß er.

Doch Alex schüttelte den Kopf. »Wenn er wirklich von der Army wäre, hätte er gleich an die Tür geklopft ... Jemand wie du, der einen Verwandten aus dem Lager holt, hat doch zwangsläufig Geld bei sich. Es ist wahrscheinlicher, daß er hinter *dem* her ist ... Ich nehme nicht an, daß du eine Waffe hast?«

»Doch.« Shaman ging hinaus und holte den Colt aus seinem Koffer. Alex bestand darauf, daß er ihn vor seinen Augen reinigte und mit frischen Patronen lud. Als er ihn dann auf den Nachttisch legte, war er noch besorgter als zuvor. »Warum wartet dieser Mann und beobachtet uns nur?«

»Er forscht uns aus ... um sicherzugehen, daß wir alleine hier hausen. Um zu sehen, welche Fenster in der Nacht erleuchtet sind, in welchem Zimmer wir uns aufhalten und ähnliches.«

»Ich glaube, wir machen zuviel Aufhebens um die ganze Sache«, sagte Shaman schließlich. »Ich glaube, der Mann, der nach uns gefragt hat, ist wahrscheinlich ein Kundschafter der Army, der nur feststellen will, ob wir nicht auch noch andere Gefangene aus dem Lager holen wollen. Vermutlich werden wir nie wieder etwas von ihm hören.«

Alex zuckte mit den Achseln und nickte. Aber Shaman fiel es schwer, seinen eigenen Worten zu glauben. Falls sie wirklich in Gefahr waren, konnte er sich eine günstigere Ausgangsposition vorstellen, als mit seinem frisch operierten Bruder hier eingesperrt zu sein.

An diesem Nachmittag gab er Alex warme Milch mit Honig. Am liebsten hätte er ihn mit üppigen, nahrhaften Speisen vollgestopft, damit Alex wieder Fleisch auf die Rippen bekam, aber er wußte, daß das Zeit brauchte. Danach schlief Alex ein, und als er einige Stunden später wieder aufwachte, wollte er reden. Und so erfuhr Shaman, wie es Bigger seit seiner Flucht von zu Hause ergangen war.

»Bis nach New Orleans haben Mal Howard und ich auf einem Kahn gearbeitet. Wir bekamen Streit wegen eines Mädchens, und er ist alleine nach Tennessee weitergezogen, um sich dort zu melden.« Alex hielt inne und sah seinen Bruder an. »Weißt du, was mit Mal passiert ist?«

»Seine Leute haben nie etwas von ihm gehört.«

Alex nickte, es schien ihn nicht zu überraschen. »Ich wäre damals beinahe wieder heimgekommen. Hätt' ich's bloß getan! Aber da unten wimmelte es nur so von Werbern der Konföderierten, und ich hab' mich gemeldet. Hab' mir gedacht, du kannst reiten und schießen, also bin ich zur Kavallerie gegangen.«

»Warst du oft im Einsatz?«

Alex nickte trübsinnig. »Zwei Jahre lang. Ich hatte vielleicht eine Wut auf mich, als sie mich in Kentucky gefangennahmen! Sie haben uns in ein Lager gesperrt, aus dem sogar ein Baby hätte ausbrechen können. Ich hab' nur auf den richtigen Augenblick gewartet und bin dann getürmt. Drei Tage lang war ich frei und hab' mich von dem ernährt, was ich in Gärten und so stehlen konnte. Dann kam ich zu diesem Farmhaus, wo ich um etwas zu essen gebettelt habe. Eine Frau hat mir ein Frühstück vorgesetzt, und ich hab' ihr gedankt wie ein Gentleman und nichts Unanständiges versucht – was wahrscheinlich ein Fehler war. Eine halbe Stunde später hab' ich dann schon die Hunde gehört, die sie hinter mir hergehetzt haben. Ich bin sofort in ein riesiges Maisfeld gerannt. Hohe, grüne Stengel, so dicht beieinander, daß ich nicht zwischen den Reihen durchschlüpfen konnte. Ich mußte die Stengel niedertrampeln, und das sah natürlich aus, als wäre da ein Bär drinnen. Fast den ganzen Vormittag war ich in dem Feld, immer auf der Flucht vor den Hunden. Ich hab' schon gedacht, ich komm' da gar nicht mehr raus. Und als ich dann endlich auf der anderen Seite ins Freie gelangt bin, standen diese zwei Yankees da, grinsten mich an und zielten mit ihren Gewehren auf mich. Diesmal schickten sie mich nach Maryland. Das war das schlimmste Lager. Schlechtes Essen oder gar keins, fauliges Wasser, und wenn du dem Zaun zu nahe kommst, schießen sie dich tot. Ich war wirklich froh, als sie mich von dort fortgeschafft haben. Aber dann passierte eben dieses Zugunglück.« Er schüttelte den Kopf. »Ich kann mich nur noch an ein lautes Knirschen erinnern und an Schmerzen im Fuß. Ich war eine Weile bewußtlos, und als ich aufwachte, hatten sie mir den Fuß schon abgeschnitten, und ich war in einem anderen Zug nach Elmira.«

»Wie hast du es denn nach der Amputation geschafft, einen Tunnel zu graben?«

Alex grinste. »Das war einfach. Ich hatte gehört, daß ein Trupp durch einen Tunnel raus wollte. Ich hab' mich damals noch ziemlich stark gefühlt und hab' einfach mitgegraben. Siebzig Meter hatten wir geschafft, direkt unter der Mauer durch. Mein Stumpf war noch nicht ganz verheilt, und beim Buddeln bekam ich immer wieder Dreck in die Wunde. Wahrscheinlich hatte ich deshalb solche Probleme mit meinem Bein. Ich konnte natürlich nicht mit ihnen raus, aber zehn Mann haben es geschafft, und ich hab' nie gehört, daß sie wieder festgenommen wurden. Ich bin jeden Abend glücklich und zufrieden eingeschlafen, weil ich immer an die zehn freien Männer gedacht hab'.«

Shaman atmete tief durch. »Bigger«, sagte er dann, »Pa ist tot.«

Alex schwieg eine Weile, dann nickte er. »Ich glaube, mir war das schon klar, als ich dich mit seiner Tasche gesehen hab'. Hätte er noch gelebt, hätte er nicht dich geschickt, sondern wäre selber gekommen.«

Shaman lächelte. »Ja, das stimmt.« Er erzählte seinem Bruder, wie es Rob J. Cole bis zu seinem Tod ergangen war. Während seines Berichts begann Alex leise zu weinen und faßte nach Shamans Arm. Danach schwiegen sie beide, Hand in Hand. Auch nachdem Alex eingeschlafen war, saß Shaman noch lange da, ohne die Hand des Bruders loszulassen.

Es schneite bis zum späten Nachmittag. Nach Einbruch der Dunkelheit ging Shaman von einem Fenster zum anderen und spähte hinaus. Auf allen vier Seiten des Hauses glänzte das Mondlicht auf unberührtem Schnee, ohne eine Spur. Inzwischen hatte er sich auch eine Erklärung zurechtgelegt: Er vermutete, daß der dicke Soldat nach ihm gesucht hatte, weil jemand einen Arzt brauchte. Vielleicht war der Patient inzwischen gestorben, oder er hatte sich wieder erholt, oder vielleicht hatte der Mann auch einen anderen Arzt gefunden. Es klang einigermaßen einleuchtend, und es beruhigte ihn.

Zum Abendessen gab er Alex eine Schüssel nahrhafter Suppe mit einem eingeweichten Kräcker darin. Sein Bruder schlief unruhig. Eigentlich hatte Shaman in dieser Nacht in dem Bett im anderen Zimmer schlafen wollen, doch er döste im Sessel neben Alex' Bett ein.

Sehr früh am Morgen – auf seiner Uhr, die neben dem Revolver auf dem Nachttisch lag, sah er, daß es zwei Uhr dreißig war – wurde er von Alex geweckt. Sein Bruder hatte sich halb aus dem Bett gestemmt und sah – die Augen weit aufgerissen – verstört umher.

Unten schlägt jemand ein Fenster ein, formte er mit den Lippen.

Shaman nickte. Er stand auf und nahm den Revolver vom Tisch. Die Waffe lag schwer in seiner linken Hand, ein unvertrauter Gegenstand.

Die Augen auf Alex' Gesicht gerichtet, wartete Shaman.

Hatte Alex es sich nur eingebildet? Oder geträumt? Die Gästezimmertür war geschlossen. Hatte Alex vielleicht nur einen Eiszapfen zersplittern hören?

Doch während Shaman so dastand, wurde sein ganzer Körper zur Hand auf dem Klavier, und er spürte die schleichenden Schritte. »Jemand ist im Haus«, flüsterte er.

Jetzt spürte er immer deutlicher Schritte auf der Treppe – wie Töne einer aufsteigenden Tonleiter.

»Er kommt die Treppe hoch. Ich werde die Lampe ausblasen.« Er sah, daß Alex verstand. Sie kannten sich in dem Gästezimmer aus, der Eindringling jedoch nicht, für sie war deshalb die

Dunkelheit ein Vorteil. Shaman bekam trotzdem Angst, denn ohne Licht konnte er Alex' Lippen nicht sehen.

Er nahm die Hand seines Bruders und legte sie auf seinen Oberschenkel. »Wenn du hörst, daß er das Zimmer betritt, gib ein Zeichen!«, sagte er, und Alex nickte.

Alex' einzelner Stiefel stand auf dem Boden. Shaman nahm die Waffe in die rechte Hand, hob den Stiefel mit der linken auf und blies die Lampe aus.

Es schien unendlich lange zu dauern. Sie konnten nichts anderes tun, als bewegungslos in der Dunkelheit zu warten.

Schließlich wurden die gelben Ritzen zwischen Tür und Rahmen schwarz. Der Eindringling hatte die Lampe im Gang gelöscht, damit sich seine Silhouette nicht im Türrahmen abzeichnete.

Gefangen in der vertrauten Welt vollkommener Stille, spürte Shaman einen Luftzug, als der Mann die Tür öffnete.

Und Alex' Hand drückte auf sein Bein.

Er warf den Stiefel quer durchs Zimmer an die gegenüberliegende Wand.

Er sah das zweifache gelbe Aufblitzen, eins nach dem anderen, und versuchte, mit dem schweren Navyrevolver rechts neben die Flammenzungen zu zielen. Als er am Abzug zog, bäumte sich der Revolver in seiner Hand auf, und er nahm ihn in beide Hände, bevor er wieder und wieder schoß, die Erschütterung der Explosionen in seinen Händen und Armen, die Feuerblitze in seinen Augen, den Atem des Teufels in seiner Nase. Dann war die Munition verbraucht, er stand da, nackt und verletzlich wie nie in seinem Leben, und wartete auf den stechenden Schmerz einer Kugel.

»Bist du in Ordnung, Bigger?« rief er schließlich wie ein Narr, konnte er doch die Antwort nicht hören. Er tastete auf dem Tisch nach den Streichhölzern und zündete mit unsicheren Händen die Lampe wieder an.

»Bist du in Ordnung?« fragte er Alex noch einmal, doch der deutete nur auf den Mann am Boden. Shaman war ein armseliger Schütze. Hätte der Mann andere Bedingungen gehabt, hätte er sie vermutlich beide erschossen, doch er hatte sie nicht gehabt. Shaman ging vorsichtig auf ihn zu wie auf einen erlegten Bären, dessen Tod nicht ganz sicher ist. Überall sah er Spuren seines ungeübten Schießens: Löcher in der Wand, zersplitterte Bodendielen. Die beiden Schüsse des Eindringlings hatten den Schuh verfehlt, aber den Aufsatz von Mrs. Clays Ahornkommode zerstört. Der Mann lag wie schlafend auf der Seite, ein fetter Soldat mit einem schwarzen Bart, einen überraschten Ausdruck im leblosen Gesicht. Ein Schuß hatte ihn ins linke Bein getroffen, genau an der Stelle, an der Shaman Alex amputieren mußte. Eine andere Kugel steckte in der Brust direkt über dem Herzen. Als Shaman die Halsschlagader befühlte, war zwar die fleischige Kehle noch warm, aber von einem Puls war nichts mehr zu spüren.

Alex' Kräfte schienen restlos erschöpft, er brach zusammen. Shaman saß auf dem Bett und wiegte seinen weinenden und zitternden Bruder wie ein kleines Kind in den Armen.

Alex war überzeugt, daß er wieder ins Gefangenenlager kam, wenn der Tote entdeckt würde. Er flehte Shaman an, den dicken Soldaten in den Wald zu schleppen und ihn dort zu verbrennen, so wie er es mit seinem Beinstumpf getan hatte.

Shaman tröstete ihn und klopfte ihm beruhigend auf den Rükken, behielt dabei aber einen kühlen Kopf.

»Ich habe ihn getötet, nicht du. Wenn jemand Schwierigkeiten bekommt, dann bestimmt nicht du. Der Mann wird sicher vermißt werden. Der Ladenbesitzer weiß, daß er herkommen wollte – andere vielleicht auch. Das Zimmer ist demoliert, und wir brauchen Handwerker, die darüber reden werden. Wenn ich die Leiche verstecke oder verbrenne, riskiere ich, daß sie mich aufhängen. Wir werden die Leiche nicht anrühren.«

Alex beruhigte sich ein wenig. Shaman saß bei ihm und redete mit ihm, bis das graue Licht des Morgens ins Zimmer kroch und er die Lampe löschen konnte. Er trug seinen Bruder hinunter ins Wohnzimmer und bettete ihn unter warmen Decken aufs Sofa. Dann legte er Holz im Ofen nach und lud den Revolver neu, den er neben Alex auf einen Stuhl legte.

»Ich komme mit Leuten von der Army zurück. Also schieß um Gottes willen erst, wenn du dir ganz sicher bist, daß nicht wir es sind!« Er sah seinem Bruder in die Augen. »Sie werden uns verhören, immer und immer wieder, getrennt und gemeinsam. Es ist wichtig, daß du bei alldem die reine Wahrheit sagst. Denn nur so können sie uns nicht das Wort im Mund umdrehen. Hast du mich verstanden?«

Alex nickte, und Shaman streichelte ihm die Wange. Dann verließ er das Haus.

Der Schnee war kniehoch, und Shaman konnte den Wagen nicht nehmen. Statt dessen legte er dem Pferd einen Halfter um, den er im Stall fand, und ritt es ohne Sattel. Bis weit hinter Barnards Laden war der Weg tief verschneit, und er kam nur langsam vorwärts. Doch innerhalb der Stadtgrenze von Elmira hatte man den Schnee mit Walzen platt gedrückt, so daß er schneller reiten konnte.

Shaman fühlte sich wie erstarrt, doch nicht vor Kälte. Er hatte schon Patienten verloren, obwohl er der Meinung gewesen war, sie retten zu können, und es hatte ihn immer tief bekümmert. Aber noch nie zuvor hatte er einen Menschen getötet.

Er war zu früh am Telegrafenamt und mußte warten, bis es um sieben Uhr geöffnet wurde. Dann schickte er eine Nachricht an Nick Holden ab: *Habe einen Soldaten in Notwehr getötet. Bitte verbürgen Sie sich bei den zivilen und militärischen Behörden von Elmira für meinen Charakter und den von Alex Bledsoe Cole! In Dankbarkeit, Robert J. Cole.*

Danach ritt er direkt zum Büro des Sheriffs und meldete die Tat.

ZAPPELN IM NETZ

In kürzester Zeit war Mrs. Clays Haus überfüllt. Der Sheriff, ein untersetzter, grauhaariger Mann, litt an morgendlichen Verdauungsstörungen. Er runzelte gelegentlich die Stirn und rülpste häufig. Begleitet wurde er von zwei Deputies. Seine Benachrichtigung der Army hatte fünf Soldaten auf den Plan gerufen: einen Leutnant, zwei Sergeanten und zwei Gemeine. Eine halbe Stunde später kam Major Oliver P. Poole, ein dunkelhäutiger Offizier mit einer Brille und einem dünnen, schwarzen Schnurrbart. Alle richteten sich nach ihm, es war offensichtlich, daß er das Sagen hatte.

Zunächst vertrieben sich Zivilisten und Soldaten die Zeit damit, die Leiche zu betrachten, im Haus ein und aus zu gehen, in ihren schweren Stiefeln die Treppe hinauf und hinunter zu poltern und mit zusammengesteckten Köpfen zu tuscheln. Sie ließen alle Wärme, die im Haus war, entweichen und trugen Schnee und Eis herein, was auf Mrs. Clays gewachsten Holzböden ein Chaos anrichtete.

Der Sheriff und seine Männer waren vorsichtig, die Soldaten sehr ernst und der Major auf eine kalte Art höflich.

Oben im Schlafzimmer untersuchte Major Poole die Einschußstellen im Boden, in den Wänden, der Kommode und der Leiche des Soldaten.

»Sie können ihn nicht identifizieren, Dr. Cole?«

»Ich habe ihn noch nie gesehen.«

»Glauben Sie, daß er Sie berauben wollte?«

»Ich habe nicht die geringste Ahnung. Ich weiß nur, daß ich im dunklen Zimmer einen Stiefel an die Wand geworfen habe, er auf das Geräusch hin geschossen hat und ich auf ihn geschossen habe.«

»Haben Sie in seine Taschen gesehen?«

»Nein, Sir.«

Der Major tat es und legte den Inhalt der Taschen des fetten Soldaten auf die Decke am Fußende des Bettes. Viel war es

nicht: eine Dose Clock-Time-Schnupftabak, ein zusammenge-
knülltes, schmutziges Taschentuch, siebzehn Dollar und acht-
unddreißig Cent sowie ein Urlaubsschein der Armee, den Poole
las und dann Shaman gab. »Sagt Ihnen der Name irgend etwas?«
Der Urlaubsschein war ausgestellt für: *Sergeant-Major Henry
Bowman Korff, Headquarters, US Army Eastern Quartermaster
Command, Elizabeth, New Jersey.*
Shaman las den Schein und schüttelte den Kopf. »Ich habe den
Namen noch nie gelesen oder gehört«, konnte er aufrichtig
sagen.
Aber als er dann einige Minuten später die Treppe hinunterging,
merkte er, daß dieser Name in ihm unerfreuliche Erinnerungen
wachrief. Auf halbem Weg nach unten wußte er, warum.
Nie wieder würde er nun darüber nachgrübeln müssen, wie es
sein Vater bis zu seinem Tod getan hatte, was mit dem dritten
Mann geschehen war, der an dem Morgen, als Makwa-ikwa
vergewaltigt und getötet wurde, aus Holden's Crossing geflohen
war. Nun mußte er nicht mehr nach einem Fettwanst namens
Hank Cough suchen – Hank Korff hatte ihn gefunden.

Kurze Zeit später kam der Coroner und erklärte den Verstorbenen offiziell für tot. Er begrüßte Shaman sehr kühl. Alle Männer
zeigten offen oder versteckt Distanz, ja Feindschaft, und Shaman
verstand auch, weshalb. Alex war ihr Kriegsgegner, er hatte
gegen sie gekämpft und wahrscheinlich einige Nordstaatler
getötet, und bis vor wenigen Tagen war er ihr Kriegsgefangener
gewesen. Jetzt aber hatte Alex' Bruder einen Soldaten des Nordens in Uniform getötet.
Shaman war erleichtert, als sie den gewichtigen Toten auf eine
Bahre luden und unter Mühen die Treppe hinunter- und aus dem
Haus trugen.
Nun begannen die Verhöre. Der Major saß in dem Gästezimmer, in dem die Schießerei stattgefunden hatte. Neben ihm
hockte auf einem Küchenschemel einer der Sergeanten und
schrieb mit. Shaman saß auf der Bettkante.
Major Poole fragte ihn nach seinen politischen und anderen

Verbindungen, und Shaman erwiderte, er sei in seinem Leben nur zwei Organisationen beigetreten, der Society für the Abolition of Slavery während der College-Zeit und der Rock Island County Medical Society.

»Sind Sie ein *Copperhead*, Dr. Cole?«

»Nein, das bin ich nicht.«

»Und Sie haben auch nicht den kleinsten Funken Sympathie für den Süden?«

»Ich bin gegen die Sklaverei. Ich will, daß der Krieg zu Ende geht, ohne noch mehr Leid anzurichten, und ich unterstütze den Süden nicht.«

»Warum ist Sergeant-Major Korff in dieses Haus gekommen?«

»Ich habe keine Ahnung.« Shaman war entschlossen, den lange zurückliegenden Mord an einer Indianerfrau in Illinois und die Tatsache, daß drei Männer und ein politischer Geheimbund in die Vergewaltigung und den Tod dieser Frau verwickelt waren, nicht zu erwähnen. Das war alles zu weit entfernt, zu mysteriös. Er wußte, wenn er es zur Sprache brachte, würde er nur den Argwohn dieses unfreundlichen Armeeoffiziers herausfordern und sich und seinen Bruder noch mehr gefährden.

»Sie verlangen von uns zu akzeptieren, daß ein Sergeant-Major der United States Army bei einem versuchten Raubüberfall getötet wurde.«

»Nein, ich verlange nicht, daß Sie irgend etwas akzeptieren. Major Poole. Glauben Sie, daß ich diesen Mann eingeladen habe, in einem von mir gemieteten Haus ein Fenster einzuschlagen, das Haus unbefugt um zwei Uhr morgens zu betreten und im Krankenzimmer meines Bruders eine Waffe abzufeuern?«

»Warum hat er es dann getan?«

»Ich weiß es nicht«, erwiderte Shaman, und der Major runzelte die Stirn.

Während Poole Shaman verhörte, befragte der Leutnant im Wohnzimmer Alex. Gleichzeitig durchsuchten die Gemeinen und die Deputies des Sheriffs den Stall und das Haus, sie öffneten Shamans Gepäck und leerten Schubladen und Schränke.

Von Zeit zu Zeit unterbrachen die beiden Offiziere die Verhöre, um sich zu besprechen.

»Warum haben Sie mir nicht gesagt, daß Ihre Mutter eine Südstaatlerin ist?« fragte Major Poole Shaman nach einer solchen Pause.

»Meine Mutter wurde in Virginia geboren, hat aber mehr als ihr halbes Leben in Illinois verbracht. Ich habe es Ihnen nicht gesagt, weil Sie mich nicht danach gefragt haben.«

»Das haben wir in Ihrer Arzttasche gefunden. Was ist das, Dr. Cole?« Poole breitete vier Zettel auf dem Bett aus. »Auf jedem stehen Name und Adresse einer Person, eines Südstaatlers.«

»Es sind die Adressen von Angehörigen der Zeltkollegen meines Bruders im Gefangenenlager von Elmira. Diese Männer haben sich um meinen Bruder gekümmert und ihn gepflegt. Wenn der Krieg vorbei ist, werde ich mich mit ihnen in Verbindung setzen, um herauszufinden, ob sie es geschafft haben. Und wenn sie es geschafft haben, werde ich ihnen danken.«

Die Verhöre zogen sich in die Länge. Oft wiederholte Poole Fragen, die er schon einmal gestellt hatte, und Shaman wiederholte dann seine Antworten.

Mittags gingen die Männer zum Essen zu Barnard und ließen nur die beiden Gemeinen und einen Sergeanten im Haus zurück. Shaman ging in die Küche, kochte Haferschleim und brachte Alex, der bedrohlich erschöpft aussah, eine Schüssel davon.

Alex sagte, er könne nichts essen.

»Du *mußt* essen, das ist *deine* Art zu kämpfen!« sagte Shaman energisch, worauf Alex nickte und das mehlige Zeug auszulöffeln begann.

Nach dem Mittagessen wurden die Plätze getauscht, der Major verhörte nun Alex und der Leutnant Shaman. Gegen drei Uhr nachmittags verlangte Shaman zur Verärgerung der Offiziere eine Unterbrechung und wechselte – vor Publikum – den Verband an Alex' Stumpf.

Shaman war sehr erstaunt, als Major Poole ihn bat, drei seiner Soldaten zu jener Stelle im Wald zu führen, wo er das amputierte Stück von Alex' Bein verbrannt hatte. Er zeigte ihnen den Ort, und sie schaufelten den Schnee beiseite und wühlten in den Ascheresten, bis sie verkohlte Fragmente von Schien- und Wadenbein fanden, die sie in ein Taschentuch legten und mitnahmen. Am Spätnachmittag gingen die Männer. Das Haus war nun wieder angenehm leer, aber es herrschte auch eine Atmosphäre der Unsicherheit und des Verletztseins. Eine Decke hing vor dem zerbrochenen Fenster, die Böden waren schmutzig, und in der Luft hing der Körper- und Pfeifengeruch der Männer.

Shaman erhitzte die Fleischsuppe. Zu seiner freudigen Überraschung hatte Alex plötzlich wirklich Hunger, und er gab ihm zur Suppe auch eine reichliche Portion Rindfleisch und Gemüse. Auch Shamans Appetit wurde dadurch angeregt, und nach der Suppe aßen sie Butterbrot mit Marmelade und Apfelmus, und Shaman brühte frischen Kaffee auf.

Dann trug er Alex nach oben und legte ihn in Mrs. Clays Bett. Er versorgte seinen Bruder und saß lange bei ihm, doch schließlich ging er in das Gästezimmer, wo er erschöpft aufs Bett fiel und sich bemühte, die Blutflecken auf dem Boden zu vergessen. In dieser Nacht schlief er ein wenig.

Am nächsten Morgen kamen weder der Sheriff noch seine Leute, aber die Soldaten waren schon da, ehe Shaman das Frühstücksgeschirr aufgeräumt hatte. Zunächst sah es so aus, als würde dieser Tag genauso verlaufen wie der vorangegangene, doch dann klopfte im Verlauf des Vormittags ein Mann an die Tür, der sich als George Hamilton Crockett, stellvertretender Kommissar für Indianerangelegenheiten aus Albany, vorstellte. Er unterhielt sich lange mit Major Poole und überreichte ihm einen Stapel Papiere, in denen sie im Verlauf des Gesprächs immer wieder blätterten.

Dann packten die Soldaten ihre Sachen zusammen und zogen ihre Mäntel an. Angeführt von dem mürrischen Major Poole verließen sie das Haus.

Mr. Crockett blieb noch eine Weile und unterhielt sich mit den

Cole-Brüdern. Er erzählte ihnen, daß sein Büro mit Telegrammen aus Washington förmlich bombardiert worden sei.

»Der Vorfall ist etwas unglücklich. Die Army hat schwer daran zu schlucken, daß einer der Ihren im Haus eines Konföderierten getötet worden ist. Üblicherweise töten sie die Konföderierten, die ihre Männer töten.«

»Das haben sie mit ihren Fragen und ihrer Beharrlichkeit ziemlich deutlich gemacht«, sagte Shaman.

»Sie haben nichts zu befürchten. Die Beweislage ist zu eindeutig. Sergeant-Major Korffs Pferd wurde im Wald angebunden gefunden. Die Fußabdrücke des Mannes im Schnee führten vom Pferd zum Fenster an der Rückwand des Hauses. Das Glas war zerbrochen, das Fenster wurde offengelassen. Als sie seine Leiche untersuchten, hielt er noch die Waffe in der Hand, aus der zwei Schüsse abgegeben worden waren. Wenn in Kriegszeiten die Gemüter erhitzt sind, kann es schon passieren, daß bei einer nicht allzu sorgfältigen Ermittlung in einem solchen Fall die Eindeutigkeit der Beweislage übersehen wird, aber nicht, wenn einflußreiche Kreise sich für den Fall interessieren und eingehend mit ihm beschäftigen.«

Crockett lächelte und richtete herzliche Grüße des Honorable Nicholas Holden aus. »Der Kommissar hat mich gebeten, Ihnen zu versichern, daß er persönlich nach Elmira kommt, falls er gebraucht wird. Ich bin froh, ihm nun versichern zu können, daß eine solche Reise unnötig ist«, sagte er.

Am nächsten Morgen schickte Major Poole einen seiner Sergeanten mit der Nachricht, die Cole-Brüder würden gebeten, Elmira bis zum offiziellen Abschluß der Untersuchung nicht zu verlassen. Auf die Frage, wann das der Fall sein werde, antwortete der Sergeant nicht unhöflich, daß er das nicht wisse.

Also blieben sie weiter in dem kleinen Haus. Mrs. Clay hatte sofort erfahren, was passiert war, und kam vorbei, um sich den Schaden anzusehen. Blaß und wortlos starrte sie das zerbrochene Fenster an, entsetzt wanderte ihr Blick über die Einschußstellen und den blutbesudelten Boden. Als sie den ruinierten Kommodenaufsatz sah, stiegen ihr die Tränen in die Augen. »Die Kommode stammt noch von meiner Mutter.«

»Ich kümmere mich darum, daß sie repariert und das Haus wieder in Ordnung gebracht wird«, sagte Shaman. »Können Sie mir einen Schreiner empfehlen?«

Noch am selben Nachmittag schickte sie jemanden vorbei, einen hageren, schon etwas älteren Mann namens Bert Clay, den Cousin ihres verstorbenen Gatten. Er wiegte mißbilligend den Kopf, machte sich aber unverzüglich an die Arbeit. Als erstes besorgte er eine Glasscheibe mit den richtigen Abmessungen, um das Fenster zu reparieren. Die Beschädigungen im Gästezimmer waren komplizierter. Die zersplitterten Bodendielen mußten ersetzt, die blutbesudelten Stellen abgeschliffen und neu eingelassen werden. Die Löcher in der Wand könne er mit Gips ausfüllen und das Zimmer neu streichen, meinte Bert. Doch als er sich die Kommode ansah, schüttelte er den Kopf. »Ich weiß nicht. Das ist Vogelaugen-Ahorn. Kann sein, daß ich irgendwo ein Stück davon finde, aber das wird teuer.«

»Besorgen Sie es!« sagte Shaman entschlossen.

Es dauerte eine Woche, bis Bert die Reparaturen ausgeführt hatte. Als er fertig war, kam Mrs. Clay und sah sich alles sehr genau an. Sie nickte, dankte Bert und meinte, es sei alles in Ordnung, auch die Kommode. Doch Shaman gegenüber verhielt sie sich sehr kühl, und er sah ein, daß ihr Haus für sie nie wieder dasselbe sein würde wie früher.

Alle, denen er begegnete, verhielten sich kalt ihm gegenüber. Mr. Barnard lächelte und plauderte nicht mehr, wenn er in seinen Laden kam, und er merkte, daß Leute auf der Straße ihn ansahen und dann die Köpfe zusammensteckten. Die allgemeine Feindseligkeit zerrte an seinen Nerven. Major Poole hatte gleich zu Anfang den Colt konfisziert, und Shaman und Alex fühlten sich schutzlos. Nachts ging Shaman mit dem Schürhaken und einem Küchenmesser ins Bett, lag dann wach und versuchte, die Schwingungen eines Eindringlings zu erspüren, dabei war es nur der Wind, der am Haus rüttelte.

Nach drei Wochen hatte Alex Gewicht zugelegt. Er sah jetzt

besser aus, konnte es aber kaum mehr erwarten wegzukommen, und so waren sie beide erleichtert, als Poole sie endlich wissen ließ, daß sie abreisen könnten. Shaman hatte Alex Zivilkleidung gekauft. Er half ihm beim Anziehen und steckte ihm das linke Hosenbein hoch, damit es ihn nicht störte. Alex versuchte, mit Hilfe seiner Krücken zu gehen, hatte aber Schwierigkeiten. »Ich komme mir ganz einseitig vor, weil jetzt soviel von dem Bein weg ist«, sagte er, doch Shaman erwiderte, er werde sich daran gewöhnen.

Bei Barnard kaufte Shaman einen großen Laib Käse und legte ihn als Entschädigung für Mrs. Clay auf den Tisch. Mit dem Mietstallbesitzer hatte er vereinbart, Pferd und Wagen am Bahnhof zurückzugeben, und deshalb konnte Alex auf Stroh gebettet dorthin fahren, so wie er zuvor das Gefangenenlager verlassen hatte. Als der Zug hielt, trug Shaman Alex auf den Armen in ein Abteil und setzte ihn auf einen Fensterplatz, während die anderen Reisenden sie angafften oder verlegen wegsahen. Die beiden sprachen kaum etwas, doch als der Zug anfuhr und Elmira verließ, legte Alex seinem Bruder die Hand auf den Arm.

Sie fuhren auf einer nördlicheren Route nach Hause als auf der, die Shaman nach Elmira geführt hatte. Shaman zog es vor, über Chicago anstatt über Cairo zu reisen, denn er glaubte nicht, daß der Mississippi bei ihrer Ankunft in Illinois schon eisfrei sein würde. Es war eine beschwerliche Reise. Das unaufhörliche Rütteln der Waggons bereitete Alex starke Schmerzen. Unterwegs mußten sie häufig umsteigen, und jedesmal mußte Shaman seinen Bruder auf den Armen von einem Zug zum anderen tragen. Außerdem waren die Züge fast nie pünktlich. Mehrmals wurde der Zug, in dem sie fuhren, auf einem Nebengleis abgestellt, um einen Truppentransport vorbeizulassen. Einmal schaffte es Shaman, für etwa fünfzig Meilen Polstersessel in einem Salonwagen zu ergattern, doch meistens saßen sie auf den harten Holzbänken der gewöhnlichen Abteile. Als sie Erie in Pennsylvania erreichten, hatte Alex weiße Flecken in den

Mundwinkeln, und Shaman wußte, daß sein Bruder nicht mehr weiterreisen konnte.

Er mietete ein Hotelzimmer, damit Alex sich eine Weile in einem weichen Bett ausruhen könnte. Beim Verbandwechseln an diesem Abend begann er Alex einiges von dem zu erzählen, was er aus dem Tagebuch seines Vaters erfahren hatte.

Er berichtete ihm von dem Schicksal der drei Männer, die Makwa-ikwa vergewaltigt und ermordet hatten. »Ich glaube, es war meine Schuld, daß Henry Korff hinter uns her war. Damals in dem Asyl in Chicago, in dem David Goodnow verwahrt wird, habe ich zuviel über die Mörder gesagt. Ich habe nach dem Supreme Order of the Star-Spangled Banner gefragt, und nach Hank Cough, und ich habe wohl den Eindruck hinterlassen, als wäre ich hinter ihnen her. Wahrscheinlich war einer vom Personal ein Mitglied des Geheimbunds, vielleicht mehrere. Zweifellos hat man Korff gewarnt, und der hat beschlossen, uns zu beseitigen.«

Alex schwieg einen Augenblick und sah dann seinen Bruder mit besorgtem Gesicht an. »Aber Shaman ... Korff wußte, *wo* er uns suchen mußte. Das bedeutet, jemand in Holden's Crossing muß ihm verraten haben, daß du nach Elmira abgereist bist.«

Shaman nickte. »Das geht mir auch schon lange im Kopf herum«, sagte er leise.

Eine Woche nachdem sie Elmira verlassen hatten, erreichten sie Chicago. Shaman schickte seiner Mutter ein Telegramm und teilte ihr mit, daß er Alex nach Hause bringe. Er verheimlichte ihr nicht, daß Alex ein Bein verloren hatte, und bat sie, sie vom Bahnhof abzuholen.

Als der Zug mit einer Stunde Verspätung in Rock Island einlief, wartete Sarah mit Doug Penfield am Bahnsteig. Shaman trug Alex die Waggonstufen hinunter, und Sarah warf die Arme um ihren Sohn und weinte wortlos.

»Laß mich ihn absetzen, er ist zu schwer«, beklagte sich Shaman schließlich und hob Alex auf den Sitz des Buckboard. Auch Alex hatte geweint. »Du siehst gut aus, Ma«, sagte er schließlich.

Seine Mutter setzte sich neben ihn und hielt seine Hand. Shaman ergriff die Zügel, während Doug auf seinem Pferd ritt, das hinten am Wagen angebunden gewesen war.

»Wo ist Alden?« fragte Shaman.

»Er hat sich ins Bett gelegt. Er wird immer schwächer, Shaman, die Anfälle werden immer schlimmer. Und als sie vor ein paar Wochen am Fluß Eis hackten, ist er ausgerutscht und schwer gestürzt«, sagte Sarah.

Unterwegs verschlang Alex die Landschaft mit den Augen. Shaman ebenfalls, doch er hatte ein eigenartiges Gefühl dabei: So wie für Mrs. Clay ihr Haus nicht mehr dasselbe sein würde, so war auch sein Leben nicht mehr das alte. Seit seiner Abreise von hier hatte er einen Mann getötet. Die Welt war aus den Fugen.

Es dämmerte bereits, als sie das Haus erreichten. Sie legten Alex in sein eigenes Bett, wo er mit geschlossenen Augen dalag, nichts als Freude in seinem Gesicht.

Sarah kochte zur Feier der Rückkehr ihres verlorenen Sohnes etwas Besonderes. Es gab Brathühnchen mit Kartoffel- und Karottenbrei. Sie hatten noch kaum zu Ende gegessen, als Lillian mit einer Terrine Eintopf über den Langen Weg dahergeeilt kam. »Deine Hungertage sind vorbei!« rief sie, nachdem sie Alex geküßt und ihn willkommen geheißen hatte. Rachel sagte sie, müsse bei ihren Kindern bleiben, werde ihn aber gleich am nächsten Morgen besuchen.

Die beiden Frauen saßen so nahe bei Alex, wie die Stühle es gestatteten, und Shaman ließ sie mit ihm alleine. Er ging zu Aldens Hütte. Der alte Knecht schlief, als er eintrat, und die Hütte stank nach Whiskey. Shaman schlich sich wieder hinaus und schlug den Langen Weg ein. Der Schnee war platt getreten und überfroren, an einigen Stellen war es sehr glatt. Durch das Fenster des Geiger-Hauses sah er Rachel vor dem Kamin sitzen und lesen. Sie ließ das Buch sofort sinken, als er an die Scheibe klopfte.

Sie küßten sich, als läge einer von ihnen im Sterben. Rachel nahm ihn bei der Hand und führte ihn hinauf in ihr Zimmer.

Unten schliefen die Kinder, ihr Bruder Lionel reparierte im Stall Pferdegeschirre, und ihre Mutter konnte jeden Augenblick zurückkommen, doch sie liebten sich trotzdem – in ihren Kleidern auf Rachels Bett, zärtlich, aber entschlossen und mit einer verzweifelten Dankbarkeit.

Als er später den Langen Weg zurückging, war die Welt für ihn wieder im Lot.

ALEX' FAMILIENNAME

Shaman gab es einen Stich, als er sah, wie mühsam Alden sich über die Farm schleppte. Sein Hals und seine Schultern waren steifer, als sie es bei Shamans Abreise gewesen waren, und sein Gesicht wirkte wie eine starre, geduldige Maske, auch dann, wenn ihn schwere Anfälle quälten. Er tat alles langsam und bewußt, wie ein Mann, der sich zitternd unter Wasser bewegt.

Aber sein Verstand war klar. Er fand Shaman im Stall und gab ihm die kleine Vitrine, die er für Rob J.s Skalpell geschreinert hatte, und das neue Bistouri, um das Shaman ihn gebeten hatte. Dann bat er Shaman, sich zu setzen, und er berichtete ihm in knappen Worten, wie die Farm den Winter überstanden hatte, die Anzahl der Tiere, die Menge des verbrauchten Futters und die Aussichten für den Lämmerwurf im Frühling. »Ich lasse Doug trockenes Holz ins Zuckerhaus bringen, damit wir Sirup kochen können, sobald die Baumsäfte fließen.«

»Gut«, sagte Shaman. Er zögerte einen Augenblick und machte Alden dann das unangenehme Geständnis, daß er Doug aufgetragen habe, sich für die im Frühjahr anfallenden Arbeiten nach einem guten Handlanger umzusehen.

Alden nickte langsam. Er räusperte sich lange und spuckte dann umständlich aus. »Bin nicht mehr so frisch, wie ich's mal war«, sagte er, als wolle er Shaman das schonend beibringen.

»Soll diesen Frühling doch ein anderer pflügen! Ist auch nicht nötig, daß der Vormann einer Farm die schwere Arbeit tut, wenn wir junge Kerle bekommen können, die ihre Muskeln spielen lassen wollen«, sagte Shaman, und Alden nickte noch einmal, bevor er den Stall wieder verließ. Shaman sah, daß er einige Zeit brauchte, um in Bewegung zu kommen, wie ein Mann, der beschlossen hat zu pinkeln, aber nicht kann. Doch hatte er dann den ersten Schritt gemacht, bewegten sich seine Füße gleichmäßig und wie aus eigenem Antrieb, und der Rest von Alden ließ sich von ihnen einfach davontragen.

Es tat Shaman gut, wieder in seiner Praxis zu sein. Sosehr die Nonnen sich auch bemüht hatten, für seine Patienten zu sorgen, einen Arzt konnten sie nicht ersetzen. Einige Wochen lang arbeitete er sehr schwer, er holte aufgeschobene Operationen nach und erledigte pro Tag mehr Hausbesuche als früher.

Als er eines Tages beim Konvent vorbeischaute, begrüßte Mater Miriam Ferocia ihn freundlich und hörte mit stiller Freude seinem Bericht von Alex' Rückkehr zu. Auch sie hatte Neuigkeiten zu berichten: »Die Erzdiözese hat uns mitgeteilt, daß unser vorläufiger Haushaltsplan bewilligt ist, und man fordert uns auf, mit dem Bau des Krankenhauses zu beginnen.«

Der Bischof hatte sich die Pläne persönlich angesehen und sie für gut befunden, den Nonnen aber davon abgeraten, das Hospital auf Klostergrund zu bauen. »Er meint, der Konvent sei zu schwierig zu erreichen, zu weit vom Fluß und von den Hauptstraßen entfernt. Jetzt müssen wir uns einen Bauplatz suchen.«

Sie griff hinter ihren Stuhl und reichte Shaman zwei schwere, cremefarbene Ziegel. »Was halten Sie davon?«

Sie waren hart und klirrten beinahe, als er sie aneinanderstieß. »Ich verstehe zwar nicht viel von Ziegeln, aber die sehen wunderbar aus.«

»Die ergeben Mauern wie für eine Burg«, sagte die Oberin. »Das Krankenhaus wird im Sommer kühl und im Winter warm sein. Es sind sehr dicht gebrannte Ziegel, die nehmen kein Wasser mehr auf. Und sie sind hier in der Gegend erhältlich, bei einem Mann namens Rosswell, der neben der Lehmgrube auf seinem Grund eine Ziegelbrennerei errichtet hat. Er hat so viel vorrätig, daß wir mit dem Bau beginnen können, und er ist ganz erpicht darauf, noch mehr für uns zu brennen. Er sagt, wenn wir eine dunklere Farbe wünschen, kann er die Ziegel räuchern.«

Shaman hob die Ziegel, die sich solide und konkret anfühlten, als halte er bereits die Wände des Krankenhauses in der Hand. »Ich finde, diese Farbe paßt ausgezeichnet.«

»Das finde ich auch«, erwiderte Mater Miriam Ferocia, und die beiden lachten sich fröhlich an, wie zwei Kinder, die sich eine Süßigkeit teilen.

Spät an diesem Abend saß Shaman in der Küche und trank mit seiner Mutter Kaffee. »Ich habe Alex von seiner … Verwandtschaft mit Nick Holden erzählt«, sagte sie.

»Und wie hat Alex es aufgenommen?«

Sarah hob die Schultern. »Er hat es … einfach akzeptiert.« Sie lächelte schwach. »Er könne genausogut Nick Holden zum Vater haben wie einen toten Verbrecher, hat er gesagt.« Sie schwieg einen Augenblick, doch dann wandte sie ihr Gesicht wieder Shaman zu, und er sah, daß sie nervös war.

»Reverend Blackmer verläßt Holden's Crossing«, sagte sie. »Der Pfarrer der Baptistenkirche in Davenport ist nach Chicago berufen worden, und die Kongregation hat Sydney die freie Stelle angeboten.«

»Das tut mir leid. Ich weiß, wie sehr du ihn schätzt. Und jetzt muß die Kirche hier sich wieder nach einem neuen Priester umsehen.«

»Shaman«, sagte sie. »Sydney hat mich gebeten, mit ihm zu gehen – ihn zu heiraten.«

Er nahm ihre Hand, sie war kalt. » … und was willst du tun, Mutter?«

»Wir sind … einander sehr nahe gekommen, seit seine Frau gestorben ist. Und als dann ich Witwe wurde, war er für mich ein Turm der Kraft.« Sie drückte fest Shamans Hand. »Ich habe deinen Vater wirklich und aufrichtig geliebt. Ich werde ihn immer lieben.«

»Ich weiß.«

»In ein paar Wochen ist es ein Jahr seit seinem Tod. Hättest du etwas dagegen, wenn ich noch einmal heirate?«

Er stand auf und ging zu ihr.

»Ich bin eine Frau, die nur als Ehefrau leben kann.«

»Ich will einzig, daß du glücklich bist«, sagte er und legte seine Arme um sie.

Sie mußte sich beinahe mit Gewalt aus seiner Umarmung lösen, damit er ihre Lippen sehen konnte. »Ich habe Sydney gesagt, wir können nicht heiraten, solange Alex mich noch braucht.«

»Ma, es ist besser für ihn, wenn du ihn nicht mehr hinten und vorne bedienst.«

»Wirklich?«

»Wirklich.«

Ihr Gesicht strahlte. Einen Augenblick sah er, wie sie wohl als junges Mädchen ausgesehen haben mußte, und das Herz blieb ihm beinahe stehen.

»Danke, mein lieber Shaman! Ich werde es Sydney sagen«, rief sie freudig.

Der Stumpf seines Bruders verheilte wunderbar. Alex war in der beständigen Obhut seiner Mutter und der Kirchendamen. Obwohl er zunahm und seine knochige Gestalt allmählich wieder kräftig wurde, lächelte er selten, und sein Blick blieb überschattet.

In Rock Island schuf sich eben ein Mann namens Wallace einen Ruf als Hersteller falscher Gliedmaßen, und nach langem Drängen ließ Alex sich dazu überreden, mit Shaman zu ihm zu fahren. An einer Wand von Wallaces Werkstatt hing eine faszinierende Sammlung von holzgeschnitzten Händen, Füßen, Armen und Beinen. Der Prothesenmacher war von einer Rundlichkeit, die einen dazu verleitete, auf einen fröhlichen, heiteren Charakter zu schließen, doch dieser Mann nahm seine Arbeit sehr ernst. Mehr als eine Stunde lang vermaß er Alex, der dazu stehen, sitzen, sich strecken, gehen, erst ein Knie und dann beide beugen, sich hinknien und sich hinlegen mußte. Zum Schluß kündigte er ihnen an, sie könnten das falsche Bein in sechs Wochen abholen.

Alex war nur einer aus einer ganzen Armee von Krüppeln. Shaman sah sie, sooft er in die Stadt fuhr, ehemalige Soldaten mit fehlenden Gliedmaßen und viele von ihnen mit verstümmelter Seele. Stephen Hume, der alte Freund seines Vaters, kehrte hochdekoriert zurück, doch drei Tage nach seiner Ernennung zum Brigadegeneral anläßlich der Schlacht bei Vicksburg hatte ihn eine Kugel knapp unterhalb des rechten Ellbogens getroffen. Er hatte den Arm zwar nicht verloren, aber durch die Verletzung waren die Nerven zerstört, so daß er nur noch ein nutzloses Anhängsel wie einen dauerhaft gebrochenen Arm in einer schwarzen Schlinge trug. Zwei Monate vor Humes Heimkehr war der Honorable Daniel P. Allen gestorben, und der Gouverneur ernannte den Kriegshelden zu dessen Nachfolger als Richter am Bezirksgericht. Richter Hume hatte seine Arbeit bereits aufgenommen, woran Shaman sah, daß einige der ehemaligen Soldaten ohne Anpassungsschwierigkeiten ins Zivilleben zurückkehrten, während andere Probleme hatten, die sie plagten und lähmten.

Er versuchte, alle Entscheidungen, die die Farm betrafen, mit Alex zu besprechen. Noch immer gab es kaum Männer für die Farmarbeit, doch Doug Penfield hatte einen gewissen Billy Edwards aufgetrieben, der in Iowa bereits mit Schafen zu tun gehabt hatte. Shaman sprach mit ihm und sah, daß er kräftig und arbeitswillig war; zudem hatte George Cliburn ihn empfohlen. Shaman fragte Alex, ob auch er mit Edwards reden wolle.

»Nein, keine Lust.«

»Aber wäre es denn nicht besser, wenn du es tätest? Schließlich wird der Mann für dich arbeiten, wenn du dich wieder um die Farm kümmerst.«

»Ich glaube nicht, daß ich mich je wieder um die Farm kümmern werde.«

»Was?«

»Vielleicht arbeite ich mit dir. Ich kann doch dein Gehör sein wie dieser Mann im Krankenhaus in Cincinnati, von dem du mir erzählt hast.«

Shaman lächelte. »Aber ich brauche doch kein Vollzeitgehör. Es ist fast immer jemand da, der mir seine Ohren leiht, wenn ich sie brauche. Nein, ernsthaft: Hast du schon eine Vorstellung, was du machen willst?«

»Ehrlich gesagt, ich weiß es nicht.«

»Na, du hast ja Zeit, es dir zu überlegen«, sagte Shaman und war froh, nicht weiter auf das Thema eingehen zu müssen.

Billy Edwards war ein guter Arbeiter, aber wenn er zu arbeiten aufhörte, war er ein Quaßler. Er redete über Bodenqualität und Schafzucht, von den Getreidepreisen und von den Vorteilen, die ein Eisenbahnanschluß mit sich bringen würde. Doch eines Tages redete er über die Rückkehr der Indianer nach Iowa, und sofort horchte Shaman auf.

»Was soll das heißen: Sie sind zurückgekehrt?«

»Eine gemischte Truppe aus Sauks und Mesquakies. Sie haben das Reservat in Kansas verlassen und sind nach Iowa zurückgekommen.«

Wie Makwa-ikwas Leute, dachte Shaman. »Gibt es Schwierigkeiten? Mit den Leuten in der Gegend?«

Edwards kratzte sich am Kopf. »Nein. Es kann ihnen eigentlich keiner mehr Schwierigkeiten machen. Diese Indianer sind schlau. Sie haben sich ihr eigenes Land gekauft, ganz legal. Mit guten amerikanischen Dollars.« Er grinste. »Natürlich ist das Land, das sie gekauft haben, wahrscheinlich das schlechteste im ganzen Staat, 'ne Menge gelber Erde. Aber sie haben Felder angesät und sich Hütten gebaut – eine richtige kleine Stadt. Sie nennen sie Tama, nach einem ihrer Häuptlinge, soweit ich weiß.«

»Wo liegt diese Indianerstadt?«

»Ungefähr hundert Meilen westlich von Davenport. Und ein bißchen nördlich davon.«

Shaman wußte sofort, daß er die Stadt sehen mußte.

Ein paar Tage später kam Nick Holden in einem großartigen neuen Wagen mit Kutscher auf die Cole-Farm gefahren. In weiser Voraussicht vermied es Shaman, den Kommissar für Indianerangelegenheiten nach den Sauks und Mesquakies in Iowa zu fragen. Er und seine Mutter dankten Holden für seine Hilfe, und er war höflich und freundlich, doch es war offensichtlich, daß er wegen Alex gekommen war.

Den ganzen Vormittag saß er bei ihm am Bett. Als Shaman gegen Mittag seine Praxis schloß, sah er überrascht, daß Nick und dessen Kutscher Alex in den Wagen halfen.

Sie blieben den ganzen Nachmittag und einige Abendstunden weg. Bei der Rückkehr halfen Nick und der Kutscher Alex ins Haus, wünschten allen höflich eine gute Nacht und fuhren weg.

Alex erzählte nicht viel von den Ereignissen des Tages. »Wir sind ein bißchen herumgefahren. Und haben geredet.« Er lächelte. »Das heißt, vorwiegend hat er geredet, und ich habe zugehört. Wir hatten ein gutes Abendessen bei Anna Wiley.« Er zuckte mit den Achseln. Alex wirkte nachdenklich und ging früh zu Bett, denn der Tag hatte ihn angestrengt.

Am nächsten Morgen waren Nick und die Kutsche wieder da. Diesmal nahm Nick Alex mit nach Rock Island, und am Abend berichtete Alex von zwei erlesenen Mahlzeiten im dortigen Hotel.

Am dritten Tag fuhren sie nach Davenport. Alex kam früher nach Hause als an den beiden anderen Tagen, und Shaman hörte, wie er Nick eine angenehme Rückreise nach Washington wünschte.

»Ich melde mich mal wieder, wenn ich darf«, sagte Nick.

»Aber natürlich, Sir.«

Als Shaman an diesem Abend zu Bett ging, winkte Alex ihn in sein Zimmer. »Nick will mich adoptieren«, sagte er.

»Was?«

Alex nickte. »Am ersten Tag hat er mir erzählt, daß Präsident Lincoln ihn um den Rücktritt gebeten hat, damit er einen anderen ernennen kann. Nick meint, es sei Zeit, daß er hierher

646

zurückkommt und sich zur Ruhe setzt. Heiraten will er nicht, aber er hätte gern einen Sohn. Sagt, er habe die ganze Zeit gewußt, daß er mein Vater ist. Die drei Tage lang sind wir nur durch die Gegend gefahren und haben uns seine Besitztümer angesehen. Außerdem hat er in West-Pennsylvania noch eine gutgehende Bleistiftfabrik und wer weiß, was sonst noch alles. Er will, daß ich sein Erbe werde und meinen Namen in Holden ändere.«

Shaman fühlte sich traurig und zornig. »Na, du hast ja gesagt, daß du kein Farmer mehr sein willst.«

»Ich habe Nick versichert, daß es für *mich* keinen Zweifel daran gibt, wer mein Vater war. Mein Vater war der Mann, der meine jugendliche Unvernunft und meine Schandtaten geduldig ertragen, mir Disziplin beigebracht und Liebe geschenkt hat. Ich habe zu ihm gesagt, mein Name ist Cole.«

Shaman berührte seinen Bruder an der Schulter. Er brachte kein Wort heraus, sondern nickte nur. Dann küßte er seinen Bruder auf die Wange und ging zu Bett.

Am vereinbarten Tag holten sie die Prothese ab. Wallace hatte den Fuß so geschnitzt, daß man Strumpf und Schuh darüberziehen konnte. Alex' Stumpf wurde in die Muffe eingepaßt und das Ganze mit Lederriemen unter- und oberhalb des Knies befestigt.

Alex haßte das Ding vom ersten Augenblick an. Das Tragen bereitete ihm große Schmerzen.

»Das kommt daher, daß Ihr Stumpf noch ganz empfindlich ist«, sagte Wallace. »Je öfter Sie die Prothese tragen, desto eher bilden sich Schwielen. Und bald spüren Sie überhaupt nichts mehr.«

Sie bezahlten den Holzfuß und nahmen ihn mit nach Hause. Aber Alex stellte ihn in den Schrank im Gang und weigerte sich, ihn anzulegen. Wenn er ging, schleppte er sich auf den Krücken vorwärts, die Jimmie-Joe ihm im Gefangenenlager angefertigt hatte.

Eines Morgens Mitte März manövrierte Billy Edwards eine Wagenladung Stämme über den Hof und versuchte eben, das Ochsengespann, das er sich vom jungen Gruber geliehen hatte, zu wenden. Alden stand, auf seinen Stock gestützt, hinter dem Fuhrwerk und rief ihm Anweisungen zu.

»Rückwärts, Junge! Zurück mit dem Ding!«

Billy gehorchte. Es war nur vernünftig anzunehmen, daß Alden, da er ihm befohlen hatte, rückwärts zu fahren, aus dem Weg gehen werde. Ein Jahr zuvor hätte Alden das auch ohne weiteres getan, doch jetzt sagte sein Verstand ihm zwar, daß er aus dem Weg gehen müsse, seine Krankheit aber verhinderte, daß der Befehl schnell genug die Beine erreichte. Ein hinten herausragender Stamm prallte mit der Kraft eines Rammbocks auf Aldens rechte Brustseite und warf ihn ein gutes Stück weit nach hinten, wo er regungslos im schlammigen Schnee liegenblieb.

Billy platzte in die Praxis, als Shaman eben die neu angekommene Molly Thornwell untersuchte, deren Schwangerschaft durch die lange Reise aus Maine nicht gelitten hatte. »Es ist Alden! Ich glaube, ich habe ihn getötet«, rief Billy.

Sie trugen den Alten ins Haus und legten ihn auf den Küchentisch. Shaman schnitt seine Kleidung auf und untersuchte ihn eingehend. Mit blassem Gesicht schleppte sich Alex humpelnd die Treppe herunter und sah Shaman fragend an.

»Einige Rippen sind gebrochen. In seiner Hütte können wir ihn nicht pflegen. Ich werde ihn ins Gästezimmer legen, und ich ziehe wieder zu dir in unser altes Zimmer.«

Alex nickte. Er trat beiseite und sah zu, wie Shaman und Billy Alden nach oben trugen.

Bald darauf erhielt Alex doch noch Gelegenheit, Shamans Gehör zu sein. Er horchte konzentriert an Aldens Brust und berichtete Shaman, was er hörte. »Wird er wieder gesund?«

»Ich weiß nicht«, erwiderte Shaman. »Seine Lunge scheint nicht verletzt zu sein. Einem gesunden, kräftigen Menschen machen ein paar gebrochene Rippen nicht allzuviel aus, aber in seinem Alter und mit seiner Krankheit ...«

Alex nickte. »Ich werde bei ihm bleiben und ihn pflegen.«

»Bist du sicher? Ich kann Mater Miriam um Krankenschwestern ersuchen.«

»Ich würde es gerne tun«, sagte Alex. »Ich habe genug Zeit!«

So hatte Shaman zusätzlich zu den Patienten, die sich auf ihn verließen, auch noch zwei Mitglieder seines Haushalts, die ihn brauchten. Obwohl er ein sehr mitfühlender Arzt war, merkte er, daß die Behandlung ihm Nahestehender nicht das gleiche war wie die Behandlung anderer Patienten. Er fühlte noch mehr Verantwortung und sorgte sich mehr. Wenn er am Ende des Tages nach Hause eilte, schienen die Schatten länger und dunkler zu sein.

Doch es gab auch heitere Augenblicke. Eines Nachmittags besuchten ihn zu seiner freudigen Überraschung Joshua und Hattie alleine. Es war das erstemal, daß sie ohne Begleitung den Langen Weg gehen durften, und sie waren sehr würdevoll und ernst, als sie Shaman fragten, ob er vielleicht Zeit habe, mit ihnen zu spielen. Er freute sich und es war ihm eine Ehre, mit ihnen eine Stunde lang im Wald spazierenzugehen, wo sie die Blüten der ersten Porzellansternchen und deutliche Spuren eines Hirsches im Schnee sahen.

Alden hatte Schmerzen. Shaman gab ihm Morphium, doch das Betäubungsmittel, das Alden vorzog, wurde aus Getreide destilliert. »Also gut, gib ihm Whiskey!« sagte Shaman zu Alex. »Aber in Maßen, verstanden?«

Alex nickte und hielt sein Wort. Das Krankenzimmer bekam nun bald den für Alden typischen Whiskeygeruch, auch wenn ihm nur zwei Unzen am Mittag und noch einmal zwei Unzen am Abend gestattet waren.

Manchmal löste Sarah oder Lillian Alex ab. Eines Abends übernahm Shaman die Krankenwache. Er setzte sich neben das Bett und las in einer medizinischen Zeitschrift, die er aus Cincinnati erhalten hatte. Alden war unruhig, wachte immer wieder auf und schlief dann wieder ein. Im Halbschlaf murmelte er und unterhielt sich mit unsichtbaren Personen, wiederholte Arbeitsbesprechungen mit Doug Penfield oder fluchte auf Raubzeug, das hinter den Schafen her war. Shaman betrachtete das alte, faltige Gesicht, die müden Augen, die große, rote Nase mit den haarigen Löchern, und er dachte an Alden, wie er ihn früher gekannt hatte, stark und tüchtig, der ehemalige Jahrmarktsboxer, der den Cole-Jungen beigebracht hatte, ihre Fäuste zu gebrauchen.

Allmählich beruhigte sich Alden und schlief eine Weile lang tief. Shaman beendete den Artikel über Knickbrüche und wollte gerade den über den grauen Star beginnen, als er den Kopf hob und merkte, daß Alden ihn ruhig und mit klarem, festem Blick ansah.

»Ich wollte nicht, daß er dich umbringt. Ich wollte doch nur, daß er dich einschüchtert«, sagte Alden.

DIE REISE
NACH NAUVOO

Da Shaman und Alex sich nun wieder ein Zimmer teilten, kamen sie sich manchmal vor, als wären sie noch die kleinen Jungen von einst. Als Alex eines Morgens bei Tagesanbruch schlaflos in seinem Bett lag, zündete er die Lampe an und beschrieb seinem Bruder die Geräusche des beginnenden Frühlings: das Trillern und Jubilieren der Vögel, das ungeduldige Plätschern der Bäche, die ihre alljährliche Reise zum Meer begannen, das dröhnende Rauschen des Flusses, das knirschende Krachen, wenn zwei riesige Eisschollen aufeinanderprallten. Aber Shaman war mit seinen Gedanken nicht beim Wesen der Natur. Er dachte über das Wesen des Menschen nach, er erinnerte sich an Dinge und fügte Geschehnisse zusammen, die in der Verbindung plötzlich neue Bedeutung erhielten. Mehr als einmal stand er mitten in der Nacht auf und ging auf kalten Böden durch das stille Haus, um in den Tagebüchern seines Vaters etwas nachzulesen.

Und er beobachtete Alden mit besonderer Sorgfalt und einer eigenartigen, faszinierten Sanftmut, einer neuen, kühlen Wachsamkeit. Manchmal betrachtete er den alten Mann, als sähe er ihn zum erstenmal.

Alden verbrachte die Tage in einem ruhelosen Halbschlaf. Doch eines Abends riß Alex, als er ihn mit dem Stethoskop abhörte, die Augen auf. »Da ist ein neues Geräusch ... als würde man zwei Haarsträhnen mit den Fingern aneinander reiben.«

Shaman nickte. »Das sind Rasselgeräusche.«

»Und was bedeuten sie?«

»Daß mit seiner Lunge etwas nicht stimmt«, sagte Shaman.

Am 9. April heirateten Sarah Cole und Sydney Blackmer in der First Baptist Church von Holden's Crossing. Die Trauung vollzog Reverend Gregory Bushman, dessen Stelle Sydney in Davenport einnehmen sollte. Sarah trug ihr bestes graues Kleid, das Lillian an Kragen und Manschetten mit von Rachel erst am Tag zuvor fertiggestellter Spitze verschönert hatte.

Mr. Bushman predigte sehr schön, es machte ihm offensichtlich Freude, einen Kollegen zu verheiraten. Alex erklärte Shaman, daß Sydney sein Gelübde mit der kräftigen, selbstsicheren Stimme eines Geistlichen ablegte, Sarah dagegen das ihre leise und in zitterndem Ton. Als das Paar sich nach der Zeremonie der Gemeinde zuwandte, sah Shaman, daß seine Mutter unter ihrem kurzen Schleier lächelte.

Nach dem Gottesdienst zog die Gemeinde zum Farmhaus der Coles. Die meisten Gäste brachten einen zugedeckten Teller mit Speisen mit, obwohl die ganze Woche zuvor Sarah, Alma Schroeder und Lillian gekocht und gebacken hatten. Die Leute aßen und aßen, und Sarah freute sich sehr darüber.

»Wir haben alle Schinken und Würste aus dem Kühlhaus aufgebraucht. Ihr werdet noch im Frühjahr schlachten müssen«, sagte sie zu Doug Penfield.

»Aber mit Vergnügen, Mrs. Blackmer«, erwiderte Doug galant – als erster, der sie bei diesem Namen nannte.

Nachdem der letzte Gast gegangen war, nahm Sarah ihren gepackten Koffer und küßte ihre Söhne. Sydney fuhr sie in seinem Buggy zu dem Pfarrhaus, das sie schon wenige Tage später wieder verlassen würde, um mit ihm nach Davenport zu ziehen.

Kurze Zeit später holte Alex seinen falschen Fuß aus dem Schrank im Gang und schnallte ihn sich ohne fremde Hilfe an. Shaman hatte es sich im Arbeitszimmer bequem gemacht und las in medizinischen Fachzeitschriften. Immer und immer wieder stapfte Alex an der geöffneten Tür vorbei, während er mit vorsichtigen Schritten im Gang auf und ab ging. Shaman merkte an der Stärke der Erschütterungen, daß sein Bruder das Bein mit der Prothese viel zu hoch hob, und er wußte, welche Schmerzen Alex jeder Schritt bereiten mußte.

Als Shaman in ihr gemeinsames Schlafzimmer kam, war Alex bereits eingeschlafen. Die Prothese steckte noch in Strumpf und Schuh und stand neben Alex' rechtem Schuh, als gehöre sie dorthin.

Am nächsten Vormittag trug Alex die Prothese in der Kirche als Hochzeitsgeschenk für Sarah. Die Brüder waren zwar keine Kirchgänger, aber ihre Mutter hatte sie gebeten, zur Feier ihrer Verehelichung an diesem Sonntag am Gottesdienst teilzunehmen, und nun konnte sie den Blick nicht von ihrem Erstgeborenen lösen, als der den Mittelgang entlang zur vordersten Bank ging, die für die Familie des Pfarrers reserviert war. Alex stützte sich auf einen Stock aus Eschenholz, den Rob J. in seiner Praxis aufbewahrt hatte, um ihn an Patienten auszuleihen. Manchmal zog er den falschen Fuß etwas nach, manchmal hob er ihn zu hoch. Aber er strauchelte nicht und ging mit festem Schritt auf seine Mutter zu.

Sie saß zwischen ihren Söhnen und erlebte, wie ihr Gatte mit der Gemeinde andächtig betete. Die Predigt begann er damit, allen zu danken, die mit ihm seine Hochzeit gefeiert hatten. Er sagte, daß Gott ihn nach Holden's Crossing geführt habe und ihn nun wieder wegführe, und er dankte allen, die seine Amtszeit hier so bedeutungsvoll für ihn gemacht hatten.

Er war eben dabei, diejenigen beim Namen zu nennen, die ihm geholfen hatten, das Werk des Herrn zu tun, als plötzlich Lärm durch die halbgeöffneten Kirchenfenster drang. Zuerst war es nur ein schwaches Jubeln, das aber sehr schnell anschwoll. Eine Frau kreischte, und heisere Schreie waren zu hören. Auf der Hauptstraße feuerte jemand einen Schuß ab, und eine ganze Salve folgte.

Die Kirchentür sprang auf, und Paul Williams stürzte herein. Er lief zum Pfarrer und flüsterte ihm ins Ohr.

»Brüder und Schwestern«, sagte Sydney dann, und offensichtlich hatte er Mühe zu sprechen. »In Rock Island ist ein Telegramm eingetroffen ... Robert E. Lee hat sich gestern mit seiner Armee General Grant ergeben.«

Ein Raunen ging durch die Gemeinde. Einige standen auf. Shaman sah, daß sein Bruder sich mit geschlossenen Augen in der Bank zurücklehnte.

»Was bedeutet das, Shaman?« fragte seine Mutter.

»Das bedeutet, daß es endlich überstanden und vorbei ist«, antwortete Shaman.

Shaman kam es so vor, als wären die Leute, wohin er in den nächsten Tagen auch kam, vor Frieden und Hoffnung trunken. Sogar die Schwerkranken lächelten und sprachen davon, daß nun bessere Tage angebrochen seien, und überall herrschten Freude und Lachen – doch auch Trauer, denn jeder kannte einen, der dem Krieg zum Opfer gefallen war.

Als Shaman am Donnerstag nach seinen Hausbesuchen zurückkehrte, wartete Alex hoffnungsvoll und zugleich ängstlich auf ihn, denn Alden zeigte verwirrende Symptome. Seine Augen waren offen, und er war bei Bewußtsein. Aber die Rasselgeräusche in seiner Lunge, sagte Alex, seien stärker geworden. »Außerdem fühlt er sich heiß an.«

»Hast du Hunger, Alden?« fragte ihn Alex. Alden sah ihn an,

sagte aber nichts. Shaman und Alex stützten ihn auf und fütterten ihn mit Suppe, aber es war schwierig, weil er immer stärker zitterte. Seit Tagen gaben sie ihm nur Suppe oder Haferschleim, da Shaman Angst hatte, er könne feste Nahrung in die Luftröhre bekommen.

Shaman goß Terpentin in einen Kübel mit heißem Wasser, ließ Alden den Kopf über den Dampf halten und breitete ein Handtuch darüber. Lange atmete Alden die Dämpfe ein, bekam aber schließlich einen so heftigen Hustenanfall, daß Shaman den Kübel entfernte und diese Behandlung nicht noch einmal versuchte. In Wirklichkeit hatte er kein Mittel mehr, das Alden noch helfen konnte.

Die bittersüße Freude dieser Woche schlug am Freitag nachmittag in Entsetzen um. Als Shaman die Hauptstraße entlangritt, sah er sofort, daß die Nachricht von einer entsetzlichen Katastrophe die Runde machen mußte. Die Leute standen in kleinen Gruppen beisammen und redeten. Er sah Anna Wiley, die weinend auf der Veranda ihrer Pension an einem Pfosten lehnte. Simeon Cowan, der Mann von Dorothy Burnham Cowan, saß auf seinem Buckboard, die Augen halb geschlossen, die Lippen zwischen Zeigefinger und rissigem Daumen eingeklemmt.

»Was ist denn los?« fragte Shaman Simeon und war überzeugt davon, daß man den Frieden widerrufen hatte.

»Abraham Lincoln ist tot. Er wurde gestern abend in einem Theater in Washington von dem verdammten Schauspieler Booth erschossen.«

Shaman weigerte sich, einer solchen Nachricht Glauben zu schenken, doch sie wurde ihm von allen Seiten bestätigt, als er abstieg und die Leute fragte. Obwohl niemand etwas Genaues wußte, war doch offensichtlich, daß die Geschichte stimmte, und er ritt heim, um Alex die Neuigkeit zu berichten.

»Der Vizepräsident wird an seine Stelle treten«, sagte Alex. »Andrew Johnson ist bestimmt schon vereidigt.«

Dann saßen sie lange schweigend im Wohnzimmer.

»Unser armes Land!« sagte Shaman schließlich, als wäre Amerika ein Patient, der lange und heftig gegen die entsetzlichste aller Krankheiten angekämpft hatte und jetzt von einer Klippe gestürzt war.

Eine graue Zeit zog herauf. Wenn Shaman Hausbesuche machte, sah er nur traurige, ernste Gesichter, und abends läutete immer die Kirchenglocke. Eines Tages half Shaman Alex auf Trude, damit er ausreiten konnte; es war das erstemal seit seiner Gefangennahme, daß Alex auf einem Pferd saß. Bei seiner abendlichen Rückkehr erzählte er Shaman, daß der Klang der Glocke weit über die Prärie hinausgetragen werde, ein trostloser, verlorener Klang.

Wieder einmal wachte Shaman bei Alden, und als er irgendwann nach Mitternacht den Kopf von seiner Lektüre hob, sah er, daß der alte Mann ihn anblickte.

»Willst du etwas, Alden?«

Der Knecht schüttelte fast unmerklich den Kopf.

Shaman beugte sich über ihn. »Alden. Erinnerst du dich noch an den Abend, als vor dem Stall auf meinen Vater geschossen wurde? Und du im Wald nachgesehen und niemanden gefunden hast?«

Alden zuckte nicht einmal mit der Wimper.

»Du hast auf meinen Vater geschossen.«

Alden leckte sich die Lippen. »Wollt' ihn nicht treffen ... ihm nur Angst einjagen, damit er Ruhe gibt.«

»Willst du Wasser?«

Alden antwortete nicht, doch etwas später fragte er: »Wie hast du das herausgefunden?«

»Während du krank warst, hast du etwas gesagt, das mich eine Menge Dinge hat verstehen lassen. Zum Beispiel, weshalb du mich gedrängt hast, nach Chicago zu fahren und David Goodnow zu suchen. Du hast gewußt, daß er hoffnungslos debil und stumm ist, daß ich von ihm nichts erfahren würde.«

»... Was weißt du sonst noch?«

»Ich weiß, daß du in dieser Sache drinsteckst. Und zwar über beide Ohren.«

Alden nickte, auch das fast unmerklich. »Ich hab' sie nicht umgebracht. Ich ...« Ein langer, entsetzlicher Hustenanfall schüttelte Alden, und Shaman hielt ihm eine Schüssel hin, damit er ausspucken konnte – grauen, rosagefleckten Schleim. Danach war er bleich und erschöpft, und er schloß die Augen.

»Alden. Warum hast du Korff verraten, wohin ich fahre?«

»Du wolltest die Sache nicht auf sich beruhen lassen. Hast in Chicago für ziemlichen Wirbel gesorgt. Korff hat jemand zu mir geschickt, nachdem du weg warst. Ich hab' ihm gesagt, wo du hinwillst. Ich hab' mir gedacht, er will nur mit dir reden, dir angst machen, so wie er mir angst gemacht hat.«

Alden keuchte. Shaman lagen noch eine Unmenge Fragen auf der Zunge, aber er wußte, wie krank Alden war. Er saß da und war hin- und hergerissen zwischen seinem Zorn und dem Eid, den er geleistet hatte. Am Ende schluckte er seine Fragen hinunter und sah Alden nur an, der mit geschlossenen Augen dalag und ab und zu ein wenig Blut hustete oder von Anfällen geschüttelt wurde.

Fast eine halbe Stunde später fing Alden von selbst wieder zu reden an: »Ich war der Anführer der American Party hier in der Gegend ... An diesem Morgen hab' ich Gruber... beim Schlachten geholfen. Bin früh wieder weg, um die drei zu treffen. In unserem Wald. Als ich hinkam, hatten sie die Frau ... bereits gehabt. Ist auf dem Boden gelegen und hat gehört, wie ich mit denen geredet hab'. Ich hab' angefangen zu schreien: Wie ich denn jetzt noch hierbleiben könnte? *Sie* würden ja wieder verschwinden, aber *mich* würde die Indianerin in furchtbare Schwierigkeiten bringen. Korff hat kein Wort gesagt. Hat einfach nur das Messer genommen und sie umgebracht.«

Shaman konnte ihm in diesem Augenblick keine Frage stellen. Er spürte, daß er vor Wut zitterte. Am liebsten hätte er geschrien wie ein Kind.

»Sie haben mir eingeschärft, nur ja nichts zu sagen, und sind fortgeritten. Ich hab' gleich ein paar Sachen in eine Kiste gepackt. Hab' mir ausgerechnet, daß ich würde fliehen müssen ...

Wußt' nur nicht, wohin. Aber nachdem sie sie gefunden haben, hat kein Mensch sich um mich gekümmert oder mir auch nur Fragen gestellt.«

»Und du hast sogar geholfen, ihr Grab zu schaufeln, du elender Kerl«, sagte Shaman. Er konnte sich nicht mehr beherrschen. Vielleicht traf der Ton seiner Worte Alden mehr als der Inhalt. Der Alte schloß die Augen und begann zu husten. Und diesmal ließ der Husten nicht mehr nach.

Shaman holte Chinin und etwas Schwarzwurzeltee, doch als er versuchte, Alden etwas einzuflößen, würgte und spuckte der und durchnäßte sein Nachthemd, so daß es gewechselt werden mußte.

Einige Stunden später saß Shaman wieder an Aldens Bett und erinnerte sich an den Knecht, wie er ihn sein Leben lang gekannt hatte: der geschickte Handwerker, der Angelruten und Schlittschuhe angefertigt hatte, der Kundige, der ihnen Jagen und Fischen beigebracht hatte, der jähzornige Säufer.

Der Lügner, der Mann, der bei Vergewaltigung und Mord Beihilfe geleistet hatte.

Shaman stand auf, holte die Lampe und hielt sie Alden über das Gesicht. »Alden! Hör mir zu! Mit was für einem Messer hat sie erstochen? Mit welcher Waffe, Alden?«

Aber die Lider blieben geschlossen. Alden Kimball war nicht anzusehen, ob er Shamans Stimme gehört hatte.

Gegen Morgen bekam Alden hohes Fieber. Er war bewußtlos. Wenn er hustete, war der Auswurf übelriechend, und das Sputum färbte sich immer mehr rot. Shaman legte den Zeigefinger auf Aldens Handgelenk; der Puls lief ihm davon, einhundertacht Schläge pro Minute.

Er zog Alden aus und rieb ihn gerade mit Alkohol ab, als er bemerkte, daß der Tag schon angebrochen war. Alex spähte zur Tür herein.

»Mein Gott. Er sieht ja schrecklich aus. Hat er Schmerzen?«

»Ich glaube nicht, daß er noch etwas spürt.«

Es fiel ihm schwer, Alex alles zu erzählen, und für Alex war es noch schwerer, dies alles zu hören, aber Shaman ließ trotzdem nichts aus.

Alex hatte lange mit Alden eng zusammengearbeitet, hatte sich die anstrengende und schmutzige tägliche Farmarbeit mit ihm geteilt, hatte von ihm unzählige Handgriffe und Kniffe gelernt und hatte bei ihm Zuspruch und Aufmunterung gefunden, als er sich wie ein vaterloser Bastard vorkam und gegen Rob J.s Autorität rebellierte. Shaman wußte, daß Alex Alden liebte.

»Wirst du es den Behörden melden?« Alex wirkte äußerlich ruhig. Nur sein Bruder wußte, wie sehr er litt.

»Es wäre zwecklos. Er hat eine Lungenentzündung, die sich sehr schnell verschlimmert.«

»Stirbt er?«

Shaman nickte.

»Um seinetwillen bin ich froh«, sagte Alex.

Sie saßen beisammen und überlegten, ob es eine Möglichkeit gab, irgendwelche Angehörigen zu benachrichtigen. Niemand wußte, wo sich die Mormonenfrauen mit ihren Kindern aufhielten, die der Knecht verlassen hatte, bevor er auf Rob J.s Farm gekommen war.

Shaman bat Alex, in Aldens Hütte nachzuforschen, und der machte sich sofort daran. Doch als er zurückkam, schüttelte er nur den Kopf. »Drei Krüge Whiskey, zwei Angelruten, eine Flinte, Werkzeug, ein Pferdegeschirr, das er reparierte, schmutzige Wäsche. Und das da.« Er hielt ein Blatt Papier in der Hand. »Eine Liste mit den Namen von Männern aus der Umgebung. Ich glaube, es ist die Mitgliederliste der American Party in dieser Region.«

Shaman wollte sie nicht sehen. »Du verbrennst sie am besten.«

»Bist du sicher?«

Shaman nickte. »Ich werde den Rest meines Lebens hier verbringen und mich um die Leute kümmern. Wenn ich als Arzt in ihre Häuser gehe, will ich nicht wissen, wer von ihnen ein Nichtswisser ist«, sagte er, und Alex nickte und steckte die Liste weg.

Shaman schickte Billy Edwards mit den Namen der Patienten, die zu Hause behandelt werden mußten, in den Konvent, und ließ Mater Miriam Ferocia bitten, die Hausbesuche zu übernehmen. Er schlief, als Alden im Laufe des Vormittags starb. Noch ehe er aufwachte, hatte Alex Alden bereits die Augen geschlossen und ihm frische Kleidung angezogen.

Als sie Doug und Billy den Tod des alten Mannes mitteilten, kamen die beiden ins Haus und standen ein paar Augenblicke vor dem Bett. Dann gingen sie in den Stall, um einen Sarg zu zimmern.

»Ich will nicht, daß er hier auf der Farm begraben wird«, sagte Shaman.

Alex schwieg einen Augenblick, doch dann nickte er. »Wir können ihn nach Nauvoo bringen. Ich glaube, er hatte unter den Mormonen dort Freunde«, schlug er vor.

Der Sarg wurde mit dem Buckboard nach Rock Island gebracht und dort auf ein Flachboot verfrachtet. Die Cole-Brüder setzten sich in der Nähe auf eine Kiste Pflugscharen. Und während an diesem Tag die Leiche Abraham Lincolns in einem Eisenbahnzug auf die lange Reise nach Westen ging, fuhr die Leiche des Knechtes den Mississippi hinunter.

In Nauvoo wurde der Sarg am Dampfschiffkai ausgeladen, und Alex wartete bei ihm, während Shaman in ein Lagerhaus ging und dort einem Angestellten namens Perley Robinson erklärte, was sie in die Stadt geführt habe. »Alden Kimball? Kenn' ich nicht. Sie müssen Mrs. Bidamon um Erlaubnis bitten, wenn Sie ihn hier begraben wollen. Warten Sie! Ich werde sie fragen.«

Kurz darauf war er schon wieder zurück. Die Witwe des Propheten Joseph Smith hatte gesagt, sie kenne Alden Kimball als Mormonen und ehemaligen Siedler in Nauvoo und er könne im Friedhof der Stadt begraben werden.

Der kleine Friedhof lag weiter landeinwärts. Der Fluß war nicht zu sehen, aber Bäume spendeten Schatten, und jemand, der mit einer Sense umgehen konnte, hielt das Gras kurz. Zwei kräftige junge Männer schaufelten das Grab, und Perley Robinson, der zum Ältestenrat gehörte, las endlos aus dem »Buch Mormon«, während die Nachmittagsschatten immer länger wurden.

Danach rechnete Shaman ab. Die Begräbniskosten beliefen sich auf sieben Dollar, einschließlich der viereinhalb Dollar für die Grabstelle. »Für zwanzig Dollar sorge ich dafür, daß er einen schönen Stein bekommt«, sagte Robinson.

»Gut«, erwiderte Alex schnell.

»In welchem Jahr wurde er geboren?«

Alex schüttelte den Kopf. »Das wissen wir nicht. Lassen Sie einfach *Alden Kimball. Gestorben 1865* einmeißeln.«

»Wissen Sie was? Wir könnten *Heiliger* daruntersetzen.«

Aber Shaman sah ihn an und schüttelte den Kopf. »Nur den Namen und das Todesjahr«, sagte er.

Perley Robinson sagte, daß in Kürze ein Boot vorbeifahre. Er zog die rote Fahne auf, damit es anlegte, und bald saßen die Brüder auf Deck, während die Sonne aus einem blutenden Himmel auf Iowa niedersank.

»Was hat ihn wohl zu den Nichtswissern gebracht?« fragte Shaman nach einer Weile.

Alex erwiderte, ihn habe das nicht überrascht. »Er hatte einen starken Haß in sich. Und er war wegen vieler Dinge verbittert. Er hat mir oft erzählt, daß sein Vater als ein in Amerika Geborener in Vermont als Knecht gestorben sei und daß auch er als Knecht sterben werde. Es ärgerte ihn, wenn er sah, daß Ausländer sich Farmen kauften.«

»Warum hat er es denn selber nicht getan? Pa hätte ihm doch sicher geholfen, sich etwas Eigenes zu schaffen.«

»Etwas war in ihm. Wir haben die ganzen Jahre mehr von ihm gehalten als er selber von sich«, erwiderte Alex. »Kein Wunder, daß er trank. Denk doch nur, womit der arme Kerl die ganze Zeit leben mußte!«

Shaman schüttelte den Kopf. »Wenn ich über ihn nachdenke, habe ich ihn als einen Mann vor Augen, der insgeheim über Pa lacht. Und der mich an einen Mann verraten hat, von dem er wußte, daß er ein Mörder war.«

»Das hat dich aber nicht davon abgehalten, ihn fürsorglich zu pflegen, auch nachdem du es wußtest«, bemerkte Alex.

»Na ja«, sagte Shaman bitter. »Im Grunde war es das zweitemal in meinem Leben, daß ich einen Menschen töten wollte.«

»Aber du hast es nicht getan. Statt dessen hast du versucht, ihn zu retten«, sagte Alex. Er sah Shaman an. »...Im Lager in Elmira, da habe ich mich um die Männer in meinem Zelt gekümmert. Wenn sie krank waren, habe ich mir überlegt, was Pa tun würde, und dann habe ich es getan. Es hat mich glücklich gemacht.«

Shaman nickte.

»Glaubst du, daß ich auch Arzt werden könnte?«

Die Frage verblüffte Shaman. Er zwang sich dazu, gründlich zu überlegen, bevor er antwortete. Dann nickte er. »Ich glaube schon, Alex.«

»Aber ich bin bei weitem kein so gelehriger Schüler wie du.«

»Du bist viel intelligenter, als du zugeben willst. In der Schule hattest du keine große Lust zu lernen. Aber wenn du jetzt hart arbeitest, glaube ich, daß du es schaffst. Du könntest bei mir in die Lehre gehen.«

»Ich möchte so lange bei dir arbeiten, bis ich mich in Chemie und Anatomie und in allem anderen, was ich deiner Meinung nach brauche, genügend vorbereitet habe. Dann möchte ich lieber an eine Medical School gehen, wie ihr – du und Pa – es getan habt. Ich möchte gern in den Osten. Vielleicht bei Pas Freund in Boston studieren, bei Dr. Holmes.«

»Du hast ja bereits ganz genaue Pläne! Du hast wohl schon sehr lange darüber nachgedacht?«

»Ja. Und ich hatte noch nie solche Angst«, erwiderte Alex. Und die beiden lächelten zum erstenmal seit Tagen.

FAMILIENGESCHENKE

Auf dem Rückweg von Nauvoo machten die Brüder in Davenport halt und besuchten ihre Mutter, die in dem kleinen, ziegelgemauerten Pfarrhof neben der Kirche hilflos zwischen unausgepackten Schachteln und Kisten saß. Sydney war bereits seelsorgerisch unterwegs. Shaman sah, daß Sarahs Augen gerötet waren.

»Stimmt etwas nicht, Ma?«

»Nein. Sydney ist ein äußerst gütiger Mann, und wir lieben uns sehr. Ich will nirgendwo anders sein als hier, aber… es ist eben eine große Veränderung. Alles ist neu und erschreckend, und ich lass' mich davon verrückt machen.«

Aber sie war froh, ihre Söhne zu sehen.

Sie fing wieder an zu weinen, als sie ihr von Alden erzählten, und es sah aus, als wolle sie nicht mehr aufhören. »Ich weine nicht nur wegen Alden«, sagte sie, als sie versuchten, sie zu trösten, »ich weine auch aus schlechtem Gewissen. Ich habe Makwaikwa nie gemocht, und ich war nicht nett zu ihr. Aber…«

»Ich glaube, ich weiß, wie ich dich auf andere Gedanken bringen kann«, sagte Alex. Er begann, ihre Kisten auszupacken, und Shaman ebenfalls. Nach wenigen Minuten waren ihre Tränen getrocknet, und sie half ihnen. »Ihr wißt ja gar nicht, wo die Sachen alle hingehören!«

Beim Auspacken erzählte ihr Alex von seinem Entschluß, Medizin zu studieren, und Sarah hieß diesen respektvoll und erfreut gut. »Darüber wäre Rob J. sehr glücklich gewesen.«

Sie führte sie durch das kleine Haus. Die Einrichtung war in einem schlechten Zustand und zu spärlich. »Ich werde Sydney bitten, ein paar Möbelstücke in den Schuppen zu bringen, und wir holen uns dann einige von meinen Sachen aus Holden's Crossing.«

Sarah kochte Kaffee und schnitt einen Apfelkuchen an, den eine »ihrer« Gemeindedamen gebracht hatte. Während sie ihn aßen, kritzelte Shaman Ziffern auf die Rückseite einer alten Rechnung.

»Was machst du denn da?« fragte Sarah.

»Ich habe eine Idee.« Er sah die beiden an, weil er nicht genau wußte, wie er anfangen sollte, doch dann fragte er sie direkt: »Was würdet ihr davon halten, wenn ich dem neuen Krankenhaus eine Viertelparzelle unseres Landes schenke?«

Alex wollte sich eben eine Gabel voll Kuchen in den Mund schieben, doch jetzt hielt er inne, um etwas zu sagen. Shaman drückte die Hand, die die Gabel hielt, nach unten, damit er den Mund seines Bruders sehen konnte.

»Ein Achtel der Farm?« fragte Alex noch einmal.

»Nach meiner Rechnung könnte das Hospital, wenn wir das Land stiften, dreißig statt fünfundzwanzig Betten haben.«

»Aber Shaman … fünfundzwanzig Morgen?«

»Wir haben doch die Herde bereits verkleinert. Und es wäre immer noch Land zur Bewirtschaftung übrig, auch wenn wir die Herde wieder vergrößern sollten.«

Seine Mutter runzelte die Stirn. »Du mußt darauf achten, daß das Krankenhaus nicht zu nahe an unserem Haus gebaut wird.«

Shaman holte tief Atem. »Das Haus steht auf der Viertelparzelle, die ich dem Krankenhaus stiften will. Damit hätte das Krankenhaus eine eigene Anlegestelle am Fluß und Wegerecht zur Überlandstraße.«

Die beiden anderen sahen ihn nur an.

»Du wirst ja jetzt hier wohnen«, sagte er zu seiner Mutter. »Ich möchte für Rachel und die Kinder ein neues Haus bauen. Und du«, sagte er zu Alex, »wirst während des Studiums und der Ausbildung einige Jahre von zu Hause weg sein. Ich würde aus dem Haus eine Ambulanz machen, eine Stätte, wo Patienten, die nicht so krank sind, daß sie im Krankenhaus liegen müssen, behandelt werden können. Es ließen sich dort auch zusätzliche Untersuchungsräume einrichten und Wartezimmer. Vielleicht auch die Krankenhausverwaltung und eine Apotheke. Wir könnten das Ganze die Robert Judson Cole Memorial Clinic nennen.«

»Ach, das würde mir schon gefallen«, sagte seine Mutter, und als er ihr in die Augen sah, wußte er, daß er sie auf seiner Seite hatte.

Auch Alex nickte.

»Bist du sicher?«

»Ja«, sagte Alex.

Es war schon spät, als sie das Pfarrhaus verließen und mit der Fähre den Mississippi überquerten. Und nachdem sie Pferd und Wagen im Mietstall in Rock Island abgeholt hatten, war es bereits Nacht. Aber sie kannten den Weg sehr gut und fuhren im Dunkeln nach Hause. In Holden's Crossing angekommen, merkte Shaman, daß es schon viel zu spät war, um noch zum Konvent zu reiten. Er wußte, er würde diese Nacht nicht schlafen können und gleich in aller Frühe hinübereilen. Er konnte es nicht erwarten, Mater Miriam Ferocia die gute Nachricht zu bringen.

Fünf Tage später spazierten vier Landvermesser mit ihren Theodoliten und stählernen Maßbändern über die Viertelparzelle. Es gab keinen Architekten in der Region zwischen den Flüssen, aber der Bauunternehmer mit dem besten Ruf war ein Mann namens Oscar Ericsson aus Rock Island. Shaman und die Oberin trafen sich mit ihm und unterhielten sich lange mit ihm. Der Unternehmer hatte bereits ein Rathaus und einige Kirchen gebaut, doch vorwiegend Privathäuser und Geschäfte. Das war seine erste Gelegenheit, ein Krankenhaus zu errichten, und er hörte den beiden sehr aufmerksam zu. Als sie dann seine Grobskizzen betrachteten, wußten sie, daß sie ihren Baumeister gefunden hatten.

Ericsson begann damit, einen Plan für das Gelände zu erstellen und den Verlauf von Wegen und Straßen vorzuschlagen. Ein Fußweg zwischen der Ambulanz und der Anlegestelle hätte direkt an Aldens Hütte vorbeigeführt. »Am besten wird es sein, Sie und Billy reißen sie ab und zersägen die Stämme und Bretter zu Feuerholz«, sagte Shaman zu Doug Penfield, und die beiden Arbeiter machten sich sofort ans Werk. Als Ericssons erster Arbeitstrupp ankam, um den

Baugrund vorzubereiten, war es, als hätte die Hütte nie existiert.

An diesem Nachmittag fuhr Shaman mit Boss vor dem Buckboard zu seinen Hausbesuchen, da kam ihm die Mietkutsche aus Rock Island entgegen. Neben dem Kutscher saß ein Mann, und Shaman winkte beiden zu, als sie vorbeifuhren. Es dauerte nur wenige Sekunden, bis ihm bewußt wurde, wer der Fahrgast gewesen war, und er wendete das Gefährt in einem weiten Bogen und eilte ihnen nach.

Sobald er auf gleicher Höhe mit der Mietkutsche war, winkte er dem Kutscher, er solle anhalten, und sprang dann mit einem Satz vom Buckboard. »Jay!« rief er.

Auch Jason Geiger kletterte von dem Wagen. Er hatte abgenommen; kein Wunder, daß Shaman ihn nicht gleich erkannt hatte. »Shaman?« sagte er. »Mein Gott, du bist es wirklich.«

Er hatte keinen Koffer, nur einen Segeltuchsack mit einer Zugschnur, den Shaman nun in seinen Buckboard warf.

Jay lehnte sich im Sitz zurück und schien die Umgebung förmlich einzuatmen. »Wie hab' ich das alles vermißt!« Er warf einen Blick auf die Behandlungstasche und nickte. »Lillian hat mir geschrieben, daß du jetzt Arzt bist. Ich kann dir gar nicht sagen, wie stolz ich war, als ich das las. Deinen Vater muß ...« Er fuhr nicht fort. Dann sagte er: »Dein Vater stand mir näher als meine Brüder.«

»Er hat sich immer glücklich geschätzt, dich zum Freund zu haben.«

Geiger nickte.

»Erwarten sie dich?«

»Nein. Ich habe es selber erst vor wenigen Tagen erfahren. Unionstruppen mit eigenem medizinischen Personal haben mein Lazarett übernommen und zu uns gesagt, wir könnten nach Hause gehen. Ich habe mir sofort Zivilkleider angezogen und mich in einen Zug gesetzt. In Washington hieß es, Lincolns Leiche sei in der Rotunde des Kapitols aufgebahrt, und ich bin hingegangen. Eine solche Menschenmenge hast du noch nie gesehen. Ich bin den ganzen Tag angestanden.«

»Hast du seine Leiche gesehen?«

»Einen kurzen Augenblick lang. Er wirkte sehr würdig. Eigentlich wollte man stehenbleiben und etwas zu ihm sagen, aber die Menge schob einen weiter. Mir fiel ein, daß diese Menge mich in Stücke reißen würde, wenn sie die graue Uniform in meinem Sack sehen könnte.« Er seufzte. »Lincoln wäre ein Versöhner gewesen. Jetzt fürchte ich, daß die, die jetzt an der Macht sind, seine Ermordung als Vorwand benutzen werden, um den Süden in den Staub zu stoßen.«

Er brach ab, denn Shaman war in die Zufahrt eingebogen, die von der Straße zum Haus der Geigers führte. Shaman ließ Boss bis zur Seitentür fahren, die die Familie immer benutzte.

»Kommst du mit rein?« fragte Jay. Shaman lächelte und schüttelte den Kopf. Er wartete, bis Jay den Segeltuchsack aus dem Wagen genommen hatte und steif die Treppe hinaufging. Es war sein Haus, und er betrat es, ohne anzuklopfen, während Shaman Boss leise zuschnalzte und losfuhr.

Tags darauf wartete Shaman, bis der letzte Patient sein Behandlungszimmer verlassen hatte, dann ging er auf dem Langen Weg zu den Geigers. Als er klopfte, öffnete Jason die Tür, und Shaman sah sofort an seinem Gesicht, daß Rachel mit ihm gesprochen hatte.

»Komm herein!«

»Vielen Dank, Jay.«

Es half nicht viel, daß die beiden Kinder Shamans Stimme bereits erkannt hatten und aus der Küche gelaufen kamen, um sich an seine Beine zu klammern. Lillian stürzte hinter ihnen her und zerrte sie mit sich, während sie Shaman zur Begrüßung zunickte. Obwohl Joshua und Hattie protestierten, brachte sie die beiden in die Küche zurück.

Jay führte Shaman ins Wohnzimmer und deutete auf einen der Roßhaarsessel, auf den Shaman sich gehorsam setzte.

»Meine Enkel haben Angst vor mir.«

»Sie kennen dich noch nicht richtig. Lillian und Rachel haben ihnen die ganze Zeit von dir erzählt. Opa hier und *Zadik* dort.

Sobald sie dich als diesen guten Opa erkannt haben, wird alles gut.« Shaman fiel ein, daß Jay Geiger es vielleicht nicht schätzte, unter den gegebenen Umständen über seine Enkel belehrt zu werden, und er versuchte deshalb, das Thema zu wechseln. »Wo ist Rachel?«

»Sie ist spazierengegangen. Sie … hat sich aufgeregt.«

Shaman nickte. »Sie hat dir von mir erzählt. Weißt du, ich habe sie mein ganzes Leben lang geliebt. Gott sei Dank bin ich kein Junge mehr… Jay, ich weiß, was du befürchtest.«

»Nein, Shaman. Bei allem Respekt, das wirst du nie wissen. Diese beiden Kinder haben das Blut von Hohenpriestern in ihren Adern. Sie müssen als Juden erzogen werden.«

»Das werden sie auch. Wir haben das ausführlich besprochen. Rachel wird ihren Glauben nicht aufgeben. Joshua und Hattie können von dir erzogen werden, von dem Mann, der auch ihre Mutter erzogen hat. Ich möchte gerne mit ihnen Hebräisch lernen; ich hatte es eine Zeitlang im College belegt.«

»Wirst du konvertieren?«

»Nein … Eigentlich denke ich daran, ein Quäker zu werden.«

Geiger schwieg.

»Wenn deine Familie in einer Stadt leben würde, in der es nur deine Glaubensgenossen gäbe, könntest du Verbindungen erwarten, wie du sie dir für deine Kinder wünschst. Aber du hast die Deinen in die Welt hinausgeführt.«

»Ja, dafür übernehme ich die Verantwortung. Und jetzt muß ich sie zurückführen.«

Shaman schüttelte den Kopf. »Sie werden nicht mitkommen. Sie können es nicht.«

Jays Gesichtsausdruck blieb unverändert.

»Rachel und ich werden heiraten. Und wenn du sie tödlich verletzt, indem du die Spiegel verhängst und die Totenklage anstimmst, werde ich sie bitten, die Kinder zu nehmen und mit mir zu kommen, weit, weit weg von hier.«

Einen Augenblick lang fürchtete er einen berüchtigten Geigerschen Temperamentsausbruch, doch Jay nickte. »Heute morgen hat sie mir gesagt, sie würde gehen.«

»Und gestern hast du mir gesagt, daß mein Vater dir im Herzen näher stand als deine Brüder. Ich weiß, daß du seine Familie liebst. Können wir uns denn nicht so lieben, wie wir sind?«

Jason war blaß geworden. »Sieht so aus, als müßten wir es versuchen«, sagte er nachdenklich. Dann stand er auf und streckte Shaman die Hand entgegen.

Shaman beachtete die Hand nicht, sondern umschlang Jason mit beiden Armen. Einen Augenblick später spürte er seine Hände, die ihm tröstend über den Rücken strichen.

In der dritten Aprilwoche kehrte der Winter zurück nach Illinois. Die Temperaturen fielen, und es schneite. Shaman sorgte sich wegen der Knospen auf den Pfirsichbäumen. Auf der Baustelle wurde die Arbeit unterbrochen, aber er ging mit Ericsson durch das Farmhaus und zeigte ihm, wo er Regale und Instrumentenschränke einbauen solle. Beide waren der Meinung, daß die Räume selbst kaum verändert werden mußten, um aus dem Haus eine Ambulanz zu machen.

Als es aufhörte zu schneien, nutzte Doug Penfield die Kälte, um zu schlachten, wie er es Sarah versprochen hatte. Shaman ging an dem Schlachthaus hinter dem Stall vorbei und sah drei Schweine an ihren zusammengebundenen Hinterläufen von einer hohen Stange hängen. Drei waren viel zuviel, wurde ihm plötzlich bewußt, denn Rachel würde in ihrem Haushalt weder Schinken noch geräucherten Speck verwenden, und er mußte über dieses Aufscheinen der interessanten Zusammenhänge, die sein Leben nun allmählich prägten, lächeln. Die Schweine waren bereits ausgeblutet, ausgenommen, in kochendes Wasser getaucht und von Borsten befreit. Sie waren von rosigweißer Farbe, und er wollte schon weitergehen, als ihm die kleinen, einander gleichen Öffnungen in ihren dicken Halsschlagadern, aus denen sie geblutet hatten, ins Auge sprangen: dreieckige Wunden, wie die Löcher, die Skistöcke im Schnee hinterließen.

Ohne sie nachmessen zu müssen, wußte Shaman, daß sie die

richtige Größe hatten. Er stand da und starrte sie wie gebannt an, als Doug mit der Knochensäge dazukam.

»Die Löcher da. Womit haben Sie die gemacht?«

»Mit Aldens Stechmesser.« Doug lächelte ihn an. »Das ist eine wirklich komische Geschichte. Ich hab' Alden immer wieder gebeten, mir so eins zu machen, schon seit dem erstenmal, als ich hier geschlachtet habe. Immer und immer wieder hab' ich ihn darum gebeten. Und er hat immer gesagt, er macht mir eins. Er hat nämlich gemeint, daß es besser ist, Schweine abzustechen, als ihnen die Kehle durchzuschneiden. Er hat erzählt, daß er früher selber so ein Stechmesser gehabt hat, das dann aber verlorengegangen sei. Aber er hat mir nie eins gemacht. Dann haben wir seine Hütte abgerissen, und da war es: unter einem der Bodenbretter. Hat's wahrscheinlich nur kurz weggelegt, als der Boden repariert wurde, und hat's dann vergessen und das Brett einfach darübergenagelt. Hab's nicht mal groß nachschleifen müssen.«

Kurz darauf hielt Shaman das Stechmesser in der Hand. Es war das Instrument, das Barney McGowan vergeblich versucht hatte sich vorzustellen, als Shaman ihm im Pathologiesaal der Poliklinik von Cincinnati Makwas Wunden beschrieb und ihn fragte, von welcher Waffe sie stammen könnten. Es war etwa fünfundvierzig Zentimeter lang. Der Griff war rund und glatt und lag gut in der Hand. Wie Shamans Vater schon bei der Autopsie vermutet hatte, liefen die letzten achtzehn Zentimeter spitz zu, so daß die Wunde immer größer wurde, je tiefer das Stechmesser ins Gewebe drang. Seine drei Kanten funkelten gefährlich, und es war offensichtlich, daß sich der Stahl sehr gut schärfen ließ. Alden hatte immer guten Stahl verwendet.

Shaman sah den Arm sich heben und senken. Heben und senken. Elfmal.

Bestimmt hatte sie nicht geschrien. Shaman sagte sich, daß sie wohl tief in ihrem Inneren war, an diesem Ort, wo kein Schmerz sie erreichen konnte. Er hoffte verzweifelt, daß das so war.

Er ließ Doug bei seiner Arbeit und trug das Instrument den Kurzen Weg zum Fluß hinunter. Er hielt es vorsichtig von sich weg, als könne es sich in eine Schlange verwandeln, die plötzlich hochschnellte, um ihn zu beißen. Er ging zwischen den Bäumen hindurch, vorbei an Makwas Grab und dem Platz, wo einst ihr *hedonoso-te* gestanden hatte. Am Ufer des Flusses holte er weit aus.

Das Stechmesser drehte und drehte sich, es segelte durch die Frühlingsluft und funkelte in der hellen Sonne wie ein Schwert. Aber es war nicht Excalibur. Kein von Gott gesandter Arm stieß aus der Tiefe hervor, um es aufzufangen und drohend zu schwingen. Statt dessen verschwand es, fast ohne Wellen zu machen, an der tiefsten Stelle des Flusses im Wasser. Shaman wußte, daß der Fluß es nie wieder hergeben würde, und eine Last, die er seit vielen Jahren trug – so lange schon, daß er sich ihrer gar nicht mehr bewußt war –, hob sich wie ein Vogel von seinen Schultern.

NEULAND
ERSCHLIESSEN

Ende April war der Schnee wieder verschwunden, sogar in den verborgenen, schattigen Winkeln tief im Wald. Die Spitzen der Pfirsichbäumchen waren erfroren, doch schon regte sich neues Leben unter dem schwärzlichen Gewebe und trieb grüne Knospen ans Licht. Am 13. Mai, einem milden Frühlingstag, wurden auf der Cole-Farm die Bauarbeiten mit dem ersten Spatenstich offiziell begonnen. Kurz nach Mittag stieg Seine Exzellenz James Duggan, der Bischof der Diözese Chicago, begleitet von drei Monsignori, in Rock Island aus dem Zug.

Sie wurden von Mater Miriam Ferocia und zwei Mietkutschen empfangen, die die Gesellschaft auf die Farm brachten. Dort wartete bereits eine größere Versammlung auf sie, darunter fast alle Ärzte der Gegend, die Schwestern des Konvents und der Priester, der ihnen als Beichtvater diente, die Stadtväter, ausgewählte Politiker wie Nick Holden und der Kongreßabgeordnete

John Kurland sowie eine Reihe von weiteren Bürgern. Mater Miriams Stimme klang fest und sicher, als sie die geistlichen Würdenträger begrüßte, doch ihr deutscher Akzent war deutlicher zu hören als gewöhnlich, was nur passierte, wenn sie nervös war. Sie stellte der Gemeinde die Prälaten vor und bat Bischof Duggan, das Bittgebet zu sprechen.

Dann machte sie Shaman mit den Gästen bekannt, der sie zu einer Besichtigungstour über das Gelände führte. Der Bischof, ein stattlicher Mann mit gerötetem Gesicht und einer dichten, grauen Mähne, war offensichtlich sehr angetan von dem, was er sah. Als sie den Bauplatz erreichten, sprach Kurland kurz über die Bedeutung, die dieses Krankenhaus für seinen Wahlbezirk haben werde. Bischof Duggan ließ sich von Mater Miriam eine Schaufel reichen und schritt zum ersten Spatenstich, als hätte er das schon öfter getan. Dann nahm die Oberin die Schaufel, nach ihr Shaman und jeder Politiker, und schließlich schlossen sich noch einige Leute der Zeremonie an, die eines Tages mit Stolz ihren Kindern erzählen wollten, daß auch sie für das Krankenhaus des hl. Franziskus den Spaten in die Hand genommen hätten.

Anschließend begaben sich alle zu einem Empfang in den Konvent. Auch hier stand eine ausgedehnte Besichtigungstour am Anfang: durch den Garten, zu den Schaf- und Ziegenherden auf der Wiese, in den Stall und schließlich in das Klostergebäude selbst.

Miriam Ferocia mußte sich auf einem schmalen Grat bewegen, denn einerseits wollte sie natürlich den Bischof mit angemessener Gastfreundschaft ehren, andererseits wußte sie jedoch, daß sie nicht als Verschwenderin erscheinen durfte. Sie löste das Problem bewundernswert, indem sie aus klostereigenen Erzeugnissen kleine Käsestangen hatte backen lassen, die warm zu Kaffee und Tee serviert wurden. Alles schien sehr gut zu laufen, doch Shaman hatte den Eindruck, daß Miriam Ferocia immer nervöser und besorgter wurde. Er bemerkte, daß sie Nick Holden nachdenklich ansah, der in dem gepolsterten Ledersessel neben dem Tisch der Oberin saß.

Als Holden aufstand und wegging, schien sie gespannt auf etwas zu warten, denn sie sah wiederholt zu Bischof Duggan hinüber. Shaman hatte sich bereits auf der Farm mit dem Bischof unterhalten und ging jetzt zu ihm, um mit ihm zu sprechen, sobald sich die Gelegenheit ergab.

»Exzellenz«, sagte er, »sehen Sie, hier hinter mir, diesen großen Ledersessel mit den geschnitzten Armlehnen?«

Der Bischof schien verwirrt. »Ich sehe ihn, ja.«

»Exzellenz, diesen Stuhl haben die Nonnen in einem Wagen über die Prärie bis hierher gebracht. Sie nennen ihn den Bischofssessel. Sie träumten immer davon, daß ihr geistiger Hirte sie eines Tages besuchen kommen und sich in diesem schönen Stuhl ausruhen würde.«

Bischof Duggan nickte ernsthaft, zwinkerte dabei jedoch Shaman zu. »Dr. Cole, ich glaube, Sie werden es weit bringen«, sagte er. Der Bischof war ein umsichtiger Mann. Er ging zuerst zum Kongreßabgeordneten und sprach mit ihm über die Zukunft der Militärpfarrer nach dem Ende des Krieges, erst ein paar Minuten später näherte er sich Miriam Ferocia. »Kommen Sie, Mutter Oberin!« sagte er. »Wir wollen uns ein bißchen unterhalten!« Er zog einen einfachen Holzstuhl neben den Ledersessel und ließ sich mit einem wohligen Seufzen in die Polster sinken.

Bald waren die beiden in eine Unterhaltung über die Angelegenheiten des Klosters vertieft. Mater Miriam Ferocia saß aufrecht auf dem geraden Stuhl, und ihren Augen konnte man die Freude darüber ansehen, daß der Bischof sich so gut in dem Sessel machte: Er saß da, beinahe wie ein König, den Rücken gegen die Lederpolster gelehnt, die Hände auf die geschnitzten Armlehnen gestützt. Mary Peter Celestine, die das Gebäck servierte, bemerkte das Strahlen im Gesicht ihrer Oberin. Sie warf Mary Benedicta, die den Kaffee nachschenkte, einen Blick zu, und beide lächelten verschwörerisch.

Am Tag nach dem Empfang brachten der Sheriff und ein Deputy die Leiche einer dicken Frau mittleren Alters mit langen, schmutzigen, braunen Haaren zur Cole-Farm. Der Sheriff wußte nicht, wer die Frau war. Man hatte sie tot auf der Ladefläche eines geschlossenen Frachtkarrens entdeckt, der Zucker und Mehl für Haskins Gemischtwarenhandlung geliefert hatte.

»Wir glauben, sie ist in Rock Island in den Wagen gekrochen, aber niemand weiß, woher sie kommt oder sonst etwas über sie«, sagte der Sheriff. Er trug sie mit dem Deputy in den Schuppen. Die beiden legten sie auf den Tisch, nickten dann zum Abschied und fuhren wieder weg.

»Anatomiestunde!« kündigte Shaman seinem Bruder an.

Sie zogen die Leiche aus, die alles andere als sauber war, und Alex sah zu, wie Shaman ihr Stroh und Läuse aus den Haaren kämmte. Mit dem Skalpell, das Alden ihm geschmiedet hatte, setzte Shaman den Y-förmigen Schnitt, mit dem er die Brust öffnete. Dann entfernte er mit der Rippensäge das Brustbein und erklärte Alex dabei, wie die einzelnen Körperteile hießen und was er tat und weshalb. Als er zwischendurch den Kopf hob, sah er, daß Alex mit sich zu kämpfen hatte.

»Gleichgültig, wie verkommen der menschliche Körper ist, er ist ein Wunder, das wir mit Staunen betrachten und gut behandeln müssen. Wenn ein Mensch stirbt, verläßt die Seele oder der Geist – die Griechen nennen es *psyché* – den Körper. Die Menschen haben sich schon immer darüber gestritten, ob diese *psyché* auch stirbt oder in eine andere Welt übergeht.« Er lächelte, als er daran dachte, daß sein Vater und Barney ihm die gleiche Botschaft übermittelt hatten, und es erfüllte ihn mit ganz großer Freude, daß er nun das Vermächtnis weitergeben durfte.

»Als Pa Medizin studierte, hat ihm sein Professor gesagt, daß der Geist den Körper zurückläßt wie einer, der ein Haus verläßt, in dem er lange gewohnt hat. Pa hat immer gesagt, wir müssen den Körper mit Würde behandeln, aus Respekt vor dem Menschen, der in dem Haus gewohnt hat.«

Alex nickte, und Shaman sah, daß er sich mit echtem Interesse über den Tisch beugte. Und während Alex die Hände seines Bruders beobachtete, kehrte auch die Farbe wieder in sein Gesicht zurück.

Jay hatte angeboten, Alex in Chemie und Pharmakologie zu unterrichten. An diesem Nachmittag saßen sie auf der Veranda des Cole-Hauses und beschäftigten sich mit den Elementen, während Shaman in der Nähe eine Zeitschrift las und hin und wieder eindöste. Doch Jay und Alex mußten ihre Bücher weglegen und Shaman der Hoffnung auf ein Nickerchen Lebewohl sagen, als Nick Holden auf den Hof gefahren kam. Shaman bemerkte, daß Alex Nick höflich, aber ohne Herzlichkeit begrüßte.

Nick war gekommen, um sich zu verabschieden. Er war noch immer US-Kommissar für Indianerangelegenheiten und kehrte nach Washington zurück.

»Dann hat Präsident Johnson Sie wohl gebeten, im Amt zu bleiben?« fragte Shaman.

»Nur für eine gewisse Zeit. Der holt sich schon seine eigenen Leute, da brauchen Sie keine Angst zu haben«, erwiderte Nick und schnitt ein Gesicht. Er erzählte ihnen, ganz Washington sei aus dem Häuschen wegen eines Gerüchtes über angebliche Verbindungen zwischen dem ehemaligen Vizepräsidenten und Präsident Lincolns Mörder. »Es wird behauptet, man habe einen Brief an Johnson mit der Unterschrift von John Wilkes Booth entdeckt. Und an dem Nachmittag vor dem tödlichen Schuß habe Booth an der Rezeption von Johnsons Hotel nach diesem gefragt, ihn aber nicht angetroffen.«

Shaman überlegte, ob Anschläge in Washington nicht nur auf Präsidenten verübt würden, sondern auch auf den guten Ruf von Männern. »Hat Johnson zu diesem Gerücht Stellung genommen?«

»Er zieht vor, es zu ignorieren. Er spielt lieber den Präsidenten und redet darüber, wie das Finanzloch gestopft werden kann, das der Krieg in den Staatssäckel gerissen hat.«

»Das größte Loch, das der Krieg gerissen hat, kann nicht wieder aufgefüllt werden«, sagte Jay. »Eine Million Männer sind getötet oder verletzt worden. Und es werden noch mehr sterben, weil es noch immer Konföderiertennester gibt, die sich noch nicht ergeben haben.«

Sie dachten noch über diese schreckliche Bilanz nach, als Alex plötzlich fragte: »Was wäre mit diesem Land passiert, wenn es keinen Krieg gegeben hätte und Lincoln den Süden in Frieden hätte ziehen lassen?«

»Die Konföderation hätte nicht lange überlebt«, sagte Jay. »Die Leute aus dem Süden verlassen sich nur auf ihren eigenen Staat und mißtrauen einer Zentralregierung. Da wäre es fast sofort zu Streitereien gekommen. Die Konföderation hätte sich in kleinere, regionale Gebiete aufgesplittert, und auch die hätten sich nach einiger Zeit in ihre Einzelstaaten aufgelöst. Ich glaube, daß alle Staaten, einer nach dem anderen, reumütig und verlegen darum gebettelt hätten, wieder in die Union aufgenommen zu werden.«

»Die Union verändert sich«, bemerkte Shaman. »Die American Party hatte bei der letzten Wahl kaum noch Bedeutung. In Amerika geborene Soldaten haben irische, deutsche und skandinavische Kameraden auf dem Schlachtfeld sterben sehen, und sie sind nicht länger bereit, auf bigotte Politiker zu hören. Die ›Chicago Daily Tribune‹ behauptet, die Nichtswisser seien am Ende.«

»Gott sei Dank!« sagte Alex.

»Sie waren doch nur eine politische Partei unter vielen«, meinte Nick beschwichtigend.

»Eine politische Partei, die andere, gefährlichere Gruppen ins Leben gerufen hat«, sagte Jay. »Aber denkt euch nichts! Dreieinhalb Millionen ehemalige Sklaven ziehen jetzt auf Arbeitssuche über das Land. Es wird neue gewalttätige Organisationen geben, die dann die Schwarzen bekämpfen, wahrscheinlich mit denselben Namen auf ihren Mitgliederlisten.«

Nick Holden stand auf, um sich zu verabschieden. »Übrigens, Geiger, hat Ihre Frau eigentlich Nachricht von ihrem berühmten Cousin?«

»Wenn wir wüßten, wo Judah Benjamin sich aufhält, glauben Sie wirklich, ich würde Ihnen das sagen?« fragte Jay ruhig.

Holden setzte sein übliches Lächeln auf.

Es stimmte, er hatte Alex das Leben gerettet, und Shaman war ihm dankbar dafür. Doch diese Dankbarkeit brachte ihn nicht dazu, Nick zu mögen. Tief in seinem Herzen hoffte Shaman, daß sein Bruder von diesem jungen Gesetzlosen namens Bill Mosby abstammte.

Es kam ihm nicht in den Sinn, Holden zu seiner Hochzeit einzuladen.

Shaman und Rachel heirateten am 22. Mai 1865 im Wohnzimmer der Geigers, nur im Kreis der beiden Familien. Es war keine Hochzeit, wie ihre Eltern sie sich gewünscht hatten. Sarah hatte ihrem Sohn zu verstehen gegeben, da sein Stiefvater ein Geistlicher sei, wäre es eine Geste, die die Einheit der Familie stärke, wenn er Sydney bitte, die Zeremonie durchzuführen. Jay wiederum hatte seiner Tochter die Meinung unterbreitet, eine jüdische Frau könne nur von einem Rabbi verheiratet werden. Weder Rachel noch Shaman ließen sich auf einen Streit ein, und so wurde das Paar von Richter Stephen Hume getraut. Da Hume mit seiner einen Hand ohne Stehpult nicht mit Papieren umgehen konnte, mußte Shaman ein solches aus der Kirche ausleihen, was einfach war, da noch kein neuer Priester berufen war. Mit den beiden Kindern stand das Paar vor dem Richter. Joshuas schweißfeuchte kleine Hand hielt Shamans Zeigefinger umklammert. Rachel, in einem Hochzeitskleid aus blauem Brokat mit einem breiten Kragen aus cremefarbener Spitze, hielt Hattie an der Hand. Hume war ein anständiger Mann, er wünschte ihnen alles Gute, und man konnte merken, daß er es ernst meinte. Als er sie zu Mann und Frau erklärte und sie dann aufforderte »Gehet in Freude und Frieden«, nahm Shaman ihn beim Wort. Die Welt drehte sich langsamer, und er spürte seine Seele sich erheben, wie er es zuvor nur ein einziges Mal erlebt hatte, als er in Cincinnati den Tunnel zwischen der Medical School und dem Southwestern Ohio Hospital als frischgebackener Arzt durchschritt.

Shaman hatte erwartet, daß Rachel auf ihrer Hochzeitsreise nach Chicago oder in eine andere Großstadt würde fahren wollen, aber sie hatte ihn davon reden hören, daß Sauks und

Mesquakies nach Iowa zurückgekehrt seien, und zu seiner freudigen Überraschung fragte sie ihn, ob sie nicht die Indianer besuchen könnten.

Sie brauchten ein Lasttier für die Vorräte und das Übernachtungsgepäck. Der Schmied Paul Williams hatte einen gutmütigen, grauen Wallach, den Shaman sich für elf Tage mietete. Tama, die Indianerstadt, lag etwa hundert Meilen entfernt, und Shaman rechnete mit je etwa vier Tagen für die Hin- und Rückreise und einigen Tagen für den Aufenthalt.

Schon wenige Stunden nach ihrer Hochzeit brachen sie auf, Rachel auf Trude und Shaman auf Boss, hinter sich am Zügel das Packpferd, das auf den Namen Ulysses hörte, »ohne General Grant zu nahe treten zu wollen«, wie Paul Williams sagte.

Shaman wäre über Nacht in Rock Island geblieben, aber sie waren für eine Reise zu Pferd gekleidet, nicht für ein Hotel, und Rachel wollte lieber in der offenen Prärie schlafen. Also brachten sie die Pferde mit der Fähre über den Fluß und ritten noch etwa zehn Meilen über Davenport hinaus.

Sie folgten einer schmalen, staubigen Straße zwischen weit ausgedehnten Feldern mit gepflügter, schwarzer Erde, doch es gab auch noch Flecken unberührter Prärie zwischen dem kultivierten Land. Auf einem solchen Stück unversehrter Grasnarbe, durch das ein Bach plätscherte, hielt Rachel das Pferd an und winkte, um Shamans Aufmerksamkeit auf die Stelle zu lenken.

»Können wir hier bleiben?«

»Laß uns erst das Farmhaus suchen!«

Sie mußten noch fast eine Meile reiten. In der Umgebung des Anwesens wurde aus dem Grasland wieder Ackerboden, der später sicher Mais tragen würde. Im Hof bellte ein gelber Hund die Pferde an. Der Farmer reparierte gerade seine Pflugschar und runzelte argwöhnisch die Stirn, als Shaman ihn um Erlaubnis bat, am Bach übernachten zu dürfen. Doch als Shaman ihm eine Bezahlung anbot, winkte er ab. »Woll'n Sie ein Feuer anzünden?«

»Eigentlich schon. Es ist ja alles grün.«

»O ja, es wird sich nicht ausbreiten. Aus dem Bach können Sie trinken. Folgen Sie ihm ein Stück, dann finden Sie abgestorbene Bäume für Feuerholz.«

Sie dankten ihm und ritten zurück, bis sie ihre Stelle gefunden hatten. Gemeinsam nahmen sie den Pferden die Sättel ab und lösten die Riemen, mit denen das Gepäck befestigt war. Shaman ging viermal zu den abgestorbenen Bäumen, um Holz zu holen, und Rachel richtete in der Zwischenzeit das Lager her. Sie breitete ein altes Büffelfell aus, das ihr Vater vor Jahren von Steinhund gekauft hatte. Braunes Leder glänzte an den Stellen, wo das Fell bereits abgeschabt war, aber es taugte gerade recht, um ihre Körper vor der nackten Erde zu schützen. Über das Büffelfell breitete sie zwei Decken aus Cole-Wolle, denn der Sommer war noch einen Monat entfernt.

Shaman schichtete das Holz zwischen einige Steine und zündete ein Feuer an. Er schüttete Kaffee in einen Topf, goß Bachwasser darüber und stellte das Gefäß aufs Feuer. Sie setzten sich auf ihre Sättel und aßen die Reste ihres Hochzeitsschmauses: in Scheiben geschnittenes, rosa Milchlamm, Bratkartoffeln und kandierte Karotten. Zum Nachtisch gab es Stücke vom Hochzeitskuchen mit Whiskeyglasur, und danach saßen sie am Feuer und tranken ihren Kaffee schwarz. Die Nacht brach herein. Am Himmel begannen die Sterne zu funkeln, und ein Sichelmond leuchtete über dem flachen Land.

Bald darauf stellte Rachel ihre Tasse weg, nahm Seife, Waschlappen und Handtuch und verschwand in der undurchdringlicher werdenden Dunkelheit.

Es würde nicht das erstemal sein, daß sie sich liebten, und Shaman wunderte sich, daß er so verlegen war. Er zog sich aus und ging zu einer anderen Stelle am Bach, um sich hastig zu waschen, dann wartete er zwischen Decke und Büffelfell auf sie. Ihre Haut war noch kalt vom Wasser, als sie sich zu ihm legte, doch sie erwärmte sich schnell. Er wußte, daß sie die Stelle für ihr Nachtlager so gewählt hatte, daß es außerhalb des Lichtkreises des Feuers lag, doch es machte ihm nichts aus. Er konnte sie fühlen, und es gab nur noch ihre Hände, ihre Münder und ihre Leiber. Zum erstenmal liebten sie sich als Mann und Frau, und danach lagen sie auf dem Rücken und hielten einander bei den Händen. »Ich liebe dich, Rachel Cole«, sagte er unter einem Himmel, der sich über dem flachen Land wie eine Schüssel wölbte. Die niederen Sterne waren riesig und weiß.

Sie liebten sich noch einmal. Dann stand Rachel auf und lief zum Feuer. Sie zog einen glühenden Zweig heraus und wirbelte ihn herum, bis er zu lodern anfing. Nun kniete sie sich so nahe vor Shaman hin, daß er die Gänsehaut im Tal zwischen ihren braunen Brüsten, das edelsteingleiche Funkeln des Feuers in ihren Augen und ihren Mund sehen konnte. »Ich liebe dich auch, Shaman«, sagte sie.

Am nächsten Tag wurde, je tiefer sie nach Iowa hineinritten, das offene Land zwischen den Farmen immer größer. Etwa eine halbe Meile lang verlief die Straße durch eine Schweinefarm, wo der Gestank so stark war, daß er fast greifbar schien, doch danach kamen wieder Grasland und frische Luft.

Einmal richtete Rachel sich im Sattel auf und hob die Hand.

»Was ist?« fragte er.

»Geheul. Könnte das ein Wolf sein?«

Er glaubte, daß es sich um einen Hund handle. »Die Farmer hier haben die Wölfe sicher genauso ausgerottet wie bei uns zu Hause. Die Wölfe sind den Bisons und den Indianern gefolgt.«

»Vielleicht sehen wir noch so ein Geheimnis der Prärie, bevor wir wieder nach Hause kommen«, sagte sie. »Einen Büffel etwa oder eine Wildkatze oder den letzten Wolf von Iowa.«

Sie kamen durch einige kleine Städte. Mittags hielten sie bei einem Gemischtwarenladen an, wo sie Kräcker, harten Käse und Pfirsiche aus der Dose aßen.

»Gestern haben wir gehört, daß Soldaten Jefferson Davis verhaftet haben. Sie halten ihn in Fort Monroe, Virginia, in Ketten«, sagte der Ladenbesitzer und spuckte auf den Sägemehlboden. »Ich hoffe, sie hängen den Hurensohn – verzeih'n Sie, Ma'am!«

Rachel nickte. Es war schwer, sich wie eine Lady zu benehmen, wenn man gerade die letzten Tropfen des Pfirsichsafts aus der Dose leckte.

»Wurde der Außenminister ebenfalls verhaftet? Judah Benjamin?«

»Den Juden? Nein, den haben sie noch nicht, soviel ich weiß.«

»Gut«, sagte Rachel laut und deutlich.

Sie nahmen die leere Dose mit, weil sie ihnen unterwegs nützlich sein konnte, und gingen zu ihren Pferden. Der Ladenbesitzer stand an der Brüstung seiner Veranda und sah ihnen nach, als sie auf der staubigen Straße davonritten.

An diesem Nachmittag durchquerten sie an einer Furt den Cedar, ohne naß zu werden, wurden dann freilich von einem plötzlichen Frühlingsschauer durchnäßt. Es war schon fast dunkel, als sie zu einer Farm kamen und dort Zuflucht in einer Scheune suchten. Shaman spürte eine eigentümliche Freude, als er an die Beschreibung der Hochzeitsnacht seiner Eltern im Tagebuch des Vaters dachte. Er stürzte noch einmal hinaus in den Regen, um den Farmer um die Erlaubnis zum Übernachten zu bitten, die ihm bereitwillig gegeben wurde. Der Farmer hieß Williams, war aber nicht verwandt mit dem Schmied in Holden's Crossing. Als Shaman zurückkehrte, folgte ihm Mrs. Williams dicht auf den Fersen mit einem Topf voll herzhafter Milchsuppe, in der Karotten, Kartoffeln und Gerste schwammen, sowie einem frischen Brot. Sie verließ die beiden so schnell wieder, daß sie überzeugt waren, die Farmersfrau müsse gemerkt haben, daß sie frisch verheiratet waren.

Der nächste Morgen war klar, und es war wärmer als tags zuvor. Am frühen Nachmittag erreichten sie den Iowa. Billy Edwards hatte Shaman gesagt, sie brauchten dem Fluß nur nach Nordwesten zu folgen, dann würden sie die Indianer finden. Dieser Abschnitt des Flußlaufs war verlassen, und nach einer Weile kamen sie an eine kleine Bucht mit klarem, flachem Wasser und sandigem Grund. Sie hielten die Pferde an, und Shaman war blitzschnell aus den Kleidern und im Wasser.

»Komm rein!« drängte er Rachel.

Sie traute sich zuerst nicht. Doch die Sonne brannte heiß, und der Fluß sah aus, als hätte noch kein menschliches Auge ihn gesehen. So ging Rachel nach kurzem Zögern hinter einen Busch, um sich bis auf ihr baumwollenes Unterhemd auszuziehen. Sie kreischte, als sie das kalte Wasser auf der Haut spürte, und dann spielten die beiden wie Kinder. Das nasse Unterhemd klebte ihr am Körper, und er griff nach ihr, doch sie bekam es mit der Angst. »Es kommt bestimmt jemand vorbei!« rief sie und rannte aus dem Wasser.

Sie zog ihr Kleid wieder an und hängte das Unterhemd zum Trocknen über einen Ast. Shaman hatte eine Angelschnur und einige Haken in seinem Gepäck, und sobald er angezogen war, suchte er sich Würmer und einen Zweig, den er als Rute benutzen konnte. Er ging ein Stück flußaufwärts zu einer tiefen, strömungsfreien Stelle und hatte in kurzer Zeit zwei halbpfündige Barsche gefangen.

Zum Mittagessen gab es hartgekochte Eier aus Rachels umfangreichem Vorrat, doch abends wollten sie die Fische essen. Shaman nahm sie sofort aus. »Am besten, wir braten sie gleich, damit sie nicht verderben. Wir wickeln sie in ein Tuch und nehmen sie mit«, sagte er und entzündete ein kleines Feuer.

Während die Fische brieten, kam er wieder zu ihr. Diesmal ließ sie alle Vorsicht fahren. Es machte ihr nichts aus, daß seine Hände trotz gründlichen Waschens noch nach Fisch rochen und daß es noch hellichter Tag war. Er schob ihren Rock hoch und liebte sie auf dem heißen, sonnigen Flußufer, mit dem Rauschen des Wassers in ihren Ohren.

Als sie einige Minuten später die Fische wendete, damit sie nicht verbrannten, kam ein Kahn um eine Flußbiegung. Drei bärtige, barfüßige Männer mit nacktem Oberkörper und zerrissenen Hosen saßen darin. Einer von ihnen hob die Hand und grüßte träge, und Shaman winkte zurück.

Kaum war das Boot verschwunden, stürzte sie zu ihrem Unterhemd, das im Wind flatterte wie eine große, weiße Flagge, die verriet, was die beiden getan hatten. Als er ihr nachlief, drehte sie sich um. »Was ist denn los mit uns?« fragte sie. »Was ist denn los mit *mir*? Wer bin ich eigentlich?«

»Du bist Rachel«, erwiderte er und nahm sie in die Arme. Er sagte es mit solcher Zufriedenheit, daß sie lächeln mußte, als er sie küßte.

TAMA

Früh am Morgen des fünften Tages überholten sie auf der Straße einen Reiter. Als Shaman ihn ansprach, um nach dem Weg zu fragen, sah er, daß der Mann zwar einfach gekleidet war, aber ein gutes Pferd mit einem teuren Sattel ritt. Seine Haare waren lang und schwarz, und seine Haut hatte die Farbe gebrannten Tons.

»Können Sie mir sagen, wie wir nach Tama kommen?« fragte Shaman.

»Nichts leichter als das. Ich reite selber dorthin. Kommen Sie doch einfach mit mir, wenn Sie wollen!«

»Vielen Dank.«

Der Indianer beugte sich vor und sagte noch etwas, aber Shaman schüttelte den Kopf. »Es ist für mich schwierig, während des Reitens zu reden. Ich muß Ihren Mund sehen, ich bin nämlich taub.«

»Oh.«

»Aber meine Frau hört ausgezeichnet«, sagte Shaman grinsend, und der Mann grinste zurück, wandte sich an Rachel und tippte sich an den Hut. Sie wechselten ein paar Worte, doch meistens ritten die drei schweigend nebeneinander her.

Als sie an einen Teich kamen, hielten sie an, um die Pferde saufen und fressen zu lassen und sich die Beine zu vertreten. Erst jetzt stellten sie sich richtig vor. Der Mann schüttelte ihnen die Hand und sagte, er heiße Charles P. Keyser.

»Wohnen Sie in Tama?«

»Nein, ich habe eine Farm acht Meilen von hier. Ich wurde in Potawatomi geboren, aber von Weißen aufgezogen, weil meine

Eltern an Fieber starben. Ich versteh' auch dieses indianische Geplapper kaum, bis auf ein paar Worte in Kickapoo. Ich habe eine Frau geheiratet, die halb Kickapoo, halb Französin war.« Er erzählte, er gehe alle paar Jahre nach Tama, um dort einige Tage zu verbringen. »Weiß eigentlich gar nicht, warum.« Er zuckte mit den Achseln und lachte. »Vermutlich zieht's die rote Haut zur roten Haut.«

Shaman nickte. »Glauben Sie nicht, unsere Pferde haben jetzt genug gefressen?«

»O ja. Wir wollen doch nicht, daß es sie zerreißt, oder?« erwiderte Keyser, und die beiden stiegen auf und ritten weiter.

Am Vormittag erreichten sie Tama. Lange bevor sie zu den in einem großen Kreis stehenden Hütten kamen, liefen braunäugige Kinder und bellende Hunde hinter ihnen her.

Bald darauf hob Keyser die Hand, und sie hielten an, um abzusteigen. »Ich sag' dem Häuptling Bescheid, daß wir hier sind«, sagte Keyser und ging zu einer nahe gelegenen Hütte. Als er mit einem breitschultrigen Indianer mittleren Alters zurückkehrte, hatte sich bereits eine kleine Gruppe um die Pferde versammelt. Der stämmige Mann sagte etwas, das Shaman ihm nicht von den Lippen ablesen konnte. Es war nicht Englisch, aber der Mann nahm Shamans Hand, als der sie ihm entgegenstreckte.

»Ich bin Dr. Robert J. Cole aus Holden's Crossing in Illinois. Und das ist meine Frau, Rachel Cole.«

»Dr. Cole?« Ein junger Mann trat aus der Menge vor und musterte Shaman. »Nein. Sie sind zu jung.«

»Vielleicht kannten Sie meinen Vater?«

Der Mann sah ihn forschend an. »Bist du der taube Junge? ... Bist du das, Shaman?«

»Ja.«

»Ich bin Kleiner Hund, der Sohn von Mond und Der singend einhergeht.«

Shaman freute sich sehr, als sie sich die Hände schüttelten, er erinnerte sich noch gut daran, wie sie als Kinder zusammen gespielt hatten.

Der untersetzte Mann sagte etwas.

»Das ist Medi-ke, Schnappende Schildkröte, Häuptling der Stadt Tama«, sagte Kleiner Hund. »Er will, daß ihr drei in seine Hütte kommt.«

Schnappende Schildkröte bedeutete Kleiner Hund, daß er mitkommen solle, und den übrigen Indianern, daß sie sich zerstreuen sollten. Seine Hütte war klein, und es roch darin nach verbranntem Fleisch. Zusammengelegte Decken zeigten, wo die Bewohner schliefen, und in einer Ecke hing eine Segeltuchhängematte. Der Lehmboden war hart und gefegt, und auf diesem Boden servierte ihnen Kleines Licht, die Frau des Häuptlings, schwarzen Kaffee mit viel Ahornzucker und anderen, würzigen Zutaten. Er schmeckte wie Makwa-ikwas Kaffee. Nachdem Kleines Licht eingegossen hatte, flüsterte Schnappende Schildkröte ihr etwas zu, und sie verließ die Hütte.

»Du hast doch eine Schwester namens Vogelfrau gehabt«, sagte Shaman zu Kleiner Hund. »Ist sie auch hier?«

»Die ist schon lange tot. Ich habe noch eine andere Schwester, Grüne Weide, die jüngste. Sie ist mit ihrem Mann im Reservat in Kansas.« Niemand in Tama außer ihm sei von der Gruppe in Holden's Crossing, sagte Kleiner Hund.

Schnappende Schildkröte ließ durch Kleiner Hund sagen, daß er ein Mesquakie sei und daß es in Tama etwa zweihundert Mesquakies und Sauks gebe. Dann folgte ein Sturzbach von Worten. Kleiner Hund übersetzte: »Er sagt, daß die Reservate sehr schlecht sind. Wie große Käfige. Wir waren krank vor Sehnsucht nach den früheren Tagen, dem alten Leben. Wir haben wilde Pferde gefangen, sie zugeritten und sie für so viel verkauft, wie wir eben dafür kriegen konnten. Wir haben das ganze Geld gespart. Dann kamen ungefähr hundert von uns hierher. Wir mußten vergessen, daß Rock Island früher Sauk-e-nuk war, die große Stadt der Sauks, und daß Davenport Mesquak-e-nuk war, die große Stadt der Mesquakies. Die Welt hat sich verändert. Wir haben dem weißen Mann Geld für hundert Morgen gegeben, und wir haben uns den Kaufvertrag vom weißen Gouverneur mit seiner Unterschrift bestätigen lassen.«

Shaman nickte. »Das war gut«, sagte er, und Schnappende Schildkröte lächelte. Offensichtlich verstand er ein wenig Englisch, aber er sprach in seiner eigenen Sprache weiter, und sein Gesicht wurde ernst.

»Er sagt«, fuhr Kleiner Hund fort, »die Regierung behauptet immer, daß sie unser riesiges Land gekauft hat. Der Weiße Vater nimmt sich unser Land und bietet den Stämmen dafür kleine Münzen statt des großen Papiergeldes. Er betrügt uns sogar noch um die Münzen und gibt uns billiges Zeug und Tand und behauptet, die Mesquakies und Sauks würden eine Jahresrente bekommen. Viele von unserem Volk lassen die wertlosen Sachen einfach auf der Erde liegen, damit sie verfaulen. Wir sagen ihnen, sie sollen mit lauter Stimme Geld verlangen und dann hierher kommen und noch mehr Land kaufen.«

»Gibt es Schwierigkeiten mit den Nachbarn?« fragte Shaman.

»Keine Schwierigkeiten«, antwortete Kleiner Hund und hörte dann wieder Schnappende Schildkröte zu. »Er sagt, daß wir niemanden bedrohen. Wenn unsere Leute zu den Weißen gehen, um mit ihnen zu handeln, stecken weiße Männer Münzen in die Rinde von Bäumen und sagen unseren Männern, sie dürfen die Münzen behalten, wenn sie sie mit ihren Pfeilen treffen. Einige von uns sagen, das ist eine Beleidigung, aber Schnappende Schildkröte läßt es zu. Er sagt, so bleiben wenigstens einige von uns mit Pfeil und Bogen in Übung.«

Kleines Licht kam mit einem Mann in einem ausgefransten Baumwollhemd, einer fleckigen braunen Wollhose und einem roten Taschentuch um die Stirn in die Hütte. Sie sagte, dies sei Nepepaqua, Schlafwandler, ein Sauk und der Medizinmann.

Schlafwandler war kein Mann, der viele Worte machte. »Sie sagt, daß du ein Arzt bist.«

»Ja.«

»Gut. Kommst du bitte mit mir?«

Shaman nickte. Er und Rachel ließen Keyser bei Schnappende Schildkröte, holten nur kurz die Arzttasche und folgten dann dem Medizinmann.

Während sie durch den Ort gingen, suchte Shaman nach Eindrücken, die seiner Erinnerung entsprachen. Er sah keine Tipis, doch hinter den Hütten standen einige *hedonoso-te*. Die Leute trugen vorwiegend schäbige Kleider der Weißen, nur die Mokassins waren so, wie er sie in Erinnerung hatte, doch viele der Indianer trugen Arbeitsschuhe oder Armeestiefel.

Schlafwandler brachte sie zu einer Hütte am anderen Ende der Ansiedlung. In ihrem Inneren lag eine dünne junge Frau auf dem Boden und krümmte sich, die Hände auf ihrem dicken Bauch. Ihre Augen waren glasig, und sie sah aus, als sei sie nicht bei Verstand. Sie reagierte nicht, als Shaman sie etwas fragte. Ihr Puls ging schnell und unregelmäßig. Er befürchtete das Schlimmste, doch als er ihre Hände in die seinen nahm, spürte er mehr Lebenskraft, als er erwartet hatte.

Sie sei Watwaweiska, Kletterndes Eichhörnchen, sagte Schlafwandler, die Frau seines Bruders. Es sei ihre erste Geburt, und die Wehen hätten bereits gestern morgen eingesetzt. Zuvor habe sie sich schon eine weiche, trockene Stelle im Wald ausgesucht, und dorthin sei sie gegangen. Immer und immer wieder seien die Schmerzen gekommen, und sie habe sich hingekauert, wie ihre Mutter es ihr gezeigt hatte. Als dann das Wasser gekommen sei, seien ihre Beine und ihr Kleid naß geworden, aber sonst sei nichts passiert. Die Schmerzen seien nicht vergangen, und das Kind sei nicht gekommen. Bei Einbruch der Nacht hätten andere Frauen sie gesucht und hierher gebracht. Schlafwandler hatte ihr nicht helfen können.

Shaman zog Kletterndes Eichhörnchen das schweißnasse Kleid aus und betrachtete ihren Körper. Sie war sehr jung. Ihre Brüste waren klein, trotz der Milch, und ihr Becken war schmal. Die Vulva klaffte, doch von einem kleinen Kopf war nichts zu sehen. Shaman tastete vorsichtig den Bauch der jungen Frau ab, nahm dann sein Stethoskop und gab Rachel die Ohrstöpsel. Als er die Muschel an verschiedenen Stellen des Bauches anlegte, bestätigten die Geräusche, die Rachel ihm beschrieb, was er bereits mit Händen und Augen festgestellt hatte.

»Das Kind liegt verkehrt.«

Er ging nach draußen und bat um sauberes Wasser, woraufhin

ihn Schlafwandler zu einem Bach im Wald führte. Der Medizinmann sah neugierig zu, wie Shaman sich Hände und Arme
einseifte und kräftig schrubbte. »Das gehört zu meiner Medizin«, sagte Shaman, und Schlafwandler nahm die Seife und
machte es ihm nach.

Wieder in der Hütte, nahm Shaman seine Dose mit sauberem
Schmalz aus der Tasche und schmierte sich damit die Hände
ein. Er führte zuerst einen Finger in den Geburtskanal ein, dann
einen zweiten, so als würde er versuchen, in eine geschlossene
Faust einzudringen. Er arbeitete sich langsam vorwärts. Zuerst
spürte er gar nichts, doch dann zuckte die Frau während einer
Wehe zusammen, und die enge Verkrampfung öffnete sich ein
wenig. Er ertastete einen kleinen Fuß und die Nabelschnur, die
um den Fuß gewickelt war. Die Nabelschnur war robust, aber
straff gespannt, und er versuchte nicht, den Fuß aus ihr zu lösen,
solange der Wehenanfall andauerte. Erst anschließend streifte
er vorsichtig, nur mit seinen beiden Fingern, die Nabelschnur
vom Fuß und zog den Fuß heran.

Der andere Fuß war weiter oben und stemmte sich gegen die
Wand des Geburtskanals. Shaman bekam ihn erst während der
nächsten Wehe zu fassen. Er zog auch ihn heran, bis zwei
winzige rote Füße aus der Mutter herausragten. Aus den Füßen
wurden langsam Beine, und bald konnten sie sehen, daß es ein
Junge war. Der Bauch mit der Nabelschnur kam zum Vorschein.
Doch dann kam es zum Stillstand, denn Schulter und Kopf
klemmten im Geburtskanal wie ein Korken in einem Flaschen-
hals.

Shaman konnte das Kind nicht weiter herausziehen, und er
konnte auch nicht tiefer hineinfassen, um die Nase des Kindes
vom Fleisch der Mutter, in das sie gedrückt wurde, zu befreien.
Mit der Hand im Geburtskanal kniete er da und suchte verzweifelt nach einer Lösung, doch er fürchtete, daß das Baby ersticken werde.

Schlafwandler hatte in einer Ecke der Hütte sein *mee-shome*, und
aus diesem zog er nun eine gut einen Meter lange Rebe. Das
eine Ende dieser Rebe hatte eine erstaunliche Ähnlichkeit mit

dem flachen, häßlichen Kopf einer Viper, und dieser Eindruck wurde noch verstärkt durch aufgesetzte schwarze, runde Augen und dünne, spitze Fangzähne. Schlafwandler ließ die »Schlange« sich über den Bauch der jungen Frau winden, bis der Kopf knapp vor ihrem Gesicht hin und her pendelte. Der Medizinmann sang etwas in seiner Sprache, aber Shaman versuchte erst gar nicht, von seinen Lippen abzulesen. Er beobachtete statt dessen Kletterndes Eichhörnchen.

Er sah, daß die Frau den Blick auf die Schlange richtete und ihre Augen sich weiteten. Der Medizinmann ließ das Reben-Tier nun an ihrem Körper hinunterkriechen, bis der Kopf direkt über der Stelle war, unter der das Baby feststeckte.

Shaman spürte ein Beben im Geburtskanal.

Er sah, daß Rachel den Mund öffnete, um zu protestieren, doch er brachte sie mit einem Blick zum Verstummen.

Die Fangzähne berührten den Bauch von Kletterndes Eichhörnchen. Plötzlich fühlte Shaman, wie alles sich weitete. Die Frau drückte heftig, und das Kind glitt weiter, so daß Shaman keine Mühe mehr hatte, es herauszuziehen. Lippen und Wangen des kleinen Jungen waren blau, doch sie röteten sich sofort. Mit zitterndem Finger wischte Shaman ihm den Schleim vom Mund. Das winzige Gesicht verzog sich entrüstet, und der Mund öffnete sich. Shaman spürte, daß der kleine Bauch eingezogen wurde, weil der Junge Luft holte, und er wußte, daß die anderen gleich darauf einen dünnen, hohen Schrei hörten.

Mit dem Medizinmann ging Shaman noch einmal zum Bach, um sich zu waschen. Schlafwandler sah zufrieden aus. Shaman war sehr nachdenklich. Vor dem Verlassen der Hütte hatte er sich die Rebe genau angesehen, um nachzuprüfen, ob es sich wirklich nur um eine Rebe handelte.

»Hat die Frau geglaubt, daß die Schlange ihr Baby verschlingt, und es deshalb geboren, um es zu retten?«

»Mein Lied hat ihr gesagt, daß die Schlange ein böser Manitu ist. Ein guter Manitu hat ihr geholfen.«

Shaman erkannte, daß die Wissenschaft in der Heilkunst nur bis zu einem gewissen Punkt von Nutzen ist. Danach wird sie unterstützt vom Glauben, von dem Vertrauen auf etwas anderes. Dies war ein Vorteil, den der Medizinmann gegenüber dem Arzt hatte, denn Schlafwandler war Priester *und* Arzt.

»Bist du ein Schamane?«

»Nein.« Schlafwandler sah ihn an. »Weißt du, was die Zelte der Weisheit sind?«

»Makwa hat uns von den Sieben Zelten erzählt.«

»Ja, sieben. Bei einigen Dingen bin ich im vierten Zelt, aber bei zu vielen bin ich noch im ersten.«

»Wirst du irgendwann Schamane werden?«

»Wer soll mich denn unterrichten? Weiße Wolke ist tot. Makwa-ikwa ist tot. Die Stämme sind zerstreut, die Mide'wiwin gibt es nicht mehr. Als ich mich in jungen Jahren dazu entschloß, ein Bewahrer der Geister zu werden, hörte ich von einem alten Sauk in Missouri, der fast ein Schamane war. Ich ging zu ihm und blieb zwei Jahre bei ihm. Aber dann ist er viel zu früh an den Pocken gestorben. Jetzt suche ich alte Leute, von denen ich etwas lernen könnte, aber es gibt nicht mehr viele, und die meisten wissen nichts. Unsere Kinder lernen Reservats-Englisch, und die Sieben Zelte der Weisheit sind verschwunden.«

Shaman war plötzlich klar, was der Indianer meinte: Es gab für ihn keine Medical Schools mehr, denen er seine Bewerbungs-schreiben schicken konnte. Die Sauks und die Mesquakies waren ein Überbleibsel, dem man die Religion, die Medizin und die Vergangenheit geraubt hatte.

Er hatte kurz die Schreckensvision von einer grünhäutigen Horde, die über die weiße Rasse hinwegfegt und nur wenige verstörte Überlebende zurückläßt, Überlebende, die höchstens noch eine unbestimmte Ahnung haben von einer früheren Zivilisation, von Hippokrates, Galen und Avicenna, Jahwe, Apollo und Jesus.

Offensichtlich hatte sich die Nachricht von der Geburt des Kindes in Windeseile im ganzen Dorf verbreitet. Wenn die

Indianer auch keine Menschen waren, die ihre Gefühle offen zeigten, so spürte Shaman doch ihre Dankbarkeit, als er nun durch die Siedlung ging. Charles Keyser kam zu ihm und erzählte, daß die Geburt, bei der im Vorjahr seine Frau gestorben war, dem Fall dieses Mädchens sehr ähnlich gewesen sei. »Der Doktor ist nicht rechtzeitig gekommen. Die einzige andere Frau, die dabei war, war meine Mutter, und die wußte auch nicht mehr als ich.«

»Sie dürfen sich deswegen keine Vorwürfe machen. Manchmal können wir eben ein Menschenleben nicht retten. Ist das Kind auch gestorben?«

Keyser nickte.

»Haben Sie noch andere Kinder?«

»Zwei Mädchen und einen Jungen.«

Shaman vermutete, daß Keyser unter anderem auch deshalb nach Tama gekommen war, weil er eine neue Frau suchte. Die Indianer schienen ihn zu kennen und zu mögen, einige begrüßten ihn sogar und nannten ihn Charlie Farmer.

»Warum nennen sie Sie so? Die Leute hier sind doch auch Farmer.«

Keyser lachte. »Nicht so wie ich. Mein Daddy hat mir fünfzig Morgen Land hinterlassen mit der schwärzesten Iowa-Erde, die Sie je gesehen haben. Ich bestelle zwanzig Morgen davon, vorwiegend mit Winterweizen. Als ich das erstemal hierherkam, versuchte ich, diesen Leuten zu zeigen, wie man den Boden bestellt. Hab' eine ganze Weile gebraucht, bis ich begriff, daß sie es nicht so machen wollen wie die Weißen. Die Männer, die ihnen das Land hier verkauft haben, dürften der Meinung gewesen sein, sie hätten die Indianer übers Ohr gehauen, weil es ein schlechter Boden ist. Aber die Leute in Tama decken ihre kleinen Gartenstücke mit Buschwerk, Unkraut und Abfall zu und lassen das Ganze verrotten, manchmal einige Jahre lang. Dann erst bestellen sie den Grund, aber mit Grabstöcken, nicht mit dem Pflug. Die Gärten liefern auf diese Weise genügend Nahrung. Zudem ist das Land hier voller Niederwild, und der Iowa gehört zu den fischreichsten Flüssen.«

»Dann leben die Indianer hier wirklich wie in alten Zeiten, so wie sie es wollten«, sagte Shaman.

Keyser nickte. »Schlafwandler meint, er habe Sie gebeten, noch ein paar andere Leute zu behandeln. Es würde mich freuen, ihnen helfen zu können, Dr. Cole.«

Shaman hatte bereits Rachel und Schlafwandler als Hilfskräfte. Doch dann fiel ihm ein, daß Keyser zwar aussah wie die Bewohner von Tama, sich hier aber offensichtlich nicht ganz zu Hause fühlte und deshalb wohl die Gesellschaft anderer Außenseiter brauchte. Also erwiderte er dem Farmer, er sei dankbar für seine Hilfe.

Es war ein seltsames Viergespann, das da von Hütte zu Hütte zog, doch schon bald wurde offensichtlich, daß sie einander gut ergänzten: Der Medizinmann verschaffte ihnen überall Zutritt und sang seine Gebete, Rachel hatte eine Tüte Süßigkeiten bei sich, mit denen sie das Vertrauen der Kinder gewann, und Charlie Keysers große Hände hatten die Kraft, aber auch das Feingefühl, die nötig waren, um jemanden festzuhalten, wenn es erforderlich war.

Shaman zog einige Zähne und wurde dafür mit dem Anblick von Patienten belohnt, die zwar Blutfäden spuckten, dabei aber lachten, weil die Ursache andauernder Schmerzen plötzlich verschwunden war.

Er stach Eiterbeulen auf, entfernte eine schwarz verfärbte, infizierte Zehe und beschäftigte Rachel damit, den Brustkorb hustender Indianer abzuhorchen. Einigen konnte er mit Sirup helfen, doch manche litten an Schwindsucht, und er war gezwungen, Schlafwandler zu sagen, daß er für sie nichts mehr tun könne. Außerdem sahen sie ein halbes Dutzend Männer und einige Frauen, die vom Alkohol betäubt waren, und Schlafwandler vertraute ihnen an, daß auch andere sich betranken, sobald sie sich Whiskey beschaffen konnten.

Shaman wußte, daß die Krankheiten des weißen Mannes viel mehr Indianer getötet hatten als dessen Kugeln. Vor allem die Pocken hatten unter den Stämmen, die in den Wäldern und in der Prärie lebten, böse gewütet. Er hatte deshalb ein kleines hölzernes Kästchen mitgebracht, das halb mit Kuhpockenschorf gefüllt war.

Schlafwandler war sehr interessiert, als Shaman ihm berichtete, er habe eine Medizin, die die Pocken verhüte. Doch Shaman gab sich auch große Mühe, ihm genau zu erklären, wie die Behandlung aussah und welche Folgen sie hatte: »Ich werden ihnen den Arm anritzen und ein winziges Stück Kuhpockenschorf in die Wunde einführen. Eine rote, juckende Blase etwa von der Größe einer kleinen Erbse wird sich entwickeln. Daraus wird eine grau verfärbte, nabelförmige Entzündung, und die Umgebung färbt sich großflächig rot und fühlt sich hart und heiß an. Nach der Impfung leiden die meisten etwa drei Tage lang an Kuhpocken, einer viel schwächeren und gutartigeren Krankheit als die eigentlichen Pocken, die aber immun macht gegen die tödliche Seuche. Diese Erkrankten bekommen höchstwahrscheinlich Kopfschmerzen und Fieber. Bei allen wird die Entzündung größer und dunkler und trocknet dabei aus, bis etwa am einundzwanzigsten Tag der Wundschorf abfällt und eine rosige Narbe hinterläßt.«

Shaman trug Schlafwandler auf, dies alles seinen Leuten zu erklären und herauszufinden, wer sich impfen lassen wolle. Der Medizinmann blieb nicht lange aus. Vor den Pocken wollte jeder geschützt sein, und so machten sie sich daran, die ganze Gemeinde zu impfen.

Schlafwandlers Aufgabe war es, dafür zu sorgen, daß sich die Leute in einer Reihe vor dem Doktor aufstellten, und ihnen zu erklären, was sie erwartete. Rachel saß auf einem Baumstumpf und zerteilte mit zwei Skalpellen den Kuhpockenschorf in dem kleinen Holzkästchen in winzige Stücke. Wenn ein Patient vor Shaman trat, faßte Charlie Keyser dessen linke Hand und hob sie, bis die Innenseite des Oberarms bloßlag, die Stelle, die gegen zufällige Verletzungen am besten geschützt ist. Mit einem spitzen Skalpell setzte Shaman einen flachen Schnitt und legte ein winziges Stück des Schorfs in die Wunde.

Die Arbeit war nicht kompliziert, mußte aber mit Sorgfalt erledigt werden, und so bewegte sich die Warteschlange nur langsam. Bei Sonnenuntergang beendete Shaman die Impfung. Ein Viertel der Bewohner von Tama war noch nicht geimpft, aber er sagte ihnen, die Sprechstunde sei beendet und sie sollten tags darauf wiederkommen.

Schlafwandler hatte den Instinkt eines erfolgreichen Baptistenpredigers, und in dieser Nacht rief er die Leute zusammen, um die Besucher mit einem Fest zu ehren. Auf der Lichtung wurde ein großes Feuer angezündet, um das sich alle versammelten. Shaman saß rechts von Schlafwandler, Kleiner Hund saß zwischen Shaman und Rachel, damit er für sie übersetzen konnte. Seinen Helfer Charlie sah Shaman neben einer schlanken, lächelnden Frau sitzen, und Kleiner Hund sagte ihm, sie sei eine Witwe mit zwei kleinen Jungen.

Schlafwandler bat Dr. Cole, er möge ihnen doch von Makwaikwa erzählen, der Frau, die ihre Schamanin gewesen war.

Shaman wußte natürlich, daß jeder der Anwesenden mehr über das Massaker am Bad Axe wußte als er. Was damals am Zusammenfluß des Bad Axe mit dem Mississippi passiert war, hatte man wahrscheinlich an Tausenden von Lagerfeuern weitererzählt, und auch zukünftige Generationen würden diese Geschichte hören. Aber er erzählte ihnen, daß zu den von den Langen Messern Getöteten auch ein Mann namens Grüner Büffel gehört hatte und eine Frau namens Vereinigung der Flüsse, Matapya. Er erzählte ihnen, wie ihre zehnjährige Tochter, Nishwri Kewaki, Zwei Himmel, ihren kleinen Bruder außer Reichweite der Flinten der Armee gebracht hatte, indem sie, den Kleinen mit den Zähnen am Genick haltend, den Masesibowi hinuntergeschwommen war. Shaman berichtete weiter, wie das Mädchen Zwei Himmel ihre Schwester Große Frau gefunden hatte und wie die drei Kinder sich wie Hasen im Gebüsch versteckt hatten, bis die Soldaten sie fanden. Und wie ein Soldat das blutende Baby mit sich genommen hatte, von dem man nie wieder etwas hörte.

Er erzählte, daß die beiden Sauk-Mädchen in eine christliche Schule in Wisconsin verschleppt wurden und daß Große Frau von einem Missionar geschwängert und anschließend als Dienstmagd auf eine christliche Farm bei Fort Crawford gebracht wurde, wo sich ihre Spur verlor. Und daß das Mädchen Zwei Himmel aus der Schule geflohen war und sich bis Prophetstown durchgeschlagen hatte, wo der Schamane Weiße Wolke sie bei sich aufgenommen, sie durch die Sieben Zelte der Weisheit geführt und ihr einen neuen Namen gegeben hatte: Makwa-ikwa, die Bärenfrau. Und daß Makwa-ikwa die Schamanin ihres Stammes gewesen war, bis sie 1851 in Illinois von drei weißen Männern vergewaltigt und ermordet wurde.

Die Leute hörten ernst zu, aber niemand weinte. Sie waren es gewöhnt, Schreckensgeschichten über die zu hören, die sie liebten.

Eine Wassertrommel und ein Schlagstock gingen von Hand zu Hand, bis sie bei Schlafwandler angelangt waren. Es handelte sich nicht um Makwas Wassertrommel, die verschwunden war, als die Sauks Illinois verlassen hatten, aber Shaman sah, daß es eine ganz ähnliche war. Nun kniete Schlafwandler sich vor die Trommel und begann, sie in einem rhythmischen Vierertakt zu schlagen und dazu zu singen:

> *Ne-nye-ma-wa-wa,*
> *Ne-nye-ma-wa-wa,*
> *Ne-nye-ma-wa-wa,*
> *Ke-ta-ko-ko-na-na.*

> Ich schlage sie viermal,
> Ich schlage sie viermal,
> Ich schlage sie viermal,
> Ich schlage unsere Trommel viermal.

Shaman sah, daß die Leute in den Gesang des Medizinmannes einstimmten und daß viele von ihnen Kürbisflaschen in beiden

Händen hielten und sie im Takt schüttelten, wie Shaman als Junge im Musikunterricht seine murmelgefüllte Zigarrenkiste geschüttelt hatte.

Ke-te-ma-ga-yo-se lye-ya-ya-ni,
Ke-te-ma-ga-yo-se lye-ya-ya-ni,
Me-to-se-ne-ni-o lye-ya-ya-ni,
Ke-te-ma-ga-yo-se lye-ya-ya-ni.

Segne uns, wenn du kommst,
Segne uns, wenn du kommst,
Die Leute, wenn du kommst,
Segne uns, wenn du kommst.

Shaman beugte sich vor und legte seine Hände knapp unterhalb der Lederbespannung an die Wassertrommel. Wenn Schlafwandler sie schlug, war es Shaman, als würde er Donnergetöse zwischen seinen Händen halten. Als er Schlafwandler auf den Mund schaute, sah er erfreut, daß der Medizinmann jetzt etwas sang, das er kannte, eins von Makwas Liedern, und er sang mit:

… Wi-a-ya-ni,
Ni-na ne-gi-se ke-wi-to-se-me-ne ni-na.

… Wohin du auch gehst,
Ich gehe mit dir, mein Sohn.

Jemand brachte ein Holzscheit und warf es ins Feuer, und eine gelbe Säule tanzender Funken stieg in den schwarzen Himmel. Der Schein und die Hitze des Feuers machten Shaman benommen und matt, empfänglich für Visionen. Besorgt drehte er sich zu seiner Frau um. Rachel bot ihm einen Anblick, der ihre Mutter entsetzt hätte: Sie war ohne Kopfbedeckung, das Haar zerwühlt und wirr, auf ihrem Gesicht glänzte der Schweiß, und aus ihren Augen strahlte die Freude. Noch nie hatte sie fraulicher auf ihn gewirkt, menschlicher, begehrenswerter. Sie sah seinen Blick und beugte sich lächelnd vor, um ihm etwas zu sagen. Für jeden hörenden Menschen wären ihre Worte im Dröhnen der Trommel und im Gesang untergegangen, aber Shaman hatte keine Schwierigkeiten, sie von ihren Lippen abzulesen. »Das ist so schön, wie einen Büffel zu sehen!« sagte sie.

Am nächsten Morgen verließ Shaman, ohne seine Frau zu wecken, früh das Nachtlager und badete im Iowa, während Schwalben durch die Lüfte segelten und zu seinen Füßen kleine Fische mattgoldglänzend durchs Wasser schossen.

Es war kurz nach Sonnenaufgang, doch in der Siedlung lärmten schon Kinder, und als er an den Hütten vorbeiging, sah er barfüßige Frauen und einige Männer in der Kühle des Morgens ihre Gärten bestellen. Am Ortsrand traf er Schlafwandler, und die beiden blieben stehen und unterhielten sich angeregt wie zwei Gutsherren, die sich bei ihrem morgendlichen Verdauungsspaziergang begegnen.

Schlafwandler fragte ihn nach Makwas Bestattung und ihrem Grab. Shaman tat sich schwer mit der Antwort. »Ich war ja noch ein kleiner Junge, als sie starb. Viel weiß ich nicht mehr davon«, sagte er. Aber aus dem Tagebuch seines Vaters war ihm bekannt, daß Makwas Grab am Morgen geschaufelt und sie am Nachmittag in ihrer besten Decke begraben worden war. Ihre Füße zeigten nach Westen, und der Schwanz einer Büffelkuh war ihr ins Grab gelegt worden.

Schlafwandler nickte zustimmend. »Was liegt zehn Schritt nordwestlich ihres Grabes?«

Shaman sah ihn verwundert an. »Ich erinnere mich nicht mehr. Ich weiß es nicht.«

Der Medizinmann machte ein ernstes Gesicht. Der alte Mann in Missouri, derjenige, der beinahe Schamane gewesen sei, habe ihm beigebracht, was beim Tod eines Schamanen beachtet werden müsse, sagte er. »Wenn ein Schamane bestattet wird«, fuhr er fort, »beziehen vier *watawinonas*, Kobolde der Hinterlist, zehn Schritte nordwestlich des Grabes Stellung. Die *watawino-*

nas bewachen abwechselnd das Grab – einer ist immer wach, während die anderen drei schlafen. Sie können dem toten Schamanen zwar nichts anhaben, aber solange man sie an diesem Ort läßt, kann er seine Kräfte nicht benutzen, um den Lebenden beizustehen, die um seine Hilfe bitten.«

Shaman unterdrückte ein Seufzen. Vielleicht hätte er mehr Toleranz aufbringen können, wäre er mit dem Glauben an solche Dinge aufgewachsen. Während der Nacht war er wach gelegen und hatte sich gefragt, wie es wohl seinen Patienten zu Hause erging. Und jetzt wollte er seine Arbeit hier zum Abschluß bringen und sich so früh auf den Rückweg machen, daß sie die Nacht an der schönen Stelle des Flußlaufs verbringen konnten, an der sie schon auf dem Herweg ihr Lager aufgeschlagen hatten.

»Um die *watawinonas* zu vertreiben«, sagte Schlafwandler, »muß man ihren Schlafplatz finden und ihn ausbrennen.«

»Gut. Ich werde es tun.« Shaman hatte es zwar nicht vor, doch Schlafwandler schien diese Lüge zu erleichtern.

Kleiner Hund gesellte sich zu ihnen und fragte, ob er beim Armritzen Charlie Farmers Stelle einnehmen könne, da Keyser Tama noch in der Nacht gleich nach dem Verlöschen des Feuers verlassen habe.

Shaman war enttäuscht, daß Keyser sich nicht verabschiedet hatte, doch er nickte Kleiner Hund zu und bat ihn zu helfen.

Sie begannen früh mit den restlichen Impfungen. Diesmal ging es ein bißchen schneller, denn Shaman hatte an Übung gewonnen. Sie waren schon beinahe fertig, als ein von zwei Braunen gezogener Wagen auf die Lichtung fuhr. Keyser saß auf dem Kutschbock, und hinten im Wagen saßen drei Kinder, die neugierig auf die Sauks und die Mesquakies starrten.

»Ich wäre Ihnen dankbar, wenn Sie sie auch gegen die Pocken ritzen«, sagte Charlie, und Shaman erwiderte, daß er das mit Vergnügen tue.

Als schließlich alle Dorfbewohner und die drei Kinder geimpft waren, half Charlie Shaman und Rachel beim Packen.

»Ich würde gerne einmal mit meinen Kindern das Grab der

Schamanin besuchen«, sagte er, und Shaman entgegnete, er sei herzlich eingeladen.

Es dauerte eine Weile, bis Ulysses bepackt war. Vom frischgebackenen Vater, dem Mann von Kletterndes Eichhörnchen, erhielten sie ein Geschenk – drei Whiskeykrüge voller Ahornsirup –, das sie mit Freuden annahmen. Die Krüge waren mit ganz ähnlichen Reben zusammengebunden, wie Schlafwandler sie für seine Schlange benutzt hatte. Als Shaman sie oben auf Ulysses' Last befestigte, sah es aus, als seien er und Rachel unterwegs zu einem großen Fest.

Er verabschiedete sich von Schlafwandler und versprach, im nächsten Frühjahr wiederzukommen. Dann gab er Charles Keyser, Schnappende Schildkröte und Kleiner Hund die Hand.

»Jetzt bist du *cawso wabeskiou*«, sagte Kleiner Hund.

Cawso wabesciou, der Weiße Schamane. Es freute Shaman, denn er wußte, daß Kleiner Hund dies nicht nur als Spitzname gemeint hatte.

Viele winkten zum Abschied, und Rachel und Shaman taten es ebenfalls, als sie mit ihren drei Pferden Tama verließen und am Fluß entlang in Richtung Heimat ritten.

DER FRÜHAUFSTEHER

Nach ihrer Rückkehr mußte Shaman vier Tage lang den Preis zahlen, der von Ärzten verlangt wird, die Urlaub machen. Jeden Vormittag drängten sich in seinem Wartezimmer die Patienten, und jeden Nachmittag und Abend verbrachte er mit Hausbesuchen, so daß er immer erst spätnachts und müde zu Rachel und dem Anwesen der Geigers zurückkam.

Aber am fünften Tag, einem Samstag, verebbte der Strom der Patienten langsam, und am Sonntag morgen wachte er neben Rachel mit der beglückenden Erkenntnis auf, daß er Zeit für sich selbst hatte. Wie gewöhnlich war er vor allen anderen aus den

Federn, nahm seine Kleider und trug sie nach unten, um sich im Wohnzimmer leise anzuziehen, bevor er das Haus verließ.

Sein Weg führte ihn zu jener Stelle im Wald, wo Oscar Ericssons Arbeiter bereits den Bauplatz für das neue Haus und den Schuppen vorbereitet hatten. Es war nicht genau die Stelle, an der Rachel einst als Kind gestanden und von einem Haus geträumt hatte. Leider spielen bei den Träumen kleiner Mädchen Probleme der Entwässerung keine Rolle, und Ericsson hatte, nachdem er sich die Stelle angesehen hatte, nur den Kopf geschüttelt. Sie hatten sich schließlich auf einen günstigeren, etwa hundert Meter entfernten Bauplatz geeinigt, der, wie Rachel versicherte, immer noch nahe genug an ihrem Traum war. Shaman hatte den Bauplatz von Jay kaufen wollen, doch der bestand darauf, ihnen den Grund zur Hochzeit zu schenken. Da zwischen Shaman und seinem Schwiegervater inzwischen ein herzliches Verhältnis gegenseitiger Rücksichtnahme bestand, stand einer Lösung des Problems nichts im Wege.

Bei der Baustelle des Krankenhauses angekommen, sah Shaman, daß der Keller schon fast vollständig ausgehoben war. Die Erdhaufen in der Umgebung formten eine Landschaft aus riesigen Ameisenhügeln. Die Grube sah kleiner aus, als er es für das Krankenhaus erwartet hatte, doch Ericsson hatte ihm erklärt, daß solche Gruben immer kleiner wirken. Das Fundament sollte aus Granitsteinen aus einem Steinbruch hinter Nauvoo gemauert werden. Das Material mußte auf einem Flachboot den Mississippi heraufgeschafft und mit Ochsenkarren von Rock Island zur Baustelle transportiert werden, ein gefahrvolles Unternehmen, das Shaman beunruhigte, dem der Baumeister jedoch gelassen entgegensah.

Shaman ging zum Cole-Haus hinunter, das Alex nun bald verlassen würde. Dann bog er in den Kurzen Weg ein und versuchte sich vorzustellen, wie Patienten, die mit dem Boot ankamen, auf ihm zum Krankenhaus gingen. Große Veränderungen standen bevor. Er dachte an das Schwitzhaus, das nun plötzlich an der falschen Stelle stand, und beschloß, eine sorgfältige Skizze der Anordnung der einzelnen flachen Steine anzufertigen, um das

Schwitzhaus anschließend hinter dem neuen Stall wieder aufbauen zu können, damit auch Joshua und Hattie erleben konnten, wie gut es tat, in der herrlichen Hitze zu sitzen, bis man nicht
mehr anders konnte, als sich in das erlösende Wasser des
Flusses zu stürzen.

Als er sich Makwas Grab zuwandte, sah er, daß die Holztafel
rissig und verwittert war und man die Runen nicht mehr erkennen konnte. Die Zeichen hatte sein Vater in einem der Tagebücher festgehalten, und er nahm sich vor, eine dauerhaftere
Gedenktafel aufzustellen und das Grab einzuzäunen, damit dessen Frieden nicht gestört würde.

Unkraut wucherte auf dem Grab. Während er Bartgras und
Prärieampfer, die sich zwischen die Taglilienbüschel gezwängt
hatten, herausriß, ertappte er sich dabei, wie er Makwa berichtete, daß einige ihres Stammes glücklich und sicher in Tama
lebten.

Die kalte Wut, die er früher hier gespürt hatte, ob sie nun tief
aus ihm selbst gekommen war oder nicht, diese Wut war verschwunden. Alles, was er jetzt fühlte, war tiefe Ruhe. Und
doch ...

Da war noch etwas.

Er richtete sich auf und kämpfte eine Weile mit sich. Doch dann
wandte er sich exakt nach Nordwesten und begann, jeden
Schritt zählend, sich vom Grab zu entfernen.

Nach zehn Schritten stand er inmitten der Ruinen des *hedonoso-
te*. Vom Langhaus war nach so vielen Jahren nichts mehr übrig
außer einem niederen, unebenen Haufen dünner Stämme und
Streifen vermodernder Baumrinde, aus dem Spartgras und wilder Indigo sprossen.

Es ist unsinnig, sagte er sich, das Grab herzurichten und das
Schwitzhaus zu versetzen, diesen unansehnlichen Haufen dagegen so zu lassen, wie er ist. Aus dem Stall holte er sich eine große
Kanne Lampenöl, die er über dem Haufen ausleerte. Holz und
Rinde waren feucht vom Tau, aber sein Schwefelhölzchen fing
gleich beim ersten Versuch Feuer, und das Öl entzündete sich
und loderte auf.

Augenblicke später stand der ganze Haufen in tanzenden blauen und gelben Flammen, und eine dunkle Rauchsäule stieg gerade in die Höhe, bis der Wind sie erfaßte und über den Fluß trieb.

Shaman sah den ersten *watawinona*, vermutlich den wachenden, auf einer Kugel beißenden, schwarzen Rauchs, die aus den obersten Stämmen herausplatzte, davonreiten.

Er glaubte, der zweite böse Kobold sei aufgewacht und geflohen, als das Innere des Stapels Feuer fing. Der dritte folgte in einer helleren Rauchschwade, in der die Funken tanzten, und der letzte *watawinona* segelte in einem in die Luft aufsteigenden Boot aus weißer Asche davon.

Shaman stand nahe am Feuer und spürte die Hitze auf seiner Haut – wie bei einer rituellen Feier der Sauks, dachte er. Er stellte sich vor, wie dieser Ort ausgesehen hatte, als der junge Rob J. Cole hier ankam: unberührte Prärie bis zum Waldsaum am Fluß. Und er dachte an die anderen, die hier gelebt hatten, an Makwa und Mond und Der singend einhergeht. Und an Alden. Während das Feuer langsam niederbrannte, fing er in Gedanken an zu singen: *Tti-la-ye ke-wi-ta-mo-ne i-no-ki-i-i, ke-te-ma-ga-yo-se!* Geister, ich spreche jetzt zu euch, gewährt mir eure Gnade!

Bald war nur noch eine dünne, harzige Schicht übrig, aus der dünne Rauchfäden aufstiegen. Er wußte, daß Gras darüberwachsen und jede sichtbare Erinnerung an das *hedonoso-te* auslöschen würde. Als das Feuer so weit erloschen war, daß er es sich selbst überlassen konnte, machte er sich mit der Ölkanne auf den Rückweg. Auf dem Langen Weg kam ihm eine kleine Gestalt entgegen. Sie versuchte mürrisch, einen kleinen Jungen hinter sich zu lassen, der gefallen war und sich das Knie aufgeschlagen hatte. Doch der kleine Junge humpelte störrisch hinter ihr drein. Er weinte, und seine Nase lief.

Shaman putzte Joshua mit seinem Taschentuch die Nase und küßte sein Knie neben der blutigen Stelle. Er versprach, es zu Hause wieder heil zu machen. Dann setzte er sich Hattie auf die Schultern, nahm Joshua in die Arme und marschierte los. Diese beiden waren die einzigen Kobolde auf der Welt, die ihm wichtig waren, diese beiden guten Kobolde, die seine Seele verzaubert hatten. Hattie zog ihn an den Ohren, damit er schneller ging, und er fing an zu traben wie Trude. Als sie so fest an seinen Ohren zerrte, daß sie schmerzten, drückte er Joshua gegen Hatties Beine, damit sie nicht herunterfallen konnte, und begann zu galoppieren wie Boss. Und nun rannte und rannte er, rannte einer köstlichen, herrlich neuen Musik entgegen, die nur er hören konnte.

Anmerkungen
und Danksagung

Sauks und Mesquakies leben noch heute in Tama, Iowa, auf Land, das ihnen gehört. Die ursprünglichen hundert Morgen Grundbesitz wurden allerdings beträchtlich erweitert. Heute leben etwa fünfhundertfünfundsiebzig Indianer – die wahren Eingeborenen Amerikas – auf etwa viertausendvierhundert Morgen an den Ufern des Iowa. Ich habe zusammen mit meiner Frau Lorraine Tama im Sommer 1987 besucht. Don Wanatee, der damalige Geschäftsführer des Stammesrates, und Leonard Young Bear, ein bekannter indianischer Künstler, beantworteten mit viel Geduld meine Fragen. Später waren Muriell Racehill, die gegenwärtige Geschäftsführerin, und Charlie Old Bear ähnlich aufgeschlossene Gesprächspartner.

Ich habe versucht, die Ereignisse während des Krieges des Schwarzen Falken geschichtlich so getreu wie möglich darzustellen. Der Kriegshäuptling mit dem Namen Schwarzer Falke (engl. Black Hawk – die wörtliche Übersetzung seines Sauk-Namens, Makatai-me-shekiakiak, lautet Black Sparrow Hawk, Schwarzer Sperber) war eine historische Gestalt. Auch der Schamane Wabokieshiek, Weiße Wolke, ist geschichtlich belegt. Im Buch allerdings entwickelt sich daraus ein fiktiver Charakter, nachdem er das Mädchen kennenlernt, das Makwa-ikwa, die Bärenfrau, werden soll.

Für das in diesem Buch benutzte Sauk- und Mesquakie-Vokabular habe ich frühe Veröffentlichungen der Abteilung für amerikanische Ethnologie des Smithsonian Institute zu Rate gezogen.

Die Anfangszeit der als Boston Dispensary bekannten Wohltätigkeitsorganisation entspricht im wesentlichen meiner Darstellung im Buch. Künstlerische Freiheit habe ich mir jedoch beim Aspekt der Entlohnung der Ärzte zugestanden. Obwohl die erwähnten Jahresgehälter authentisch sind, erhielten die Mediziner erst ab 1842 eine Entschädigung für ihre Dienste, also einige Jahre nachdem Rob J. im Buch die Armen versorgt. Bis dahin war die Arbeit bei der Boston Dispensary für angehende Mediziner eine Art un-

bezahlte Assistenzzeit. Die Zustände waren jedoch so schwierig, daß die jungen Ärzte rebellierten; zuerst verlangten sie eine Bezahlung, und dann weigerten sie sich, die Patienten in den Slums zu besuchen. So wurde aus der Boston Dispensary eine Ambulanz mit eigenen Räumen, die die Patienten aufsuchen konnten, wenn sie einen Arzt brauchten. Als ich mich in den späten fünfziger und frühen sechziger Jahren als Wissenschaftsredakteur des »Boston Herald« mit der Boston Dispensary beschäftigte, war aus ihr bereits ein etabliertes Krankenhaus mit Ambulanz geworden, das zusammen mit der Pratt Diagnostic Clinic, dem Floating Hospital for Infants and Children und der Tufts Medical School das Tufts – New England Medical Center bildete. 1965 entstanden aus diesen nur in lockerer administrativer Verbindung stehenden Einzelkrankenhäusern die bekannten New England Medical Center Hospitals. David W. Nathan, der ehemalige Archivar des Medical Center, und Kevin Richardson aus dem Büro für Öffentlichkeitsarbeit des Medical Center lieferten mir Informationen und historisches Material. Während der Arbeit an »Der Schamane« fand ich eine unerwartete Fülle von Hinweisen und Wissen in meiner nächsten Umgebung, und ich danke allen meinen engen Freunden, Nachbarn und den Bewohnern meiner Stadt.

Edward Gulick unterhielt sich mit mir über Pazifismus und erzählte mir von Elmira im Staate New York. Elizabeth Gulick klärte mich über die Gesellschaft der Freunde auf und überließ mir einige ihrer Veröffentlichungen über das Quäkertum. Don Buckloh, ein Umweltschützer beim amerikanischen Landwirtschaftsministerium, beantwortete meine Fragen über damalige Farmen im Mittelwesten. Seine Frau, Denise Jane Buckloh, die ehemalige Karmeliterin Sister Miriam of the Eucharist, führte mich in den katholischen Glauben und den Klosteralltag einer Nonne ein.

Donald Fitzgerald lieh mir Nachschlagewerke und schenkte mir eine Kopie des Bürgerkriegstagebuchs seines Urgroßvaters John Fitzgerald, der mit sechzehn Jahren zu Fuß von Rowe, Massachusetts, über den Mohawk Trail ins fünfundzwanzig Meilen entfernte Greenfield ging, um sich zu den Unionstruppen zu melden. John Fitzgerald kämpfte bei den 27th Massachusetts Volunteers, bis er von den Konföderierten gefangengenommen wurde, und überlebte mehrere Gefangenenlager, darunter auch das in Andersonville.

Bei Theodore Bobetsky, einem Farmer, dessen Land an unseres grenzt, informierte ich mich über das Schlachten. Der Anwalt Stewart Eisenberg diskutierte mit mir das im 19. Jahrhundert von den Gerichten angewandte Kautionssystem, und Nina Heiser stellte mir ihre Bücher über eingeborene Amerikaner zur Verfügung. Walter A. Whitney jr. überließ mir die Kopie eines Briefes, den Addison Graves am 22. April 1862 an seinen Vater, Ebenezer Graves, in Ashfield, Massachusetts, schrieb. Der Brief ist ein Bericht über Addison Graves' Erlebnisse als freiwilliger Sanitäter auf dem Krankenhausschiff War Eagle, das verwundete Unionssoldaten von Pittsburgh in Tennessee nach Cincinnati brachte. Dieser Bericht war die Grundlage für das entsprechende Kapitel des Buches, in dem Rob J. Cole als freiwilliger Arzt auf dem Krankenhausschiff War Hawk arbeitet.

Beverly Presley, für Karten und Geographie zuständige Bibliothekarin an der Clark University, berechnete für mich die Entfernungen, die das historische und das fiktive Schiff zurücklegten.

Die Altphilologische Fakultät am College of the Holy Cross half mir mit einigen Übersetzungen aus dem Lateinischen.

Dr. vet. Richard M. Jakowski, Professor für Pathologie am Tufts – New England Veterinary Medical Center in North Grafton, Massachusetts, beantwortete meine Fragen über die Anatomie von Hunden.

Ich danke der University of Massachusetts in Amherst, weil sie mir die Benutzung ihrer sämtlichen Bibliotheken gestattet hat, sowie Edla Holm von der interuniversitären Ausleihestelle dieser Universität.

Unterstützt haben mich weiterhin Richard J. Wolfe, Kurator für seltene Bücher und Manuskripte, und Joseph Garland, Bibliothekar an der Countway Medical Library. Bernard Wax von der American Jewish Historical Society an der Brandeis University lieferte mir Hinweise über die Company C des 82nd Illinois, die »jüdische Kompanie«.

Meine Quelle für das Jiddische war meine Schwiegermutter Dorothy Seay.

Im Sommer 1989 besuchte ich mit meiner Frau verschiedene Schlachtfelder des Bürgerkriegs. In Charlottesville gewährte mir Professor Ervin L. Jordan jr., der Archivar der Alderman Library an der University of Virginia, die Gastfreundschaft dieser Bibliothek und lieferte mir Informationen über die Krankenhäuser der Konföderiertenarmee.

Während meiner Arbeit an diesem Buch gehörte Ann N. Lilly sowohl der Belegschaft der Forbes Library in Northampton als auch der des Western Massachusetts Regional Library System in Hadley, Massachusetts, an. Sie suchte oft Titel für mich heraus und brachte eigenhändig Bücher aus beiden Einrichtungen in unseren gemeinsamen Wohnort Ashfield. Ich danke auch Barbara Zalenski von der Belding Memorial Library in Ashfield und den Angestellten der Field Memorial Library in Conway, Massachusetts, für ihre Hilfe bei meinen Recherchen.

Die Planned Parenthood Federation of America schickte mir Material über die Herstellung und den Gebrauch von Kondomen im 19. Jahrhundert. Dr. Robert Cannon vom Center for Disease Control in Atlanta, Georgia, lieferte mir Hinweise über die Behandlung von Syphilis in der Zeit, in der meine Geschichte spielt, und die American Parkinson Disease Association stattete mich mit Material über das Parkinson-Syndrom aus.

William McDonald, Student der Metallurgie am Massachusetts Institute of Technology, informierte mich über die Metalle, die in der Zeit des Bürgerkriegs zur Instrumentenherstellung verwendet wurden.

Was ich Jason Geiger im drittletzten Kapitel über die Entwicklungen sagen lasse, die eingetreten wären, wenn Lincoln die Konföderierten sich ohne Krieg hätte abspalten lassen, basieren auf den Ansichten des verstorbenen Psychographen Gamaliel Bradford, wie er sie in seiner Biographie von Robert E. Lee formulierte.

Ich danke Dennis B. Gjerdingen, dem Direktor der Taubstummenschule Clarke School for the Deaf in Northampton, Massachusetts, weil er mir Zugang zu seiner Bibliothek und seinem Mitarbeiter-

team gewährte. Ana D. Grist, die ehemalige Bibliothekarin an dieser Schule, gestattete mir, Bücher für oftmals lange Zeit auszuleihen. Vor allem danke ich aber Marjorie E. Magner, die dreiundvierzig Jahre lang taube Kinder unterrichtet hat. Ihr verdanke ich wertvolle Hinweise, und sie hat außerdem das Manuskript gelesen, um dessen Korrektheit in Fragen der Taubheit sicherzustellen.

Verschiedene Ärzte in Massachusetts haben mir großzügig Hilfe gewährt. Dr. Albert B. Giknis, der Leichenbeschauer des Franklin County, Massachusetts, hat mit mir ausführlich über Vergewaltigung und Mord gesprochen und mir seine Pathologiebücher geliehen. Dr. Joel F. Moorhead, Direktor der Ambulanz am Spaulding Hospital und Dozent für Rehabilitationsmedizin an der Tufts Medical School, hat meine Fragen über Verletzungen und Krankheiten beantwortet. Dr. Wolfgang G. Gilliar, Facharzt für Chiropraktik und Programmdirektor für Rehabilitationsmedizin am Greenery Rehabilitation Center sowie Dozent für Rehabilitationsmedizin an der Tufts Medical School, hat sich mit mir über Physiotherapie unterhalten. Mein Hausarzt Dr. Barry E. Poret hat mir sein Fachwissen und seine medizinische Bibliothek zur Verfügung gestellt. Dr. Stuart R. Jaffee, der in Worcester, Massachusetts, am St. Vincent Hospital Chefarzt für Urologie ist und an der University of Massachusetts Medical School Urologie lehrt, hat meine Fragen zur Blasensteinbildung beantwortet und das Manuskript auf medizinische Korrektheit hin überprüft.

Ich danke meinem Agenten Eugene H. Winick von McIntosh & Otis, Inc. für seine Freundschaft und seine Begeisterung, und Dr. Karl H. Blessing, Geschäftsführer des Droemer Knaur Verlags in München. »Der Schamane« ist das zweite Buch einer geplanten Trilogie über die Ärztedynastie der Coles. Dr. Blessing hat von Anfang an auf den Erfolg des Eröffnungsbandes der Trilogie, »Der Medicus«, vertraut und damit geholfen, es in Deutschland und anderen Ländern zu einem Bestseller zu machen. Er hat mich während der Arbeit an »Der Schamane« sehr ermutigt.

In vieler Hinsicht ist »Der Schamane« ein Familienprojekt. Meine Tochter Lise Gordon ist eine hervorragende Lektorin, die das Manuskript redigierte, bevor es an die Verlage ging. Sie arbeitet mit großer Akribie, ja sogar Härte gegen ihren eigenen Vater und ist wunderbar befeuernd. Meine Frau Lorraine half mir bei der Erstellung des Manuskripts und hat mir wie immer ihre Liebe und ihre uneingeschränkte Unterstützung geschenkt. Meine Tochter Jamie Beth Gordon, eine Fotografin, hat mich die Scheu vor der Kamera vergessen lassen, als sie die Aufnahme von mir, die für den Buchumschlag verwendet wurde, machte. Ihre Ermunterungen und die Anrufe meines entfernt lebenden Sohnes Michael Seay Gordon kamen immer dann, wenn ich seinen Zuspruch am dringendsten brauchte.

Diese vier Menschen sind das Wichtigste in meinem Leben, und sie haben meine Freude an der Fertigstellung dieses Buches mindestens verzehnfacht.

Ashfield, Massachusetts,
20. November 1991
Noah Gordon

Erklärung fremdsprachiger Ausdrücke

Challa	Sabbatbrot
Cholent	jüd. Eintopfgericht
coska	indian. männliches Glied
hedonoso-te	indian. Langhaus aus geflochtenen Ästen
izze	indian. Talisman aus gefärbten Sehnen
Jichuss	jüd. edle Abstammung, Adel
Jom Kippur	jüd. Versöhnungstag
kalumet	indian. Friedenspfeife
Kohanim	jüd. Priester
Masesibowi	indian. Mississippi
mee-shome	indian. Medizinerbündel
Mide'wiwin	Rat der Algonquin-Medizinmänner
Mizwa	jüd. Gebote
mookamonik	indian. die Weißen
Pessach	jüd. Fest zum Gedenken an den Auszug aus Ägypten
pucca-maw	indian. Kriegskeule
Rosch-ha-Schana	jüd. Neujahrsfest
Schadchan	jüd. Heiratsvermittler
Schul	jüd. Lehr- und Bethaus
Seder	jüd. auch: häusliche Feier am Pessach-Abend
Zadik	jüd. frommer Mann, Gerechter

Inhalt

Dritter Teil
Holden's Crossing
14. November 1841

Vierter Teil
Der taube Junge
12. Oktober 1851

713

714

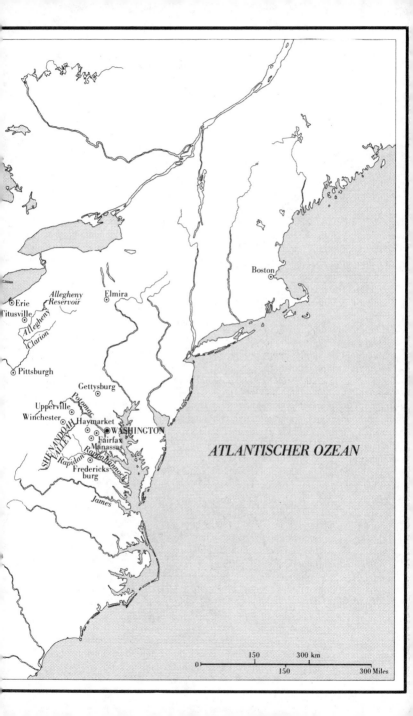

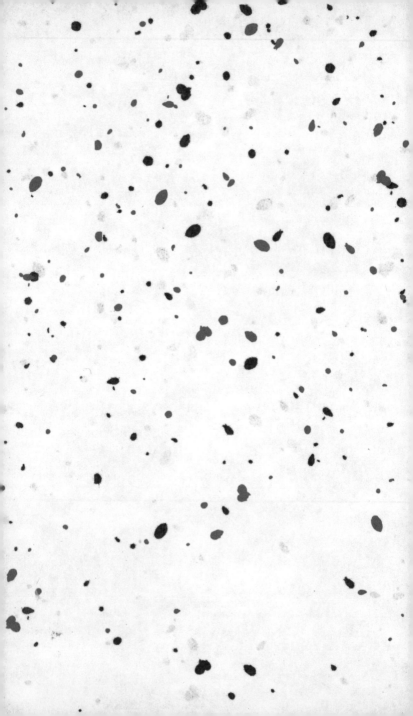